U0541204

本书为高等学校教材

本书获西北民族大学一流特色发展学科、西北民族大学科研创新团队"中西比较诗学与文艺思潮研究"资助出版

中西比较
诗学经典作品选读

韩晓清　主编

中国社会科学出版社

图书在版编目（CIP）数据

中西比较诗学经典作品选读 / 韩晓清主编 . —北京：中国社会科学出版社，2022.8
ISBN 978-7-5227-0502-6

Ⅰ.①中… Ⅱ.①韩… Ⅲ.①诗学—研究—中国、西方国家 Ⅳ.①I207.2②I106.2

中国版本图书馆 CIP 数据核字（2022）第 125471 号

出 版 人	赵剑英
责任编辑	宫京蕾　周慧敏
责任校对	韩天炜
责任印制	郝美娜

出　　版	中国社会科学出版社
社　　址	北京鼓楼西大街甲 158 号
邮　　编	100720
网　　址	http://www.csspw.cn
发 行 部	010-84083685
门 市 部	010-84029450
经　　销	新华书店及其他书店

印　　刷	北京君升印刷有限公司
装　　订	廊坊市广阳区广增装订厂
版　　次	2022 年 8 月第 1 版
印　　次	2022 年 8 月第 1 次印刷

开　　本	710×1000　1/16
印　　张	28.5
插　　页	2
字　　数	484 千字
定　　价	168.00 元

凡购买中国社会科学出版社图书，如有质量问题请与本社营销中心联系调换
电话：010-84083683
版权所有　侵权必究

编辑说明

本书作为高等院校等有关中西比较诗学课程的辅助教材和一般比较文学学习者的参考书。

本书选文，包括中西比较诗学史中具有一定代表性和较大影响的文章和著作。

选文次序，基本上按照曹顺庆主编的《中西比较诗学史》排列，分中西比较诗学的萌芽期、中西比较诗学的前学科时期、中西比较诗学的创立、台港地区中西比较诗学和海外汉学界的中西比较诗学。

选文的小序，概括介绍作者、选文论点及其渊源、价值、影响以及意义等。所选著作，读者可参考原书，进一步研习原典，分析评判，实现古为今用、外为中用的目的。

本书的编辑工作，得到了我的博士生岑霞的大力协助，从选文、选文小序的写作以及选文的校对等方面，她都做了大量的工作，其实她就是副主编。在此表示衷心感谢。

目 录

中西比较诗学的萌芽时期（1840—1919）

王国维 …………………………………………………………（3）
《红楼梦》评论 …………………………………………………（5）
《人间词话》 ……………………………………………………（23）
鲁迅 ……………………………………………………………（36）
摩罗诗力说 ……………………………………………………（38）

中西比较诗学的前学科时期（1919—1987）

胡适 ……………………………………………………………（67）
论短篇小说 ……………………………………………………（69）
吴宓 ……………………………………………………………（79）
《红楼梦》新谈 …………………………………………………（81）
梁实秋 …………………………………………………………（92）
诗与图画 ………………………………………………………（94）
梁宗岱 …………………………………………………………（97）
李白与歌德 ……………………………………………………（99）
宗白华 …………………………………………………………（105）
论中西画法的渊源与基础 ……………………………………（107）

朱光潜 ………………………………………………………… (118)
诗与谐隐 ………………………………………………………… (121)
诗与画——评莱辛的诗画异质说 ……………………………… (138)
钱锺书 ………………………………………………………… (150)
诗乐离合　文体递变 …………………………………………… (153)
《周易正义》 …………………………………………………… (163)
王元化 ………………………………………………………… (169)
刘勰的譬喻说与歌德的意蕴说 ………………………………… (171)

中西比较诗学的创立（1987—2000）

曹顺庆 ………………………………………………………… (179)
意境与典型 ……………………………………………………… (181)
黄药眠、童庆炳 ……………………………………………… (201)
中西诗学的文化背景比较 ……………………………………… (203)
乐黛云 ………………………………………………………… (210)
地区分类目录 …………………………………………………… (211)
饶芃子 ………………………………………………………… (268)
论中西诗学之比较 ……………………………………………… (270)
狄兆俊 ………………………………………………………… (281)
中英诗学比较研究的理论基础 ………………………………… (283)

台港地区中西比较诗学

徐复观 ………………………………………………………… (297)
艺术精神的主体——心斋之心与现象学的纯粹意识 ………… (299)
李达三 ………………………………………………………… (303)
《忏悔录》与《浮生六记》中巧言式和抒情式表达方式之比较 … (305)
张汉良 ………………………………………………………… (318)
文学与艺术的关系研究 ………………………………………… (320)
黄维樑 ………………………………………………………… (329)
《文心雕龙》与西方文学理论 ………………………………… (331)

海外汉学界的中西比较诗学

厄尔·迈纳 ·· (341)
戏剧 ··· (343)
弗朗索瓦·于连 ·· (364)
情与景之间：世界并不是表象的对象 ······················· (366)
宇文所安 ·· (382)
《诗大序》 ··· (384)
刘若愚 ·· (406)
形上理论与模仿理论和表现理论的比较 ····················· (408)
叶维廉 ·· (417)
东西比较文学中模子的应用 ································· (419)
张隆溪 ·· (435)
道与逻各斯 ··· (437)

中西比较诗学的萌芽时期
（1840—1919）

王国维

王国维（1877—1927），字静安，浙江海宁人。学贯中西，在哲学、美学、文学、经史、小学、甲骨学等多个学科领域中做出了突出贡献，尤其是对中国戏曲史和词曲的研究极其深入，著有《戏曲考源》《曲录》《宋元戏曲考》等。王国维也是最早将西方哲学思想和美学观念运用到中国治学领域的杰出学者。他运用西方研究史学的方法，对商代甲骨、汉晋简牍、唐人写本和蒙古史等做了考证研究，以经籍、地下资料为基础进行"求证"，为史学研究确立了系统的研究方法。其著作《古史新证》中所提出的"二重证据法"影响深远。王国维的著作还有《观堂集林》《观堂别集》《苕华词》《静安文集》等，其中西比较诗学的思想则主要体现在《人间词话》和《〈红楼梦〉评论》等著作和文章中。

《〈红楼梦〉评论》发表于1904年，最早在《教育世界》的第76、77、78、80、81期分别刊登，是王国维运用西方哲学、文学理论、美学思想研究中国古典文学作品的一次成功尝试，也是中国文学研究史上第一篇真正意义上的中西文学比较研究的专论。该文分为五章。第一章"人生及美术概观"，借用叔本华关于人生与"欲"的悲观主义哲学与美学思想，对人生与艺术进行了分析，指出欲望作为痛苦的根源，在艺术创作中如能摆脱生活之欲的斗争，便可以获得暂时的解脱。第二章"《红楼梦》之精神"，开头引用德国诗人袁伽尔的诗歌，结合叔本华的哲学思想，阐明解脱之道的途径：自杀或者出家。自杀是欲望得不到满足之解脱，出家则是抛弃生活之欲的解脱。第三章、第四章指出《红楼梦》是彻头彻尾之悲剧，并且提出悲剧的三种类型，对普通境遇中的普遍悲剧命运提出质疑。从伦理学的层面来看，宝玉的存在既有弃人伦不孝的一面，又有掩饰祖辈过失孝子的一面，进而指出《红楼梦》具有"以解脱为理想者"的美学与伦理学价值。在最后一章"余论"中，王国维对以往《红楼梦》的相关评论提出了批评。在《〈红楼梦〉评论》中，王国维以开放的学术视野，引入康德、叔本华、歌德等西方哲学家的理论，并将西方理论框架运用到了对中国古典文学的研究中去。但是对于西方的美学观念，王国维并非全盘接收。其中，既有对叔本华悲剧理论的借鉴，又包含着老庄道家的哲学观。王国维用道家哲学阐明痛苦的根源，并倾向于道家肯定"生"的意志的哲学观，从而将叔本华的悲剧观本土化。此外，《〈红楼梦〉评论》中对《桃花扇》与《红楼梦》之解脱进行了比较，同时又将《红楼梦》的解脱精神与宗教哲学进行了比较，这种具有比较诗学意识的研究，表明中国学者已经具备了中西比较的意识，对中国比较诗学的发展具有开创性意义。

《人间词话》发表于1908—1909年，共64条。在该理论著作中，王国维运用西方文艺美学的观念与方法对"意境"进行了阐释，提出了著名的"境界说"，充分显示出了中西相融合的特征。王国维在阐释"境"时，借鉴叔本华的审美思想，认为"词以境界为最上"，又谈到了"造境"与"写境"的区别，"造境"与理想派相似，"写境"则与写实派相近。在探讨主观诗与客观诗之间的区别时，王国维提出了"有我之境"与"无我之境"。这里的"境"渗透着王国维对"物"与"我"之间复杂关系的看法，也有对"生命意识"的思考。这里，王国维以开放的胸怀，借鉴了叔本华将"观"视作无欲之我观物的形式、理念是一种表象，表象则是意志的客观化等哲学思想，在此影响之下，他提出了"有我之境，以我观物，故物皆着我之色彩。无我之境，以物观物，故不知何者为我，何者为物"等影响深远的诗学观。王国维在吸收传统诗学理论的基础之上，运用西方美学观对"境界"做出了全新的解读，为后世的词学批评指明了方向。《人间词话》作为一部借助西方美学观念构建中国传统诗学理论的著作，开创一代风气。王国维在形式上沿袭了传统词话的范式，在方法上则运用了西方的二元论，打破了中国传统诗学中"物""我"不分的限定性思维，以世界性的眼光对西学进行吸收、反思，使《人间词话》成为中西融合的典范之作。这种运用西方话语对中国古典文学进行阐释，以及从中国自身的诗学系统出发构建中国诗学理论的思想，为中西比较诗学的发展提供了新的思路。

《红楼梦》评论

第一章 人生及美术之概观

　　《老子》曰："人之大患，在我有身。"《庄子》曰："大块载我以形，劳我以生。"忧患与劳苦之与生，相对待也久矣。夫生者，人人之所欲；忧患与劳苦者，人人之所恶也。然则讵不人人欲其所恶，而恶其所欲欤？将其所恶者，固不能不欲，而其所欲者，终非可欲之物欤？人有生矣，则思所以奉其生：饥而欲食，渴而欲饮，寒而欲衣，露处而欲宫室。此皆所以维持一人之生活者也。然一人之生，少则数十年，多则百年而止耳。而吾人欲生之心，必以是为不足。于是于数十年百年之生活外，更进而图永远之生活：时则有牝牡之欲，家室之累；进而育子女矣，则有保抱、扶持、饮食、教诲之责，婚嫁之务。百年之间，早作而夕思，穷老而不知所终。问有出于此保存自己及种姓之生活之外者乎？无有也。百年之后，观吾人之成绩，其有逾于此保存自己及种姓之生活之外者乎？无有也。又人人知侵害自己及种姓之生活者之非一端也。于是相集而成一群，相约束而立一国，择其贤且智者以为之君，为之立法律以治之，建学校以教之，为之警察以防内奸，为之陆海军以御外患，使人人各遂其生活之欲而不相侵害：凡此皆欲生之心之所为也。夫人之于生活也，欲之如此其切也，用力如此其勤也，设计如此其周且至也，固亦有其真可欲者存欤？吾人之忧患劳苦，固亦有所以偿之者欤？则吾人不得不就生活之本质，熟思而审考之也。

　　生活之本质何？"欲"而已矣。欲之为性无厌，而其原生于不足。不足之状态，苦痛是也。既偿一欲，则此欲以终。然欲之被偿者一，而不偿者什佰。一欲既终，他欲随之。故究竟之慰藉，终不可得也。即使吾人之欲悉偿，而更无所欲之对象，倦厌之情即起而乘之。于是吾人自己之生活，若负之而不胜其重。故人生者，如钟表之摆，实往复于苦痛与倦厌之间者也，夫倦厌固可视为苦痛之一种。有能除去此二者，吾人谓之曰快乐。然当其求快乐也，吾人于固有之苦痛外，又不得不加以努力，而努力亦苦痛之一也。且快乐之后，其感苦痛也弥深。故苦痛而无回复之快乐者有之矣，未有快乐而不先之或继之以苦痛者也。又此苦痛与世界之文化俱增，而不由之而减。何则？文化愈进，其知识弥广，其所欲弥多，又其感苦痛亦弥甚故也。然则人生之所欲，既无以逾于生活，而生活之性质又不外乎苦痛，故欲与生活、与苦痛，三者一而已矣。

　　吾人生活之性质既如斯矣，故吾人之知识，遂无往而不与生活之欲相关系，即与吾人之利害相关系。就其实而言之，则知识者，固生于此欲，而示此欲以我与外界之关系，使之趋利而避害者也。常人之知识，止知我与物之关系，易言以明之，止知物之与我相关系者，而于此物中，又不过知其与我相关系之部分而已。及人知渐进，于是始知欲知此物与我之关系，不可不研究此物与彼物之关系。知愈大者，其研究逾远焉。自是而生各种之科学：如欲知空间之一部之与我相关系者，不可不知空间全体之关系，于是几何学兴焉（按：西洋几何学 Geometry 之本义，系量地之意，可知古代视为应用之科学，而不视为纯粹之科学也）。欲知力之一部之与我相关系者，不可不知力之全体之关系，于是力学兴焉。吾人既知一物之全体之关系，又知此物与彼物之全体之关系，而立一法则焉，以应用之。于是物之现于吾前者，其与我之关系，及其与他物之关系，粲然陈于目前而无所遁。夫然后吾人得以利用此物，有其利而无其害，以使吾人生活之欲，增进于无穷。此科学之功效也。故科学上之成功，虽若层楼杰观，高严巨丽，然其基址则筑乎生活之欲之上，与政治上之系统立于生活之欲之上无以异。然则吾人理论与实际之二方面，皆此生活之欲之结果也。

　　由是观之，吾人之知识与实践之二方面，无往而不与生活之欲相关系，即与苦痛相关系。兹有一物焉，使吾人超然于利害之外，而忘物与我之关系，此时也，吾人之心无希望、无恐怖，非复欲之我，而但知之我也。此犹积阴弥月，而旭日杲杲也；犹覆舟大海之中，浮沉上下，而飘着于故乡之海岸也；犹阵云惨淡，而插翅之天使，赍平和之福音而来者也；

犹鱼之脱于罾网，鸟之自樊笼出，而游于山林江海也。然物之能使吾人超然于利害之外者，必其物之于吾人无利害之关系而后可，易言以明之，必其物非实物而后可。然则非美术何足以当之乎？夫自然界之物，无不与吾人有利害之关系；纵非直接，亦必间接相关系者也。苟吾人而能忘物与我之关系而观物，则夫自然界之山明水媚，鸟飞花落，固无往而非华胥之国、极乐之土也。岂独自然界而已？人类之言语动作，悲欢啼笑，孰非美之对象乎？然此物既与吾人有利害之关系，而吾人欲强离其关系而观之，自非天才，岂易及此？于是天才者出，以其所观于自然人生中者复现之于美术中，而使中智以下之人，亦因其物之与己无关系，而超然于利害之外。是故观物无方，因人而变：濠上之鱼，庄、惠之所乐也，而渔父袭之以网罟；舞雩之木，孔、曾之所憩也，而樵者继之以斤斧。若物非有形，心无所住，则虽殉财之夫，贵私之子，宁有对曹霸、韩干之马，而计驰骋之乐，见毕宏、韦偃之松，而观思栋梁之用；求好逑于雅典之偶，思税驾于金字之塔者哉？故美术之为物，欲者不观，观者不欲；而艺术之美所以优于自然之美者，全存于使人易忘物我之关系也。

而美之为物有二种：一曰优美，一曰壮美。苟一物焉，与吾人无利害之关系，而吾人之观之也，不观其关系，而但观其物；或吾人之心中，无丝毫生活之欲存，而其观物也，不视为与我有关系之物，而但视为外物：则今之所观者，非昔之所观者也。此时吾心宁静之状态，名之曰优美之情，而谓此物曰优美。若此物大不利于吾人，而吾人生活之意志为之破裂，因之意志遁去，而知力得为独立之作用，以深观其物，吾人谓此物曰壮美，而谓其感情曰壮美之情。普通之美，皆属前种。至于地狱变相之图、决斗垂死之像、庐江小吏之诗、雁门尚书之曲，其人固泯庶之所共怜，其遇虽戾夫为之流涕，讵有子颓乐祸之心，宁无尼父反袂之戚，而吾人观之，不厌千复。格代（今译歌德，下同）之诗曰：

  What in life doth only grieve us,
  That in art we gladly see.
  凡人生中足以使人悲者，于美术中则吾人乐而观之。（译文）

此之谓也。此即所谓壮美之情，而其快乐存于使人忘物我之关系，则固与优美无以异也。

至美术中之与二者相反者，名之曰眩惑。夫优美与壮美，皆使吾人离生活之欲，而入于纯粹之知识者。若美术中而有眩惑之原质乎，则又使吾人自纯粹之知识出，而复归于生活之欲。如粗秾蜜饵，《招魂》《七发》之所陈；玉体横陈，周昉、仇英之所绘；《西厢记》之《酬柬》，《牡丹亭》之《惊梦》；伶元之传飞燕，杨慎之赝《秘辛》：徒讽一而劝百，欲止沸而益薪。所以子云有"靡靡"之消，法秀有"绮语"之诃。虽则梦幻泡影，可作如是观，而拔舌地狱，专为斯人设者矣。故眩惑之于美，如甘之于辛，火之于水，不相并立者也。吾人欲以眩惑之快乐，医人世之苦痛，是犹欲航断港而至海，入幽谷而求明，岂徒无益，而又增之。则岂不以其不能使人忘生活之欲及此欲，与物之关系，而反鼓舞之也哉？眩惑之与优美及壮美相反对，其故实存于此。

今既述人生与美术之概略如左，吾人且持此标准，以观我国之美术。而美术中以诗歌、戏曲、小说为其顶点，以其目的在描写人生故。吾人于是得一绝大著作曰《红楼梦》。

第二章 《红楼梦》之精神

哀伽尔之诗曰：

> Ye wise men, highly, deeply learned,
> Who think it out and know,
> How, when and where do all things pair?
> Why do they kiss and love?
> Ye men of lofty wisdom, say
> What happened to me then,
> Search out and tell me where, how, when,
> And why it happened thus.

嗟汝哲人，靡所不知，靡所不学，既深且跻。粲粲生物，罔不匹俦，各啮厥唇，而相厥攸。匪汝哲人，孰知其故？自何时始，来自何处？嗟汝哲人，渊渊其知，相彼百昌，奚而熙熙？愿言哲人，诏余其故。自何时始，来自何处？（译文）

哀伽尔之问题，人人所有之问题，而人人未解决之大问题也。人有恒言曰："饮食男女，人之大欲存焉。"然人七日不食则死，一日不再食则饥。若男女之欲，则于一人之生活上，宁有害无利者也，而吾人之欲之也如此，何哉？吾人自少壮以后，其过半之光阴、过半之事业，所计划、所勤勤者为何事？汉之成、哀，曷为而丧其生？殷辛、周幽，曷为而亡其国？励精如唐玄宗，英武如后唐庄宗，曷为而不善其终？且人生苟为数十年之生活计，则其维持此生活亦易易耳，曷为而其忧劳之度，倍蓰而未有已？记曰："人不婚宦，情欲失半。"人苟能解此问题，则于人生之知识，思过半矣。而蚩蚩者乃日用而不知，岂不可哀也欤！其自哲学上解此问题者，则二千年间，仅有叔本华之《男女之爱之形而上学》耳。诗歌、小说之描写此事者，通古今东西，殆不能悉数，然能解决之者鲜矣。《红楼梦》一书，非徒提出此问题，又解决之者也。彼于开卷即下男女之爱之神话的解释。其叙此书之主人公贾宝玉之来历曰：

  却说女娲氏炼石补天之时，于大荒山无稽崖，炼成高十二丈、见方二十四丈大的顽石三万六千五百零一块。那娲皇只用了三万六千五百块，单单剩下一块未用，弃在青埂峰下。谁知此石自经锻炼之后，灵性已通，自去自来，可大可小。因见众石俱得补天，独自己无才，不得入选，遂自怨自艾，日夜悲哀。（第一回）

此可知生活之欲之先人生而存在，而人生不过此欲之发现也。此可知吾人之堕落，由吾人之所欲，而意志自由之罪恶也。夫顽钝者既不幸而为此石矣，又幸而不见用，则何不游于广漠之野、无何有之乡，以自适其适，而必欲入此忧患劳苦之世界，不可谓非此石之大误也。由此一念之误，而遂造出十九年之历史与百二十回之事实，与茫茫大士、渺渺真人何与？又于第百十七回中，述宝玉与和尚之谈论曰：

  "弟子请问师父，可是从太虚幻境而来？"那和尚道："什么幻境？不过是来处来，去处去罢了。我是送还你的玉来的。我且问你，你那玉是从哪里来的？"宝玉一时对答不来。那和尚笑道："你的来路还不知，便来问我！"宝玉本来颖悟，又经点化，早把红尘看破，只是自己的底里未知；一闻那僧问起玉来，好像当头一棒，便说：

"你也不用银子了,我把那玉还你罢。"那僧笑道:"早该还我了!"

所谓"自己的底里未知"者,未知其生活乃自己之一念之误,而此念之所自造也。及一闻和尚之言,始知此不幸之生活,由自己之所欲;而其拒绝之也,亦不得由自己,是以有还玉之言。所谓"玉"者,不过生活之欲之代表而已矣。故携入红尘者,非彼二人之所为,顽石自己而已;引登彼岸者,亦非二人之力,顽石自己而已。此岂独宝玉一人然哉?人类之堕落与解脱,亦视其意志而已。而此生活之意志,其于永远之生活,比个人之生活为尤切,易言以明之,则男女之欲,尤强于饮食之欲。何则?前者无尽的,后者有限者也;前者形而上的,后者形而下的也。又如上章所说,生活之于痛苦,二者一而非二,而苦痛之度,与主张生活之欲之度为比例。是故前者之苦痛尤倍蓰于后者之痛。而《红楼梦》一书,实示此生活、此苦痛之由于自造,又示其解脱之道不可不由自己求之者也。

而解脱之道,存于出世,而不存于自杀。出世者,拒绝一切生活之欲者也。彼知生活之无所逃于苦痛,而求入于无生之域。当其终也,恒干虽存,固已形如槁木,而心如死灰矣。若生活之欲如故,但不满于现在之生活,而求主张之于异日,则死于此者,固不得不复生于彼,而苦海之流,又将与生活之欲而无穷。故金钏之堕井也,司棋之触墙也,尤三姐、潘又安之自刎也,非解脱也,求偿其欲而不得者也。彼等之所不欲者,其特别之生活,而对生活之为物,则固欲之而不疑也。故此书中真正解脱,仅贾宝玉、惜春、紫鹃三人耳。而柳湘莲之入道,有似潘又安;芳官之出家,略同于金钏。故苟有生活之欲存乎,则虽出世而无与于解脱;苟无此欲,则自杀亦未始非解脱之一者也。如鸳鸯之死,彼故有不得已之境遇在;不然,则惜春、紫鹃之事,固亦其所优为者也。

而解脱之中,又自有二种之别:一存于观他人之苦痛,一存于觉自己之苦痛。然前者之解脱,唯非常之人为能,其高百倍于后者,而其难亦百倍。但由其成功观之,则二者一也。通常之人,其解脱由于苦痛之阅历,而不由于苦痛之知识。唯非常之人,由非常之知力,而洞观宇宙人生之本质,始知生活与苦痛之不能相离,由是求绝其生活之欲,而得解脱之道。然于解脱之途中,彼之生活之欲,犹时时起而与之相抗,而生种种之幻影。所谓恶魔者,不过此等幻影之人物化而已矣。故通常之解脱,存于自己之苦痛,彼之生活之欲,因不得其满足而愈烈,又因愈烈而愈不得其满足，如此循环而陷于失望之境遇，遂悟宇宙人生之真相，遽而求其息肩之所。彼全变其气质，而超出乎苦乐之外，举昔之所执著者，一旦而舍之。彼以生活为炉、苦痛为炭，而铸其解脱之鼎。彼以疲于生活之欲故，故其生活之欲，不能复起而为之幻影。此通常之人解脱之状态也。前者之解脱，如惜春、紫鹃；后者之解脱，如宝玉。前者之解脱，超自然的也，神明的也；后者之解脱，自然的也，人类的也。前者之解脱，宗教的也；后者美术的也。前者平和的也；后者悲感的也，壮美的也，故文学的也、诗歌的也、小说的也。此《红楼梦》之主人公所以非惜春、紫鹃，而为贾宝玉者也。

呜呼！宇宙一生活之欲而已！而此生活之欲之罪过，即以生活之苦痛罚之：此即宇宙之永远的正义也。自犯罪，自加罚，自忏悔，自解脱。美术之务，在描写人生之苦痛于其解脱之道，而使吾侪冯生之徒，于此桎梏之世界中，离此生活之欲之争斗，而得其暂时之平和，此一切美术之目的也。夫欧洲近世之文学中，所以推格代之《法斯德》（今译《浮士德》）为第一者，以其描写博士法斯德之苦痛及其解脱之途径，最为精切故也。若《红楼梦》之写宝玉，又岂有以异于彼乎！彼于缠陷最深之中，而已伏解脱之种子：故听《寄生草》之曲，而悟立足之境；读《胠箧》之篇，而作焚花散麝之想。所以未能者，则以黛玉尚在耳，至黛玉死而其志渐决。然尚屡失于宝钗，几败于五儿，屡蹶屡振，而终获最后之胜利。读者观自九十八回以至百二十回之事实，其解脱之行程，精进之历史，明了真切何如哉！且法斯德之苦痛，天才之苦痛；宝玉之苦痛，人人所有之苦痛也。其存于人之根柢者为独深，而其希救济也为尤切，作者一一掇拾而发挥之。我辈之读此书者，宜如何表满足感谢之意哉？而吾人于作者之姓名，尚有未确实之知识。岂徒吾侪寡学之羞，亦足以见二百余年来，吾人之祖先对此宇宙之大著述如何冷淡遇之也？谁使此大著述之作者不敢自署其名？此可知此书之精神大背于吾国人之性质，及吾人之沉溺于生活之欲而乏美术之知识有如此也。然则予之为此论，亦自知有罪也矣。

第三章　《红楼梦》之美学上之价值

如上章之说，吾国人之精神，世间的也、乐天的也，故代表其精神之戏曲、小说，无往而不著此乐天之色彩：始于悲者终于欢，始于离者终于合，始于困者终于亨。非是而欲餍阅者之心，难矣。若《牡丹亭》之返魂，《长生殿》之重圆，其最著之一例也。《西厢记》之以惊梦终也，未成之作也，此书若成，吾乌知其不为《续西厢》之浅陋也？有《水浒传》矣，曷为而又有《荡寇志》？有《桃花扇》矣，曷为而又有《南桃花扇》？有《红楼梦》矣，彼《红楼复梦》《补红楼梦》《续红楼梦》者，曷为而作也？又曷为而有反对《红楼梦》之《儿女英雄传》？故吾国之文学中，其具厌世解脱之精神者，仅有《桃花扇》与《红楼梦》耳。而《桃花扇》之解脱，非真解脱也：沧桑之变，目击之而身历之，不能自悟，而悟于张道士之一言；且以历数千里，冒不测之险，投缧绁之中，所索之女子，才得一面，而以道士之言，一朝而舍之。自非三尺童子，其谁信之哉？故《桃花扇》之解脱，他律的也；而《红楼梦》之解脱，自律的也。且《桃花扇》之作者，但借侯、李之事以写故国之戚，而非以描写人生为事。故《桃花扇》，政治的也，国民的也，历史的也；《红楼梦》，哲学的也，宇宙的也，文学的也。此《红楼梦》之所以大背于吾国人之精神，而其价值亦即存乎此。彼《南桃花扇》《红楼复梦》等，正代表吾国人乐天之精神者也。

　　《红楼梦》一书与一切喜剧相反，彻头彻尾之悲剧也。其大宗旨如上章所述，读者既知之矣。除主人公不计外，凡此书中之人有与生活之欲相关系者，无不与苦痛相终始，以视宝琴、岫烟、李纹、李绮等，若藐姑射神人，复乎不可及矣。夫此数人者，曷尝无生活之欲，曷尝无苦痛？而书中既不及写其生活之欲，则其苦痛自不得而写之；足以见二者如骖之靳，而永远的正义无往不逞其权力也。又吾国之文学，以挟乐天的精神故，故往往说诗歌的正义，善人必令其终，而恶人必离其罚：此亦吾国戏曲、小说之特质也。《红楼梦》则不然：赵姨、凤姊之死，非鬼神之罚，彼良心自己之苦痛也。若李纨之受封，彼于《红楼梦》十四曲中，固已明说之曰：

　　　　[晚韶华] 镜里恩情，更那堪梦里功名！那美韶华去之何迅！再休提绣帐鸳衾。只这戴珠冠，披凤袄，也抵不了无常性命。虽说是，人生莫受老来贫，也须要阴骘积儿孙。气昂昂头戴簪缨，光灿灿胸悬金印，威赫赫爵禄高登，昏惨惨黄泉路近。问古来将相可还存？也只是虚名儿与后人钦敬。（第五回）

此足以知其非诗歌的正义，而既有世界人生以上，无非永远的正义之所统辖也。故曰《红楼梦》一书，彻头彻尾的悲剧也。

由叔本华之说，悲剧之中又有三种之别：第一种之悲剧，由极恶之人，极其所有之能力以交构之者。第二种，由于盲目的运命者。第三种之悲剧，由于剧中人物之位置及关系而不得不然者；非必有蛇蝎之性质与意外之变故也，但由普通之人物、普通之境遇，逼之不得不如是；彼等明知其害，交施之而交受之，各加以力而各不任其咎。此种悲剧，其感人贤于前二者远甚。何则？彼示人生最大之不幸，非例外之事，而人生之所固有故也。若前二种之悲剧，吾人对蛇蝎之人物与盲目之命运，未尝不悚然战栗，然以其罕见之故，犹幸吾生之可以免，而不必求息肩之地也。但在第三种，则见此非常之势力，足以破坏人生之福祉者，无时而不可堕于吾前；且此等惨酷之行，不但时时可受诸己，而或可以加诸人；躬丁其酷，而无不平之可鸣：此可谓天下之至惨也。若《红楼梦》，则正第三种之悲剧也。兹就宝玉、黛玉之事言之：贾母爱宝钗之婉嫕，而惩黛玉之孤僻，又信金玉之邪说，而思压宝玉之病；王夫人固亲于薛氏；凤姐以持家之故，忌黛玉之才而虞其不便于己也；袭人惩尤二姐、香菱之事，闻黛玉"不是东风压倒西风，就是西风压倒东风"（第八十一回）之语，惧祸之及，而自同于凤姐，亦自然之势也。宝玉之于黛玉，信誓旦旦，而不能言之于最爱之之祖母，则普通之道德使然，况黛玉一女子哉！由此种种原因，而金玉以之合，木石以之离，又岂有蛇蝎之人物、非常之变故行于其间哉？不过通常之道德、通常之人情、通常之境遇为之而已。由此观之，《红楼梦》者，可谓悲剧中之悲剧也。

由此之故，此书中壮美之部分较多于优美之部分，而眩惑之原质殆绝焉。作者于开卷即申明之曰：

> 更有一种风月笔墨，其淫秽污臭，最易坏人子弟。至于才子佳人等书，则又开口文君，满篇子建，千部一腔，千人一面，且终不能不涉淫滥。在作者不过欲写出自己两首情诗艳赋来，故假捏出男女二人名姓，又必旁添一小人拨乱其间，如戏中小丑一般。（此又上节所言之一证。）

兹举其最壮美者之一例，即宝玉与黛玉最后之相见一节曰：

那黛玉听着傻大姐说宝玉娶宝钗的话，此时心里竟是油儿酱儿糖儿醋儿倒在一处的一般，甜苦酸咸，竟说不上什么味儿来了……自己转身，要回潇湘馆去，那身子竟有千百斤重的，两只脚却像踏着棉花一般，早已软了。只得一步一步慢慢地走将下来。走了半天，还没到沁芳桥畔，脚下愈加软了，走的慢，且又迷迷痴痴，信着脚从那边绕过来，更添了两箭地路。这时刚到沁芳桥畔，却又不知不觉的顺着堤往回里走起来。紫鹃取了绢子来，却不见黛玉。正在那里看时，只见黛玉颜色雪白，身子恍恍荡荡的，眼睛也直直的，在那里东转西转……只得赶过来轻轻的问道："姑娘怎么又回去？是要往哪里去？"黛玉也只模糊听见，随口答道："我问问宝玉去。"……紫鹃只得搀他进去。那黛玉却又奇怪了，这时不似先前那样软了，也不用紫鹃打帘子，自己掀起帘子进来……见宝玉在那里坐着，也不起来让坐，只瞧着嘻嘻地呆笑。黛玉自己坐下，却也瞧着宝玉笑。两个也不问好，也不说话，也不推让，只管对着脸呆笑起来。忽然听着黛玉说道："宝玉，你为什么病了？"宝玉笑道："我为林姑娘病了。"袭人、紫鹃两个吓得面目改色，连忙用言语来岔，两个却又不答言，仍旧呆笑起来……紫鹃搀起黛玉，那黛玉也就站起来，瞧着宝玉，只管笑，只管点头儿。紫鹃又催道："姑娘回家去歇歇罢！"黛玉道："可不是，我这就是回去的时候儿了！"说着，便回身笑着出来了，仍旧不用丫头们搀扶，自己却走得比往常飞快。（第九十六回）

如此之文，此书中随处有之，其动吾人之感情何如？凡稍有审美的嗜好者，无人不经验之也。

《红楼梦》之为悲剧也如此。昔亚里士多德于《诗论》中，谓悲剧者，所以感发人之情绪而高上之，殊如恐惧与悲悯之二者，为悲剧中固有之物，由此感发，而人之精神于焉洗涤。故其目的，伦理学上之目的也。叔本华置诗歌于美术之顶点，又置悲剧于诗歌之顶点；而于悲剧之中，又特重第三种，以其示人生之真相，又示解脱之不可已故。故美学上最终之目的，与伦理学上最终之目的合。由是，《红楼梦》之美学上之价值，亦与其伦理学上之价值相联络也。

第四章　《红楼梦》之伦理学上之价值

自上章观之,《红楼梦》者,悲剧中之悲剧也。其美学上之价值,即存乎此。然使无伦理学上之价值以继之,则其于美术上之价值尚未可知也。今使为宝玉者,于黛玉既死之后,或感愤而自杀,或放废以终其身,则虽谓此书一无价值可也。何则?欲达解脱之域者,固不可不尝人世之忧患;然所贵乎忧患者,以其为解脱之手段故,非重忧患自身之价值也。今使人日日居忧患、言忧患,而无希求解脱之勇气,则天国与地狱,彼两失之;其所领之境界,除阴云蔽天,沮洳弥望外,固无所获焉。黄仲则《绮怀》诗曰:

> 如此星辰非昨夜,为谁风露立中宵。

又其卒章曰:

> 结束铅华归少作,屏除丝竹入中年。
> 茫茫来日愁如海,寄语羲和快着鞭。

其一例也。《红楼梦》则不然,其精神之存于解脱,如前二章所说,兹固不俟喋喋也。

然则解脱者,果足为伦理学上最高之理想否乎?自通常之道德观之,夫人知其不可也。夫宝玉者,固世俗所谓绝父子、弃人伦、不忠不孝之罪人也。然自太虚中有今日之世界,自世界中有今日之人类,乃不得不有普通之道德,以为人类之法则。顺之者安,逆之者危;顺之者存,逆之者亡。于今日之人类中,吾固不能不认普通之道德之价值也。然所以有世界人生者,果有合理的根据欤?抑出于盲目的动作,而别无意义存乎其间欤?使世界人生之存在,而有合理的根据,则人生中所有普通之道德,谓之绝对的道德可也。然吾人从各方面观之,则世界人生之所以存在,实由吾人类之祖先一时之误谬。诗人之所悲歌,哲学者之所冥想,与夫古代诸国民之传说,若出一揆,若第二章所引《红楼梦》第一回之神话的解释,亦于无意识中暗示此理,较之《创世记》所述人类犯罪之历史,尤为有味者也。夫人之有生，既为鼻祖之误谬矣，则夫吾人之同胞，凡为此鼻祖之子孙者，苟有一人焉，未入解脱之域，则鼻祖之罪终无时而赎，而一时之误谬，反覆至数千万年而未有已也。则夫绝弃人伦如宝玉其人者，自普通之道德言之，固无所辞其不忠不孝之罪；若开天眼而观之，则彼固可谓干父之蛊者也。知祖父之误谬，而不忍反覆之以重其罪，顾得谓之不孝哉？然则宝玉"一子出家，七祖升天"之说，诚有见乎！所谓孝者在此不在彼，非徒自辩护而已。

然则举世界之人类，而尽入于解脱之域，则所谓宇宙者，不诚无物也欤？然有无之说，盖难言之矣。夫以人生之无常，而知识之不可恃，安知吾人之所谓"有"非所谓真有者乎？则自其反而言之，又安知吾人之所谓"无"非所谓真无者乎？即真无矣，而使吾人自空乏与满足、希望与恐怖之中出，而获永远息肩之所，不犹愈于世之所谓有者乎？然则吾人之畏无也，与小儿之畏暗黑何以异？自己解脱者观之，安知解脱之后，山川之美，日月之华，不有过于今日之世界者乎？读《飞鸟各投林》之曲，所谓"一片白茫茫大地真干净"者，有欤？无欤？吾人且勿问，但立乎今日之人生而观之，彼诚有味乎其言之也。

难者又曰："人苟无生，则宇宙间最可宝贵之美术，不亦废欤？"曰："美术之价值，对现在之世界人生而起者，非有绝对的价值也。其材料取诸人生，其理想亦视人生之缺陷逼仄，而趋于其反对之方面。如此之美术，唯于如此之世界、如此之人生中，始有价值耳。今设有人焉，自无始以来，无生死，无苦乐，无人世之挂碍，而唯有永远之知识，则吾人所宝为无上之美术，自彼视之，不过蛩鸣蝉噪而已。何则？美术上之理想，固彼之所自有，而其材料，又彼之所未尝经验故也。又设有人焉，备尝人世之苦痛，而已入于解脱之域，则美术之于彼也，亦无价值。何则？美术之价值，存于使人离生活之欲，而入于纯粹之知识。彼既无生活之欲矣，而复进之以美术，是犹馈壮夫以药石，多见其不知量而已矣。然而超今日之世界人生以外者，于美术之存亡，固自可不必问也。"

夫然，故世界之大宗教，如印度之婆罗门教及佛教、希伯来之基督教，皆以解脱为唯一之宗旨。哲学家，如古代希腊之柏拉图，近世德意志之叔本华，其最高之理想，亦存于解脱。殊如叔本华之说，由其深邃之知识论、伟大之形而上学出，一扫宗教之神话的面具，而易以名学之论法；其真挚之感情与巧妙之文字，又足以济之：故其说精密确实，非如古代之宗教及哲学说，徒属想象而已。然事不厌其求详，姑以生平所疑者商榷焉：夫由叔氏之哲学说，则一切人类及万物之根本，一也。故充叔氏拒绝意志之说，非一切人类及万物，各拒绝其生活之意志，则一人之意志，亦不可得而拒绝。何则？生活之意志之存于我者，不过其一最小部分，而其大部分之存于一切人类及万物者，皆与我之意志同。而此物我之差别，仅由于吾人知力之形式，故离此知力之形式，而反其根本而观之，则一切人类及万物之意志，皆我之意志也。然则拒绝吾一人之意志，而姝姝自悦曰解脱，是何异决蹄涔之水，而注之沟壑，而曰天下皆得平土而居之者哉！佛之言曰："若不尽度众生，誓不成佛。"其言犹若有能之而不欲之意。然自吾人观之，此岂徒能之而不欲哉？将毋欲之而不能也。故如叔本华之言一人之解脱，而未言世界之解脱，实与其意志同一之说，不能两立者也。叔氏于无意识中亦触此疑问，故于其《意志及观念之世界》之第四编之末，力护其说曰：

  人之意志，于男女之欲，其发现也为最著，故完全之贞操，乃拒绝意志，即解脱之第一步也。夫自然中之法则，固自最确实者。使人人而行此格言，则人类之灭绝，自可立而待。至人类以降之动物，其解脱与堕落，亦当视人类以为准。《吠陀》之经典曰："一切众生之待圣人，如饥儿之望慈父母也。"基督教中亦有此思想。珊列休斯于其《人持一切物归于上帝》之小诗中曰："嗟汝万物灵，有生皆爱汝。总总环汝旁，如儿索母乳。携之适天国，惟汝力是怙！"德意志之神秘学者马斯太哀克赫德亦云："《约翰福音》云，予之离世界也，将引万物而与我俱。基督岂欺我哉？夫善人，固将持万物而归之于上帝，即其所从出之本者也。今夫一切生物，皆为人而造，又各自相为用；牛羊之于水草，鱼之于水，鸟之于空气，野兽之于林莽，皆是也。一切生物皆上帝所造，以供善人之用，而善人携之以归上帝。"彼意盖谓人之所以有用动物之权利者，实以能救济之之故也。

  于佛教之经典中，亦说明此真理。方佛之尚为菩提萨埵也，自玉宫逸出而入深林时，彼策其马而歌曰："汝久疲于生死兮，今将息此任载。负予躬以远举兮，继今日而无再。苟彼岸其予达兮，予将徘徊以汝待！"（《佛国记》）此之谓也。（英译《意志及观念之世界》第一册第四百九十二页）

然叔氏之说，徒引据经典，非有理论的根据也。试问释迦示寂以后，基督尸十字架以来，人类及万物之欲生奚若？其痛苦又奚若？吾知其不异于昔也。然则所谓持万物而归之上帝者，其尚有所待欤？抑徒沾沾自喜之说，而不能见诸实事者欤？果如后说，则释迦、基督自身之解脱与否，亦尚在不可知之数也。往者作一律曰：

> 生平颇忆挚卢敖，东过蓬莱浴海涛。
> 何处云中闻犬吠，至今湖畔尚乌号。
> 人间地狱真无间，死后泥洹枉自豪。
> 终古众生无度日，世尊只合老尘嚣。

何则？小宇宙之解脱，视大宇宙之解脱以为准故也。赫尔德曼人类涅槃之说，所以起而补叔氏之缺点者以此。要之，解脱之足以为伦理学上最高之理想与否，实存于解脱之可能与否。若失普通之论难，则固如楚楚蜉蝣，不足以撼十围之大树也。

今使解脱之事，终不可能，然一切伦理学上之理想，果皆可能也欤？今夫与此无生主义相反者，生生主义也。夫世界有限，而生人无穷；以无穷之人，生有限之世界，必有不得遂其生者矣。世界之内，有一人不得遂其生者，固生生主义之理想之所不许也。故由生生主义之理想，则欲使世界生活之量，达于极大限，则人人生活之度，不得不达于极小限。盖度与量二者，实为一精密之反比例，所谓最大多数之最大福祉者，亦仅归于伦理学者之梦想而已。夫以极大之生活量，而居于极小之生活度，则生活之意志之拒绝也奚若？此生生主义与无生主义相同之点也。苟无此理想，则世界之内，弱之肉，强之食，一任诸天然之法则耳，奚以伦理为哉？然世人日言生生主义，而此理想之达于何时，则尚在不可知之数。要之，理想者可近而不可即，亦终古不过一理想而已矣。人知无生主义之理想之不可能，而自忘其主义之理想之何若，此则大不可解脱者也。

夫如是，则《红楼梦》之以解脱为理想者，果可菲薄也欤？夫以人生忧患之如彼，而劳苦之如此，苟有血气者，未有不渴慕救济者也，不求之于实行，犹将求之于美术。独《红楼梦》者，同时与吾人以二者之救济。人而自绝于救济则已耳；不然，则对此宇宙之大著述，宜如何企踵而欢迎之也！

第五章　余论

　　自我朝考证之学盛行，而读小说者，亦以考证之眼读之。于是评《红楼梦》者，纷然索此书之主人公之为谁。此又甚不可解者也。夫美术之所写者，非个人之性质，而人类全体之性质也。惟美术之特质，贵具体而不贵抽象。于是举人类全体之性质，置诸个人之名字之下。譬诸"副墨之子"、"洛诵之孙"，亦随吾人之所好名之而已。善于观物者，能就个人之事实，而发现人类全体之性质；今对人类之全体，而必规规焉求个人以实之，人之知力相越，岂不远哉！故《红楼梦》之主人公，谓之贾宝玉可，谓之"子虚""乌有"先生可，即谓之纳兰容若可，谓之曹雪芹，亦无不可也。

　　综观评此书者之说，约有二种：一谓述他人之事，一谓作者自写其生平也。第一说中，大抵以贾宝玉为即纳兰性德。其说要无所本。案性德《饮水诗集·别意》六首之三曰：

　　　　独拥余香冷不胜，残更数尽思腾腾。
　　　　今宵便有随风梦，知在红楼第几层？

又《饮水词》中《于中好》一阕云：

　　　　别绪如丝睡不成，那堪孤枕梦边城。因听紫塞三更雨，却忆红楼半夜灯。

又《减字木兰花》一阕咏新月云：

　　　　莫教星替，守取团圆终必遂。此夜红楼，天上人间一样愁。

"红楼"之字凡三见，而云"梦红楼"者一。又其亡妇忌日作《金缕曲》一阕，其首三句云：

　　　　此恨何时已，滴空阶、寒更雨歇，葬花天气。

"葬花"二字,始出于此。然则《饮水集》与《红楼梦》之间,稍有文字之关系,世人以宝玉为即纳兰侍卫者,殆由于此。然诗人与小说家之用语,其偶合者固不少。苟执此例以求《红楼梦》之主人公,吾恐其可以傅合者,断不止容若一人而已。若夫作者之姓名(遍考各书,未见曹雪芹何名)与作书之年月,其为读此书者所当知,似更比主人公之姓名为尤要。顾无一人为之考证者,此则大不可解者也。

至谓《红楼梦》一书,为作者自道其生平者。其说本于此书第一回"竟不如我亲见亲闻的几个女子"一语。信如此说,则唐旦之《天国喜剧》,可谓无独有偶者矣。然所谓亲见亲闻者,亦可自旁观者之口言之,未必躬为剧中之人物。如谓书中种种境遇、种种人物,非局中人不能道,则是《水浒传》之作者必为大盗,《三国演义》之作者必为兵家,此又大不然之说也。且此问题实与美术之渊源之问题相关系。如谓美术上之事,非局中人不能道,则其渊源必全存于经验而后可。夫美术之源,出于先天,抑由于经验,此西洋美学上至大之问题也。叔本华之论此问题也,最为透辟。兹援其说,以结此论。其言(此论本为绘画及雕刻发,然可通之于诗歌、小说)曰:

> 人类之美之产于自然中者,必由下文解释之:即意志于其客观化之最高级(人类)中,由自己之力与种种之情况,而打胜下级(自然力)之抵抗,以占领其物质。且意志之发现于高等之阶级也,其形式必复杂:即以一树言之,乃无数之细胞,合而成一系统者也。其阶级愈高,其结合愈复。人类之身体,乃最复杂之系统也:各部分各有一特别之生活;其对全体也,则为隶属;其互相对也,则为同僚;互相调和,以为其全体之说明;不能增也,不能减也。能如此者,则谓之美。此自然中不得多见者也。顾美之于自然中如此,于美术中则何如?或有以美术家为模仿自然者。然彼苟无美之预想存于经验之前,则安从取自然中完全之物而模仿之,又以之与不完全者相区别哉?且自然亦安得时时生一人焉,于其各部分皆完全无缺哉?或又谓美术家必先于人之肢体中,观美丽之各部分,而由之以构成美丽之全体。此又大愚不灵之说也。即令如此,彼又何自知美丽之在此部分而非彼部分哉?故美之知识,断非自经验的得之,即非后天的而常为先天的;即不然,亦

必其一部分常为先天的也。吾人于观人类之美后，始认其美；但在真正之美术家，其认识之也，极其明速之度，而其表出之也，胜乎自然之为。此由吾人之自身即意志，而于此所判断及发现者，乃意志于最高级之完全之客观化也。唯如是，吾人斯得有美之预想。而在真正之天才，于美之预想外，更伴以非常之巧力。彼于特别之物中，认全体之理念，遂解自然之嗫嚅之言语而代言之；即以自然所百计而不能产出之美，现之于绘画及雕刻中，而若语自然曰："此即汝之所欲言而不得者也。"苟有判断之能力者，心将应之曰："是。"唯如是，故希腊之天才，能发现人类之美之形式，而永为万世雕刻家之模范。唯如是，故吾人对自然于特别之境遇中所偶然成功者，而得认其美。此美之预想，乃自先天中所知者，即理想的也，比其现于美术也，则为实际的。何则？此与后人中所与之自然物相合故也。如此，美术家先天中有美之预想，而批评家于后天中认识之，此由美术家及批评家，乃自然之自身之一部，而意志于此客观化者也。哀姆攀独克尔曰："同者唯同者知之。"故唯自然能知自然，唯自然能言自然，则美术家有自然之美之预想，固自不足怪也。

芝诺芬述苏格拉底之言曰："希腊人之发见人类之美之理想也，由于经验。即集合种种美丽之部分，而于此发见一膝，于彼发见一臂。"此大谬之说也。不幸而此说又蔓延于诗歌中，即以狄斯丕尔言之，谓其戏剧中所描写之种种之人物，乃其一生之经验中所观察者，而极其全力以摹写之者也。然诗人由人性之预想而作戏曲小说，与美术家之中美之预想而作绘画及雕刻无以异。唯两者于其创造之途中，必须有经验以为之补助。夫然，故其先天中所已知者，得唤起而入于明晰之意识，而后表出之事，乃可得而能也。（叔氏《意志及观念之世界》第一册第二百八十五页至八十九页）

由此观之，则谓《红楼梦》中所有种种之人物、种种之境遇，必本于作者之经验，则雕刻与绘画家之写人之美也，必此取一膝、彼取一臂而后可。其是与非，不待知者而决矣。读者苟玩前数章之说，而知《红楼梦》之精神，与其美学、伦理学上之价值，则此种议论，自可不生。苟知美术之大有造于人生，而《红楼梦》自足为我国美术上之唯一大著述，则其作者之姓名与其著书之年月,固当为唯一考证之题目。而我国人之所聚讼者,乃不在此而在彼;此足以见吾国人之对此书之兴味之所在,自在彼而不在此也。故为破其惑如此。

(选自《〈红楼梦〉评论》,浙江古籍出版社2012年版)

《人间词话》

一

词以境界为最上。有境界则自成高格，自有名句。五代北宋之词所以独绝者在此。

二

有造境，有写境，此理想与写实二派之所由分。然二者颇难分别。因大诗人所造之境，必合乎自然，所写之境，亦必邻于理想故也。

三

有有我之境，有无我之境。"泪眼问花花不语，乱红飞过秋千去。""可堪孤馆闭春寒，杜鹃声里斜阳暮。"有我之境也。"采菊东篱下，悠然见南山。""寒波澹澹起，白鸟悠悠下。"无我之境也。有我之境，以我观物，故物皆著我之色彩。无我之境，以物观物，故不知何者为我，何者为物。古人为词，写有我之境者为多，然未始不能写无我之境，此在豪杰之士能自树立耳。

四

无我之境，人唯于静中得之。有我之境，于由动之静时得之。故一优美,一宏壮也。

五

自然中之物,互相关系,互相限制。然其写之于文学及美术中也,必遗其关系、限制之处。故虽写实家,亦理想家也。又虽如何虚构之境,其材料必求之于自然,而其构造,亦必从自然之法则。故虽理想家,亦写实家也。

六

境非独谓景物也,喜怒哀乐,亦人心中之一境界。故能写真景物、真感情者,谓之有境界。否则谓之无境界。

七

"红杏枝头春意闹",著一"闹"字,而境界全出。"云破月来花弄影",著一"弄"字,而境界全出矣。

八

境界有大小,不以是而分优劣。"细雨鱼儿出,微风燕子斜"何遽不若"落日照大旗,马鸣风萧萧"。"宝帘闲挂小银钩"何遽不若"雾失楼台,月迷津渡"也。

九

严沧浪《诗话》谓:"盛唐诸公(《诗话》'公'作'人'),唯在兴趣。羚羊挂角,无迹可求。故其妙处,透澈('澈'作'彻')玲珑,不可凑拍('拍'作'泊')。如空中之音、相中之色、水中之影('影'作'月')、镜中之象,言有尽而意无穷。"余谓:北宋以前之词,亦复如是。然沧浪所谓兴趣,阮亭所谓神韵,犹不过道其面目,不若鄙人拈出

"境界"二字,为探其本也。

十

太白纯以气象胜。"西风残照,汉家陵阙。"寥寥八字,遂关千古登临之口。后世唯范文正之《渔家傲》、夏英公之《喜迁莺》,差足继武,然气象已不逮矣。

十一

张皋文谓:飞卿之词,"深美闳约"。余谓:此四字唯冯正中足以当之。刘融斋谓:"飞卿精艳(当作'妙')绝人"。差近之耳。

十二

"画屏金鹧鸪",飞卿语也,其词品似之。"弦上黄莺语",端己语也,其词品亦似之。正中词品,若欲于其词句中求之,则"和泪试严妆",殆近之欤?

十三

南唐中主词:"菡萏香销翠叶残,西风愁起绿波间。"大有众芳芜秽,美人迟暮之感。乃古今独赏其"细雨梦回鸡塞远,小楼吹彻玉笙寒",故知解人正不易得。

十四

温飞卿之词,句秀也。韦端己之词,骨秀也。李重光之词,神秀也。

十五

词至李后主而眼界始大,感慨遂深,遂变伶工之词而为士大夫之词。周介存置诸温、韦之下，可谓颠倒黑白矣。"自是人生长恨水长东。""流水落花春去也，天上人间。"《金荃》《浣花》，能有此气象耶？

十六

词人者，不失其赤子之心者也。故生于深宫之中，长于妇人之手，是后主为人君所短处，亦即为词人所长处。

十七

客观之诗人，不可不多阅世。阅世愈深，则材料愈丰富，愈变化，《水浒传》《红楼梦》之作者是也。主观之诗人，不必多阅世。阅世愈浅，则性情愈真，李后主是也。

十八

尼采谓："一切文学，余爱以血书者。"后主之词，真所谓以血书者也。宋道君皇帝《燕山亭》词亦略似之。然道君不过自道身世之戚，后主则俨有释迦、基督担荷人类罪恶之意，其大小固不同矣。

十九

冯正中词虽不失五代风格，而堂庑特大，开北宋一代风气。与中、后二主词皆在《花间》范围之外，宜《花间集》中不登其只字也。

二十

正中词除《鹊踏枝》《菩萨蛮》十数阕最煊赫外，如《醉花间》之"高树鹊衔巢，斜月明寒草"，余谓：韦苏州之"流萤渡高阁"、孟襄阳之"疏雨滴梧桐"不能过也。

二十一

欧九《浣溪沙》词："绿杨楼外出秋千"，晁补之谓：只一"出"字，便后人所不能道。余谓：此本于正中《上行杯》词"柳外秋千出画墙"，但欧语尤工耳。

二十二

梅圣（原误作"舜"）俞《苏幕遮》词："落尽梨花春事（当作'又'）了。满地斜（当作'残'）阳，翠色和烟老。"刘融斋谓：少游一生似专学此种。余谓：冯正中《玉楼春》词："芳菲次第长相续，自是情多无处足，尊前百计得春归，莫为伤春眉黛促。"永叔一生似专学此种。

二十三

人知和靖《点绛唇》、圣（原误作"舜"）俞《苏幕遮》、永叔《少年游》（原脱"游"）三阕为咏春草绝调。不知先有正中"细雨湿流光"五字，皆能摄春草之魂者也。

二十四

《诗·蒹葭》一篇，最得风人深致。晏同叔之"昨夜西风凋碧树，独上高楼，望尽天涯路"，意颇近之。但一洒落，一悲壮耳。

二十五

"我瞻四方，蹙蹙靡所骋。"诗人之忧生也。"昨夜西风凋碧树。独上高楼，望尽天涯路"似之。"终日驰车走，不见所问津。"诗人之忧世也。"百草千花寒食路，香车系在谁家树"似之。

二十六

　　古今之成大事业、大学问者，必经过三种之境界："昨夜西风凋碧树。独上高楼，望尽天涯路。"此第一境也。"衣带渐宽终不悔，为伊消得人憔悴。"此第二境也。"众里寻他千百度，回头蓦见（当作'蓦然回首'），那人正（当作'却'）在，灯火阑珊处。"此第三境也。此等语皆非大词人不能道。然遽以此意解释诸词，恐晏、欧诸公所不许也。

二十七

　　永叔"人间（当作'生'）自是有情痴，此恨不关风与月"。"直须看尽洛城花，始与（当作'共'）东（当作'春'）风容易别。"于豪放之中有沉着之致，所以尤高。

二十八

　　冯梦华《宋六十一家词选·序例》谓："淮海、小山，古之伤心人也。其淡语皆有味，浅语皆有致。"余谓此唯淮海足以当之。小山矜贵有馀，但可方驾子野、方回，未足抗衡淮海也。

二十九

　　少游词境最凄婉。至"可堪孤馆闭春寒，杜鹃声里斜阳暮"，则变而凄厉矣。东坡赏其后二语，犹为皮相。

三十

　　"风雨如晦，鸡鸣不已。""山峻高以蔽日兮，下幽晦以多雨。霰雪纷其无垠兮，云霏霏而承宇。""树树皆秋色，山山尽（当作'唯'）落晖。""可堪孤馆闭春寒，杜鹃声里斜阳暮。"气象皆相似。

三十一

昭明太子称：陶渊明诗"跌宕昭彰，独超众类。抑扬爽朗，莫之与京"。王无功称：薛收赋"韵趣高奇，词义晦远。嵯峨萧瑟，真不可言"。词中惜少此二种气象。前者唯东坡，后者唯白石，略得一二耳。

三十二

词之雅郑，在神不在貌。永叔、少游虽作艳语，终有品格。方之美成，便有淑女与倡伎之别。

三十三

美成深远之致不及欧、秦。唯言情体物，穷极工巧，故不失为一流之作者。但恨创调之才多，创意之才少耳。

三十四

词忌用替代字。美成《解语花》之"桂华流瓦"，境界极妙。惜以"桂华"二字代"月"耳。梦窗以下，则用代字更多。其所以然者，非意不足，则语不妙也。盖意足则不暇代，语妙则不必代。此少游之"小楼连苑""绣毂雕鞍"，所以为东坡所讥也。

三十五

沈伯时《乐府指迷》云："说桃不可直说破（原无'破'字，据《花草粹编》附刊本《乐府指迷》加）桃，须用'红雨''刘郎'等字。咏（原作'说'）柳不可直说破柳，须用'章台'、'灞岸'等字。"若唯恐人不用代字者。果以是为工，则古今类书具在，又安用词为耶？宜其为《提要》所讥也。

三十六

美成《青玉案》（当作《苏幕遮》）词："叶上初阳干宿雨。水面清圆，一一风荷举。"此真能得荷之神理者，觉白石《念奴娇》《惜红衣》二词，犹有隔雾看花之恨。

三十七

东坡《水龙吟》咏杨花，和韵而似元唱。章质夫词，原唱而似和韵。才之不可强也如是！

三十八

咏物之词，自以东坡《水龙吟》为最工，邦卿《双双燕》次之。白石《暗香》《疏影》，格调虽高，然无一语道着，视古人"江边一树垂垂发"等句何如耶？

三十九

白石写景之作，如"二十四桥仍在，波心荡、冷月无声"，"数峰清苦，商略黄昏雨"，"高树晚蝉，说西风消息"，虽格韵高绝，然如雾里看花，终隔一层。梅溪、梦窗诸家写景之病，皆在一"隔"字。北宋风流，渡江遂绝，抑真有运会存乎其间耶？

四十

问"隔"与"不隔"之别，曰：陶、谢之诗不隔，延年则稍隔矣。东坡之诗不隔，山谷则稍隔矣。"池塘生春草""空梁落燕泥"等二句，妙处唯在不隔。词亦如是。即以一人一词论，如欧阳公《少年游》咏春草上半阕云："阑干十二独凭春，晴碧远连云。千里万里，二月三月（此两句原倒装），行色苦愁人。"语语都在目前，便是不隔。至云："谢家池上，江淹浦畔。"则隔矣。白石《翠楼吟》："此地。宜有词仙，拥素云黄鹤，与君游戏。玉梯凝望久，叹芳草、萋萋千里。"便是不隔。至"酒祓清愁，花消英气"，则隔矣。然南宋词虽不隔处，比之前人，自有浅深厚薄之别。

四十一

"生年不满百，常怀千岁忧。昼短苦夜长，何不秉烛游？""服食求神仙，多为药所误。不如饮美酒，被服纨与素。"写情如此，方为不隔。"采菊东篱下，悠然见南山。山气日夕佳，飞鸟相与还。""天似穹庐，笼盖四野。天苍苍，野茫茫。风吹草低见牛羊。"写景如此，方为不隔。

四十二

古今词人格调之高，无如白石。惜不于意境上用力，故觉无言外之味，弦外之响，终不能与于第一流之作者也。

四十三

南宋词人，白石有格而无情，剑南有气而乏韵。其堪与北宋人颉颃者，唯一幼安耳。近人祖南宋而祧北宋，以南宋之词可学，北宋不可学也。学南宋者，不祖白石，则祖梦窗，以白石、梦窗可学，幼安不可学也。学幼安者率祖其粗犷、滑稽，以其粗犷、滑稽处可学，佳处不可学也。幼安之佳处，在有性情，有境界。即以气象论，亦有"傍素波、干青云"之概，宁后世龌龊小生所可拟耶？

四十四

东坡之词旷，稼轩之词豪。无二人之胸襟而学其词，犹东施之效捧心也。

四十五

读东坡、稼轩词，须观其雅量高致，有伯夷、柳下惠之风。白石虽似蝉蜕尘埃，然终不免局促辕下。

四十六

　　苏、辛，词中之狂。白石，犹不失为狷。若梦窗、梅溪、玉田、草窗、中（当作"西"，《删稿》三十五可证。）麓辈，面目不同，同归于乡愿而已。

四十七

　　稼轩《中秋饮酒达旦，用〈天问〉体作〈木兰花慢〉以送月》曰："可怜今夕月，向何处、去悠悠？是别有人间，那边才见，光景东头。"词人想象，直悟月轮绕地之理，与科学家密合，可谓神悟。

四十八

　　周介存谓："梅溪词中，喜用'偷'字，足以定其品格。"刘融斋谓："周旨荡而史意贪。"此二语令人解颐。

四十九

　　介存谓：梦窗词之佳者，如"水光云影，摇荡绿波，抚玩无极，迫寻已远"。余览《梦窗甲乙丙丁稿》中，实无足当此者。有之，其"隔江人在雨声中，晚风菰叶生秋怨"二语乎？

五十

　　梦窗之词，吾得取其词中之一语以评之，曰："映梦窗凌（当作'零'）乱碧。"玉田之词，余得取其词中之一语以评之，曰："玉老田荒。"

五十一

"明月照积雪""大江流日夜""中天悬明月""黄（当作'长'）河落日圆"，此种境界，可谓千古壮观。求之于词，唯纳兰容若塞上之作，如《长相思》之"夜深千帐灯"，《如梦令》之"万帐穹庐人醉，星影摇摇欲坠"差近之。

五十二

纳兰容若以自然之眼观物，以自然之舌言情。此由初入中原，未染汉人风气，故能真切如此。北宋以来，一人而已。

五十三

陆放翁跋《花间集》，谓："唐季五代，诗愈卑，而倚声辄简古可爱。能此不能彼，未可（当作'易'）以理推也。"《提要》驳之，谓："犹能举七十斤者，举百斤则蹶，举五十斤则运掉自如。"其言甚辨。然谓词必易于诗，余未敢信。善乎陈卧子之言曰："宋人不知诗而强作诗，故终宋之世无诗。然其欢愉愁苦（当作'怨'）之致，动于中而不能抑者，类发于诗馀，故其所造独工。"五代词之所以独胜，亦以此也。

五十四

四言敝而有楚辞，楚辞敝而有五言，五言敝而有七言，古诗敝而有律绝，律绝敝而有词。盖文体通行既久，染指遂多，自成习套。豪杰之士，亦难于其中自出新意，故遁而作他体，以自解脱。一切文体所以始盛终衰者，皆由于此。故谓文学后不如前，余未敢信。但就一体论，则此说固无以易也。

五十五

诗之《三百篇》《十九首》，词之五代、北宋，皆无题也。非无题也，诗词中之意,不能以题尽之也。自《花庵》《草堂》每调立题,并古人无题之词亦为之作题。如观一幅佳山水,而即曰此某山某河,可乎?诗有题而诗亡,词有题而词亡。然中材之士,鲜能知此而自振拔者矣。

五十六

大家之作,其言情也必沁人心脾,其写景也必豁人耳目。其辞脱口而出,无矫揉妆束之态。以其所见者真,所知者深也。诗、词皆然。持此以衡古今之作者,可无大误矣。

五十七

人能于诗词中不为美刺投赠之篇,不使隶事之句,不用粉饰之字,则于此道已过半矣。

五十八

以《长恨歌》之壮采,而所隶之事,只"小玉双成"四字,才有余也。梅村歌行,则非隶事不办。白、吴优劣,即于此见。不独作诗为然,填词家亦不可不知也!

五十九

近体诗体制,以五七言绝句为最尊,律诗次之,排律最下。盖此体于寄兴言情,两无所当,殆有韵之骈体文耳。词中小令如绝句,长调似律诗,若长调之《百字令》《沁园春》等,则近于排律矣。

六十

诗人对宇宙人生,须入乎其内,又须出乎其外。入乎其内,故能写之。出乎其外,故能观之。入乎其内,故有生气。出乎其外,故有高致。美成能入而不能出。白石以降,于此二事皆未梦见。

六十一

诗人必有轻视外物之意，故能以奴仆命风月。又必有重视外物之意，故能与花草共忧乐。

六十二

"昔为倡家女，今为荡子妇。荡子行不归，空床难独守。""何不策高足，先据要路津？无为久贫（当作'守穷'）贱，辘轲长苦辛。"可谓淫鄙之尤。然无视为淫词、鄙词者，以其真也。五代、北宋之大词人亦然。非无淫词，读之者但觉其亲切动人；非无鄙词，但觉其精力弥满。可知淫词与鄙词之病，非淫与鄙之病，而游词之病也。"岂不尔思，室是远而。"而子曰："未之思也，夫何远之有？"恶其游也。

六十三

"枯藤老树昏鸦，小桥流水人家，古道西风瘦马，夕阳西下，断肠人在天涯。"此元人马东篱《天净沙》小令也。寥寥数语，深得唐人绝句妙境。有元一代词家，皆不能办此也。

六十四

白仁甫《秋夜梧桐雨》剧，沉雄悲壮，为元曲冠冕。然所作《天籁词》，粗浅之甚，不足为稼轩奴隶。岂创者易工，而因者难巧欤？抑人各有能有不能也？读者观欧、秦之诗远不如词，足透此中消息。

（选自《人间词话》，中国人民大学出版社 2005 年版）

鲁　迅

鲁迅（1881—1936），原名周树人，字豫才，浙江绍兴人。近代中国杰出的思想家。他自觉承担起唤醒国民灵魂的艰巨使命，以犀利的笔墨、大胆的批判精神奠定了中国文学史上的地位。鲁迅不仅创作数量颇丰，而且在小说、杂文、散文的创作上别具一格。他以独特的视角，在小说方面，开创了农民与知识分子两大现代文学题材；杂文方面，以迥异于一般思想的批判，将矛头直指向人，代表作有《论"他妈的"》《小杂感》等，都足见其思想的深刻性。其他著作包括《故事新编》《朝花夕拾》《野草》《华盖集》《文学与批评》《域外小说集》《中国小说史略》等。鲁迅在引进西方美学理论方面也做出了巨大的贡献。《摩罗诗力说》以世界文学的眼光，自觉的比较意识，推动了中国比较文学的发展。

《摩罗诗力说》作于1907年，1908年2月和3月，发表于《河南》杂志第2期和第3期上，后由作者收入杂文集《坟》中。是鲁迅早期浪漫主义诗学的代表作。鲁迅从启蒙民众的目的出发，对文化复古派、保守派进行了批判，赞扬摩罗诗派的反叛精神和浪漫主义风格。文章的前三节，以进化论哲学作为研究文学现象的切入点，通过对印度、埃及、希伯来等文明古国昔日辉煌，如今荒凉的文化现状比较分析，对中国传统诗学、"平和"思想、"文以载道"等文学观进行批判，指出中国面临"诗人绝迹"，需"别求新声于异邦"，以开放的眼光吸收进步思想，将摩罗诗人作为学习的对象。第四节到第九节，集中讨论了摩罗派诗人雪莱、普希金、裴多菲等人的文学观，倡导其独立、自由、反叛的精神。通过对西方摩罗诗派的介绍，以唤醒民众，使民众善美刚健。《摩罗诗力说》是我国第一篇全面介绍西方浪漫主义的论文，鲁迅以西方文论为参照，在比较中理解中国传统诗学和传统文化。针对中国闭关自守的弊端，把目光投射到了摩罗诗派上，不仅将摩罗诗派和屈原进行了比较，而且对多个摩罗诗人的内部差异做了细致的分析。此外，鲁迅还以广阔的视野对世界文学和世界文明进行比较，同时立足本土，自觉运用比较文学的方法，将"新声"引入中国，在比较中探究本土文学的特质、功用及意义等，为中国比较诗学的发展做出有益的尝试。

摩罗诗力说[1]

求古源尽者将求方来之泉，将求新源。嗟我昆弟，新生之作，新泉之涌于渊深，其非远矣。

——尼采

一

人有读古国文化史者，循代而下，至于卷末，必凄以有所觉，如脱春温而入于秋肃，勾萌绝朕[2]，枯槁在前，吾无以名，姑谓之萧条而止。盖人文之留遗后世者，最有力莫如心声。古民神思，接天然之閟宫，冥契万有，与之灵会，道其能道，爰为诗歌。其声度时劫而入人心，不与缄口同绝；且益曼衍，视其种人。递文事式微，则种人之运命亦尽，群生辍响，荣华收光；读史者萧条之感，即以怒起，而此文明史记，亦渐临末页矣。凡负令誉于史初，开文化之曙色，而今日转为影国者，无不如斯。使举国人所习闻，最适莫如天竺。天竺古有《吠陀》四种，瑰丽幽夐，称世界大文；其《摩诃波罗多》暨《罗摩衍那》二赋，亦至美妙。厥后有诗人迦梨陀娑（Kalidasa）者出，以传奇鸣世，间染抒情之篇；日耳曼诗宗歌德（W. von Goethe），至崇为两间之绝唱。降及种人失力，而文事亦共零夷，至大之声，渐不生于彼国民之灵府，流转异域，如亡人也。次为希伯来，虽多涉信仰教诫，而文章以幽邃庄严胜，教宗文术，此其源泉，灌溉人心，迄今兹未艾。特在以色列族，则止耶利米（Jeremiah）之声；列王

---

[1] 此文最初发表于1908年2月和3月《河南》月刊第2号、第3号，署名令飞。
[2] 勾萌绝朕，毫无生机的意思。

荒矣，帝怒以赫，耶路撒冷遂隳，而种人之舌亦默。当彼流离异地，虽不遽忘其宗邦，方言正信，拳拳未释，然《哀歌》而下，无赓响矣。复次为伊兰埃及，皆中道废弛，有如断缏，灿烂于古，萧瑟于今。若震旦而逸斯列，则人生大戚，无逾于此。何以故？英人卡莱尔（Th. Carlyle）曰，得昭明之声，洋洋乎歌心意而生者，为国民之首义。意大利分崩矣，然实一统也，彼生但丁（Alighieri），彼有意语。大俄罗斯之札尔①，有兵刃炮火，政治之上，能辖大区，行大业。然奈何无声？中或有大物，而其为大也喑。（中略）迨兵刃炮火，无不腐蚀，而但丁之声依然。有但丁者统一，而无声兆之俄人，终支离而已。

尼采（Fr. Nietzsche）不恶野人，谓中有新力，言亦确凿不可移。盖文明之朕，固孕于蛮荒，野人狉獉其形，而隐曜即伏于内。文明如华，蛮野如蕾；文明如实，蛮野如华，上征在是，希望亦在是。唯文化已止之古民不然：发展既央，隳败随起，况久席古宗祖之光荣，尝首出周围之下国，暮气之作，每不自知，自用而愚，污如死海。其煌煌居历史之首，而终匿形于卷末者，殆以此欤？俄如无声，激响在焉。俄如孺子，而非喑人；俄如伏流，而非古井。19世纪前叶，果有果戈理（N. Gogol）者起，以不可见之泪痕悲色，振其邦人，或以拟英之莎士比亚（W.Shakespeare），即卡莱尔所赞扬崇拜者也。顾瞻人间，新声争起，无不以殊特雄丽之言，自振其精神而介绍其伟美于世界；若渊默而无动者，独前举天竺以下数古国而已。嗟夫，古民之心声手泽，非不庄严，非不崇大，然呼吸不通于今，则取以供览古之人，使摩挲咏叹而外，更何物及其子孙？否亦仅自语其前此光荣，即以形迹来之寂寞，反不如新起之邦，纵文化未昌，而大有望于方来之足致敬也。故所谓古文明国者，悲凉之语耳，嘲讽之辞耳！中落之胄，故家荒矣，则喋喋语人，谓厥祖在时，其为智慧武怒者何似，尝有闳宇崇楼，珠玉犬马，尊显胜于凡人。有闻其言，孰不腾笑？夫国民发展，功虽有在于怀古，然其怀也，思理朗然，如鉴明镜，时时上征，时时反顾，时时进光明之长途，时时念辉煌之旧有，故其新者日新，而其古亦不死。若不知所以然，漫夸耀以自悦，则长夜之始，即在斯时。今试履中国之大衢，当有见军人蹀躞而过市者，张口作军歌，痛斥印度波阑之奴性；有漫为国歌者亦然。盖中国今日，亦颇思历举前有之耿光，特未能

---

① 札尔，现通译沙皇。

言,则姑曰左邻已奴,右邻且死,择亡国而较量之,冀自显其佳胜。夫二国与震旦究孰劣,今姑弗言;若云颂美之什,国民之声,则天下之咏者虽多,固未见有此做法矣。诗人绝迹,事若甚微,而萧条之感,辄以来袭。意者欲扬宗邦之真大,首在审己,亦必知人,比较既周,爰生自觉。自觉之声发,每响必中于人心,清晰昭明,不同凡响。非然者,口舌一结,众语俱沦,沉默之来,倍于前此。盖魂意方梦,何能有言?即震于外缘,强自扬厉,不惟不大,徒增欷耳。故曰国民精神之发扬,与世界识见之广博有所属。

今且置古事不道,别求新声于异邦,而其因即动于怀古。新声之别,不可究详;至力足以振人,且语之较有深趣者,实莫如摩罗①诗派。摩罗之言,假自天竺,此云天魔,欧人谓之撒但,人本以目拜伦(G. Byron)。今则举一切诗人中,凡立意在反抗,指归在动作,而为世所不甚愉悦者悉入之,为传其言行思惟,流别影响,始宗主拜伦,终以摩迦(匈加利)文士②。凡是群人,外状至异,各禀自国之特色,发为光华;而要其大归,则趣于一:大都不为顺世和乐之音,动吭一呼,闻者兴起,争天拒俗,而精神复深感后世人心,绵延至于无已。虽未生以前,解脱而后,或以其声为不足听;若其生活两间,居天然之掌握,辗转而未得脱者,则使之闻之,固声之最雄桀伟美者矣。然以语平和之民,则言者滋惧。

二

　　平和为物,不见于人间。其强谓之平和者,不过战事方已或未始之时,外状若宁,暗流仍伏,时劫一会,动作始矣。故观之天然,则和风拂林,甘雨润物,似无不以降福祉于人世,然烈火在下,出为地囱③,一旦偾兴,万有同坏。其风雨时作,特暂伏之见象,非能永劫安易,如亚当之故家也。人事亦然,衣食家室邦国之争,形现既昭,已不可以讳掩;而二士室处,亦有呼吸,于是生颢气④之争,强肺者致胜。故杀机之旳,与有生偕;平和之名,等于无有。特生民之始,既以武健勇烈,抗拒战斗,渐

---

① 摩罗,通作魔罗,系梵文译音。佛教传说中的魔鬼。
② 此指裴多菲。
③ 地囱,山火。
④ 颢气,空气。

进于文明矣，化定俗移，转为新懦，知前征之至险，则爽然思归其雌，而战场在前，复自知不可避，于是运其神思，创为理想之邦，或托之人所莫至之区，或迟之不可计年以后。自柏拉图（Platon）《邦国论》始，西方哲士，作此念者不知几何人。虽自古至今，绝无此平和之朕，而延颈方来，神驰所慕之仪的，日逐而不舍，要亦人间进化之一因子欤？吾中国爱智之士，独不与西方同，心神所注，辽远在于唐虞，或迳入古初，游于人兽杂居之世；谓其时万祸不作，人安其天，不如斯世之恶浊陀危，无以生活。其说照之人类进化史实，事正背驰。盖古民曼衍播迁，其为争抗劬劳，纵不厉于今，而视今必无所减；特历时既永，史乘无存，汗迹血腥，泯灭都尽，则追而思之，似其时为至足乐耳。倘使置身当时，与古民同其忧患，则颓唐侘傺，复远念盘古未生，斧凿未经之世，又事之所必有者已。故作此念者，为无希望，为无上征，为无努力，较以西方思理，犹水火然；非自杀以从古人，将终其身更无可希冀经营，致人我于所仪之主的，束手浩叹，神质同瘗焉而已。且更为忖度其言，又将见古之思士，决不以华土为可乐，如今人所张皇；惟自知良懦无可为，乃独图脱屣尘埃，惝恍古国，任人群堕于虫兽，而己身以隐逸终。思士如是，社会善之，咸谓之高蹈之人，而自云我虫兽我虫兽也。其不然者，乃立言辞，欲致人同归于朴古，老子之辈，盖其枭雄。老子书五千语，要在不撄人心；以不撄人心故，则必先自致槁木之心，立无为之治；以无为之为化社会，而世即于太平。其术善也。然奈何星气既凝，人类既出后，无时无物，不禀杀机，进化或可停，而生物不能返本。使拂逆其前征，势即入于苓落，世界之内，实例至多，一览古国，悉其信证。若诚能渐致人间，使归于禽虫卉木原生物，复由渐即于无情，则宇宙自大，有情已去，一切虚无，宁非至净。而不幸进化如飞矢，非堕落不止，非著物不止，祈逆飞而归弦，为理势所无有。此人世所以可悲，而摩罗宗之为至伟也。人得是力，乃以发生，乃以曼衍，乃以上征，乃至于人所能至之极点。

中国之治，理想在不撄，而意异于前说。有人撄人，或有人得撄者，为帝大禁，其意在保位，使子孙王千万世，无有底止，故性解（Genius）之出，必竭全力死之；有人撄我，或有能撄人者，为民大禁，其意在安生，宁蜷伏堕落而恶进取，故性解之出，亦必竭全力死之。柏拉图建神思之邦，谓诗人乱治，当放域外；虽国之美污，意之高下有不同，而术实出于一。盖诗人者，撄人心者也。凡人之心，无不有诗，如诗人作诗，诗不为诗人独有，凡一读其诗，心即会解者，即无不自有诗人之诗。无之何以能解？唯有而未能言，诗人为之语，则握拨一弹，心弦立应，其声澈于灵府，令有情皆举其首，如睹晓日，益为之美伟强力高尚发扬，而污浊之平和，以之将破。平和之破，人道蒸也。虽然，上极天帝，下至舆台，则不能不因此变其前时之生活；协力而夭阏之，思永保其故态，殆亦人情已。故态永存，是曰古国。唯诗究不可灭尽，则又设范以囚之。如中国之诗，舜云言志；而后贤立说，乃云持人性情，三百之旨，无邪所蔽。夫既言志矣，何持之云？强以无邪，即非人志。许自繇①于鞭策羁縻之下，殆此事乎？然厥后文章，乃果辗转不逾此界。其颂祝主人，悦媚豪右之作，可无俟言。即或心应虫鸟，情感林泉，发为韵语，亦多拘于无形之囹圄，不能舒两间之真美；否则悲慨世事，感怀前贤，可有可无之作，聊行于世。倘其啜嚅之中，偶涉眷爱，而儒服之士，即交口非之。况言之至反常俗者乎？惟灵均将逝，脑海波起，通于汨罗，返顾高丘，哀其无女，则抽写哀怨，郁为奇文。茫洋在前，顾忌皆去，怼世俗之浑浊，颂己身之修能，怀疑自遂古之初，直至百物之琐末，放言无惮，为前人所不敢言。然中亦多芳菲凄恻之音，而反抗挑战，则终其篇未能见，感动后世，为力非强。刘彦和所谓才高者菀其鸿裁，中巧者猎其艳辞，吟讽者衔其山川，童蒙者拾其香草。皆著意外形，不涉内质，孤伟自死，社会依然，四语之中，函深哀焉。故伟美之声，不震吾人之耳鼓者，亦不始于今日。大都诗人自倡，生民不耽。试稽自有文字以至今日，凡诗宗词客，能宣彼妙音，传其灵觉，以美善吾人之性情，崇大吾人之思理者，果几何人？上下求索，几无有矣。第此亦不能为彼徒罪也，人人之心，无不沰二大字曰实利，不获则劳，既获便睡。纵有激响，何能撄之？夫心不受撄，非槁死则缩朒耳，而况实利之念，复黏黏热于中，且其为利，又至陋劣不足道，则驯至卑懦俭啬，退让畏葸，无古民之朴野，有末世之浇漓，又必然之势矣，此亦古哲人所不及料也。夫云将以诗移人性情，使即于诚善美伟强力敢为之域，闻者或哂其迂远乎；而事复无形，效不显于顷刻。使举一密栗②之反证，殆莫如古国之见灭于外仇矣。凡如是者，盖不止笞击縻系，易于毛角③而已，且无有为沉痛著大之声，撄其后人，使之兴起；即间有

---

① 自繇，自由。
② 密栗，确凿。
③ 毛角，禽兽。

之，受者亦不为之动，创痛少去，即复营营于治生，活身是图，不恤污下，外仇又至，摧败继之。故不争之民，其遭遇战事，常较好争之民多，而畏死之民，其苓落殇亡，亦视强项敢死之民众。

千八百有六年八月，拿破仑大挫普鲁士军，翌年七月，普鲁士乞和，为从属之国。然其时德之民族，虽遭败亡窘辱，而古之精神光耀，固尚保有而未隳。于是有爱伦德（E. M. Arndt）者出，著《时代精神篇》（Geist der Zeit），以伟大壮丽之笔，宣独立自繇之音，国人得之，敌忾之心大炽；已而为敌觉察，探索极严，乃走瑞士。递千八百十二年，拿破仑挫于莫斯科之酷寒大火，逃归巴黎，欧土遂为云扰，竞举其反抗之兵。翌年，普鲁士帝威廉三世下令召国民成军，宣言为三事战，曰自由正义祖国；英年之学生诗人美术家争赴之。爱伦德亦归，著《国民军者何》暨《莱因为德国大川特非其界》二篇，以鼓青年之意气。而义勇军中，时亦有人曰特沃多·柯尔纳（The odor Körner），慨然投笔，辞维也纳国立剧场诗人之职，别其父母爱者，遂执兵行；作书贻父母曰，普鲁士之鹫，已以鸷击诚心，觉德意志民族之大望矣。吾之吟咏，无不为宗邦神往。吾将舍所有福祉欢欣，为宗国战死。嗟夫，吾以明神之力，已得大悟。为邦人之自由与人道之善故，牺牲孰大于是？热力无量，涌吾灵台，吾起矣！后此之《竖琴长剑》（Leier und Schwert）一集，亦无不以是精神，凝为高响，展卷方诵，血脉已张。然时之怀热诚灵悟如斯状者，盖非止开纳一人也，举德国青年，无不如是。开纳之声，即全德人之声，开纳之血，亦即全德人之血耳。故推而论之，败拿破仑者，不为国家，不为皇帝，不为兵刃，国民而已。国民皆诗，亦皆诗人之具，而德卒以不亡。此岂笃守功利，摒斥诗歌，或抱异域之朽兵败甲，冀自卫其衣食室家者，意料之所能至哉？然此亦仅譬诗力于米盐，聊以震崇实之士，使知黄金黑铁，断不足以兴国家，德法二国之外形，亦非吾邦所可活剥；示其内质，冀略有所悟解而已。此篇本意，固不在是也。

三

由纯文学上言之，则以一切美术之本质，皆在使观听之人，为之兴感怡悦。文章为美术之一，质当亦然，与个人暨邦国之存，无所系属，实利离尽，究理弗存。故其为效，益智不如史乘，诚人不如格言，致富不如工商,弋功名不如卒业之券①。特世有文章,而人乃以几于具足。英人道登(E. Dowden)有言曰,美术文章之桀出于世者,观诵而后,似无裨于人间者,往往有之。然吾人乐于观诵,如游巨浸,前临渺茫,浮游波际,游泳既已,神质悉移。而彼之大海,实仅波起涛飞,绝无情愫,未始以一教训一格言相授。顾游者之元气体力,则为之陡增也。故文章之于人生,其为用决不次于衣食、宫室、宗教、道德。盖缘人在两间,必有时自觉以勤劬,有时丧我而惝恍,时必致力于善生,时必并忘其善生之事而入于醇乐,时或活动于现实之区,时或神驰于理想之域;苟致力于其偏,是谓之不具足。严冬永留,春气不至,生其躯壳,死其精魂,其人虽生,而人生之道失。文章不用之用,其在斯乎?约翰·弥勒②曰,近世文明,无不以科学为术,合理为神,功利为鹄。大势如是,而文章之用益神。所以者何?以能涵养吾人之神思耳。涵养人之神思,即文章之职与用也。

此他丽于文章能事者,犹有特殊之用一。盖世界大文,无不能启人生之闷机,而直语其事实法则,为科学所不能言者。所谓闷机,即人生之诚理是已。此为诚理,微妙幽玄,不能假口于学子。如热带人未见冰前,为之语冰,虽喻以物理生理二学,而不知水之能凝,冰之为冷如故;惟直示以冰,使之触之,则虽不言质力二性,而冰之为物,昭然在前,将直解无所疑沮。唯文章亦然,虽缕判条分,理密不如学术,而人生诚理,直笼其辞句中,使闻其声者,灵府朗然,与人生即会。如热带人既见冰后,曩之竭研究思索而弗能喻者,今宛在矣。昔安诺德(M. Arnold)氏以诗为人生评骘,亦正此意。故人若读荷马(Homeros)以降大文,则不徒近诗,且自与人生会,历历见其优胜缺陷之所存,更力自就于圆满。此其效力,有教示意;既为教示,斯益人生;而其教复非常教,自觉勇猛发扬精进,彼实示之。凡苓落颓唐之邦,无不以不耳此教示始。

顾有据群学③见地以观诗者,其为说复异:要在文章与道德之相关。谓诗有主分,曰观念之诚。其诚奈何?则曰为诗人之思想感情,与人类普遍观念之一致。得诚奈何?则曰在据极溥博之经验。故所据之人群经验愈溥博,则诗之溥博视之。所谓道德,不外人类普遍观念所形成。故诗与道德之相关,缘盖出于造化。诗与道德合,即为观念之诚,生命在是,不朽

---

① 卒业之券,指毕业文凭。
② 通译为约翰·穆勒,英国哲学家,经法学家。
③ 群学,即社会学。

在是。非如是者，必与群法僢驰①。以背群法故，必反人类之普遍观念；以反普遍观念故，必不得观念之诚。观念之诚失，其诗宜亡。故诗之亡也，恒以反道德故。然诗有反道德而竟存者奈何？则曰，暂耳。无邪之说，实与此契。苟中国文事复兴之有日，虑操此说以力削其萌蘖者，尚有徒也。而欧洲评骘之士，亦多抱是说以律文章。19世纪初，世界动于法国革命之风潮，德意志西班牙意大利希腊皆兴起，往之梦意，一晓而苏；惟英国较无动。顾上下相迕，时有不平，而诗人拜伦，实生此际。其前有司各德（W. Scott）辈，为文率平妥翔实，与旧之宗教道德极相容。迨有拜伦，乃超脱古范，直抒所信，其文章无不函刚健抗拒破坏挑战之声。平和之人，能无惧乎？于是谓之撒旦。此言始于骚塞（R. Southey），而众和之；后或扩以称雪莱（P. B. Shelley）以下数人，至今不废。苏惹亦诗人，以其言能得当时人群普遍之诚故，获月桂冠，攻拜伦甚力。拜伦亦以恶声报之，谓之诗商。所著有《纳尔逊传》（The Life of Lord Nelson）今最行于世。

　　《旧约》记神既以七日造天地，终乃抟埴为男子，名曰亚当，已而病其寂也，复抽其肋为女子，是名夏娃，皆居伊甸。更益以鸟兽卉木；四水出焉。伊甸有树，一曰生命，一曰知识。神禁人勿食其实；魔乃侂蛇以诱夏娃，使食之，爰得生命知识。神怒，立逐人而诅蛇，蛇腹行而土食；人则既劳其生，又得其死，罚且及子孙，无不如是。英诗人弥尔顿（J. Milton），尝取其事作《失乐园》（The Paradise Lost），有天神与撒旦战事，以喻光明与黑暗之争。撒旦为状，复至狞厉。是诗而后，人之恶撒旦遂益深。然使震旦人士异其信仰者观之，则亚当之居伊甸，盖不殊于笼禽，不识不知，惟帝是悦，使无天魔之诱，人类将无由生。故世间人，当蔑弗秉有魔血，惠之及人世者，撒旦其首矣。然为基督宗徒，则身被此名，正如中国所谓叛道，人群共弃，艰于置身，非强怒善战豁达能思之士，不任受也。亚当夏娃既去乐园，乃举二子，长曰亚伯，次曰凯因。亚伯牧羊，凯因耕植是事，尝出所有以献神。神喜脂膏而恶果实，斥凯因献不视；以是，凯因渐与亚伯争，终杀之。神则诅凯因，使不获地力，流于殊方。拜伦取其事作传奇，于神多所诘难。教徒皆怒，谓为渎圣害俗，张皇灵魂有尽之诗，攻之至力。迄今日评骘之士，亦尚有以是难拜伦者。尔

---

①　僢驰，背道而驰。

时独穆亚（Th. Moore）及修黎二人，深称其诗之雄美伟大。德诗宗歌德，亦谓为绝世之文，在英国文章中，此为至上之作；后之劝艾克曼（J. P. Eckermann）治英国语言，盖即冀其直读斯篇云。《约》又记凯因既流，亚当更得一子，历岁永永，人类益繁，于是心所思惟，多涉恶事。主神乃悔，将殄之。有挪亚独善事神，神令致亚斐木为方舟，将眷属动植，各从其类居之。遂作大雨四十昼夜，洪水泛滥，生物灭尽，而挪亚之族独完，水退居地，复生子孙，至今日不绝。吾人记事涉此，当觉神之能悔，为事至奇；而人之恶撒旦，其理乃无足诧。盖既为挪亚子孙，自必力斥抗者，敬事主神，战战兢兢，绳其祖武①，冀洪水再作之日，更得密诏而自保于方舟耳。抑吾闻生学家言，有云反种②一事，为生物中每现异品，肖其远先，如人所牧马，往往出野物，类斑马（Zebra），盖未驯以前状，复现于今日者。撒旦诗人之出，殆亦如是，非异事也。独众马怒其不伏箱，群起而交踶之，斯足悯叹焉耳。

四

拜伦名乔治戈登（George Gordon），系出司堪第那比亚海贼蒲隆（Burun）族。其族后居诺曼，从威廉入英，递显理二世时，始用今字。拜伦以千七百八十八年一月二十二日生于伦敦，十二岁即为诗；长游剑桥大学不成，渐决去英国，作汗漫游，始于波陀牙，东至希腊突厥及小亚细亚，历审其天物之美，民俗之异，成《哈洛尔特游草》（Childe Harold's Pilgrimage）二卷，云诡波谲，世为之惊绝。次作《异教徒》（The Giaour）暨《阿毕陀斯新妇行》（The Bride of Abydos）二篇，皆取材于突厥。前者记不信者（对回教而言）通哈山之妻，哈山投其妻于水，不信者逸去，后终归而杀哈山，诣庙自忏；绝望之悲，溢于毫素，读者哀之。次为女子苏黎加爱舍林，而其父将以婚他人，女偕舍林出奔，已而被获，舍林斗死，女亦终尽；其言有反抗之音。迫千八百十四年一月，赋《海贼》（The Corsair）之诗。篇中英雄曰康拉德，于世已无一切眷爱，遗一切道德，唯以强大之意志，为贼渠魁，领其从者，建大邦于海上。孤舟利剑，所向悉如其意。独家有爱妻，他更无有；往虽有神，而康拉德早弃

---

① 绳其祖武，追随祖先足迹之意。
② 反种，即返祖现象。

之，神亦已弃康拉德矣。故一剑之力，即其权利，国家之法度，社会之道德，视之蔑如。权力若具，即用行其意志，他人奈何，天帝何命，非所问也。若问定命之何如？则曰，在鞘中，一旦外辉，彗且失色而已。然康拉德为人，初非元恶，内秉高尚纯洁之想，尝欲尽其心力，以致益于人间；比见细人蔽明，谗陷害聪，凡人营营，多猜忌中伤之性，则渐冷淡，则渐坚凝，则渐嫌厌；终乃以受自或人之怨毒，举而报之全群，利剑轻舟，无间人神，所向无不抗战。盖复仇一事，独贯注其全精神矣。一日攻塞特，败而见囚，塞特有妃爱其勇，助之脱狱，泛舟同奔，遇从者于波上，乃大呼曰，此吾舟，此吾血色之旗也，吾运未尽于海上！然归故家，则银釭暗而爱妻逝矣。既而康拉德亦失去，其徒求之波间海角，踪迹杳然，独有以无量罪恶，系一德义之名，永存于世界而已。拜伦之祖约翰，尝念先人为海王，因投海军为之帅；拜伦赋此，缘起似同；有即以海贼字拜伦者，拜伦闻之窃喜，则篇中康拉德为人，实即此诗人变相，殆无可疑已。越三月，又作赋曰《罗罗》（Lara），记其人尝杀人不异海贼，后图起事，败而伤，飞矢来贯其胸，遂死。所叙自尊之夫，力抗不可避之定命，为状惨烈，莫可比方。此他犹有所制，特非雄篇。其诗格多师司各德，而司各德由是锐意于小说，不复为诗，避拜伦也。已而拜伦去其妇，世虽不知去之之故，然争难之，每临会议，嘲骂即四起，且禁其赴剧场。其友穆亚为之传，评是事曰，世于拜伦，不异其母，忽爱忽恶，无判决也。顾窘戮天才，殆人群恒状，滔滔皆是，宁止英伦。中国汉晋以来，凡负文名者，多受谤毁，刘彦和为之辩曰："人禀五才，修短殊用，自非上哲，难以求备，然将相以位隆特达，文士以职卑多消，此江河所以腾涌，涓流所以寸析者。"东方恶习，尽此数言。然拜伦之祸，则缘起非如前陈，实反由于名盛，社会顽愚，仇敌窥觎，乘隙立起，众则不察而妄和之；若颂高官而厄寒士者，其污且甚于此矣。顾拜伦由是遂不能居英，自曰，使世之评骘诚，吾在英为无值，若评骘谬，则英于我为无值矣。吾其行乎？然未已也，虽赴异邦，彼且蹑我。已而终去英伦，千八百十六年十月，抵意大利。自此，拜伦之作乃益雄。

拜伦在异域所为文，有《恰尔德·哈洛尔德游记》之续，《唐璜》（Don Juan）之诗，及三传奇称最伟，无不张撒旦而抗天帝，言人所不能言。一曰《曼弗列特》（Manfred），记曼以失爱绝欢，陷于巨苦，欲忘弗能，鬼神见形问所欲，曼云欲忘，鬼神告以忘在死，则对曰，死果能令人忘耶？复衷疑而弗信也。后有魅来降曼弗列特，而曼忽以意志制苦，毅然斥之曰，汝曹决不能诱惑灭亡我。（中略）我，自坏者也。行矣，魅众！死之手诚加我矣，然非汝手也。意盖谓己有善恶，则褒贬赏罚，亦悉在己，神天魔龙，无以相凌，况其他乎？曼弗列特意志之强如是，拜伦亦如是。论者或以拟歌德之传奇《法斯忒》（Faust）云。二曰《该隐》（Cain），典据已见于前分，中有魔曰鲁西反，导该隐登太空，为论善恶生死之故，该隐悟，遂师摩罗。比行世，大遭教徒攻击，则作《天地》（Heaven and Earth）以报之，英雄为耶彼第，博爱而厌世，亦以诘难教宗，鸣其非理者。夫撒旦何由昉乎？以彼教言，则亦天使之大者，徒以陡起大望，生背神心，败而堕狱，是云魔鬼。由是言之，则魔亦神所手创者矣。已而潜入乐园，至善美安乐之伊甸，以一言而立毁，非具大能力，曷克至是？伊甸，神所保也，而魔毁之，神安得云全能？况自创恶物，又从而惩之，且更瓜蔓以惩人，其慈又安在？故该隐曰，神为不幸之因。神亦自不幸，手造破灭之不幸者，何幸福之可言？而吾父曰，神全能也。问之曰，神善，何复恶邪？则曰，恶者，就善之道尔。神之为善，诚如其言：先以冻馁，乃与之衣食；先以疠疫，乃施之救援；手造罪人，而曰吾赦汝矣。人则曰，神可颂哉，神可颂哉！营营而建伽兰焉。卢希飞勒不然，曰吾誓之两间，吾实有胜我之强者，而无有加于我之上位。彼胜我故，名我曰恶，若我致胜，恶且在神，善恶易位耳。此其论善恶，正异尼采。尼采意谓强胜弱故，弱者乃字其所为曰恶，故恶实强之代名；此则以恶为弱之冤谥。故尼采欲自强，而并颂强者；此则亦欲自强，而力抗强者，好恶至不同，特图强则一而已。人谓神强，因亦至善。顾善者乃不喜华果，特嗜腥膻，该隐之献，纯洁无似，则以旋风振而落之。人类之始，实由主神，一拂其心，即发洪水，并无罪之禽虫卉木而殄之。人则曰："爱灭罪恶，神可颂哉！"耶彼第乃曰："汝得救孺子众！汝以为脱身狂涛，获天幸欤？汝曹偷生，逞其食色，目击世界之亡，而不生其悯叹；复无勇力，敢当大波，与同胞之人，共其运命；偕厥考逃于方舟，而建都邑于世界之墓上，竟无惭耶？"然人竟无惭也，方伏地赞颂，无有休止，以是之故，主神遂强。使众生去而不之理，更何威力之能有？人既授神以力，复假之以厄撒但；而此种人，又即主神往所殄灭之同类。以撒旦之意观之，其为顽愚陋劣，如何可言？将晓之欤，则音声未宣，众已疾走，内容何若，不省察也。将任之欤，则非撒旦之心矣，故复以权力现于世。神，一权力也；撒旦，亦一权力也。惟撒旦之力，即生于神，神力若亡，不为之代；上则以力抗天帝，下则以力制众生，行之背驰，莫甚于此。顾其制众生也，即以抗故。倘其众生同抗，更何制之云？拜伦亦然，自必居人前，而怒人之后于众。盖非自居人前，不能使人勿后于众故；任人居后而自为之前，又为撒旦大耻故。故既揄扬威力，颂美强者矣，复曰："吾爱亚美利加，此自由之区，神之绿野，不被压制之地也。"由是观之，拜伦既喜拿破仑之毁世界，亦爱华盛顿之争自由，既心仪海贼之横行，亦孤援希腊之独立，压制反抗，兼以一人矣。虽然，自由在是，人道亦在是。

五

　　自尊至者，不平恒继之，愤世嫉俗，发为巨震，与对跖之徒争衡。盖人既独尊，自无退让，自无调和，意力所如，非达不已，乃以是渐与社会生冲突，乃以是渐有所厌倦于人间。若拜伦者，即其一矣。其言曰，硗确之区，吾侪奚获耶？（中略）凡有事物，无不定以习俗至谬之衡，所谓舆论，实具大力，而舆论则以昏黑蔽全球也。此其所言，与近世诺威文人易卜生（H. Ibsen）所见合，伊氏生于近世，愤世俗之昏迷，悲真理之匿耀，假《社会之敌》以立言，使医士斯托克曼为全书主者，死守真理，以拒庸愚，终获群敌之谥。自既见放于地主①，其子复受斥于学校，而终奋斗，不为之摇。末乃曰，吾又见真理矣。地球上至强之人，至独立者也！其处世之道如是。顾拜伦不尽然，凡所描绘，皆禀种种思，具种种行，或以不平而厌世，远离人群，宁与天地为侪偶，如哈洛尔特；或厌世至极，乃希灭亡，如曼弗列特；或被人天之楚毒，至于刻骨，乃咸希破坏，以复仇雠，如康拉德与卢希飞勒；或弃斥德义，蹇视淫游，以嘲弄社会，聊快其意，如唐璜。其非然者，则尊侠尚义，扶弱者而平不平，颠仆有力之蠢愚，虽获罪于全群无惧，即拜伦最后之时是已。彼当前时，经历一如上述书中众士，特未欿欲断望，愿自逊于人间，如曼弗列特之所为而已。故怀抱不平，突突上发，则倨傲纵逸，不恤人言，破坏复仇，无所顾忌，而义侠之性，亦即伏此烈火之中，重独立而爱自繇，苟奴隶立其前，必衷悲而疾视，衷悲所以哀其不幸，疾视所以怒其不争，此诗人所为援希腊之独

---

① 地主，指房主。

立,而终死于其军中者也。盖拜伦者,自繇主义之人耳,尝有言曰,若为自由故,不必战于宗邦,则当为战于他国。是时意大利适制于墺,失其自由,有秘密政党起,谋独立,乃密与其事,以扩张自由之元气者自任,虽狙击密侦之徒,环绕其侧,终不为废游步驰马之事。后秘密政党破于墺人,企望悉已,而精神终不消。拜伦之所督励,力直及于后日,起马志尼,起加富尔,于是意之独立成。故马志尼曰,意大利实大有赖于拜伦。彼,起吾国者也!盖诚言已。拜伦平时,又至有情愫于希腊,思想所趣,如磁指南。特希腊时自由悉丧,入突厥版图,受其羁縻,不敢抗拒,诗人惋惜悲愤,往往见于篇章,怀前古之光荣,哀后人之零落,或与斥责,或加激励,思使之攘突厥而复兴,更睹往日耀灿庄严之希腊,如所作《不信者》暨《唐璜》二诗中,其怨愤谯责之切,与希冀之诚,无不历然可征信也。比千八百二十三年,伦敦之希腊协会驰书托拜伦,请援希腊之独立。拜伦平日,至不满于希腊今人,尝称之曰世袭之奴,曰自由苗裔之奴,因不即应;顾以义愤故,则终诺之,遂行。而希腊人民之堕落,乃诚如其说,励之再振,为业至难,因羁滞于克弗洛尼亚岛者五月,始向密淑伦其。其时海陆军方奇困,闻拜伦至,狂喜,群集迓之,如得天使也。次年一月,独立政府任以总督,并授军事及民事之全权,而希腊是时,财政大匮,兵无宿粮,大势几去。加以式列阿忒佣兵见拜伦宽大,复多所要索,稍不满,辄欲背去;希腊堕落之民,又诱之使窘拜伦。拜伦大愤,极诋彼国民性之陋劣;前所谓世袭之奴,乃果不可猝救如是也。而拜伦志尚不灰,自立革命之中枢,当四围之艰险,将士内讧,则为之调和,以己为楷模,教之人道,更设法举债,以振其穷,又定印刷之制,且坚堡垒以备战。内争方烈,而突厥果攻密淑伦其,式列阿忒佣兵三百人,复乘乱占要害地。拜伦方病,闻之泰然,力平党派之争,使一心以面敌。特内外迫拶,神质剧劳,久之,疾乃渐革。将死,其从者持楮墨,将录其遗言。拜伦曰否:"时已过矣。"不之语,已而微呼人名,终乃曰:"吾言已毕。"从者曰:"吾不解公言。"拜伦曰:"吁,不解乎?呜呼晚矣!"状若甚苦。有间,复曰:"吾既以吾物暨吾康健,悉付希腊矣。今更付之吾生。他更何有?"遂死,时千八百二十四年四月十八日夕六时也。今为反念前时,则拜伦抱大望而来,将以天纵之才,致希腊复归于往时之荣誉,自意振臂一呼,人必将靡然向之。盖以异域之人,犹凭义愤为希腊致力,而彼邦人,纵堕落腐败者日久,然旧泽尚存,人心未死,岂意遂无情愫于故国乎？特至今兹，则前此所图，悉如梦迹，知自由苗裔之奴，乃果不可猝救有如此也。次日，希腊独立政府为举国民丧，市肆悉罢，炮台鸣炮三十七，如拜伦寿也。

吾今为案其为作思惟，索诗人一生之内闳，则所遇常抗，所向必动，贵力而尚强，尊已而好战，其战复不如野兽，为独立自由人道也，此已略言之前分矣。故其平生，如狂涛如厉风，举一切伪饰陋习，悉与荡涤，瞻顾前后，素所不知；精神郁勃，莫可制抑，力战而毙，亦必自救其精神；不克厥敌，战则不止。而复率真行诚，无所讳掩，谓世之毁誉褒贬是非善恶，皆缘习俗而非诚，因悉措而不理也。盖英伦尔时，虚伪满于社会，以虚文缛礼为真道德，有秉自由思想而探究者，世辄谓之恶人。拜伦善抗，性又率真，夫自不可以默矣，故托该隐而言曰，恶魔者，说真理者也。遂不恤与人群敌。世之贵道德者，又即以此交非之。遏克曼亦尝问歌德以拜伦之文，有无教训。歌德对曰，拜伦之刚毅雄大，教训即函其中；苟能知之，斯获教训。若夫纯洁之云，道德之云，吾人何问焉。盖知伟人者，亦惟伟人焉而已。拜伦亦尝评彭斯（R. Burns）曰，斯人也，心情反张[①]，柔而刚，疏而密，精神而质，高尚而卑，有神圣者焉，有不净者焉，互和合也。拜伦亦然，自尊而怜人之为奴，制人而援人之独立，无惧于狂涛而大傲于乘马，好战崇力，遇敌无所宽假，而于累囚之苦，有同情焉。意者摩罗为性，有如此乎？且此亦不独摩罗为然，凡为伟人，大率如是。即一切人，若去其面具，诚心以思，有纯禀世所谓善性而无恶分者，果几何人？遍观众生，必几无有，则拜伦虽负摩罗之号，亦人而已，夫何诧焉。顾其不容于英伦，终放浪颠沛而死异域者，特面具为之害耳。此即拜伦所反抗破坏，而迄今犹杀真人而未有止者也。嗟夫，虚伪之毒，有如是哉！拜伦平时，其制诗极诚，尝曰，英人评骘，不介我心。若以我诗为愉快，任之而已。吾何能阿其所好为？吾之握管，不为妇孺庸俗，乃以吾全心全情感全意志，与多量之精神而成诗，非欲聆彼辈柔声而作者也。夫如是，故凡一字一词，无不即其人呼吸精神之形现，中于人心，神弦立应，其力之曼衍于欧土，例不能别求之英诗人中；仅司各德所为说部，差足与相伦比而已。若问其力奈何？则意太利希腊二国，已如上述，可毋赘言。此他西班牙德意志诸邦，亦悉蒙其影响。次复入斯拉夫族而新其精神，流泽之

[①] 反张，指矛盾。

长，莫可阐述。至其本国，则犹有修黎（Percy Bysshe Shelley 即雪莱，下同）一人。济慈（John Keats）虽亦蒙摩罗诗人之名，而与拜伦别派，故不述于此。

六

修黎生三十年而死，其三十年悉奇迹也，而亦即无韵之诗。时既艰危，性复狷介，世不彼爱，而彼亦不爱世，人不容彼，而彼亦不容人，客意大利之南方，终以壮龄而夭死，谓一生即悲剧之实现，盖非夸也。修黎者，以千七百九十二年生于英之名门，姿状端丽，夙好静思；比入中学，大为学友暨校师所不喜，虐遇不可堪。诗人之心，乃早萌反抗之朕兆；后作说部，以所得值飨其友八人，负狂人之名而去。次入恶斯佛大学①，修爱智之学，屡驰书乞教于名人。而尔时宗教，权悉归于冥顽之牧师，因以妨自由之崇信。修黎蹶起，著《无神论之要》一篇，略谓惟慈爱平等三，乃使世界为乐园之要素，若夫宗教，于此无功，无有可也。书成行世，校长见之大震，终逐之；其父亦惊绝，使谢罪返校，而修黎不从，因不能归。天地虽大，故乡已失，于是至伦敦，时年十八，顾已孤立两间，欢爱悉绝，不得不与社会战矣。已而知戈德文（W. Godwin），读其著述，博爱之精神益张。次年入爱尔兰，檄其人士，于政治宗教，皆欲有所更革，顾终不成。逮千八百十五年，其诗《阿拉斯特》（Alastor）始出世，记怀抱神思之人，索求美者，遍历不见，终死旷原，如自叙也。次年乃识拜伦于瑞士；拜伦深称其人，谓奋迅如狮子，又善其诗，而世犹无顾之者。又次年成《伊斯兰起义》（The Revolt of Islam）。凡修黎怀抱，多抒于此。篇中英雄曰罗昂，以热诚雄辩，警其国民，鼓吹自由，挤击压制，顾正义终败，而压制于以凯还，罗昂遂为正义死。是诗所函，有无量希望信仰，暨无穷之爱，穷追不舍，终以殒亡。盖罗昂者，实诗人之先觉，亦即修黎之化身也。

至其杰作，尤在剧诗；尤伟者二，一曰《解放了的普罗米修斯》（Prometheus Unbound），一曰《钦契》（The Cenci）。前者事本希腊神话，意近拜伦之《该隐》。假普洛美迢为人类之精神，以爱与正义自由故，不

---

① 恶斯佛大学，现通译为牛津大学。

恤艰苦，力抗压制主者傥毕多①，窃火贻人，受絷于山顶，猛鹫日啄其肉，而终不降。傥毕多为之辟易；普洛美迢乃眷女子珂希亚，获其爱而毕。珂希亚者，理想也。《黏希》之篇，事出意太利，记女子黏希之父，酷虐无道，毒虐无所弗至，黏希终杀之，与其后母兄弟，同戮于市。论者或谓之不伦。顾失常之事，不能绝于人间，即中国《春秋》，修自圣人之手者，类此之事，且数数见，又多直书无所讳，吾人独于修黎所作，乃和众口而难之耶？上述二篇，诗人悉出以全力，尝自言曰，吾诗为众而作，读者将多。又曰，此可登诸剧场者。顾诗成而后，实乃反是，社会以谓不足读，伶人以谓不可为；修黎抗伪俗弊习以成诗，而诗亦即受伪俗弊习之夭阏，此十九稘②上叶精神界之战士，所为多抱正义而骈殒者也。虽然，往时去矣，任其自去，若夫修黎之真值，则至今日而大昭。革新之潮，此其巨派，戈德文书出，初启其端，得诗人之声，乃益深入世人之灵府。凡正义自由真理以至博爱希望诸说，无不化而成醇，或为罗昂，或为普洛美迢，或为伊式阑之壮士，现于人前，与旧习对立，更张破坏，无稍假借也。旧习既破，何物斯存，则惟改革之新精神而已。19世纪机运之新，实赖有此。朋思唱于前，拜伦修黎起其后，掊击排斥，人渐为之仓皇；而仓皇之中，即亟人生之改进。故世之嫉视破坏，加之恶名者，特见一偏而未得其全体者尔。若为案其真状，则光明希望，实伏于中。恶物悉颠，于群何毒？破坏之云，特可发自冥顽牧师之口，而不可出诸全群者也。若其闻之，则破坏为业，斯愈益贵矣！况修黎者，神思之人，求索而无止期，猛进而不退转，浅人之所观察，殊莫可得其渊深。若能真识其人，将见品性之卓，出于云间，热诚勃然，无可沮遏，自趁其神思而奔神思之乡；此其为乡，则爱有美之本体。奥古斯丁曰，吾未有爱而吾欲爱，因抱希冀以求足爱者也。惟修黎亦然，故终出人间而神行，冀自达其所崇信之境；复以妙音，喻一切未觉，使知人类曼衍之大故，暨人生价值之所存，扬同情之精神，而张其上征渴仰之思想，使怀大希以奋进，与时劫同其无穷。世则谓之恶魔，而修黎遂以孤立；群复加以排挤，使不可久留于人间，于是压制凯还，修黎以死，盖宛然阿拉斯多之殒于大漠也。

虽然，其独慰诗人之心者，则尚有天然在焉。人生不可知，社会不可

---

① 傥毕多，现通译为朱庇特。
② 稘，本意指周年，这里指世纪。

恃，则对天物之不伪，遂寄之无限之温情。一切人心，孰不如是。特缘受染有异，所感斯殊，故目睛夺于实利，则欲驱天然为之得金资；智力集于科学，则思制天然而见其法则；若至下者，乃自春徂冬，于两间崇高伟大美妙之见象，绝无所感应于心，自堕神智于深渊，寿虽百年，而迄不知光明为何物，又爰解所谓卧天然之怀，作婴儿之笑矣。修黎幼时，素亲天物，尝曰，吾幼即爱山河林壑之幽寂，游戏于断厓绝壁之为危险，吾伴侣也。考其生平，诚如自述。方在稚齿，已盘桓于密林幽谷之中，晨瞻晓日，夕观繁星，俯则瞰大都中人事之盛衰，或思前此压制抗拒之陈迹；而芜城古邑，或破屋中贫人啼饥号寒之状，亦时复历历入其目中。其神思之澡雪①，既至异于常人，则旷观天然，自感神閟，凡万汇之当其前，皆若有情而至可念也。故心弦之动，自与天籁合调，发为抒情之什，品悉至神，莫可方物，非狭斯丕尔暨斯宾塞所作，不有足与相伦比者。比千八百十九年春，修黎定居罗马，次年迁比萨；拜伦亦至，此他之友多集，为其一生中至乐之时。迨二十二年七月八日，偕其友乘舟泛海，而暴风猝起，益以奔电疾雷，少顷波平，孤舟遂杳。拜伦闻信大震，遣使四出侦之，终得诗人之骸于水裔，乃葬罗马焉。修黎生时，久欲与生死问题以诠解，自曰，未来之事，吾意已满于柏拉图暨培根之所言，吾心至定，无畏而多望，人居今日之躯壳，能力悉蔽于阴云，唯死亡来解脱其身，则秘密始能阐发。又曰，吾无所知，亦不能证，灵府至奥之思想，不能出以言辞，而此种事，纵吾身亦莫能解尔。嗟乎，死生之事大矣，而理至闷，置而不解，诗人未能，而解之之术，又独有死而已。故修黎曾泛舟坠海，乃大悦呼曰，今使吾释其秘密矣！然不死。一日浴于海，则伏而不起，友引之出，施救始苏，曰，吾恒欲探井中，人谓诚理伏焉，当我见诚，而君见我死也。然及今日，则修黎真死矣，而人生之闷，亦以真释，特知之者，亦独修黎已耳。

七

若夫斯拉夫民族，思想殊异于西欧，而拜伦之诗，亦疾进无所沮核。俄罗斯当十九世纪初叶，文事始新，渐乃独立，日益昭明，今则已有齐驱

---

① 澡雪，高洁的意思。

先觉诸邦之概，令西欧人士，无不惊其美伟矣。顾夷考权舆，实本三士：曰普希金，曰来尔孟多夫，曰鄂戈理。前二者以诗名世，均受影响于拜伦；唯鄂戈理以描绘社会人生之黑暗著名，与二人异趣，不属于此焉。

普希金（A. Pushkin）于一千七百九十九年生于莫斯科，幼即为诗，初建罗曼宗于其文界，名以大扬。顾其时俄多内讧，时势方亟，而普希金诗多讽喻，人即借而挤之，将流鲜卑，有数者宿力为之辩，始获免，谪居南方。其时始读拜伦诗，深感其大，思理文形，悉受转化，小诗亦尝摹拜伦；尤著者有《高加索累囚行》，至与《哈洛尔特游草》相类。中记俄之绝望青年，因于异域，有少女为释缚纵之行，青年之情意复苏，而厥后终于孤去。其《茨冈》（Gypsy）一诗亦然，及泼希者，流浪欧洲之民，以游牧为生者也。有失望于世之人曰阿勒戈，慕是中绝色，因入其族，与为婚姻，顾多嫉，渐察女有他爱，终杀之。女之父不施报，特令去不与居焉。二者为诗，虽有拜伦之色，然又至殊，凡厥中勇士，等是见放于人群，顾复不离亚历山大时俄国社会之一质分，易于失望，速于奋兴，有厌世之风，而其志至不固。普希金于此，已不与以同情，诸凡切于报复而观念无所胜人之失，悉指摘不为讳饰。故社会之伪善，既灼然现于人前，而及泼希之朴野纯全，亦相形为之益显。论者谓普希金所爱，渐去拜伦式勇士而向祖国纯朴之民，盖实自斯时始也。尔后巨制，曰《叶甫盖尼·奥涅金》（Eugiene Onieguine），诗材至简，而文特富丽，尔时俄之社会，情状略具于斯。唯以推敲八年，所蒙之影响至不一，故性格迁流，首尾多异。厥初二章，尚受拜伦之感化，则其英雄阿内庚为性，力抗社会，断望人间，有拜伦式英雄之概，特已不凭神思，渐近真然，与尔时其国青年之性质肖矣。厥后外缘转变，诗人之性格亦移，于是渐离拜伦，所作日趋于独立；而文章益妙，著述亦多。至与拜伦分道之因，则为说亦不一：或谓拜伦绝望奋战，意向峻绝，实与普希金性格不相容，曩之信崇，盖出一时之激越，迨风涛大定，自即弃置而返其初；或谓国民性之不同，当为是事之枢纽，西欧思想，绝异于俄，其去拜伦，实由天性，天性不合，则拜伦之长存自难矣。凡此二说，无不近理：特就普希金个人论之，则其对于拜伦，仅摹外状，迨放浪之生涯毕，乃骤返其本然，不能如来尔孟多夫，终执消极观念而不舍也。故旋莫斯科后，立言益务平和，凡足与社会生冲突者，咸力避而不道，且多赞诵，美其国之武功。一千八百三十一年波兰抗俄，西欧诸国右波兰，于俄多所憎恶。普希金乃作《俄国之谗谤者》暨

《波罗及诺之一周年》二篇，以自明爱国。丹麦评骘家勃兰兑斯（G. Brandes）于是有微词，谓唯武力之恃而狼藉人之自由，虽云爱国，顾为兽爱。特此亦不仅普希金为然，即今之君子，日日言爱国者，于国有诚为人爱而不坠于兽爱者，亦仅见也。及晚年，与荷兰公使子丹特士迕，终于决斗被击中腹，越二日而逝，时为一千八百三十七年。俄自有普希金，文界始独立，故文史家佩平谓真之俄国文章，实与斯人偕起也。而拜伦之摩罗思想，则又经普希金而传来尔孟多夫。

来尔孟多夫（M. Lermontov）生于一千八百十四年，与普希金略并世。其先来尔孟斯（T. Learmont）氏，英之苏格兰人；故每有不平，辄云将去此冰雪鹫吏之地，归其故乡。顾性格全如俄人，妙思善感，惆怅无间，少即能缀德语成诗；后入大学被黜，乃居陆军学校二年，出为士官，如常武士，唯自谓仅于香宾酒中，加少许诗趣而已。及为禁军骑兵小校，始仿拜伦诗纪东方事，且至慕拜伦为人。其自记有曰，今吾读《世胄拜伦传》，知其生涯有同我者；而此偶然之同，乃大惊我。又曰，拜伦更有同我者一事，即尝在苏格兰，有媪谓拜伦母曰，此儿必成伟人，且当再娶。而在高加索，亦有媪告吾大母，言与此同。纵不幸如拜伦，吾亦愿如其说。顾来尔孟多夫为人，又近修黎。修黎所作《解放之普洛美迢斯》，感之甚力，于人生善恶竞争诸问，至为不宁，而诗则不之仿。初虽摹拜伦及普希金，后亦自立。且思想复类德之哲人叔本华，知习俗之道德大原，悉当改革，因寄其意于二诗，一曰《神摩》（Demon），一曰《谟哜黎》（Mtsyri）。前者托旨于巨灵，以天堂之逐客，又为人间道德之憎者，超越凡情，因生疾恶，与天地斗争，苟见众生动于凡情，则辄旋以贱视。后者一少年求自由之呼号也。有孺子焉，生长山寺，长老意已断其情感希望，而孺子魂梦，不离故园，一夜暴风雨，乃乘长老方祷，潜遁出寺，彷徨林中者三日，自由无限，毕生莫伦。后言曰，尔时吾自觉如野兽，力与风雨电光猛虎战也。顾少年迷林中不能返，数日始得之，惟已以斗豹得伤，竟以是殒。尝语侍疾老僧曰，丘墓吾所弗惧，人言毕生忧患，将入睡眠，与之永寂，第忧与吾生别耳。……吾犹少年。……宁汝尚忆少年之梦，抑已忘前此世间憎爱耶？倘然，则此世于汝，失其美矣。汝弱且老，灭诸希望矣。少年又为述林中所见，与所觉自由之感，并及斗豹之事曰，汝欲知吾获自由时，何所为乎？吾生矣。老人，吾生矣。使尽吾生无此三日者，且将惨淡冥暗，逾汝暮年耳。及普希金斗死，来尔孟多夫又赋诗以寄其悲，末解有曰，汝侪朝人，天才自由之屠伯，今有法律以自庇，士师盖无如汝何，第犹有尊严之帝在天，汝不能以金资为赂。……以汝黑血，不能涤吾诗人之血痕也。诗出，举国传诵，而来尔孟多夫亦由是得罪，定流鲜卑；后遇援，乃戍高加索，见其地之物色，诗益雄美。唯当少时，不满于世者义至博大，故作《神摩》，其物犹撒旦，恶人生诸凡陋劣之行，力与之敌。如勇猛者，所遇无不庸懦，则生激怒；以天生崇美之感，而众生扰扰，不能相知，爰起厌倦，憎恨人世也。顾后乃渐即于实，凡所不满，已不在天地人间，退而止于一代；后且更变，而猝死于决斗。决斗之因，即肇于来尔孟多夫所为书曰《并世英雄记》。人初疑书中主人，即著者自序，迨再印，乃辨言曰，英雄不为一人，实吾曹并时众恶之象。盖其书所述，实即当时人士之状尔。于是有友摩尔迭诺夫者，谓来尔孟多夫取其状以入书，因与索斗。来尔孟多夫不欲杀其友，仅举枪射空中；顾摩尔迭诺夫则拟而射之，遂死，年止二十七。

前此二人之于拜伦，同汲其流，而复殊别。普希金在厌世主义之外形，来尔孟多夫则直在消极之观念。故普希金终服帝力，入于平和，而来尔孟多夫则奋战力拒，不稍退转。波覃勖迭氏评之曰，来尔孟多夫不能胜来追之运命，而当降伏之际，亦至猛而骄。凡所为诗，无不有强烈弗和与踔厉不平之响者，良以是耳。来尔孟多夫亦甚爱国，顾绝异普希金，不以武力若何，形其伟大。凡所眷爱，乃在乡村大野，及村人之生活；且推其爱而及高加索土人。此土人者，以自由故，力敌俄国者也；来尔孟多夫虽自从军，两与其役，然终爱之，所作《伊思迈尔培》（Ismail-Bey）一篇，即纪其事。来尔孟多夫之于拿破仑，亦稍与拜伦异趣。拜伦初尝责拿破仑对于革命思想之谬，及既败，乃有愤于野犬之食死狮而崇之。来尔孟多夫则专责法人，谓自陷其雄士。至其自信，亦如拜伦，谓吾之良友，仅有一人，即是自己。又负雄心，期所过必留影迹。然拜伦所谓非憎人间，特去之而已，或云吾非爱人少，唯爱自然多耳等意，则不能闻之来尔孟多夫。彼之平生，常以憎人者自命，凡天物之美，足以乐英诗人者，在俄国英雄之目，则长此黯淡，浓云疾雷而不见霁日也。盖二国人之异，亦差可于是见之矣。

八

丹麦人勃兰兑斯，于波阑之罗曼派，举密克威克（支）（A.Mickiewicz,

即密茨凯维支，下同）斯洛伐支奇（J. Slowacki）克拉旬斯奇（S. Krasinski）三诗人。密克威支者，俄文家普希金同时人，于一千七百九十八年生于札希亚小村之故家。村在列图尼亚①，与波阑邻比。18岁出就维尔那大学，治言语之学，初尝爱邻女马理维来苏萨加，而马理他去，密克威支为之不欢。后渐读拜伦诗，又作诗曰《死人之祭》（Dziady）。中数份叙列图尼亚旧俗，每十一月二日，必置酒果于垅上，用享死者，聚村人牧者术士一人，暨众冥鬼，中有失爱自杀之人，已经冥判，每届是日，必更历苦如前此；而诗止断片未成。尔后居加夫诺（Kowno）为教师；二三年返维尔那。递一千八百二十二年，捕于俄吏，居囚室十阅月，窗牖皆木制，莫辨昼夜；乃送圣彼得堡，又徙阿兑塞，而其地无需教师，遂之克利米亚，揽其地风物以助咏吟，后成《克利米亚诗集》一卷。已而返墨斯科，从事总督府中，著诗二种，一曰《格罗苏那》（Grazyna），记有王子烈泰威尔，与其外父域多勒特迕，将乞外兵为援，其妇格罗苏那知之，不能令勿叛，惟命守者，勿容日耳曼使人入诺华格罗迭克。援军遂怒，不攻域多勒特而引军薄烈泰威尔，格罗苏那自擐甲，伪为王子与战，已而王子归，虽幸胜，而格罗苏那中流丸，旋死。及葬，縶发炮者同置之火，烈泰威尔亦殉焉。此篇之意，盖在假有妇人，第以祖国之故，则虽背夫子之命，斥去援兵，欺其军士，濒国于险，且召战争，皆不为过，苟以是至高之目的，则一切事，无不可为者也。一曰《华连洛德》（Wallenrod），其诗取材古代，有英雄以败亡之余，谋复国仇，因伪降敌陈，渐为其长，得一举而复之。此盖以意大利文人摩契阿威黎（Machiavelli）之意，附诸拜伦之英雄，故初视之亦第罗曼派言情之作。检文者不喻其意，听其付梓，密克威支名遂大起。未几得间，因至德国，见其文人歌德。此他犹有《佗兑支氏》（Pan Tadeusz）一诗，写苏孛烈加暨诃什支珂二族之事，描绘物色，为世所称。其中虽以佗兑支为主人，而其父约舍克易名出家，实其主的。初记二人熊猎，有名华伊斯奇者吹角，起自微声，以至洪响，自榆度榆，自櫟至櫟，渐乃如千万角声，合于一角；正如密克威支所为诗，有今昔国人之声，寄于是焉。诸凡诗中之声，清澈弘厉，万感悉至，直至波阑一角之天，悉满歌声，虽至今日，而影响于波阑人之心者，力犹无限。令人忆诗中所云，听者当华伊斯奇吹角久已，而尚疑其方吹未已也。密克威

---

① 现通译为立陶宛。

支者，盖即生于彼歌声反响之中，至于无尽者夫。

密克威支至崇拿破仑，谓其实造拜伦，而拜伦之生活暨其光耀，则觉普希金于俄国，故拿破仑亦间接起普希金。拿破仑使命，盖在解放国民，因及世界，而其一生，则为最高之诗。至于拜伦，亦极崇仰，谓拜伦所作，实出于拿破仑，英国同代之人，虽被其天才影响，而卒莫能并大。盖自诗人死后，而英国文章，状态又归前纪矣。若在俄国，则善普希金，二人同为斯拉夫文章首领，亦拜伦分文，逮年渐进，亦均渐趣于国粹；所异者，普希金少时欲畔帝力，一举不成，遂以铩羽，且感帝意，愿为之臣，失其英年时之主义，而密克威支则长此保持，洎死始已也。当二人相见时，普希金有《铜马》一诗，密克威支则有《大彼得像》一诗为其纪念。盖一千八百二十九年顷，二人尝避雨相次，密克威支因赋诗纪所语，假普希金为言，末解曰，马足已虚，而帝不勒之返。彼曳其枚，行且坠碎。历时百年，今犹未堕，是犹山泉喷水，著寒而冰，临悬崖之侧耳。顾自由日出，熏风西集，寒沍之地，因以昭苏，则喷泉将何如，暴政将何如也？虽然，此实密克威支之言，特托之普希金者耳。波阑破后，二人遂不相见，普希金有诗怀之；普希金伤死，密克威支亦念之至切。顾二人虽甚稔，又同本拜伦，而亦有特异者，如普希金于晚出诸作，恒自谓少年眷爱自繇之梦，已背之而去，又谓前路已不见仪的之存，而密克威支则仪的如是，绝无疑贰也。

斯洛伐支奇于一千八百九年生于克尔舍密涅克（Krzemieniec），少孤，育于后父；尝入维尔那大学，性情思想如拜伦。二十一岁入华骚户部为书记；越二年，忽以事去国，不能复返。初至伦敦；已而至巴黎，成诗一卷，仿拜伦诗体。时密克威支亦来相见，未几而迕。所作诗歌，多惨苦之音。一千八百三十五年去巴黎，作东方之游，经希腊埃及叙利亚；三十七年返意大利，道出曷尔爱列须阻疫，滞留久之，作《大漠中之疫》一诗。记有亚剌伯人，为言目击四子三女，洎其妇相继死于疫，哀情涌于毫素，读之令人忆希腊尼阿孛（Niobe）事，亡国之痛，隐然在焉。且又不止此苦难之诗而已，凶惨之作，恒与俱起，而斯洛伐支奇为尤。凡诗词中，靡不可见身受楚毒之印象或其见闻，最著者或根史实，如《克垒勒度克》（Król Duch）中所述俄帝伊凡四世，以剑钉使者之足于地一节，盖本诸古典者也。

波阑诗人多写狱中戍中刑罚之事，如密克威支作《死人之祭》第三卷中，几尽绘己身所历，倘读其《契珂夫斯奇》（Cichowski）一章，或《娑波卢夫斯奇》（Sobolewski）之什，记见少年二十橇，送赴鲜卑事，不为之生愤激者盖鲜也。而读上述二人吟咏，又往往闻报复之声。如《死人祭》第三篇，有囚人所歌者：其一央珂夫斯奇曰，欲我为信徒，必见耶稣马理，先惩污吾国土之俄帝而后可。俄帝若在，无能令我呼耶稣之名。其二加罗珂夫斯奇曰，设吾当受谪放，劳役缧绁，得为俄帝作工，夫何靳耶？吾在刑中，所当力作，自语曰，愿此苍铁，有日为帝成一斧也。吾若出狱，当迎鞑靼女子，语之曰，为帝生一巴棱①（杀保罗一世者）。吾若迁居植民地，当为其长，尽吾陇亩，为帝植麻，以之成一苍色巨索，织以银丝，俾阿尔洛夫②（杀彼得三世者）得之，可缳俄帝颈也。末为康拉德歌曰，吾神已寂，歌在坟墓中矣。唯吾灵神，已嗅血腥，一跃而起，有如血蝠（Vampire），欲人血也。渴血渴血，复仇复仇！仇吾屠伯！天意如是，固报矣；即不如是，亦报尔！报复诗华，盖萃于是，使神不之直，则彼且自报之耳。

如上所言报复之事，盖皆隐藏，出于不意，其旨在凡寡于天人之民，得用诸术，拯其父国，为圣法也。故格罗苏那虽背其夫而拒敌，义为非谬；华连洛德亦然。苟拒异族之军，虽用诈伪，不云非法，华连洛德伪附于敌，乃歼日耳曼军，故土自由，而自亦忏悔而死。其意盖以为一人苟有所图，得当以报，则虽降敌，不为罪愆。如《阿勒普耶罗斯》（Alpujarras）一诗，益可以见其意。中叙摩亚之王阿勒曼若，以城方大疫，且不得不以格拉那陀地降西班牙，因夜出。西班牙人方聚饮，忽白有人乞见，来者一阿剌伯人，进而呼曰，西班牙人，吾愿奉汝明神，信汝先哲，为汝奴仆！众识之，盖阿勒曼若也。西人长者抱之为吻礼，诸首领皆礼之。而阿勒曼若忽仆地，攫其巾大悦呼曰，吾中疫矣！盖以彼忍辱一行，而疫亦入西班牙之军矣。斯洛伐支奇为诗，亦时责奸人自行诈于国，而以诈术陷敌，则甚美之，如《阑勃罗》（Lambro）《珂尔强》（Kordjan）皆是。《阑勃罗》为希腊人事，其人背教为盗，俾得自由以仇突厥，性至凶酷，为世所无，唯拜伦东方诗中能见之耳。珂尔强者，波阑人谋刺俄帝尼可拉一世者也。凡是二诗，其主旨所在，皆特报复而已矣。

---

① 巴棱，少皇保罗一世的宠臣。他于1801年3月谋杀了保罗一世。
② 阿尔洛夫，俄国贵族首领。他于1762年发生的宫廷政变中，指使人暗杀了沙皇彼得三世。

上二士者，以绝望故，遂于凡可祸敌，靡不许可，如格罗苏那之行诈，如华连洛德之伪降，如阿勒曼若之种疫，如珂尔强之谋刺，皆是也。而克拉旬斯奇之见，则与此反。此主力报，彼主爱化。顾其为诗，莫不追怀绝泽，念祖国之忧患。波阑人动于其诗，因有一千八百三十年之举；余忆所及，而六十三年大变①，亦因之起矣。即在今兹，精神未忘，难亦未已也。

九

若匈加利当沉默蜷伏之顷，则兴者有裴多菲（A. Petöfi）②，沽肉者子也，以一千八百二十三年生于吉思珂罗（Kiskörös）。其区为匈之低地，有广漠之普斯多（Puszta 此翻平原），道周之小旅以及村舍，种种物色，感之至深。盖普斯多之在匈，犹俄之有斯第字（Steppe 此亦翻平原），善能起诗人焉。父虽贾人，而殊有学，能解拉丁文。裴多菲十岁出学于科勒多，既而至阿琐特，治文法三年。然生有殊禀，挚爱自繇，愿为俳优；天性又长于吟咏。比至舍勒美支，入高等学校三月，其父闻裴多菲与优人伍，令止读，遂徒步至布达佩斯，入国民剧场为杂役。后为亲故所得，留养之，乃始为诗咏邻女，时方十六龄。顾亲属谓其无成，仅能为剧，遂任之去。裴多菲忽投军为兵，虽性恶压制而爱自由，顾亦居军中者十八月，以病疟罢。又入巴波大学，时亦为优，生计极艰，译英法小说自度。一千八百四十四年访伟罗思摩谛（M. Vörösmarty），伟为梓其诗，自是遂专力于文，不复为优。此其半生之转点，名亦陡起，众目为匈加利之大诗人矣，次年春，其所爱之女死，因旅行北方自遣，及秋始归。泊四十七年，乃访诗人阿阑尼（J. Arany）于萨伦多，而阿阑尼杰作《约尔提》（Joldi）适竣，读之叹赏，订交焉。四十八年以始，裴多菲诗渐倾于政事，盖知革命将兴，不期而感，犹野禽之识地震也。是年三月，奥地利人革命报至沛思德，裴多菲感之，作《兴矣摩迦人》（Tolpra Magyar）一诗，次日诵以徇众，至解末叠句云，誓将不复为奴！则众皆和，持至检文之局，逐其吏而自印之，立俟其毕，各持之行。文之脱检，实自此始。裴多菲亦

---

① 此指1863年波兰一日起义。这次起义成立了临时民族政府，发布解放农奴的宣言和法令。1865年被沙皇镇压。

② 裴彖飞，通译裴多菲。

尝自言曰，吾琴一音，吾笔一下，不为利役也。居吾心者，爰有天神，使吾歌且吟。天神非他，即自由耳。顾所为文章，时多过情，或与众忤；尝作《致诸帝》一诗，人多责之。裴多菲自记曰，去三月十五数日而后，吾忽为众恶之人矣，褫夺花冠，独研深谷之中，顾吾终幸不屈也。比国事渐急，诗人知战争死亡且近，极思赴之。自曰，天不生我于孤寂，将召赴战场矣。吾今得闻角声召战，吾魂几欲骤前，不及待令矣。遂投国民军（Honvéd）中，四十九年转隶贝谟将军麾下。贝谟者，波阑武人，一千八百三十年之役，力战俄人者也。时轲苏士招之来，使当脱阑希勒伐尼亚一面，甚爱裴多菲，如家人父子然。裴多菲三去其地，而不久即返，似或引之。是年七月三十一日舍俱思跋之战，遂殁于军。平日所谓为爱而歌，为国而死者，盖至今日而践矣。裴多菲幼时，尝治拜伦暨修黎之诗，所作率纵言自由，诞放激烈，性情亦仿佛如二人。曾自言曰，吾心如反响之森林，受一呼声，应以百响者也。又善体物色，著之诗歌，妙绝人世，自称为无边自然之野花。所著长诗，有《英雄约诺斯》（Jáuos Vitéz）一篇，取材于古传，述其人悲欢畸迹。又小说一卷曰《缢吏之缳》（AHóhér Kotele），记以眷爱起争，肇生孽障，提尔尼阿遂陷安陀罗奇之子于法。安陀罗奇失爱绝欢，庐其子坟上，一日得提尔尼阿，将杀之。而从者止之曰，敢问死与生之忧患孰大？曰，生哉！乃纵之使去；终诱其孙令自经，而其为绳，即昔日缳安陀罗奇子之颈者也。观其首引耶和华言，意盖云厥祖罪愆，亦可报诸其苗裔，受施必复，且不嫌加甚焉。至于诗人一生，亦至殊异，浪游变易，殆无宁时。虽少逸豫者一时，而其静亦非真静，殆犹大海濛洈中心之静点而已。设有孤舟，卷于旋风，当有一瞬间忽尔都寂，如风云已息，水波不兴，水色青如微笑，顾濛洈偏急，舟复入卷，乃至破没矣。彼诗人之暂静，盖亦犹是焉耳。

上述诸人，其为品性言行思维，虽以种族有殊，外缘多别，因现种种状，而实统于一宗：无不刚健不挠，抱诚守真；不取媚于群，以随顺旧俗；发为雄声，以起其国人之新生，而大其国于天下。求之华土，孰比之哉？夫中国之立于亚洲也，文明先进，四邻莫之与伦，寒视高步，因益为特别之发达；及今日虽凋零，而犹与西欧对立，此其幸也。顾使往昔以来，不事闭关，能与世界大势相接，思想为作，日趣于新，则今日方卓立宇内，无所愧逊于他邦，荣光俨然，可无苍黄变革之事，又从可知尔。故一为相度其位置，稽考其邂逅，则震旦为国，得失滋不云微。得者以文化不受影响于异邦，自具特异之光彩，近虽中衰，亦世稀有。失者则以孤立自是，不遇校雠，终至堕落而之实利；为时既久，精神沦亡，逮蒙新力一击，即砉然冰泮，莫有起而与之抗。加以旧染既深，辄以习惯之目光，观察一切，凡所然否，谬解为多，此所为呼维新既二十年，而新声岂不起于中国也。夫如是，则精神界之战士贵矣。英当十八世纪时，社会习于伪，宗教安于陋，其为文章，亦摹故旧而事涂饰，不能闻真之心声。于是哲人洛克首出，力排政治宗教之积弊，唱思想言议之自由，转轮之兴，此其播种。而在文界，则有农人朋思生苏格阑，举全力以抗社会，宣众生平等之音，不惧权威，不跽金帛，洒其热血，注诸韵言；然精神界之伟人，非遂即人群之骄子，辄轲流落，终以夭亡。而拜伦修黎继起，转战反抗，具如前陈。其力如巨涛，直薄旧社会之柱石。余波流衍，入俄则起国民诗人普希金，至波阑则作报复诗人密克威支，入匈加利则觉爱国诗人裴多菲；其他宗徒，不胜具道。顾拜伦修黎，虽蒙摩罗之谥，亦第人焉而已。凡其同人，实亦不必曰摩罗宗，苟在人间，必有如是。此盖聆热诚之声而顿觉者也，此盖同怀热诚而互契者也。故其平生，亦甚神肖，大都执兵流血，如角剑之士，转辗于众之目前，使抱战栗与愉快而观其鏖扑。故无流血于众之目前者，其群祸矣；虽有而众不之视，或且进而杀之，斯其为群，乃愈益祸而不可救也！

　　今索诸中国，为精神界之战士者安在？有作至诚之声，致吾人于善美刚健者乎？有作温煦之声，援吾人出于荒寒者乎？家国荒矣，而赋最末哀歌，以诉天下贻后人之耶利米，且未之有也。非彼不生，即生而贼于众，居其一或兼其二，则中国遂以萧条。劳劳独躯壳之事是图，而精神日就于荒落；新潮来袭，遂以不支。众皆曰维新，此即自白其历来罪恶之声也，犹云改悔焉尔。顾既维新矣，而希望亦与偕始，吾人所待，则有介绍新文化之士人。特十余年来，介绍无已，而究其所携将以来归者；乃又舍治饼饵守闾阓之术①而外，无他有也。则中国尔后，且永续其萧条，而第二维新之声，亦将再举，盖可准前事而无疑者矣。俄文人凯罗连珂（V. Korolenko）作《末光》一书，有记老人教童子读书于鲜卑者，曰，书中述樱花黄鸟，而鲜卑冱寒，不有此也。翁则解之曰，此鸟即止于樱木，引吭为好音者耳。少年乃沉思。然夫，少年处萧条之中，即不诚闻其好音，亦当得

---

① 治饼饵守闾阓之术，指当时留学生从日文翻译的关于家政和警察学一类的书。

先觉之诠解；而先觉之声，乃又不来破中国之萧条也。然则吾人，其亦沉思而已夫，其亦惟沉思而已夫！

（选自洪治纲主编《鲁迅经典文存》，上海大学出版社2004年版）

中西比较诗学的前学科时期
（1919—1987）

胡 适

胡适（1891—1962），原名嗣穈，字适之，祖籍安徽省绩溪县。幼年就读于家乡私塾，官费留学之前，各科成绩十分优异。1910年赴美国康奈尔大学学习农科，后改学文科，毕业后赴哥伦比亚大学学习哲学，师从杜威。受杜威思想及西方写实主义思潮的影响，奉行改良主义，践行"文学革命"的主张。参与创办了《新月》《独立评论》《现代评论》等期刊。在政治上，坚持走自由民主的道路；在学术领域里，著作等身，发表大量的学术论著、时评以及诗歌、小说和戏剧等作品。后被辑入《胡适全集》（共44卷）。胡适精通中西文学与文化，一生致力于把中国文化介绍到西方以及把西方文化介绍到中国，为早期尚未成熟的比较诗学做出了贡献。胡适具有中西比较诗学意识的代表性文章有《文学改良刍议》《文学进化观念与戏剧改良》《谈新诗》以及《论短篇小说》等。

《论短篇小说》一文，原为1918年3月15日胡适在北京大学国文研究所的演讲稿，傅斯年记录，原载1918年3月22日至27日《北京大学日刊》。经修改扩充后，于同年5月15日发表在《新青年》上。文章由三部分组成。第一部分对短篇小说的概念进行了探讨。主要以欧洲小说为例展开论述。作者援引法国作家都德的《最后一课》《柏林之围》以及莫泊桑的《二渔夫》《菲菲小姐》等对普法战争的书写加以阐释，指出它们是典型的短篇小说。第二部分分析了"中国短篇小说的略史"。作者从先秦诸子的寓言（推崇《列子》中的"汤问篇"和《庄子》中的"无鬼篇"）开始，到汉唐的杂记（《神仙传》《搜神记》均不是短篇小说，而陶渊明的《桃花源记》、杜甫的《石壕吏》等则可以看作短篇小说），再到宋朝的"章回体小说"、明清两朝的"短篇小说（《今古奇观》《聊斋志异》可称作短篇小说），阐明了中国短篇小说的历史。最后，在结论部分，以莎士比亚的戏剧剧幕逐渐变少为例，表明"独幕戏"受到了重视，进一步指出短篇小说"最为经济"，与世界文学相合，需加以提倡。

在《论短篇小说》一文中，胡适运用了中西比较的方法，对"短篇小说"进行了研究。受西方写实主义文学影响，文章从进化论意义出发，指出短篇小说在世界文学中的地位。一方面，胡适作为新文化运动的主将，自觉将西方文化引入中国，倡导短篇小说的创作，为中国新文学和白话文运动开辟了道路。另一方面，文中所彰显的中西比较意识也值得我们注意。胡适在此所讨论的短篇小说，并未将其局限于中国，而是不区分中外，以世界眼光分析短篇小说，这对中国比较文学的发展产生了深远的影响。文章突出体现了胡适融贯中西的学术视野，作为中国现代史上的重要人物，他以世界的眼光、比较文学的方法，对中西方文学进行研究，大大促进了中国比较诗学的发展。

论短篇小说

这一篇是 3 月 15 日在北京大学国文研究所小说科讲演的材料。原稿由研究员傅斯年君记出，载于《北京大学日刊》。今就傅君所记，略为更易，作为此文。

一　什么叫作"短篇小说"？

中国今日的文人大概不懂"短篇小说"是什么东西。现在的报纸杂志里面，凡是笔记杂纂，不成长篇的小说，都可叫作"短篇小说"。所以现在那些"某生，某处人，幼负异才……一日，游某园，遇一女郎，睨之，天人也……"一派的滥调小说，居然都称为"短篇小说"！其实这是大错的。西方的"短篇小说"（英文叫作 Short story），在文学上有一定的范围，有特别的性质，不是单靠篇幅不长便可称为"短篇小说"的。

我如今且下一个"短篇小说"的界说：

> 短篇小说是用最经济的文学手段，描写事实中最精彩的一段，或一方面，而能使人充分满意的文章。

这条界说中，有两个条件最宜特别注意。今且把这两个条件分说如下：

（一）"事实中最精彩的一段或一方面"，譬如把大树的树身锯断，懂植物学的人看了树身的"横截面"，数了树的"年轮"，便可知道这树的年纪。一人的生活，一国的历史，一个社会的变迁，都有一个"纵剖面"和无数"横截面"。纵面看去,须从头看到尾,才可看见全部。横面截开一段,若截在要紧的所在,便可把这个"横截面"代表这个人,或这一国,或这一个社会。这种可以代表全部的部分,便是我所谓"最精采"的部分。又譬如西洋照相术未发明之前,有一种"侧面剪影"(silhouette),用纸剪下人的侧面,便可知道是某人(此种剪像曾风行一时。今虽有照相术,尚有人为之)。这种可以代表全形的一面,便是我所谓"最精采"的方面。若不是"最精采"的所在,决不能用一段代表全体,决不能用一面代表全形。

(二)"最经济的文学手段",形容"经济"两个字,最好是借用宋玉的话:"增之一分则太长,减之一分则太短;着粉则太白,施朱则太赤。"须要不可增减,不可涂饰,处处恰到好处,方可当"经济"二字。因此,凡可以拉长演作章回小说的短篇,不是真正"短篇小说";凡叙事不能畅尽,写情不能饱满的短篇,也不是真正"短篇小说"。

能合我所下的界说的,便是理想上完全的"短篇小说"。世间所称"短篇小说",虽未能处处都与这界说相合,但是那些可传世不朽的"短篇小说",绝没有不具上文所说两个条件的。

如今且举几个例。西历1870年,法兰西和普鲁士开战,后来法国大败,巴黎被攻破,出了极大的赔款,还割了两省地,才能讲和。这一次战争,在历史上,就叫作普法之战,是一件极大的事。若是历史家记载这事,必定要上溯两国开衅的远因,中记战争的详情,下寻战与和的影响:这样记去,可满几十本大册子。这种大事到了"短篇小说家"的手里,便用最经济的手腕去写这件大事的最精采的一段或一面。我且不举别人,单举 Daudet 和 Maupassant 两个人为例。Daudet 所做普法之战的小说,有许多种。我曾译出一种叫作《最后一课》(*La dernièrec lasse*,初译名《割地》,登上海《大共和日报》,后改用今名,登《留美学生季报》第三年)。全篇用法国割给普国两省中一省的一个小学生的口气,写割地之后,普国政府下令,不许再教法文法语。所写的乃是一个小学教师教法文的"最后一课"。一切割地的惨状,都从这个小学生眼中看出,口中写出。还有一种,叫作《柏林之围》(*Lesiègede Berlin*,曾载《甲寅》第四号),写的是法皇拿破仑第三出兵攻普鲁士时,有一个曾在拿破仑第一麾下的老兵官,以为这一次法兵一定要大胜了,所以特地搬到巴黎,住在凯旋门边,准备着看法兵"凯旋"的大典。后来这老兵官病了,他的孙女儿天天假造法兵得胜的新闻去哄他。那时普国的兵已打破巴黎。普兵进城之日，他老人家听见军乐声，还以为是法兵打破了柏林奏凯班师呢！这是借一个法国极强时代的老兵来反照当日法国大败的大耻，两两相形，真可动人。

Maupassant 所做普法之战的小说也有多种。我曾译他的《二渔夫》（Deuxamis），写巴黎被围的情形，却都从两个酒鬼身上着想。还有许多篇，如"Mile. Fifi"之类（皆未译出），或写一个妓女被普国兵士掳去的情形，或写法国内地村乡里面的光棍，乘着国乱，设立"军政分府"，作威作福的怪状……都可使人因此推想那时法国兵败以后的种种状态。这都是我所说的"用最经济的手腕，描写事实中最精彩的片段，而能使人充分满意"的短篇小说。

二　中国短篇小说的略史

"短篇小说"的定义既已说明了，如今且略述中国短篇小说的小史。

中国最早的短篇小说，自然要数先秦诸子的寓言了。《庄子》《列子》《韩非子》《吕览》诸书所载的"寓言"，往往有用心结构可当"短篇小说"之称的。今举二例。第一例见于《列子·汤问》篇：

> 太行、王屋二山，方七百里，高万仞，本在冀州之南，河阳之北。
>
> 北山愚公者，年且九十，面山而居，惩山北之塞出入之迂也，聚室而谋曰："吾与汝毕力平险，指通豫南，达于汉阴，可乎？"杂然相许。
>
> 其妻犹疑曰："以君之力，曾不能损魁父之丘。如太行、王屋何？且焉置土石？"
>
> 杂曰："投诸渤海之尾，隐土之北！"
>
> 遂率子孙荷担者三夫，叩石垦壤，箕畚运于渤海之尾。邻人京城氏之孀妻，有遗男，始龀，跳往助之。寒暑易节，始一返焉。
>
> 河曲智叟笑而止之曰："甚矣，汝之不慧！以残年余力，曾不能毁山之一毛，其如土石何？"
>
> 北山愚公长息曰："汝心之固，固不可彻，曾不若孀妻弱子！虽

我之死，有子存焉。子又生孙，孙又生子，子又有子，子又有孙。子子孙孙，无穷匮也，而山不加增。何若而不平？"

河曲智叟亡以应。

"操蛇之神"闻之，惧其不已也，告之于帝。帝感其诚，命夸娥氏二子负二山，一厝朔东，一厝雍南。自此，冀之南，汉之阴，无陇断焉。

这篇大有小说风味。第一，因为他要说"至诚可动天地"，却凭空假造一段太行、王屋两山的历史。第二，这段历史之中，处处用人名、地名，用直接会话，写细事小物，即写天神也用"操蛇之神"，"夸娥氏二子"等私名，所以看来好像真有此事。这两层都是小说家的家数。现在的人一开口便是"某生""某甲"，真是不曾懂得做小说的ABC。

第二例见于《庄子·徐无鬼》篇：

庄子送葬，过惠子之墓，顾谓从者曰：

郢人垩漫其鼻端，若蝇翼，使匠石斫之。匠石运斤成风，听而斫之，尽垩而鼻不伤。郢人立不失容。

宋元君闻之，召匠石曰："尝试为寡人为之！"

匠石曰："臣则尝能斫之。虽然，臣之质死久矣！"

自夫子（谓惠子）之死也，吾无以为质矣！吾无与言之矣！

这一篇写"知己之感"，从古至今，无人能及。看他写"垩漫其鼻端，若蝇翼"，写"匠石运斤成风"，都好像真有此事，所以有文学的价值。看他寥寥七十个字，写尽无限感慨，是何等"经济的"手腕！

自汉到唐这几百年中，出了许多"杂记"体的书，却都不配称作"短篇小说"。最下流的如《神仙传》和《搜神记》之类，不用说了。最高的如《世说新语》，其中所记，有许多很有"短篇小说"的意味，却没有"短篇小说"的体裁。如下举的例子：

（1）桓公（温）北征，经金城，见前为琅琊时种柳。皆已十围，慨然曰："木犹如此，人何以堪！"攀枝执条，泫然流泪。

（2）王子猷（徽之）居山阴，夜大雪，眠觉开室，命酌酒，四望皎然。因起彷徨，咏左思《招隐诗》，忽忆戴安道。时戴在剡，即便夜乘小船就之。经宿方至，造门不前而返。人问其故。王曰："吾本乘兴而来，兴尽而返，何必见戴！"

此等记载，都是拣取人生极精彩的一小段，用来代表那人的性情品格，所以我说《世说》很有"短篇小说"的意味。只是《世说》所记都是事实，或是传闻的事实，虽有剪裁，却无结构，故不能称作"短篇小说"。

比较说来，这个时代的散文短篇小说还该数到陶潜的《桃花源记》。这篇文字，命意也好，布局也好，可以算得一篇用心结构的"短篇小说"。此外，便须到韵文中去找短篇小说了。韵文中《孔雀东南飞》一篇是很好的短篇小说，记事、言情，事事俱到。但是比较起来，还不如《木兰辞》更为"经济"。

《木兰辞》记木兰的战功，只用"将军百战死，壮士十年归"十个字；记木兰归家的那一天，却用了一百多字。十个字记十年的事，不为少。一百多字记一天的事，不为多。这便是文学的"经济"。但是比较起来，《木兰辞》还不如古诗《上山采蘼芜》更为神妙。那诗道：

上山采蘼芜，下山逢故夫。长跪问故夫："新人复何如？""新人虽言好，未若故人姝。颜色类相似，手爪不相如。新人从门入，故人从阁去。新人工织缣，故人工织素。织缣日一匹，织素五丈余。将缣来比素，新人不如故。"

这首诗有许多妙处。第一，他用八十个字，写出那家夫妇三口的情形，使人可怜被逐的"故人"，又使人痛恨那没有心肝，想靠着老婆发财的"故夫"。第二，他写那人弃妻娶妻的事，却不用从头说起：不用说"某某，某处人，娶妻某氏，甚贤；已而别有所爱，遂弃前妻而娶新欢。……"他只从这三个人的历史中挑出那日从山上采野菜回来遇着故夫的几分钟，是何等"经济的手腕！"是何等"精彩的片段！"第三，他只用"上山采蘼芜，下山逢故夫"十个字，便可写出这妇人是一个弃妇，被弃之后，非常贫苦，只得挑野菜度日。这是何等神妙手段！懂得这首诗的好处，方才可谈"短篇小说"的好处。

到了唐朝，韵文散文中都有很好的短篇小说。韵文中，杜甫的《石壕吏》是绝妙的例子。那诗道：

> 暮投石壕村，有吏夜捉人，老翁逾墙走，老妇出门看。吏呼一何怒！妇啼一何苦！听妇前致词："三男邺城戍。一男附书至，二男新战死。存者且偷生，死者长已矣！室中更无人，惟有乳下孙，有孙母未去，出入无完裙。老妪力虽衰，请从吏夜归，急应河阳役，犹得备晨炊。"夜久语声绝，如闻泣幽咽。……天明登前途，独与老翁别！

这首诗写天宝之乱，只写一个过路投宿的客人夜里偷听得的事，不插一句议论，能使人觉得那时代征兵之制的大害，百姓的痛苦，丁壮死亡的多，差役捉人的横行——都在眼前。捉人捉到生了孙儿的祖老太太，别的更可想而知了。

白居易的《新乐府》五十首中，尽有很好的短篇小说。最妙的是《新丰折臂翁》一首。看他写"是时翁年二十四，兵部牒中有名字，夜深不敢使人知，偷将大石捶折臂"，使人不得不发生"苛政猛于虎"的思想。白居易的《琵琶行》也可算得一篇很好的短篇小说。白居易的短处，只因为他有点迂腐气，所以处处要把作诗的"本意"来做结尾，即如《新丰折臂翁》篇末加上"君不见开元宰相宋开府"一段，便没有趣味了。又如《长恨歌》一篇，本用道士见杨贵妃，带来信物一件事作主体。白居易虽做了这诗，心中却不信道士见杨妃的神话；所以他不但说杨妃所在的仙山"在虚无缥缈中"；还要先说杨妃死时"金钿委地无人收，翠翘金雀玉搔头"，竟直说后来"天上"带来的"钿合金钗"是马嵬坡拾起的了！自己不信，所以说来便不能叫人深信。人说赵子昂画马，先要伏地作种种马相。做小说的人，也要如此，也要用全副精神替书中人物设身处地，体贴入微。做"短篇小说"的人，格外应该如此。为什么呢？因为"短篇小说"要把所挑出的"最精彩的一段"作主体，才可有全神贯注的妙处。若带点迂气，处处把"本意"点破，便是把书中事实做一种假设的附属品，便没有趣味了。

唐朝的散文短篇小说很多，好的却实在不多。我看来看去，只有张说的《虬髯客传》可算得上品的"短篇小说"。《虬髯客传》的本旨只是要说"真人之兴，非英雄所冀"。他却凭空造出虬髯客一段故事，插入李靖、红拂一段情史，写到正热闹处，忽然写"太原公子褐裘而来"，遂使那位野心豪杰绝心于事国，另去海外开辟新国。这种立意布局，都是小说家的上等工夫。这是第一层长处。这篇是"历史小说"。凡做"历史小说"，不可全用历史上的事实，却又不可违背历史上的事实。全用历史的事实，便成了"演义"体，如《三国演义》和《东周列国志》，没有真正"小说"的价值（《三国》所以稍有小说价值者，全靠其能于历史事实之外，加入许多小说的材料耳）。若违背了历史的事实，如《说岳传》使岳飞的儿子挂帅印打平金国，虽可使一班愚人快意，却又不成"历史的"小说了。最好是能于历史事实之外，造成一些"似历史又非历史"的事实，写到结果却又不违背历史的事实。如法国大仲马的《侠隐记》（商务印书馆出版。译者君朔，不知是何人。我以为近年译西洋小说当以君朔所译诸书为第一。君朔所用白话，全非抄袭旧小说的白话，乃是一种特创的白话，最能传达原书的神气。其价值高出林纾百倍。可惜世人不会赏识），写英国暴君查尔第一世为克林威尔所囚时，有几个侠士出了死力百计地把他救出来，每次都到将成功时忽又失败；写来极热闹动人，令人急煞，却终不能救免查尔第一世断头之刑，故不违背历史的事实。又如《水浒传》所记宋江等三十六人是正史所有的事实。《水浒传》所写宋江在浔阳江上吟反诗，写武松打虎杀嫂，写鲁智深大闹和尚寺等事，处处热闹煞，却终不违历史的事实（《荡寇志》便违背历史的事实了）。《虬髯客传》的长处正在他写了许多动人的人物事实，把"历史的"人物（如李靖、刘文静、唐太宗之类）和"非历史的"人物（如虬髯客、红拂是）穿插夹混，叫人看了竟像那时真有这些人物事实。但写到后来，虬髯客飘然去了，依旧是唐太宗得了天下，一毫不违背历史的事实。这是"历史小说"的方法，便是《虬髯客传》的第二层长处。此外还有一层好处。唐以前的小说，无论散文韵文，都只能叙事，不能用全副气力描写人物。《虬髯客传》写虬髯客极有神气，自不用说了。就是写红拂、李靖等"配角"，也都有自性的神情风度。这种"写生"手段，便是这篇的第三层长处。有这三层长处，所以我敢断定这篇《虬髯客传》是唐代第一篇"短篇小说"。宋朝是"章回小说"发生的时代。如《宣和遗事》和《五代史平话》等书，都是后世"章回小说"的始祖。《宣和遗事》中记杨志卖刀杀人，晁盖等八人路劫生辰纲，宋江杀阎婆惜诸段，便是施耐庵《水浒传》的稿本。从《宣和遗事》变成《水浒传》，是中国文学史上一大进步。但宋朝是"杂记小说"极盛的时代，故《宣和遗事》等书，总脱不了"杂记体"的性质，都是上段不接下段，没有结构布局的。宋朝的"杂记小说"颇多好的，但都不配称作"短篇小说"。"短篇小说"是有结构局势的；是用全副精神气力贯注到一段最精彩的事实上的。"杂记小说"是东记一段，西记一段，如一盘散沙，如一篇零用账，全无局势结构的。这个区别，不可忘记。

明、清两朝的"短篇小说"，可分白话与文言两种。白话的"短篇小说"可用《今古奇观》作代表。《今古奇观》是明末的书，大概不全是一人的手笔（如《杜十娘》一篇，用文言极多，远不如《卖油郎》，似出两人手笔）。书中共有四十篇小说，大要可分两派：一是演述旧作的，一是自己创作的。如《吴保安弃家赎友》一篇，全是演唐人的《吴保安传》，不过添了一些琐屑节目罢了。但是这些加添的琐屑节目，便是文学的进步。《水浒》所以比《史记》更好，只在多了许多琐屑细节。《水浒》所以比《宣和遗事》更好，也只在多了许多琐屑细节。从唐人的吴保安，变成《今古奇观》的吴保安；从唐人的李汧公，变成《今古奇观》的李汧公；从汉人的伯牙子期，变成《今古奇观》的伯牙子期——这都是文学由略而详，由粗枝大叶而琐屑细节的进步。此外，那些明人自己创造的小说，如《卖油郎》，如《洞庭红》，如《乔太守》，如《念亲恩孝女藏儿》，都可称很好的"短篇小说"。依我看来，《今古奇观》的四十篇之中，布局以《乔太守》为最工，写生以《卖油郎》为最工。《乔太守》一篇，用一个李都管做全篇的线索，是有意安排的结构。《卖油郎》一篇写秦重、花魁娘子、九妈、四妈，各到好处。《今古奇观》中虽有很平常的小说（如《三孝廉》《吴保安》《羊角哀》诸篇），比起唐人的散文小说，已大有进步了。唐人的小说，最好的莫如《虬髯客传》。但《虬髯客传》写的是英雄豪杰，容易见长。《今古奇观》中大多数的小说，写的都是些琐细的人情世故，不容易写得好。唐人的小说大都属于理想主义（如《虬髯客传》、《红线》、《聂隐娘》诸篇）。《今古奇观》中如《卖油郎》《徐老仆》《乔太守》《孝女藏儿》，便近于写实主义了。至于由文言的唐人小说，变成白话的《今古奇观》，写物写情，都更能曲折详尽，那更是一大进步了。

只可惜白话的短篇小说，发达不久，便中止了。中止的原因，约有两层。第一，因为白话的"章回小说"发达了，做小说的人往往把许多短篇略加组织，合成长篇。如《儒林外史》和《品花宝鉴》名为长篇的"章回小说"，其实都是许多短篇凑拢来的。这种杂凑的长篇小说的结果，反阻碍了白话短篇小说的发达了。第二，是因为明末清初的文人，很做了一些中上的文言短篇小说。如《虞初新志》《虞初续志》《聊斋志异》等书里面，很有几篇可读的小说。比较看来，还该把《聊斋志异》来代表这两朝的文言小说。《聊斋》里面，如《续黄粱》《胡四相公》《青梅》《促织》《细柳》……诸篇，都可称为"短篇小说"。《聊斋》的小说，平心而论，实在高出唐人的小说。蒲松龄虽喜说鬼狐，但他写鬼狐却都是人情世故，于理想主义之中，却带几分写实的性质。这实在是他的长处。只可惜文言不是能写人情世故的利器。到了后来，那些学《聊斋》的小说，更不值得提起了。

三　结论

最近世界文学的趋势，都是由长趋短，由繁多趋简要。——"简"与"略"不同，故这句话与上文说"由略而详"的进步，并无冲突。——诗的一方面，所重的在于"写情短诗"（Lyrical poetry 或译"抒情诗"），像 Homer, Milton, Dante 那些几十万字的长篇，几乎没有人做了；就有人做（十九世纪尚多此种），也很少人读了。戏剧一方面，萧士比亚的戏，有时竟长到五出二十幕（此所指乃 Hamlet 也），后来变到五出五幕；又渐渐变成三出三幕；如今最注重的是"独幕戏"了。小说一方面，自十九世纪中段以来，最通行的是"短篇小说"。

长篇小说如 Tolstoy 的《战争与平和》，竟是绝无而仅有的了。所以我们简直可以说，"写情短诗""独幕剧""短篇小说"三项，代表世界文学最近的趋向。这种趋向的原因，不止一种。（一）世界的生活竞争一天忙似一天，时间越宝贵了，文学也不能不讲究"经济"；若不"经济"，只配给那些吃了饭没事做的老爷太太们看，不配给那些在社会上做事的人看了。（二）文学自身的进步，与文学的"经济"有密切关系。斯宾塞说，论文章的方法，千言万语，只是"经济"一件事。文学越进步，自然越讲求"经济"的方法。有此两种原因，所以世界的文学都趋向这三种"最经济的"体裁。今日中国的文学，最不讲"经济"。那些古文家和那

"《聊斋》滥调"的小说家，只会记"某时到某地，遇某人，作某事"的死账，毫不懂状物写情是全靠琐屑节目的。那些长篇小说家又只会做那无穷无极《九尾龟》一类的小说，连体裁布局都不知道，不要说文学的经济了。若要救这两种大错，不可不提倡那最经济的体裁——不可不提倡真正的"短篇小说"。

民国七年

［选自欧阳哲生编《胡适文集》（2），北京大学出版社2013年版］

吴 宓

　　吴宓（1894—1978），原名玉衡，字雨僧、雨生，陕西泾阳县人。著名的国学大师，西洋文学家，教育部聘教授。清华大学毕业后，于1917年赴美留学，先后在弗吉尼亚大学和哈佛大学学习，在哈佛期间，师从白璧德教授学习哲学、比较文学和英国文学，并获得硕士学位。1921年回国后受聘于国立东南大学，任教授职，讲授外国文学、世界文学史等课程，其中的"中西诗之比较"开中国比较文学研究之先河，对中国比较文学学科建设具有开创性意义。1922年1月与梅光迪、胡先骕等创办了中国现代文学史上具有重大影响的《学衡》杂志。1925年至1949年期间，先后在清华大学、西南联合大学、武汉大学、重庆大学任教，新中国成立后，在西南师范学院任教。作为大师的吴宓，一生培养了一大批比较文学与外国文学教学研究的杰出人才。吴宓的著述涉及哲学、外国文学、比较文学等多个领域，主要有《外国文学》《中国文学史大纲》《吴宓诗集》等著作，《〈石头记〉评赞》《〈红楼梦〉新谈》《贾宝玉之性格》等文章。

　　《〈红楼梦〉新谈》一文，是吴宓站在中西比较文学的立场上，对《红楼梦》作出的诠释。该文开篇即以西方理论家提出的小说六个方面（宗旨正大、范围宽广、结构谨严、事实繁多、情景逼真、人物生动）的长处为切入点，随后作者结合中西文论，以这六个方面作为每一章的标题，对其一一进行分析。以《红楼梦》为代表，吴宓将中国小说和西方小说做了比较，如《红楼梦》所揭示的社会现状之广以及内涵的深刻性，在艺术成就上比西方任何一部小说都要高；对于贾宝玉这一悲剧人物，吴宓借助西方哲学家亚里士多德的《诗学》，指出宝玉富有想象力、感情深挚、察人阅世，具有诗人的品格；文中还指出西方的淳朴思想多流于形式，而中国的淳朴思想，以刘姥姥为例，国人"施者受者，各尽其义""人心之厚"，折射出返璞归真的思想；在表现内容上，文中指出小说创作的弊病在于作品中议论较多（西方小说，如左拉的作品就存在这一问题）、人物心理分析太过细致、描写精细而与书中人事脱节。《红楼梦》则无以上之病，结构严谨，人物言谈举止恰当，超过了之前中国所有的小说。吴宓将《红楼梦》置于世界文学的框架之中，对其进行解读，以求真、求善、求美的开放思想，没有受制于中西思想和文化的差异，以学者的开阔胸襟和深厚的学识功底，运用西方小说的"六长"观以及亚里士多德的悲剧理论等，将《红楼梦》与西方小说、《红楼梦》的作者与西方小说的作者（如左拉、巴尔扎克、托尔斯泰等）进行比较研究，在一系列的中西比较中探究文学艺术的本质，使《红楼梦》得以向世界范围内推广开来。

吴宓在《〈红楼梦〉新谈》中所透露出的自觉的中西比较意识，不仅使其成为中国比较文学的重要开拓者，而且对之后中国比较文学的发展大有裨益。

《红楼梦》新谈

《石头记》（俗称《红楼梦》）为中国小说一杰作。其入人之深，构思之精，行文之妙，即求之西国小说中，亦罕见其匹。西国小说，佳者固千百，各有所长，然如《石头记》之广博精到、诸美兼备者，实属寥寥。英文小说中，唯 W. M. Thackeray 之 The New comes 最为近之。自吾读西国小说，而益重《石头记》。若以西国文学之格律衡《石头记》，处处合拍，且尚觉佳胜。盖文章美术之优劣短长，本只一理，中西无异。细征详考，当知其然也。

美国哈佛大学英文教员 Dr. G. H. Magnadier 授小说一科，尝采诸家之说，融会折中，定为绳墨。谓凡小说之杰构，必具六长。见所作 Introduction to Fielding's "Tom Jones" 中。何者为六？

壹，宗旨正大（serious purpose）；

贰，范围宽广（large scope）；

叁，结构谨严（firm plot）；

肆，事实繁多（plenty of action）；

伍，情景逼真（reality of scenes）；

陆，人物生动（liveliness of characters）。

《石头记》实兼此六长。兹分别约略论之。

壹，宗旨正大

凡文章杰作，皆须宗旨正大。但小说中所谓宗旨者：（一）不可如学究讲书，牧师登坛，训诲谆谆，期人感化；（二）不可如辩士演说，载指瞠目,声色俱厉,逼众听从;(三)又不可如村妪聚谈,计算家中之柴米,品评邻女之头足,琐屑鄙陋,取笑大方。凡此均非小说所宜有。小说只当叙述事实,其宗旨须能使读者就书中人物之行事各自领会。仁者见之谓之仁,智者见之谓之智。但必为天理人情中根本之事理,古今东西,无论何时何地,凡人皆身受心感,无或歧异。

上等小说,必从大处落墨。《石头记》作者,尤明此义,故神味深永,能历久远,得读者之称赏。《石头记》固系写情小说,然所写者,实不止男女之情。间尝寻绎《石头记》之宗旨,由小及大,约有四层,每层中各有郑重申明之义,而可以书中之一人显示之。如下表:

一	个人本身之得失 (为善,作恶。向上,趋下。)	一、教育之要(外) 二、以理制欲(内)	贾宝玉
二	人在社会中之成败	一、直道而行则常失败 二、善恶报施之不公	林黛玉
三	国家团体之盛衰	一、弄权好货之贻害大局	王熙凤
四	千古世运之升降	一、物质进化而精神上之快乐不增 二、归真返朴之思想	刘姥姥

以上四端,实未足尽书中之意,又勉强划分,多有未当。兹姑借表中之次序纲目,论《石头记》之宗旨。

一

贾宝玉者,书中之主人,而亦作者之自况也。护花主人读法,释《石头记》之宗旨,曰"讥失教也"。开卷第一回,作者叙述生平,"少壮不努力,老大徒伤悲",追悔往昔,自怨自艾。第五回《红楼梦》歌曲〔世难容〕一曲,亦夫子自道。盖谓美质隽才,不自振作,而视世事无当意者,随波逐流,碌碌过日。迟暮回首,悔恨无及,此际仍不得不逐逐鸡虫,谋升斗以自饱,亦可哀矣。第五回,警幻有劝告宝玉之言。第十二回,风月宝鉴有正反两面。而第百二十回,卷末结处,犹是此意。夫以宝玉资质之美,境遇之丰,而优游堕废,家人溺爱纵容,仅有贾政一人,明通儒理,欲施以教诲,而贾母等多方庇护,使贾政意不得行。宝玉既不读书,又不习世务,顽石不获补天,实由教育缺乏之故。荀子曰:"学不可以已。"语云:"玉不琢,不成器。"于以见教育之要。此其一也。

然人无生而纯善，亦无纯恶。人之内心，常有理欲交战其间，必须用克己工夫，以理制欲，始日有进境。如懈怠成性，委心任运，或则看行云之变化，按飞蝇之踪迹（见 Sterne 之小说 *Tristram Shandy*），纵极赏心乐事，亦觉抑郁无聊。（见第三十七回起处。外此例甚多。）佛家以偷惰为第一戒。宝玉之失，亦由其乏修养自治之功，可以为鉴。此其二也。

亚里士多德所作《诗论》（*Poetics*）为西国古今论文者之金科玉律，中谓悲剧中之主人（tragic hero），不必其才德甚为卓越，其遭祸也，非由罪恶，而由一时之错误，或天性中之缺陷；又其人必生贵家，席丰履厚，而有声于时云云。宝玉正合此资格。宝玉之习性，虽似奇特，然古今类此者颇不少，确在情理之中。约言之，宝玉乃一诗人也。凡诗人率皆（一）富于想象力（imagination），（二）感情深挚，（三）而其察人阅世，以美术上之道理为准则。凡具此者，皆宝玉也。

（一）拿破仑曰："想象力足以控制世界。"盖古今东西之人，无有能全脱忧患者。眼前实在之境界，终无满意之时，故常神游象外，造成种种幻境，浮泳其中以自适。抑郁侘傺之人，以及劳人思妇，借此舒愁解愤，享受虚空之快乐，事非不美，然若沉溺其中，乐而忘返，则于人生之义务责任有亏。又或以幻境与真境混淆，强以彼中之所见，施之斯土，则立言行事，动足祸世，故不可不辨之审也。中国诗文中，幻境之例多矣。（1）如无怀葛天之民，王母瑶池之国，文人幻想之世界也。（2）如巫峡云封，天台入梦，诗人幻想之爱情也。（3）如陶靖节之桃源，王无功之醉乡，名士幻想之别有天地也。（4）蕉鹿黄粱，斤斤自喜，此识者之所鄙而俗人幻想之富贵荣华也。征诸西国，其例尤夥。古昔柏拉图（Plato）之共和国（Republic），又 Sir Philip Sydney 之 Arcadia，又 Sir Thomas More 之乌托邦（Utopia）。然此均为仁人志士，欲晓示其政见学说，特设为理想中之国家社会，民康特阜，德美俗醇，熙熙皞皞，其用处如建筑工程师之模型，本于设教之苦心。迨近世卢梭（Jean Jacque Rousseau）之 Pays des Chimeres，又 Edward Young 之 Empire of Chimeras，又 Thompson 之 Castle of Indolence，又 Tennyson 之 Palace of Art，又 Sainte-Beuve 之 Ivory Tower 等，则皆梦想一身之快乐，与宝玉之太虚幻境同。而卢梭之性行，尤与宝玉相类似云。

人为想象力所驱使，如戴颜色眼镜，相人不准，见事不明，后来一经觉察解悟（disillusion），眼前之天堂，顿成地狱，则又悔恨懊丧，情实可悯。盖以梦幻中之美人,而强求之于日常戚党交游之中,必不可得,徒然自生磨折。即得一心赏之美姝矣,当时谓其穷妍极丽,德性和柔,无以复加,不几日而所见顿殊,其人竟丑如无盐,悍戾如河东狮。今日眼中之美人,他日又不免如此。故得甲思乙,虽益以古今之飞燕、玉环侍侧,终无满意之时。如英国大诗人 P. B. Shelley 者,未冠时,眷其表妹,名 Harriet Groove,旋又爱其妹同学之女友,名 Harriet west brook,诱之奔,不成礼而为夫妇。阅年不睦,而因通幽识一女教员,名 Elizabeth Hitchener,敬其学识,极道倾仰,旋复斥为黑鬼(Black Demon)而绝之。已而入伦敦遇某名士之女,名 Mary Godwin,与私逃而成伉俪,居意大利。前妻见弃,投河身死。Shelley 旅意,复爱其国之贵家女,名 Emilia Viviani,作诗颂之。又函达其友之妇 Mrs. Williams 道情款。盖其时与次妻又不水乳矣。用情之滥,如旋风车,如走马灯,实由为想象力所拖引。目前之人物,常不适意,而所爱者终在辽远不可到之城。蓬莱神山,虚无缥缈;天上之星球,desire of the moth for the star;海中之仙女,nymphetic longing;梦里之故乡,Nostalgia,又谓之"青花"(Blue Flower):凡此均诗人幻境耳。卢梭亦曰:"吾日日用情,而不知所爱者为何物。"宝玉长日栩栩于群芳之中,富贵安闲,而终不快乐。紫鹃谓其得陇望蜀,心情不专。与上同出一例。然想象力亦有其功用。当如乘马然,加以衔勒而控御之,可以行远,否则放纵奔逸,人反为所制矣。

古昔耶教修道苦行之士,如 St. Augustine 及 Pascal 等,均谓想象力最难管束,深以为苦。妙玉之走火入魔,即因此。凡想象力过强之人,易撄疯疾。诗人多言行奇僻,人以为狂。索士比亚云:"疯人、情人、诗人,乃三而一,一而三者也。"(见 *Mid-Summer Night's Dream*, V, I)卢梭晚年,即近疯癫,宝玉平日举动,常无伦次,又屡入魔。宝玉尝有"意淫"之说。此"意"字即想象力之谓也。

(二)宝玉之于黛玉,固属情深。此外无时无地,不用其情。大观园中人,固皆得其敬爱。即于贾环,亦不忍加以谴责(第二十回)。与宝玉同道者,有卢梭,亦富于感情,故以一穷书生,而行踪所至,名媛贵妇,既美且显者,悉与欢好,愿荐枕席。生平艳福,常引以自豪云。见其所著 *Confessions* 书中。又英国小说家 Samuel Richardson,亦多情多感,故常"目注女人",细察其衣饰举止。又甫成童,常为少女代作情书,后遂以小说负盛名。

（三）宝玉一生，惟以美术上之道理，为察人阅世之准则。盖哲学家每硁硁于真伪之辨，道德家则力别善恶，至美术家，惟以妍媸美丑为上下去取之权衡。以是宝玉虽亲女人，而于李嬷嬷、刘姥姥之龙钟老丑则厌之；虽恶男子，而于秦钟、柳湘莲、蒋玉函之年少美材，则或友之，或昵之，从可知矣。

　　美术家，惟事审美，求其心之所适，世俗中事，不喜过问；而又任自然重天真，身心不受拘束。故宝玉不乐读书以取功名，家中之事，从不经意。贾政当抄家之后，辅助无人，独念贾珠。又宝玉甚厌衣冠酬酢、庆吊往还等事。甚至居贾母之丧，身伏苫块，而独赏鉴宝钗哭时之美态，不殊《西厢记》"闹斋"一出。盖美术家之天性然也。

　　综上三者，则宝玉之为诗人，毫无疑义。顾宝玉亦非创格。古今诗人，类皆如是。即质诸常人，凡有几分之幻想，即有几分之诗情。即皆有类似宝玉之处。大抵人之少时，幻想力最强，年长入世，则逐渐消减。如冰雪楼台，见日融化。（参看 Wordsworth 之诗 "At length the Man perceives it die away, and fade into the light of common day."）悼红轩主，善体此意，故有甄贾宝玉之设。甄宝玉者年长而失其诗情，世人大都如是。贾宝玉则不改其天性之初。书中虽多褒贬，而作者意实尊贾而抑甄。此一说也。又凡跛者不忘履，瞽者不忘视。山林之士，忽自梦为宰辅，表率群僚，奠安国社。蓬门老女，忽自梦为命妇，珠围翠绕，玉食锦衣。故人皆有二我，理想之我与实地之我，幻境之我与真如之我。甄贾二宝玉，皆《石头记》作者化身。其间差别，亦复如是。卢梭 La Nouvelle Heloise 小说，书中之主人 Saint Preux，本即卢梭，但自嫌老丑，则故将此人写作华美之少年。是卢梭亦有二我也。

二

　　宝黛深情。黛玉亦一诗人，与宝玉性情根本契合，应为匹配，而黛玉卒不得为宝玉妇。作者不特为黛玉伤，亦借黛玉以写人在社会中成败之实况也。夫婚姻以爱情为本。黛玉本有其完美资格，此席断不容他人攫占，然黛玉直道而行，不屈不枉，终归失败。彼宝钗等，以术干，以智取，随时随地，无不自显其才识，以固宠于贾母、王夫人，虽点戏小事，亦必细心揣摩。又纳交袭人，甚至使黛玉推心置腹，认为知己。权变至此，宜有大方家之号，而卒得成功。盖理想与实事，常相径庭，欲成事而遂欲者，每不得不屈就卑下，以俗道驭俗人，乘机施术，甚至昧心灭理，此世事之大可伤者。又天道报施，常无公道，有其德者无其名，有其才者无其位，有其事者无其功，几成为人间定例。而圣智热诚之人，真欲行道，救世或自救者，则不得不先看透此等情形，明知其无益而尽心为之，明知其苦恼而欣趋之。宝玉之出家成佛，即寓此等境界也。

　　书中尊黛而黜钗之意屡见，然恰到分际，并不直说，使读者自悟，适成其妙。盖诗人褒贬（Poetic justice），与律师办案、史家执笔者不同。读者莫不怜爱黛玉，而宝钗寡居，终亦甚苦。如此结束，极合情理，而作者抑扬之意，固已明矣。

　　金玉木石，亦寓此意。金玉乃实在之境界，木石则情理所应然。而竟不然者，金玉形式璀璨，其价值纯在外表；木石资本平朴，而蕴藏才德于其中。金玉者人爵，木石者天爵；金玉者尘世之浮荣，木石者圣哲之正道。由是推之，思过半矣。

三

　　凡小说巨制，每以其中主人之祸福成败，与国家—团体—朝代之兴亡盛衰相联结，相倚伏。《石头记》写黛宝之情缘，则亦写贾府之历史。贾府王熙凤桀骜自逞，喜功妄为，聚敛自肥，招尤致谤，群众离心，致贾府有查抄之祸。奸雄弄权，贻害国家，亦犹是也。王熙凤最善利用人之弱点，供其驱使。贾母精明而仁厚，王夫人则乏才。由贾母而王夫人，由王夫人而王熙凤，每况愈下矣。盖古今亡国，多出一辙。而是时荣宁二府，一切无非衰世之象。或谓使宝钗早出为贾氏妇，或探春在位，握权当政，则可免抄家之祸。然亦正难言。事变之来也，察知之尚易，而实行挽救则甚难。有德莫斯尼而不能救雅典之亡，有汉尼拔而不能救迦太基之灭，有西西罗而不能救罗马之衰。路易十四世临崩，即知有大洪水将至，而法国大革命之祸卒不免。贾府上下，奢侈淫乱，子弟均不好学，财源匮竭，事务丛脞，以至党狱株连，鬼哭人怨，妖异朋兴。征之史迹，按其因果，虽欲不衰亡，得乎？

四

　　原夫精神与形体截然判分，各有其律。物质进化，而人之道德未必高出前日。又生人绝少圆满适意之境。自古迄今，苦常不减，而乐未必增。此学者之所公认。而高明上智之人，独抱千古之忧，则其精神上所感受隐忍者，尤比群俗为甚。故诗人文士，往往沉思冥想，神游于理想中之黄金世界。谓人之一生，当其为婴孩时，最为快乐。不识不知，顺帝之则，忧患未侵，酣嬉自适。于是推至一国一世，亦疑草昧洪荒之时，人民必能用其混沌未凿之天真，熙熙皞皞，安居乐业，家给人足。此黄金世界既在往昔，故常欲返于上古淳朴之世。此种淳朴思想（primitivism），本属谬误，然乃感情中事，未可以推理求。吾国所谓巢许怀葛，又所谓羲皇上人，三代与尧舜之治，皆梦想过去。而老庄无为之说，自然之论，一则曰，"我无事而民自富，我无欲而民自朴"，再则曰，"剖斗折衡而民不争"，实乃淳朴思想之激论，最是动人，而害世不浅。西国亦早有黄金世界之梦想，惟至卢梭一千七百四十九年，应 Academy of Dijon 悬奖征文作 *Discourses on Arts and Sciences*，始肆行放言无忌。至谓文化足使众生体弱德丧，礼法俗尚，添出种种苦恼魔障，宜返于獉狉之治始获安业。其说一出，风靡数世。凡中心不乐，而茫昧思动者，均附之，故其影响至巨，卒成法国大革命。卢梭以梦境为真，任用感情，诡词鼓动，激生变乱，其害至今未已。姑不具论。总之，文明社会中，亦有无穷痛苦。Matthew Arnold 诗中亦云：The strange disease of modern life。此种归真返璞之思想，实古今人类所同具者。而《石头记》亦特写之，故谓为目光及于千古，殆非虚誉也。

　　物极必反。见异思迁。绚烂之极，乃思平淡。当卢梭生时，十八世纪之法国，文艺武功，方称极盛，为全欧崇仰，太平治世。巴黎京都，繁华富丽，士女笙歌，雅郁缤纷。卢梭以草野寒士，褦襶入都，素不习于衣冠酬酢，深厌礼文之繁缛，已苦学之而未能娴熟，蹒跚嗫嚅，动贻笑柄，疑虑愧惭，因羞成怒，遂反而大倡返本之说，力主黜华崇实，归真习朴。然卢梭本出微贱，少年转徙流落，为人厮养，既失学，又尝艰苦，骤见贵人之奢侈宴乐，不免因羡生嫉，特自号为不平之鸣。后来附之者，不深究其义理之是非，但为激攘争夺之举，假其说以自重，而实则皆汉高祖"取而代之"之意耳。前乎卢梭斥贫富之不均者，亦甚多。杜工部"朱门酒肉臭，路有冻死骨"，二语深刻简当。后乎卢梭者，如 Thomas Hood 之《缝衣歌》(song of the Shirt)，则曰"天乎，面包如此之贵，血肉如此之贱！……吾愿富人之闻此歌声也"，则激矣。

李孟符先生《春冰室野乘》，述光绪中叶，宫廷奢靡胜前，而诸旗人王公贝勒，则好作乞丐装，闲游陶然亭一带，座中多目击之。或曰，服之不衷，不祥之征也。后来事变竟多。法国大革命前，贵人相聚宴乐，每喜乔装为牧童牧女，所著小说，亦多言此，似织女牛郎故事。西国凡寓淳朴思想之诗，多托于牧童牧女，故名曰 Pastoral。与卢梭同时，英国有 Oliver Goldsmith 作《荒村》(The Deserted Village) 一诗，亦主返本崇朴。设言某村人之和乐丰厚，高尚有德之情形。而 George Crabbe 讥其不合事实，另作《村之景》(The Village)，叙村人之贫苦无聊，及其种种卑贱偷盗之行为，斯乃不可遮掩之实景，而非幻想之村落也。

《石头记》写淳朴思想，以刘老老代表之。堂堂贾府中，或则奢侈淫荡，或则高明博雅，而皆与刘老老之生平，反映成文。刘老老二进荣国府，宴于大观园，见鸽蛋堕地，顾惜而叹。此叹委婉得神，与上言缝衣之歌，一则激愤，一则淳厚，甚相悬殊也。刘姥姥为人，外朴实而内精明，又有侠义之风。贾府厚施姥姥，自贾母以至平儿，皆有赠遗。自是巨家好风范。而姥姥能不负熙凤之托，卒脱巧姐于难，亦足报之而有余。施者受者，各尽其义，此可见我国当时人心之厚。《石头记》揭而著之，洵足称矣。

第五回，《红楼梦》歌曲之〔虚花悟〕一曲，虽言惜春，而实著明淳朴思想之大旨。三春桃柳似指物质文明，"清淡天和"，乃古时淳朴之盛境，亦犹 Wordsworth 之 Plain living and high thinking are no more 诗意也。

贰，范围宽广

《石头记》范围之广，已经前人指出。其中人物，多至五百余人，色色俱备。其中事实，包罗万象。虽写贾府，而实足显示当时中国社会全副情景。即医卜星相、书画琴棋之附带论及者，亦可为史料。如黛玉教香菱作诗之法，纯是王渔洋宗派。其他类推。昔人谓但丁作 Divine Comedy 一卷诗中，将欧洲中世数百年之道德宗教，风俗思想，学术文艺，悉行归纳。《石头记》近之矣。

小说材料既多，必须运用神思，将其炮制融化，合成一体，不能生硬杂糅，凌乱堆砌。譬犹筑室，千门万户，壮丽宏阔之中，一钉一屑，各有定位，全赖匠心经营，安放构造。若但将砖瓦木材，积成山丘，则尚非召人居住之时也。又如机器，其中一轮轴一螺旋，各有功用，去其一，则全机不能动转。若仅聚铁片与齿轮，而不关联凑接，则尚不能开工也。又如庖人治馔，烹调精熟，乃供宾客。若以米粉鱼肉，成块而未入火者，罗列案头，则无人下箸也。《石头记》中材料，悉经十分融化过来，非若俗手初学所为，零星掇拾，杂凑成篇，虽以小说号于人，而实类怀中记事册，及博物院标本目录也。

作小说者，见闻广博，材料丰备，尚易得之。最难能而可贵者，为其人识解之高，能通观天人之变，洞明物理之原。夫然后以中正平和之心，观察世事，无所蔽而不陷一偏，使轻重小大，各如其分，权衡至当，褒贬咸宜。《石头记》之特长，正即在此。故虽写宝黛等多人之爱情，而读者解得爱情仅为人生之一事，非世界中男女，皆昼夜浮沉情海者也。虽写王熙凤等之机谋，而见得世中仍有方正之贾政，忠厚之李纨，坦率之湘云，非尽人皆苏、张、操、莽也。余可类推。西国近世小说，其中价值堕落，为人诟病，而有恶影响者，即缘作者仅着眼于一点，所叙无非此事，或专写婚姻之不美满，或专言男女情欲之不可遏抑，或专述工人之生活，或专记流氓之得志。如 George Moore，Theodore Dreiser；Zola，Balzac 以及托尔斯泰，皆犯此病。读其书毕，掩卷之顷，常有一种恶感，似世界中，只是一种妖魔宰制，一种禽兽横行，一种机械绊锁，甚为懊丧惊骇，不知所为，皆由作者只见一偏之故。譬犹人坐室中，欲绘此室之图，则目所应见者，首为几案之位置，墙壁之颜色等。若其人细心，或视线偶转，而察见屋隅有鼠矢，地板上有蚁缘行。鼠矢与蚁，固亦属室内之物，然画中似可略之。若其人忽遂翻箱倒箧，移桌去毡，到处搜寻鼠矢与蚁，聚积赏玩，而更不知有几案墙壁，纸上墨点狼藉，只将鼠矢与蚁绘出，而以名画骄人，冤哉！嗜痂者纵多，亦不足为贵矣。

叁，结构谨严

凡小说中，应以一件大事为主干，为枢轴，其他情节，皆与之附丽关合，如树之有枝叶，不得凭空架放，一也；此一件大事，应逐渐酝酿蜕化，行而不滞，续不起断，终至结局，如河流之蜿蜒入海者然，二也；一切事实，应由因生果，按步登程，全在情理之中，不能无端出没，亦不可以意造作，事之重大者，尤须遥为伏线，三也；首尾前后须照应，不可有矛盾之处，四也。以上四律，《石头记》均有合。读者自明，不须例证也。

肆，事实繁多

著小说有三大病。其一，文中插入作书人之议论，连篇累牍，空言呶呶，在每回之开端处尚可，乃若杂置文中，或自诩卓识，或显示博学。《儿女英雄传》之论吃醋，嚣俄（Victor Hugo）之 Notre Dame 书中，述 Gypsy 族语言文字之源流，则尤足令读者厌倦也。其二，将书中人物之心理，考究过详，分析过细，叙说过多，而其行事之见于外者，反因之减少，几成心理学教科书，而不类叙事之小说。大家如 George Eliot 间不免此。其三，风景服饰器皿等，描述精详，而与书中之人之事，无切要之关系。如 Bernardin de Saint-Pierre 之 Paul and Virginie，专写岛中气候物产是也。《石头记》均无以上之病。芜词空论，删除净尽。描述人物，均于其言谈举止、喜怒哀乐之形于外者见之。欲明大观园之布置，则特命宝玉往题对额（第十七回）；叙怡红院中之陈设，则兼写刘姥姥之醉态（第四十一回）。其他各人之衣裳装饰，莫不肖其身份，显其性情。至如香菱之石榴裙，晴雯之雀毛裘，王熙凤素服以擒尤二姐，秦可卿房中陈设精丽，以备宝玉入梦。凡此微物，均与彼刹那之事实大有关系，非漫作装点，空着色彩者也。

伍，情景逼真

《石头记》叙事，情景至为真切，而当极复杂纷乱之境，尤能层次井然，照应周密，各人自见其身份，如第三十三回宝玉受笞一段是也。又同作一事，而各人之办法不同；同处一境，而各人之感想不同。如第七十四回抄检大观园，第一百一十回贾母之丧是也。外此则有细腻熨帖之文，如第八回梨香院之会，第十九回玉生香，第二十一回湘云之胭脂水供宝玉洗脸，第二十六回潇湘馆春困，第三十六回绛芸轩刺绣伴眠，第五十七回抚慰痴颦，第八十九回宝玉过访黛玉等是也。有富丽堂皇之文，如第五回太虚幻境，第十七、十八回元妃归省，第四十九、五十回赏雪，第五十三四回年节等是也。有奇骇惨痛之文，如第十一、二回贾瑞之死，第六十五及六十九回尤二姐之死，第七十七回晴雯之死，第九十六及九十八回黛玉之死等是也。其余类别尚多。而插科打诨，俗趣雅谑，佳者尤不可胜数。如第二十二回贾环所作灯谜，元妃猜不出，此谜乃白话诗中之上选也。

陆，人物生动

《石头记》中人物，栩栩如生，而均合乎人情；其性行体貌等，个个不同，而贤愚贵贱，自合其本人之身份。且一人前后言行相符，无矛盾之处。人数既众，于是有反映，两两相形，以见别异。如宝钗与黛玉及迎春与探春、惜春是也。又有陪衬，如袭人为宝钗影子，晴雯为黛玉影子是也。又至善之人，不免有短处；至恶之人，亦尚有长处。各种才具性质，有可兼备于一身矣，如王熙凤能办事，又善谐谑是也。有必不能兼者，如贾政不能诗是也。按以上各层，英国大小说家 Henry Fielding 在所著 *Tom Jones* 论列已详，后人更多阐发，而《石头记》均符其例云。

（《民心周报》第一卷第十七期［一九二〇年三月二十七日版］、第十八期［四月三日版］）

［选自人民文学出版社编辑部编《红楼梦研究参考资料选辑》（第3辑），人民文学出版社1976年版］

梁实秋

梁实秋（1903—1987），原名梁治华，字实秋，号均默，浙江杭州人。毕业于清华大学，后赴美留学，接触到人文主义思想。与胡适、闻一多等人发起创办新月书店，随后创办《新月》《自由评论》等期刊，是"新月派"代表人物之一。回国后，先后在东南大学、青岛大学、北京大学等处任教，1987年病逝于台湾。梁实秋是中国现代著名的散文家、翻译家、比较文学学者。他在自己的一生中留下了许多著作，有《浪漫的与古典的》《文学的纪律》《雅舍小品》等，译有《莎士比亚全集》《沉思录》《呼啸山庄》等。这些著作中透露着他对世界、人生以及文学艺术的理解。梁实秋虽然深受白璧德教授的影响，较早接触了西方的文化与思想，但是在文学研究中，既不故步自封，也不崇洋媚外，而是在中西文化整合的基础上构建了自己的文学批评理论。著作《浪漫的与古典的》便是在中西比较诗学领域做出的成功实践，其中的《诗与图画》一文，就是梁实秋在西方人文主义思想的影响之下，以西方文论为参照，对中国的"新文学"进行的探讨。

在《诗与图画》中，作者首先引用贺拉斯的《诗的艺术》中"画既如是，诗亦相同"一语，指出一般的批评家往往赋予此语以新的意义，满足于笼统地鉴赏，将诗与画混为一谈。接着引述王维的"诗中有画，画中有诗"，引入"模仿说"，探讨诗与画之间的关系，指出诗与图画在模仿的对象、工具和方法上均有差异。诗要"模仿人性"，而图画由于不能模仿人的动作，被排斥在诗的范畴之外。文章进一步以美国新诗运动中的"影像派"为例，主张"字的画"，这影响到了中国现代的新诗，进而批评以文字作画，并非作诗，明确地将诗与图画加以区分。又以近代浪漫派作家阿逊生的想象学说为例，指出阿逊生将"想象"看作"从实际事物在心里重现的景象"，受到了现代"字的画"的影响，将"想象"的含义误解了。为了说明"想象"的真正含义，作者引述了歌德"较高的真实之幻镜"之语，批评现代人故步自封地沉湎于感官的享乐。梁实秋站在中西文学比较的立场上，对诗与画作出的阐释，不仅显出其独特的艺术思维，同时显示了他在文学研究中所具有的宏观视野。该文作为梁实秋比较诗学思想的结晶，对中国比较诗学的建构具有借鉴和启示意义。

诗与图画

贺拉斯的《诗的艺术》（Horace：*Arts Poetica*）第三百六十一行有这样的三个字 Ut pictura Poesis。意思是说："画既如是，诗亦相同。"这三个字后来竟渐渐地成为西洋文学批评上的术语。贺拉斯往往被认作为西洋文学批评里的第一个人把诗与画相提并论，原因就是为了这三个拉丁字。我们若提起诗与图画的关系，一定免不了要引用 Ut picture Poesis 这三个字。

但是贺拉斯所谓"画既如是，诗亦相同"，并非暗示给我们以诗与图画的密切关系，原文只是于论诗的时候，泛泛地引用了图画做个比喻，证明诗之影响读众有等级种类之不同。自从贺拉斯以还，一般批评家往往引用这个成语，赋予一种新意义，以为贺拉斯就是主张把诗与图画混为一谈的人。现代的文学艺术最显著之象征就是"型类的混杂"。现代所谓新的艺术评论就是不肯分析的笼统的情感用事的鉴赏。诗与图画原是截然二事，其模仿之对象，其模仿之工具，其模仿之方法，均各有相同。但试观现代人的诗，有一种普遍的趋势，渐渐把诗的模仿之对象与方法与图画的模仿之对象与方法合而为一。这种趋向乃是型类之混杂，乃是把诗与图画的分别缩至最小限度——使诗与图画除了模仿之工具不同以外完全没有分别。我现在要讨论的是：图画的艺术应否不加限制地应用在诗里。

我们常说：王摩诘的"画中有诗，诗中有画"。画里充满一些诗意，便可令人觉得趣味幽远，诗里参加一些图画的色彩，便可令人觉得意态逼真。这是文学艺术的融会贯通，非大家莫办之处。实在讲，图画的质素在诗里并不能完全免除。尤其是我们中国的文字，很大一部分，本身就有图画的意味。试读一首中国诗，在未了解诗意以前，只需看看字形，便觉有无限的趣味。"诗中有画"，原无不可，这就如同说"诗中有音乐"一样无可非议。但是作诗的人若竟专心致志地在诗里图画，或读诗的人竟精研苦讨地在诗里看画，这便有讨论的余地了。

诗是人类活动的模仿。诗是以人为中心的，因为宇宙即是以人类为中心的。人性的表现不在其静止的状态里，而在其活动的状态里。人有动作，所以人才有品格。诗要模仿人性，所以不能不模仿人类的动作。所谓动作者，可以是物质的实体的动作，然亦可以是精神的心灵的动作，诗是不能离开了人，更不能离开了人的动作。人的动作乃是诗的灵魂。那么，图画的质素，又怎样可以闯进诗的范围里来呢？

图画的质素在诗里的地位，应该便是自然在人生里的地位，自然的本身并不含有什么美和丑的意味，那都是我们自己的感官作用发生以后赋予自然的意义；自然本身对于吾人的生活中之喜怒哀乐并没有什么同情的共鸣，那都是我们自己的情感制造出来的幻影。自然是没有价值的，如其人不把自然看作有价值。图画在诗里，也是如此。诗人在诗里描写一幅风景，或是形状一个物件，此风景物件的描写之所以能在诗里占一位置者，只因其多少与诗中之题旨有关，或足供动作之背影，或足供意象之烘托。如其我们专注力于风景物件之描写，不论描写得如何栩栩欲活，结果不是诗。因为诗若没有人的动作做基础，就等于一座房子没有栋梁，壁画油饰便无从而附丽。

十年前美国发生新诗运动，有一派叫作"影像派"（Imagist School）。新死的女诗人罗威尔女士便是其中健将之一。他们的信条里有一条便是要极力地创描新奇触目的图画。他们是明目张胆地主张"字的画"（Word-Painting），中国现代的新诗似乎受了这派的影响很大。以文字作画，充其量不过是图画，不能成诗。现代人所以喜欢"字的画"的缘故，最明显的理由便是好奇。通常画画总是用帆布、油、毛笔，现在我用文字图画，把型类混杂一下，花样立刻翻新。除了这个好奇心的理由以外，还有较重要较深刻的理由在。那便是：近代的、浪漫的"想象的学说"（Theory of imagination）。

我们研究近代浪漫派对于"想象的学说"的最大贡献，不能不推阿逖生（Addison）在《旁观报》里的那几篇论想象的文章。阿逖生的想象学说是随着霍布斯（Hobbes）等下来的，但从文学批评方面观察，阿逖生实是首先讨论想象的人。阿逖生论想象，侧重于目睹方面，他以为想象便是实际事物在心里重现的景象,尤其是眼睛所能看到的景象。这便是现代"字的画"的祸源。现代的诗人谁不推崇想象?但若是把现象解释做心里的图画,诗也就自然而然地成为图画了。

想象不该这样狭义地解释。想象不是唤起心里图画的一种功能。想象者,用歌德的话说,乃是引我们到"较高的真实之幻境"的一种力量。诗所以是文学中最哲学的最高贵的,即因其有这种"升高"的作用。现代人倾向于感官方面的享乐,故步自封地耽溺于肉感的境略里面。现代诗侧重图画的质素,便是耽溺于感官享乐的象征之一。

(选自《浪漫的与古典的 文学的纪律》,人民文学出版社1988年版)

梁宗岱

梁宗岱（1903—1983），字菩根，广东新会人。中国现代文学史上著名的诗人、翻译家、文学批评家和文艺理论家。精通英语、法语、德语、意大利语等多国语言。1923年入岭南大学学习文科，次年，赴法国学习文学和哲学，后又去过瑞士、德国、意大利等欧洲国家。回国后，相继在北京大学、清华大学、复旦大学、中山大学等校任教。1983年病逝于广州。主要著有《诗与真》《诗与真二集》等。论文集《诗与真》是梁宗岱在中西诗学研究领域取得的重要成果。其中既有介绍德国、法国著名诗人的文章，也有比较文学的论文；既体现了其深厚扎实的中国古典文学的素养，又展现了他运用比较文学的方法研究中西文学的非凡气魄。梁宗岱在坚持中国诗学特点的前提之下，以平等的眼光探索中西文学的异同，中西比较诗学是在特定的文化语境中寻找民族文化身份认同的艰难尝试与努力。其中的《李白与歌德》便是梁宗岱关于中西比较诗学极具价值与代表性的一篇论文。

《李白与歌德》开篇指出泛览中外诗歌时引起的比较之联想，进而引出该文主要的比较对象，即李白与歌德在抒情诗上的比较。作者指出，歌德的诗歌植根于现实生活，由"现实所兴发"。以歌德《浮士德》中的《和歌》为例，阐明其在音韵、节奏的强烈和思想与情感相得益彰等方面，歌德诗与我国旧诗和希腊诗接近。作者进一步指出歌德与李白的共通之处在于二者的艺术表现和宇宙意识的相似。李白与歌德诗歌均表现出变化自如、凝炼自然、抑扬顿挫的特点；与西方诗人对自然带有泛神论的片段性的宇宙意识不同，歌德以敏锐的观察力和理智的情感对自然有着完整的宇宙意识，李白则以瑰丽的想象和飘逸的胸怀认识到宇宙的浩瀚，二者均有完整的宇宙意识。作者又以《浮士德》的《守望者之歌》和李白的《游泰山》为例,说明歌德和李白若有差异,即在于歌德在多方面的天才之外,其宇宙意识表现出喜悦的特征;李白则受庄子奇特的想象影响,凭借诗人的直觉,其宇宙意识带有悲观色彩。《李白与歌德》一文将李白与歌德的诗歌置入抒情文学传统加以比较,探析两者之间的异同。梁宗岱以自觉的比较意识,立足中国文学传统,挖掘中西诗学的共有及异质因素,积极探索中西诗学融通与对话的可能性,这种中西比较诗学的实践对中国比较诗学的发展具有深远的影响。

李白与歌德

我们泛览中外诗的时候，常常从某个中国诗人联想到某个外国诗人，或从某个外国诗人联想到某个中国诗人，因而在我们心中起了种种的比较——时代，地位，生活，或思想与风格。这比较或许全是主观的，但同时也出于自然而然。屈原与但丁，杜甫与雨果，姜白石与马拉美，陶渊明一方面与白仁斯（R. Burns）[①]，又另一方面与华茨活斯[②]，歌德的《浮士德》与曹雪芹的《红楼梦》……他们的关系似乎都不止出于一时偶然的幻想。

我第一次接触歌德的抒情诗的时候，李白的影像便很鲜明地浮现在我眼前。几年来认识他们的诗越深，越证实我这印象的确切。

原来歌德对于抒情诗的基本观念，和我国旧诗是再接近不过的。他说：

> 现在要求它底权利。一切每天在诗人里面骚动的思想和感觉都要求并且应该被表现出来……世界是那么大，那么丰富，生命献给我们的景物又那么纷纭，诗料是永不会缺乏的。不过那必定要是"即兴诗"（Gelegenheitsgedicht），换言之，要由事物供给题材与机缘……我的诗永远是即兴诗，他们都是由现实所兴发的，他们只建树在现实上面。我真用不着那些从空中抓来的诗。

由于这特殊的观念，歌德的抒情诗都仿佛是从现实中活生生地长出来

[①] 白仁斯（Robert Burns，1759—1796），通译彭斯。苏格兰诗人。
[②] 华茨活斯（William Wordsworth，1770—1850），通译华兹华斯。苏格兰浪漫派诗人。

的，是他的生命树上最深沉的思想或最强烈的情感开出来的浓红的花朵。这使它在欧洲近代诗坛占了一种独一无二的位置，同时也接近了两个古代民族的诗：希腊与中国。

一九三二年德国佛朗府纪念歌德百年死忌的国际会上，英国有名的希腊学者墨垒（G. Murray）①曾经发表过这样的意见：歌德直接模仿希腊的作品，诗歌或戏剧，无论本身价值如何，总不能说真正具有希腊的精神。这精神只存在歌德的天性最深处，在他无意模仿古典形式的时候流露得最明显。"我初次读 Über Allen Gipfeln（一切的峰顶）的时候，"他说，"便觉得它完全仿佛亚尔克曼（Alcman，纪元前七世纪的希腊抒情诗人）或莎浮②底一个断片，并且立刻有把它翻成希腊抒情诗的意思……这首小诗会在希腊文里很自然地唱起来。"

"歌德的抒情诗，"他接着说，"还有一种特征在近代诗里很少见，在希腊诗里却常有的：就是那强烈的音韵和节奏与强烈的思想和情感的配合。英文和德文一样，那节奏分明，音韵铿锵的三音或五音的诗句普通只用来写那些轻巧或感伤的情调，特别是在'喜的歌剧'（Opéra-comique）里；很少被用来表现深刻的情感或强烈的思想的，结束《浮士德》的那伟大的《和歌》：

  一切消逝的
  不过是象征；
  那不美满的
  在这里完成；
  不可言喻的
  在这里实行；
  永恒的女性
  引我们上升。

在近代诗里几乎是独一无二的，因为它把一些五音的诗句和一种使人不能忘记的音乐的节奏配在一个深沉而且强烈的哲学思想上。我只能把它

---

① 墨垒（G. Murray, 1866—1957），通译默里。英国希腊学者。
② 莎浮（Sappho, 前7世纪），通译萨福。古希腊女抒情诗人。

比拟埃士奇勒（Eschylus）[①]的《柏米修士》里或幼里披狄[②]的《女酒神们》里的几首抒情短歌，或后面一位诗人的《陀罗的女人》里惊人的结尾。"

节奏分明，音韵铿锵的、短促的诗句蕴藏着深刻的情感或强烈的思想——这特征恐怕不是希腊和歌德的抒情诗所专有，我国旧诗不甘让美的必定不在少数。而歌德的"抒情诗应该是即兴诗"，这主张，我国的旧诗差不多全部都在实行。我国旧诗的长处和短处也可以说全在这一点：长处，因为是实情实景的描写；短处，因为失了应付情与境的意义，被滥用为宴会或离别的虚伪无聊的赠答，没有真实的感触也要勉强造作。

歌德和我国抒情诗的共通点即如上述，他和李白特别相似的地方又何在呢？我认为有两点，而都不是轻微的：一是他们的艺术手腕，一是他们的宇宙意识。

我们都知道：歌德的诗不独把他当时所能找到的各时代和各民族——从希腊到波斯，从德国到中国——至长与至短的格律都操纵自如，并且随时视情感或思想的方式而创造新的诗体。

李白亦然。王安石称"李白诗歌豪放飘逸，人固莫及。然其格止于此而已，不知变也。至于杜甫，则发敛抑扬，疾徐纵横，无施不可"[③]。这从内容说自然有相当的真理；若从形式而言，则李白的诗正如他的《天马歌》所说的

　　　　神行电迈慑慌惚，

何尝不抑扬顿挫，起伏开翕，凝练而自然，流利而不率易，明丽而无雕琢痕迹，极变化不测之致？

但这或者是一切富于创造性的大诗人所同的。英之莎士比亚，法之嚣俄，都是这样。歌德和李白的不容错认的共通点，我以为，尤其是他们的宇宙意识，他们对于大自然的感觉和诠译。

---

　　① 埃士奇勒（Eschylus，前525—前456），通译埃斯库罗斯。古希腊三大悲剧诗人之一。《柏米修士》是他的代表作，通译《普罗米修斯》。
　　② 幼里披狄（Euripide，前480—前406），通译欧里庇得斯。古希腊悲剧诗人。《女酒神们》通译《酒神的伴侣》，《陀罗的女人》通译《特洛伊妇女》。
　　③ 见《苕溪渔隐丛话》。引文与通本略有出入。

西洋诗人对于大自然的感觉多少带泛神论色彩，这是不容讳言的。可是或限于宗教的信仰，或由于自我的窄小，或为人事所范围，他们的宇宙意识往往只是片断的，狭隘的，或间接的。独歌德以极准确的观察扶助极敏锐的直觉，极冷静的理智控制极热烈的情感——对于自然界则上至日月星辰，下至一草一叶，无不殚精竭力，体察入微；对于思想则卢梭与康德兼收并蓄，而上溯于史宾努沙（Spinoza）① 和莱布尼茨的完美无瑕的哲学系统。所以他能够从破碎中看出完整，从缺憾中看出圆满，从矛盾中看出和谐；换言之，纷纭万象对于他只是一体，"一切消逝的"只是永恒的象征。

至于李白呢，在大多数眼光和思想都逃不出人生的狭的笼的中国诗人当中，他独能以凌迈卓绝的天才，豪放飘逸的胸怀，乘了庄子的想象的大鹏，"燀赫乎宇宙，凭陵乎昆仑"，挥斥八极，而与鸿蒙共翱翔，正如司空图所说的"吞吐大荒……真力弥满，万象在傍"。透过了他的"搅之不盈掬"的"回薄万古心"，他从"海风吹不断，山月照还空"的飘忽喧腾的庐山瀑布认出造化的壮功，从"众鸟高飞尽，孤云独去闲，相看两不厌"的敬亭山默识宇宙的幽寂亲密的面庞；他有时亲身蹑近太清的门庭：

夜宿峰顶寺，
举手扪星辰。
不敢高声语，
恐惊天上人。

总之，李白和歌德的宇宙意识同样是直接的、完整的：宇宙的大灵常常像两小无猜的游侣般显现给他们，他们常常和他喁喁私语。所以他们笔底下——无论是一首或一行小诗——常常展示出一个旷邈、深宏，而又单纯，亲切的华严宇宙，像一勺水反映出整个星空的天光云影一样。如果他们当中有多少距离，那就是歌德不独是多方面的天才，并渊源于史宾努沙的完密和谐的系统，而李白则纯粹是诗人的直觉，植根于庄子的瑰丽灿烂的想象的闪光。所以前者的宇宙意识永远是充满了喜悦、信心与乐观的亚波罗②氏的宁静：

---

① 史宾努沙（Baruch de Spinoza, 1663—1677），通译斯宾诺莎。荷兰唯理性主义哲学家。
② 亚波罗（Apollon），通译阿波罗。希腊神话中的日神。

> 我眺望远方，
> 我谛视近景，
> 月亮与星光，
> 小鹿与幽林。
> 纷纭万象中，
> 皆见永恒美……①

后者的却有时不免渗入多少失望，悲观，与凄惶，和那

> 扣萝欲就语，
> 却掩青云关。
> 遗我鸟迹书，
> 飘然落岩间。
> 其字乃上古，
> 读之了不闲。②

的幻灭的叹息。

可是就在歌德的全集中，恐怕也只有《浮士德》里的《天上序曲》：

> 曜灵循古道，
> 步武挟雷霆，
> 列宿奏太和，
> 渊韵涵虚清……③

可以比拟李白那首音调雄浑，气机浩荡，具体写出作者的人生观与宇宙观的《日出入行》罢：

> 日出东方隈，
> 似从地底来，

---

① 引自《浮士德》的《守望者之歌》，全译见本系列的《一切的封顶》。
② 《游泰山》六首其二句。"青云关"原作"青门关"。
③ 全译见本系列的《一切的封顶》。

历天又入海！
六龙所舍安在哉。
其始与终古不息，
人非元气
安得与之久裴徊。
草不谢荣于春风，
木不怨落于秋天。
谁挥鞭策驱四运，
万物兴歇皆自然。
羲和羲和，
汝奚汩没于荒淫之波。
鲁阳何德，驻景挥戈。
逆道违天，
矫诬实多。
吾将囊括大块，
浩然与溟涬同科。

二十三年十二月十五日

（选自《诗与真》，中央编译出版社 2006 年版）

宗白华

宗白华（1897—1986），原名宗之櫆，字伯华，江苏常熟人。著名诗人、美学家、哲学家。被誉为"融贯中西艺术理论的一代美学大师"。曾赴德国学习哲学、美学等课程。回国后，相继在东南大学、北京大学任教，致力于西方美学、中西比较美学等的教学与研究。著有《歌德研究》《美学散步》等，译有《判断力批判》《欧洲现代画派画论选》等。宗白华的美学思想主要体现在《美学散步》中。该作是一部内容涉猎极其广泛的艺术论文集。在该文集中，作者打破各门艺术门类之间的界限，以跨学科、跨文化的意识将古希腊哲学、儒道哲学观、音乐、诗歌、绘画等联系起来，较早地建立起中国的美学体系，成为早期中西比较诗学的奠基之作。《论中西画法的渊源与基础》是《美学散步》中收录的一篇文章，作者自觉地对中西艺术进行审美观照，为中国比较诗学的发展提供了有益的启示。

《论中西画法的渊源与基础》一文，原载于《文艺丛刊》1936年第1辑。作者首先指出中国画讲究形线美、节奏美和姿态美，重在创造意象而轻写实。作者将中西画法进行比较，探究两者的渊源。中国画法以中国传统哲学为根基，笔法流动，讲究"虚灵"，以抽象来把握物象骨气，"超脱了刻板的立体空间""不滞于物"，实现了"以物传神""物我浑融"。进一步指出"气韵生动"就是中国绘画"骨法用笔"表现出的"生命的律动"。西方绘画以埃及、希腊的雕刻与建筑艺术为背景，将"形式美"和"自然模仿"作为最高原理，注重写实，用油色描摹立体，用光影的明暗闪动使画境空灵生动，达到形似逼真、和谐静穆，是物、我对立所表现出来的美。《论中西画法的渊源与基础》在比较的基础之上，探究中西画法渊源的不同。在了解中西画法背景之后，结合中国的思想哲学，为建立中国自身的美学体系奠定了基础。宗白华立足于民族文学，凭借自身深厚的学术素养，为中国美学、中国诗学的发展做出了重要的贡献，开创了独特的美学研究理论，对中西诗学颇有启迪。

论中西画法的渊源与基础

人类在生活中所体验的境界与意义，有用逻辑的体系范围条理之表达出来的，这是科学与哲学；有在人生的实践行为或人格心灵的态度里表达出来的，这是道德与宗教。但也还有那在实践生活中体味万物的形象，天机活泼，深入"生命节奏的核心"，以自由谐和的形式，表达出人生最深的意趣，这就是"美"与"美术"。

所以美与美术的特点是在"形式"、在"节奏"，而它所表现的是生命的内核，是生命内部最深的动，是至动而有条理的生命情调。"一切的艺术都是趋向音乐的状态。"这是沃尔特·佩特（W. Pater）最堪玩味的名言。

美术中所谓形式，如数量的比例、形线的排列（建筑）、色彩的和谐（绘画）、音律的节奏，都是抽象的点、线、面、体或声音的交织结构。为了集中地提高地和深入地反映现实的形相及心情诸感，使人在摇曳荡漾的律动与谐和中窥见真理，引人发无穷的意趣、绵渺的思想。

所以形式的作用可以区别为三项：

（一）美的形式的组织，使一片自然或人生的内容自成一独立的有机体的形象，引动我们对它能有集中的注意、深入的体验。"间隔化"是"形式"的消极的功用。美的对象之第一步需要间隔。图画的框、雕像的石座、堂宇的栏杆台阶、剧台的帘幕（新式的配光法及观众坐黑暗中），从窗眼窥青山一角、登高俯瞰黑夜幕罩的灯火街市，这些美的境界都是由各种间隔作用造成。

（二）美的形式之积极的作用是组织、集合、配置。一言以蔽之，是构图。使片景孤境能织成一内在自足的境界，无待于外而自成一意义丰满的小宇宙，启示着宇宙人生的更深一层的真实。

希腊大建筑家以极简单朴质的形体线条构造典雅的庙堂，使人千载之下瞻赏之犹有无穷高远圣美的意境，令人不能忘怀。

（三）形式之最后与最深的作用，就是它不只是化实相为空灵，引人精神飞越，超入美境；而尤在它能进一步引人"由美入真"，探入生命节奏的核心。世界上唯有最生动的艺术形式……如音乐、舞蹈姿态、建筑、书法、中国戏面谱、钟鼎彝器的形态与花纹……乃最能表达人类不可言、不可状之心灵姿势与生命的律动。

每一个伟大时代、伟大的文化，都欲在实用生活之余裕，或在社会的重要典礼，以庄严的建筑、崇高的音乐、闳丽的舞蹈，表达着生命的高潮、一代精神的最深节奏（北平天坛及祈年殿是象征中国古代宇宙观最伟大的建筑）。建筑形体的抽象结构、音乐的节律与和谐、舞蹈的线纹姿势，乃最能表现吾人深心的情调与律动。

吾人借此返于"失去了的和谐，埋没了的节奏"，重新获得生命的中心，乃得真自由、真生命。美术对于人生的意义与价值在此。

中国的瓦木建筑易于毁灭，圆雕艺术不及希腊发达，古代封建礼乐生活之形式美也早已破灭。民族的天才乃借笔墨的飞舞，写胸中的逸气（逸气即是自由的超脱的心灵节奏）。所以中国画法不重具体物象的刻画，而倾向抽象的笔墨表达人格心情与意境。中国画是一种建筑的形线美、音乐的节奏美、舞蹈的姿态美。其要素不在机械的写实，而在创造的意象，虽然它的出发点也极重写实，如花鸟画写生的精妙，为世界第一。

中国画真像一种舞蹈，画家解衣盘礴，任意挥洒。他的精神与着重点在全幅的节奏生命而不黏滞于个体形相的刻画。画家用笔墨的浓淡，点线的交错，明暗虚实的互映，形体气势的开合，谱成一幅如音乐如舞蹈的图案。物体形象固宛然在目，然而飞动摇曳，似真似幻，完全溶解浑化在笔墨点线的互流交错之中！

西洋自埃及、希腊以来传统的画风，是在一幅幻现立体空间的画境中描出圆雕式的物体。特重透视法、解剖学、光影凸凹的晕染。画境似可走进，似可手摩，它们的渊源与背景是埃及、希腊的雕刻艺术与建筑空间。

在中国则人体圆雕远不及希腊发达，亦未臻最高的纯雕刻风味的境界。晋、唐以来塑像反受画境影响，具有画风。杨惠之的雕塑是和吴道子的绘画相通。不似希腊的立体雕刻成为西洋后来画家的范本。而商、周钟鼎敦尊等彝器则形态沉重浑穆、典雅和美，其表现中国宇宙情绪可与希腊神像雕刻相当。中国的画境、画风与画法的特点当在此种钟鼎彝器盘鉴的花纹图案及汉代壁画中求之。

在这些花纹中人物、禽兽、虫鱼、龙凤等飞动的形相，跳跃宛转，活泼异常。但它们完全溶化浑合于全幅图案的流动花纹线条里面。物象融于花纹，花纹亦即原本于物象形线的蜕化、僵化。每一个动物形象是一组飞动线纹之节奏的交织，而融合在全幅花纹的交响曲中。它们个个生动，而个个抽象化，不雕凿凹凸立体的形似，而注重飞动姿态之节奏和韵律的表现。这内部的运动，用线纹表达出来的，就是物的"骨气"（张彦远《历代名画记》云：古之画或遗其形似而尚其骨气）。骨是主持"动"的肢体，写骨气即是写着动的核心。中国绘画六法中之"骨法用笔"，即系运用笔法把捉物的骨气以表现生命动象。所谓"气韵生动"是骨法用笔的目标与结果。

在这种点线交流的律动的形相里面，立体的、静的空间失去意义，它不复是位置物体的间架。画幅中飞动的物象与"空白"处处交融，结成全幅流动的虚灵的节奏。空白在中国画里不复是包罗万象位置万物的轮廓，而是融入万物内部，参加万象之动的虚灵的"道"。画幅中虚实明暗交融互映，构成缥缈浮动的绷缊气韵，真如我们目睹的山川真景。此中有明暗、有凹凸、有宇宙空间的深远，但却没有立体的刻画痕；亦不似西洋油画如何走进的实景，乃是一片神游的意境。因为中国画法以抽象的笔墨把捉物象骨气，写出物的内部生命，则"立体体积"的"深度"之感也自然产生，正不必刻画雕凿，渲染凹凸，反失真态，流于板滞。

然而中国画既超脱了刻板的立体空间、凹凸实体及光线阴影；于是它的画法乃能笔笔灵虚，不滞于物，而又笔笔写实，为物传神。唐志契的《绘事微言》中有句云："墨沈留川影，笔花传石神。"笔既不滞于物，笔乃留有余地，抒写作家自己胸中浩荡之思、奇逸之趣。而引书法入画乃成中国画第一特点。董其昌云："以草隶奇字之法为之，树如屈铁，山如画沙，绝去甜俗蹊径，乃为士气。"中国特有的艺术"书法"实为中国绘画的骨干，各种点线皴法溶解万象超入灵虚妙境，而融诗心、诗境于画景，亦成为中国画第二特色。中国乐教失传，诗人不能弦歌，乃将心灵的情韵表现于书法、画法。书法尤为代替音乐的抽象艺术。在画幅上题诗写字，借书法以点醒画中的笔法，借诗句以衬出画中意境，而并不觉其破坏画景

（在西洋油画上题句即破坏其写实幻境），这又是中国画可注意的特色，因中、西画法所表现的"境界层"根本不同：一为写实的，一为虚灵的；一为物我对立的，一为物我浑融的。中国画以书法为骨干，以诗境为灵魂，诗、书、画同属于一境层。西画以建筑空间为间架，以雕塑人体为对象，建筑、雕刻、油画同属于一境层。中国画运用笔勾的线纹及墨色的浓淡直接表达生命情调，透入物象的核心，其精神简淡幽微，"洗尽尘滓，独存孤迥"。唐代大批评家张彦远说："得其形似，则无其气韵。具其彩色，则失其笔法。"遗形似而尚骨气，薄彩色以重笔法。"超以象外，得其环中"，这是中国画宋元以后的趋向。然而形似逼真与色彩浓丽，却正是西洋油画的特色。中西绘画的趋向不同如此。

  商、周的钟鼎彝器及盘鉴上图案花纹进展而为汉代壁画，人物、禽兽已渐从花纹图案的包围中解放，然在汉画中还常看到花纹遗迹环绕起伏于人兽飞动的姿态中间，以联系呼应全幅的节奏。东晋顾恺之的画全从汉画脱胎，以线纹流动之美（如春蚕吐丝）组织人物衣褶，构成全幅生动的画面。而中国人物画之发展乃与西洋大异其趣。西洋人物画脱胎于希腊的雕刻，以全身肢体之立体的描摹为主要。中国人物画则一方着重眸子的传神，另一方则在衣褶的飘洒流动中，以各式线纹的描法表现各种性格与生命姿态。南北朝时印度传来西方晕染凹凸阴影之法，虽一时有人模仿，（张僧繇曾于一乘寺门上画凹凸花，远望眼晕如真）然终为中国画风所排斥放弃，不合中国心理。中国画自有它独特的宇宙观点与生命情调，一贯相承，至宋元山水画、花鸟画发达，它的特殊画风更为显著。以各式抽象的点、线渲皴擦摄取万物的骨相与气韵，其妙处尤在点画离披，时见缺落，逸笔撇脱，若断若续，而一点一拂，具含气韵。以丰富的暗示力与象征力代形相的实写，超脱而浑厚。大痴山人画山水，苍苍莽莽，浑化无迹，而气韵蓬松，得山川的元气；其最不似处、最荒率处，最为得神。似真似梦的境界涵浑在一无形无迹，而又无所不在的虚空中："色即是空，空即是色"，气韵流动，是诗、是音乐、是舞蹈，不是立体的雕刻！

  中国画既以"气韵生动"即"生命的律动"为终始的对象，而以笔法取物之骨气，所谓"骨法用笔"为绘画的手段，于是晋谢赫的六法以"应物象形""随类赋彩"之模仿自然，及"经营位置"之研究和谐、秩序、比例、匀称等问题列在三四等地位。然而这"模仿自然"及"形式美"（即和谐、比例等），却系占据西洋美学思想发展之中心的二大中心问题。希腊艺术理论尤不能越此范围。（参看拙文《希腊大哲学家的艺术理论》）唯逮至近代西洋人"浮士德精神"的发展，美学与艺术理论中乃产生"生命表现"及"情感移入"等问题。而西洋艺术亦自廿世纪起乃思超脱这传统的观点，辟新宇宙观，于是有立体主义、表现主义等对传统的反动，然终系西洋绘画中所产生的纠纷，与中国绘画的作风立场究竟不相同。

西洋文化的主要基础在希腊，西洋绘画的基础也就在希腊的艺术。希腊民族是艺术与哲学的民族，而它在艺术上最高的表现是建筑与雕刻。希腊的庙堂圣殿是希腊文化生活的中心。它们清丽高雅、庄严朴质，尽量表现"和谐、匀称、整齐、凝重、静穆"的形式美。远眺雅典圣殿的柱廊，真如一曲凝住了的音乐。哲学家毕达哥拉斯视宇宙的基本结构，是在数量的比例中表示着音乐式的和谐。希腊的建筑象征了这种形式严整的宇宙观。柏拉图所称为宇宙本体的"理念"，也是一种合于数学形体的理想图形。亚里士多德也以"形式"与"质料"为宇宙构造的原理。当时以"和谐、秩序、比例、平衡"为美的最高标准与理想，几乎是一班希腊哲学家与艺术家共同的论调，而这些也是希腊艺术美的特殊征象。

然而希腊艺术除建筑外，尤重雕刻。雕刻则系模范人体，取象"自然"。当时艺术家竟以写幻逼真为贵。于是"模仿自然"也几乎成为希腊哲学家、艺术家共同的艺术理论。柏拉图因艺术是模仿自然而轻视它的价值。亚里士多德也以模仿自然说明艺术。这种艺术见解与主张系由于观察当时盛行的雕刻艺术而发生，是毋庸置疑的。雕刻的对象"人体"是宇宙间具体而微，近而静的对象。进一步研究透视术与解剖学自是当然之事。中国绘画的渊源基础却系在商周钟鼎镜盘上所雕绘大自然深山大泽的龙蛇虎豹、星云鸟兽的飞动形态，而以亏字纹、回纹等连成各式模样以为的借以象征宇宙生命的节奏。它的境界是一全幅的天地，不是单个的人体。它的笔法是流动有律的线纹，不是静止立体的形相。当时人尚系在山泽原野中与天地的大气流衍及自然界奇禽异兽的活泼生命相接触，且对之有神魔的感觉。（《楚辞》中所表现的境界）他们从深心里感觉万物有神魔的生命与力量。所以他们雕绘的生物也琦玮诡谲，呈现异样的生气魔力。（近代人视宇宙为平凡，绘出来的境界也就平凡。所写的虎豹是动物园铁栏里的虎豹，自然缺少深山大泽的气象）希腊人住在文明整洁的城市中，地中海日光朗丽，一切物象轮廓清楚。思想亦游逸于清明的逻辑与几何学中。神秘奇诡的幻感渐失，神们也失去深沉的神秘性，只是一种在高明愉快境域里的人生。人体的美，是他们的渴念。在人体美中发现宇宙的秩序、和谐、比例、平衡，即是发现"神"，因为这些即是宇宙结构的原理，神的象征。人体雕刻与神殿建筑是希腊艺术的极峰，它们也确实表现了希腊人的"神的境界"与"理想的美"。

西洋绘画的发展也就以这两种伟大艺术为背景、为基础，而决定了它特殊的路线与境界。

希腊的画，如庞贝古城遗迹所见的壁画，可以说是移雕像于画面，远看直如立体雕刻的摄影。立体的圆雕式的人体静坐或站立在透视的建筑空间里。后来西洋画法所用油色与毛刷尤适合于这种雕塑的描形。以这种画与中国古代花纹图案画或汉代南阳及四川壁画相对照，其动静之殊令人惊异。一为飞动的线纹，一为沉重的雕像。谢赫的六法以气韵生动为首目，确系说明中国画的特点，而中国哲学如《易经》以"动"说明宇宙人生（天行健、君子以自强不息），正与中国艺术精神相表里。

希腊艺术理论既因建筑与雕刻两大美术的暗示，以"形式美"（即基于建筑美的和谐、比例、对称平衡等）及"自然模仿"（即雕刻艺术的特性）为最高原理，于是理想的艺术创作即系在模仿自然的实相中同时表达出和谐、比例、平衡、整齐的形式美。一座人体雕像须成为一"型范的"，即具体形相融合于标准形式，实现理想的人相，所谓柏拉图的"理念"。希腊伟大的雕刻确系表现那柏拉图哲学所发挥的理念世界。它们的人体雕像是人类永久的理想型范，是人世间的神境。这位轻视当时艺术的哲学家，不料他的"理念论"反成希腊艺术适合的注释，且成为后来千百年西洋美学与艺术理论的中心概念与问题。

西洋中古时的艺术文化因基督教的禁欲思想，不能有希腊的茂盛，号称黑暗时期。然而哥特式（gothic）的大教堂高耸入云，表现强烈的出世精神，其雕刻神像也全受宗教热情的支配，富于表现的能力，实灌输一种新境界、新技术给予西洋艺术。然而须近代西洋人始能重新了解它的意义与价值。（前之如歌德，近之如法国罗丹及德国的艺术学者。而近代浪漫主义、表现主义的艺术运动，也于此寻找他们的精神渊源）

十五六世纪"文艺复兴"的艺术运动则远承希腊的立场而更渗入近代崇拜自然、陶醉现实的精神。这时的艺术有两大目标：即"真"与"美"。所谓真，即系模范自然，刻意写实。当时大天才（画家、雕刻家、科学家）达·芬奇（L. da Vinci）在他著名的《画论》中说："最可夸奖的绘画是最能形似的绘画。"他们所描摹的自然以人体为中心，人体的造像又以希腊的雕刻为范本。所以达·芬奇又说："圆描（即立体的雕塑式的描绘法）是绘画的主体与灵魂。"（白华按：中国的人物画系一组流动线纹之节律的组合，其每一线有独立的意义与表现，以参加全体点线音乐的交响曲。西画线条乃为描画形体轮廓或皴擦光影明暗的一分子，其结果是隐没在立体的镜相里，不见其痕迹，真可谓隐迹立形。中国画则正在独立的点线皴擦中表现境界与风格。然而亦由于中、西绘画工具之不同。中国的墨色若一刻画，即失去光彩气韵。西洋油色的描绘不唯幻出立体，且有明暗闪耀烘托无限情韵，可称"色彩的诗"。而轮廓及衣褶线纹亦有其来自希腊雕刻的高贵的美）达·芬奇这句话道出了西洋画的特点。移雕刻入画面是西洋画传统的立场。因着重极端的求"真"，艺术家从事人体的解剖，以祈认识内部构造的真相。尸体难得且犯禁，艺术家往往黑夜赴坟地盗尸，斗室中灯光下秘密肢解，若有无穷意味。达·芬奇也曾亲手解剖男女尸体三十余具，雕刻家唐迪（Donti）自夸曾手剖八十三具尸体之多。这是西洋艺术家的科学精神及西洋艺术的科学基础。还有一种科学也是西洋艺术的特殊观点所产生，这就是极为重要的透视学。绘画既重视自然对象之立体的描摹，而立体对象是位置在三进向的空间，于是极重要的透视术乃被建筑家卜鲁勒莱西（Brunelleci）于十五世纪初期发现，建筑家阿柏蒂（Alberti）第一次写成书。透视学与解剖学为西洋画家所必修，就同书法与诗为中国画家所必涵养一样。而阐发这两种与西洋油画有如此重要关系之学术者为大雕刻家与建筑家，也就同阐发中国画理论及提高中国画地位者为诗人、书家一样。

求真的精神既如上述，求真之外则求"美"，为文艺复兴时画家之热烈的憧憬。真理披着美丽的外衣，寄"自然模仿"于"和谐形式"之中，是当时艺术家的一致的企图。而和谐的形式美则又以希腊的建筑为最高的型范。希腊建筑如巴泰龙（Parthenon）的万神殿表象着宇宙永久秩序，庄严整齐，不愧神灵的居宅。大建筑学家阿柏蒂在他的名著《建筑论》中说："美即是各部分之谐合，不能增一分，不能减一分。"又说："美是一种协调，一种和声。各部会归于全体，依据数量关系与秩序，适如最圆满之自然律'和谐'所要求。"于此可见文艺复兴所追求的美仍是踵步希腊，以亚里士多德所谓"复杂中之统一"（形式和谐）为美的准则。

"模仿自然"与"和谐的形式"为西洋传统艺术（所谓古典艺术）的中心观念已如上述。模仿自然是艺术的"内容"，形式和谐是艺术的"外形"，形式与内容乃成西洋美学史的中心问题。在中国画学的六法中则"应物象形"（即模仿自然）与"经营位置"（即形式和谐）列在第三第四的地位。中、西趋向之不同，于此可见。然则西洋绘画不讲求气韵生动与骨法用笔吗？似又不然！

西洋画因脱胎于希腊雕刻，重视立体的描摹；而雕刻形体之凹凸的显露实又凭借光线与阴影。画家用油色烘染出立体的凹凸，同时一种光影的明暗闪动跳跃于全幅画面，使画境空灵生动，自生气韵。故西洋油画表现气韵生动，实较中国色彩为易。而中国画则因工具写光困难，乃另辟蹊径，不在刻画凸凹的写实上求生活，而舍具体、趋抽象，于笔墨点线皴擦的表现力上见本领。其结果则笔情墨韵中点线交织，成一音乐性的"谱构"。其气韵生动为幽淡的、微妙的、静寂的、洒落的，没有彩色的喧哗炫耀，而富于心灵的幽深淡远。

中国画运用笔法墨气以外取物的骨相神态，内表人格心灵。不敷彩色而神韵骨气已足。西洋画则各人有各人的"色调"以表现各个性所见色相世界及自心的情韵。色彩的音乐与点线的音乐各有所长。中国画以墨调色，其浓淡明晦，映发光彩，相等于油画之光。清人沈宗骞在《芥舟学画篇》里论人物画法说："盖画以骨格为主。骨干只须以笔墨写出，笔墨有神，则未设色之前，天然有一种应得之色，隐现于衣裳环佩之间，因而附之，自然深浅得宜，神彩焕发。"在这几句话里又看出中国画的笔墨骨法与西洋画雕塑式的圆描法根本取象不同，又看出彩色在中国画上的地位，系附于笔墨骨法之下，宜于简淡，不似在西洋油画中处于主体地位。虽然"一切的艺术都是趋向音乐"，而华堂弦响与明月箫声，其韵调自别。

西洋文艺复兴时代的艺术虽根基于希腊的立场，着重自然模仿与形式美，然而一种近代人生的新精神，已潜伏滋生。"积极活动的生命"和"企向无限的憧憬"，是这新精神的内容。热爱大自然，陶醉于现世的美丽；眷念于光、色、空气。绘画上的彩色主义替代了希腊云石雕像的净素妍雅。所谓"绘画的风俗"继古典主义之"雕刻的风格"而兴起。于是古典主义与浪漫主义、印象主义、写实主义与表现主义、立体主义的争执支配了近代的画坛。然而西洋油画中所谓"绘画的风格"，重明暗光影的韵调，仍系来源于立体雕刻上的阴影及其光的氛围。罗丹的雕刻就是一种

"绘画风格"的雕刻。西洋油画境界是光影的气韵包围着立体雕像的核心。其"境界层"与中国画的抽象笔墨之超实相的结构终不相同。就是近代的印象主义，也不外乎是极端的描摹目睹的印象（渊源于模仿自然）。所谓立体主义，也渊源于古代几何形式的构图，其远祖在埃及的浮雕画及希腊艺术史中"几何主义"的作风。后期印象派重视线条的构图，颇有中国画的意味，然他们线条画的运笔法终不及中国的流动变化、意义丰富，而他们所表达的宇宙观景仍是西洋的立场，与中国根本不同。中画、西画各有传统的宇宙观点，造成中、西两大独立的绘画系统。

现在将这两方不同的观点与表现法再综述一下，以结束这篇短论：

（一）中国画所表现的境界特征，可以说是根基于中国民族的基本哲学，即《易经》的宇宙观：阴阳二气化生万物，万物皆禀天地之气以生，一切物体可以说是一种"气积"（庄子：天，积气也）。这生生不已的阴阳二气织成一种有节奏的生命。中国画的主题"气韵生动"，就是"生命的节奏"域"有节奏的生命"。伏羲画八卦，即是以最简单的线条结构表示宇宙万相的变化节奏。后来成为中国山水花鸟画的基本境界的老、庄思想及禅宗思想也不外乎于静观寂照中，求返于自己深心的心灵节奏，以体合宇宙内部的生命节奏。中国画自伏羲八卦、商周钟鼎图花纹、汉代壁画、顾恺之以后历唐、宋、元、明，皆是运用笔法、墨法以取物象的骨气，物象外表的凹凸阴影终不愿刻画，以免笔滞于物。所以虽在六朝时受外来印度影响，输入晕染法，然而中国人则终不愿描写从"一个光泉"所看见的光线及阴影，如目睹的立体真景。而将全幅意境谱入一明暗虚实的节奏中，"神光离合，乍阴乍阳"。《洛神赋》中语以表现全宇宙的气韵生命，笔墨的点线皴擦既从刻画实体中解放出来，乃更能自由表达作者自心意匠的构图。画幅中每一丛林、一堆石，皆成一意匠的结构，神韵意趣超妙，如音乐的一节。气韵生动，由此产生。书法与诗和中国画的关系也由此建立。

（二）西洋绘画的境界，其渊源基础在于希腊的雕刻与建筑（其远祖尤在埃及浮雕及容貌画）。以目睹的具体实相融合于和谐整齐的形式，是他们的理想（希腊几何学研究具体物形中之普遍形相，西洋科学研究具体之物质运动，符合抽象的数理公式，盖有同样的精神）。雕刻形体上的光影凹凸利用油色晕染移入画面，其光彩明暗及颜色的鲜艳流丽构成画境之气韵生动。近代绘风更由古典主义的雕刻风格进展为色彩主义的绘画风格，虽象征了古典精神向近代精神的转变，然而它们的宇宙观点仍是一贯的，即"人"与"物"，"心"与"境"的对立相视。不过希腊的古典的境界是有限的具体宇宙包含在和谐宁静的秩序中，近代的世界观是一无穷的力的系统在无尽的交流的关系中。而人与这世界对立，或欲以小己体合于宇宙，或思戡天役物，伸张人类的权力意志，其主客观对立的态度则为一致（心、物及主观、客观问题始终支配了西洋哲学思想）。

而这物、我对立的观点，亦表现于西洋画的透视法。西画的景物与空间是画家立在地上平视的对象，由一固定的主观立场所看见的客观境界，貌似客观实颇主观（写实主义的极点就成了印象主义）。就是近代画风爱写无边天际的风光，仍是目睹具体的有限境界，不似中国画所写近景一树一石也是虚灵的、表象的。中国画的透视法是提神太虚，从世外鸟瞰的立场观照全整的律动的大自然，他的空间立场是在时间中徘徊移动，游目周览，集合数层与多方的视点谱成一幅超象虚灵的诗情画境（产生了中国特有的手卷画）。所以它的境界偏向远景。"高远、深远、平远"，是构成中国透视法的"三远"。在这远景里看不见刻画显露的凹凸及光线阴影。浓丽的色彩也隐没于轻烟淡霭。一片明暗的节奏表象着全幅宇宙的缊缊的气韵，正符合中国心灵蓬松潇洒的意境。故中国画的境界似乎主观而实为一片客观的全整宇宙，和中国哲学及其他精神方面一样。"荒寒""洒落"是心襟超脱的中国画家所认为最高的境界（元代大画家多为山林隐逸，画境最富于荒寒之趣），其体悟自然生命之深透，可称空前绝后，有如希腊人之启示人体的神境。

中国画因系鸟瞰的远景，其仰眺俯视与物象之距离相等，故多爱写长方立轴以揽自上至下的全景。数层的明暗虚实构成全幅的气韵与节奏。西洋画因系对立的平视，故多用近立方形的横幅以幻现自近至远的真景。而光与阴影的互映构成全幅的气韵流动。

中国画的作者因远超画境，俯瞰自然，在画境里不易寻得作家的立场，一片荒凉，似是无人自足的境界。（一幅西洋油画则须寻找得作家自己的立脚观点以鉴赏之）然而中国作家的人格个性反而因此完全融化潜隐在全画的意境里，尤表现在笔墨点线的姿态意趣里面。

还有一件可注意的事，就是我们东方另一大文化区印度绘画的观点，却系与西洋希腊精神相近，虽然它在色彩的幻美方面也表现了丰富的东方情调。印度绘法有所谓"六分"，梵云"萨邓迦"，相传在西历第三世纪始见记载，大约也系综括前人的意见，如中国谢赫的六法，其内容如下：

（1）形相之知识；（2）量及质之正确感受；（3）对于形体之情感；（4）典雅及美之表示；（5）逼似真相；（6）笔及色之美术的用法。（见吕凤子：中国画与佛教之关系，载《金陵学报》）

综观六分，颇乏系统次序。其（1）（2）（3）（5）条不外乎模仿自然，注重描写形相质量的实际。其（4）条则为形式方面的和谐美。其（6）条属于技术方面。全部思想与希腊艺术论之特重"自然模仿"与"和谐的形式"洽相吻合。希腊人、印度人同为阿利安人种，其哲学思想与宇宙观念颇多相通的地方。艺术立场的相近也不足异了。魏晋六朝间，印度画法输入中国，不啻即是西洋画法开始影响中国，然而中国吸取它的晕染法而变化之，以表现自己的气韵生动与明暗节奏，却不袭取它凹凸阴影的刻画，仍不损害中国特殊的观点与作风。

然而中国画趋向抽象的笔墨，轻烟淡彩，虚灵如梦，洗净铅华，超脱暄丽耀彩的色相，却违背了"画是眼睛的艺术"之原始意义。"色彩的音乐"在中国画久已衰落。（近见唐代式壁画，敷色浓丽，线条劲秀，使人联想文艺复兴初期画家薄蒂采丽的油画）幸宋、元大画家皆时时不忘以"自然"为师，于造化缊缊的气韵中求笔墨的真实基础。近代画家如石涛，亦游遍山川奇境，运奇姿纵横的笔墨，写神会目睹的妙景，真气远出，妙造自然。画家任伯年则更能于花卉翎毛表现精深华妙的色彩新境，为近代稀有的色彩画家，令人反省绘画原来的使命。然而此外则颇多一味模仿传统的形式，外失自然真感，内乏性灵生气，目无真景，手无笔法。既缺绚丽灿烂的光色以与西画争胜，又遗失了古人雄浑流利的笔墨能力。艺术本当与文化生命同向前进；中国画此后的道路，不但须恢复我国传统运笔线纹之美及其伟大的表现力，尤当倾心注目于彩色流韵的真景，创造浓丽清新的色相世界。更须在现实生活的体验中表达出时代的精神节奏。因为一切艺术虽是趋向音乐，止于至美，然而它最深最后的基础仍是在"真"与"诚"。

（选自《美学散步》，上海人民出版社1981年版）

朱光潜

朱光潜（1897—1986），字孟实，安徽桐城人。学贯中西、博古通今、著作等身的一代学术大师。朱光潜不仅在美学、哲学、文学、戏剧等领域取得了极高的成就，而且对中国比较诗学的建设与发展具有开创性的功绩。曾赴英、法学习文学、心理学和哲学等。回国后，相继在北京大学、四川大学、武汉大学任教，主要讲授西方文学、美学等。著有《文艺心理学》《悲剧心理学》《诗论》《西方美学史》等，翻译有《文艺对话集》《拉奥孔》《美学》等。朱光潜作为第一位将西方美学介绍到中国的美学家，以博学的知识将中西美学融会贯通，成为中国现代美学的奠基人和开拓者。《诗论》是朱光潜在中西美学领域研究的重要结晶，也是运用哲学、美学、心理学等多学科知识从诗歌的美学角度探讨中西诗的共同原理，诗的本质、发生机制、创作欣赏规律，诗歌形式的基本特征等的重要论著，同时还是中西理论互释的典范之作，堪称中国现代诗学的第一块里程碑。朱光潜以自觉的比较意识，中西诗论互证的研究方法，超越了前人在诗论研究中的单向阐释法，形成了完整的批评体系，对中西比较诗学的发展具有开创性意义。

"诗与谐隐"出自《诗论》第二章，主要是引用西方的"游戏说"阐发中国诗的"谐"与"隐"，是以西释中的精彩篇章。该文首先对"诗与谐"进行了分析。作者指出"谐"即"说笑话"，是喜剧的雏形；引用刘勰关于"谐"字说的论述，阐明"谐"所具有的社会性特质，指出其介乎尽善尽美与穷凶极恶之间。"谐"的特色模棱两可，诗在有谐趣时，便可以于哀怨中见欢欣（如莎士比亚悲剧中穿插的喜剧）。"谐"也具有讥刺的意味。作者援引刘勰《文心雕龙》中的"隐"与"谜"并列的说法，以中国的《国语》《左传》以及古希腊神话故事为例阐明古今中外对谜语的重视；在阐释隐语是文字游戏的观点时，作者以《旧约·创世记》的占梦故事和中国童谣中的寓言故事为例等，指出隐语由预言变为一般人的娱乐时，即变为了"谐"；随后文中运用荀子的《赋篇》，阐明隐语对于诗的重要影响，指出"赋"源于"隐"，隐语是"描写诗的雏形"，而写诗则主要是"以赋规模为最大"。在最后一部分"诗与纯粹的文字游戏"中，主要以中国的歌谣、诗歌为例对巧妙的文字游戏可以产生美感作出诠释；在莎士比亚和莫里哀的作品中，文字游戏的存在同样也显出其价值。朱光潜结合中西文学对诗歌与"谐"和"隐"的关系进行阐释，进而阐明诗的本质。他旁征博引，不仅援引中国的《汉书》《三国志》等，还以西方的《圣经·旧约》等古今中外的事例作为其观点的佐证。此外，对于"谐"与"隐"的概念，刘勰乃至后来诸多学者认为的"谐"、"隐"是用诙谐的曲调委婉表达其意，忽视了"谐""隐"中所具有的游戏成分，而朱光潜则打破传统"文以载道"的功利观念，发现了"谐""隐"背后的"文字游戏"带来的美感，具有独创性。

"诗与画——评莱辛的诗画异质说"出自《诗论》第七章，主要是对莱辛的"诗画异质说"进行阐发与订正，是以中格西的典范。作者首先指出诗与图画和音乐是姊妹艺术，柏拉图在《理想国》中用画比作诗，亚里士多德在《诗学》中把音乐比作诗，诗和音乐是同类艺术。在此基础上，提出"拟诗于画"，"易走入写实主义"，而"拟诗于乐"，"易走入理想主义"，这种极端导致了古典派与浪漫派、法国帕尔纳斯派与象征派的争执，而真正的诗则是诗中有画也有音乐。文中进一步介绍了莱辛的诗画异质说的来源。由于莱辛认为诗中描述（即诗运用语言描写）和雕像（用形色表现）所刻的拉奥孔有差异，遂提出"诗画异质说"，并以《荷马史诗》为例指出诗宜叙述而不宜于描写。在论述完莱辛的"诗画异质说"之后，对莱辛学说进行了批评。作者充分肯定了莱辛治学的科学精神，赞扬莱辛是欧洲第一个看到艺术与媒介关系的学者，以超前的眼光给予克罗齐派中肯的评价，认为莱辛从读者角度来研究艺术，开一代风气。但作者也指出，莱辛受困于"艺术即模仿"的观念，加之西方诗多为剧诗和叙事诗，未找到诗与画的相通点，将诗与画对立，认为诗只适合叙述动作等，作者以中国诗歌重抒情而不重叙事，以王维、马致远等人的诗歌为例，阐明图画可以通过物体暗示动作，而诗可以通过动作暗示物体，进而批评了莱辛以狭隘的视野对艺术进行的研究。朱光潜在探讨诗与画的本质时，肯定了莱辛正确地指出了诗画异质的根源在于诗用语言来描写，而画用形色加以表现，两者所使用的媒介不同。但同时也指出了"诗画异质说"的不足，批评了莱辛将诗与画对立、否定在诗中展现事物形象的写法，以及局限于将诗看作只宜叙述动作等的观点。作者结合中国传统诗论阐释莱辛的"诗画异质"说，以中国诗论讲究"气韵生动"、诗歌中如"池塘生春草""千树压西湖寒碧"等为例阐明诗可以通过物体暗示动作，指出了莱辛"诗画异质"说的局限性。朱光潜对莱辛诗画异质说批评的同时，也阐明了"诗画同质说"的有限性，全面地探讨了诗与画的关系，对人们根据艺术的特殊规律把握文艺理论的内部规律具有重要启示意义。

诗与谐隐

德国学者常把诗分为民间诗（Volkpoesie）与艺术诗（Kunstpoesie）两类，以为民间诗全是自然流露，艺术诗才是根据艺术的意识与技巧，有意地刻画美的形象。这种分别实在也只是程度上的而不是绝对的。民间诗也有一种传统的技巧，最显而易见的是文字游戏。

文字游戏不外有三种：第一种是用文字开玩笑，通常叫作"谐"；第二种是用文字捉迷藏，通常叫作"谜"或"隐"；第三种是用文字组成意义很滑稽而声音很圆转自如的图案，通常无适当名称，就干脆地叫作"文字游戏"亦无不可。这三种东西在民间诗里固极普通，在艺术诗或文人诗里也很重要，可以当作沟通民间诗与文人诗的桥梁。刘勰在《文心雕龙》里特辟"谐隐"一类，包括带有文字游戏性的诗文，可见古人对于这类作品也颇重视。

一 诗与谐

我们先说"谐"。"谐"就是"说笑话"。它是喜剧的雏形。王国维在《宋元戏曲史》里以为中国戏剧导源于巫与优。"优"即以"谐"为职业。在古代社会中，"优"（clown）往往是一个重要的官职，莎士比亚的戏剧中，"优"常占要角。英国古代王侯常有"优"跟在后面，趁机会开玩笑，使朝中君臣听着高兴。中国古代王侯常用优。《左传》《国语》《史记》诸书都常提到优的名称。优往往同时是诗人。汉初许多词人都以俳优起家，东方朔、枚乘、司马相如都是著例。优的存在证明两件事：第一，"谐"的需要是很原始而普遍的；其次，优与诗人，谐与诗，在原始时代是很接近的。

从心理学观点看，谐趣（the sense of humour）是一种最原始的普遍的美感活动。凡是游戏都带有谐趣，凡是谐趣也都带有游戏。谐趣的定义可以说是：以游戏态度，把人事和物态的丑拙鄙陋和乖讹当作一种有趣的意象去欣赏。

"谐"最富于社会性。艺术方面的趣味，有许多是为某阶级所特有的，"谐"则雅俗共赏，极粗鄙的人欢喜"谐"，极文雅的人也还是欢喜"谐"，虽然他们所欢喜的"谐"不必尽同。在一个集会中，大家正襟危坐时，每个人都有俨然不可侵犯的样子，彼此中间无形中有一层隔阂。但是到了谐趣发动时，这一层隔阂便涣然冰释，大家在谑浪笑傲中忘形尔我，揭开文明人的面具，回到原始时代的团结与统一。托尔斯泰以为艺术的功用在传染情感，而所传染的情感应该能团结人与人的关系。在他认为值得传染的情感之中，笑谑也占一个重要的位置。刘勰解释"谐"字说："谐之言皆也；辞浅会俗，皆悦笑也。"这也是着重谐的社会性。社会的最好的团结力是谐笑，所以擅长谐笑的人在任何社会中都受欢迎。在极严肃的悲剧中有小丑，在极严肃的宫廷中有俳优。

尽善尽美的人物不能为"谐"的对象，穷凶极恶也不能为"谐"的对象。引起谐趣的大半介乎二者之间。多少有些缺陷而这种缺陷又不致引起深恶痛绝。最普通的是容貌的丑拙。民俗歌谣中嘲笑麻子、癞痢、瞎子、聋子、驼子等残疾人的最多，据《文心雕龙》："魏晋滑稽，盛相驱扇。遂乃应场之鼻方于盗削卵，张华之形比于握春杵"，嘲笑容貌丑陋的风气自古就很盛行了。品格方面的亏缺也常为笑柄。如下面两首民歌：

　　一个和尚挑水喝，两个和尚抬水喝，三个和尚没水喝。

　　门前歇仔高头马，弗是亲来也是亲；门前挂仔白席巾，嫡亲娘舅当仔陌头人。

寥寥数语，把中国民族性两个大缺点，不合群与浇薄，写得十分脱皮露骨。有时容貌的丑陋和品格的亏缺合在一起成为讥嘲的对象，《左传》宋守城人嘲笑华元打败仗被俘赎回的歌就是好例：

睅其目，皤其腹，弃甲而复。于思于思，弃甲复来。

除这两种之外，人事的乖讹也是谐的对象，例如：

灶下养，中郎将；烂羊胃，骑都尉；烂羊头，关内侯。
——《后汉书·刘玄传》

十八岁个大姐七岁郎，说你郎你不是郎，说你是儿不叫娘，还得给你解扣脱衣裳，还得把你抱上床！

——卫辉民歌

都是觉得事情出乎常理之外，可恨复可笑。
"谐"都有几分讥刺的意味，不过讥刺不一定就是谐。例如：

不稼不穑，胡取禾三百廛兮？不狩不猎，胡瞻尔庭有县貆兮？
——《魏风·伐檀》

一尺布尚可缝，一斗米尚可舂；兄弟二人不相容！
——《汉书·淮南王传》

二首也是讥刺人事的乖讹，不过作者心存怨望，直率吐出，没有开玩笑的意味，就不能算是谐。

这个分别对于谐的了解非常重要。从几方面看，谐的特色都是模棱两可。第一，就谐笑者对于所嘲对象说，谐是恶意的而又不尽是恶意的，如果尽是恶意，则结果是直率的讥刺或咒骂（如"时日曷丧，予及女谐亡！"）我们对于深恶痛疾的仇敌和敬爱的亲友都不容易开玩笑。一个人既拿另一个人开玩笑，对于他就是爱恶参半。恶者恶其丑拙鄙陋，爱者爱其还可以打趣助兴。因为有这一点爱的成分，谐含有几分警告规劝的意味，如柏格森所说的。凡是谐都是"谑而不虐"。

刘勰在《文心雕龙》里也说："辞虽倾回，意归义正。"许多著名的讽刺家，像英国小说家斯威夫特（Swift）和巴特勒（Butler）一般人都是有心人。

第二，就谐趣情感本身说，它是美感的而也不尽是美感的。它是美感的，因为丑拙鄙陋乖讹在为谐的对象时，就是一种情趣饱和独立自主的意象。它不尽是美感的，因为谐的动机都是道德的或实用的，都是从道德或实用的观点，看出人事物态的不圆满，因而表示惊奇和告诫。

第三，就谐笑者自己说，他所觉到的是快感而也不尽是快感。它是快感，因为丑拙鄙陋不仅打动一时乐趣，也是沉闷世界中一种解放束缚的力量。现实世界好比一池死水，可笑的事情好比偶然皱皱起的微波，谐笑就是对于这种微波的欣赏。不过可笑的事物究竟是丑拙鄙陋乖讹，是人生中一种缺陷，多少不免引起惋惜的情绪，所以同时伴有不快感。许多谐歌都以喜剧的外貌写悲剧的事情，例如徐州民歌：

> 乡里老，背稻草，跑上街，买荸荠。荸荠买多少？放在眼前找不到！

这是讥嘲呢？还是怜悯？读这种歌真不免令人"啼笑皆非"。我们可以说，凡是谐都有"啼笑皆非"的意味。

谐有这些模棱两可性，所以从古到今，都叫作"滑稽"。滑稽是一种盛酒器，酒从一边流出来，又向另一边转注进去，可以终日不竭，酒在"滑稽"里进出也是模棱两可的，所以"滑稽"喻"谐"，非常恰当。

谐是模棱两可的，所以诗在有谐趣时，欢欣与哀怨往往并行不悖，诗人的本领就在能谐，能谐所以能在丑中看出美，在失意中看出安慰，在哀怨中见出欢欣，谐是人类拿来轻松紧张情境和解脱悲哀与困难的一种清泻剂，这个道理伊斯门（M. Eastman）在《诙谐意识》里说得最透辟：

> 穆罕默德自夸能用虔诚祈祷使山移到他面前来。有一大群信徒围着来看他显这副本领。他尽管祈祷，山仍是巍然不动。他于是说："好，山不来就穆罕默德，穆罕默德就走去就山罢。"我们也常同样地殚精竭虑，求世事恰如人意，到世事尽不如人意时，我们说："好，我就在失意中求乐趣罢。"这就是诙谐。诙谐像穆罕默德走去就山，它的生存是对于命运开玩笑。

"对于命运开玩笑"，这句话说得最好。我们读莎士比亚的悲剧时，到了极悲痛的境界，常猛然穿插一段喜剧，主角在紧要关头常向自己嘲笑，哈姆雷特便是著例。弓拉到满彀时总得要放松一下，不然弦子会折断的。山本不可移，中国传说中曾经有一个移山的人，他所以叫作"愚公"，就愚在没有穆罕默德的幽默。

"对于命运开玩笑"是一种遁逃，也是一种征服，偏于遁逃者以滑稽玩世，偏于征服者以豁达超世。滑稽与豁达虽没有绝对的分别，却有程度的等差。它们都是以"一笑置之"的态度应付人生的缺陷，豁达者在悲剧中参透人生世相，他的诙谐出入于至性深情，所以表面滑稽而骨子里沉痛；滑稽者则在喜剧中见出人事的乖讹，同时仿佛觉得这种发现是他的聪明，他的优胜，于是嘲笑以取乐，这种诙谐有时不免流于轻薄。豁达者虽超世而不忘怀于淑世，他对于人世，悲悯多于愤嫉。滑稽者则只知玩世，他对于人世，理智的了解多于情感的激动。豁达者的诙谐可以称为"悲剧的诙谐"，出发点是情感而听者受感动也以情感。滑稽者的诙谐可以称为"喜剧的诙谐"，出发点是理智，而听者受感动也以理智。中国诗人陶潜和杜甫是于悲剧中见诙谐者，刘伶和金圣叹是从喜剧中见诙谐者，嵇康、李白则介乎二者之间。

这种分别对于诗的了解甚重要。大概喜剧的诙谐易为亦易欣赏，悲剧的诙谐难为亦难欣赏。例如李商隐的《龙池》：

龙池赐酒敞云屏，羯鼓声高众乐停。夜半宴归宫漏永，薛王沉醉寿王醒。

诗中讥嘲寿王的杨妃被他父亲明皇夺去，他在御宴中喝不下去酒，宴后他的兄弟喝得醉醺醺，他一个人仍是醒着，怀着满肚子心事走回去。这首诗的诙谐可算委婉俏皮，极滑稽之能事。但是我们如果稍加玩味，就可以看出它的出发点是理智，没有深情在里面。我们觉得它是聪明人的聪明话，受它感动也是在理智方面。如果情感发生，我们反而觉得把悲剧看成喜剧，未免有些轻薄。

我们选一两首另一种带有谐趣的诗来看看：

人生寄一世，奄忽若飘尘。何不策高足，先据要路津？无为守贫贱，辗轲常苦辛。

——《古诗十九首》

白发被两鬓，肌肤不复实。虽有五男儿，总不好纸笔。……天命苟如此，且进杯中物！

——陶潜《责子》

千秋万岁后，谁知荣与辱？但恨在世时，饮酒不得足。

——陶潜《挽歌辞》

这些诗的诙谐就有沉痛的和滑稽的两方面。我们须同时见到这两方面，才能完全了解它的深刻。胡适在《白话文学史》里说：

> 陶潜与杜甫都是有诙谐风趣的人，诉穷说苦，都不肯抛弃这一点风趣。因为他们有这一点说笑话做打油诗的风趣，故虽在穷饿之中不至于发狂，也不至于堕落。

这是一段极有见地的话，但是因为着重在"说笑话做打油诗"一点，他似乎把它的沉痛的一方面轻轻放过去了。陶潜、杜甫都是伤心人而有豁达风度，表面上虽诙谐，骨子里却极沉痛严肃。如果把《责子》《挽歌辞》之类作品完全看作打油诗，就未免失去上品诗的谐趣之精彩了。

凡诗都难免有若干谐趣。情绪不外悲喜两端。喜剧中都有谐趣，用不着说，就是把最悲惨的事当作诗看时，也必在其中见出谐趣。我们如果仔细玩味蔡琰《悲愤诗》或是杜甫《新婚别》之类作品，或是写自己的悲剧，或是写旁人的悲剧，都是"痛定思痛"，把所写的看成一种有趣的意象，有几分把它当作戏看的意思。丝毫没有谐趣的人大概不易作诗，也不能欣赏诗。诗和谐都是生气的富裕。不能谐是枯燥贫竭的征候。枯燥贫竭的人和诗没有缘分。

但是诗也是最不易谐，因为诗最忌轻薄，而谐则最易流于轻薄。古诗《焦仲卿妻》叙夫妇别离时的誓约说：

君当作磐石，妾当作蒲苇；蒲苇纫如丝，磐石无转移。

后来焦仲卿听到妻子被迫改嫁的消息,便拿从前的誓约来讽刺她说:

府君谓新妇:贺君得高迁!磐石方且厚,可以卒千年;蒲苇一时纫,便作旦夕间。

这是诙谐,但是未免近于轻薄,因为生离死别不该是深于情者互相讥刺的时候,而焦仲卿是一个殉情者。

同是诙谐,或为诗的胜境,或为诗的瑕疵,分别全在它是否出于至性深情。理胜于情者往往流于纯粹的讥刺(satire)。讥刺诗固自成一格,但是很难达到诗的胜境。像英国蒲柏(Pope)和法国伏尔泰(Voltaire)之类聪明人不能成为大诗人,就是因为这个道理。

二 诗与隐

刘勰在《文心雕龙》里以"隐"与"谜"并列;解"隐"为"遁辞以隐意,谲譬以指事","谜"为"回护其辞,使昏迷也;或体目文字,或图像品物"。但是他承认"谜"为魏晋以后"隐"的化身。其实"谜"与"隐"原来是一件东西,不过古今名称不同罢了。《国语》有"秦客为庾词,范文子能对其三","廋词"也还是隐语。

在各民族中谜语的起源都很早而且很重要。古希腊英雄俄狄浦斯(Oedipus)因为猜中"早晨四只脚走,中午两只脚走,晚上三只脚走"一个谜语,气坏了食人的怪兽,被第伯司人选为国王。旧约《士司记》里记参孙(Samson)的妻族人猜中"肉从强者出,甜从食者出"一个谜语,就脱了围,得到奖赏。可见古代人对于谜语的重视。

中国的谜语可以说和文字同样久远。六书中的"会意"据许慎的解释是"比类合谊,以见指挠,武信是也",这就是根据谜语原则。"止戈为武,人言为信",就是两个字谜。许多中国字都可以望文生义,就因为在造字时它们就已有令人可以当作谜语猜测的意味。中国最古的有记载的歌谣据说是《吴越春秋》里面的"断竹,续竹;飞土,逐肉"。这就是隐射"弹丸"的谜语。《汉书·艺文志》载有《隐书十八篇》,刘向《新序》也有"齐宣王发隐书而读之"的话,可见隐语自古就有专书。《左传》有"臽井""庚癸"两个谜语。从《史记·滑稽列传》和《汉书·

东方朔传》看，嗜好隐语在古时是一种极普遍的风气。一个人会隐语，便可获禄取宠，东方朔便是好例。他会"射覆"，"射覆"就是猜隐语。一个国家有会隐语的臣子，在坛坫樽俎间便可取得外交胜利，范文子猜中了秦客的三个谜语，史官便把它大书特书。《三国志·薛综传》里有一段很有趣的故事。蜀使张奉以隐语嘲吴尚书阚泽，泽不能答，吴人引以为羞。薛综看这事有失体面，就用一个隐语报复张奉说："有犬为獨，无犬为蜀，横目勾身，虫入其腹。"此语一出，蜀使便无话可说，吴国的面子便争夺回来了。从这些故事和上文所引的希腊和犹太的两个故事看，可见刘勰所说的"隐语之用，大者兴治济身"，并非夸大其词了。

隐语在近代是一种文字游戏，在古代却是一件极严重的事。它的最早应用大概在预言谶语。诗歌在起源时是神与人互通款曲的媒介。人有所颂祷，用诗歌进呈给神；神有所感示，也用诗歌传达给人。不过人说的话要明白，神说的话要不明白，才能显得他神秘玄奥。所以符谶大半是隐语。这种隐语大半是由神凭附人体说出来，所凭依者大半是主祭者或女巫。古希腊的"德尔斐预言"和中国古代的巫祝的占卜，都是著例。

在原始社会中梦也被认成一种预言。各国在古代常有占梦的专官，一国君臣人民的祸福往往悬在一句梦话的枢纽上。《旧约·创世记》载埃及国王梦见七瘦牛吞食七肥牛，七枯穗吞食七生穗，召群臣来解释，都踌躇莫知所对，只有一个外来的犹太人约瑟能断定它是七荒年承继七丰年的预兆。国王听了他的话，储蓄七丰年的余粮，后来七荒年果然来了，埃及人有积谷得免于饥荒。约瑟夫于是大得国王的信任。《左传》里也有桑田巫占梦的故事。占梦的迷信在有文字之前，可以说是最古的最普遍的猜谜的玩意儿。

中国古代预言多假托童谣。童谣据说是荧惑星的作用。各代史书载童谣都不列于"艺文"而列于"天文"或"五行"，就因为相信童谣是神灵凭借儿童所说的话。郭茂倩在《乐府诗集》第八十八卷里搜集各代预言式的童谣甚多，大半都是隐语。《左传》卜偃根据"鹑之奔奔"一句童谣，断定晋必于十月丙子灭虢，是一个最早见于书籍的例。童谣有时近于字谜，例如《后汉书·五行志》所载汉献帝时京都童谣："千里草，何青青？十日卜，不得生。"解释是"千里草为董，十日卜为卓。……青青茂盛之貌，不得生者亦旋破亡也。"当时人大概厌恶董卓专横，作隐语来咒骂他，或是在他失败之后，隐喻其事造为"预言"，把日期移早，以神其说。这里我们可以窥见造隐语的心理。它一方面有所回避，不敢直说，一方面又要利用一般人对于神秘事迹的惊赞，来激动好奇心。

隐语由神秘的预言变为一般人的娱乐以后，就变成一种谐。它与谐的不同只在着重点，谐偏重人事的嘲笑，隐则偏重文字的游戏。谐与隐有时混合在一起。《左传》宋守城人的歌："睅其目，皤其腹，弃甲而复。于思于思，弃甲复来！"是讥刺华元的谐语，同时也是一个隐语，把华元的容貌品格事迹都隐含在内。民间歌谣中类似的作品甚多，例如：

侧……听隔壁，推窗望月……捐笆斗勿吃力，两行泪作一行滴。（苏州人嘲歪头）

啥？豆巴，满面花，雨打浮沙，蜜蜂错认家，荔枝核桃苦瓜，满天星斗打落花。（四川人嘲麻子）

就是谐、隐与文字游戏三者混合，讥刺容貌丑陋为谐，以谜语出之为隐，形式为七层宝塔，一层高一层，为纯粹的文字游戏。谐最忌直率，直率不但失去谐趣，而且容易触讳招尤，所以出之以隐，饰之以文字游戏。谐都有几分恶意，隐与文字游戏可以遮盖起这点恶意，同时要叫人发现嵌合的巧妙，发生惊赞。不把注意力专注在所嘲笑的丑陋乖讹上面。

隐常与谐和，却不必尽与谐和。谐的对象必为人生世相中的缺陷，隐的对象则没有限制。隐的定义可以说是"用捉迷藏的游戏态度，把一件事物先隐藏起，只露出一些线索来，让人可以猜中所隐藏的是什么"。姑举数例：

日里忙忙碌碌，夜里茅草盖屋。（眼）
小小一条龙，胡须硬似鬃。生前没点血，死后满身红。（虾）
王荆公读《辨奸论》有感。（《诗经》："呼嗟洵兮，不我信兮！"）

从前文人尽管也欢喜弄这种玩意儿，却不把它看作文学。其实有许多谜语比文人所做的咏物诗词还更富于诗的意味。英国诗人柯勒律治（Coleridge）论诗的想象，说它的特点在见出事物中不寻常的关系。许多好的谜语都够得上这个标准。

谜语的心理背景也很值得研究。就谜语作者说，他看出事物中一种似是而非、不即不离的微妙关系，觉得它有趣，值得让旁人知道。他的动机本来是一种合群本能，要把个人所见到的传达给社会；同时又有游戏本能在活动，仿佛像猫儿戏鼠似的，对于听者要延长一番悬揣，使他的好奇心因悬揣愈久而愈强烈。他的乐趣就在觉得自己是一种神秘事件的看管人，自己站在光明里，看旁人在黑暗里绕弯子。就猜谜者说，他对于所掩藏的神秘事件起好奇心，想揭穿它的底蕴，同时又起一种自尊情绪，仿佛自己非把这个秘幕揭穿不甘休。悬揣愈久，这两种情绪愈强烈。几经摸索之后，一旦恍然大悟，看出事物关系所隐藏的巧妙凑合，不免大为惊赞，同时他也觉得自己的胜利，因而欢慰。

如果研究作诗与读诗的心理，我们可以发现上面一段话大部分可以适用。突然见到事物中不寻常的关系，而加以惊赞，是一切美感态度所共同的。苦心思索，一旦豁然贯通，也是创造与欣赏所常有的程序。诗和艺术都带有几分游戏性，隐语也是如此。

别要小看隐语，它对于诗的关系和影响是很大的。在古英文诗中谜语是很重要的一类。诗人启涅伍尔夫（Cunewulf）就是一个著名的隐语家。中国古代亦常有以隐语为诗者，例如古诗：

藁砧今何在，山上复有山，何日大刀头，破镜飞上天。

就是隐写"丈夫已出，月半回家"的意思。上文所引的童谣及民间谐歌有许多是很好的诗，我们已经说过。但是隐语对于中国诗的重要还不仅此。它是一种雏形的描写诗。民间许多谜语都可以作描写诗看。中国大规模的描写诗是赋，赋就是隐语的化身。战国秦汉间嗜好隐语的风气最盛，赋也最发达，荀卿是赋的始祖，他的《赋篇》本包含《礼》《知》《云》《蚕》《箴》《乱》六篇独立的赋，前五篇都极力铺张所赋事物的状态、本质和功用，到最后才用一句话点明题旨，最后一篇就简直不点明题旨。例如《蚕》赋：

此夫身女好而头马首者与？屡化而不寿者与？善壮而拙老者与？有父母而无牝牡者与？冬伏而夏游，食桑而吐丝，前乱而后治，夏生而恶暑，喜湿而恶雨，蛹以为母，蛾以为父，三伏三起，事乃大已。

夫是谓之蚕理。

全篇都是蚕的谜语，最后一句揭出谜底，在当时也许这个谜底是独立的，如现在谜语书在谜面之下注明谜底一样。后来许多辞赋家和诗人词人都沿用这种技巧，以谜语状事物，姑举数例如下：

飞不飘飏，翔不翕习；其居易容，其求易给；巢林不过一枝，每食不过数粒。
——张华《鹪鹩赋》

镂五色之盘龙，刻千年之古字。山鸡见而独舞，海鸟见而孤鸣。临水则池中月出，照日则壁上菱生。
——庾信《镜赋》

光细弦欲上，影斜轮未安。微升古塞外，已隐暮云端。河汉不改色，关山空自寒。庭前有白露，暗满菊花团。
——杜甫《初月》

海上仙人绛罗襦，红纱中单白玉肤。不须更待妃子笑，风骨自是倾城姝。
——苏轼《荔枝》

过春社了，度帘幕中间，去年尘冷。差池欲住，试入旧巢相并。还相雕梁藻井，又轻语商量不定。飘然快拂花梢，翠尾分开红影
——史达祖《双双燕》

以上只就赋、诗、词中略举一二例。我们如果翻阅咏物类韵文，就可以看到大半都是应用同样的技巧写出来的。中国素以谜语巧妙名于世界，拿中国诗和西方诗相较，描写诗也比较早起，比较丰富，这种特殊发展似非偶然。中国人似乎特别注意自然界事物的微妙关系和类似，对于它们的奇巧的凑合特别感兴趣，所以谜语和描写诗都特别发达。

谜语不但是中国描写诗的始祖，也是诗中"比喻"格的基础。以甲

事物影射乙事物时，甲乙大半有类似点，可以互相譬喻。有时甲乙并举，同为显喻（simile），有时以乙暗示甲，则为隐喻（metaphor）。显喻如古谚：

少所见，多所怪，见骆驼，言马肿背。

如果只言"见骆驼言马肿背"，意在使人知所指为"少见多怪"，则为"隐喻"，即近世歌谣学者所谓"歇后语"。"歇后语"还是一种隐语，例如"聋子的耳朵"（摆大儿），"纸糊灯笼"（一戳就破），"王奶奶裹脚"（又长又臭）之类。这种比喻在普通语中极流行。它们可以显示一般民众的"诗的想象力"，同时也可以显示普通语言的艺术性，一个贩夫或村妇听到这类"俏皮话"，心里都不免高兴一阵子，这就是简单的美感经验或诗的欣赏。诗人用比喻，不过把这种粗俗的说"俏皮话"的技巧加以精练化，深浅雅俗虽有不同，道理却是一致。《诗经》中最常用的技巧是以比喻引入正文，例如：

关关雎鸠，在河之州。窈窕淑女，君子好逑。
螽斯羽，诜诜兮，宜尔子孙，振振兮。
蒹葭苍苍，白露为霜；所谓伊人，在水一方。

入首两句便是隐语，所隐者有时偏于意象，所引事物与所咏事物有类似处，如"螽斯"例，这就是"比"；有时偏重情趣，所引事物与所咏事物在情趣上有暗合默契处，可以由所引事物引起所咏事物的情趣，如"蒹葭"例，这就是"兴"；有时所引事物与所咏物既有类似，又有情趣方面的暗合默契，如"关雎"例，这就是"兴兼比"。《诗经》各篇作者原不曾按照这种标准去作诗，"比""兴"等是后人归纳出来的，用来分类，不过是一种方便，原无谨严的逻辑。后来论诗者把它看得太重，争来辩去，殊无意味。

中国向来注诗者好谈"微言大义"，从毛苌做《诗序》一直到张惠言批《词选》，往往把许多本无深文奥义的诗看作隐射诗，固不免穿凿附会。但是我们也不能否认，中国诗人好作隐语的习惯向来很深。屈原的"香草美人"大半有所寄托，是多数学者的公论。无论这种公论是否可靠，它对于诗的影响很大实无庸讳言。阮籍《咏怀诗》多不可解处，颜延之说他"志在刺讥而文多隐避，百世之下，难以情测"。这个评语可以应用到许多咏史诗和咏物诗。陶潜《咏荆轲》、杜甫《登慈恩寺塔》之类作品各有寓意。我们如果丢开它们的寓意，它们自然也还是好诗，但是终不免没有把它们了解透彻。诗人不直说心事而以隐语出之，大半有不肯说或不能说的苦处。骆宾王《在狱咏蝉》说："露重飞难进，风多响易沉。"暗射谗人使他不能鸣冤，清人咏紫牡丹说："夺朱非正色，异种亦称王"，暗射爱新觉罗氏以胡人入主中原，线索很显然。这种实例实在举不胜举。我们可以说，读许多中国诗都好像猜谜语。

隐语用意义上的关联为"比喻"，用声音上的关联则为"双关"（pun）。南方人称细炭为麸炭。射麸炭的谜语是"哎呀我的妻"！因为它和"夫叹"是同音双关。歌谣中用双关的很多，例如：

> 思欢久，不爱独枝莲，只惜同心藕。（"莲"与"怜"，"藕"与"偶"双关。）
>
> ——《读曲歌》

> 雾露隐芙蓉，见莲不分明。（"芙蓉"与"夫容"，"莲"与"怜"双关。）
>
> ——《子夜歌》

> 别后常相思，顿书千丈阙，题碑无罢时。（"题碑"与"啼悲"双关。）
>
> ——《华山畿》

> 竹篙烧火长长炭，炭到天明半作灰。（"炭"与"叹"双关。）
>
> ——粤讴句

> 东边日出西边雨，道是无晴却有晴。（"晴"与"情"双关。）
>
> ——刘禹锡《竹枝词》

以上所举都属民歌或拟民歌。据闻一多说：《周南》"采采芣苢"的

"苤苢"古与"胚胎"同音同义,则双关的起源远在《诗经》时代了。像其他民歌技巧一样,"双关"也常被诗人采用。六朝人说话很欢喜用"双关"。"四海习凿齿,弥天释道安","日下荀鸣鹤,云间陆士龙",都是当时脍炙人口的隽语。北魏胡太后的《杨白花歌》也是"双关"的好例。她逼通杨华,华惧祸逃南朝降梁,她仍旧思念他,就做了这首诗叫宫人歌唱:

  阳春二三月,杨柳齐作花。春风一夜入闺闼,杨花飘荡落南家。含情出户脚无力,拾得杨花泪沾臆,春去秋来双燕子,愿衔杨花入窠里!

唐以后文字游戏的风气日盛,诗人常爱用人名、地名、药名等作双关语,例如:

  鄙性常山野,尤甘草舍中。钩帘阴卷柏,障壁坐防风。客土依云贯,流泉架木通。行当归老矣,已逼白头翁。
——《漫叟诗话》引孔毅夫诗

除纤巧之外别无可取,就未免堕入魔道了。

  总之,隐语为描写诗的雏形,描写诗以赋规模为最大,赋即源于隐。后来咏物诗词也大半根据隐语原则。诗中的比喻(诗论家所谓比、兴),以及言在此而意在彼的寄托,也都含有隐语的意味。就声音说,诗用隐语为双关。如果依近代学者弗雷泽(Frazer)和弗洛伊德(Freud)诸人的学说,则一切神话寓言和宗教仪式以至文学名著大半都是隐语的变形,都各有一个"谜底"。这话牵涉较广,而且中国诗和神话的因缘较浅,所以略而不论。

三 诗与纯粹的文字游戏

  诗与隐都带有文字游戏性,不过都着重意义。有一种纯粹的文字游戏,着重点既不像谐在讥嘲人生世相的缺陷,又不像隐在事物中间的巧妙的凑合,而在文字本身声音的滑稽的排列,似应自成一类。

艺术和游戏都像斯宾塞（Spencer）所说的，有几分是余力的流露，是赋予生命的表现。初学一件东西都有几分困难，困难在勉强拿规矩法则来约束本无规矩法则的活动，在使自由零乱的活动来迁就固定的纪律与模范，学习的趣味就在逐渐战胜这种困难，使本来牵强笨拙的变为自然娴熟的。习惯既成，驾轻就熟，熟中生巧，于是对于所习得的活动有运用自如之乐。到了这步功夫，我们不特不以迁就规范为困难，而且力有余裕，把它当作一件游戏工具，任意玩弄它来助兴取乐。小儿初学语言，到喉舌能转动自如时，就常一个人鼓舌转喉做戏。他并没有和人谈话的必要，只是自觉这种玩意儿所产生的声音有趣。这个道理在一般艺术活动中都可以见出。每种艺术都用一种媒介，都有一个规范，驾驭媒介和迁就规范在起始时都有若干困难。但是艺术的乐趣就在于征服这种困难之外还有余裕，还能带几分游戏态度任意纵横挥扫，使作品显得异趣横生。这是由限制中争得的自由，由规范中溢出的生气。艺术使人留恋的也就在此。这个道理可适用于写字、画画，也可适用于唱歌、作诗。

比如中国民众游戏中的三棒鼓、拉戏胡琴、相声、口技、拳术之类，所以令人惊赞的都是那一副娴熟生动、游戏自如的手腕。在诗歌方面，这种生于余裕的游戏也是一个很重要的成分，在民俗歌谣中这个成分尤其明显。我们姑从《北平歌谣》里择举两例：

> 老猫老猫，上树摘桃。一摘两筐，送给老张。老张不要，气得上吊。上吊不死，气得烧纸。烧纸不着，气得摔瓢。摔瓢不破，气得推磨。推磨不转，气得做饭。做饭不熟，气得宰牛。宰牛没血，气得打铁。打铁没风，气得撞钟。撞钟不响，气得老鼠乱嚷。

> 玲珑塔，塔玲珑，玲珑宝塔十三层。塔前有座庙，庙里有老僧，老僧当方文，徒弟六七名。一个叫青头愣，一个叫愣头青；一个是僧僧点，一个是点点僧；一个是奔葫芦把，一个是把葫芦奔。青头愣会打磬，愣头青会捧笙；僧僧点会吹管，点点僧会撞钟；奔葫芦把会说法，把葫芦奔会念经。

这种搬砖弄瓦式的文字游戏是一般歌谣的特色。它们本来也有意义，但是着重点并不在意义而在声音的滑稽凑合。如专论意义，这种叠床架屋的堆砌似太冗沓。但是一般民众爱好它们，正因为其冗沓。他们仿佛觉得这样圆转自如的声音凑合有一种说不出来的巧妙。

在上举两例中有几点值得特别注意：第一是"重叠"，一大串模样相同的音调像滚珠倾水似的一直流注下去。它们本来是一盘散沙，只借这个共同的模型和几个固定不变的字句联络起来，成为一个整体。第二是"接字"，下句的意义和上句的意义本不相属，只是下句起首数字和上句收尾数字相同，下句所取的方向完全是由上句收尾字决定。第三是"趁韵"，这和"接字"一样，下句跟着上句，不是因为意义相衔接，而是因为声音相类似。例如"宰牛没血，气得打铁；打铁没风，气得撞钟"。第四是"排比"，因为歌词每两句成为一个单位，这两句在意义上和声音上通常彼此对仗，例如"奔葫芦把会说法，把葫芦奔会念经"。第五是"颠倒"或"回文"，下句文字全体或部分倒转上句文字，例如"玲珑塔，塔玲珑"。

以上只略举文字游戏中几种常见的技巧，其实它们并不止此（上文所引的嘲歪头嘲麻子的歌都取宝塔式也是一种）。文人诗词沿用这些技巧的很多。"重叠"是诗歌的特殊表现法，《诗经》中大部分诗可以为例。词中用"重叠"的甚多，例如"咸阳古道音尘绝，音尘绝，西风残照，汉家陵阙"（李白《忆秦娥》），"团扇团扇，美人病来遮面"（王建《调笑令》）。"接字"在古体诗转韵时或由甲段转入乙段时，常用来做联络上下文的工具，例如："愿作东北风，吹我入君怀。君怀常不开，贱妾当何依。"（曹植《怨歌行》）"梧桐杨柳拂金井，来醉扶风豪士家。扶风豪士天下奇，意气相倾山可移。"（李白《扶风豪士歌》）"趁韵"在诗词中最普通。诗人作诗，思想的方向常受韵脚字指定，先想到一个韵脚字而后找一个句子把它嵌进去。"和韵"也还是一种"趁韵"。韩愈和苏轼的诗里"趁韵"例最多。他们以为韵压得愈险，诗也就愈精工。"排比"是赋和律诗、骈文所必用的形式。"回文"在诗词中有专体，如苏轼《题金山寺》一首七律，倒读顺读都成意义，观首联"潮随暗浪雪山倾，远浦渔舟钓月明"可知。这只是几条实例。凡是诗歌的形式和技巧大半来自民俗歌谣，都不免含有几分文字游戏的意味。诗人驾驭媒介的能力愈大，游戏的成分也就愈多。他们力有余裕，便任意挥霍，显得豪爽不羁。

从民歌看，人对文字游戏的嗜好是天然的、普遍的。凡是艺术都带有几分游戏意味，诗歌也不例外。中国诗中文字游戏的成分有时似过火一点。我们现代人偏重意境和情趣，对于文字游戏不免轻视。一个诗人过分地把精力去在形式技巧上做功夫，固然容易走上轻薄纤巧的路。不过我们如果把诗中文字游戏的成分一毫勾销，也未免操之过"激"。就史实说，诗歌在起源时就已与文字游戏发生密切的关联，而这种关联一直维持到现在，不曾断绝。其次，就学理说，凡是真正能引起美感经验的东西都有若干艺术的价值。巧妙的文字游戏，以及技巧的娴熟的运用，可以引起一种美感，也是不容讳言的。文字声音于文学，犹如颜色、线形对于造形艺术，同是宝贵的媒介。图画既可用形色的错综排列产生美感（依康德看，这才是"纯粹美"），诗歌何尝不能用文字声音的错综排列产生美感呢？在许多伟大作家——如莎士比亚和莫里哀——的作品中，文字游戏的成分都很重要，如果把它洗涤净尽，作品的丰富和美妙便不免大为减色了。

（选自《诗论》，生活·读书·新知三联书店 1984 年版）

诗与画——评莱辛的诗画异质说

一 诗画同质说与诗乐同质说

苏东坡称赞王摩诘说:"味摩诘之诗,诗中有画;观摩诘之画,画中有诗。"这是一句名言,但稍加推敲,似有语病。谁的诗,如果真是诗,里面没有画?谁的画,如果真是画,里面没有诗?希腊诗人西蒙尼德斯(Simonides)说过:"诗为有声之画,画为无声之诗。"宋朝画论家赵孟溁也说过这样的话,几乎一字不差。这种不谋而合可证诗画同质是古今中外一个普遍的信条。罗马诗论家贺拉斯(Horace)所说的"画如此,诗亦然"(Ut pictura, poesis)尤其是谈诗画者所津津乐道的。道理本来很简单。诗与画同是艺术,而艺术都是情趣的意象化或意象的情趣化。徒有情趣不能成诗,徒有意象也不能成画。情趣与意象相契合融化,诗从此出,画也从此出。

话虽如此说,诗与画究竟是两种艺术,在相同之中有不同者在。就作者说,同一情趣饱和的意象是否可以同样地表现于诗亦表现于画?媒介不同,训练修养不同,能作诗者不必都能作画,能作画者也不必都能作诗。就是对于诗画兼长者,可用画表现的不必都能用诗表现,可用诗表现的也不必都能用画表现。就读者说,画用形色是直接的,感受器官最重要的是眼;诗用形色借文字为符号,是间接的,感受器官除眼之外耳有同等的重要。诗虽可"观"而画却不可"听"。感官途径不同,所引起的意象与情趣自然亦不能尽同。这些都是很显然的事实。

诗的姊妹艺术,一是图画,一是音乐。柏拉图在《理想国》里论诗,拿图画来比拟。实物为理式（idea）的现形（appearance），诗人和画家都仅模仿实物，与哲学探求理式不同，所以诗画都只是"现形的现形"，"模仿的模仿"，"和真实隔着两重"。这一说一方面着重诗画描写具体形象，一方面演为艺术模仿自然说。前一点是对的，后一点则蔑视艺术的创造性，酿成许多误解。亚里士多德在《诗学》里对于他的老师的见解曾隐含一个很中肯的答辩。他以为诗不仅模仿现形，尤其重要的是借现形寓理式。"诗比历史更近于哲学"，这就是说，更富于真实性，因为历史仅记载殊象（现形），而诗则于殊象中见共象（理式）。他所以走到这种理想主义，就因为他拿来比拟诗的不是图画而是音乐。在他看来，诗和音乐是同类艺术，因为它们都以节奏、语言与"和谐"三者为媒介。在《政治学》里他说音乐是"最富于模仿性的艺术"。照常理说，音乐在诸艺术中是最无所模仿的。亚里士多德所谓"模仿"与柏拉图所指的仅为抄袭的"模仿"不同。它的含义颇近于现代语的"表现"。音乐最赋予表现性。以音乐比诗，所以亚里士多德能看出诗的"表现"一层功用。

　　拟诗于画，易侧重模仿现形，易走入写实主义；拟诗于乐，易侧重表现自我，易走入理想主义。这个分别虽是陈腐的，却是基本的。柯勒律治说得好："一个人生来不是柏拉图派，就是亚里士多德派。"我们可以引申这句话来说："一个诗人生来不是侧重图画，就是侧重音乐；不是侧重客观的再现，就是侧重主观的表现。"我们说"侧重"，事实上这两种倾向相调和折中的也很多。在历史上这两种倾向各走极端而形成两敌派的，前有古典派与浪漫派的争执，后有法国巴腊司派与象征派的争执，真正大诗人大半能调和这两种冲突，使诗中有画也有乐，再现形象同时也能表现自我。

二　莱辛的诗画异质说

　　诗的图画化和诗的音乐化是两种根本不同的看法。比较起来，诗的音乐化一说到十九世纪才盛行，以往的学者大半特别着重诗与画的密切关联。诗画同质说在西方如何古老，如何普遍，以及它对于诗论所生的利弊影响如何，美国人文主义倡导者白璧德（Babbitt）在《新拉奥孔》一书中已经说得很详尽，用不着复述。这部书是继十八世纪德国学者莱辛的《拉奥孔》而作的。这是近代诗画理论文献中第一部重要著作。从前人都相信诗画同质，莱辛才提出很丰富的例证，用很动人的雄辩，说明诗画并不同质。各种艺术因为所使用的媒介不同，各有各的限制，各有各的特殊功用，不容互相混淆。我们现在先概括地介绍莱辛的学说，然后拿它作讨论诗与画的起点。

拉奥孔是十六世纪在罗马发掘出来的一座雕像，表现一位老人——拉奥孔——和他的两个儿子被两条大蛇绞住时的苦痛挣扎的神情。据希腊传说，希腊人因为要夺回潜逃的海伦后，举兵围攻特洛伊（Troy）城，十年不下。最后他们佯逃，留着一匹腹内埋伏精兵的大木马在城外，特洛伊人看见木马，视为奇货，把它移到城内，夜间潜伏在马腹的精兵一齐跳出来，把城门打开，城外伏兵于是乘机把城攻下。当移木马入城时，特洛伊的典祭官拉奥孔极力劝阻，说木马是希腊人的诡计。他这番忠告激怒了偏心于希腊人的海神波塞冬。当拉奥孔典祭时，河里就爬出两条大蛇，一直爬到祭坛边，把拉奥孔和他的两个儿子一齐绞死。这是海神对于他的惩罚。

这段故事是罗马诗人维吉尔（Virgil）的《伊尼特》（Aeneid）第二卷里最有名的一段。十六世纪在罗马发现的拉奥孔雕像似以这段史诗为蓝本。莱辛拿这段诗和雕像参观互较，发现几个重要的异点。因为要解释这些异点，他才提出诗画异质说。

据史诗，拉奥孔在被捆时放声号叫；在雕像中他的面孔只表现一种轻微的叹息，具有希腊艺术所特有的恬静与肃穆。为什么雕像的作者不表现诗人所描写的号啕呢？希腊人在诗中并不怕表现苦痛，而在造型艺术中却永远避免痛感所产生的面孔筋肉挛曲的丑状。在表现痛感之中，他们仍求形象的完美。"试想象拉奥孔张口大叫，看看印象如何。……面孔各部免不了呈现很难看的狰狞的挛曲，姑不用说，只是张着大口一层，在图画中是一个黑点，在雕刻中是一个空洞，就要产生极不愉快的印象了。"在文字描写中，这号啕不至于产生同样的效果，因为它并不很脱皮露骨地摆在眼前，呈现丑象。

其次，据史诗，那两条长蛇绕腰三道，绕颈两道，而在雕像中它们仅绕着两腿。因为作者要从全身筋肉上表现出拉奥孔的苦痛，如果依史诗让蛇绕腰颈，筋肉方面所表现的苦痛就看不见了。同理，雕像的作者让拉奥孔父子裸着身体，虽然在史诗中拉奥孔穿着典祭官的衣帽。"一件衣裳对于诗人并不能隐藏什么，我们的想象能看穿底细。无论史诗中的拉奥孔是穿着衣或裸体，他的痛苦表现于周身各部，我们可以想象到。"至于雕像却须把苦痛所引起的四肢筋肉挛曲很生动地摆在眼前，穿着衣，一切就遮盖起来了。

在这些地方，我们可以看出诗人与造型艺术家对于材料的去取大不相同。莱辛推原这不同的理由，作这样的一个结论：

> 如果图画和诗所用的模仿媒介或符号完全不同，那就是说，图画用存于空间的形色，诗用存于时间的声音；如果这些符号和它们所代表的事物须互相妥适，则本来在空间中相并立的符号只宜于表现全体或部分在空间中相并立的事物，本来在时间上相承续的符号只宜于表现全体或部分在时间上相承续的事物。全体或部分在空间中相并立的事物叫作"物体"（body），因此，物体和它们的看得见的属性是图画的特殊题材。全体或部分在时间上相承续的事物叫作"动作"（action），因此，动作是诗的特殊题材。

换句话说，画只宜于描写静物，诗只宜于叙述动作。画只宜于描写静物，因为静物各部分在空间中同时并存，而画所用的形色也是如此。观者看到一幅画，对于画中各部分一目就能了然。这种静物不宜于诗，因为诗的媒介是在时间上相承续的语言，如果描写静物，须把本来是横的变成纵的，本来是在空间中相并立的变成在时间上相承续的。比如说一张桌子，画家只需用寥寥数笔，便可以把它画出来，使人一眼看到就明白它是桌子。如果用语言来描写，你须从某一点说起，顺次说下去，说它有多长多宽，什么形状，什么颜色等等，说了一大篇，读者还不一定马上就明白它是桌子，他心里还须经过一次翻译的手续，把语言所表现成为纵直的还原到横列并陈的。

诗只宜叙述动作，因为动作在时间直线上先后相承续，而诗所用的语言声音也是如此，听者听一段故事，从头到尾，说到什么阶段，动作也就到什么阶段，一切都很自然。这种动作不宜于画，因为一幅画仅能表现时间上的某一点，而动作却是一条绵延的直线。比如说，"我弯下腰，拾一块石头打狗，狗见着就跑了"，用语言来叙述这事，多么容易，但是如果把这简单的故事画出来，画十幅、二十幅并列在一起，也不一定使观者一目了然。观者心里也还要经过一番翻译手续，把同时并列的零碎的片断贯穿为一气呵成的直线。溥心畬氏曾用贾岛的"独行潭底影，数息树边身"两句诗为画题，画上十几幅，终于只画出一些"潭底影"和"树边身"。而诗中"独行"的"行"和"数息"的"数"的意味终无法传出。这是莱辛的画不宜于叙述动作说的一个很好的例证。

莱辛自己所举的例证多出于荷马史诗。荷马描写静物时只用一个普泛的形容词，一只船只是"空洞的""黑的"或"迅速的"，一个女人只是"美丽的"或"庄重的"。但是他叙述动作时却非常详细，叙述行船从竖桅、挂帆、安舵、插桨一直叙到起锚下水；叙述穿衣从穿鞋、戴帽、穿盔甲一直叙到束带挂剑。这些实例都可证明荷马就明白诗宜于叙述而不宜于描写的道理。

三　画如何叙述，诗如何描写

但是谈到这里，我们不免疑问：画绝对不能叙述动作，诗绝对不能描写静物吗？莱辛所根据的拉奥孔雕像不就是一幅叙述动作的画吗？他所欢喜援引的荷马史诗里面不也有很有名的静物描写，如阿喀琉斯的护身盾之类？莱辛也顾到这个问题，曾提出很有趣的回答，他说：

> 物体不仅占空间，也占时间。它们继续地存在着，在续存的每一顷刻中，可以呈现一种不同的形象或是不同的组合。这些不同的形象或组合之中，每一个都是前者之果，后者之因，如此则它仿佛形成动作的中心点。因此，图画也可以模仿动作，但是只能间接地用物体模仿动作。
>
> 就另一方面说，动作不能无所本，必与事物生关联。就发动作的事物之为物体而言，诗也能描绘物体，但是也只能间接地用动作描绘物体。
>
> 在它的并列的组合中，图画只能利用动作过程中某一顷刻，而它选择这一顷刻，必定要它最富于暗示性，能把前前后后都很明白地表现出来。同理，在它的承续的叙述中，诗也只能利用物体的某一种属性，而它选择这一种属性，必定能唤起所写的物体的最具体的整个意象，它应该是特应注意的一方面。

换句话说，图画叙述动作时，必化动为静，以一静面表现全动作的过程；诗描写静物时，亦必化静为动，以时间上的承续暗示空间中的绵延。

先说图画如何能叙述动作。一幅画不能从头到尾地叙述一段故事，它只能选择全段故事中某一片段，使观者可以举一反三。这如何可以办到，最好用莱辛自己的话来解释：

> 艺术家在变动不居的自然中只能抓住某一顷刻。尤其是画家，他只能从某一观点运用这一顷刻。他的作品却不是过眼云烟，一纵即逝，须耐人长久反复玩味。所以把这一顷刻和抓住这一顷刻的观点选择得恰到好处，须大费心裁。最合式的选择必能使想象最自由地运用。我们愈看，想象愈有所启发；想象所启发的愈多，我们也愈信目前所看到的真实。在一种情绪的过程中，最不易产生这种影响的莫过于它的顶点（climax）。到了顶点，前途就无可再进一步；以顶点摆在眼前，就是剪割想象的翅膀，想象既不能在感官所得印象之外再进一步，就不能不倒退到低一层弱一层的意象上去，不能达到呈现于视觉的完美表现。比如说，如果拉奥孔只微叹，想象很可以听到他号啕。但是如果他号啕，想象就不能再往上走一层；如果下降，就不免想到他还没有到那么大的苦痛，兴趣就不免减少了。在表现拉奥孔号啕时，想象不是只听到他呻吟，就是想到他死着躺在那里。

简单地说，图画所选择的一顷刻应在将达"顶点"而未达"顶点"之前。"不仅如此，这一顷刻既因表现于艺术而长存永在，它所表现的不应该使人想到它只是一纵即逝的。"最有耐性的人也不能永久地号啕，所以雕像的作者不表现拉奥孔的号啕而只表现他微叹，微叹是可以耐久的。莱辛的普遍结论是：图画及其他造型艺术不宜于表现极强烈的情绪或是故事中最紧张的局面。

其次，诗不宜于描写物体，它如果要描写物体，也必定采纳叙述动作的方式。莱辛举的例子是荷马史诗中所描写的阿喀琉斯的护身盾（the shield of Achilles）。这盾纵横不过三四尺，而它的外层金壳上面雕着山川河海，诸大行星，春天的播种、夏天的收获、秋天的酿酒、冬天的畜牧，婚姻丧祭，审判战争各种景致。荷马描写这些景致时，并不像流水账式地数完一样再数一样。他只叙述火神铸造这盾时如何逐渐雕成这些景致，所以本来虽是描写物体,他却把它变成叙述动作,令人读起来不觉得呆板枯燥。如果拿中国描写诗来说,化静为动,化描写为叙述几乎是常例,如"池塘生春草","塔势如涌出,孤高耸天宫","鬓云欲度香腮雪","千树压西湖寒碧","星影摇摇欲坠"之类。

莱辛推阐诗不宜描写物体之说,以为诗对于物体美也只能间接地暗示而不能直接地描绘,因为美是静态,起于诸部分的配合和谐,而诗用先后承续的语言,不易使各部分在同一平面上现出一个和谐的配合来。暗示物体美的办法不外两种:一种是描写美所生的影响。最好的例子是荷马史诗中所写的海伦。海伦(Helen)在希腊传说中是绝代美人,荷马描写她,并不告诉我们她的面貌如何,眉眼如何,服装如何等等,他只叙述在兵临城下时,她走到城墙上面和特洛伊的老者们会晤的情形:

> 这些老者们看见海伦来到城堡,都低语道:"特洛伊人和希腊人这许多年来都为着这样一个女人尝尽苦楚,也无足怪;看起来她是一位不朽的仙子。"

莱辛接着问道:"叫老年人承认耗费了许多血泪的战争不算冤枉,有什么比这能产生更生动的美的意象呢?"在中国诗中,像"回头一笑百媚生,六宫粉黛无颜色","痛哭六军俱缟素,冲冠一怒为红颜"之类的写法,也是以美的影响去暗示美。

另一种暗示物体美的办法就是化美为"媚"(charm)。"媚"的定义是"流动的美"(beauty in motion),莱辛举了一段意大利诗为例,我们可以用一个很恰当的中文例子来代替它。《诗经·卫风》有一章描写美人说:

> 手如柔荑,肤如凝脂,领如蝤蛴,齿如瓠犀,螓首蛾眉;巧笑倩兮,美目盼兮。

这章诗前五句最呆板,它费了许多笔墨,却不能使一个美人活灵活现地现在眼前。我们无法把一些嫩草、干油、蚕蛹、瓜子之类东西凑合起来,产生一个美人的意象。但是"巧笑倩兮,美目盼兮"两句,寥寥八字,便把一个美人的姿态神韵,很生动地渲染出来。这种分别就全在前五句只历数物体属性，而后两句则化静为动，所写的不是静止的"美"而是流动的"媚"。

总之，诗与画因媒介不同，一宜于叙述动作，一宜于描写静物。"画如此，诗亦然"的老话并不精确。诗画既异质，则各有疆界，不应互犯。在《拉奥孔》的附录里，莱辛阐明他的意旨说："我想，每种艺术的鹄的应该是它性所特近的，而不是其他艺术也可做到的。"我觉得普鲁塔克（Plutarch）的比喻很可能说明这个道理："一个人用钥匙去破柴，用斧头去开门，不但把这两件用具弄坏了，而且自己也就失去了它们的用处。"

四 莱辛学说的批评

莱辛的诗画异质说大要如上所述。他对于艺术理论的贡献甚大，为举世所公认。举其大要，可得三端：

一、他很明白地指出以往诗画同质说的笼统含混。各种艺术在相同之中有不同者在，每种艺术应该顾到它的特殊的便利与特殊的限制，朝自己的正路向前发展，不必旁驰博骛，致蹈混淆芜杂。从他起，艺术在理论上才有明显的分野。无论他的结论是否完全精确，他的精神是近于科学的。

二、他在欧洲是第一个看出艺术与媒介（如形色之于图画，语言之于文学）的重要关联。艺术不仅是在心里所孕育的情趣意象，还须借物理的媒介传达出去，成为具体的作品。每种艺术的特质多少要受它的特殊媒介的限定。这种看法在现代因为对于克罗齐美学的反响，才逐渐占势力。莱辛在一百几十年以前仿佛就已经替克罗齐派美学下一个很中肯的针砭了。

三、莱辛讨论艺术，并不抽象地专在作品本身着眼，而同时顾及作品在读者心中所引起的活动和影响。比如他主张画不宜选择一个故事的兴酣局紧的"顶点"，就因为读者的想象无法再向前进；他主张诗不宜历数一个物体的各面形相，就因为读者所得的是一条直线上的先后承续的意象，而在物体中这些意象本来并存在一个平面上，读者须从直线翻译回原到平面，不免改变原形，致失真相。这种从读者的观点讨论艺术的办法是近代实验美学与文艺心理学的。莱辛可以说是一个开风气的人。

不过莱辛虽是新风气的开导者，却也是旧风气的继承者。他根本没有脱离西方二千余年的"艺术即模仿"这个老观念。他说："诗与画都是模仿艺术，同为模仿，所以同依照模仿所应有法则。不过它们所用的模仿媒介不同，因此又各有各的特殊法则。"这种"模仿"观念是希腊人所传下来的。莱辛最倾倒希腊作家，以亚里士多德的《诗学》无瑕可指，有如欧几里得的几何学。他说："诗只宜于叙述动作。"因为亚里士多德说过："模仿的对象是动作。"亚里士多德所讨论的诗偏重戏剧与史诗，特别着重动作，固无足怪；近代诗逐渐向抒情写景两方面发展，诗模仿动作说已不能完全适用。这种新倾向在莱辛时代才渐露头角，到十九世纪则附庸蔚为大国，或为莱辛所未及料。即以造型艺术论，侧重景物描写，反在莱辛以后才兴起。莱辛所及见的图画雕刻，如古希腊的浮雕瓶画，尤其是文艺复兴时代的叙述宗教传说的作品，都应该使他明白欧洲造型艺术的传统向来就侧重叙述动作。他抹杀事实而主张画不宜叙述动作，亦殊出人意料。

莱辛在《拉奥孔》里谈到作品与媒介和材料的关系，谈到艺术对于读者的心理影响，而对于作品与作者的关系则始终默然。作者的情感与想象以及驾驭媒介和锤炼材料的意匠经营，在他看，似乎不很能影响作品的美丑。他对于艺术的见解似乎是一种很粗浅的写实主义。像许多信任粗浅常识者一样，他以为艺术美只是抄袭自然美。不但如此，自然美仅限于物体美，而物体美又只是形式的和谐。形式的和谐本已存于物体，造型艺术只需把它抄袭过来，作品也就美了。因此，莱辛以为希腊造型艺术只用本来已具完美形象的材料，极力避免丑陋的自然。拉奥孔雕像的作者不让他号啕，因为号啕时的面孔筋肉挛曲以及口腔张开，都太丑陋难看。他忘记他所崇拜的亚里士多德曾经很明白地说过艺术可用丑材料，他忽略他所推尊的古典艺术也常用丑材料如酒神侍从（satyrs）和人马兽（centaurs）之类，他没有觉到一切悲剧和喜剧都有丑的成分在内，他甚至于没有注意到拉奥孔雕像本身也并非没有丑的成分在内，而很武断地说："就其为模仿而言，图画固可表现丑；就其为艺术而言，它却拒绝表现丑。"并且，就这句话看来，艺术当不尽是模仿，二者分别何在，他也没有指出。他相信理想的美仅能存于人体，造型艺术以最高美为目的，应该偏重模仿人体美。花卉画家和山水画家都不能算是艺术家，因为花卉和山水根本不能达到理想的美。

这种议论已够奇怪，但是"艺术美模仿自然美"这个信条逼得莱辛走到更奇怪的结论。美仅限于物体，而诗根本不能描写物体，则诗中就不能有美。莱辛只看出造型艺术中有美，他讨论诗，始终没有把诗和美连在一起讲，只推求诗如何可以驾驭物体美。他的结论是：诗无法可以直接地表现物体美，因为物体美是平面上形象的谐和配合，而诗因为用语言为媒介，却须把这种平面配合拆开，化成直线式的配合，从头到尾地叙述下去，不免把原有的美的形象弄得颠倒错乱。物体美是造型艺术的专利品，在诗中只能用影响和动作去暗示。他讨论造型艺术时，许可读者运用想象；讨论诗时，似乎忘记同样的想象可以使读者把诗所给的一串前后承续的意象回原到平面上的配合。从莱辛的观点看，作者与读者对于目前形象都只能一味被动地接收，不加以创造和综合。这是他的基本错误。因为这个错误，他没有找出一个共同的特质去统摄一切艺术，没有看出诗与画在同为艺术一层上有一个基本的同点。在《拉奥孔》中，他始终把"诗"和"艺术"看成对立的，只是艺术有形式"美"而诗只有"表现"（指动作的意义）。这么一来，"美"与"表现"离为两事，漠不相关。"美"纯是"形式的"，"几何图形的"，在"意义"上无所"表现"；"表现"是"叙述的"。"模仿动作的"，在"形式"上无所谓"美"。莱辛固然没有说得这样斩钉截铁，但是这是他的推理所不能逃的结论。我们知道，在艺术理论方面，陷于这种误解的不只莱辛一人，大哲学家如康德，也不免走上这条错路。一直到现在，"美"与"表现"的争论还没有了结。克罗齐的"美即表现"说也许是一条打通难关的路。一切艺术，无论是诗是画，第一步都须在心中见到一个完整的意象，而这意象必恰能表现当时当境的情趣。情趣与意象恰相契合，就是艺术，就是表现，也就是美。我们相信，就艺术未传达成为作品之前而言，克罗齐的学说确实比莱辛的强。至少，它顾到外界印象须经创造的想象才能成艺术，没有把自然美和艺术美误认为一事，没有使"美"与"表现"之中留着一条不可跨越的鸿沟。

艺术受媒介的限制，固无可讳言。但是艺术最大的成功往往在征服媒介的困难。画家用形色而能产生语言声音的效果，诗人用语言声音而能产生形色的效果，都是常有的事。我们只略读杜工部、苏东坡诸人题画的诗，就可以知道画家对于他们仿佛是在讲故事。我们只略读陶、谢、王、韦诸工于写景的诗人的诗集，就可以知道诗里有比画里更精致的图画。媒介的限制并不能叫一个画家不能说故事，或是叫一位诗人不能描写物体。而且说到媒介的限制，每种艺术用它自己的特殊媒介，又何尝无限制？形色有形色的限制，而图画却须寓万里于咫尺；语言有语言的限制，而诗文却须以有尽之言达无穷之意。图画以物体暗示动作，诗以动作暗示物体，又何尝不是媒介困难的征服。媒介困难既可征服，则莱辛的"画只宜描写，诗只宜叙述"一个公式并不甚精确了。

一种学说是否精确，要看它能否到处得到事实的印证，能否用来解释一切有关事实而无罅漏。如果我们应用莱辛的学说来分析中国的诗与画，就不免有些困难。中国画从唐宋以后就侧重描写物景，似可证实画只宜于描写物体说。但是莱辛对于山水花卉翎毛素来就瞧不起，以为它们不能达到理想的美，而中国画却正在这些题材上做功夫。他以为画是模仿自然，画的美来自自然美，而中国人则谓"古画画意不画物"，"论画以形似，见与儿童邻"。莱辛以为画表现时间上的一顷刻，势必静止，所以希腊造形艺术的最高理想是恬静安息（calm and repose），而中国画家六法首重"气韵生动"。中国向来的传统都尊重"文人画"而看轻"院体画"。"文人画"的特色就是在精神上与诗相近，所写的并非实物而是意境，不是被动地接收外来的印象，而是熔铸印象于情趣。一幅中国画尽管是写物体，而我们看它，却不能用莱辛的标准，求原来在实物空间横陈并列的形象在画的空间中仍同样地横陈并列，换句话说，我们所着重的并不是一幅真山水、真人物，而是一种心境和一幅"气韵生动"的图案。这番话对于中国画只是粗浅的常识，而莱辛的学说却不免与这种粗浅的常识相冲突。

其次，说到诗，莱辛以为诗只宜于叙述动作，这因为他所根据的西方诗大部分是剧诗和叙事诗，中国诗向来就不特重叙事。史诗在中国可以说不存在，戏剧又向来与诗分开。中国诗，尤其是西晋以后的诗，向来偏重景物描写，与莱辛的学说恰相反。中国写景诗人常化静为动，化描写为叙述，就这一点说，莱辛的话是很精确的。但是这也不能成为普遍的原则。在事实上，莱辛所反对的历数事物形象的写法在中国诗中也常产生很好的效果。大多数写物赋都用这种方法，律诗与词曲里也常见。我们随便就一时所想到的诗句写下来看看：

  大漠孤烟直，长河落日圆。

——王维《送使至塞上》

  碧云天，黄叶地，秋色连波，波上寒烟翠。山映斜阳天接水。芳草无情，更在斜阳外。

——范仲淹《苏幕遮》

一川烟雨，满城风絮，梅子黄时雨。

——贺铸《青玉案》

疏影横斜水清浅，暗香浮动月黄昏。

——林逋《梅花》

枯藤老树昏鸦，小桥流水人家，古道西风瘦马，夕阳西下，断肠人在天涯。

——马致远《天净沙》

在这些实例中，诗人都在描写物景，而且都是用的枚举的方法，并不曾化静为动，化描写为叙述，莱辛能说这些诗句不能在读者心中引起很明晰的图画吗？他能否认它们是好诗吗？艺术是变化无穷的，不容易纳到几个很简赅固定的公式里去。莱辛的毛病，像许多批评家一样，就在想勉强找几个很简赅固定的公式来范围艺术。

(选自《诗论》，生活·读书·新知三联书店1984年版)

钱锺书

钱锺书（1910—1998），字默存，号槐聚，江苏无锡人。自幼对经史古籍感兴趣，加之出身书香门第，受到家学的影响，在文史方面有着深厚的功底。1929年，考入清华大学外文系，1935年赴英留学。后相继在上海光华大学、清华大学、西南联大等任教。1947年，长篇小说《围城》出版，书中妙语连珠，在幽默的语言外表之下，以独到的见解把中国知识分子的内心世界及其人生困境表现得透彻而深刻。主要著有《谈艺录》《管锥编》《宋诗选注》《旧文四篇》《槐聚诗存》等。钱锺书精通中国古典诗词，对中国的文、史、哲学有深入的研究，也熟悉西方语言文化，运用多学科知识探究文学艺术，在中国现代文学界独树一帜。在文学批评方面，他以中西文化的视野，对中国诗学进行研究，为中国比较诗学做出了卓越的贡献。《谈艺录》和《管锥编》作为其代表作，充分体现了钱锺书的文学批评思想与治学风格。《谈艺录》作为一部具有现代意识的大型诗话，由九十一则随笔组成，主要是围绕中国古代诗歌展开的研究。他将中国传统诗学理念与西方文论相结合，引用古今中外知识，采用哲学、美学、语言学等多学科知识，探寻人类共同的文化现象和艺术规律。《管锥编》由七百八十一则读书笔记构成，以古代文化典籍为研究对象，引用不同学科、古今中外材料，寻找共同的诗心与文心。这两部著作为中西比较诗学的经典文本，受到国内外好评。钱锺书不同于以往学者对中西融汇下的中国诗学的研究，他立足于中国传统诗学，始终围绕中国传统诗学展开中西诗学比较研究，对中国传统文化给予充分的肯定。在《谈艺录》与《管锥编》中，他将古今中外打通，不局限于文体，以"求同"思想将具体问题通过古今中外文学的博引加以印证，探寻中西诗学的共同规律，以独特的视角为构建中国自身的比较诗学体系做出了巨大贡献，为中国比较诗学开辟了一条新的道路。

"诗乐离合文体递变"是《谈艺录》中的第四则，作者以清代大家焦循（字理堂）的"诗亡"论为始，援引金代刘祁、明代曹安、叶子奇、清代孔东塘等人的相关论述，阐明"诗亡"论的观点由来已久。针对此观点，作者逐步予以批驳。以六朝骈体文、明代八股文为例，指出六朝时骈文兴盛，散文被取而代之，而唐朝又有古文运动，虽在明代近于衰亡，但是到了清代又兴盛起来；明朝八股文句式源于六朝时期的骈俪，骈体文在经历朝代的更替后有了进一步的发展，进而阐明文体并未随朝代而走向灭亡。此外，作者还将白居易与黄庭坚、姜夔进行对比，认为按照唐代追求诗的蕴藉，宋代黄庭坚和姜夔的诗歌要比白居易更像唐诗。从唐诗、宋词到元曲，诗未必消亡。最后，作者辩证地看待了王国维关于不同朝代的文体（即汉赋、唐诗、宋词、元曲），并认同王国维每一朝代有其某一文体兴盛的观点，但反对王国维将某一文体限制在某一朝代的看法，进而指明文体有自身独立发展的轨道，因而焦循的"诗亡"论是不正确的。钱锺书针对"诗亡"观，以大胆的批判精神探讨了诗体的嬗变，通过引用大量中国古典诗词文论加以阐释，表达自己对于文体嬗变的独特见解。一方面显示出钱锺书深厚的古典文论素养，另一方面则可以见出其广阔的视野和独立创新之精神。

"论易之三名"出自《管锥编》第一则，作者在开篇就以《周易正义》的"易之三名"为切入点，"易简一也，变易二也，不易三也"，指出"易"具有多义性。以《论语》中"空空如也"的"空"字为例，以及以《墨子·经》中的将"已"解释为"成"与"亡"等为例，说明了语词的义项间有"并行分训"与"背出分训"两种关系。还引用席勒的《论流丽与庄重》《美育书札》、谢林的《超验唯心论大系》以及《庄子·齐物论》《荀子·劝学》《礼记·乐记》《吕览·重言》《史记·滑稽列传》等众多与之相关的中西文论加以佐证。又进一步分析了"易简""变易""不易"的含义。针对张尔岐《蒿庵闲话》中对"简易""不易"的相关论述，钱锺书引用老子的"道常无为而无不为"，《庄子·大宗师》的"生生者不生"，《列子·天瑞》中的"易无形埒"，以及西方哲学家赫拉克利特的"唯变斯定"，奥古斯丁的"不变而使一切变"等，阐明"不易"非字面意义的"不变易"，而是"变不失常"，以汉字的多义、复杂，反驳了黑格尔关于汉语单义、缺乏思辨的狭义观点。作者以"易之三名"论证了汉语的多义所具有的思辨性，以融贯中西的眼光，引用大量中国古典文献资料的同时，并以自觉的比较意识与西方文论进行比较，打破"语言障碍"，探求人类艺术的共同规律，为中国诗学的研究提供了可资借鉴的方法。

诗乐离合　文体递变

　　焦理堂《雕菰集》卷十四《与欧阳制美论诗书》略谓："不能已于言，而言之又不能尽，非弦诵不能通志达情。可见不能弦诵者，即非诗。周、秦、汉、魏以来，至于少陵、香山，体格虽殊，不乖此恉。晚唐以后，始尽其词而情不足，于是诗文相乱，而诗之本失矣。然而性情不能已者，不可遏抑而不宣，乃分而为词，谓之诗馀。诗亡于宋而遁于词，词亡于元而遁于曲。譬如淮水之宅既夺于河，而淮水汇为诸湖也"云云。按《通志》卷四十九《乐府总序》谓："古之诗，今之词曲也。若不能歌之，但能诵其文而说其义理可乎。奈义理之说既胜，则声歌之乐日微，章句虽存，声乐无用"；《正声序论》复申厥说。理堂宗旨实承渔仲，而议论殊悠谬。近有选词者数辈，尚力主弦乐之说，隐与渔仲、理堂见地相同。前邪后许，未之思尔。诗、词、曲三者，始皆与乐一体。而由浑之划，初合终离。凡事率然，安容独外。文字弦歌，各擅其绝。艺之材职，既有偏至；心之思力，亦难广施。强欲并合，未能兼美，或且两伤，不克各尽其性，每致互掩所长。即使折中共济，乃是别具新格，并非包综前美。匹似调黑白色则得灰色，以画寒炉死灰，唯此最宜；然谓灰兼黑白，粉墨可废，谁其信之。若少陵《咏韦偃画松》所谓"白摧朽骨，黑入太阴"，岂灰色所能揣侔，正须分求之于粉墨耳。诗乐分合，其理亦然。理堂遽谓不能弦诵即非诗，何其固也。【附说三】程廷祚《青溪集》卷二《诗论》第十五力驳郑渔仲说，以为"诗之切学者二，义理、声歌，而乐不与。徒以诗为乐之用，则诗与乐皆失其体"。虽程氏旨在申孔子"诗教"之说，主以四始六义，救三风十愆，而其言殊可节取。曰义理，则意义是也；曰声歌，则诗自有其音节，不尽合拍入破，所谓"何必丝与竹"者也，亦所谓"拗破女儿嗓"者也。参观《养一斋诗话》卷四诗乐表里条驳李西涯，又 David Daiches: *The Place of Meaning in Poetry* 一书。理堂"诗亡"云云，又拾明人唾馀。

【补订一】金刘祁《归潜志》卷十三始言："唐以前诗在诗，至宋则多在长短句，今之诗在俗间俚曲。"明曹安《谰言长语》卷上亦曰："汉文、唐诗、宋性理、元词曲。"七子祖唐祧宋，厥词尤放。如《李空同集》卷四十八《方山精舍记》曰："宋无诗，唐无赋，汉无骚。"《何大复集》卷三十八《杂言》曰："经亡而骚作，骚亡而赋作，赋亡而诗作。秦无经，汉无骚，唐无赋，宋无诗。"胡元瑞《诗薮》内编卷一曰："宋人词胜而诗亡矣，元人曲胜而词亦亡矣"；又曰："西京下无文矣，东京后无诗矣"；又曰"骚盛于楚，衰于汉，而亡于魏；赋盛于汉，衰于魏，而亡于唐"。卷二曰："五言亡于齐梁。"即不为七子流风所鼓者，亦持此论。如郎仁实《七修类稿》卷二十六曰："常言唐诗、晋字、汉文章。此特举其大略。究而言之，文章与时高下，后代自不及前。汉岂能及先秦耶。晋室能草书，至如篆隶，较之秦汉，古意远不及也。唐诗较之晋魏古选之雅，又不可得矣。至若宋之理学，真历代之不及。若止三事论之，则宋之南词，元之北乐府，亦足配言耳。"陈眉公《太平清话》卷一曰："先秦两汉诗文具备，晋人清谈书法，六朝人四六，唐人诗小说，宋人诗馀，元人书与南北剧，皆自独立一代。"王损斋《郁冈斋笔麈》卷四曰："唐之歌失而后有小词；则宋之小词，宋之真诗也。小词之歌失而后有曲；即元之曲，元之真诗也。若夫宋元之诗，吾不谓之诗矣；非为其不唐也，为其不可歌也。"陈士业《寒夜录》卷上记卓珂月曰："我明诗让唐，词让宋，曲让元，庶几吴歌挂枝儿、罗江怨、打枣竿、银铰丝之类，为我明一绝耳。"尤西堂《艮斋杂说》卷三曰："或谓楚骚、汉赋、晋字、唐诗、宋词、元曲，此后又何加焉。余笑曰：只有明朝烂时文耳。"然李空同为是说时，王文禄《文脉》卷二已条驳之。夫文体递变，非必如物体之有新陈代谢，后继则须前仆。譬之六朝俪体大行，取散体而代之，至唐则古文复盛，大手笔多舍骈取散。然俪体曾未中绝，一线绵延，虽极衰于明，参观沈德符《野获编》钱枋分类本卷十《四六》条。而忽盛于清；骈散并峙，各放光明，阳湖、扬州文家，至有倡奇偶错综者。几见彼作则此亡耶。复如明人八股，句法本之骈文，作意胎于戏曲，【附说四】岂得遂云制义作而四六院本乃失传耶。诗词蜕化，何独不然。诗至于香山之铺张排比，词亦可谓尽矣，而理堂作许语，岂知音哉。即以含蓄不尽论诗，理堂未睹宋之姜白石

《诗说》耶。亦未闻王渔洋、朱竹垞、全谢山之推白石诗为参活句、有唐音耶。按谢山语见《鲒埼亭文集》外编卷二十六《春凫集序》，许增《榆园丛刻·白石道人诗词》评论未收。《白石诗说》独以含蓄许黄涪翁，以为"清庙之瑟，一唱三欢"，其故可深长思也。"诗亡"之叹，几无代无之。理堂盛推唐诗，而盛唐之李太白《古风》第一首即曰："大雅久不作，吾衰竟谁陈。正声何微芒，哀怨起骚人。扬马激颓波，开流荡无垠。废兴虽万变，宪章亦已沦。我志在删述，垂晖映千春。希圣如有立，绝笔于获麟。"盖亦深慨风雅沦夷，不甘以诗人自了，而欲修史配经，全篇本孟子"诗亡然后《春秋》作"立意。岂识文章未坠，英绝领袖，初匪异人任乎。每见有人叹诗道之穷，伤己生之晚，以自解不能作诗之嘲。此譬之败军之将，必曰："非战之罪"，归咎于天；然亦有曰："人定可以胜天"者矣。亡国之君，必曰"文武之道，及身而尽"；然亦有曰"不有所废，君何以兴"者矣。若而人者，果生唐代，信能捧裳联襼，传觞授简，敦槃之会，定霸文盟哉。恐只是少陵所谓"尔曹"，昌黎所谓"群儿"而已。而当其致慨"诗亡"之时，并世或且有秉才雄鸷者，勃尔复起，如锺记室所谓"踵武前王，文章中兴"者，未可知也。谈艺者每蹈理堂覆辙，先事武断；口沫未干，笑齿已冷。愚比杞忧，事堪殷鉴。理堂执着"诗馀"二字，望文生义。不知"诗馀"之名，可作两说：所馀唯此，外别无诗，一说也；自有诗在，羡馀为此，又一说也。【补订一】诗文相乱云云，尤皮相之谈。文章之革故鼎新，道无它，曰以不文为文，以文为诗而已。向所谓不入文之事物，今则取为文料；向所谓不雅之字句，今则组织而斐然成章。谓为诗文境域之扩充，可也；谓为不入诗文名物之侵入，亦可也。《司空表圣集》卷八《诗赋》曰："知非诗诗，未为奇奇。"赵闲闲《滏水集》卷十九《与李孟英书》曰："少陵知诗之为诗，未知不诗之为诗，及昌黎以古文浑灏，溢而为诗，而古今之变尽。"【附说五】盖皆深有识于文章演变之原，而世人忽焉。今之师宿，解道黄公度，以为其诗能推陈出新；《人境庐诗草·自序》不云乎："用古文伸缩离合之法以入诗。"宁非昌黎至巢经集以文为诗之意耶。推之西土，正尔同揆。【附说六】理堂称少陵，岂知杜诗之词，已较六朝为尽，而多乱于文乎。是以宗奉盛唐如何大复，作《明月篇》序，已谓"子美词固沈著，调失流转"，实歌诗之变体。《瓯北诗集》卷三十八《题陈东浦敦拙堂诗集》复云："呜呼浣花翁，在唐本别调。时当六朝后，举世炫丽藻。青莲虽不群，馀习犹或蹈。惟公起扫除，天门一龙跳。"陈廷焯《白雨斋词话》亦以太白为"复古",少陵为"变古"。何待至晚唐两宋而败坏哉。渔洋《论诗绝句》尝云:"耳食纷纷说开宝,几人眼见宋元诗",堪以移评。经生辈自诩实事求是,而谈艺动如梦人呓语。理堂不足怪也。诗情诗体,本非一事。《西京杂记》载相如论赋所谓有"心"亦有"迹"也。若论其心,则文亦往往绰有诗情,岂惟词曲。若论其迹,则词曲与诗,皆为抒情之醴,并行不倍。《文中子·关朗》篇曰:"诗者、民之情性也。情性能亡乎";林艾轩《与赵子直书》以为孟子复出,必从斯言。盖吟体百变,而吟情一贯。人之才力,各有攸宜,不能诗者,或试其技于词曲;宋元以来,诗体未亡,苟能作诗,而故靳其情,为词曲之用,宁有是理。【附说七】王静安《宋元戏曲史》序有"汉赋、唐诗、宋词、元曲"之说。谓某体至某朝而始盛,可也;若用意等于理堂,谓某体限于某朝,作者之多,即证作品之佳,则又买菜求益之见矣。元诗固不如元曲,汉赋遂能胜汉文,相如高出子辰耶。唐诗遂能胜唐文耶。宋词遂能胜宋诗若文耶。兼擅诸体如贾生、子云、陈思、靖节、太白、昌黎、柳州、庐陵、东坡、遗山辈之集固在,盍取而按之。乃有作《诗史》者,于宋元以来,只列词曲,引静安语为解。惜其不知《归潜志》《雕菰集》,已先发此说也。顾亦幸未见《雕菰集》耳。集中卷十尚有《时文说》,议论略等尤西堂,亦谓明之时文,比于宋词元曲。然则斯人《诗史》中,将及制艺,以王、薛、唐、瞿、章、罗、陈、艾、代高、杨、何、李、公安、竟陵乎。且在国家功令、八股大行之世,人终薄为俳体。【补订一】钱泳《履园丛话》卷二十一至以时文之不列品,比于猪之不入图画。【补订二】明清才士,仍以诗、词、骈散文名世,未尝谓此体可以代与。然则八股即家诵人习,而据理堂所云'通志达情'言之,亦虽存实亡而已。后体盛而无以自存,前体未遁而能不亡;按之事实,理堂之说岂尽然耶。

【附说三】此即西方美学家所谓利害冲突是也。L. A. Reid: *A Study in Aesthetics* 中 "Competition of Interests and their Fusion" 一章,论此最善。以为诗乐相妨者,有 Croce: *Aesthetic*, Eng. tr. by Douglas Slainte, p. 115 on "The Union of the Arts"; Santayana: *Interpretations of Religion and Poetry*, p. 253 ff; Roger Fry: *Transformations*: "Some Questions in Aesthetics." 以为诗乐同源,皆声之有容(Launderette),而诗后来居乐上者,有 A. Schmarsow, 参观 Max Dessoir 所编 *Zeitschrift für Ästhetik und allgemeine*

Kunstwissenschaft, Bd. Ⅱ, s. 316 ff.

【附说四】八股文之实骈俪支流，对仗之引申。阮文达《揅经室三集》卷二《书文选序》后曰："《两都赋》序白麟神雀二比、言语公卿二比，即开明人八比之先路。洪武永乐四书文甚短，两比四句，即宋四六之流派。是四书排偶之文，上接唐宋四六，为文之正统"云云。余按六代语整而短，尚无连犿之句。暨乎初唐四杰，对比遂多；杨盈川集中，其制尤夥。汪随山《松烟小录》卷二谓柳子厚《国子祭酒兼安南都护御史中丞张公墓志铭》中骈体长句，大类后世制艺中二比云云，即是此意。宋人四六，更多用字虚字作长对。谢伋《四六谈麈》谓宣和多用全文长句为对，前人无此格；孙梅《四六丛话》卷三十三论汪彦章四六，非隔句对不能，长联至数句，长句至十数字，古意寖失。《四库提要》明胡松编《唐宋元明表》条云："自明代二场用表，而表遂变为时文。久而伪体杂出，或参以长联，如王世贞所作，一联多至十馀句，如四书文之二小比。"言尤明切。皆可与阮汪说印证，惜均未及盈川。至于唐以后律赋开篇，尤与八股破题了无二致。八股古称"代言"，盖揣摹古人口吻，设身处地，发为文章；以俳优之道，抉圣贤之心。董思白《论文九诀》之五曰"代"是也。宋人四书文自出议论，代古人语气似始于杨诚斋。及明太祖乃规定代古人语气之例。参观《学海堂文集》卷八周以清、侯康所作《四书文源流考》，然二人皆未推四书文之出骈文。窃谓欲揣摩孔孟情事，须从明清两代佳八股文求之，真能栩栩欲活。汉宋人四书注疏，清陶世征《活孔子》，皆不足道耳。其善于体会，妙于想象，故与杂剧传奇相通。徐青藤《南词叙录》论邵文明《香囊记》，即斥其以时文为南曲，然尚指辞藻而言。吴修龄《围炉诗话》卷二论八股文为俗体，代人说话，比之元人杂剧。袁随园《小仓山房尺牍》卷三《答戴敬咸进士论时文》一书，说八股通曲之意甚明。焦理堂《易馀籥录》卷十七以八股与元曲比附，尤引据翔实。张诗舲《开陇舆中偶忆编》记王述庵语，谓生平举业得力《牡丹亭》，读之可命中，而张自言得力于《西厢记》。亦其证也。【补订一】此类代言之体，最为罗马修辞教学所注重，名曰 Prosopopoeia，学僮皆须习为之。见 Quintilian: *Institutiones Oratoriae*, Lib. Ⅲ, ⅷ. 49-52. 亦以拟摹古人身份，得其口吻，为最难事。Ibid.: "Personae difficultas... uniuscujusquae eorum [Pompey and Ampius] fortunam, dignitatem, res gestas intuitus omnium quibus vocem dabat, etiam imaginem expressit." Cf. Ⅵ, Ⅰ, p. 25. 马建忠《适可记言》卷二有《上李伯相言出洋工课书》，记卒业考试，以拉丁文拟古罗马皇贺大将提都征服犹太诏等，参观 D. Mornet: Histoire de la Clarté française, p. 114 所举十九世纪法国中学作文课题。即"洋八股"也。【补订二】

　　【附说五】吕惠卿首称退之能以文为诗。魏道辅《东轩笔录》卷十二记治平中，与惠卿、沈括等同在馆下谈诗。沈存中曰："韩退之诗，乃押韵之文尔"；吕吉父曰："诗正当如是。诗人以来，未有如退之者"云云。吉父佞人，而论诗识殊卓尔。王逢原《广陵集》卷六附有吉甫《答逢原》五古一首，学韩公可谓哜胾得髓，宜其为昌黎赏音矣。朱竹垞《曝书亭集》卷五十一《太原县惠明寺碑跋》谓碑文书丹皆出吉甫手，"虽当时能文善书者无以过之"。余按《东轩笔录》《清波别志》卷中皆载吉甫结怨于荆公，上启自解，荆公曰："终是会做文字"；《四六话》卷下亦记吉甫贬建州，上表云云，东坡曰："福建子终会作文字。"竹垞所谓吉甫与荆公文字知契者，揆之于理，当也。北宋学韩诗者，欧公、荆公、逢原而外，不图尚有斯人。南宋刘辰翁评诗，寻章摘句，小道恐泥，而《须溪集》卷六《赵仲仁诗序》云："后村谓文人之诗，与诗人之诗不同。味其言外，似多有所不满。而不知其所乏适在此也。文人兼诗，诗不兼文。杜虽诗翁，散语可见，惟韩苏倾竭变化，如雷霆河汉，可惊可快，必无复可憾者，盖以其文人之诗也。诗犹文也，尽如口语，岂不更胜。彼一偏一曲，自擅诗人诗，局局焉，靡靡焉，无所用其四体"云云。【补订一】颇能眼光出牛背上。与金之赵闲闲，一南一北，议论相同。林谦之光朝《艾轩集》卷五《读韩柳苏黄集》一篇，比喻尤确。其言曰："韩柳之别犹作室。子厚则先量自家四至所到，不敢略侵别人田地。退之则惟意之所指，横斜曲直，只要自家屋子饱满，不问田地四至，或在我与别人也。"即余前所谓侵入扩充之说。子厚与退之以古文齐名，而柳诗婉约琢敛，不使虚字，不肆笔舌，未尝如退之以文为诗。艾轩真语妙天下者。《池北偶谈》卷十八引林艾轩论苏之别，犹丈夫女子之接客，亦见此篇。《随园诗话》卷一论苏黄，引艾轩语，疑即本之《池北偶谈》，未见林集；故《小仓山房尺牍》卷十《再答李少鹤》复引此数语，而归之于宋人诗话。渔洋则确曾见《艾轩集》；《香祖笔记》记其门人林石来曾有《艾轩诗钞》相寄，又尝向黄虞稷借阅《艾轩全集》，《偶谈》卷十六复有艾轩驳《诗本义》。用《法语》二则。《艾轩集》卷一尚有《直甫见示次云乞豫章集数诗、偶成二小绝》，亦致不满于山谷；有曰："神仙本自无言说，尸解由来最下方。"盖即斥"学诗如学仙""脱胎换骨"之说也。

【附说六】西方文学中，此例綦繁。就诗歌一体而论，如华茨华斯（Wordsworth）之力排辞藻（poetic diction），参见 *Lyrical Ballads*：Preface. 即欲以向不入诗之字句，运用入诗也。雨果（Hugo）言"一切皆可作题目"（Tout est sujet），参见 *Les Orientales*：Préface. 希来格尔（Friedrich Schlegel）谓诗集诸学之大成（eine progressive Universalpoesie），参见 *Athenaumfragmente*, Nr. 116.，即欲以向不入诗之事物，采取入诗也。此皆当时浪漫文学之所以自异于古典文学者。后来写实文学之立异标新，复有别于浪漫文学，亦不过本斯意而推广加厉，实无他道。俄国形式论宗（Formalism）许克洛夫斯基（Victor Shklovsky）论文谓：百凡新体，只是向来卑不足道之体忽然列品入流（New forms are simply canonization of inferior genres）。诚哉斯言，不可复易。窃谓执此类推，虽百世以下，可揣而知。西方近人论以文为诗，亦有可与表圣、闲闲、须溪之说，相发明者。参观 John Bailey：*Whitman*（English Men of Letters, N.S.）："Poetry often finds a renewal of its youth by a plunge into an invigorating bath of prose," etc. 又 T. S. Eliot：*introduction to Johnson's "London" and "The Vanity of Human Wishes"*（Haslewood Books Edition）："The originality of some poets has consisted in their finding a way of saying in verse what no one else had been able to say except in prose," etc.

【附说七】《易馀籥录》卷十五有一则，亦同答欧阳书之说。窃谓理堂此类议论，西方人四十年前，奉为金科玉律者也。文章辨体（Gattungskritik），德国人夙所乐道。参见 F. Gundolf：*Goethe*, S. 17-20. 谓古代论文，以人就体；近代论文，由人成体。有云："Während im Altertum die Gattung das Mass des grossen Menschen war, ist seit der Renaissance der Mensch das Mass, der Richter oder der Vernichter der Gattung," 法国 Brunetière 以强记博辩之才，采生物学家物竞天演之说，以为文体沿革，亦若动植飞潜之有法则可求。所撰《文体演变论》中论文体推陈出新（Transformation des genres）诸例，如说教文体亡而后抒情诗体作【补订一】戏剧体衰而后小说体兴，见 *L'Evolution des genres dans l'histoire de la littérature*, pp. 22-28. 与理堂所谓此体亡而遁入彼体云云，犹笙磬之同音矣。然说虽新奇，意过于通。André Lalande：*Les Illusions évolutionnistes*, vii："L'Assmilation dans l'art" 及 F. Baldensperger：*Études d'histoire littéraire*, t. I, Preface，一据生物学，一据文学史，皆抵隙披瑕，驳辨尤精。按 Lalande 论文学作品与科学研究不同一节，Brunetière 未尝不知。且即以此意攻 Fontenelle 之言进步，参见 *L'Evolution*, p. 118；惜 Lalande 未逑以其矛攻其盾也。顾知者不多，故瞽论尚未廓清耳。比见吾国一学人撰文，曰《诗之本质》。以训诂学，参之演化论，断言：古无所谓诗，诗即记事之史。根据甲骨钟鼎之文，疏证六书，穿穴六籍，用力颇劬。然与理堂论诗，同为学士拘见而已。夫文字学大有助于考史，天下公言也。Niebuhr 罗马史（*Romische Geschichte*）自序，至推为史学使佐（die Hülfswissenschaften）之魁首。然一不慎，则控名责实，变而为望文生义。《论语·八佾》：哀公问社，周人以栗，宰我曰："使民战栗"，孔子斥之。按之孔训、皇疏，即斥宰我之本字面妄说而厚诬古人也。故 Whately 论思辩，以字源为戒（fallacy of etymology）。见 *Logic*, p. 118. 吾国考古，厥例蕃繁。谓直躬非人名，《群经谊证》《论语古训》。以苍兕为兽称；《经义杂记》。会稽之山，禹尝会计，朝歌之邑，民必朝讴；《论衡·道虚》篇。槐名"玉树"，后人讥曰虚珍；《订讹丛录》。书曰《金楼》，时辈传言真锻；《金楼子·杂记篇》。重华殛鲧，本为玄鱼；《路史·馀论》。懿公好鹤，误认白鸟。《重论文齐笔录》。乃至干黄能鼋之禹，亦即卵生；悲素丝染之翟，竟复身墨。学人新论，下士大笑。昔行人拒侯辟疆，《韩非子·外储说》右下。屠者解公敛皮，《尸子》下。客不过康衢长者之门，吏欲逮庄里丈人之子。《尹文子·大道》下。命狗曰"富"，叱则家毁，名子曰"乐"，哭亦不悲。《刘子·鄙名》。识趣拘迂，与斯无异。夹漈《通志·谥略》序五虽谓禹名取兽，汤名取水，当亦不料及此也。求之谈艺，则荆公《字说》谓"诗"为"寺人之言"，取《诗经》："寺人孟子，作为此诗"，用圆厥说，【补订一】亦其伦比。夫物之本质，当于此物发育具足，性德备完时求之。苟赋形未就，秉性不知，本质无由而见。此所以原始不如要终，穷物之几，不如观物之全。盖一须在未具性德以前，推其本质（behind its attributes），一只在已具性德之中，定其本质（defined by its attributes）。参观 *Works of Aristotle*, edited by W. D. Ross, Vol. VIII, Metaphysics 1015 a., 1072b.. 若此士文所云，古本无诗，所谓诗者，即是史记。则必有诗，方可究诗之本质；诗且未有，性德无丽，何来本质。皮之不存，毛将焉附；此与考论结绳时之书法、没字碑之辞藻，何以异乎。或曰：吕紫微赠吴周保诗曰："读诗再到新删后，学易仍窥未画前"，子太似裴颜之"崇有"矣。应之曰：未画有易，说本伊川语录所谓"有理然后有象"。朱子集易图所谓："有天地自然之易，有伏义、文王、周公、孔子之易"；王伯厚《玉海》易所谓："有未画之易，易之理；有既画之易，易之书。"易理与天地同始，而卦象则后世圣人所为。理寓气中，易在画先。故可求已周宙合而尚未落图像书契之理。若此士之说，则太初无诗，诗在史后。岂得相提并论。厥物本无，而谓其质已有，此佛所斥"撮摩虚空"，诗人所嘲"宵来黑漆屏风上，醉写卢仝《月蚀》诗"者也。复次，诗者、文之一体，而其用则不胜数。先民草昧，辞章未有专门。于是声歌雅颂，施之于祭祀、军旅、昏媾、宴会，以收兴观群怨之效。记事传人，特其一端，且成文每在抒情言志之后。参观 R. Wallaschek: *Anfänge der Tonkunst*, S. 257 论 Drama 最早，Lyrik 次之，Epos 又次之。赋事之诗，与记事之史，每混而难分。参观 E. Grosse: *Anfänge der Kunst*, S. 239. 此士古诗即史之说，若有符验。然诗体而具纪事作用，谓古史即诗，史之本质即是诗，亦何不可。论之两可者，其一必不全是矣。况物而曰合，必有可分者在。谓史诗兼诗与史，融而未划可也。按此即 Vico 论荷马之说，参观 Croce: *Aesthetic*, Eng. tr., pp. 233–5; Croce: *Philosophy of Vico*, Eng. tr. by R. G. Colling wood, ch. xiv & xvi. 谓诗即以史为本质，不可也。脱诗即是史，则本未有诗，质何所本。若诗并非史，则虽合于史，自具本质。无不能有，此即非彼。若人之言，迷惑甚矣。更有进者。史必征实，诗可凿空。古代史与诗混，良因先民史识犹浅，不知存疑传信，显真别幻。号曰实录，事多虚构；想当然耳，莫须有也。述古而强以就今，传人而借以寓己。史云乎哉，直诗（poiêsis）而已。故孔子曰："文胜质则史"；孟子曰："尽信则不如无书，于武成取二三策。"王仲任《论衡》于《书虚》之外，复有《语增》《儒增》《艺增》三篇，盖记事、载道之文，以及言志之《诗》皆不许"增"。"增"者，修辞所谓夸饰（hyperbole）；亦《史通》所谓"施之文章则可，用于简策则否"者。由是观之，古人有诗心而缺史德。与其曰："古诗即史"，毋宁曰："古史即诗。"此《春秋》所以作于《诗》亡之后也。且以艺术写心乐志，亦人生大欲所存（Kunstwollen）。尽使依他物而起，亦复然显然有以自别。参观 Alois Riegel: *Stilfragen*, S. 20, 24; Dewey: *Experience and Nature*, p. 78 (on useful labor), *Art as Experience*, p. 327 (on the aesthetic strand). 譬如野人穴居岩宿，而容膝之处，壁作图画；茹毛饮血，而割鲜之刀，柄雕花纹。斯皆娱目恣手，初无裨于蔽风雨、救饥渴也。诗歌之始，何独不然。岂八识田中，只许"历史癖"有种子乎。初民匆仅记事，而增饰其事以求生动；即此题外之文，已是诗原。论者乃曰"有史无诗"，是食笋连竹，而非披沙拣金。以之言"诗史"一门，尚扞格难通，而况于诗之全体大用耶。即云史诗以记载为祈向，词句音节之美不过资其利用。然有目的而选择工具，始事也；就工具而改换目的，终事也。此又达尔文论演化之所未详，而有待于后人之补益者。参观 Wundt: *System der philosophie*, S. 325 ff.:

"Heterogonie der Zwecke"; Vaihinger: *Philosophy of As If*, Eng. Tr., p. XXX: "The law of the preponderance of the means over the end"; Charles Bouglé: *Leçons de sociologie sur l'évolution des valeurs*, p. 89 et scq.: "Polytélisme". 三家不期而合。然黑格尔已略悟斯旨。参见其 *Geschichte der Philosophie* S. 30. 近世价值论者，有所谓价值方向下移，即此是也。参见 Ch. von Ehrenfels: *System der Werttheorie*, Bd. I, S. 132 ff.: "Zielfolge nach abwärts". 世之作文学演变史者，盍亦一穷演化论究作何说，毋徒似王僧虔家儿之言"老子"也。【补订一】

（选自《谈艺录》，中华书局 1984 年版）

《周易正义》

一　论易之三名

第一，《论易之三名》："《易纬乾凿度》云：'易一名而含三义，所谓易也，变易也，不易也。'郑玄依此义作《易赞》及《易论》云：'易一名而含三义：易简一也，变易二也，不易三也'。"按《毛诗正义·诗谱序》："诗之道放于此乎"；《正义》："然则诗有三训：承也，志也，持也。作者承君政之善恶，述己志而作诗，所以持人之行，使不失坠，故一名而三训也。"皇侃《论语义疏》自序："舍字制音，呼之为'伦'。……一云：'伦'者次也，言此书事义相生，首末相次也；二云：'伦'者理也，言此书之中蕴含万理也；三云：'伦'者纶也，言此书经纶今古也；四云：'伦'者轮也，言此书义旨周备，圆转无穷，如车之轮也。"董仲舒《春秋繁露·深察名号》篇第三五："合此五科以一言，谓之'王'；'王'者皇也，'王'者方也，'王'者匡也，'王'者黄也，'王'者往也。"智者《法华玄义》卷六上："机有三义：机是微义，是关义，是宜义。应者亦为三义：应是赴义，是对义，是应义。"后世著述如董斯张《吹景集》卷一〇《佛字有五音六义》，亦堪连类。胥征不仅一字能涵多意，抑且数意可以同时并用，"合诸科"于"一言"。黑格尔尝鄙薄吾国语文，以为不宜思辩[①]；又自夸德语能冥契道妙，举"奥伏赫变"（Aufheben）为例，以相反两意融会于一字（ein und dasselbe Wort für zwei en-

---

① Wissenschaft der Logik, Reclams "Universal-Bibliothek", I, 19.

tgegengesetzte Bestimmungen），拉丁文中亦无义蕴深富尔许者①。其不知汉语，不必责也；无知而掉以轻心，发为高论，又老师巨子之常态惯技，无足怪也；然而遂使东西海之名理同者如南北海之马牛风，则不得不为承学之士惜之。

　　一字多意，粗别为二。一曰并行分训，如《论语·子罕》："空空如也"，"空"可训虚无，亦可训诚悫，两义不同而亦不倍。二曰背出或歧出分训，如"乱"兼训"治"。"废"兼训"置"，《墨子·经上》早曰："已：成，亡"；古人所谓"反训"，两义相违而亦相仇。然此特言其体耳。若用时而只取一义，则亦无所谓虚涵数意也。心理事理，错综交纠：如冰炭相憎、胶漆相爱者，如珠玉辉映、笙磬和谐者，如鸡兔共笼、牛骥同槽者，盖无不有。赅众理而约为一字，并行或歧出之分训得以同时合训焉，使不倍者交协、相反者互成，如前所举"易""诗""论""王"等字之三、四、五义，黑格尔用"奥伏赫变"之二义，是也。匹似《墨子·经说上》："为衣、成也，治病、亡也"；非即示"已"虽具两义，各行其是乎？《论语·微子》："隐居放言"，可释为极言尽词，亦可释为舍置不言，然二义在此句不能同时合训，必须拈一弃一。孔融《离合郡姓名字诗》云："无名无誉，放言深藏"，谓"与"字也（"誉"去"言"），仅作弃置解；而路粹枉状奏孔融云："与白衣祢衡跌荡放言"，《后汉书·郑、孔、荀列传》章怀注："跌荡，无仪检也；放，纵也"，又仅作肆极解。是"放言"之"放"体涵分训，用却未著合训矣。即以"奥伏赫变"而论，黑格尔谓其蕴"灭绝"（ein Ende machen）与"保存"（erhalten）二义②；顾哲理书中，每限于一义尔。信摭数例。康德《人性学》（Anthropologie）第七四节论情感（der Affekt），谓当其勃起，则心性之恬静消灭（Wodurch die Fassung des Gemüts aufgehoben wird）③。席勒《论流丽与庄重》（Ueber Anmut und Würde）云："事物变易（Veränderung）而不丧失其本来（ohne seine Identität aufzuheben）者，唯运行（Bewegung）为然。"④ 冯德《心理学》引恒言："有因斯得果，成

---

① Wissenschaft der Logik, Reclams "Universal-Bibliothek", I, 124-125.
② Cf. Die Phänomenologie des Geistes, Akademie Verlag, 90: "es ist ein Negieren und ein Aufbewahren zugleich".
③ Kants Werke, hrsg. E. Cassirer, VIII, 142.
④ Scbillers Werke, hrsg. L. Bellermann, 2 Aufl., VII, 93.

果已失因"（Mit dem Grund ist die Folge gegeben, mit der Folge ist der Grund aufgehoben）[1]。歌德深非诗有笺释（Auslegung），以为释文不啻取原文而代之，笺者所用字一一抵销作者所用字（so hebt ein Wort das andere auf）[2]。此皆只局于"灭绝"一义也。席勒《美育书札》（Ueber die ästhetischen Erziehung des Menschen）第七、第一八函等言分裂者归于合、抵牾者归于和，以"奥伏赫变"与"合并"（Verbinden）、"会通"（Vereinigen）连用[3]；又谢林《超验唯心论大系》（System des transzendentalen Idealismus）中，连行接句，频见此字，与"解除"（auflösen）并用[4]，以指矛盾之超越、融贯。则均同时合训，虚涵二意，隐承中世纪神秘家言[5]，而与黑格尔相视莫逆矣。别见《老子》卷沦第四〇章。

语出双关，文蕴两意，乃诙谐之惯事，固辞章所优为[6]，义理亦有之。后将随文阐说，兹拈二例，聊畅厥旨。

《庄子·齐物论》："以是其所非，而非其所是。……物无非彼，物无非是。……彼出于是，是亦因彼，彼是方生之说也。……因是因非，因非因是。……是亦彼也，彼亦是也，彼亦一是非，此亦一是非"；成玄英疏："夫'彼'对于'此'，'是'待于'非'，文家之大体也。今言'彼出于是'者，言约理微，举'彼'角势也，欲示举'彼'明'此'。举'是'明'非'也。"盖"文家大体"，当曰："彼出于此"或"非出于是"，他语之对举者仿此；今乃文成破体，错配非偶，成氏遂以"言约""角势"疏通之，会心已不远矣。"是"可作"此"解，亦可作"然"解，如《秋水》："因其所然而然之，则万物莫不然，因其所非而非之，则万物莫不非"，成玄英疏："'然'犹'是'也。""彼"可作"他"解，亦可作"非"解，如《诗·小雅·桑扈》："彼交匪敖"，又《采菽》：

---

[1] Wundt, Grundzüge der physiologischen Psychologie, 6. Aufl., III, 633.
[2] Eckermann, Gespräche mit Goethe, 10. Nov. 1823, Aufbau, 80.
[3] Schiller, op. Cit, 289, 336.
[4] Schellings Werke. Auswahl in 3 Bänden, hrsg. O. Weiss, II, 289, 293, 295, 300.
[5] O. Zirker, Die Bereicherung des deutschen Wortschatzes durch die spätmittelalterliche Mystik, 82-3.
[6] 黑格尔说"奥伏赫变"，亦引拉丁文中西塞罗趣语（Witz）佐之。按西塞罗用一字（tollendum），兼"抬举"与"遗弃"二意，同时合训，即所谓明升暗降，如吾国言"架空""高搁"或西语"一脚踢上楼"，"一筋斗栽上楼"（to kick upstairs, die Treppe hinauffallen），苏伟东《罗马十二帝传》转述此谑，仅以西塞罗原字限于"遗弃"之意；外加一字以示"抬举"（ornandum tollendumque），即未着合训之用也（Suetonius, II. xii, "The loeb Classical Library", I, 136）。

"彼交匪纾"，《左传》襄公二七年引作"匪交匪敖"，《荀子·劝学》引作"匪交匪纾"，"匪"与"非"同。又如《墨子·经上》："彼：不可，两不可也。……辩：争彼也"，"不可"即"非"，"两不可"即双方互"非"，"争彼"即交"非"——或释为"不"（否）、"可"，分指"不"（否）与"可"，误矣！果若所释，当曰："可、不"，犹"唯、否"之不当曰"否、唯"，以名辩之理，先有正言而后起反言，"可"立方以"不"（否）"破；倘两事并举，勿宜倒置，观《庄子·寓言》："恶乎然？……恶乎不然？……恶乎可？……恶乎不可？"足觇顺序也。顾"匪"（非）虽有"彼"训，如《左传》襄公八年引《小旻》："如匪行迈谋"，杜预注："匪、彼也"，而"此"无与"非"相对之"是"训。故不曰："非出于此"，"此亦非也"，而曰："彼出于是"，"是亦彼也"，以只字并贱"此"之对"彼"与"是"之待"非"。"彼出于此"，"此亦彼也"，犹黑格尔谓："甲为乙之彼，两者等相为彼"（Aber A ist ebensosehr das Andere des B. Beide sind auf gleiche Weise Andere）①；"非出于是"，"是亦非也"，犹斯宾诺沙谓："然即否"（Determinatio est negatio），后人申之曰："否亦即然"（Aber jede Verneinung soll als Bestimmung erkannt werden）②。是非之辨与彼此之别，辗转关生。《淮南子·齐俗训》："是与非各异，皆自是而非人"；《维摩诘所说经·入不二法门品》第九："从我起二为二"，肇注："因我故有彼，二名所以生"；足相参印。庄生之"是""彼"，各以一字兼然否之执舆我他之相二义，此并行分训之同时合训也。《礼记·乐记》："不学博依，不能安诗"，郑玄注："广譬喻也，'依'或为'衣'。"《说文》："衣，依也"；《白虎通·衣裳》："衣者隐也，裳者障也。"夫隐为为显之反，不显言直道而曲喻罕譬；《吕览·重言》："成公贾曰：'愿与君王讔'"，《史记·楚世家》作"伍举曰：'愿有进隐'"，裴骃集解："谓隐藏其意"；《史记·滑稽列传》："淳于髡喜隐"，正此之谓。《汉书·东方朔传·赞》："依隐玩世……其滑稽之雄乎"，如淳注："依违朝隐"，不知而强解耳。《文心雕龙·谐隐》篇之"内怨为俳"，常州派论词之"意内言外"（参观谢章铤《赌棋山庄词话》续集卷

---

① Wissenschaft der Logik, I, ii, op. cit., I, 138.
② Spinoza, Correspondence, Letter L (to jarig jelles), tr. A. Wolf, 270; Jonas Cohn, Theorie der Dialektik, 227. Cf. R. Polin, Du Mal, du Laid, du Faux, 87: "C'est parce qu'elle est négatrice qu'elle ne peut pas être négative".

五），皆隐之属也。《礼记》之《曲礼》及《内则》均有"不以隐疾"之语，郑注均曰："衣中之疾"，盖衣者，所以隐障。然而衣亦可资炫饰，《礼记·表记》："衣服以移之"，郑注："移犹广大也"，孔疏："使之尊严也"。是衣者，"移"也，故"服为身之章"。《诗·候人》讥"彼其之子，不称其服"；《中庸》："衣锦尚䌹，恶其文之著也"，郑注："为其文章露见"；《孟子·告子》："令闻广誉施于身，所以不愿人之文绣也"，赵歧注："绣衣服也"，明以芳声播远拟于鲜衣炫众；《论衡·书解》："夫文德，世服也。空书为文，实行为德，著之于衣为服。衣服以品贤，贤以文为差"，且举凤羽虎毛之五色纷纶为比。则隐身适成引目之具，自障偏有自彰之效，相反相成，同体歧用。诗广譬喻，托物寓志：共意恍兮跃如，衣之隐也、障也；其词焕乎斐然，衣之引也、彰也。一"衣"字而兼概沉思翰藻，此背出分训之同时合训也，谈艺者或有取欤。《唐摭言》卷一〇称赵牧效李贺为歌诗，"可谓蹙金结绣"，又称刘光远慕李贺为长短歌，"尤能埋没意绪"；恰可分诂"衣"之两义矣。

"变易"与"不易""简易"，背出分训也；"不易"与"简易"，并行分训也。"易一名而含三义者"，兼背出与并行之分训而同时合训也。《系辞》下云："为道也屡迁，变动不居……不可为典要，唯变所适"，变易之谓也；又云："初率其辞，而揆其方，既有典常"，不易与简易之谓也。足征三义之骖靳而非背驰矣，然而经生滋惑焉。张尔歧《蒿庵闲话》卷上云，"'简易''变易'，皆顺文生义，语当不谬。若'不易'则破此立彼，两义背驰，如仁之与不仁、义之与不义。以'不易'释'易'，将不仁可以释仁、不义可以释义乎？承为袭谬如此，非程、朱谁为正之！"盖苛察文义，而未洞究事理，不知变不失常，一而能殊，用动体静，固古人言天运之老生常谈。《管子·七法》以"则"舆"化"并举，又《内业》称"与时变而不化，从物而不移"，《公孙龙子·通变论》有"不变谓变"之辩，姑皆置勿道。《中庸》不云乎："不息则久。……如此者不见而常，不动而变，无为而成。……其为物不贰，则其生物不测"，《系辞》："生生之为易"，即"不息"也，"至动而不可乱"，即"不贰"也，"变动不居"，即"不测'也。道家之书尤反复而不惮烦。《老子》三七、四八章言"道常无为而无不为"；《庄子·大宗师》篇言"生生者不生"，《知北游》《则阳》两篇言"物化者一不化"，又逸文曰："生物者不生，化物者不化"（《列子·天瑞》张湛注引）；《文子·十守》言："故生生者未尝生，其所生者即生；化化者未尝化，其所化者即化"，又《微明》言："使有声者乃无声也，使有转者乃无转也。"故《韩非子·解老》言："常者，无攸易，无定理。"王弼《易》注中屡申斯说，如"复：象曰：复其见天地之心乎"，王注言"静非对动"，而为动之"本"。《列子·天瑞》："易无形埒"，张湛注："易亦希简之别称也。太易之意，如此而已，故能为万化宗主，冥一而不变者也"；曰"简"、曰"万化宗主"、曰"不变"，即郑玄之"三义"尔。苏轼《前赤壁赋》："逝者如斯，而未尝往也；盈虚者如彼，而卒莫消长也"；词人妙语可移以解经儒之诂"易"而"不易"已。古希腊哲人（Heraclitus）谓"唯变斯定"（By changing it rests）①；或（Plotinus）又谓"不动而动"（L'intelligence se meut en restant immobile）②；中世纪哲人（St. Augustine）谓"不变而使一切变"（Immutabilis, mutans omnia）③。西洋典籍中此类语亦甲乙难尽。歌德咏万古一条之悬瀑，自铸伟词，以不停之"变"（Wechscl）与不迁之"常"（Dauer）二字镕为一字（Wölbt sich des bunten Bogens Wechseldauer）④，正合韩非、苏轼语意；苟求汉文一字当之，则郑玄所赞"变易"而"不易"之"易"，庶几其可。当世一法国诗人摹状大自然之即成即毁，亦固亦流，合"两可"（ambiguïté）与"两栖"（amphibie）二文为一字（l'amphibiguïté de la Nature）⑤，又此"易"字之类欤。

（选自《管锥编》，中华书局 1979 年版）

---

① Fragments, no. 83 (Hippocrates and Heraclitus, "Loeb", Ⅳ, 497).
② Ennéades, Ⅱ. ii. 3, tr. É. Bréhier, Ⅱ, 23.
③ Confessions, Ⅰ. iv, "Loeb", I, 8.
④ Faust, Ⅱ, 4722. Cf. Coleridge, "Hymn before Sunrise", "For ever shattered and the same for ever"; Wordsworth, Prelude, Ⅵ. 626, "The stationary blasts of waterfalls", Shelley, "Ode to Liberty"; 78–79: "Immovably unquiet".
⑤ Francis Ponge, "La Fin de I l'Automne", Le Parti Pris des Choses, Gallimard, 10.

王元化

王元化（1920—2008），著名学者，文艺理论家、文学批评家，《文心雕龙》研究专家。湖北江陵人。著有《文心雕龙创作论》《传统与反传统》《读黑格尔》等。出版于1979年的《文心雕龙创作论》集中体现了他的文艺思想观。全书由上、下两篇构成，核心部分是对《文心雕龙》创作论八说进行的阐释，对此，王元化除了以正文"释义"展开论述，还以附录的形式进行说明，如第四说"释《比兴篇》拟容取心说"，在探讨意象的相关问题时，用四个附录进一步阐明，其中的第二个是"刘勰譬喻说与歌德的意蕴说"；在第六说"释《熔裁篇》三准说"中，王元化在探讨作家创作过程时，在附录里介绍别林斯基有关创作过程的观点来加以印证。王元化运用"附录法"对中西文论展开研究，将中西文论一同呈现，在比较的基础上，探寻中西文论的共有规律。此外，在该著作中，不同于钱锺书中西文论比较"求同"的思想，王元化提倡以中西比较的视野探讨中西文论的异同，从而发现中国文论自身的特色。在该著中，虽然王元化的一些文论观未能达到完善，但对于尚处于前学科时期的比较诗学来说，其文论思想对于推进中西比较诗学的建设具有重要意义。

"刘勰譬喻说与歌德的意蕴说"，首先从内、外两个方面分别介绍了歌德的意蕴说：艺术作品中所外现的形状（外在）和形状中内有的意蕴（内在），与刘勰的"拟容取心"说有相似之处，但二者也有不同。刘勰的"拟容取心"说，突出了主观性，注重从一般到个别，在模拟现实表象时，揭示了现实意义，但对主观性的强调导致无法揭示客观真理。相比较而言，歌德的意蕴说则无主观色彩，并且强调一般是从个别中抽象出来的。作者指出两者的观点均有不足之处，作家的创作活动是从个别到一般、又从一般到个别的相互联结的过程，二者不可分割。在艺术创造中，刘勰的"譬喻说"由于是从一般与主观出发，因而易于走向抽象；而歌德的意蕴说则强调从个别到一般出发，因而忽视了由一般到个别的过程。"刘勰譬喻说与歌德的意蕴说"突破了许多文章针对某一文论简单地以独立的篇章介绍相关中西文论的局限，作者在这部分内容中将中西文论融会贯通，形成对话关系，从而具有中西比较诗学的意味，体现出了真正意义上的中西文论对话与互证。在探索中西诗学规律的过程中，王元化将诗学研究置于比较的视野中，为中西比较诗学的进一步发展做出了有益的尝试。

刘勰的譬喻说与歌德的意蕴说

在艺术形象问题上，歌德的"意蕴说"也包含着内外两个方面。外在方面是艺术作品直接呈现出来的形状，内在方面是灌注生气于外在形状的意蕴。他认为，内在意蕴显现于外在形状，外在形状指引到内在意蕴。歌德在《自然的单纯模仿、作风、风格》一文中，曾经把"艺术所能企及的最高境界"说成是"奠基在最深刻的知识原则上面，奠基在事物的本性上面，而这种事物的本性应该是我们可以在看得见触得到的形式中去认识的"（据古柏英译本移译）。歌德把艺术形象分为外在形状和内在意蕴，似乎和刘勰的"拟容取心"说有着某种类似之处，不过，它们又不尽相同，其间最大区别就在于对个别与一般关系的不同理解上。

《比兴篇》："称名也小，取类也大"，这一说法本之《周易》。《系辞下》："其称名也小，其取类也大，其旨远，其辞文，其言曲而中。"韩康伯《注》云："托象以明义，因小以喻大。"孔颖达《正义》云："其旨远者，近道此事，远明彼事。其辞文者，不真言所论之事，乃以义理明之，是其辞文饰也。其言曲而中者，变化无恒，不可为体例，其言随物委曲，而各中其理也。"从这里可以看出，前人大抵把《系辞下》这句话理解为一种"譬喻"的意义，这种看法和刘勰把比兴当作"明喻""隐喻"看待是有相通之处的。（首先把《系辞下》这句话运用于文学领域的是司马迁，他评述《离骚》说："其称文小而其旨大，举类迩而见义远。"这一说法也给予刘勰以一定影响。）

刘勰的形象论可以说是一种"比喻说"。《比兴篇》："称名也小，取类也大。"《物色篇》："以少总多，情貌无遗。"是两个互为补充的命题。"名"和"类"或"少"和"多"都蕴含了个别与一般的关系。刘勰提出的拟容切象和取心示义，都是针对客观审美对象而言，要求作家既模拟现实的表象，也揭示现实的意义，从而通过个别去表现一般。然而，这里应该看到，刘勰对个别与一般关系的理解，不能不受到他的客观唯心主义思想体系的制约，以致使他的形象论本来可以向着正确方向发展的内容受到了窒息。由于他认为天地之心和圣人之心是同一的，因此，按照他的思想体系推断，自然万物的自身意义无不合于圣人的"恒久之至道"。这样，作家在取心示义的时候，只要恪守传统的儒家思想就可以完全揭示自然万物的内在意义了。自然，刘勰的创作论并不是完全依据这种观点来立论的。当他背离了这种观点时，他提出一些正确的看法。可是他的拟容取心说却并没有完全摆脱这种观点的拘囿，其中就夹杂着一些这类糟粕。例如，《比兴篇》开头标明"诗文弘奥，包韫六义"。接着又特别举出："关雎有别，故后妃方德，尸鸠贞一，故夫人象义"。作为取心示义的典范。(《金针诗格》也同样本之儒家诗教，把"内意"说成是"美刺箴诲"之类的"义理"。) 从这里我们可以看出，尽管刘勰在理论上以自然界作为取心示义的对象，但是他的儒家偏见必然会在实践意义方面导致相反的结果。因为在儒家思想束缚下，作家往往会把自己的主观信条当作现实事物的本质，而不可能真正做到揭示客观真理。因此，很容易导致这种情况：作家不是通过现实的个别事物去表现从它们自身揭示出来的一般意义，而是依据先入为主的成见用现实的个别事物去附会儒家的一般义理，把现实事物当作美刺箴诲的譬喻。因而，这里所反映出来的个别与一般的关系，也就变成一种譬喻的关系了。(如：《诗小序》说："关雎，后妃之德也。鹊巢，夫人之德也。"就是这方面的一个典型例证。)

歌德的"意蕴说"并不像刘勰的"比喻说"那样夹杂着主观色彩。他曾经这样说："在一个探索个别以求一般的诗人和一个在个别中看出一般的诗人之间，是有很大差别的。一个产生出譬喻文学，在这里个别只是作为一般的一个例证或例子，另一个才是诗歌的真正本性，即是说，只表达个别而毫不想到或者提到一般。一个人只要生动地掌握了个别，他也就掌握了一般，只不过他当时没有意识到这一点罢了，或者他可能在很久之后才会发现。"(《歌德文学语录》第十二节) 歌德这些话很可以用来作为对于"譬喻说"的批判。歌德反对把"个别只是作为一般的一个例证或例子"的譬喻文学，强调作家首先要掌握个别，而不要用个别去附会一般，表现了对现实生活的尊重态度。这一看法是深刻的，对于文学创作来说也是有重要意义的。事实上，一般只能从个别中间抽象出来。作家只有首先认识了许多个别事物的特殊本质，才能进而认识这些个别事物的共同本质。就这个意义来说，歌德要求作家从个别出发，是可以避免"譬喻说"以作家主观去附会现实这种错误的。

不过，我们同时也应该看到，歌德的"意蕴说"是存在着过去现实主义理论多半具有的共同缺陷的。他对于个别与一般关系的理解带有一定的片面性。在作家的认识活动中，他只注意到由个别到一般这一方面，而根本不提还有由一般到个别这一过程。《矛盾论》指出，人类的认识活动，由特殊到一般，又由一般到特殊，是互相联结的两个过程："人类的认识总是这样循环往复地进行的，而每一次的循环（只要是严格地按照科学的方法）都可能使人类的认识提高一步，使人类的认识不断地深化。"歌德恰恰是把这两个互相联结的过程分割开来。他在上面的引文中赞许"只表达个别而毫不想到或者提到一般"的诗人，以为这样的诗人在掌握个别的时候，没有意识到一般，或者可能在很久以后才会发现一般。这一看法和他自己所提出的作家必须具有理性知识的主张是矛盾的。

就认识活动的共同规律来说，由个别到一般，又由一般到个别，这两个互相联结的过程是不可分割的。作家的认识活动也同样是遵循这两个循环往复不断深化的过程来进行。事实上，完全排除一般到个别这一过程的认识活动是并不存在的。任何作家都不是作为抽象的人，而是作为阶级的人去接触现实生活的。他的认识活动不能不被他所从属的一定阶级的立场观点所决定，他在阶级社会中长期形成的阶级教养和阶级意识支配了他的认识活动，尽管他宣称自己只掌握个别而排斥一般，可是他在掌握个别的时候，他的头脑并不是一张白纸，相反，那里已经具有阶级的一般烙印了。

在作家的具体认识活动中，这一阶段由个别到一般的过程，往往是紧接着上一阶段由个别到一般的过程。在这种情况下，不论作家自觉或不自觉，他必然会以他在上一阶段所掌握到的一般，作为这一阶段认识活动的指导。因此，这一阶段由个别到一般的过程，也就和由一般到个别的过程互相联结在一起了。作家的认识活动总是遵循由个别到一般，又由一般到个别这两个互相联结的过程，循环往复地进行着。只有这样，他的认识活动才可能由上一阶段过渡到这一阶段，再由这一阶段过渡到下一阶段，一步比一步提高，形成由低级到高级的不断深化运动。

认为作家只要掌握个别而不要有意识地去掌握一般，这一看法不仅违反了作家的认识规律，而且也违反了作家的创作规律。事实上，作家的创作活动同样不能缺少由一般到个别的过程。作家的创作活动是把他在认识活动中所取得的成果进行艺术的表现。他在动笔之前，已经有了酝酿成熟的艺术构思，确立了一定的创作意图。因此，他的全部创作活动都是使原来存在于自己头脑中的创作意图逐步具现。创作意图是普泛的、一般的东西，体现在作品中的人物和事件是具体的、个别的东西。任何作家的创作活动，都不可能像歌德所说的那样"只表达个别而毫不想到或者提到一般"。作家总是自觉地根据自己的创作意图去进行创作的。马克思在《资本论》中曾经指出人类劳动具有如下特点："劳动过程结束时得到的结果，已经在劳动过程开始时，存在于劳动者的观念中，所以已经观念地存在着。"这也就是说，人类劳动并不像蜜蜂造蜂房那样，只是一种本能的表现，而是自觉的、有目的的能动的行为。作家的创作活动也具有同样的性质。否认作家的创作活动是根据自己的创作意图出发，就会否定作家的创作活动的自觉性和目的性。

自然，我们认识了认识的共同规律之后，还必须认识艺术思维是以怎样的特殊形态去体现这个认识的共同规律。我们应该承认，艺术和科学在掌握世界的方式上——正如马克思在《政治经济学批判导言》中所指出的那样——是各有其不同的特点的。艺术家不像科学家那样从个别中抽象出一般，而是通过个别去体现一般。科学家是以一般的概念去统摄特殊的个体，艺术家则是通过特殊的个体去显现它的一般意蕴。艺术形象应该是具体的，科学概念也应该是具体的。科学家在作出抽象规定的思维进程中必须导致具体的再现，正像《政治经济学批判导言》所说的，由抽象上升到具体的方法是唯一正确的科学方法。不过，这里所说的具体是指通过逻辑范畴以概念形态所表述出来的具有许多规定和关系的综合。科学家把混沌的表象和直观加工，在抽出具体的一般概念之后，就排除了特殊个体的感性形态。而艺术家的想象活动则是以形象为材料，始终围绕着形象来进行。艺术作品所呈现的一般必须呈现于感性观照，因此，艺术家对现实生活进行艺术加工，去揭示事物的本质，并不是把事物的现象形态抛弃掉，而是透过加工以后的现象形态去显示它们的内在联系。不过，在艺术作品中所表现的现象形态已不同于原来生活中的现象形态，因为前者已经使直观中彼此相外、互相独立的杂多转化为具有内在联系的多样性统一。

这就是由个别到一般与由一般到个别这一认识规律体现在艺术思维中的特殊形态。艺术形象的具体性就在于它既是一般意义的典型，同时又是特殊的个体。它保持了现实生活的细节真实性，典型性即由生活细节真实性中显现出来，变成可以直接感觉到的对象。在这里，由个别到一般，再由一般到个别，这两个认识过程不是并列的。作家的认识活动只能从作为个别感性事物的形象出发。在全部创作过程中，并不存在一个游离于形象之外从概念出发进行构思的阶段。因此，由一般到个别的认识功能，不是孤立地单独出现，而是渗透在由个别到一般的过程之中，它成为指导作家认识个别的引线或指针。对于由个别到一般，再由一般到个别这一认识规律，可以有两种不同的理解：一种理解是把它们截然分割为孤立排他的两个互不相干的独立过程。例如，所谓表象——概念——表象的公式，就是意味着在艺术创作过程中存在着一个摒弃形象的抽象思维阶段，而艺术创造就在于把经过抽象思维所获得的概念化为形象。这可以说是一种"形象图解论"，它是反对形象思维的。另一种理解则相反，认为由个别到一般，再由一般到个别，不是孤立排他的，而是互相联结，互相渗透的。后一种理解才是辩证的观点。

（选自《文心雕龙创作论》，上海古籍出版社 1984 年版）

中西比较诗学的创立
（1987—2000）

曹顺庆

曹顺庆（1954—），湖北荆州人。欧洲科学与艺术院院士，国家级教学名师，国批博士生导师，教育部跨世纪优秀人才，享受政府特殊津贴专家，四川大学文科杰出教授，比较诗学学科的开创者与奠基人。在中国文化与文论、比较文学、比较诗学等研究领域有突出的贡献。读书期间，曾师从著名"龙学"专家杨明照先生学习中国古代文论，形成了极其深厚的古代文论素养。80年代开始比较文学与比较诗学研究，90年代赴美访问期间，开始比较文学中国学派理论体系的建构探索。曹顺庆对于中国比较文学学科的创立具有开创性意义。其博士学位论文《中西比较诗学》（1988年出版）以中西诗学的比较为核心，分六章内容探究了艺术的本质论、起源论、思维论、风格论和鉴赏论。作者在该著作中明确提出了"中西比较诗学"这一概念，阐明了不同社会历史文化背景下的中西诗学观的差异。在经历了王国维对中西文论的自觉比较、朱光潜在美学上对中西诗学做的实践、钱锺书的中西诗学融会贯通等之后，曹顺庆以中国传统文化为本，汲取西方文化精华，将中西诗学置于平等的视野中进行研究，探析中西诗学的异同，寻求艺术的审美本质，在中西诗学比较中建立起中国比较文学理论体系。作为中国大陆第一部中西比较诗学专著，该著的出版宣告了中国大陆比较诗学学科史的正式确立，为学科史上纲领明确的奠基之作。

"艺术本质论"是《中西比较诗学》第一章的内容，共分为三节。作者首先用意境说与典型论阐述了中西方诗学中对艺术生命的理解。关于意境说与典型论的异同，作者指出中国的意境说与西方的典型论均讲究主观与客观的统一。但由于典型论产生于西方商业文明影响下的叙事文学传统，因而更偏重于对生活的客观再现，如荷马、莎士比亚、高尔基等均倾向于客观描写。受亚里士多德"模仿说"的影响，在描写形象方面偏向于描绘人物，从个性中见出共性，通过分析综合以达到求真。而意境说产生于中国宗法性和农业文明背景下的抒情文学传统，加之受到儒家"物感说"的影响，因而更重视主观情感的抒发，在描写形象方面偏于描绘境物，以境寓情，讲究虚实与形神，以酝酿感悟实现意境美。第二节"和谐与文采"主要探讨中西方诗学中的"和谐说"和"文采论"。两者都是从文学艺术形式着眼来认识艺术的本质，西方诗学形成了"和谐说"，如毕达哥拉斯、赫拉克利特等的和谐观；中国诗学形成了"文采论"，如《周易》的"一阴一阳谓之道"、老子的"有无相生，难易相成……"、刘勰的"文采"讲到的对立面的和谐等。但由于二者社会文化不同，所以也有一定的差异。西方的"和谐说"在商业文明传统之下讲究色彩情感的强烈以及对外在世界的模仿，崇尚科学。中国的"文采论"在农业文明传统之下倾向于朴素的自然美，讲究内在的神韵，与伦理道德结合密切。第三节"美本身与大音、大象"，探究美的本质。柏拉图提出了"美本身"，老子提出了"大音希声说""大象无形说"，二者均认为"美"是无形无声、难以捉摸、不可分割的，对美与美的东西这两者的概念也进行了区分。但柏拉图的"美本身"是与宗教结合的，如"迷狂说"；而老子的"大音""大象"则无神学色彩，只具有形而上意义。

"艺术本质论"在中西诗学范畴下探究艺术的本质问题，阐释了不同社会文化背景下的中西诗学的差异，并力求在同中求异。作者在论述中西诗学的艺术本质问题时，从其文化根源入手，抓住了中西诗学比较的关键，解决了中西诗学对于艺术本质的认识问题。

意境与典型

艺术的生命何在？美的奥秘在哪里？也许我们每个人都会有这样的体会，读一首诗，看一幅画，听一首乐曲，总之，在欣赏文学艺术之时，常常会情不自禁地心游神往，从作品中品出无穷无尽的韵味来，从眼前有限的形象不知不觉地捕捉和领会到某种更深远的东西。故钟子期听伯牙鼓琴，传为千古佳话。也许，在"非音乐的耳朵"听来，伯牙的琴声再妙，也不过是一些有节奏的音响而已，但是，正是在这些音响中，蕴藏着超越音响的东西，蕴藏着所谓"弦外之音"。故钟子期能体会出其中的巍巍山峦，荡荡流水……读小说亦未尝不是如此。梁启超说："小说之以赏心乐事为目的者固多……其最受欢迎者，则必其可惊可愕可悲可感，读之而生出无量噩梦，抹出无量眼泪者也。"为什么艺术能感人至此呢？正因为艺术在有限的偶然的具体形象里充满了生活本质的无限、必然的内容。"所谓华严楼阁，帝网重重，一毛孔中万亿莲花，一弹指倾百千浩劫，文字移人，至此而极。"（《论小说与群治之关系》）艺术美的奥秘，正在于此。这就是所谓从个别中见一般，从偶然中见必然，就是所谓"以少总多""象外之象""韵外之致"，艺术之生命，正在于把深广的社会生活内容和具体生动鲜明的形象结合起来，集中提炼到最高度的谐和统一。中国与西方的理论家们都不约而同地对这种艺术美之奥秘，做了深入的、长期的探索，其结晶，就是意境说与典型论。这正是意境说与典型论最根本的相同之处。然而，又由于中西诸多不同的因素，使得这种共同探索的结晶呈现出迥异的色彩。意境说与典型论的异同，主要体现在以下几个方面。

（一）主观与客观

王国维在托名樊志厚写的《人间词乙稿序》中说："文学之事，其内足以摅己而外足以感人者，意与境二者而已。上焉者，意与境浑，其次或以境胜，或以意胜，苟缺其一，不足以言文学。"现在，不少写有关意境之文的人，多引此以为证，认为所谓意境，就是意与境浑，主观与客观的统一。其实这是不准确的。因为任何文学艺术都是主观与客观的统一，都有主观的意与客观的境。如果仅以主客观相统一来论意境，那就不可能抓住意境说区别于典型论的特征。事实上，王国维之本意也不是说"意与境浑"就是意境，而是说，从广义的角度来看，文学具有主观的意与客观的境，因此才说，"苟缺其一，不足以言文学"。这一点，我们还可以从其《文学小言》得到证实："文学中有二原质焉，曰景，曰情。前者以描写自然及人生之事之实为主，后者则吾人对此种事实之精神的态度也。故前者客观的，后者主观的也；前者知识的，后者感情的也。"应当说王国维对文学的这种认识，是十分准确的。任何文学艺术，都是主观与客观的交融，无论中国还是西方，概莫能外，意境说与典型论，同样也都包括了主观与客观的两个方面。

文艺中的典型形象，既是客观现实的集中反映，又是经过艺术家主观能动创造的结果。因此，从客观方面来说，它以真实、具体、生动的形象，反映了一定现实社会生活的本质；从主观方面来看，它又鲜明地表现着艺术家主观的审美意识和审美理想，体现了作家的情感、兴趣、性格等主观因素，例如，从阿Q这一典型形象，我们一方面可以看到"精神胜利法"，这一"国民的劣根性"，认识到鲁迅先生通过辛亥革命时的小末庄这一环境的人物描写，反映出了当时一定现实社会生活的本质，画出这样的"国民的魂灵来"（《鲁迅全集》，第七卷，466页）。另一方面又可以体味出作者对阿Q的情感态度——"哀其不幸、怒其不争"。在这里，主观与客观是缺一不可的。作为艺术家的主观能动性与客观现实生活的结晶的典型形象，正是情与境（社会生活）之融合，"苟缺其一，不足以言文学"。同样，意境说也包括了主观与客观两个方面。王夫之说："情景虽有在心在物之分，而景生情，情生景，哀乐之触，荣悴之迎，互藏其宅。""情、景名为二，而实不可离。神于诗者，妙合无垠。巧者则有情中景，景中情。"（《姜斋诗话》）主观与客观，情与景，这是构成文学艺术之"二原质"。任何成功的艺术形象,都是主观与客观的高度统一,情与景的妙合无垠。无论是典型还是意境,它们都必须两者兼有,苟缺其一,就会失去其存在的价值。这么说来,是否典型与意境就是一码子事呢?绝对不是!我们之所以要强调共性的目的,正在于要让人更清楚地认识到典型与意境的特殊性,以便准确地抓住它们各自的特征。

虽然典型论与意境说都主张主观与客观的统一,意与境的交融,但它们是有所偏重的。典型论偏重于客观,意境说偏重于主观,典型论注重客观形象的再现,意境说注重主观情感的抒发,这是典型论与意境说最基本的一大特征与区别。

典型论并不是凭空产生的。西方具有商业性特征的壮会所产生的以描写人物为主的、模仿再现的叙事文学传统,是典型论产生的丰厚土壤,而亚里士多德的"模仿说",则是典型论产生的直接的理论基础。这些因素,决定了典型的这一最基本的特征——偏重于客观生活的再现。典型论最注重的一点,就是客观描述,它反对作家自己跑进作品里去没完没了地抒情发议论,而主张让倾向从作品形象中自然而然地流露出来。亚里士多德在《诗学》里就提出,诗人应当完全客观地站在旁边描述人物,他认为荷马是值得称赞的,因为荷马最善于客观地叙述事物。注重客观生活的再现,是所有塑造典型人物的大师的座右铭。莎士比亚说:"自有戏剧以来,它的目的始终是反映人生,显示善恶的本来面目,给它的时代看一看它自己演变发展的模型。"(《哈姆雷特》)巴尔扎克说:"法国社会将要作历史家,我只能当它的书记……刻画性格,选择社会上主要事件,结合几个性质相同的性格的特点揉成典型人物……只要严格模仿现实,一个作家可以成为成多或少忠实的,或多或少成功的,耐心的或勇敢的描绘人类典型的画家。"(《人间喜剧前言》)文学大师高尔基主张客观地描写现实。这种描写从纷乱的生活事件、人们的互相关系和性格中,摄取那些最具有一般意义、最常复演的东西,组织那些在事件和性格中最常遇到的特点和事实,并且以之造成生活画景和人物典型(《俄国文学史》,第207页)。由于这种对于客观生活与人物形象的描写的偏重,就不允许作家自己跑进作品里去没完没了地抒情发议论。别林斯基认为,如果你的描绘是忠实的,那么,没有你的议论,人家也了解它。你只是一个艺术家,你只需设法把发生在你的想象中的景象,作为隐藏在现实本身里面的可能性的实现而描写出来就行。任何人,一看这描绘,就对它的真实性感到惊奇，自己就会更透彻地感觉到你所要议论而谁都不想听你议论的一切（《一八四三年的俄国文学》）。所以马克思反对"席勒式地把个人变成时代精神的单纯的传声筒"，而主张要"莎士比亚化"（《马克思恩格斯选集》，2版，第4卷，555页）。恩格斯认为"倾向应当从场面和情节中自然而然地流露出来，而不应当特别把它指点出来"（《马克思恩格斯选集》，2版，第4卷，672页）。这种依现实生活与人物性格逻辑的客观描述有时甚至能够违背作家的意图。所以，恩格斯说："巴尔扎克就不得不违反自己的阶级同情和政治偏见；他看到了他心爱的贵族们灭亡的必然性，从而把他们描写成不配有更好命运的人。"（《马克思恩格斯选集》，2版，第4卷，684页）这些论述，已经足以说明典型论的这种偏于客观生活形象之再现的特征了。

与典型论相反，意境说偏重于主观情感的抒发。这种特征，是被从具有宗法性与农业性的中国古代社会产生出来的以表现为特征的抒情文学传统所决定的，并受影响于儒家学派的文学起源论——"物感说"。我们指出意境说偏重于主观情感的抒发，并不意味着意境说就不重视客观形象的描绘。恰恰相反，意境说是十分重视客观形象的描绘的。刘勰在《文心雕龙·物色》里，十分赞赏《诗经》里描绘形象生动鲜明的诗句："'皎日''嘒星'，一言穷理；'参差''沃若'，两字连形：并以少总多，情貌无遗矣。虽复思经千载，将何易夺！"司空图——这个高举意境大旗的文论家，恰恰是热衷于形象描绘的。在《与李生论诗书》中，他举了一大堆自己描绘形象的得意之作，诸如"草嫩侵沙短，冰轻著雨销""川明虹照雨，树密鸟冲人"。另一位论意境的大家严沧浪，激烈地抨击当时不讲诗歌形象性的人。

既然典型论和意境说都注重客观形象描绘，那么它们还有什么差别呢？妙就妙在这里。它们的差别不在于对客观形象之描绘，而在于描绘形象之目的。可以说，描绘客观形象，是典型论追求的目的。为了这个目的，作家有时甚至不得不违背自己的见解。恰如别林斯基所说："诗的形象对于诗人不是什么外在的或者第二义的东西，不是手段，而是目的；否则，它就不会是形象，只是征象了。"（《别林斯基选集》，96页）而意境说恰恰相反，它的目的不在于描绘客观形象，作家描绘形象是为了表现自己主观的情感。这就是典型论与意境说的本质区别。王夫之说："无论诗歌与长行文字，俱以意为主。意犹帅也，无帅之兵，谓之乌合。李杜所以称大家者，无意之诗，十不得一二也。烟云泉石，花鸟苔林，金铺锦帐，寓意则灵。"（《姜斋诗话》）吴乔说："夫诗以情为主，景为宾。景物无自生，惟情所化。情哀则景哀，情乐则景乐。"（《围炉诗话》）这一点，王国维讲得最清楚："诗歌之题目，皆以描写自己深邃之情感为主。其写景物也，亦必以自己深邃之情感为之素地。而始得于特别之境遇中。"（《屈子文学之精神》）谢榛将情与景之关系打了一个生动的比喻："景乃诗之媒，情乃诗之胚。合而为诗。"（《四溟诗话》）这就充分说明了，写景只是手段、是媒介，写情才是目的。写景正在于表现作家的情感。这就是沈德潜所说的，"郁情欲舒，天机随触，每借物引怀以抒之"（《说诗晬语》）。在中国文学史上，这种借景抒情的作品比比皆是。王夫之曾举例道，这种借景抒情之作其巧者则有情中景，景中情。景中情者，如"长安一片月"，自然是孤悽忆远之情；"景静千宫里"，自然是喜达行在之情。情中景尤难曲写，如"诗成珠玉在挥毫"（《姜斋诗话》），写出才人翰墨淋漓，自心欣赏之景。大诗人陆游曾写过一首著名的咏梅词：

驿外断桥边，寂寞开无主。
已是黄昏独自愁，更著风和雨。
无意苦争春，一任群芳妒。
零落成泥碾作尘，只有香如故。（《卜算子·咏梅》）

从表现上看来，陆游只是在咏梅，并没有言及他物，其实这完全是在抒发作者的郁情与感慨，是愤世嫉俗的孤芳自赏。在这里，作者并不直接抒发自己的悲愤心情，而只是着意描绘断桥驿外，在那风风雨雨且惨淡、昏暗的暮色中孤独无主、寂寞自开的梅花之形象。当然，这种描绘并不是作者的目的，作者的真正用意，是在借景抒情，是借客观之梅花发主观之情志。这种借景抒情的咏梅诗，读起来，确能使人品出无穷无尽的滋味，从梅花这一有限的形象不知不觉地捕捉和领会到某种更深远的东西。这，就是所谓意境！所以我们说意境的特征是偏重于主观情感的抒发，恰如王国维说："昔人论诗词，有景语、情语之别。不知一切景语，皆情语也。"（《人间词话》）这种以情为主，以景为媒的意境，正是中国古代文学的审美核心，抓住这种既以情为主而又能情景交融的特征，就能认识意境说的本质。

（二）人物与境物

　　形象性是文学艺术的基本特征之一，意境说与典型论，显然不可能脱离这一特征。不过虽然意境说与典型论都要求描绘出具体、鲜明、生动的形象，但它们却有所偏重。意境的形象偏重于描绘境物，典型的形象偏重于描绘人物。这种差别，主要是由于中西不同的文学艺术实践所造成的。西方的叙事文学传统主要是模仿人物的行动，中国的抒情文学传统，主要是表现人物的情感。行动必须由人物形象来体现，而情感主要通过境物形象来抒发。另外，西方的叙事文学以悲剧和史诗为主，中国的抒情文学主要以短小诗章为主，这种不同的艺术类型，也是形成意境说与典型论这一差异的重要因素之一。

　　西方的典型论从萌芽到成熟，一直是与人物形象相始终的。在典型论的开山鼻祖亚里士多德那里，人物形象与典型论的关系已经十分清楚了。他说："模仿者所模仿的对象既然是在行动中的人，而这种人又必然是好人或坏人……而悲剧是对于比一般人好的人的模仿。"（《诗学》）从此以后，西方的理论家们就把典型与人物形象紧紧地绑在了一起。从古罗马的类型说到巴尔扎克的典型论，从恩格斯的典型人物说到高尔基的典型论，无不如此。贺拉斯认为作家（在创作的时候）必须注意不同年龄的习性，给不同的年龄和性格以恰如其分的修饰。"不要把青年写成个老年的性格，也不要把儿童写成个成年人的性格。"（《诗艺》）布瓦洛说："写阿伽门农就该写他骄蹇而自私；写伊尼就该写他对天神畏敬之情。"（《诗的艺术》）到了巴尔扎克那里，典型人物就成熟起来。"'典型'这个概念应该具有这样的意义，'典型'指的是人物，在这个人物身上包括所有那些某种程度上跟它相似的人们的最鲜明的性格特征。"（《〈一桩无头公案〉初版序言》，见《古典文艺理论译丛》，第10辑，137页）。巴尔扎克在这里说得十分明确：典型指的是人物。对于这种典型人物，恩格斯用高度凝练的语言把它总结出来了：每个人都是典型，但同时又是一定的单个人。别林斯基在论典型人物时做了一个十分生动的比喻："每个典型都是一个熟识的陌生人。"（《别林斯基论文学》，120页）阿·托尔斯泰认为艺术家不仅应该了解一个伊凡或者一个西多尔，而且应该从千百万个伊凡和西多尔当中孕育出一个与他们有着共同特征的人——典型来。（阿·托尔斯泰《论文学》，13页）。

无论西方的理论家们怎样阐释典型，诸多说法都体现典型总是与人物形象紧密联系在一起这样一个共同特征。正因为如此，典型与典型人物几乎成了一个同义语。所以我们才说典型论偏于描绘人物形象。当然，典型论也要求写境物，但描写境物主要为了衬托人物形象。亚里士多德虽然没有明确论述景物环境之描写，但是，他要求诗人在安排情节，用言辞把它写出来的时候，应竭力把剧中情景摆在眼前，唯有这样，看得清清楚楚——仿佛置身于发生事件的现场中——才能作出适当的处理。这里已经初步涉及景物环境的描写了。这种作为人物形象陪衬的境物描写，在黑格尔《美学》里论述得就更清楚了。黑格尔指出："艺术的最重要的一方面从来就是寻求引人入胜的情景。"什么是"情景"呢？"有定性的环境和情况就形成情景"，所谓"有定性"，是指"就它对人的关系来看"的，即它能对人物形象有"实现的推动力"。所以黑格尔指出："外在环境基本上应该从这种对人的关系来了解。"（《美学》，第1卷，254页）在这里，人与环境的关系已经阐述得清清楚楚了。关于典型与环境的关系，恩格斯用简练的语言总结道："真实地再现典型环境中的典型人物。"（《马克思恩格斯选集》，2版，第4卷，683页）。

与典型论相反，意境说偏重于境物形象的描绘。当然，中国古代文学里也写人物形象，诸如"帘卷西风，人比黄花瘦"。"一旦为臣虏，沈腰潘鬓消磨。""君家住何处？妾住在横塘。停船暂借问，或恐是同乡。""邻人满墙头，感叹亦嘘唏。夜阑更秉烛，相对如梦寐。""青青河畔草，郁郁园中柳，盈盈楼上女，皎皎当窗牖。"但这些人物形象的描写与西方的形象描写还不一样，西方写人物是为了刻画人物形象本身，是为了塑造人物典型。而中国文学中所描绘的人物形象，则多半属于诗人情感的媒介。例如"人比黄花瘦"一句，诗人不过是用人"瘦"来渲染自己的愁。"相对如梦寐"一句，诗人是以此来表达"生还偶然遂"的又惊又喜，亦悲亦欢的复杂情感。因此，这种人物描写，主要还是起一种陪衬作用。而在中国文学作品中，大量的还是景物描绘。当然，许多作品描写的还不是纯景物，而是人物情感活动的空间，其中既有景又有人。这种表达人物情感而描绘出来的景物与人物组成的空间，就是古代理论家所说的"境"或"境界"。而这种"境"，正是意境说所注重描绘的形象。王昌龄对于"境"说得较明确。"诗有三境，一曰物境，欲为山水诗，则张泉石云峰之境，极丽绝秀者，神之于心，处身于境，视境于心，莹然掌中，然后用思，了然境象，故得形似。二曰情境，娱乐愁怨，皆张于意而处于身，然后驰思，深得其情。三曰意境，亦张之于意而思之于心，则得其真矣。"（《诗格》）王昌龄所说的"境"，亦不在一景一物。而是包含容了许多内容的。其中之"物境"，近似于后人所说的"境"，或王夫之所说的"景语"。然而无论是"景语"还是"情语"，中国意境说着重描绘的绝不是人物形象，而是境物形象。故王夫之说："不能作景语又何能作情语耶？古人绝唱多景语，如'高台多悲风''胡蝶飞南园''池塘生春草''亭皋木叶下''芙蓉露下落'，皆是也，而情寓其中矣。"（《姜斋诗话》）欧阳修《六一诗话》里载了梅尧臣的一段话，很能说明这一问题。他说："诗家虽率意，而造语亦难……必能状难写之景，如在目前，含不尽之意，见于言外，然后为至矣。"例如：贾岛的"竹笼拾山果，瓦瓶担石泉"，姚合的"马随山鹿放，鸡逐野禽栖"等山邑荒僻、官况萧条之境，不如"县古槐根出，官清马骨高"写得好。又如严维的"柳塘春水漫，花坞夕阳迟""则天容时态，融和骀荡，岂不如在目前乎？"又若温庭筠"鸡声茅店月，人迹板桥霜"，贾岛"怪禽啼旷野，落日恐行人""则道路辛苦，羁愁旅思，岂不见于言外乎？"这段话已经充分说明了要写出含不尽之意，见于言外，则必须状难写之景，如在目前。通过境物描写，抒发情思，表达言外之意。而这正是所谓意境的重要特征！

形成典型论与意境说形象描绘差异的原因之一，在于艺术部类的不同。西方古代的史诗与戏剧十分发达，以后小说亦十分兴盛，这些都以描写人物为主。中国古代抒情诗歌十分发达，《诗经》《楚辞》、唐诗、宋词、元曲，这些艺术部类决定了意境说以抒情写景为主。当然，这只是原因之一。中国古代的戏剧与史诗、小说等部门为什么不很发达？为什么小说被称为"小道"？为什么再现型艺术（诸如戏剧、小说等）也充满了抒情意味？这些也许与我们前面所说的历史特征与思想理论渊源以及文学艺术实践密切相关。

（三）共性、个性与虚实、形神

既然典型论与意境说都是对于艺术美之奥秘——把深广的社会生活内容和具体、生动、鲜明的形象结合起来，集中提炼到最高度和谐统一——的探索之结晶，那么它们就具有这样的共同性：即要能以少总多，寓无限于有限。所以巴尔扎克说："艺术作品就是用最小的面积惊人地集中了最大量的思想。"（见《古典文艺理论译丛》，第 10 辑，101 页）典型就是"在这个人物身上包括着所有那些在某种程度上跟它相似的人们的最鲜明的性格特征"（同上书，137 页）。故司马迁称赞屈原的作品"称文小而其指极大，举类迩而见义远"（《史记·屈原贾生列传》）；刘勰主张"以少总多"。司空图主张意境要能"万取一收"（《二十四诗品》）；在这一点上，典型论与意境说虽有相同之处，但也呈现出不同的特色。当你欣赏一个艺术典型与品味一件有意境的作品之时，其滋味是很不相同的。一般说来，艺术典型令人难忘，艺术意境则耐人咀嚼，这是两种不同的审美感受。大凡成功的艺术典型，总是令人难以忘怀的，唐·吉诃德、奥赛罗、答尔丢夫、奥勃洛摩夫、哈姆雷特……这些典型人物形象，似乎已经铭刻在人们的心中了。典型人物的这种永恒的艺术生命来自何处呢？正在于它以鲜明的个性特征反映出了生活的必然本质。当我们欣赏艺术典型时，可以发现两个有趣的现象，其一是许多人在欣赏之时，发现作者是在写自己，有的人甚至疑神疑鬼，怀疑作者是在揭自己的隐私。所以有的作家只好声明："不要把书中某些情景误解为影射某人……我写这样一个可怜虫，并不是要使一小撮凡夫俗子见了就认出是他们的某某熟人，而是给千万个藏在密室里的人照一面镜子，使他们能够端详一下自己的丑态，好努力克服。"（菲尔丁语，见《古典文艺理论译丛》，第 1 辑，204—205 页）

其二是成功的艺术典型的名字成一个共名，流行在生活中。正如别林斯基所说："典型是一类人的代表，是很多对象的普通名词，却以专名词表现出来。举例说，奥赛罗是属于莎士比亚所描写的一个人物的专名词，然而当我们看到了一个人嫉妒心发作时，就会叫他奥赛罗……我的天！如果你留意的话，伊凡·阿列克山德罗维奇·赫列斯塔科夫这一个值得传扬的名字是贴切地适用于多少人啊。"（《别林斯基论文学》，120 页）今天，我们在生活中还经常说某某是堂吉诃德，某某是答尔丢夫，某某是葛朗台……虽然产生这些典型的时代已经过去，但是这些典型形象仍然活着，并且将具有着"永久的魅力"。典型形象的生命力就在于此。

与典型一样，意境也是对生活的高度概括，寓无限于有限。但是欣赏艺术意境与欣赏典型形象的审美感受是大不一样的。读一首诗，看一幅画，要想体会其中的意境，需要反复吟咏，反复赏鉴，才能品出其中的滋味来，才能深得其中三昧，才能吟出"韵外之致"，见出"象外之象"来。例如我们欣赏汉乐府民歌《江南》时，初看是没有什么味道的。"河南可采莲,莲叶何田田!鱼戏莲叶间,鱼戏莲叶东,鱼戏莲叶西,鱼戏莲叶南,鱼戏莲叶北。"颠来倒去就那么几句,似乎很简单,但如果我们仔细领略一番,"处身于境",就会不知不觉地捕捉和体会到其中蕴藏着无比活泼的情趣:荷叶挺出水面,饱满劲秀,鱼儿在莲叶间穿来穿去,好像在游戏作乐,在充满青春活力的池塘里,荡漾着姑娘们的歌声。(余冠英说,鱼戏莲叶东,以下可能是和声,相和歌本是一人唱,多人和的。)她们此唱彼和,歌唱她们的劳动,歌唱她们对美好生活的向往,一派蓬勃的生机溢于言表,一幅充满诗意的天然图面"超以象外"!真能使人味之无极,一唱三叹。故况周颐说:"读词之法。取前人名句意境绝佳者,将此意境缔构于吾想望中。然后澄思渺虑,以吾身入乎其中而涵咏玩索之,性灵相与而俱化,乃真实为吾有而外物不能夺。"(《蕙风词话》) 魏泰《临汉隐居诗话》说:"凡为诗,当使挹之而源不穷,咀之而味愈长。"贺贻孙说得更有意思,读诗须"反复朗诵至数十百过,口颔涎流,滋味无穷,咀嚼不尽。乃至自少至老,诵之不辍,其境愈熟,其味愈长"(《诗筏》)。所以我们说艺术典型令人难忘,而艺术意境则耐人咀嚼。谈到这里,或许有人要问,典型与意境都是对于现实生活的集中概括,以少总多,寓无限于有限。但是为什么同是对生活的概括,却呈规出了不同的审美色彩呢?笔者认为,这主要是由于它们所用的概括方法不同。

在西方以描写人物为主的叙事文学传统的基础上产生出来的典型论,既受亚里士多德"模仿说"的影响,又受亚里士多德与柏拉图在美学问题上一般与个别之论争的影响,这就形成了它概括生活的特殊方式。叙事文学传统要求以写人物为主,"模仿说"要求按必然律或可然律来模仿人物;美学上一般与个别的论争,结果是要求作家从个别中反映出一般,从个性中体现出共性。这几点,经西方从古到今的理论家们不断发展完善,日趋成熟,形成了典型概括生活的特征,即从具体、鲜明、生动、独特的个性中,反映出最大量的共性;从个别人物形象上,体现出广阔的社会生活的必然的本质内容。简言之,即在某一人物形象上寓共性于个性,寓必然于偶然。在这种寓无限于有限的人物形象上,体现了人类与社会的某些共性与本质。因而许多读者能从典型形象中发现一些自己的特征。典型人物形象的名字能够成为某类人物的代名词,正如别林斯基所说:"把现实理想化,意味着通过个别的、有限的现象来表现普遍的、无限的事物,不是从现实中摹写某些偶然现象,而是创造典型的形象。"(《别林斯基选集》，第 2 卷，102—103 页）这样的典型形象，魅力无穷，"他们的面貌、声音、举止和思想方式——完全呈现在你的面前，他们永远不可磨灭地印在你的记忆中，使你任何时候都不会忘记他们"（《别林斯基论文学》，4—5 页）。人物形象的概括力越大，包含的社会生活必然的本质内容越多，那么它的典型性就越强，揭示生活的本质就越深刻、自然，它的生命力就越强，就越令人难忘。这是典型论的最突出的特征之一。

从中国表现情感为主的抒情文学传统的基础上产生出来的意境说，既受儒家"物感说"的影响，又受道家言意形神之辩的影响。这就形成了它概括生活的特殊方式：抒情文学传统与"物感说"要求情物相观，以境寓情。言意形神之辩，追求言外之意，以形求神。这几点，经中国理论家的不断发展，意境说终于形成了情景交融，虚实相生，形神兼备的独特的审美特征，衡量一件作品有无意境以及意境的深与浅，用什么为标准呢？那就是看该作品能否通过具体、鲜明、生动的境，传达出作者无穷无尽的情思，勾引起无数形象在读者的想象中诞生，体会出作者的真情实感，品味出事物的神采丰韵……总之，看它在有限的形象中，包含了多少生活的内容。所以王国维说："文学之工不工，亦视其意境之有无，与与深浅而已。"（《人间词话附录》）那么，怎样才能叫有意境呢？王国维评姜白石曰："古今词人格调之高，无如白石，惜不于意境上用力，故觉无言外之味，弦外之响。"（《人间词话》）可见，王国维认为，有意境的作品，应当是有言外之味、弦外之响的。言外之意越多，则意境越深，言外之意越少，则意境越浅。故王国维说："至于国朝而纳兰侍卫以天赋之才，崛起于方兴之族。其所为词，悲凉顽艳，独有得意境之深……至乾嘉以降，审乎体格韵律之间者愈微，而意味之溢于字句之表者愈浅。"（《人间词话附录》）这一点，正是意境说的重要特征。所以司空图说："长于思与境偕，乃诗家之所尚。"（《与王驾评诗书》）"象外之象，景外之景，岂容易可谭哉？"（《与极浦书》）

那么，要怎样才能使作品具有言外之意、象外之象，从而形成以少总多的艺术意境呢？中国的理论家们用的是虚实相生、形神兼备的方法来概括生活，寓无限于有限，做到"万取一收"的。虚实相生，则可以少总多；形神兼备，则可用具体的形象表现事物丰富的内在本质。老庄讲言不尽意，是一个很有意思的问题。一般说来，语言不能完全达意，是个缺点，但在某种意义上讲，这也是个优点。因为它能充分运用语言的暗示性，唤起读者的联想，让读者自己去体会那"象外之象"，去咀嚼品味那字句之外隽永深长的情思和意趣，以达到"言有尽而意无穷""不着一字，尽得风流"的效果。无论中国的诗、画、书法、音乐、戏剧乃至一些小说，都善于运用这种虚实相生、形神兼备的求得意境的方法。

着力提倡意境的司空图就十分重视艺术的高度概括性。"犹矿出金，如铅出银"（《二十四诗品·洗炼》），"浅深聚散，万取一收"（《二十四诗品·含蓄》）。然而怎样来概括呢？司空图认为，其一是虚实相生。即诗要能味在"咸酸之外"，要有"象外之象，景外之景"；其二是形神兼备，在描写"风云变态，花草精神"之时，要能"离形得似"，即以形求神（《二十四诗品·形容》）。故严沧浪说："语忌直，意忌浅，脉忌露，味忌短。"（《沧浪诗话·诗法》）笪重光论画曰："空本难图，实景清而空景现。神无可绘，真境逼而神境生。位置相戾，有画处多属赘疣；虚实相生，无画处皆成妙境。"（《画筌》）这段话相当清楚地说明了虚实相生、形神兼备与艺术意境之关系。正是这种虚实相生、形神兼备的概括方法，形成了艺术意境耐人咀嚼的特色。因为作者只写了"实"，留下了许多"虚"；只是将富于暗示性的言与象呈现出来，却留下了许多空白与余地，让读者去体会其形中之神、言外之意，去品味那些不好说，也不用说的"韵外之致"，去捕捉那些如"蓝田日暖，良玉生烟，可望而不可置于眉睫之前"的"象外之象，景外之景"。这种艺术意境，的确耐人咀嚼，令人味之无极，一唱三叹，拍案叫绝！意境越深，包含的东西就越多，概括力就越强，就越能引起读者丰富的联想，给人的审美感受就越多。自然，它的生命力就越强，越令人咀嚼。这是艺术意境的最突出的特征之一。

（四）求美与求真

文学艺术，都讲其善美的统一。作为文艺审美核心的典型论与意境说，同样如此。王国维认为，只有真的作品，才可能有意境。他说："故能写真景物、真感情者，谓之有境界。""其言情也必沁人心脾，其写景也必豁人耳目。其辞脱口而出，无矫揉妆束之态，以其所见者真，所知者深也。"（《人间词话》）恩格斯要求典型要真实，"除细节的真实外，还要真实地再现典型环境中的典型性格"（《马克思恩格斯选集》，2版，第4卷，683页）。至于善，中国文学历来强调所谓经夫妇、成孝敬、厚人伦、美教化、移风俗的作用，强调美刺比兴。意境说当然不可能例外。故沈祥龙说："词不显言直言，而隐然能感动人心，乃有关系，所谓'言者无罪，闻者足戒'也。"（《论词随笔》）列宁曾经用奥勃洛摩夫这样一个典型人物来针砭时弊，这正是典型教育作用的体现。至于美，典型与意境本身就是对艺术美探索的结晶。总之，典型与意境都体现了真善美的统一。然而，这种统一是有差异有偏重的。一般说来，典型说偏重于真，意境说偏重于美，这又是它们的一个重要特征与区别。

典型论偏重于真的倾向，在典型论的奠基人亚里士多德那里就十分明显了。亚氏不但要求文艺应当逼真地模仿现实，而且还要写出现实生活的本质真实。他认为诗人的职责不在描述已发生的事，而在描述可能发生的事。即按照可然律或必然律是可能的事。"因此，诗是比历史更哲学的，更严肃的，因为诗所说的多半带有普遍性。"（《诗学》）"所谓普遍性"就是符合"必然律或可然律"的本质真实。自亚里士多德以后，西方一直十分强调典型的真实性。贺拉斯说："虚构的目的在引人喜欢，因此必须切近真实。"怎样才能真实呢？"那你必须注意到不同年龄的习性，给不同的性格和年龄以恰如其分的修饰。"（《诗艺》）这一点，布瓦洛讲得更有意思："阿什尔不急不躁便不能得人欣喜；我倒很爱看见他受了气眼泪汪汪，人们在他的肖像里发现了这种微疵，便感到自然本色，转觉其别饶风致。"（《诗的艺术》）塑造艺术典型的大师巴尔扎克说："文学的真实在于选取事实与性格，并且把它们描绘出来，使每个人看了它们，都认为是真实的。"（见《外国文学参考资料》，557页）雨果曾经衷心地称赞莎士比亚，认为他创造出高于我们但又和我们一同生活的人物，比如哈姆雷特，他像我们每一个人一样真实，但又要比我们伟大。他是一个巨人，却又是一个真实的人，因为哈姆雷特不是你，也不是他，而是我们大家（《玛丽·都铎序》，见《古典文艺理论译丛》，第2辑，316页）。这正是十分精辟地阐释了典型与真实的血肉关系。别林斯基十分称赞果戈理"中篇小说里的生活的十足的其实"。因为一切都摹写得惊人的逼真，从原型人物的表情直到他脸上的雀斑……（见《别林斯基论文学》，105—106页）。总的来说，西方典型论偏重于真实，有两个特点：其一是强调严格地摹写现实，强调"必须把生活写得跟原来的面目一样"（见《契诃夫论文学》，395页）。强调细节的逼真，要求典型人物的一颦一笑，嘴上的烟斗，手上的酒杯甚至"脸上的雀斑"，都必须与真的丝毫不差。其二是作品描写——无论是情节、结构、时间与空间、人物性格——都必须符合逻辑，符合情理，符合"必然律可然律"，符合"规律性和自然性"（见《杜勃罗留波夫选集》，第65—66页）。典型人物必须反映生活的本质真实，正如马林科夫所说"典型不仅是最常见的事物，而且是最充分最尖锐地表现一定社会力量的本质的事物"（马林科夫《在第十九次党代表大会上关于联共（布）中央工作的总结报告》，第71页）。以上两点充分地反映了典型论的这一重要特征——偏重于真实。

意境说虽然也讲真，要求写真情感、真景物。但是，它对于真的要求，却不像典型那般严格，特别是对于细节的真实。意境说注重的是象外之象、韵外之致，注重的是内在的情感，注重的是神似。而对于外在形象的细节真实却并不十分注重，甚至反对细节过于真实。因为太注重细节的真实就会"画者谨发而易貌"（《文心雕龙·附会》）。故司空图主张，诗歌要"离形得似"。这就是所谓"略形貌而取神骨"（许印芳《与李生论诗书跋》）。张彦远主张绘画要重气韵，"古之画，或遗其形似而尚其气骨，以形似之外求其画，此难与俗人道也。今之画纵得形似，而气韵不生。以气韵求其画，则形似在其间矣"（《历代名画记叙论·论画六法》）。王僧虔主张书法要重神采："书之妙道，神彩为上，形质次之"（《笔意赞》）。当然，重神似并不是完全抛弃形似，而是不刻意追求形象的细节真实，不一定非要真实得"脸上的雀斑"都要一模一样，这种重神不重形的意境说，追求的是什么呢？明代王绂《书画传习录》在评苏轼的"论画以形似，见与儿童邻，赋诗必此诗，定知非诗人"这首诗时说："东坡此诗，盖言学者不当刻舟求剑，胶柱鼓瑟也。然必神游象外，方能意到环中……古人所云不求形似者，不似之似也。"这里就明确指出：重神似不重形似，正是求所谓"不似之似"，什么是"不似之似"呢？就是司空图反复强调的"诗家之景，如蓝田日暖，良玉生烟。可望而不可置于眉睫之前也"，"噫！近而不浮，远而不尽，然后可以言韵外之致耳"。十分明显，这种镜花水月般的"不似之似"，其意不在求形象细节的真，而在追求艺术意境的美。

对这种不求形似而求意境美的特征，叶燮曾作过详细论述。他举杜诗"晨钟云外湿"一句为例说："以晨钟为物而湿乎？……声无形，安能湿，钟声入耳而有闻。闻在耳，止能辨其声，安能辨其湿？"无论从形象还是从逻辑上讲来，"晨钟云外湿"这句诗都是大有辫子可抓的。但是如果读者不胶柱鼓瑟地从形象上去苛求，而只去细心体会捉摸其中之意境，便会捕捉住其中不可言传，只可意会的美。恰如叶燮所说："斯语也，吾不知其为耳闻耶？为目见耶？为意揣耶？……隔云见钟，声中闻湿，妙悟天开，从至理事实中领悟，乃得此境界也。"所以叶燮指出："诗之至处，妙在含蓄无限，思致微妙，其寄托在可言不可言之间，其指归在可解不可解之会，言在此而意在彼，泯端倪而离形象，绝议论而穷思维，引人于冥漠恍惚之境，所以为至也。"（《原诗》下篇）这种"冥漠恍惚之境"，正是一种只可意会而不可言传的审美境界！

中国的意境说偏重于美，主要有这么几个特点：其一是着意追求内在的情感，神韵之美，而不求外在的酷似。此即所谓"四体妍蚩，本无关于妙处，传神写照，正在阿堵中"（《世说新语·巧艺》）。有唐一代的诗歌、绘画、书法，皆是其杰出代表。恰如谢榛所说："盛唐人突然而起，以韵为主，意到辞工，不假雕饰；或命意得句，以韵发端，浑成无迹，此所以为盛唐也。"（《四溟诗话》卷一）李白作诗，只从性情中流出，率意而为，不假雕削。"小时不识月，呼作白玉盘。又疑瑶台镜，飞在青云端。"（《古朗月行》）天真烂漫的感情洋溢诗中，真率可爱。吴道子作画，一挥而就。嘉陵江三百里风光，一日画成，他绘画的宗旨是："众皆谨于象似，我则脱溶其凡俗……守其神，专其一，合造化之功，假吴生之笔，向所谓意存笔先，画尽意在也。"（《历代名画记》卷二）张旭书法，更是任情率性，"每大醉，呼叫狂走，乃下笔，或以头濡墨而书，既醒自视，以为神，不可复得也"（《新唐书》）。这些都充分说明中国艺术着意追求的是重内在情感、神韵，追求意在言外的意境美，而不在乎外表形象细节的真实，这是其一。其二，中国艺术不讲究时间、空间、结构层次、透视等方面的符合必然性，常常打破时空限制，不按自然本身的规律去描绘。相传王维作画，多不问四时，如画花往往桃杏芙蓉莲花同画一景（沈括《梦溪笔谈》卷七）。据说，他在其所绘的《卧雪图》中，还画了雪中芭蕉。这更是打破时空规律的典型例子。清代名画家金农就指出："王右丞画雪中芭蕉为画苑奇构，芭蕉乃商飙速朽之物，岂能凌冬不雕乎？"（《冬心集拾遗·杂画题记》）对此，神韵派大师王士禛解释道："世谓王右丞画雪里芭蕉，其诗亦然。如：'九江枫树几回青，一片扬州五湖白'。下连用兰陵镇、富春郭、石头城诸地名，皆辽远不相属。大抵古人诗画，只取兴会神到，若刻舟缘木求之，失其旨矣。"（《池北偶谈》）王士禛在这里所谈的"兴会神到",其实就是司空图、严沧浪等人倡导的意境美。正如王士禛自己所说:"表圣论诗,有二十四品,予最喜'不著一字,尽得风流'八字"(《香祖笔记》),"镜中之象,水中之月,相中之色,羚羊挂角,无迹可求,此兴会也"(《渔洋文》)。由此可见,打破时空之自然规律其目的不在求真,而正在追求意境之美。苏轼所说的:"味摩诘之诗,诗中有画,观摩诘之画,画中有诗。"(《东坡题跋·书摩诘蓝田烟雨》)正说明了王维所追求的是诗情画意之美,而不在乎是否符合自然规律。所以意境说之倡导者认为"诗有别趣,非关理也"(严羽《沧浪诗话》)。"若夫诗似未可以物物也……可言之理,人人能言之,又安在诗人之言之?"(叶燮《原诗》)因而他们主张"不涉理路,不落言筌"(严羽《沧浪诗话》)。"必有不可言之理,不可述之事,遇之于默会意象之表,而理与事无不灿然于前者也"(叶燮《原诗》)。这里的"不涉理路",并非宣扬神秘主义,而是主张不要拘泥于现实自然规律的限制,而应跳出自然之理,追求艺术的本质真实,追求艺术意境之美。在中国艺术中,我们到处可以发现这种无理之理,无理之美。葛立方《韵语阳秋》卷四云:"竹未尝香也,而杜子美诗云:'雨洗娟娟静,风吹细细香。'雪未尝香也,而李太白诗云:'瑶台雪花数千点,片片吹落春风香。'"

中国绘画,并不讲究空间层次、立体透视。"大都山水之法,盖以大观小,如人观假山耳。若同真山之法,以下望上,只合见一重山,岂可重重悉见,兼不应见其溪谷间事……以大观小之法,其间折高、折远,自有妙理。"(沈括《梦溪笔谈》)这个"妙理"就是所谓无理之理,其目的,在于求意境之美。"谛视斯境,一草一树,一丘一壑,皆洁庵灵想所独辟,总非人间所有。其意象在六合之表,荣落在四时之外。"(恽南田《题洁庵图》)中国人不讲绘画的空间层次,并非完全不懂,而是不屑为。早在南朝宋代,著名画家宗炳就论述了远近法中形体透视的基本原理和验证方法(见《画山水序》),这比西方画家勃吕奈莱斯克(Philippe Brunellesco)创立远近法的年代约早一千年!但宗炳强调的仍在神而不在形。正如元代画家倪瓒说,"仆之所谓画者,不过逸笔草草,不求形似……以中每爱余画竹。余之竹聊以写胸中逸气耳,岂复较其似与非,叶之繁与疏,枝之斜与直哉?或涂抹久之,他人视以为麻为芦,仆亦不能强辨为竹"(见《历代论画名著汇编》,205页)。清代松年在比较中西绘画时指出:"西洋画工细求酷肖,赋色真与天生无异,细细观之,纯以皴染烘托而成,所以分出阴阳,更见凹凸,不知底蕴,则喜其功妙,其实板板无奇……中国作画,要讲笔墨勾勒,全体以气运成,形态既肖,神自满足。"(《颐园画论》,见《画论类编》上,356页)。

不仅绘画,中国诗歌同样不遵循时空之自然律,试看李白的一首小诗:"峨眉山月半轮秋,影入平羌江水流。夜发清溪向三峡,思君不见下渝州。"(李白《峨眉山月歌》)短短一首诗,写了从清溪,背峨眉,经平羌三峡,前往渝州之行,并用旅途之体验与思乡之情,将不同的时间与广阔的空间和谐地统一起来,故王世贞说:"二十八字中有峨眉山、平羌江、清溪、三峡、渝州,使后人为之,不胜痕迹矣,可见此老炉锤之妙。"诗人在这里注重的不是时间与空间的准确性,而是追求意境之美。在诗里,作者的思乡之情与山影、月光、江水、三峡融为一体,时空已经不复存在了。而存在的,只是意味隽永的美!难怪王世贞曰"此是太白佳境"(《艺苑卮言》)。正如李东阳说:"此诗所以贵情思而轻事实也。"(《麓堂诗话》)在中国艺术家看来,不应当是诗人去遵循现实规律,而是现实必须服从诗人的调遣:"天地入胸臆,呼嗟生风雷。文章得其微,物象由我裁。"(孟郊《赠郑夫子鲂》,见《全唐诗》卷三七七)所以美学家宗白华说:中国艺术的空间,"是诗意的创造性空间。趋向着音乐境界,渗透了时间节奏"。是"一个充满音乐情趣的宇宙(时间合为一体),是中国画家,诗人的艺术境界"。因此,"艺术境界主于美"(《美学散步》,89—90、59页)。

中国的戏剧,同样是超越自然时空的艺术,舞台上走一圈,可以表现走过千里万里;演员只拿一支桨,依靠其摇曳的舞姿,就可以造成艺术意境,令观众"神游"江上。故著名演员程砚秋说,中国戏曲的表现形式"是在有限的固定范围的舞台上反映历史或近代的广阔生活,给观众一种美的感觉的艺术"(《戏剧表演的基础——"四功五法"》,见《戏曲学习》,1958年第1期)。这些都充分说明了意境说的重要特征——偏重于美。

(五) 酝酿感悟与分析综合

典型论有一整套典型化的方法:观察体验—分析综合—典型的诞生。意境说也基本上可以总结出这样一个公式:观察体验—酝酿蓄积—意境从感悟中诞生。比较一下典型与意境的诞生,对于文艺创作,是十分有益的。

　　任何文学艺术"都是一定的社会生活在人类头脑中的反映的产物",生活"是一切文学艺术的取之不尽,用之不竭的唯一源泉"(毛泽东语)。因此,无论是西方艺术里典型人物的塑造,还是中国艺术里审美意境的寻求,都离不开对于客观生活的观察与体验。正如布瓦洛说:"谁能善于观察人,并且能鉴识精审,对种种人情衷曲能一眼洞彻幽深,谁能知道什么是风流浪子、守财奴,什么是老实、荒唐,什么是糊涂、吃醋,则他就能成功地把他们搬上剧场。"(《诗的艺术》)作家只能在对生活观察体验的基础上,才可能对人物形象进行分析与综合。泰纳的《巴尔扎克论》十分正确地分析了巴尔扎克观察生活与塑造典型的关系。泰纳指出,在巴尔扎克身上,哲学家和观察家结合起来了,他看到了细节,同时也看到了联系各个细节的规律。正是在细心观察的基础上,巴尔扎克才可能对人物进行分析与综合,"在自然界分散的东西,到这里集中起来了……为联系这么多事件,调遣这么多的人物,配合这么长一条钻营活动的锁链,是非有异乎寻常的理解力不可"(见《文艺理论译丛》,1957年第2期,第58页)。这正如巴尔扎克自己所说:作家的使命,"就是把一些同类的事实融成一个整体,加以概括地描写……所以他是对事件作综合的处理。为了塑造一个人物,往往必须掌握几个相似的人物……文学采用的也是绘画的方法,它为了塑造一个美丽的形象,就取这个模特儿的手,取另一个模特儿的脚,取这个的胸,那个的肩。艺术家的使命就是把生命灌注到他所塑造的这个人体里去,把描绘变成真实"(见《古典文艺理论译丛》,第10辑,第120页)。这样由多个人的特征综合起来的人物形象,被作家灌注了生命,于是就活灵活现地站起来了。这种典型化的方法,一直被西方作家运用着。高尔基曾多次谈到这种创造典型人物的方法,他认为假如一个作家能从二十个到五十个,以至从几百个小店铺老板、官吏、工人中,每个人的身上,把他们最有代表性的阶级特点、习惯、嗜好、姿势、信仰和谈吐等抽取出来,再把它们综合在一个小店铺老板、官吏、工人的身上,那么这个作家就能用这种手法创造出典型来(见《论文学》,第159页)。

　　意境说的诞生也同样离不开对生活的观察、体验。大力倡导意境说的王夫之指出:"身之所历,目之所见,是铁门限。即极写大景,'如阴晴众壑殊'、'乾坤日夜浮',亦必不逾此限。"(《姜斋诗话》)意境之诞生，是离不开身之所历、目之所见的。故石涛说："墨非蒙养不灵，笔非生活不神。"（《历代画论类编》，第150页）虽然意境的寻求与典型的创造都离不开对生活的观察与体验，但是它们对现实生活的提炼却是很不相同的。典型论是用分析综合的方法来塑造人物形象，意境说则是在酝酿积蓄中感悟，从灵感闪现中捕捉到艺术意境的。宋代董逌《广川画跋》曾记曰：画家李成，"于山林泉石……积好在心，久则化之，凝念不释……磊落奇蟠于胸中，不得遁而藏也。他日忽见群山横于前者，累累相负而出矣"。对于这种酝酿感悟，郑板桥曾经有过十分生动的描述："江馆清秋，晨起看竹，烟光日影露气，皆浮动于疏枝密叶之间，胸中勃勃遂有画意。其实胸中之竹，并不是眼中之竹也。"这种看晨竹而产生"勃勃画意"，就是作家的酝酿过程，所以说胸中之竹并不是眼中之竹，因为它已经过了作家心胸的酝酿，渗透了作家的主观情感色彩。在酝酿成熟之时，就会"突然兴至风雨来，笔飞墨走精灵出"（《郑板桥集·又赠牧山》）。作家在感悟中描绘出情景交融的晨竹之形象，求得摇曳多姿的笼罩在烟光日影与露气中的晨竹之艺术意境。故郑板桥曰："意在笔先，定则也；趣在法外者，化机也。"（《题画竹》，见《郑板桥集》，第161页）。对于这种酝酿感悟，苏东坡说得更明确："故画竹必先得成竹于胸中，执笔熟视，乃见其所欲画者，急起从之，振笔直遂，以追其所见，一如兔起鹘落，少纵则逝矣。"（《筼筜谷偃竹记》）所谓"得成竹于胸中"者，即酝酿也，所谓"少纵则逝"者，即灵感之闪现也。罗大经《画说》曾举了一个酝酿感悟的生动例子："李伯时过太仆卿廨舍，终日纵观御马，至不暇与客谈，积精储神，赏其神骏，久久则胸中有全马矣。信意落笔，自尔超妙。"（见《历代论画名著汇编》，第123页）画如此，诗亦然。李贽说："且夫世之真能为文者，比其初皆非有意于为文也，其胸中有如许无状可怪之事，其喉间有如许欲吐而不敢吐之物，其口头又时时有许多欲语而莫可所以告语之处，蓄极积久，势不能遏，一旦见景生情，触目兴叹；夺他人之酒杯，浇自己之垒块；诉心中之不平，感数奇于千载……"（见《杂说》，《焚书》卷三）对于意境的这种酝酿感悟，严沧浪称为"妙悟"。严氏认为，若要求得"妙悟"必须有积累酝酿，不但要"多读书""多穷理"，"熟参"诸家之诗，还要有生活之感发。只要如此积累"酿酝胸中"，则自然"悟人"。中国的文艺家们，正是以这种酝酿感悟来寻求艺术意境的。故王国维说："夫境界之呈于吾心见于外物者，皆须臾之物，惟诗人能以此须臾之物，镌诸不朽之文字，使读者自得之。"(《人间词话附录》）宗白华教授更明确地指出："意境是艺术家的独创，是从他最深的心源和'造化'接触时突然的领悟和震动中诞生的。"（《美学散步》，第65页）。

通过以上分析比较，我们可以认识到：意境说与典型论之所以成为中国与西方文学艺术独具的审美理论，是有其深厚的社会历史与思想理论渊源的。意境说与典型论是中西不同的社会历史背景、不同的文学艺术实践的丰厚土壤上，结出来的滋味不同的果实，是中西审美理想的不同结晶，各自闪现着璀璨夺目的迥异的色彩：典型论偏重于客观再现，意境说偏重于主观表现；典型论偏重于描绘人物形象，意境说偏重于境物形象；典型论是寓共性于个性，寓必然于偶然，意境说则主张虚实相生，以形求神；典型论求真，意境说求美；典型化的方法是分析综合，意境的诞生是酝酿感悟。有意思的是，这些不同之处，都恰恰是中西文艺家们对艺术美的本质，对艺术之生命的共同探索的结晶。中西美学理论，可谓"根干丽土而同性，臭味晞阳而异品"。典型论与意境说正是鲜明地体现了中西诗学理论这种既同又异的状况。从其相异之处，我们可以准确地把握它们各自的本质特征；从其相同之处，我们或许可以探索到世界文学艺术发展的某些共同规律。另外，清醒地认识到"意境说"与"典型论"的不同特征，或许就不会牵强附会地用西方的"典型形象"来硬解中国古代文学艺术作品，不至于在一首抒情小诗中硬去寻找"典型形象"，而是用"意境说"去恰如其分地理解不求形似而专注于神似的中国古代文学艺术，从"无理之理"中品尝到情景交融、意味隽永之美！

（选自《中西比较诗学》，中国人民大学出版社2010年版）

黄药眠、童庆炳

黄药眠（1903—1987），广东梅县人，毕业于广东大学（今中山大学），是我国著名文艺理论家。在创造社担任助理编辑期间，进行诗歌与诗论创作，发表了《梦的创造》。曾参与组织国际新闻通讯社，并担任总编，在中国驻莫斯科代表团曾担任翻译。在北京师范大学中文系任教期间，组织建立了全国第一个文艺理论教研室，主编了《文学理论学习参考资料》，著有《沉思集》《批判集》等。童庆炳（1936—2015），福建连城人。主要研究文艺心理学、文艺理论、美学、中国古代诗学等，精通中国古典文学、外国文学。1958年毕业后，留在北京师范大学任教。著有《文学概论》《文学创作与审美心理》《文体与文体创造》《文学理论教程》等。黄药眠和童庆炳等人合作编著的《中西比较诗学体系》（上、下册）（1991年出版），由三编内容构成。首先是中西比较诗学不同背景（精神背景、文化背景和哲学背景）的比较研究。其次，运用比较诗学的研究方法，进一步扩大了对诗学范畴的研究，如将中国的"兴论"与西方的"酒神论"展开的比较、探讨。最后，还对中西诗学的影响研究进行探析，如王国维与尼采、茅盾与西方现实主义的比较等。在此基础上，进一步探讨不同文化背景下的中西诗学的相似性与异质性，从而建立中国的诗学体系，为中西诗学的研究方法做出了有益的补充与拓展。

"中西诗学的文化背景比较"是《中西比较诗学体系》中的第二章，作者首先指出中国的哲学以道为核心，主要表现在气、无、理；西方则以逻各斯为中心，主要表现在规律、逻辑、理念。进一步围绕"有"与"无"展开对中西方不同文化的探讨。"有"与"无"带来了中西方宇宙观方面的差异。再以亚里士多德等人以及古希腊文化中的科学倾向为例，阐明西方强调以"有"为中心的哲学观，将宇宙视作实体的存在，文化进化方向是逻辑实证主义。中国则以无为本，"无"在具有创造功能的"气"之下，化为了有，形成了气的宇宙，虚实相生就成为中国文化的核心。与此相对应，西方注重形式，如德谟克利特的原子结构、亚里士多德的形式即本体、康德、黑格尔的形式与内容的分裂、西方当代的深层结构理论等，对形式的重视使各部分具有明晰性，明晰性以工具为中介，人通过工具来明晰地认识世界。这种明晰性也存在历史与超越、有限与无限等的局限性。而中国文化更强调整体功能，如《周易》中涉及的阴阳八卦、《尚书》提到的五行学说以及哲学中的"天人合一"观等，对整体功能的强调，使中国文化重视模糊性，这种模糊性更具开放性，轻工具而凭借心灵追求言不尽意，形成了中国认识论重理性、经验，以及对现实的功用。在人与自然的关系上，西方从柏拉图现实世界与理念世界的对立到相对论等可以看出，西方文化中人与自然是对立的关系；中国则从孔子将知识限定在现象里、老子讲求"道"、魏晋玄学、宋明理学等，可发现中国自古以来就重视人与自然的和谐，这与中国文化重视"无""气"、整体功能、模糊性等相联系，正是这些特征促成了中国文化中人与自然的和谐。"中西诗学的文化背景比较"从文化背景比较了中西文化的差异，为我们深入了解中西诗学范畴、意蕴的差异奠定了基础。我们从中不仅可以认识到中西诗学异质的表现，而且能认识到形成这种差异的文化根源，这对研究中西诗学具有重要意义。

中西诗学的文化背景比较

提　要

（一）文学→艺术→美学→哲学。道、无、理、气的相关性。Being（有）、实体、逻辑、清晰的相关性。（二）有与无、实体与气、虚与实的中西观念。　（三）形式的含义和演化，整体功能的超越性与局限。（四）明晰与工具中介。模糊的超越与局限。（五）有、形式、明晰造就人与自然的对立。无、气、整体功能、模糊造就人与自然的和谐。

第一节　从比较文学到比较美学

比较文学目前已具有国际性的声势。然而比较文学要获取真正的桂冠，似应走向比较美学。比较美学使潜隐在比较文学潮流中并使其波澜壮阔的内在必然性鲜明地显示出来，使比较文学更明确地意识到自己和广大世界的联系，更明晰地自觉到自己的崇高目标，更清楚自己的目的、方法、意义，更好地在自己的领域放出令人神往的光芒。

美学融最思辨的哲学、最微妙的心理学、最情感的艺术为一体，具有当代科学的综合性特点。美学本身就是一门比较学。它要将客观自然世界和艺术世界进行比较，发现人类创造艺术的奥秘；要对各门艺术加以比较，找出共同的美学法则；要对各个时代、不同国家的艺术进行比较，从艺术沧海桑田的历史变迁中，体悟艺术的恒常性。更主要的是要将艺术与哲学、心理学连在一起考察，以探求在艺术中跳动着的人类心灵。由此可见，美学是文化精髓的集聚点。

  一幅中国画和一幅西洋画，特别是古典西洋画，为什么差异如此之大，表明中西画家在头脑中通过"外师造化，中得心源"的创造活动而凝成的艺术意象是不同的，也表明它们的外部世界、心理结构也是不同的。中西人的外部世界和心理结构的差异表现在文化的各个方面，也表现在艺术和哲学上。由于哲学是人类心灵最核心，最精炼、最明确的表现。艺术的差异最终也要追究到哲学的差异上。因此我们的比较美学以比较哲学来作开路先锋。但我们不是纯哲学的比较，而是美学中的哲学比较，在比较中常用艺术现象来询问哲学比较，在哲学比较中时刻不忘自己的美学和艺术目的。我们从艺术→意象→心理结构→哲学，或者从文学→艺术→美学→哲学，好像是远离了本题，其实最接近本题。哲学是文化最核心、最明晰、最简练，最概括的表现，只有抓住它，才能充分地和深刻地理解中西文学艺术的差异的根源和意义。这里谈得愈充分、施肥愈合理，以后的果实就愈丰富、愈硕大。"超以象外，得其环中"。

  中西比较让人如堕烟海的一点是，中国文化是相对稳定的，其在哲学上的反映，道、气、无、理，可以说全面抓住了中国哲学的核心，而这四个概念本又是相通的。西方则古希腊是一个世界，中世纪是一个世界，近代是一个世界，当代又是一个世界，特别是由爱因斯坦、歌德尔、海德格尔、维特根斯坦、弗洛伊德、卡夫卡、毕加索等人为代表的当代西方世界与古代世界和近代世界的明显差异，似乎在科学、哲学、美学、艺术上全面的反传统，甚至有人认为西方在走向东方：什么爱因斯坦的统一场与张载的气，现代绘画的三平原则与敦煌壁画，电子计算机与《周易》……其实这不过是一种表面的相似罢了，貌合神离！西方当代世界与古代世界和近代世界是一脉相传的，是古代和近代世界发展的必然结果。三个世界深处有一个一以贯之的东西，一个独具特色的西方精神。中西比较，首先是抓住中西文化最根本点的比较。西方的根本点又具体化为三个世界的特点。我们既不忽视具体特点，又牢牢抓住根本之点。根本点是纲，纲举目张。

  从中西文化各自的体系来看，中国哲学的根本概念是道，西方是逻各斯，也有人对这两个概念进行比较，然见同者多，睹异者少。如果把视野开阔一点，道进一步具体为气、无、理，逻各斯演化为规律、逻辑、理念。二者的差异已初见端倪了。然而站在今天比较学的高度看，由此深入,并非最佳道路。不如指出 Being(有)与无作为中西文化比较的支点。

无是中国哲学根本概念之一。可以说是道的同义词。无,因其对道的根本特征之一的强调而获得本体论意义。"道之为物,惟恍惟惚"①,这个恍惚之道就是无,"万物皆生于有,有生于无"②。但本文提出无,是从道、气、无、理一体化的中国哲学的根本意义上提出来的。无本身就包含着理和气。汉儒郑玄亦云:"以理言之为道。以数言之谓之一,以体言之谓之无,以物得开通谓之道,以微妙不测谓之神,应机变化谓之易,总而言之,皆虚无之谓也。"③ 以无为中国哲学本体论代表,从比较学看,恰好西方哲学的根本概念为与无相对的概念:有(Being)。

Being 汉译为:是、有、存在。对 Being 自身而言这三个含义都有而且契合无间,Being 一直是西方哲学的根本概念。亚里士多德说:"Being 永远是一个疑惑的主题,是一个从前,现在,而且永远要被提出来的问题。"④ 巴门尼德因第一个拈出 Being 而深受黑格尔和海德格尔的赞扬,紧随巴门尼德之后,亚里士多德认为,形而上学就是研究 Being 的学问。从 Being 始,黑格尔的绝对理念开始了漫漫征程。存在主义的中心问题,就是 Being 的问题,是 Being 的 Desien(此在)和 Existence(实际存在)的问题。

Being 之为西方文化的核心,因其已包含着西方哲学的基本概念及其丰富展开的潜能。正如无包含着道、气、理一样。Being 在亚里士多德那里就与实体、逻辑、紧紧相连。⑤ 纵观整个西方文化及其发展,可以从 Being 及其丰富的展开上得到较好的理解。"To be or not to be, that is the question."

第二节 有与无

Being(有)与无给中西文化带来的第一个,也是最根本的差异就是

---

① 《老子》二十一章。
② 《老子》四十章。
③ 《周易·系辞·正义》。
④ 《古希腊罗马哲学》,商务印书馆1961年新一版,第263页。
⑤ 参阅《古希腊罗马哲学》,商务印书馆1961年版,第214、263页。

宇宙观的差异。西方人的宇宙和中国人的宇宙在构成上是不同的。当巴门尼德把 Being 作为宇宙本体的时候，就显出了西方文化的独特性，认识世界，就是认识存在（Being），要认识存在，重要的是认识存在的稳定的、不变的、恒常的东西，它的本体。这样西方人认清世界的愿望使其从 Being 进一步达到 Substance。Substance 就是物体的根本性的、基本的、决定其性质的东西，译为本体，又被译为实体。译为前者，它的根本性得到强调，这也正是亚里士多德用它代替 Being 和理念的本意。译为后者，从比较看更有意义。恰好西方的存在及其本体都是实体的，是实、是形，与下面要谈到的中国的根本性概念截然相反。从 Being 到 Substance，西方世界的特质更加昭然：一个实体的世界。

这大概与希腊文化一开始就明显的科学倾向有关吧。第一批希腊哲人就是自然科学家。希腊哲学史上伟人们大都献出过《论自然》的著作。泰勒斯、阿拉克西曼德、阿拉克西米尼、毕达哥拉斯、赫拉克利特把世界的本原归结为水，无限，气，数，火……都在为宇宙的统一追求最终的、确定的、永恒的、明晰的、带科学性质的答案，都含着实体性在通向巴门尼德。紧随巴门尼德，德谟克利特提出原子，物体最终的元素，宇宙最终的物质实体。柏拉图提出理念，宇宙最高的精神实体。当亚里士多德把 Being、Substance，逻辑、明晰性进行一体化论述的时候，西方文化的实体世界就大功告成，牢不可破了。

Being 和 Substance 决定了西方文化的进行方向。在物质方面为原子、胚种（斯多葛）、微拉（笛卡尔）、单子（布鲁诺，莱布尼茨）、原子实事（逻辑实证主义）……不管怎么样翻新，总跳不出实体这一窠臼；精神方面则为理念、逻辑、先验形式，意志……柏拉图的理念是理想的、逻辑的、数学的，是实体。黑格尔的绝对理念同样是实体。他的绝对理念的艰难历程，就是概念实体沿着辩证逻辑之路的发展过程。问题的关键在于：有（Being）不是无，实体（Substance）不是虚空。因此从有到有与无，从实体到物体和虚空构成西方实体世界的根本面貌。

当毕达哥拉斯派由观看天的星辰"悟出空间由（点）积成……积点可以成（线）、成（面），（积面）可以成立体"[1] 的时候，已包含着有与无、实与虚的西方观点了。从逻辑必然性上讲，当西方人创造了有、实

---

[1] 杨百顺：《西方逻辑史》，四川出版社 1984 年版，第 14 页。

体,同时也就隐含着无、虚空。虚空必然要出现,而且果然很快出现了。原子和虚空,经德谟克利特、亚里士多德、伊壁鸠鲁到卢尧莱修,用漂亮的语言表述了出来:

> 独立存在的全部自然,是由两种东西组成,由物体和虚空,而物体是在虚空里面,在其中运动往来。①

有与无、实体和虚空的这种关系决定了有、实体的第一性、根本性。有与无从根本上说是分离的、对立的,相互之间没有内在联系。有是主动的,它占据空间,在空间里生存、活动、伸展、追求。这个实体和虚空的世界被牛顿和笛卡尔给予科学的加冕更加固若金汤。尤需强调的是,在历史的发展中,它已不仅是一个科学的时空问题,而是带着由 Being、Substance 所展开来的全部丰富性的文化宇宙观。因此当现代物理学否定它的时候,虽然表现为一个更接近真理的科学时空观取代一个离真理较远的时空观,但还是摆脱不了实体世界,重把物理世界分为两类:一类为实体,即质子、中子、电子、夸克;一类为场、引力、电磁力。这儿虚空已经不虚了。但在传统方式的暗中制约下,以虚为实,以无为有。萨特就把有创化力而又神秘莫测的东西称为"自在的有"。德雷达则指出"差异"(Difference)更主要的是,有与无的另一发展形势:有,实体即人已认识和把握的世界;无,虚空即人尚未认识和把握的世界。在已知世界中,物理虚空出场、引方而变无为有,并来阻止未知世界的存在。人还是面临着空无。由于有与无的这两种意义是相互联系的。因而不从物理学的角度,而从西方文化的角度来看,现代物理学不是否定了实体和虚空,而是置换了实体和虚空。这种置换没有否定西方文化实体和虚空的宇宙观,置换本身却是这种宇宙观的表现,受这种宇宙观的支配,又使这种宇宙观的矛盾更加暴露。我们看到这种现代物理学的置换与当代的政治、哲学、文艺一道相激相荡,造成了西方人的文化、心理危机。一方面虚空不虚,但在萨特那儿,"对人的意识来说,自在的有是荒唐的、讨厌的、令人恶心的"②。另方面,虚无常在。在海德格尔那儿,无使人生畏。如果说古希腊和中世纪带有哲学和宗教味的科学表现出西方有与无、实体与虚空的和

---

① 《古希腊罗马哲学》,商务印书馆1961年版,第391页。
② [美]宾克莱:《理想的冲突》,商务印书馆1983年版,第217页。

谐、静穆、平衡、圆、正义和美,近代科学的有与无,实体与虚空产生出激情、信心、上升、规律和崇高,那么,当代科学却表现了有与无、实体与虚空的内在矛盾、危机和荒谬性。从 Being 而来的实体世界本身就意味着有与无的对立。

西方以有为本,从有到实体。中国则以无为本,从无到有。无如何能生有呢?中国的无之能生有,在于无不是西方作为实体的所占位置和运动场所的虚空,乃是充满生化创造功能的气。张载说:"虚空即气。"[1] "太虚无形,气之本体,其聚其教,变化之客形尔。"[2] 中国人认为无的广大无限的宇宙空间充满着气。气化流行,衍生万物。气凝聚而成实体,实体之气散而物亡又复归于宇宙流行之气。天上的日月星辰,地上的山河草木、飞禽虫兽,悠悠万物,皆由气生。人为方物之灵,亦享天地之气以生。一言以蔽之:茫茫宇宙,无非一气。

气在先秦就是中国哲学的一个根本概念。《管子》开其先,孟、庄、荀随其后。汉代的《淮南子》、董仲舒、王充的理论里,气一直养尊处优。在宋代理学里,气与理是两个最重要的范畴,在王夫之和戴震的哲学庙堂中,气取得了独尊的地位。西方文化是一个实体的世界,中国文化是一个气的世界。在这气的世界中,有是气,是气之聚。无也是气,是有形之始,又是有形散之后的归宿。这样,有与无、实体与虚空不是截然对立的,而是气的两种形态。"常无,欲以观其妙;常有,欲以观其徼。"[3] 正是有无的永恒转化,构成中国气的宇宙的生生不息的运动。正是宇宙气的运动,展现出万物竞萌、此伏彼起、生机勃勃的万千气象。

在气的宇宙中,无是根本,是永恒的气。"无也者,开物成务,无往而不存者也。阴阳恃以化生。万物恃以成形。"[4] 无是有的本源,又是有的归宿。有是暂时的、有限的。人们对宇宙的认识首先是对无的认识,对气的认识。同样,要认识有、具体事物,最主要最本质的也是对有的气的认识。使人执有不忘无、观形而察气,形成整体性、系统性、综合性的认识。它从理论上使对有的认识,具体为对有(具体事物)的整体功能认识。这种对具体有的整体功能认识,又反过来促进了对宇宙整体的功能性

---

[1] 张载:《正蒙·太和》。
[2] 张载:《正蒙·太和》。
[3] 《老子》一章。
[4] 《晋书·王衍传》。

认识。气本为最能表现功能性的概念。中国人心目中气的宇宙就是一个功能性的宇宙。中国文化中有（具体事物的）最本质的东西是功能性的，功能性的宇宙和功能性的实体，或者用中国人自己的术语说：气的宇宙及其由此而来的以无为本，虚实相生，构成了中国文化的核心。

一个实体的宇宙、一个气的宇宙。一个实体与虚空对立，一个则虚实相生。这就是浸渗于各方面的中西文化的根本差异。

西方有与无的对立造就了进取、抗争、追求的精神，同时也包含着弱点，在古代暗酝了命运悲剧，近代为想象力把握不住的无限，可怖的崇高客体。当代则是弥漫开来的荒诞意识。中国的虚空充满着宇宙的灵气，是人的本原和归宿，产生了安定静穆和谐的天人关系。同时又包含着自己的弱点，失却了对空间的追求，但仍有人生的失意；没有与自然对立的激情和抗争，又摆脱不了大化的命运。"寄蜉蝣于天地，渺沧海之一粟，哀吾身之须臾，羡长江之无穷，挟飞仙以遨游，抱明月而长终。知其不可乎骤得，托遗响于悲风。"[①] 这是中国审美意识中特有的深沉广漠的悲怆感。它不仅在失意的士大夫如苏轼这类人身上表现出来，身为天子的曹丕写下如此的诗句："高山有崖，林木有枝，忧来无方，人莫之知。"而冯延巳的"为问新愁，何事年年有"最能表现中国文化的弱点。

（选自《中西比较诗学体系》，人民文学出版社1991年版）

[①] 苏轼：《前赤壁赋》。

乐黛云

乐黛云（1931—），贵州贵阳人，主要从事中国现代文学、比较文学、比较诗学等领域的研究，是中国比较文学学科的开拓者之一。曾在哈佛大学、澳大利亚墨尔本大学访问讲学，开展了比较文学相关讲座，大力推广中国文学。乐黛云对中外文化的交流、比较文学中国学派的构建、积极推进中国比较文学学会的建设做出了开创性的贡献。北京大学毕业后留校任教至退休。主要著有《比较文学原理》《面向风暴》《世界诗学大辞典》等。《世界诗学大辞典》是乐黛云组织编纂的一部在比较文学领域内具有深远影响的集大成的成果，也是中国比较诗学史上的第一部辞书。该著作主要由《地区分类目录》《辞典正文》（A—Z）《汉字笔画索引》和《中外文对照索引》等部分组成，所涉内容丰富，融通古今中外文论的范畴、命题，体现了作者世界视野之下的比较文学观。她以超越文化冲突的中西诗学研究，在平等对话的前提下，将不同地区的文化融会贯通，寻求中西方诗学的共同性，视野独特而具有启示意义。当然，该作也存在收录内容不全面、厚此薄彼的偏向，但其学术价值仍是值得肯定的。

"地区分类目录"这部分内容，主要以五个地区的文化体系作为研究对象，对这些地区的美学与文学概念、形式技巧、文体风格、文论流派、重要文论家与文论著作等做了深入的探讨，阐释了不同地区的文化体系，涉及了各地区的众多流派、作家及其文论等，如重要文论家，从先秦孔子、老子到现代的茅盾、钱锺书；形式技巧，从春秋笔法到谐隐、押韵与重机趣等均有所涉及。《地区分类目录》主要提供了以地区分类进行检索的方法，在这种编排布局之下，既可以看到中西之别，也能看到各自的内在复杂性，视野广阔，为中国比较文学与世界文学的诗学对话做出了贡献。

地区分类目录

地区分类目录
中国
（第一类目录）

A

按实肖像和凭虚构象 ············ 8

B

本色论 ···················· 23
逼真/肖物 ················· 25
比德 ······················ 26
补察时政/泄导人情 ············ 42
不涉理路，不落言筌 ············ 46

C

才、胆、识、力 ·············· 51
才气 ······················ 53
才性 ······················ 53
常形常理 ··················· 63
成竹于胸 ··················· 69

澄怀观道 ··················· 74
澄怀味象 ··················· 74
丑 ························ 78
出入说 ···················· 79
传奇贵幻 ··················· 82
传奇性 ···················· 83
传神阿堵 ··················· 83
传神写照 ··················· 83
辞情/声情 ················· 86
辞与意会 ··················· 87

D

大 ························ 94
大音希声/大象无形 ············ 96
道 ························ 99
得意忘象 ··················· 104
涤除玄览 ··················· 109
度象取真 ··················· 119
夺胎换骨，点铁成金 ············ 124

F

风骨 ······················ 140

风教	141	境界	252
风力	141	境生象外	252
风神/风韵/风姿/风华/风采	142	境与性会	253
风、雅、颂	143	境与意会	253
赋、比、兴	153		
附会	159		

K

克肖自然	267
空景/神境	268
空灵/充实	269

G

感兴	163
刚柔相推	164
格调	169
格物	172
隔与不隔	172
古雅	182
骨气	184
观物取象	186

L

乐而不淫/哀而不伤	278
离形得似	280
理、事、情	282
礼乐	289
厉与西施，道通为一	290
立象尽意	293
羚羊挂角，无迹可求	300
灵气	302
六观	308
六义	309

H

涵咏	195
和	198
化工/画工	215
化性起伪	215
幻中有真	218

M

美	329
美刺	332
妙	338
妙观逸想	339

J

肌理	226
极微	226
技道两进	228
建安风骨	236
结构	242
尽善尽美	250

N

那辗	349

Q

齐梁遗风	381

绮靡	382	神韵	434
气	382	声律说	443
气格	383	声无哀乐	444
气势	384	盛唐气象	448
气象	384	诗教	455
气韵	384	诗品与人品	461
气韵生动	384	诗无达诂	467
迁想妙得	386	诗无达志	467
情采	393	诗乐	472
情动为志	393	诗中有画，画中有	473
情景	395	时序	475
情景相触	395	实象与假象	481
情与境会	397	思无邪	497
情在词外	397	思与境偕	497
趣	401	随物赋形	509

R

人情物理	405
任情恣性	407
熔裁	410

T

体性	522
天地有大美而不言	523
天籁/地籁/人籁	523
天人感应	523
天人合一	523
通变	525
通变成文	525
童心说	528
脱形写影	533

S

三表	415
三远	417
神	426
神理相取	429
神/妙/能/逸	429
神品/妙品/能品/逸品	429
神气	431
神思	432
神与境会	432
神与物游	433

W

外师造化，中得心源	535
万虑一交	537
唯情说	549
味	553

温柔敦厚	561	性灵	631
文	562	胸襟	633
文笔之辨	563	虚静	634
文道论	564	虚实	635
文气说	569	虚实相半	636
文学	575	虚则虚到底/实则实到底	637
文以载道	581	虚壹而静	637
文章	581	玄	650
文质	583	熏、浸、刺、提	651
无奇之奇	586		
物化	591		

Y

言意之辨	657
言志说	658
养气	664
以少总多	673
以意逆志	674
以意役法	674
意从境出	681
意得神传，笔精形似	681
意境	681
意趣	683
意象	684
意与景融	688
意在笔先	688
义法	689
因情成梦，因梦成戏	693
因文生事	694
因缘	694
阴阳	695
隐秀	697
应目会心	706
幽渺以为理/想象以为事/惝恍	

物色 591
物我两忘，离形去智 591

X

现量/比量/非量	600
现量说	600
象外之象，景外之景	602
象罔	605
偕于里耳	609
心斋/坐忘	619
信言不美/美言不信/光而不耀	621
兴、观、群、怨	622
兴寄	623
兴象	623
兴于《诗》/立于礼/成于乐	624
兴与境诣	625
形神	625
形神论	625
性格	630

以为情	709	白描勾挑	16
优婆吒·跋吒	711	白描入化	16
游	711	背面铺粉法	22
有我之境/无我之境	713	比喻	28
余味	714	宾白	35
寓真于诞	723	不完全句法	41
元气	726		
元气自然论	727	**C**	
缘情说	730	春秋笔法	86
远	732	词牌	88
怨毒著书	733		
韵	737	**D**	
韵味	743	倒插法	101
造境/写境	752	点睛之笔	112
肇于自然与造乎自然	760	对仗	123
真趣	762		
正、变、盛、衰	765	**F**	
知几其神	769	伏笔	147
知人论世	769		
知言养气	770	**G**	
知音	771	格律	171
直寻	772	贵显浅	187
至情至理	773		
中和之美	774	**H**	
滋味	792	寒冰破热法	195
		横云断山法	206

中国
（第二类目录）

B

		J	
		夹叙法	233
		戒浮泛	245
		戒荒唐	246
八病	11	金锁法	247

近人之笔 ………………… 249

K

夸饰 ……………………… 272

L

立主脑 …………………… 294

M

密针线 …………………… 337

N

南剧"十要" …………… 351
弄引法 …………………… 358

P

平仄 ……………………… 373

Q

奇峰对插法 ……………… 380
曲牌 ……………………… 399

S

删拨大要,凝想形物 …… 423
审虚实 …………………… 441
生旦净丑 ………………… 442
声腔 ……………………… 444
笙箫夹鼓法 ……………… 447
诗律 ……………………… 457
诗眼 ……………………… 470
双关 ……………………… 491
双声叠韵 ………………… 492

四声 ……………………… 500

T

獭尾法 …………………… 512
添丝补锦法 ……………… 524
脱窠臼 …………………… 532

X

闲笔 ……………………… 598
谐隐 ……………………… 610

Y

押韵 ……………………… 654
抑扬顿挫 ………………… 690
用衬 ……………………… 708
用逆 ……………………… 708

Z

章法 ……………………… 757
正犯法 …………………… 766
重机趣 …………………… 776

中国
（第三类目录）

A

拗律 ……………………… 10

B

八股文 …………………… 11
八体 ……………………… 12

跋文	14
白话诗	14
稗官小说	16
宝卷	18
悲慨	19
碑文	20
笔记文	29
变文	32
表文	34

C

长调	60
长庆体	62
唱和诗	64
沉郁	66
沉著	66
诚斋体	76
冲淡	76
楚辞体	80
楚歌	81
传奇	82
词	87
词文	90
错采镂金与芙蓉出水	92

D

打油诗	94
大鼓书	95
道情	101
悼亡诗	102
典雅	114

F

繁缛	131
讽谕诗	146
佛曲	147
赋	152

G

感遇诗	164
高古	165
公案小说	177
宫体诗	177
古赋	180
古绝句	181
古谣谚	184

H

寒瘦	195
含蓄	195
豪放	197
合生	200
花部	214
话本	216
话剧	216
怀古诗	216
回文诗	222

J

集句诗	227
祭文	230
纪传体文	231
讲经文	238

讲史	238	排律	365
近体诗	249	皮影戏	369
劲健	250	骈体文	369
精约	251	飘逸	370
酒令	254	平淡	371
绝句	259	平话	372
		评点	373

K

Q

枯澹	270	七律	379
旷达	274	七言诗	379
傀儡戏	274	绮丽	382
昆曲	274	腔调	389
		轻靡	391

L

诔文	278	清丑	391
离合诗	280	清空/质实	392
联句	295	清奇	392
连珠文	296		
六言诗	309		
律赋	314		

R

人事杂记	406
入话	411

M

S

谜语	336	散曲	417
铭文	341	山水诗	421
墓志铭	347	山水游记	422
		神话	427
		诗话	455

N

南戏	351	实录	480
傩戏	360	市井文字/花娇月媚文字	485
		书画杂物记	486

P

俳赋	364
疏野	490

四灵体	500	序文	648
四六文	500	玄言诗	650
四言诗	501		
俗赋	507	**Y**	

T		押座文	654
台阁名胜记	512	雅部	654
台阁体	513	演义	659
弹词	513	阳刚/阴柔	662
套曲	520	秧歌	662
		野史	665
W		谣	665
		轶事	690
文赋	565	咏怀诗	707
文明戏	569	咏史诗	707
无题诗	586	语录体	716
武侠小说	588	玉台体	719
五律	588	寓言	720
五言诗	589	元嘉体	725
		元曲	725
X		远奥	733
		乐府诗体	734
西昆体	594		
檄文	594	**Z**	
洗炼	595		
纤秾	597	杂句体诗	746
显附	599	杂剧	747
相声	601	杂体诗	748
小令	607	杂文	749
小品	607	杂言	749
小说评点	608	杂言体诗	749
歇后语	609	赠序文	754
新奇	615	章回小说	757
雄浑	633	箴文	762

缜密	763	**L**	
志怪	773	临川派	300
中调	773	**S**	
诸宫调	781	神韵说	434
注疏	784	**T**	
壮丽	791	桐城派	526
子弟书	792	**W**	
自然	794	婉约派	536
座右铭	802	吴江派	587

中国
（第四类目录）

C

常州词派 …………………… 63

F

发愤说 …………………… 127

G

格调说 …………………… 169
公安派 …………………… 176

H

豪放派 …………………… 197

J

肌理说 …………………… 525
江西派 …………………… 238
竟陵派 …………………… 253

X

兴趣说 …………………… 623
性灵说 …………………… 631

Y

阳湖派 …………………… 662

中国
（第五类目录）

B

白居易 …………………… 14
班固 …………………… 17

C

蔡元放 …………………… 54
曹丕 …………………… 57

陈忱	67	胡风	209
陈廷焯	67	胡祗遹	210
陈衍	67	胡适	211
陈寅恪	68	胡应麟	213
陈子昂	68	黄庭坚	220
陈子龙	68	黄宗羲	220
		黄遵宪	221
		惠洪	223

D

J

笪重光	94	嵇康	226
但明伦	88	纪昀	233
杜甫	118	贾仲明	235
杜牧	119	姜夔	237
		焦循	239
		金圣叹	246

F

K

范温	134	孔颖达	270
冯班	144	孔子	270
冯梦龙	144	况周颐	274
冯雪峰	145		
冯镇峦	146		

G

L

高棅	165	老子	277
葛洪	173	李充	283
龚自珍	174	李调元	283
郭沫若	187	李东阳	283
郭熙	188	李谔	283

H

韩非	192	李开先	284
韩愈	193	李梦阳	285
何景明	202	李攀龙	285
何良俊	203	李清照	286

李渔	286	钱谦益	387
李贽	287	钱锺书	387
梁启超	297		
梁实秋	298	**R**	
令狐德	302	阮元	411
刘安	302		
刘辰翁	303	**S**	
刘大櫆	303	邵雍	424
刘克庄	303	沈宠绥	436
刘师培	303	沈德潜	436
刘熙载	304	沈璟	436
刘向	305	沈括	436
刘禹锡	306	沈约	437
刘知己	307	石涛	478
刘勰	307	司空图	493
鲁迅	311	司马迁	494
陆时雍	313	苏轼	506
吕本中	313	苏辙	507
吕天成	314		
		T	
M		谭献	515
茅盾	324	谭元春	516
毛泽东	326	汤显祖	516
毛宗岗	327	唐顺之	518
梅尧臣	328		
孟子	335	**W**	
墨子	344	王安石	537
		王昌龄	538
O		王充	538
欧阳修	362	王夫之	540
		王国维	541
Q		王履	543
祁彪佳	381		

王若虚	544	**Y**	
王世贞	545	颜之推	658
王世祯	545	杨慎	663
王廷相	546	杨万里	663
王通	546	扬雄	663
王骥德	547	叶梦德	666
王闿运	547	叶燮	666
王逸	547	叶昼	667
王灼	547	殷璠	692
魏良辅	559	余象斗	714
魏源	559	元好问	724
魏徵	560	元结	726
魏禧	561	袁宏道	728
闻一多	583	袁枚	729
翁方纲	584		
吴可	588	**Z**	
X		臧懋循	752
闲斋老人	598	曾国藩	752
萧纲	605	章炳麟	756
萧统	606	章学诚	758
萧绎	606	张书绅	758
萧子显	606	张慧言	758
谢赫	611	张琦	758
谢榛	611	张炎	759
谢肇淛	611	张竹坡	759
熊大木	633	赵翼	760
徐复祚	637	郑板桥	763
徐渭	637	郑玄	764
徐祯卿	638	脂砚斋	771
荀况	652	钟嗣成	776
		钟惺	776

周德清	777	《典论·论文》	112
周济	777	《对床夜语》	122
周扬	777	《钝吟杂录》	123
朱光潜	779		
朱权	780	**G**	
朱熹	780	《碧溪诗话》	176
朱彝尊	781	《古今词话》	181
祝允明	783	《古今词论》	181
庄子	790	《管子·四篇》	187
宗白华	799		
宗炳	799	**H**	

中国
（第六类目录）

		《鹤林玉露》	204
		《后村诗话》	209
		《后山诗话》	209
		《画语录》	215
		《怀麓堂诗话》	217
		《淮南子》	217
B		《蕙风词话》	223
《白雨斋词话》	16		
《北江诗话》	22	**J**	
《碧鸡漫志》	30	《姜斋诗话》	237
		《剧说》	258
C			
《沧浪诗话》	54	**L**	
《初月楼古文绪论》	79	《冷斋夜话》	280
《春觉斋论文》	85	《历代词话》	291
《词品》	89	《林泉高致》	300
《词学集成》	90	六经	309
《词源》	90	《录鬼簿》	313
《词苑萃编》	91	《论文杂记》	315
D		**M**	
《带经堂诗话》	97	《毛诗大序》	325

N

《南词叙录》 ………… 350

O

《瓯北诗话》 ………… 362

Q

《潜溪诗眼》 ………… 389
《曲律》 ………… 398
《曲论》 ………… 399
《曲藻》 ………… 401

R

《人间词话》 ………… 405

S

《苕溪渔隐丛话》 ………… 423
《升庵诗话》 ………… 442
《声调谱》 ………… 443
《声无哀乐论》 ………… 445
《诗辩坻》 ………… 449
《诗筏》 ………… 453
《诗话总龟》 ………… 455
《诗品》 ………… 459
《诗谱》 ………… 462
《诗人王屑》 ………… 464
《诗人主客图》 ………… 464
《诗式》 ………… 465
《诗学源流考》 ………… 470
《诗学纂闻》 ………… 470
《诗薮》 ………… 474

《石林诗话》 ………… 477
《石遗室诗话》 ………… 478
《石洲诗话》 ………… 480
《史通》 ………… 482
《说诗晬语》 ………… 493
《四溟诗话》 ………… 500
《随园诗话》 ………… 509
《岁寒堂诗话》 ………… 509

T

《太和正音谱》 ………… 513
《谈龙录》 ………… 514
《谈艺录》 ………… 516
《唐子西文录》 ………… 518
《填词杂说》 ………… 524

W

《围炉诗话》 ………… 549
《温公续诗话》 ………… 561
《文赋》 ………… 565
《文镜秘府论》 ………… 568
《文史通义》 ………… 571
《文体明辨序说》 ………… 572
《文心雕龙》 ………… 573
《文章辨体序说》 ………… 582
《文章流别论》 ………… 582
《五杂俎》 ………… 590

X

《闲情偶寄》 ………… 598

Y

《养一斋诗话》 ………… 665
《一瓢诗话》 ………… 672

《艺概》	675	诚	75
《艺圃撷余》	676	纯文学变质论	86
《艺苑卮言》	680	**D**	
《饮冰室诗话》	700		
《瀛奎律髓》	704	低徊趣味	106
《渔洋诗话》	714	第二艺术论	110
《雨村词话》	715	**F**	
《雨村曲话》	715		
《原诗》	731	非人情	135
《乐记》	735	风流	142
《韵语阳秋》	743	风体	143
		风雅之诚	144
Z		复制艺术	159
《在延安文艺座谈会上的讲话》	750	**G**	
《昭昧詹言》	760	感物兴叹	162
《中原音韵》	775	歌病	166
《周易》	778	共同幻想	178
《渚山堂词话》	783	古学	182
《皱水轩词筌》	800	国民文学	188
		国文学	188
		国学	189

日本
（第一类目录）

H

花鸟讽咏	214
花实	214

B

表现阅读	34
不易流行	47

J

寂	230
假名	235

C

侘	58
长高	60

K

可能性的文学	265

可笑 ················· 265
狂句 ················· 273

N

能/能乐 ··············· 354
奴隶的韵律 ············· 358

Q

轻 ·················· 390
情报美学 ·············· 393

S

诗病 ················· 450
实相观入 ·············· 480
私小说 ··············· 495
私批评 ··············· 496

T

通 ·················· 525

W

味 ·················· 553
文明批评 ·············· 569
文体美学 ·············· 572
文章心理学 ············· 583
无心 ················· 587
无心连歌 ·············· 587

X

响 ·················· 602
写生说 ··············· 611
雪月花 ··············· 651

训点 ················· 653

Y

雅 ·················· 654
雅言 ················· 655
言灵/言灵信仰 ··········· 657
言文一致 ·············· 657
艳/妖艳 ··············· 659
夭折美学 ·············· 665
移 ·················· 672
艺 ·················· 675
意气 ················· 683
幽玄 ················· 710
有心 ················· 713
余情 ················· 714

Z

姿 ·················· 792

日本
（第二类目录）

A

暗示法 ··············· 8

B

本歌取 ··············· 23

C

长句 ················· 61

D

打越 …………………………… 94
俤付 …………………………… 111
定型律 ………………………… 115
短句 …………………………… 120

E

二段切 ………………………… 126
二句一章论 …………………… 126

F

付合 …………………………… 159

G

歌仙 …………………………… 167
歌念佛 ………………………… 167
歌垣 …………………………… 168
共同制作 ……………………… 178
古今调 ………………………… 181
古今风 ………………………… 181
挂词 …………………………… 185

H

和汉联句 ……………………… 200
怀纸 …………………………… 217
荒事 …………………………… 219
活眼法 ………………………… 225

J

基准律 ………………………… 223
季语 …………………………… 229

句合 …………………………… 256
卷式 …………………………… 259

N

内在律 ………………………… 354

P

判者 …………………………… 366

Q

千句 …………………………… 386
切句 …………………………… 390
切字 …………………………… 390
群读 …………………………… 404

S

三段切 ………………………… 416
十七音量说 …………………… 476
矢数俳谐 ……………………… 482
式目 …………………………… 483

T

天尔远波 ……………………… 523

W

味付 …………………………… 553
物付 …………………………… 591

X

心付 …………………………… 616
新幽玄体 ……………………… 616
虚实 …………………………… 636

序词 ………………………… 648

Y

抑字 ………………………… 691
音数律 ……………………… 692
隐题 ………………………… 697
用付 ………………………… 708
缘语 ………………………… 731
运动 ………………………… 745

Z

自由律 ……………………… 796
字余 ………………………… 799
宗匠 ………………………… 799

日本
（第三类目录）

C

草双纸 ……………………… 57
草子 ………………………… 58
长歌 ………………………… 61
川柳 ………………………… 81
催马乐 ……………………… 92

D

大话 ………………………… 95
大众文学 …………………… 97
地歌 ………………………… 110
短歌 ………………………… 120

F

反歌 ………………………… 132
防人歌 ……………………… 134
浮世草子 …………………… 151
浮世绘 ……………………… 151

G

歌合 ………………………… 166
歌舞伎 ……………………… 167
歌物语 ……………………… 167
歌枕 ………………………… 168

H

汉诗 ………………………… 196
好色本 ……………………… 197
和歌 ………………………… 199
合卷 ………………………… 200
和诗 ………………………… 200
滑稽本 ……………………… 214
黄表纸 ……………………… 219
回文 ………………………… 221
绘卷 ………………………… 223

J

伎乐 ………………………… 229
季题 ………………………… 229
纪行文学 …………………… 233
假名草子 …………………… 236
讲谈 ………………………… 239
今样 ………………………… 248
净瑠璃 ……………………… 254

军记物语 …………………… 261

K

狂歌 ………………………… 273
狂诗 ………………………… 273
狂文 ………………………… 273
狂言 ………………………… 273

L

连歌 ………………………… 295
连歌新式 …………………… 296
落首 ………………………… 317
落语 ………………………… 317

N

男色物 ……………………… 352
女流文学 …………………… 359

P

俳句 ………………………… 364
俳文 ………………………… 365
俳谐 ………………………… 365
片歌 ………………………… 370

Q

气质物 ……………………… 386

R

人情本 ……………………… 405
日记文学 …………………… 409
肉体文学 …………………… 411
软文学 ……………………… 411

S

洒落本 ……………………… 414
散乐 ………………………… 418
神乐歌 ……………………… 433
神祇歌 ……………………… 435
诗型 ………………………… 468

T

田乐 ………………………… 524
推理小说 …………………… 531

W

万叶风 ……………………… 537
舞乐 ………………………… 590
物语 ………………………… 592

X

戏作 ………………………… 596
相闻 ………………………… 601
新古今风 …………………… 612
新技巧派 …………………… 612
新剧 ………………………… 612
新派剧 ……………………… 613
新体诗 ……………………… 615
心境小说 …………………… 616
宣命 ………………………… 649
旋头歌 ……………………… 650

Y

雅乐 ………………………… 655
谣 …………………………… 665

隐者文学 ………………… 699
郢曲 …………………… 706
有心无心连歌 …………… 714
御伽草子 ………………… 719
猿乐 …………………… 732

Z

掌中小说 ………………… 760
祝词 …………………… 783
自由诗 …………………… 797

日本
（第四类目录）

C

纯粹小说论 ……………… 86

D

耽美主义 ………………… 97
淡林派 …………………… 98
第三新人 ………………… 111
调查艺术论 ……………… 114
定家十体 ………………… 115
都市空间论 ……………… 116

F

反历史主义 ……………… 132
反艺术与反艺术论争 …… 133

G

歌论 …………………… 166

古学派 …………………… 182
国民文学论 ……………… 188
国民文学论争 …………… 188

H

海左七贤 ………………… 191

J

机械主义文学论 ………… 225
江户风/浮世风 …………… 237
江户座 …………………… 237
蕉风 …………………… 239
教养主义 ………………… 239
近代超克 ………………… 248
近代主义批评 …………… 248

K

考证学 …………………… 262

L

灵肉一元 ………………… 302

M

美浓派 …………………… 334

N

匿名批评 ………………… 357

O

偶然文学论 ……………… 363

P

俳论 …………………… 365

平面描写 …………………… 372

Q

劝善惩恶 …………………… 403
全体小说 …………………… 403
全体小说论 ………………… 403

R

日本文献学 ………………… 408
日本文艺学 ………………… 408
日本主义 …………………… 408
时枝学说 …………………… 475
实学派文学（朝鲜）………… 481

W

外在批评 …………………… 535
文化主义 …………………… 568
文学鉴赏三契机说 …………576
无解决无理想主义 ………… 585
无赖派 ……………………… 586
物派 ………………………… 591

X

新感觉派 …………………… 612
新思潮派 …………………… 615
新现实主义 ………………… 615
新心理主义 ………………… 615
新兴艺术派 ………………… 615
心学 ………………………… 619
形而上批评 ………………… 625
形式主义文学论 …………… 629
行动主义 …………………… 630

Y

一元描写 …………………… 672
硬文学 ……………………… 707
原爆文学 …………………… 731

Z

战后派 ……………………… 756
政治与文学论争 …………… 769
转向文学 …………………… 785

日本、朝鲜
（第五类目录）

B

本居宣长 …………………… 23

C

藏原惟人 …………………… 56
成伣 ………………………… 69
崔滋 ………………………… 92

D

大西祝 ……………………… 96
大塚保治 …………………… 97
荻生徂徕 …………………… 108
丁若镛 ……………………… 115
芳贺矢一 …………………… 134

G

冈仓天心 …………………… 164

冈崎义惠 …………………… 164

H

贺茂直渊 …………………… 203
洪奭周 ……………………… 207
洪万宗 ……………………… 208

J

加藤周一 …………………… 234
金时习 ……………………… 247
金万重 ……………………… 248
金正喜 ……………………… 248
久松潜一 …………………… 255

K

空海 ………………………… 267

L

李珥 ………………………… 283
李滉 ………………………… 284
李奎报 ……………………… 284
李齐贤 ……………………… 285
李仁老 ……………………… 286
李晬光 ……………………… 288
柳田国男 …………………… 308

P

朴趾源 ……………………… 371

Q

契冲 ………………………… 382

S

桑原武夫 …………………… 419
折口信夫 …………………… 425
世阿弥 ……………………… 483

T

土居光知 …………………… 530

X

向井去来 …………………… 602
小林秀雄 …………………… 607
徐居正 ……………………… 637
许筠 ………………………… 638

Z

张维 ………………………… 758

日本、朝鲜
（第六类目录）

A

《奥义抄》 ………………… 10

B

《补闲集》 ………………… 44

D

《东人诗话》 ……………… 115

F

《风俗小说论》 …………… 143

G

《歌经格式》 …………… 166

H

《和歌九品》 …………… 199
《和歌体十种》 ………… 200

K

《苦闷的象征》 ………… 271

L

《栎翁稗说》 …………… 294
《论美的生活》 ………… 315

P

《破闲集》 ……………… 374

Q

《去来抄》 ……………… 402

S

《岁时记》 ……………… 509

W

《文镜秘府论》 ………… 568

X

《小说的方法》 ………… 607
《小说神髓》 …………… 609
《新撰髓脑》 …………… 616

印度
（第一类目录）

暗示功能 ………………… 8

B

暴类味 …………………… 18
悲悯味 …………………… 19
别情 ……………………… 35
病 ………………………… 36
不定情 …………………… 44

C

程式（法式） …………… 71
词功能（词力） ………… 88
德 ………………………… 102

F

风格 ……………………… 138

G

固定情（又译常情） …… 185

H

合适 ……………………… 200
滑稽（幽默）味 ………… 214
画性 ……………………… 215
幻影 ……………………… 218

J

基味 ……………………… 225

惊奇 ………………………… 251

K

恐怖味 ……………………… 269

L

灵魂 ………………………… 301

M

美 …………………………… 332

N

难以表达性 ………………… 353
内心表演情 ………………… 353
宁静味 ……………………… 358

Q

奇异味 ……………………… 380
情 …………………………… 392
区域性 ……………………… 398
曲语 ………………………… 399

S

色 …………………………… 419
善 …………………………… 423
诗图 ………………………… 466
诗型 ………………………… 468
诗学 ………………………… 468
诗因 ………………………… 471
式 …………………………… 482
随情 ………………………… 508

T

特异性 ……………………… 520
天才 ………………………… 522
甜蜜德 ……………………… 524

W

味 …………………………… 553
味数 ………………………… 556
味影 ………………………… 558
味阻 ………………………… 558
文学形式 …………………… 575

X

喜 …………………………… 595
显豁德 ……………………… 599
想象 ………………………… 601
象征 ………………………… 603

Y

艳情味 ……………………… 660
厌恶味 ……………………… 662
意义功能 …………………… 688
引申（指示）功能 ………… 701
淫秽/色情 …………………… 702
英勇味 ……………………… 703
韵 …………………………… 739

Z

真 …………………………… 761
主味 ………………………… 782
庄严（修辞）……………… 786

壮丽德 ………………… 791	混合韵 ………………… 223
字面功能（表示功能）…… 798	**J**

印度
（第二类目录）

	句喻 …………………… 256
	句子合式 ……………… 256
B	**K**
变化 …………………… 31	夸大或夸张 …………… 271
C	**M**
叉韵 …………………… 58	描述 …………………… 337
差异 …………………… 58	迷惑诗人 ……………… 336
创造诗人 ……………… 85	明喻或显喻 …………… 340
词合式 ………………… 88	**N**
词义修辞 ……………… 90	男主角 ………………… 352
磁石诗人 ……………… 91	女主角 ………………… 360
错觉 …………………… 93	女主角修饰 …………… 360
错杂 …………………… 93	**P**
D	庞迦利 ………………… 366
盗窃诗人 ……………… 102	毗陀娑 ………………… 369
灯喻 …………………… 106	**Q**
对立或反论 …………… 123	乔罗 …………………… 389
F	缺述 …………………… 403
范例 …………………… 134	**R**
G	溶化诗人 ……………… 410
耕耘诗人 ……………… 174	**S**
H	三道论 ………………… 416
回忆 …………………… 222	

设想 …………………… 426
殊说 …………………… 490
双关语 ………………… 491
思想宝石诗人 ………… 497
似联 …………………… 502

T

同说 …………………… 527

W

无关联 ………………… 585

X

显例 …………………… 599
谐声 …………………… 610

Y

疑惑 …………………… 672
隐匿 …………………… 696
隐藏诗人 ……………… 696
隐喻 …………………… 698
喻体 …………………… 719
喻指 …………………… 720
韵律 …………………… 740

Z

主角伴友 ……………… 782
主角助手 ……………… 782
主角修饰 ……………… 782
转换诗人 ……………… 784
自然修饰 ……………… 795
字音修饰 ……………… 798

印度
(第三类目录)

C

彩诗 …………………… 54
插话或传奇故事 ……… 58
场或幕 ………………… 64
次色 …………………… 92

D

大诗 …………………… 95
单节诗 ………………… 97
短诗或断章诗 ………… 120

G

故事 …………………… 185

J

集聚诗 ………………… 227
剧 ……………………… 256

K

库藏诗 ………………… 271

S

神话 …………………… 427

W

五节诗 ………………… 588

X

小说或故事	608
叙事诗	639
吟唱叙事诗	696
影子戏或皮影戏	706
韵诗	743

Z

占布	756
章回小说	757
自由诗	796

印度
（第四类目录）

程式论	71
程式派	72

D

动势批评	115

H

合适论	200
合适派	201

J

进步主义批评流派	250
经典批评	251
惊奇派	251
静态批评	252
剧论	257

理论批评	281

N

内在批评	354

P

普遍论或称概括论	375

Q

曲语论	399

S

审美经验（唯美）批评	438
生活描述批评	442

W

味论	554
味派	555
味完成说	557

X

新形式主义	616
心理分析批评派	617
韵论	740
韵派	742

Z

综合（结合）批评法	776
庄严论	787
庄严（修辞）派	788
自由主义批评派	797

印度
（第五类目录）

A

阿难陀伐弹那即欢增 ············ 4
阿帕叶·迪卡什特 ············ 5
安主 ······················ 7

B

庞哈利达斯 ················· 30

F

伐摩那 ···················· 128

G

盖什沃达斯 ················ 161
恭多罗（或恭多迦）········· 174

H

赫加利·伯勒萨德·德维威蒂 ···
························ 203

L

拉默·维拉斯·谢尔玛 ········ 276
楼陀罗吒 ·················· 309
鲁耶迦 ···················· 312
罗宾德拉那特·泰戈尔 ······· 316

M

曼摩吒 ···················· 323
摩希曼·跋吒 ·············· 342

默尔泰克尔 ················ 345
默哈维尔·伯勒萨 ··········· 345
德·德维威蒂 ·············· 345

N

纳盖德拉 ·················· 350
南德杜拉利·瓦杰伯伊 ······· 351

P

毗首那他 ·················· 369
婆罗多牟尼即婆罗多仙人 ····· 373
婆摩诃 ···················· 374

S

胜财 ······················ 448
胜天 ······················ 448
世主 ······················ 483

T

檀丁 ······················ 514

W

王顶 ······················ 540

X

新护 ······················ 612
休克尔，拉默琼德拉 ········· 634

印度
（第六类目录）

Q

《曲语生命论》 ············· 400

S

《诗光》	455
《诗镜》	456
《诗探》	466
《诗庄严经》	473
《诗庄严论》	473
《十色》	476

W

《味论》	554
《文镜》	568
《文学》	575
《文学的道路》	575
《舞论》或《剧论》	590

Y

《印度诗学传统》	702
《韵光》	739
《庄严论精华》	787

阿拉伯、波斯、非洲（第一类目录）

A

阿凡提现象	2
阿鲁孜	4
埃及化	5
艾达卜	6
败坏	16
变通	32

补缀	43
不易受感染性	47

C

拆离	59
阐释	59
成全	69
传述	84
传述时代	84
创造性	85
创作方法	85

D

第三种语言	111
"第三种语言"论	111
奠基	114

F

翻转	131
非必需的必需	135
"非洲的发现"时代	137
非洲发展型	137
富词	159

G

| 格里奥 | 171 |

H

黑人性	205
花饰	214

J

| 技 | 228 |

鉴赏力 …………………… 236
谨慎 ……………………… 248

L

拉维 ……………………… 276
路 ………………………… 312

M

美言 ……………………… 335
米尔拜德 ………………… 336

N

纳格德 …………………… 350
纳希卜 …………………… 350

O

欧卡兹 …………………… 362

P

批评八型 ………………… 367
偏迁 ……………………… 369
破损 ……………………… 374

Q

七艺 ……………………… 380
情 ………………………… 392
穷义 ……………………… 398

R

"人氓" …………………… 405

S

诗的材料 ………………… 451

诗的词与义 ……………… 451
诗的七大支柱 …………… 452
诗的真与假 ……………… 452
诗的证明 ………………… 453
诗轮 ……………………… 457
诗魔 ……………………… 459
诗奴 ……………………… 459
诗人 ……………………… 463
"诗坛酋长" ……………… 465
诗王 ……………………… 467
诗与宗教道德 …………… 472
松解 ……………………… 502
苏菲诗 …………………… 505

T

探索的文学 ……………… 516
天赋 ……………………… 523
通达 ……………………… 525
《突厥语大词典》中诗歌格律
的不规范性 …………… 530

W

完全功能 ………………… 536
文化"民间化" …………… 567
文学的支柱 ……………… 576
文学译本埃及化 ………… 580
"无方式"信条 …………… 585
无缘 ……………………… 587

X

现代诗 …………………… 599
现实 ……………………… 601

相随 …………………… 601	波斯—阿拉伯古典诗律 ……… 37
"象牙之塔"论 …………… 603	波斯—阿拉伯古典诗律变格 … 37
形式 …………………… 626	波斯—阿拉伯古典诗律音步 … 40
行乞诗人 ……………… 630	波斯—阿拉伯古典诗律音节 … 40
虚弱的偶然性 …………… 635	

Y

C

野词 …………………… 665	残疾格 ………………… 54
意尽韵足 ……………… 681	插入 …………………… 58
异相 …………………… 689	长律 …………………… 61
姻缘 …………………… 696	长裙格 ………………… 62
咏酒诗人 ……………… 707	出韵 …………………… 80
游侠诗人 ……………… 712	穿鼻格 ………………… 81
游吟诗人 ……………… 712	创新与模仿（借鉴）……… 85
预拨 …………………… 719	

D

Z

正确与错误 …………… 767	代韵 …………………… 97
自然 …………………… 794	叠句 …………………… 114
	洞隙格 ………………… 116
	杜·贝蒂 ……………… 117
	短宿格 ………………… 120
	断律 …………………… 121
	断母格 ………………… 121
	断尾格 ………………… 121

阿拉伯、波斯、非洲
（第二类目录）

F

	反复格 ………………… 132
	丰律 …………………… 138
	缝缀格 ………………… 146
	复现 …………………… 158

A

奥斯曼突厥古典诗律 ……… 9

G

B

巴赫尔·塔维尔 ………… 13	割耳格 ………………… 168
拜特 …………………… 17	
宝石格 ………………… 18	
被分割的诗联 …………… 22	

割喉格 ········· 169
割尾格 ········· 169
孤联 ············ 179

H

哈利勒韵律 ····· 191
行律 ············ 196
后股 ············ 208
毁坏格 ········· 222

J

羁绊格 ········· 226
及律 ············ 228
伽特埃 ········· 234
伽西代 ········· 234
伽扎尔 ········· 235
间点格 ········· 236
间律 ············ 236
截尾格 ········· 242
截肢格 ········· 241
近律 ············ 249
卷叠格 ········· 258
卷舒格 ········· 259

K

夸张格 ········· 272
宽律 ············ 273
框架结构 ······· 274

L

雷律 ············ 278
类律 ············ 279

联句 ············ 295
连母格 ········· 296
鲁巴伊 ········· 310
裸露格 ········· 317

M

玛斯纳维 ······· 319
妙出 ············ 339

N

逆反格 ········· 358

P

破门齿格 ······· 374
破碎联 ········· 374

Q

奇问格 ········· 380
歧解双关格 ····· 381
前胸 ············ 389
敲门齿格 ······· 389
轻律 ············ 390
清除格 ········· 391
屈辱格 ········· 398
取消格 ········· 401
全点格 ········· 403
全音步 ········· 403

S

删节格 ········· 423
诗病 ············ 450
诗的开篇 ······· 451

首尾置换	486	异律	690
瘦腿格	486	异语格	690
双关格	491	音步	691
松散格	502	因由格	694
诵读学	502	隐喻格	698
速律	507	悠律	708
		雨律	715

T

		语义双关格	719
同根格	527	圆满格	728
同源格	527	约律	733
偷	529	韵	739
突尤格	530	韵疾	740
		韵脚字母	740

W

Z

完律	536	凿孔	752
文学集市	576	增尾	754
无点格	585	征经格	763
		征引格	763

X

		正反格	767
瑕疵格	597	抓捉格	784
象征法	604	准同根格	792
写作八法	611	作品成分	801
兴律	624		
休止格	634		
序换格	648		
寻声	653		

阿拉伯、波斯、非洲
（第三类目录）

Y

A

阉割格	656
延律	657
谚语格	661
剿鼻格	681

阿拉伯风范诗 ……………… 3

B

八行组诗 ……………… 12

变律诗 ················ 31
变诗 ·················· 31

C

彩诗 ·················· 53
藏头诗 ················ 56
长河小说 ·············· 61
传述文学 ·············· 84

D

"岛国"文学 ············ 99
电报体 ················ 114
斗篷诗 ················ 116
杜比特体 ·············· 118
短句 ·················· 120
对驳诗 ················ 122
遁世诗 ················ 124
多韵诗 ················ 124

F

法布里奥 ·············· 128
法狄勒风格 ············ 128
风格 ·················· 139
风俗描写小说 ·········· 142

G

格绥达 ················ 171
格言诗 ················ 172
鼓乐诗 ················ 179
古体杂诗 ·············· 182
故事 ·················· 185
故事文学 ·············· 185

棺椁文 ················ 186

H

"海因一切尼" ·········· 191
函札体 ················ 196
豪情诗 ················ 197
后古典时代风格 ········ 208
呼图白 ················ 209
回文诗 ················ 222
混杂诗（玛舒巴特）······ 223

J

集市文学 ·············· 227
即兴诗 ················ 228
纪伯伦风格 ············ 231
贾希兹风格 ············ 235
金字塔文 ·············· 248
九行组诗 ·············· 255

K

卡巴里 ················ 262
卡纳沃卡纳 ············ 262
抗议文学 ·············· 262
科斯码 ················ 264
克列奥尔语"故事" ······ 266
客居诗 ················ 267

L

雷东迪里十行诗 ········ 278
离合诗 ················ 280
历史小说 ·············· 292
历史政治剧 ············ 293

恋童诗 …………………… 297
"流亡文学" …………… 308
六行组诗 ……………… 309

M

玛卡梅 …………………… 319
玛沙伊利 ………………… 319
马加齐 …………………… 321
马瓦利亚体 ……………… 322
麦地那情诗 ……………… 322
描金诗 …………………… 337
民间创作化小说 ………… 340
民间歌剧 ………………… 340
莫阿玛 …………………… 343
"莫尔纳" 诗体 ………… 343
莫弗拉达特 ……………… 343
莫拉玛 …………………… 344
莫萨玛特 ………………… 344
莫斯塔扎德 ……………… 344
穆哈迈斯体 ……………… 348
穆塞迈特体 ……………… 348

N

尼玛体诗 ………………… 356

Q

七行组诗 ………………… 379

S

僧侣骈体 ………………… 420
沙而基 …………………… 420
沙姆人风格 ……………… 420

圣战诗 …………………… 448
诗剧 ……………………… 456
诗体哀歌 ………………… 466
十行组诗 ………………… 476
实体抒情诗 ……………… 480
抒情诗 …………………… 488
双行诗 …………………… 492
双韵诗 …………………… 492
四行诗 …………………… 498
四行组诗 ………………… 499
颂诗 ……………………… 503
颂赞体 …………………… 504
索科佩 …………………… 505

T

塔尔吉 …………………… 511
塔斯尼弗 ………………… 512
图希赫 …………………… 530
托管文学 ………………… 532

W

"未介入" 诗歌 ………… 552
五行组诗 ………………… 589

X

希勒希拉体 ……………… 594
新潮诗 …………………… 614
信诗（孟绥法特）……… 621
序诗 ……………………… 648
悬诗 ……………………… 649
巡猎诗 …………………… 653

Y

谚语格言	661
伊本·阿密德风格	669
伊本·穆加发风格	671
应景诗	706
阅读剧	734

Z

增字抒情诗	754
扎吉勒体	754
展缓派诗人	755
哲理剧	761
政治诗	768
组诗	800

阿拉伯、波斯、非洲
（第四类目录）

A

阿波罗诗社	1
阿拉伯化运动	3
埃及主义	6
安达卢西亚文学团	7
安哥拉新诗人运动	7

B

巴士拉学派	13
笔会	29

C

《潮流》青年诗派	65
创作三段论	85

D

笛旺派	107

F

非洲超现实主义	136
腓尼基主义	137
粉红色的文学	138
"奉命"文学	147
复兴派诗人	158

G

宫廷评诗会	178
古代突厥文碑铭诗学	179
"鼓"派	179

H

捍卫黑人珍品运动	196
"黑非洲第一现实"论	204
黑人特殊论	205

J

金班古主义	246

K

跨代诗人	272

L

旅美派	314

P

"葡萄牙—热带共同体"论

Q

骑士诗人 ………………… 381
启蒙现实主义 …………… 381

S

诗歌"苏丹化" …………… 453
什叶派诗人 ……………… 477
"舒比"主义 ……………… 488

T

"同流"论 ………………… 527

W

文献性文学 ……………… 573
伍麦叶朝三诗王 ………… 590

Y

亚历山大诗派 …………… 655

Z

政论派诗人 ……………… 768
殖民文学 ………………… 772
自由诗运动 ……………… 797

阿拉伯、波斯、非洲（第五类目录）

A

阿布·纳赛尔·法拉比 ……… 1

………………………… 374
阿卡德 …………………… 2
阿勒颇诗坛七雄 ………… 4
阿麦迪 …………………… 4
阿斯凯里 ………………… 5
艾勒阿尔沙 ……………… 7
昂利·舒克里 …………… 9

G

古达曼 …………………… 179

H

哈利德 …………………… 190
哈杰·纳西尔丁·图西 …… 190

J

纪伯伦 …………………… 231
贾希兹 …………………… 235

L

拉斐仪 …………………… 275
路易斯·阿瓦德 ………… 312

M

马尔祖基 ………………… 319
马哈福兹，纳吉布 ……… 320
马齐尼 …………………… 322
麦考利赫 ………………… 322
曼都尔，穆罕默德 ……… 323
穆罕默德·姆扎利 ……… 348

N

娜齐克·梅拉伊卡 ……… 349

内扎米·阿鲁齐 …………… 354
尼扎米 ………………………… 356
努埃曼·米哈伊勒 …………… 358
诺康 …………………………… 361

P

帕尔维兹·纳泰尔·罕拉里
………………………………… 364

S

萨比 …………………………… 414
萨尔拉卜 ……………………… 414
萨拉迈·穆萨 ………………… 414
桑戈尔 ………………………… 418
沙姆斯·盖斯·拉齐 ………… 420
舒凯里 ………………………… 488

T

塔哈·侯塞因 ………………… 511
陶菲格·哈基姆 ……………… 518

X

希木绥，古斯塔基 …………… 594

Y

叶海亚·哈基 ………………… 668
伊本·阿细尔 ………………… 669
伊本-古太白 ………………… 670
伊本·赫尔顿 ………………… 670
伊本·拉希格 ………………… 670
伊本·穆阿塔兹 ……………… 670
伊本·萨拉姆 ………………… 671

伊本·塔巴塔巴 ……………… 671

Z

朱尔加尼 ……………………… 778
朱乐加尼，阿卜杜勒·卡希尔
………………………………… 779

阿拉伯、波斯、非洲
（第六类目录）

A

《阿布·台玛木与布赫图里
诗歌之比较》 ………………… 1
《阿拉伯人的诗的想象力》 …… 3

B

《贝蒂阿》 …………………… 22
《波斯诗歌的发展演变》 …… 41

G

《古兰经》章节 ……………… 182
《古兰经》注 ………………… 182
《故事的源泉》 ……………… 185
《关于诗歌艺术的演讲》 …… 186

H

《哈底斯》 …………………… 190
《黑肤的奥尔甫斯》 ………… 204

M

《民族文化与革命》 ………… 340

《名诗人的品级》……… 342

P

《批评学取饮者之泉》……… 368

R

《日子》……… 410

S

《筛》……… 420
《诗的标准》……… 450
《诗的法则》……… 451
《诗的批评》……… 451
《诗人的品级》……… 463
《诗艺与诗评之基础》……… 471
《诗与诗人们》……… 472
《双技：韵文与散文》……… 492

W

《亡灵书》……… 548
《文学革命》……… 576
《文学批评的倾向》……… 577
《我们所需要的艺术》……… 585

X

《现代诗歌问题》……… 599
《修辞的奥秘》……… 634
《修辞与阐释》……… 634

Z

《在穆台纳比及其对手间调停》……… 750

《众诗人》……… 776
《作家和诗人文学中的流行格言》……… 801

欧美
（第一类目录）

A

哀婉感受 ……… 6

B

白日梦 ……… 16
悖论 ……… 22
本我 ……… 24
本真性 ……… 25
逼真性 ……… 26
比较诗学 ……… 27
比较文学 ……… 27
编码 ……… 31
表层结构 ……… 33
标记体 ……… 33
标示性 ……… 33
标示语境 ……… 33
不确定性 ……… 46
不相容透视 ……… 47
不足解码 ……… 47

C

材料与程序 ……… 51
阐释 ……… 59
阐释的循环 ……… 59

常规 …… 62	反思 …… 132
超符号 …… 65	反艺术 …… 133
超我 …… 65	反英雄 …… 133
成见 …… 69	反智性 …… 133
澄明 …… 75	非神话化 …… 135
崇拜价值 …… 76	非艺术化 …… 136
崇高 …… 77	非指称化期待 …… 136
丑 …… 78	分解性符号链/非分解性符号链 …… 137
传达谬见 …… 81	符号 …… 147
传统 …… 84	符指过程 …… 150
此在 …… 91	弗雷塔格金字塔 …… 152

D

	复调 …… 156
代 …… 97	复调和谐 …… 156
党的文学 …… 98	复制 …… 159
导演 …… 99	负影响 …… 159
盗版 …… 102	附加解码 …… 160
等值原则 …… 106	
地素 …… 110	## G
第二自我 …… 111	感觉解体 …… 161
典型人物 …… 113	感情误置 …… 161
典型性 …… 114	感受谬见 …… 162
动力性母题 …… 115	感性 …… 163
读者 …… 117	格式塔 …… 171
	格式塔规律 …… 171

E

	格式塔质 …… 171
俄底浦斯情结 …… 125	个人无意识 …… 173
二度体系 …… 126	个性化 …… 173
	根据性 …… 173

F

	功能 …… 174
发生谬见 …… 128	功能体 …… 174
反讽 …… 131	公共象征 …… 177

共存文本语境 …………… 178
共时性/历时性 …………… 178
共时性分析 …………… 178
构架/肌质论 …………… 178
古今之争 …………… 181
规约性 …………… 187

H

含混 …………… 194
核心单元 …………… 198
合体 …………… 202
横组合/纵聚合 …………… 206
横组合段 …………… 206
宏观符号 …………… 207
宏观符号系统 …………… 207
宏观文本 …………… 207
互文性 …………… 213
话语行为 …………… 216
荒诞 …………… 219

J

肌质 …………… 226
集体无意识 …………… 228
际遇 …………… 233
交际性 …………… 239
接受前提 …………… 240
节律化期待 …………… 241
节日 …………… 241
结构 …………… 242
解码 …………… 245
静力性母题 …………… 252
酒神精神 …………… 254

据为己有 …………… 255
角色与主人公 …………… 259
均衡原则 …………… 261

K

可能世界 …………… 265
可意释性 …………… 265
可阅读性 …………… 265
可追踪性 …………… 265
空间诗学 …………… 268
空间形式 …………… 268
空间序 …………… 268
跨学科研究 …………… 273

L

类同 …………… 279
类型 …………… 279
理解 …………… 281
理性与感性 …………… 282
历时性 …………… 291
历时性分析 …………… 291
历史叙述/文学叙述 …………… 292
力必多 …………… 294
联想 …………… 294
两极理论 …………… 298
零符号 …………… 300
灵悟 …………… 302
轮廓化图像 …………… 314

M

美 …………… 331
美感距离 …………… 333

美文学 …………………………… 334	
模式 ……………………………… 342	
陌生化 …………………………… 345	
陌生化效果 ……………………… 346	
母题 ……………………………… 346	

N

男性潜倾和女性潜倾 …………… 352	
内生图像 ………………………… 353	
能指/所指 ………………………… 355	
能指优势/所指优势 ……………… 355	

P

批评距离 ………………………… 368	
评论 ……………………………… 373	

Q

期待 ……………………………… 378	
期待视野 ………………………… 378	
启示性 …………………………… 382	
前推 ……………………………… 388	
前文本 …………………………… 388	
倾向性 …………………………… 391	
情结 ……………………………… 395	
情绪性 …………………………… 397	
权力自限 ………………………… 403	

R

人格面具 ………………………… 405	
人素 ……………………………… 406	
认同类型 ………………………… 407	
日神精神 ………………………… 409	

S

社会接受 ………………………… 425
社会事实 ………………………… 425
社会中介 ………………………… 425
深层结构 ………………………… 426
审美对象 ………………………… 437
审美经验 ………………………… 438
审美陶冶 ………………………… 439
审美体验 ………………………… 441
升华 ……………………………… 442
生本能/性本能 …………………… 442
生命表达 ………………………… 443
诗歌特权 ………………………… 453
诗歌真理 ………………………… 454
时间变形 ………………………… 474
时代 ……………………………… 474
时长变型 ………………………… 474
时间序 …………………………… 474
时期 ……………………………… 475
时素 ……………………………… 475
时序变形 ………………………… 475
实用语言与诗性语言 …………… 481
世界/大地 ………………………… 483
世界文学 ………………………… 483
视点 ……………………………… 484
视角人物 ………………………… 484
视界 ……………………………… 484
视界融合 ………………………… 484
视象与认识 ……………………… 485
束缚母题 ………………………… 491
说明/理解 ………………………… 492

私设象征 ………………… 495
死本能 …………………… 498

T

塔布 ……………………… 511
体验 ……………………… 522
通感 ……………………… 526
投射 ……………………… 529
图腾 ……………………… 530

W

为艺术而艺术 …………… 550
文本/讲述 ………………… 562
文化工业 ………………… 567
文类 ……………………… 568
文体 ……………………… 572
文学分析 ………………… 576
文学建制 ………………… 577
文学史 …………………… 578
文学特异性 ……………… 578
文学体裁 ………………… 579
文学性 …………………… 580
无意义组合 ……………… 587
物化 ……………………… 591

X

现身叙述者 ……………… 600
想象 ……………………… 601
象似性 …………………… 602
象征 ……………………… 603
象征行动 ………………… 604
消义化 …………………… 605

心理功能 ………………… 617
心理类型 ………………… 617
心理能 …………………… 617
心理型和幻想型 ………… 618
心理语境 ………………… 618
心理值 …………………… 618
心态 ……………………… 619
信码 ……………………… 621
信息 ……………………… 621
信息体 …………………… 621
形而上质量 ……………… 625
形符/单符/义符 ………… 625
形式 ……………………… 626
形式与内容 ……………… 629
行为 ……………………… 630
行为体 …………………… 630
叙述单元 ………………… 640
叙述方位 ………………… 640
叙述分层 ………………… 641
宣泄 ……………………… 649

Y

言语 ……………………… 657
移情 ……………………… 672
艺术的否定性 …………… 676
艺术的社会性 …………… 676
艺术的终结 ……………… 676
艺术的自律性 …………… 677
艺术美 …………………… 678
艺术生产 ………………… 679
意动性 …………………… 681
意识流 …………………… 683

意释误说	684	元语言性	727
意图谬见	684	原始意象	732
意图语境	684	原型	732
意象	684	运动	745
意向对象	687	运用	745
意向性	687		
意义单元	687	**Z**	
意义期待	688	再义化	751
异化	689	展览价值	755
异质同构	689	张力	758
因果序	692	召唤结构	760
阴影	695	震惊	763
隐身叙述者	697	整体化期待	763
隐在的读者	699	症候式阅读	767
隐指读者	700	指称性	772
隐指作者	700	指示体	773
影响	705	质的知识	773
影响焦虑	705	质性进展	773
幽默	710	中介	775
游戏	712	中世纪精神	775
有机论	712	综感	776
语境	716	主导母题	781
语境论	716	主题学	782
语象	717	主体分化	782
语言/言语	718	姿势语论	792
语义分析	719	自动化与反常化	793
寓言	721	自然化	794
寓言式象征	723	自然美	795
渊源	723	自我	796
元批评	726	自性	796
元一	727	自由母题	796
元语言	727	自主情结	797

字面论	798	场景	64
总体性	800	超叙性	65
总体文学	800	超文本成分	65
纵聚合系	800	重复	76
作为技巧的艺术	801	词组节奏	91
作用史	802	次情结	92
		次叙述	92
		促动因素	92
		催化单元	92

欧美
（第二类目录）

D

倒述	101
低叙述层次	107
底本/述本	109
动作	116
独白	116
段式	121
对比	122
对话	122
对立式	123
对位式	123

A

暗省略	8

B

半谐韵	18
半韵	18
包容诗	18
扁平人物	31
变形	33
表达	33
表述/被表述	34
并置	36
剥离	42
不可靠叙述	44
不完全韵	47

F

翻译	131
反讽叙述	132
反高潮	132
反叙述	133
仿古	134
仿作	135
非指称性伪陈述	136
封套结构	138
风格模仿	139

C

操纵式叙述	56
层次构造	58
场合语境	63
场记式叙述	64

伏笔	147	夸大陈述	271
复合情节	157	跨层	272
复合叙述者	157	跨行	272
复述	157	框架故事	274
复制	158		

G

改编	161
高潮	165
高叙述层次	165

H

回文	222

J

集体视角式	227
假省笔法	236
假韵	236
间接引语式	236
间接自由式	236
讲述	239
交叉排比	239
节奏	242
结局	243
借用	246
具体化	256

K

开放结尾式	262
可写式/可读式	264
克制陈述	267
空档	267

L

浪漫式反讽	277
类比	279
类文本成分	279

M

锚定	325
蒙太奇	335
描写	338
明省略	340
明喻	340
模仿	342
目韵	347

N

内心独白	353
内心日记	354
内韵	354
拟声	357

P

排列	365
旁白	366
拼贴	371

Q

起韵	381

恰当的具体化	386	**X**	
潜喻	389	喜剧穿插	595
巧合	389	戏仿	595
情节	393	细节/细节印证	596
渠道	398	戏剧化	596
曲喻	401	谐谑模仿	610
去蔽	402	新词风格	614
全知式叙述	403	行为主义卖开场法	630
S		叙述	639
三一律	416	叙述干预	643
省略	447	叙述格局	643
诗节形式	455	叙述加工	643
诗律	456	叙述角度	643
视韵	485	叙述接收者	643
首语重复法	486	叙述现在/被叙述现在	644
述本	491	叙述性	645
双关语	492	叙述者	647
素材	508	宣传	649
缩写	509	悬疑	650
T		**Y**	
提喻	522	延长	656
停顿	525	阳韵	663
停顿	525	扬抑抑格	664
头韵	529	腰韵	665
脱身	532	意象并置	686
W		意象迭加	687
尾韵	552	抑扬格	691
误读	592	抑抑扬格	691
		音步	691
		音长/音节体	691

音高/音节体节奏 …… 692	
音节体节奏 …………… 692	**B**
音强体 ………………… 692	八行诗 ………………… 12
音强/音节体 ………… 692	悲喜剧 ………………… 20
阴韵 …………………… 695	编年史剧 ……………… 31
隐蔽程序与裸露程序 … 696	不纯诗 ………………… 44
隐式低叙述层次 ……… 697	残酷剧 ………………… 54
隐喻 …………………… 698	长篇小说 ……………… 61
引喻 …………………… 701	纯诗 …………………… 86
迂回 …………………… 71	打油诗 ………………… 94
预述 …………………… 719	低俗喜剧 ……………… 106
喻指/喻体 …………… 720	地方色彩 ……………… 110
圆形人物 ……………… 728	独角戏 ………………… 117
韵式 …………………… 743	短篇小说 ……………… 120
Z	**F**
直接引语式 …………… 772	风俗喜剧 ……………… 142
直接自由式 …………… 772	复仇悲剧 ……………… 156
指点 …………………… 772	**G**
主情节 ………………… 782	感伤诗 ………………… 161
转述语 ………………… 784	高雅 …………………… 165
转喻 …………………… 786	高雅喜剧 ……………… 166
自动写作 ……………… 794	哥特小说 ……………… 166
	歌剧 …………………… 166
	歌谣 …………………… 168
欧美	格言 …………………… 172
（第三类目录）	格言诗 ………………… 172
	贡古拉文风 …………… 178
	怪诞 …………………… 185
A	**H**
阿卡迪亚情调 ………… 3	
哀诗 …………………… 6	黑色小说/哥特小说 …… 206

皇冠十四行诗组 ·············· 221
回忆录小说 ················ 222
婚后诗 ·················· 223
婚前诗 ·················· 223

J

集外拾遗 ················ 228
集注本 ·················· 228
剑侠传奇 ················ 236
矫饰主义 ················ 239
警句 ··················· 252
具象诗 ·················· 256

K

科幻小说 ················ 263
狂诗 ··················· 273

L

立体诗 ·················· 293
连环故事 ················ 296
连环诗 ·················· 296
连韵十四行诗 ·············· 296
廉价杂志小说 ·············· 297
流浪汉小说 ··············· 308
六音步诗行 ··············· 309

M

民间传说 ················ 339
民间故事 ················ 340
牧歌 ··················· 347

P

排它诗 ·················· 365

Q

七音步十四音节 ············· 380
奇迹剧 ·················· 380
"墙上苍蝇"式叙述法 ········· 389
巧构剧 ·················· 390
情节剧 ·················· 394

R

日记体小说 ··············· 409

S

萨福体 ·················· 414
三部曲 ·················· 416
三行连环韵诗 ·············· 416
三行体诗节 ··············· 416
三音步诗行 ··············· 417
色情文学 ················ 420
神话 ··················· 428
诗 ···················· 449
诗剧 ··················· 456
十四行诗 ················ 476
手写本 ·················· 486
书案剧 ·················· 486
书信体小说 ··············· 487
抒情诗 ·················· 490
双音步诗行 ··············· 492
四部曲 ·················· 498
四音步诗行 ··············· 502
颂诗 ··················· 502
颂文 ··················· 504
素朴诗 ·················· 508

素体诗 ······ 508

T

田园风味 ······ 524
童话 ······ 527

W

外省风格 ······ 535
挽诗 ······ 536
问题剧 ······ 584
问题小说 ······ 584
乌托邦文学 ······ 585
武功歌 ······ 588

X

戏仿英雄体 ······ 596
笑剧 ······ 609
心理小说 ······ 616
行吟宫廷诗 ······ 630
行为体 ······ 630
叙事剧 ······ 638
叙事诗 ······ 639
选集 ······ 651

Y

哑剧 ······ 656
亚历山大体 ······ 656
谚语 ······ 661
耶稣受难剧 ······ 665
一角钱小说 ······ 672
音乐喜剧 ······ 692
阴谋小说 ······ 695

英雄传奇 ······ 703
英雄双韵诗 ······ 703
影射小说 ······ 705
游浮体 ······ 711
寓言 ······ 722

Z

赞美诗 ······ 751
赞诗 ······ 751
中国风 ······ 773
中篇小说 ······ 775
自由诗 ······ 797
自传 ······ 798
自传体小说 ······ 798

欧美
（第四类目录）

A

阿克梅派 ······ 3
"百科式"释义 ······ 16
本体式批评 ······ 24
比较历史文艺学 ······ 27
柏拉图主义 ······ 42
补充性评论 ······ 43
布拉格学派 ······ 48

C

阐释学 ······ 60
抽象论 ······ 77
"词典"式释义 ······ 88

D

道德批评 ·························· 100
读者反应批评 ···················· 117

F

法国新批评 ························ 128
法国学派 ·························· 129
法兰克福学派 ···················· 129
反讽性评论 ························ 131
反自然主义 ························ 134
泛神论 ···························· 134
非个性化 ·························· 135
风格学 ···························· 139
符号学领域或分科 ················ 148
符号学（结构主义与后结构主义）
································ 148
符号学派（法国后结构主义）
································ 149
符号分析学 ························ 148
符号学 ···························· 148
符号学文论发展趋势 ·············· 150
符号学（苏联）···················· 149
符形学 ···························· 150
符义学 ···························· 150
符用学 ···························· 150
复古主义 ·························· 156

G

感伤主义 ·························· 162
功能现实主义 ···················· 174

H

黑色幽默 ·························· 206
后结构主义 ························ 208

J

接受美学 ·························· 240
接受心理分析 ···················· 240
阶段平行论 ······················ 241
结构分析 ·························· 243
结构现实主义 ···················· 243
结构语义学 ······················ 243
结构主义 ·························· 244
解释性评论 ······················ 245
精神批评 ·························· 250

K

科学化批评 ······················ 264
客观批评 ·························· 267

L

拉普 ······························ 276
类型学 ···························· 280
理性主义 ·························· 283
历史文化学派 ···················· 291
列夫 ······························ 298
流传学 ···························· 308

M

媒介学 ···························· 329
美国学派 ·························· 333
民族文学 ·························· 340

魔幻现实主义 …… 343
南方学派 …… 351
内容分析 …… 353
女权主义批评 …… 359

P

平行研究 …… 372
评介性评论 …… 373
情节类型学 …… 394

R

人文主义 …… 406
人文主义批评 …… 407
日内瓦学派 …… 409

S

社会主义现实主义 …… 425
神话学派 …… 429
"神奇的现实" …… 431
诗歌语义学 …… 453
数理风格学 …… 491
未来主义 …… 552
文本分析 …… 563
文本解释 …… 563
文本批评 …… 563
文类学 …… 569
文学社会学 …… 578

X

先锋派 …… 597
象征主义 …… 604
谢拉皮翁兄弟 …… 611

新批评派 …… 613
新人文主义 …… 615
心理现实主义 …… 617
心理学派 …… 618
心理主义 …… 619
形式派 …… 627
形式主义 …… 627
叙述学 …… 645

Y

耶鲁学派 …… 665
意识形态批评 …… 683
意象主义 …… 687
印象式批评 …… 702
影响研究 …… 706
渊源学 …… 723
渊源研究 …… 723

Z

传记批评 …… 786

欧美
（第五类目录）

A

阿勃拉姆斯 …… 1
阿多尔诺 …… 2
阿尔杜塞 …… 2
阿诺德，马修 …… 4
阿韦林采夫 …… 5
艾亨巴乌姆 …… 6

艾略特 ………………………… 7
奥古斯丁 ……………………… 9

B

巴尔特，罗朗 ………………… 12
巴赫金 ………………………… 13
本雅明 ………………………… 24
别林斯基 ……………………… 35
波德莱尔 ……………………… 37
波尼亚科夫 …………………… 37
波斯别洛夫 …………………… 40
勃克 …………………………… 41
柏拉图 ………………………… 41
布莱 …………………………… 48
布莱希特 ……………………… 48
布鲁克斯 ……………………… 48
布鲁姆 ………………………… 49
布吕纳介 ……………………… 49
布洛赫 ………………………… 49
布思 …………………………… 50
布瓦洛 ………………………… 50

C

车尔尼雪夫斯基 ……………… 66

D

但丁 …………………………… 98
德里达 ………………………… 103
德曼 …………………………… 104
狄德罗 ………………………… 107
狄尔泰 ………………………… 108
狄尼亚诺夫 …………………… 108

蒂博代 ………………………… 110
杜勃罗留波夫 ………………… 118

E

恩格斯 ………………………… 125

F

法朗士 ………………………… 131
费什 …………………………… 137
福柯，米歇尔 ………………… 151
弗洛伊德 ……………………… 152

G

戈德曼 ………………………… 168
格雷马斯 ……………………… 170

H

哈贝马斯 ……………………… 190
海德格尔 ……………………… 191
赫拉普钦柯 …………………… 203
赫什 …………………………… 203
霍兰德 ………………………… 224

J

季莫菲耶夫 …………………… 229
济慈，约翰 …………………… 230
纪德 …………………………… 232
迦达默尔 ……………………… 234

K

卡西尔 ………………………… 262
柯勒律治，萨缪尔·泰勒 …… 263

科默德	263	诺思洛普·弗莱	360
克莱恩	266	**P**	
克里格	266	庞德	366
克莉斯特娃，朱	266	培根，弗兰西斯	366
克罗齐，贝	266	佩特，沃尔特	367
库赞	271	普列汉诺夫	375
L		普鲁斯特	376
拉康	275	普洛丁	376
拉斯金·约翰	276	普洛普	376
兰色姆	276	蒲柏·亚历山大	377
朗松	277	**R**	
李普斯	285	惹奈特，杰	405
里维斯	286	日尔蒙斯基	408
里维埃	288	荣格	410
利哈乔夫	293	瑞恰慈	413
列宁	299	**S**	
卢卡契	310	萨特	415
卢那察尔斯基	310	赛义德	415
卢梭，让—雅	310	桑塔格，苏珊	419
罗蒙诺索夫	316	圣伯夫	447
洛特曼	317	施莱尔马赫	474
M		什克洛夫斯基	476
马尔库塞	319	叔本华	487
马克思	321	斯塔尔夫人	496
马舍雷，彼	322	斯塔罗宾斯基	496
梅列津斯基	328	索绪尔，费·德	505
米勒	337	**T**	
慕卡洛夫斯基	347	泰纳	513
N			
尼采	355		

特里林	520	詹姆逊	755
退特	531	左拉	801
托多罗夫	531		
托玛舍夫斯基	532		
托马斯·阿奎那	532		

欧美
（第六类目录）

W

瓦雷里	535
王尔德	540
威尔逊·艾德蒙	548
威廉那斯·雷蒙德	549
韦莱克	549
维戈茨基	550
维柯	551
维姆萨特	551
维诺库尔	551
维特根斯坦	552

X

夏泼兰	597
休姆	633
雪莱	651

Y

雅各布森	655
亚里士多德	656
燕卜荪	661
伊格尔顿	671
英加登	702
约翰逊，萨缪尔	733

Z

詹姆斯，亨利	754

B

《悲剧的诞生》	19

F

《分析心理学与诗的关系》	138

G

《关于散文理论》	186

H

《含混的七种类型》	194
《和爱克曼的谈话录》	198

J

《结构主义诗学》	245
《解释的正确性》	245
《精致的瓮》	251

L

《论崇高》	314
《论风格》	315
《论戏剧艺术》	316

M

《盲目与悟解》	323

《美学》 ………………… 334
《美学理论》 ……………… 334

P

《判断力批判》 …………… 366
《批评的剖析》 …………… 368
《批评与意识形态》 ……… 368

S

《神学大全》 ……………… 432
《审美经验现象学》 ……… 438
《审美经验与文学阐释学》
………………………… 439
《审美特性》 ……………… 440
《圣林》 …………………… 448
《诗的艺术》 ……………… 452
《诗人与白昼梦的关系》 … 463
《诗人与幻想》 …………… 464
《诗学》 …………………… 469
《诗艺》 …………………… 470

T

《陀思妥耶夫斯基诗学问题》
………………………… 533

W

《文学理论》 ……………… 577
《文学艺术作品》 ………… 580
《文艺学中的形式主义方法》
………………………… 581
《误读的地图》 …………… 592

X

《希望的原则》 …………… 594
《现代小说》 ……………… 600

Y

《1847年俄国文学一瞥》 … 668
《1844年经济学哲学手稿》
………………………… 669
《艺术和诗的创造性直觉》
………………………… 678
《艺术论》 ………………… 678
《艺术与现实的审美关系》
………………………… 680
《艺术哲学》 ……………… 680
《隐在的读者》 …………… 698
《语象》 …………………… 717
《元历史》 ………………… 726

Z

《这门课有无文本?》 ……… 761
《真理与方法》 …………… 761
《政治无意识》 …………… 768
《作为诗歌手段的中国文字》
………………………… 801
《作为意志和表象的世界》   801

(选自《世界诗学大辞典》,春风文艺出版社1993年版)

饶芃子

饶芃子（1935—），广东潮州人。中山大学毕业后到暨南大学从事比较文学和比较诗学的研究，并首创比较文艺学方向。饶芃子将比较文学的方法引入文艺学研究，率先在海外华文文学领域进行诗学研究，同时将戏剧作为中西比较文学的研究对象，拓宽了比较文学的研究领域，在新时期中国比较文学学科的建设中做出了突出贡献。著有《中西比较文艺学》《比较诗学》等，主编《中西戏剧比较教程》《比较文艺学论集》等。《比较诗学》是一本论文集，共收录25篇论文。这些论文是饶芃子多年以来在比较文艺学领域的研究成果。该著围绕比较诗学学科的基本理论、批评实践和海外华文文学进行研究。在对不同民族进行跨文化比较时，对其同质性的探讨展现出两者的文化认同，对其异质性的阐释则突出两者的独特个性，以开放的、多元的视角，将比较文学拓展为比较诗学，发掘古代文学理论资源，为新文论增添了活力。他将海外华文诗学纳入比较诗学领域，彰显民族特色的同时也顺应了世界文学的趋向，深刻阐明了不同民族文化的内涵。

《论中西诗学之比较》是《比较诗学》中收录的第一篇文章，1998年发表于《暨南学报》第2期。作者首先指出，亚里士多德的《诗学》作为西方的第一部文艺理论著作，探究了文艺发展的规律，涉及了戏剧、史诗、诗歌和批评等。相比较而言，中国文艺学的发展长期以来处于停滞状态，始终沿袭西方。在此背景之下，面对中西方文化的差异，东方诗学学者应该立足于中国比较文学学科，探讨不同文化所具有的普遍文学现象。文章以众多学者及其著作为例阐明中国文化背景下的诗学建设，如美国华人学者刘若愚的《中国的文学理论》从横向和纵向探究了中西方不同的源流，提出了中西文论从共时性着眼，在总体范围进行综合性比较的观点，值得借鉴；叶维廉的论文集《寻求跨中西文化的共同文学规律》中除了对中西文化共同规律的探讨之外，还指出西方文论在中国运用的可能性及危机。针对欧洲文化体系的单一，提出了"五个必需的据点"。此外，文章也阐释了曹顺庆、狄兆俊等学者及其著作在中西比较诗学的实践。在此基础上，作者倡导在思维上以兼容的、开放的态度，探寻具有全球性诗学的理想；充分挖掘中国古代文论在世界诗学中所具有的重要理论价值，积极从中国古代文论中汲取营养，寻求其与另一种形态理论沟通的渠道，同西方文论在比较中寻找二者的"同"与"异"。作者在最后对自身的研究方面进行了概括。首先需要避免单一文论的"垄断"，注重跨文化的"文艺学立场"以及区分可比性与不可比性。还指出中西文艺学范畴是各自体系中的网结和基本词汇，并将"文艺学"的视野运用到中西诗学比较，将其研究命名为"中西比较文艺学"。《论中西诗学之比较》一文从理论建构方面探讨了中西比较诗学的发展，梳理了中西比较诗学的研究现状，结合对文艺学学科发展前景的思考，从中国古代文论入手，在平等、开放的前提下，将中西诗学互相观照，诠释中西比较文艺学研究的可行性，为世界性诗学对话探索道路，思路新颖，不仅拓展了文艺学的学科内涵，也为比较文学提供了更广阔的学术发展空间。

论中西诗学之比较

"诗学"作为"文论""文艺学"的原初状态，是来自西方古希腊亚里士多德的古典文论。亚里士多德的《诗学》，是西方文化传统中第一部系统的文艺理论专著。亚里士多德著作很多，如《工具论》《逻辑学》《形而上学》《物理学》《伦理学》《政治学》《修辞学》《论灵魂》等，涉及的领域很广，横跨自然科学和社会科学。他的文艺理论，在不少著作中均有所触及，而专门研究文艺问题的，今传有《诗学》和《修辞学》。在《修辞学》中，他运用心理学来研究修辞和雄辩，开了后世文艺心理学的先河。《诗学》是一部未经整理的讲稿，他在这一著作中，全面地阐述了自己的文艺观，包括诗的起源、诗的历史和诗的特征。当时古希腊的文艺主要是由戏剧（重点是悲剧）、史诗以及抒情诗构成的，亚里士多德在分析悲剧的基础上把三者结合在一起研究，探讨文艺规律。所以他在《诗学》中论的不是狭义的诗的技艺，是包括戏剧、诗歌、批评在内的文艺理论。在那以后，很长一段时间，人们把研究文艺理论的著作都称为诗学。我们这里所说的"诗学"，指的也不是狭义的"诗"的学问，而是广义的各种文学的学问和理论，即对文学的理论研究和科学探讨，也就是当今学术界所说的"文论""文艺学"。这里所论的中西比较诗学各题，是我们近几年来对中西文论中具有可比性的若干文学理论问题、范畴进行比较研究的成果。我们之所以这样做，是基于对目前诗学现状和未来前景的思考，同时也是对中国诗学根基的有意识的寻找。

长期以来，我们在文艺学学科上所讲的诗学，都是沿袭西方的；所使用的概念、范畴、观念、原理，绝大多数都是"舶来品"，实际上是存在一个中国"缺席"的问题，或者说，在这个领域里基本上是"欧洲中心主义"统治着,我们所熟悉并且不断在传授的诗学,并非是真正具有世界性意义的诗学。20世纪后半叶,随着世界上殖民体系的土崩瓦解,第三世界的崛起,"欧洲中心主义"也随之而动摇,人们越来越感到在文化发展上要摆脱原先的局限,必须重视文化的外求和横向的拓展。为探讨带有普遍意义的文化模式,实现全球共享,必须重视"他种"文化的研究,要用平等的态度对待"他种"文化。在西方还是"欧洲中心论"的时代,东方文化在西方被当作"他者"和"非我",处于被压抑、受排斥的地位,现在在新的文化形势下,人们已逐渐认识到任何体系和中心都是相对的,一个文化体系要发展,同样也需要外求,西方文化外求的参照系主要是东方,而东方文化要确定自己本土文化在世界的地位,使它为人们所认识、所接受,也需要以发达地区文化为参照,求得自己的发展和更新。面对东西方文化必然交汇的前景,无论是文化还是文学,在未来的21世纪,人们研究的目光将转向全球。为此,诗学学者如何从本学科的现实出发,建立新视野,以开放的态度,通过对不同国家不同地区的诗学研究,特别是对欧洲文化区域以外的诗学进行有深度而非盲目欧洲中心式的阐释,认识、探讨各类不同文化框架中的普遍文学现象,有如一些学者所提出的全球范围内各民族共同拥有的"诗意表达"等,谨慎探索这方面前行的途径,建立一种真正具有世界性的诗学体系和理论,应是我们在面向21世纪时必须去面对的问题。

　　由于东西方文化、文学有极大差异,有很不相同的素质,要建立真正具有世界性意义的诗学,就应有东方各国诗学学者的参与,去做大量的艰苦的工作,因为现在形成的诗学框架并不是建立在世界整体的文学研究基础上,而是以西欧的文化、文学作为基点,忽略了许多遥远的有悠久历史的文化、文学,却又用这个本来未能涵盖它们的狭隘框架去框定它们,这就与我们现在所追求的要建立一种"为整个人类走向大同之域"(季羡林语)的"诗学理想"有很大的距离。在东方,中国的文化、文学不仅源远流长,而且独具特色;在诗学范畴和观念以及入思的方式上,都与西方有很大的差别。这就使处于完全不同文化背景下的西方诗学学者,难以进入其中,彼此的互相印证也十分困难。中国的诗学学者如能摆脱过去比较封闭的思维模式,用一种开放的眼光来审视中国传统诗学,以西方的诗学为参照,打通中西方诗学之间的那堵"墙",对它们进行比较研究,一方面是寻找本民族诗学在世界诗学中的地位,一方面是去发现本民族诗学和世界上其他民族诗学之间的会通点，这对中国诗学的走向世界和世界性诗学的形成都是很有意义的。

在世界比较诗学的研究史上，中西比较诗学的研究起步较晚。关于如何比较研究中西诗学，我国的王国维、蔡元培、鲁迅、朱光潜、宗白华、钱锺书、王元化等一批著名学者，都曾进行过有益的探索，做出过一定的贡献。20世纪80年代以来，这一领域的研究已日益蓬勃地展开，并且出版了一些这方面的专著，但在我们看来，一种坚定的从国际角度的"诗学对话"尚未真正开始。比较文学的真义就在于跨文化、跨国别、跨学科，越来越趋向于多元化的文学总体研究，正如韦勒克所说："比较文学是一种没有语言、伦理和政治界线的文学研究"，因为"一切文学创作和经验是统一的"①。正是文学中的统一、共同的东西，使不同文化体系中的文学具有一种互相对话、互相比较的可能。诗学作为反映着不同文化、文学精髓的聚焦点，它们之间的相互比较和对话也同样是必要和可能的。当然，这种比较不是以一种诗学模式去套另一种诗学，也不是用一种诗学模式去"攻克"另一种诗学，而是突破各种界限，作"文心"上的沟通，把握异中之同，了解同中之异，从中概括出更具有总体性和规律性的东西。

早在20世纪60年代，法国著名的比较文学学者艾金伯勒就说过："历史的探寻和批判的或美学的沉思，这两种方法以为它们是势不两立的对头，而事实上，它们必须相互补充：如果能将两者结合起来，比较文学便会不可违拗地被导向比较诗学。"② 现在，比较诗学在比较文学研究中已备受关注，从事中西比较诗学研究，困难在于对中国古代文论的把握。在这方面，美国著名华人学者刘若愚的研究成果值得我们重视。刘若愚1975年出版的专著《中国的文学理论》，从探求东西方超越历史文化差异的世界性文学理论出发，在介绍中国自成传统的文学理论的同时，以西方文学理论为参照，把阿布拉姆斯在《镜与灯》中提出的艺术四要素理论加以改造，用以分析中国传统文学批评，把中国古代文论分为形而上的、决定的、表现的、技巧的、审美的、实用的六种理论，力图从中整理出一

---

① [美]韦勒克：《比较文学的名称和性质》，载《比较文学研究译文集》，上海译文出版社1985年版，第144—145页。

② [法]艾金伯勒：《比较文学的目的、方法、规划》，载《比较文学研究译文集》，上海译文出版社1985年版，第116页。

个有机的整体，建立一个分析中国传统文学批评结构的理论框架。他还分别从纵向和横向考察了上述六种理论的出现、发展和相互关系与作用，并将其与西方相似理论做比较。他在运用现代的、理性的眼光清理解释中国传统批评理论的特点时，清醒地看到了自己面对着的种种困难，如中国传统文学批评所用术语的多义性和不确定性、中国传统文学批评的诗化特性等，这些常常使人难以领会其确切的意义，在西方文论中也很难找到与它们具有相同含义与等价的术语和概念。为了揭示和辨别潜藏在某一术语中的某种潜在概念，寻求更精确的意义，他提出要注意每个术语运用时的上下文答案，考虑批评家的基本思想倾向、他所举的例证，"以及他对同一术语在文学批评和其他著作中早期或当代的用法等等"①。这些都是十分重要的意见。他在将中国传统文学批评理论与西方相似理论做比较时，也是先从纵向探究了中西不同文化背景中的源和流，在这一基础上才从横向做进一步的考察比较，如书中对中国的玄学论与西方的模仿论以及表现论异同的比较，就不仅清理和解释了中国玄学论的流变及其特点，又揭示了它与西方的模仿论和表现论的某些相通之处。由于中西方历史发展的不平衡，可比的文论在中国和西方往往不是同时产生的，中西比较诗学研究很难在历时的方向展开，所以这种以共时研究为基础，打破时间先后次序，在中国文论和西方文论总体范围内进行某些问题的综合性的比较，应受到我们的特别注意。

刘若愚在《中国的文学理论》第一章"导论"中曾阐明他写这本书的终极目的：

> 我写这本书有三个目的。第一个也是终极目的在于通过描述各式各样从源远流长，而基本上是独自发展的中国传统的文学思想中派生出的文学理论，并进一步使它们与源于其他传统的理论的比较成为可能，从而对一个最后可能的普遍的世界性的文学理论的形成有所贡献。我相信，对历史上互不相关的批评传统作比较研究，例如对中国的批评传统和西方的批评传统作比较研究，在理论的层次上比在实际的层次上会有更丰硕的成果，因为特殊作家和作品的批评，对于不能直接阅读原文的读者是没有多大意义的。而且某一具有自身传统的文

---

① 刘若愚：《中国的文学理论》，田守真、饶曙光译，四川人民出版社1987年版，第3—4页。

学的批评标准,也不能应用于其他文学;反之,对于属于不同文化传统的作家和批评家的文学思想的比较,则或许能揭示出某些批评观念是具有世界性的,某些观念限于某些文化传统,某些观念只属于特定的文化传统。反过来这又可以帮助我们发现(因为批评概念通常是建立在实际的文学作品基础上的)哪些特征是所有文学所共有的,哪些特征限于用某些语言写成,或产生在某些文化传统上的文学,哪些特征是某种特定的文学所独具的。因此,对于文学理论的比较研究,可以更好地理解所有的文学。[1]

可见,作者撰写这本书,立意是很高的。正如他自己所说,他的终极目的是要对世界文学理论的形成做出贡献。他在书中提出的形成"世界性的文学理论"的观点,应是当今诗学工作者的一个共同的"理想",它可以牵动人们去做各种各样的尝试,朝着这个目标努力去做。在我们看来,刘若愚这本书的突出贡献在于:他能用一种跨文化的眼光,以今天更发展了的科学文艺理论,来清理中国的传统文论,探讨、剖析那些暧昧朦胧的术语,展示其蕴含着的艺术理论,在与西方文论的比较中,提出了益人心智的精湛见解。这是只有"单文化"眼光的学者所不能做到的。

在中西比较诗学研究中,著名华人学者叶维廉也有多方面的成果。我们读他的论文集《寻求跨中西文化的共同文学规律》,可以看到,他一直在探讨下列两个问题:一是寻求跨中西文化的共同文学规律,也就是力图在跨文化、跨国别的诗学之间,寻求共同的文学规律、共同的美学"据点";二是试探现代西方文学理论被应用到中国文学研究上的可行性及其可能引起的危机。他认为,在欧洲文化系统里,寻找共同的文学规律是比较容易的,因为不存在"批评模子中美学假定合理不合理的问题,而是比较文学研究对象及范围的问题"。由于在欧洲文化系统中进行比较诗学研究,是单一的文化体系中的比较,得出的艺术原则,不一定适合各种不同文化系统中的文学,无法构成可以放诸四海而皆准的美学据点和批评模式。但长期以来,"不管在文学研究或文化研究的领域里,批评家和学者们都往往以一个体系所得的文化、美学假定和价值判断硬加在另一体系的文学作品上,而不明白,如此做法,他们已经极大改变了甚至歪曲了另一

---

[1] 刘若愚:《中国的文学理论》,田守真、饶曙光译,四川人民出版社1987年版,第4页。

个文化的观物境界"。① 为了避免这种"垄断的原则"（以甲文化的准则垄断乙文化），不再重犯这种歪曲本源文化美学观念的错误，他提出应重视对各种不同文化系统的理论做比较和对比研究，特别要重视中西方文化、文学的比较研究，做到互照互对、互比互识，以开拓更大的视野，互相调整，互相包容。这样做，既让西方读者了解到世界上有许多源于不同文化的文学作品和不同的美学假定；也让中国读者了解到儒、道、佛的架构之外，还有与它们完全不同的观物感物程式及价值的判断。他也借用艾布拉姆斯所提出的有关作品形成的四要素，即世界、作者、作品、读者为条件，再加上自己所认识的新的要素，打破艾氏从西方批评系统演绎出来的四种理论（模拟论、表现论、实用论、作品自主论）的架构，而根据作品产生前后状况，总结出"五个必需的据点：（1）作者；（2）作者观、感的世界（物象、人、事件）；（3）作品；（4）承受作品的读者；（5）作者所需要用以运思表达、作品所需要以之成形体现、读者所依赖来了解作品的语言领域（包括文化历史因素）"。他认为在这些据点之间，有不同导向和偏重所引起的理论，从大的方面看有下列几种：（1）观感运思程式的理论；（2）由心象到艺术呈现的理论；（3）传达目的与效用的理论；（4）读者对象的确立；（5）传达系统自主论（语言）；（6）作品自主论；（7）起源论。以上是叶氏提出的新的理论框架的建构。

在国内，曹顺庆著的《中西比较诗学》，②是我国文艺理论界第一部系统研究中西比较诗学的专著。他按我们现行的文艺理论框架，从艺术本质论、艺术思维论、艺术风格论、艺术鉴赏论几个方面，对中西方相应的文论进行比较研究，侧重点则放在长期被西方忽略的中国传统文论上，在比较中着重是对上述几个方面的古代文论进行纵向的梳理和横向的阐明，眼光和视野已超出了本国的文化系统，这就使他所阐发的理论具有创意和特色。

黄药眠、童庆炳主编的《中西比较诗学体系》，是90年代以来在国内有影响的比较诗学著作。这部书打破了近半个世纪以来我国关于诗学论述的基本模式，面对中西比较诗学存在的特殊困难，为了跨越两种文化之间的鸿沟，给予文化背景的比较以"非同一般的重视"，并且以此为前提和

---

① 叶维廉：《寻求跨中西文化的共同文学规律》，北京大学出版社1987年版，第35页。
② 曹顺庆：《中西比较诗学》，北京出版社1988年版。

起点，确立全书的结构，由文化背景比较进展到范畴比较，把"诗学范畴作为诗学观念的'网上纽结'"，[①] 从而展开中西诗学影响的事实比较。全书由背景比较、范畴比较、影响研究三编组成，这显然是一种新的探索，它开拓了人们的视野，其积极的意义在于倡导以跨文化的比较方法，来寻求中国诗学自我超越的途径和前景。

在国别比较诗学方面，有狄兆俊著的《中英比较诗学》。[②] 该书以西方文论中的实用理论和表现理论为框架，把中英两国相对应的诗学联系起来进行比较研究，建立中英比较诗学研究的理论框架——功用诗学和表现诗学，并且分别探索中英诗学二重性的内涵，以无用和有用、功利和超功利、客观和主观三个方面来展示中国诗学二重性内涵；以主观和客观、教育和怡情、情感和理智来展示英国诗学二重性内涵，并从中英诗学二重性探索其共同的规律和特殊的规律，为进一步探索诗学深层结构开辟了新的蹊径。该书在西方文论的参照下，对中国传统诗学（如道家审美理论中的表现理论等）提出了一些新的见解。这些见解并非没有商榷的余地，但能给人启迪，能引起人们去思考和探索。此外，朱徽编著的《中英比较诗艺》，[③] 对分属于不同民族、不同时代、不同语种的中英诗歌，在艺术技巧和语言特色方面进行比较研究，分析其异之处，寻求"契合"点。作者用现代批评理论作为指导，把中英诗歌放在纵向的历史发展中和横向的不同文化的观照中进行观察分析，对中英不同诗艺技巧做比较研究，全书分上下两篇，上篇分别比较研究中英诗艺中的格律、修辞、描摹、通感、象征、张力、复义、意识流、用典、悖论、想象、移情、变异与突出、汉诗英译中的语法、中英十四行诗等问题。下篇主要是比较研究中英著名的诗人、诗作，许多见解精辟独到。由于作者视野比较开阔，能从不同民族文化相互对照、比较以及相互交流、影响的角度，去认识、概括中英的诗艺，特别是中国的传统诗艺，这就为跨时代、跨语种、跨民族界限的诗艺研究开拓了一个新的局面。

如上所说，中西诗学比较，在中国学界，还是一个新的课题。因为这种根植于不同文化土壤、不同理论体系之间的比较，确实难度很大。现在，中西学者都注意到要寻找能解释东西方文学的文艺理论框架，注意研

[①] 黄药眠、童庆炳主编：《中西比较诗学体系》，人民文学出版社1991年版，第4页。
[②] 狄兆俊：《中英比较诗学》，学苑出版社1992年版。
[③] 朱徽：《中英比较诗艺》，四川大学出版社1996年版。

究欧洲文化区域以外的诗学体系、现象，为创建真正具有全球性的诗学在作各种各样的探索。中国古代文化，源远流长，在东方很有影响，中西诗学比较研究应是世界比较诗学中的一个重要的课题。尽管中西方文化差异很大，如果我们能在文化思维上"打破垄断"，从双方出发，以开放的、平等的、兼容的态度进行研究，而不是以一种体系的理论原则去套另一种理论体系，是可以进入共相研究的，也可以日益靠近我们所寻找的真正具有全球性诗学框架的理想。

中西比较诗学的先行者早就指出，从事中西比较诗学研究困难很多，进行这种比较必须对中西文论都有相当的了解。西方文论，从古希腊柏拉图、亚里士多德开始，经过长期的发展，文学的概念、范畴，一般都有严格的科学内涵，其理论的发展脉络和历史也是非常清楚的。比之西方，中国古代文论专著不多，理论方面的研究工作起步较晚，而且在相当长一段时间，只是少数人做的事情。中国古代的文论家，比较多是凭借传统的理论和个人的体验来评论作品，他们的志趣主要不在于探讨深奥的哲理，而在于总结经验，阐明自己对文学创作的具体看法和主张，而且多采用评点的形式，生动活泼，常常是通过隽永的比喻、形象的语言来表达思想。这种理论形态带有直观性、经验性的特点，重体会，讲究妙悟，往往不把话说尽、说死，理论观点和美学见解，都是自然地在批评话语中表现出来，观点、见解随作品流动，只有读过作品的人，才能深刻理解它，如果没读作品，就难以领会其中的道理。有的理论还是"诗化"的、鉴赏式的，带有一定的虚拟性，要弄清楚它，得反复琢磨和借助想象，所以理论的效果经常是评者与读者共同创造的。同西方的科学型文论不一样，中国古代的文论，更多是艺术化的，它的体系是潜在的。这样的理论是需要"解读"的，而要准确地"解读"，又十分不容易，首先是要对它作历史的"还原"，历史的"还原"必须建立在资料搜集和积累的基础上。这方面的工作，过去我国从事古代文论研究的学者已做了许多工作，有不少成果问世，但我们拥有的是一座丰富的理论宝库，要拿它同另一种形态的理论做比较，使其有可能"相遇""对话"，还要寻求一种彼此沟通的渠道。

重要的是构搭"相遇"的"桥梁"和寻求"对话"的"中介"。

中西异质文论有许多难以沟通和相互理解的因素，因为彼此都难以摆脱自身的思维方式和文化框架。但中西文论都是人类文艺实践经验的结晶，必然蕴含有人类历史发展的一般规律所决定的共同性，应是异中有同，所以可以通过比较，从表面差异很大的中西文论中寻找它们的共同规律。困难在于：中国古代的文论家大多是通过对具体作家作品的批评来体现理论内容，言简意赅，理论的弹性较大，许多概念、范畴，如意境、形神、文气、风骨等，不但在不同情况下有不同的含义，同一概念的表述的内涵有时也很不一样，所以就要在"还原"的基础上对它做一番"破译"的工作，以当代话语进行新的解读，再将其同西方文论作比较，在比较中寻找中西文论的"同"和"异"，做到"借异而识同，借无而得有"，找出文学的共同规律，也认识各自的特点以及在不同文化背景中产生的文学的特殊规律。

中西诗学比较研究，是在"异质""异源"的中西文化之间进行，彼此差异的跨度很大，要相互沟通、理解很不容易，故要有"对话"的"中介"，即找出一些文学创作中必然会出现的问题，互证互对，互比互识，在比较中看中西文论家在各自不同的文化系统中如何对这些问题做出回答，形成怎样的概念、范畴和理论，有哪些"同"和"异"，从而进一步实现中西诗学的互识、互证、互补。

中国古代文论是中国古代文艺思想、美学思想的结晶。随着世界文化交流的日益频繁，已有不少外国汉学家著文阐明它在世界诗学中的特殊地位和理论价值。但由于语言和文化的"边界"，西方的学者要真正跨越文化，把握它的实质，困难仍然很多。所以要使中国的传统文论能够走向世界，与各民族诗学交流、比照，在相互汇通的过程中，共同熔铸出新的诗学概念、范畴和命题，可以使诗学进入世界和现代性的新阶段，中国的诗学研究者应肩负起更多、更重的责任。当然，这种世界性诗学理想的实现，应是一种开放的、"将成"的、不断变化发展而又多元共存的群体的探索。我们只能从"我"做起，以一种开放的眼光和方法，在中西比较诗学的研究上，努力去探索"自己"谨慎前行的途径。

近几年来，我们就中西诗学中的若干具有可比性的问题展开了自己的研究。在"中西文学观念比较"方面，我们主要从文学本质的形而上设定，挖掘中西文论之思共有的深层自然主义信念及其差异；从主导性文学观的文化偏向入手分析中西文化的文化境域及其主题性焦点。并力图从内外两个层次上清理中西文论的运思和言述理路。在"中西文论形态比较"方面，重点是对不同类型文学理论的比较；中西方文学理论在其长期的历史发展中形成了不同形态，同时也产生了大量的对文学的哲学形而上学的理论，我们主要是从中西叙事理论、中西抒情理论、中西形上理论进行比较研究。在中西叙事理论比较中，着重从中西方叙事理论的传统——诗史之分：志与事、一般与个别；中西叙事理论的不同特征——文史哲：历史旨趣与哲学意味；文学叙事：理与事、文与事；作为文学叙事的历史与哲学等方面论述中西叙事理论的异同。在中西抒情理论比较中，着重是从心性设计、理性与情性的冲突、兴论与表现论诸范畴之比较，作为心学和心理学的中西方抒情诗学三个方面进行论述。在中西形上理论的比较上，主要是从形而上学与中西形上理论的相关性、中西形上文论的主要形态、中西形上文论的内涵三个方面进行描述、分析和阐明。在"中西文论范畴比较"方面，从范畴的"文化特征"和"语义特征"入手，采取个例阐释的策略，经由对一些主要范畴的比较研究来昭示中西文论范畴的建构、运作与功能差异，此外由于中西文论范畴众多，每个范畴都有其独特意义，在各自不同的理论体系中有其独特的地位和作用，有的具有可比性，有的不具有可比性，因此，我们只选取其中具有可比性的四对范畴：神思与想象、比兴与隐喻、雄浑与崇高、教化与净化进行比较，同时力图对有关问题做出较深刻的阐释。

我们的研究还希望在以下几个方面做出尝试：

第一，注重各个论题自身"理论依据"的反思和说明，力图打破"垄断"，克服"随意性"。

第二，从中西方不同文化出发，注重中西文艺学视野的融合，坚持研究者跨文化的"文艺学立场"，纠正比较文艺学研究中的"欧洲中心主义"，也防止"中国中心主义"。

第三，重视中西文艺学的系统性，坚持在不同文艺学系统中考察我们所选取的命题和范畴，在中西文艺学的观念、命题、范畴的共时性比较研究中，力图对它们的"结构方式""系统规则""文学相关性""文化相关性""话语模式""功能模式"等问题有所关注。

第四，在所涉及中西文艺学各题的研究中，注意到将"可比性"和"不可比性"的论题、范畴区别开来，努力做到实事求是地看待中西文艺学之间的关系。

第五，中西文艺学范畴是中西文艺学体系各自网结和基本词汇。由这些范畴构成的系统是中西文艺学最隐蔽的"理论真实"。对它们的比较研究有助于我们走向这一"真实"，使我们更深入理解作为"路标"的文艺学范畴性质、功能、系统性等问题，特别突出这一研究，是为前面所说的中西文艺学的互识互补，为建立新型的、更具世界性的现代文艺学理论探索道路。

第六，我们力图在更深广的"文艺学"的视野中对中国文论和西方诗学进行比较研究，同时为了避免"文论"和"诗学"这种传统命名方式的历史局限，在更具包容性的名称之下展开我们的研究，我们将我们的研究命名为"中西比较文艺学"。

中西比较文艺学是以中西文学理论比较为核心的研究领域，它包括中西方不同国别、不同民族文艺学的比较研究。由于中西方文化出自不同的源体，文化的跨度很大，所以中西比较文艺学也是一种难度很大的跨文化文艺学研究。21世纪后半叶以来，随着比较文艺学研究的兴起，中国文艺学的巨大价值已日益被人们所认识，有的学者还断言："比较诗学的一个未来发展方向，就是中西比较诗学的兴起和繁盛。"[1] 相信在不久的将来，会有更多的这方面的成果问世，为这一领域的研究提供各种理论依据和路数，使中国文艺学的推出和西方诗学的引进更具有可通约性和规范性。

（选自《比较诗学》，陕西师范大学出版社2000年版）

---

[1] 陈惇、孙景尧、谢天振主编：《比较文学》，高等教育出版社1997年版，第230页。

狄兆俊

狄兆俊（1923—2007），生于江苏省溧阳胥渚村，早年参加同盟会，曾赴日留学。狄兆俊在中西比较诗学所做的贡献主要体现在《中英比较诗学》中。该著作首次出版于1992年，全书由功用诗学、表现诗学和诗学的二重性三章内容构成，对中英诗学相互对应理论进行比较，从而探讨中英诗学的共性与特性；是首部国别比较诗学研究的著作，其中运用西方文论阐释中国文学，具有"阐发法"的色彩。此外，作者对中英诗学的研究过程中，扩大了中国诗学的范围，将戏剧也纳入了中国诗论。该著也存在明显不足，由于中西方文化历史的差异，简单将西方文论用于对中国文学现象的阐释，难免会出现不相适应的状况，因而在给人启迪的同时也引人深思。

《中英比较诗学》的绪论部分由三节构成。在第一节"诗学、诗话、诗论"中，作者以亚里士多德的《诗学》为例，阐明西方诗学的起源，要求"诗"揭示现象的本质与规律，肯定了《诗学》中的文艺思想对西方的深远影响。中国的"诗论"早于"诗话"，如《尚书·尧典》中的诗言志说，孔子的"兴、观、群、怨"说，刘勰的感物吟志说，钟嵘的吟咏情性说等，中国的"诗论"只讨论诗歌和散文的样式，范围要小于"诗话"，因而中国的诗论可称之为狭义的诗学。这种与西方诗学的差异主要在于中国抒情诗的传统以及戏剧的兴盛在元代开始有关。在第二节中，作者从功用理论和表现理论两个方面探讨了中英诗学比较研究的理论基础。在功用理论方面，将中国的"诗言志"（这里主要从《诗》服务于社会政治角度来看）与西方的"模仿说"相对照。孔子的"事父""事君"、杜甫的爱国诗等均体现了诗对政治、社会的干预，但对功用目的的过度强调忽视了诗的审美特征与娱乐作用。在宋代理学家、明清拟古风气的影响之下，诗歌成为政治的附庸。在英国，功用理论产生于文艺复兴时期，锡德尼受柏拉图的政教说、贺拉斯的"寓教于乐"、亚里士多德的悲剧净化功用等影响，提出了诗的目的在于教育以及怡情悦性。但功用理论对中英两国在作用（在英国多积极作用；在中国则多消极作用）和内涵（英国重视功用理论的同时，强调诗的审美特征；中国的功用理论则忽视了诗歌自身的审美性与娱乐性）上有差异。在表现理论方面，中国的表现理论源于道家学派，如老子的"大音希声，大象无形"、庄子的"法天贵真，不拘于俗"等，还有刘勰、钟嵘、陶渊明、王维、李白等人的相关论述。表现理论在英国始于18、19世纪的浪漫主义文学运动，表现理论此时占据主导地位，如华兹华斯、济慈等浪漫主义诗人的情感抒发。表现理论在中英的地位、作用也不同。在中国，表现理论始终受功用理论的排挤；但在英国，表现理论注重表现内心、个性解放，是唯心主义的。在绪论的最后一节中，作者探析了中英诗学比较研究的方法，提出了实事求是、摆正主次位置、建立文艺批评的整体观三条原则，防止研究过程中的片面性与主观性。

《中英比较诗学》的绪论这部分内容，从中英诗学的起源及演变、理论基础和研究方法进行了研究，构成了整部著作的框架体系。作者从中英两国的诗学特性出发，指出中国诗学是狭义的"诗学"，在运用西方文艺理论阐释中国文论现象时，选择性以实用理论和表现理论展开，而未运用西方哲学传统"模仿说"进行论述，显示出作者借鉴西方文论时的深思与谨慎。此外，作者对于中英诗学的比较研究，在方法论上强调实事求是，要充分认识中英诗学的特质，避免主观性。这对认识中西诗学的复杂性以及以开放的态度研究中国比较文学具有启迪意义。

中英诗学比较研究的理论基础

由于不同的历史条件和民族心理习惯，中英两国的传统诗论当然存在着差异，但从宏观来考察，客观事物的变化又总是曲折而复杂的，两国传统诗论同时又呈现出相同的一面，给人以"似曾相识"的启示，指引着人们分析比较的兴趣。这样，我们终于超出国家和民族界限，试验着走出一条进行中英传统诗论比较研究的道路，以便在同中看异，异中寻同，求同存异，从中观察文学变化的种种轨迹。那么根据怎样的标准来观察这些变化呢？我们初步认为，可以用功用理论和表现理论来对两国的传统诗论进行分析、概括和比较。

功用理论，偏重于作品对接受者的影响，它以充分发挥作品的社会作用为目的。表现理论，偏重于作品与作者的关系，它要表明作品及作者真实感情之流露。根据中国的传统，这两种理论前者可以儒家的政教诗学为代表，后者可以道家的审美诗学为代表，两者都经历了两千多年，可以称得上历史悠久了。它与西方的情形有不同的地方，也有相同的地方。美国当代文艺批评家艾布拉姆斯（M. H. Abrams）在其著作《镜与灯》（*The Mirror and the Lamp*）中将西方自古希腊以来种种文学批评理论归为四类：一是模仿理论（Mimetic Theory），二是实用理论（Pragmatic Theory），三是表现理论（Expressive Theory），四是客体理论（Objective Theory）。模仿理论，偏重于作品同宇宙（客观世界）之关系，意即文学是对外物的模仿。它首创于柏拉图（Plaito，公元前427—前347）和亚里士多德，曾长期流行于西方。在以抒情诗见长的中国，这种理论并不发达，我们难以用这种理论来统驭中英两国的诗论。艾布拉姆斯所说的客体理论，把作品作为一种自足的实体，只能以其存在方式的内在标准来评价它。这种理论同中国传统的"知人论世"的研究方法相距颇远，所以不宜于用作我们这项课题的研究。不过艾布拉姆斯提供的理论框架中实用理论和表现理论，同我们上述的中国传统理论却有不约而同之处，用它证之于中英两国诗论或文艺理论，也是你中有我，我中有你。因此，我们试图把这两种理论作为桥梁，打开一条中英两国传统诗论比较研究的通道，是可能的，也是有益的。下面就这两种理论分别谈谈我们的看法。

一　功用理论

先探索一下功用理论在中国诗歌领域里的表现情况。

中国《尚书·尧典》有"诗言志，歌永言，声依永，律和声"之说。近年来，比较流行的一种看法，把中国的"诗言志"作为"表现说"与西方的"模仿说"（［美］唐纳德·A.吉布斯：《艾布拉姆斯艺术四要素与中国古代文论》，《比较文学译文集》）相对照，这是一种误解。诚然，从字面看，"诗言志"，可以把诗说成是主观的，抒情性的。但如果结合时代的特点来看，情况就不同了。所谓"声音之道，与政通矣"（《礼记·乐记》），初期的诗，与乐是不能分开的。它只能是上古时代巫祝之官为统治者祭天祀祖或记述某一重大政治事件和功绩而制作的唱词，总的目的在于"命大师陈诗以观民风"（《礼记·王制篇》），以便为统治者的政治服务，这才是"诗言志"的实际含义。《诗》中的《风》，原是言情之作，但也被当作观察国家政治兴衰的历史文献，论证某种哲理的根据或外交辞令。《左传·襄公二十九年》那一段吴公子季札在鲁观周乐的记载，是很说明问题的。因此，我们倾向于把"诗言志"归于功用理论的范畴。诗论到孔子时情况有了发展，如孔子要学诗者"多识于鸟兽草木之名"，通过"兴观群怨"抒发多方面的情感，从而令作为政治文献的诗向文艺迈开了第一步，这些都是富有独创性的见解，但孔子同时又提倡"事父""事君"（以上均见《论语·阳货》），并且提出"兴于诗，立于礼，成于乐"（《论语·泰伯》）之说，而诗、礼、乐三者之中，礼是根本，诗和乐都要合乎礼的要求。质言之，学诗的目的在于"事父""事君"，为统治者的礼法制度服务。这又为诗的功用理论的建立开创了基调。东汉《诗大序》对儒家诗论作了总结，提出把"诗者志之所之也"的"志"和"情动于中而形于言"的"情"结合起来，比较详细而深刻地道出了诗的重要特征，这原是一个进步，问题是它更明白地提出了"发乎情,止乎礼义"的要求。按理说,诗和诗论在一定程度上干预政治,关心政治,反映民情,虽非文艺的本职,却也无可厚非。当我们读着伟大的写实派诗人杜甫(712—770)的"三吏""三别"和《咏怀》《北征》或爱国诗人陆游(1125—1210)的《关山月》《书愤》时,何尝有丝毫的厌倦之感!但《诗大序》把诗的目的归结为"先王以是经夫妇,成孝敬,厚人论,美教化,移风俗",又使诗受到功用目的的严格限制,把表现有血有肉的个人情志,纳入抽象的道德规范,从而忽视了诗和诗论自身的审美特征及其娱乐作用,最后,使诗歌的发展走入歧途。六朝和唐代部分诗人,受这种限制较少,诗的实践和理论一度取得了明显的进步。不过,随着封建统治的加强,功用理论日趋抬头,诗的范围也日趋狭窄。中唐时的白居易(772—846)提出诗当有益于"补察时政"(《与元九书》)的口号,说他的"新乐府"皆"为君、为臣、为民、为物而作,不为文而作"(《新乐府序》)。恰恰是这类重政治教化的"讽喻诗"无人爱看,这是作者自己承认的,既然无人爱看,还谈什么教育作用?到宋代,功用理论更被理学家们推向极端,程颐(1033—1107)把"为文"比作"玩物丧志","悦人耳目",与"俳优"无异(《二程语录》第十一卷)。朱熹(1130—1200)认为诗无工拙,古之君子只要德充志高,"其于诗固不学而能之"(《答杨宗卿》),这么一来,诗歌简直被当成押韵的语录了。明清两代的功用理论,受拟古风气的影响,基本上因承前说。明初杨士奇(1365—1444)的"以其和平易直之心,发为治世之音"(《玉雪布诗集用》)和清代沈德潜(1673—1769)的"优柔敦厚,斯为极则"(《说诗晬语》)等种种说法,不过是儒家温柔敦厚诗教之重复,尽管他们也提倡"比兴",推崇唐音,却日益把诗歌变成政治附庸,对诗的发展,消极影响是主要的。

功用理论在英国又怎样呢?

同中国相比,英国是后起的。公元5世纪(相当于中国南北朝前期)盎格鲁-撒克逊族才征服这个地方,到8世纪(相当于中国盛唐时期)进入封建社会。从这时起到文艺复兴时期的著名作家作品,虽然也可举出像史诗《贝奥武甫》(*Beowulf*)、优秀作家乔叟(Geoffery Chaucer, 1340—1400)和托马斯·莫尔(Thomas More, 1478—1535)等人,但诗歌的理论实际上开始于16世纪中叶的文艺批评家、活动家菲力普·锡德尼。他的《为诗一辩》(*Defens of Poesie*, 1595)一文,是为了驳斥清教徒葛森攻击诗为败坏风俗的罪恶工具而作的。文章继承并发展了希腊罗马的传统诗论，它是文艺复兴时代一篇代表人文主义思想的重要文献。锡德尼指出，诗的崇高目的是教育和怡情。诗"是一种模仿艺术"，"是一种再现，一种仿造，或者形象的表现；用比喻来说，就是一种说着话的画图，目的在于教育和怡情悦性"。锡德尼此说，实渊源于柏拉图的政教说与贺拉斯（Quintus Horatius Flaccus，公元前65—公元8）的"寓教于乐"说。柏拉图是西方功用理论的创始人。他通过《理想国》等著作，明确提出政治标准是文艺批评的唯一准则。也就是说，文艺必须为政治服务，否则就无存在之必要。柏拉图是站在奴隶主阶级的立场上为维持奴隶主国家的利益而持这种观点的。锡德尼继承了这种观点又融合了贺拉斯的观点，归结为诗的教化作用。同时，锡德尼还吸取了亚里士多德的悲剧净化说而使功用理论有所发展。他强调诗须对善和恶作出正确判断，并给诗体悲剧以崇高的地位。说悲剧可以"揭开最大的创伤，显出被肌肉掩盖的脓疮，使帝王不敢当暴君，暴君不敢披露自己的暴虐心情"。尽管作者对封建君主作这样的警告是恨铁不成钢，但它的战斗性是不容忽视的。关于诗人的作用和使命，锡德尼说："一切人间学习的目的之目的就是德行"，而诗人最具有这种启发德行的技能。他有句名言："……世界是铜的，而只是诗人才给予我们金的。"对于诗的表现方式，锡德尼认为诗人启发德行，既可避免道学家的"箴规"，也不局限于历史家的个别"实例"，而是通过"带有怡悦情性的教育意义的美德、罪恶或其他等等的深刻形象的虚构（想象）"（以上所引锡德尼关于诗的言论均见《为诗一辩》，《西方文论选》上，第233页），也就是用描写完美的模范来感动读者，这些看法，又是对亚里士多德创造与模仿理论的进一步发挥。总之，从诗学的源头来看，柏拉图曾贬斥诗之"模仿"，亚里士多德推崇诗之"模仿"，但有一点是相通的，即他俩都关心诗在道德与人心上的影响。同中国相似，西方的诗论从一开始就有了"功用"的要求。就是说，"模仿"是手段，"功用"才是目的。这一传统思想非常明显地表现在锡德尼的《为诗一辩》中。就总的目的来看，它颇与中国《诗大序》中所提倡的"美教化，移风俗"有沟通之处。其后的新古典主义批评家德莱登、蒲伯（Alexander Pope, 1688—1744）、约翰生（Samuel Johnson, 1709—1784）诸人均持功用理论为准则来衡量作品之优劣。如约翰生便强调在真实背后必须以伦理道德为支柱，而伦理道德又与现实密切攸关。这类功用理论，也正是古典主义的美学原则。他还把缺乏道德目的作为批评莎士比亚戏剧某些不足的依据之一。这种以功用理论为基础的诗论，在为统治者的政治服务这一目的来看，固然与中国并无二致，但是，毕竟由于两国不同的历史条件和传统，还要看到它们的区别：

第一，功用理论在中英两国的作用不相同。英国功用论产生于文艺复兴时期，其理论基础主要是资产阶级人文主义，在王政复辟时期它迎合过封建王权的需要，但总的来说，是为资产阶级的登台服务的。从16世纪后半叶至18世纪后半叶，它盛行两百余年，一度让位于浪漫主义表现理论，到19世纪30年代末，由于文艺从理想返回现实，功用论东山再起，为批判现实主义作家所利用。相反，功用理论在中国封建社会，若从汉代算起，绵延二千余年，纵然它在各个历史阶段曾起过不同程度的积极作用（这点不可抹杀），但同时又带来相当大的消极作用。封建地主阶级要利用它来巩固、美化封建统治，把诗文纳入"文以载道"的轨道，竭力鼓吹政教诗学，要求诗文（兼及戏剧、小说等）只能粉饰太平，歌功颂德，不准揭露黑暗特别是皇帝老官的独裁专制、黑暗内幕。到头来，弄得文坛复古成风，缺乏生气，这是同英国封建社会的情况大不一样的。

第二，功用理论的内涵在中英两国也有差别。拿锡德尼来说，他一方面提倡诗的教化作用，一方面又未放松诗的审美特点，而认为诗之所以具有教化作用，是因为它高于哲学和历史，哲学以概念教人，历史以已有的事实教人，而诗却必须以具体而生动的事例来教人，使人受教于娱乐之中。锡德尼在强调艺术上美、善结合的同时，并未忽视同真的结合，这同古希腊和罗马文艺理论家的学说是一脉相承的，在他之后的新古典主义者也未忽视诗的审美特征。中国的情况是，占统治地位的儒家政教诗学却不注意对客观对象——诗自身的研究，而是强调它的功用目的和伦理教化作用，这样势必在诗歌艺术的审美上偏重于"美"与"善"的结合，而对"真"的重视不够，以致在相当程度上放弃了对诗歌的艺术审美规律的研究，这就使得中国诗歌不像英国（和整个西方）诗歌之能比较自由发展，诗学的范围也不够宽泛。

二　表现理论

表现理论在英国发生于18、19世纪之交，那时欧洲正处于资产阶级革命上升时期,文学上的浪漫主义运动像迅雷一般响彻欧洲,从 16 世纪锡德尼开始的以功用理论为基础的古典主义终于不得不让位于浪漫主义而使表现理论占领主导地位。这种理论的特点之一是诗人非常强调情感的抒发。1800 年英国著名的浪漫主义诗人华兹华斯(William Wordsworth,1770—1850)在《抒情歌谣集》序言中声明"一切好诗都是强烈情感的自然流露"。特点之二是它特别重视想象。柯勒律治(Samuel Taylor Coleridge,1772—1834)大声疾呼:"诗是诗的天才的特产,是由诗的天才对诗人心中的形象、思想、感情加以支持、同时再加以再建而成的。"(伍蠡甫:《欧洲文论简史》,第 220 页)雪莱(Percy Bysshe Shelley,1792—1822)在《诗辩》中写道:"诗可以界说为,'象的表现'……"(《西方文论选》,第 51 页)特点之三是崇尚自然天成,济慈(John Keats,1795—1821)说:"如果诗之写成不能像树叶发芽那样自然,倒不如不写为妙。"(《致泰勒》,《西方文论选》下,第 64 页)表现理论把"内心""想象"看作诗之本源,认为诗即诗人感情寻求表现冲动所造成的,或是为"创造性"的想象所驱使而成。诗歌既然是诗人主观情感和想象的产物,其表现方式绝不可能矫揉造作,而要崇尚自然,这与我国伟大的理想派诗人李白(701—762)的"清水出芙蓉,天然去雕饰"倒是有共同语言的。济慈说过"我憎恶带有明显意图的诗"这样的话,乍看有点荒唐,作诗没有目的,岂不带有盲目性?其实不然,它表现了明显地扫除功用理论旧障碍的雄心。这样,立足于表现理论基础上的英国浪漫主义诗歌终于风行一时。华兹华斯写道:"诗人歌唱,全人类与之同唱","诗人不仅为诗人而写,而且为人们而写"(Norton Anth. p. 171、173)。表现出不可一世之气概。英国浪漫主义诗人一个共同看法,就是作品不再是外物的反映,只是诗人内心的表现,他们太重自我,失之夸大,哲学上无疑是唯心主义的。不过他们的思想核心是人道主义和个性解放,他们那种敢于冲破旧传统、旧樊篱的革新精神,清除封建余毒的勇气,却是时代的火花,诗人的骄傲。老舍(1899—1966)说:"古典主义之后有浪漫主义,这浪漫主义便恢复了心的自由,打破了形式的拘束。"(《文学概论讲义》,第 59 页)这话是有见地的。

表现理论在中国,可以上溯至先秦的道家学派。老子的"大音希声,大象无形"(《道德经》第四十一章),提倡自然之全美。庄子和道家学派在这个基础上提出"天地有大美而不言"(《庄子·知北游》)。"法天贵真,不拘于俗"(《庄子·渔父》)的观点。告诉人们,天地之大美,体现在道的自然无为上，它是真实无伪的，因而美与真是一致的，把这个原则用到艺术审美对象上，既要它有真情实感，也要求它具有不事雕琢的自然之美。这同儒家用礼义装饰成的人工之美，成了鲜明的对照。至于想象，庄子文章，"寓言十九"，在那些"谬悠之说，荒唐之言，无端崖之辞"中，作者用庖丁解牛喻养生之道，用佝偻承蜩喻用志不分，用匠石运斤喻知音难觅，用蜗角触蛮喻诸侯争纷……其想象力之丰富，意境之绝妙，风格之恣肆，语言之奇特，真可独步先秦文坛。它实际上为中国诗学的表现理论奠定了基础。西晋陆机在《文赋》中指出"诗缘情而绮靡"，诗首先要靠情感的抒发。他还用形象化的语言来描绘艺术想象，提出诗人构思要"精骛八极，心游万仞"，"观古今于须臾，抚四海于一瞬"。同庄子的"天地与我并生，万物与我为一"，精神上有贯通处。南朝刘勰的《文心雕龙》尽管以"征圣""宗经"为本，却也融进了老庄关于艺术想象的理论，要求从事文艺创作要"寂然凝虑，思接千载；悄焉动容，视通万里"（《文心雕龙·神思》）。钟嵘在《诗品序》中说："动天地，感鬼神，莫近于诗。"自然和社会的变化，使诗人"感荡心灵，非陈诗何以展其义？非长歌何以骋其情？"文因情生，情由物感。凡属好诗，都是作者感情激动的产物。所以作者又说："吟咏情性，亦何贵于用事……观古今胜语，多非补假，皆由直寻。"这又何等痛快，同英国浪漫主义诗论在精神实质上何其相似！他还竭力主张诗歌的音律不能"伤其真美"，所谓"真美"，即自然之美。不过，"自然英旨，罕值其人"，能真正体现自然之美是很不容易的。总的来说，《诗品序》肯定了诗的审美特点，它的出现形成了表现理论在中国的第一个高潮，其重要性并不亚于《诗大序》。如果说，中国文学到魏晋南北朝逐渐进入自觉的时代的话，那也离不开这些诗歌新论的出现的。初唐陈子昂慨叹"汉魏风骨，晋宋莫传"，应该说这是夸大了晋宋的缺点的。晋宋诗论、文论及其作品由于摆脱了功用理论的束缚，倒是真正注意到诗歌艺术的美学价值的。无须否认，这段时期内诗坛上出现过片面追求辞藻华美的形式主义诗风和低级庸俗的宫体诗，这当然是不好的，但总的来说，表现理论占了重要位置。李白尽管说过："诗从六朝来，绮丽不足珍"，那是受了陈子昂的影响，他在创作上还是明显地吸收了表现理论的精髓的。他那"百年三万六千日，一日须倾三百杯""天生我材必有用，千金散尽还复来""蜀道之难，难于上青天""黄河之水天上来""白发三千丈，缘情似箇长"等诗句，感情何等奔放，想象力何等丰富！华兹华斯说诗就是"想象与感情"的作品,雪莱把诗说成是"想象的表现",济慈说"我所想象的,我便描写",把这些道理对照一下李白的作品,也是颇为切合的。只是在功用理论的影响下,李白之后除李贺等诗人外,有唐一代,知音不多。其实,要数反映自然"真美"的诗人,也不是从李白开始,远在战国时代的屈原(约公元前340—前278)、东晋的陶渊明(372—427)、和李白同时代的王维(701—761)等著名诗人也都属于这一范畴的。在诗论方面,成就也非常突出,继中唐僧皎然的《诗式》之后,出现了晚唐司空图的《二十四诗品》和南宋严羽的《沧浪诗话》。他们之中有的提出了诗的意境说,有的以形象化的比喻展示了诗的各种境界或风格,有的提出了诗的妙悟说(到清代则有王士禛的神韵说),其共同特点是反对以理言诗,提倡"象外之象""味外之旨",充分注意到诗歌艺术的真情实感和审美特点,它们同庄子的"意在言外"说和钟嵘的"文已尽而意有余"乃至禅宗思想,是有渊源关系的,司空图的"返虚入浑"说还可同济慈的"消极性能"说相互映发(伍蠡甫:《欧洲文论简史》,第229页)。宋代伟大的诗人、艺术家苏轼(1037—1101)曾对司空图的《诗品》作过高度评价,说他的"美常在咸酸之外"乃诗家难得之妙论,"恨当时不识其妙,予三复其言而悲之"(苏轼:《黄子思诗集后》,《中国历代文论选》第2册,第300页)。严羽对它也推崇备至,这就形成了中国诗歌表现理论的第二个高潮。遗憾的是中国表现理论家的富有审美特色的创见不断受到以功用理论为基础的新儒学(理学)的排挤,未能得到充分发展的机会。明中叶以后,中国已经有了资本主义的萌芽,新兴的市民阶层很想冲破长期的封建桎梏,抒发一下个人的情志,反映在文艺领域里便出现了以李贽(1527—1602)、汤显祖(1550—1616)和公安派三袁①等为代表的强调"童心""真情流露"或"独抒性灵"等表现理论。袁宏道(1568—1601)在《与张幼于》信中写道:"昔老子欲死圣人,庄子讥毁孔子,然至今其书不废。荀卿言性恶,亦得与孟子同传。何者?见从己出,不曾依傍古人,所以顶天立地。"它同英国浪漫主义的思想基础是共同的。这就是反对传统,提倡人道主义和个性解放。他们在反封建道统、儒家诗教上旗帜之鲜明,声势之浩大,言辞之锋利,是前所未有的,它形成了中国表现理论的第三次高潮。只是在封建顽固势力的反对和镇压下,这个高潮很

---

① 三袁指袁宏道及其兄宗道、弟中道,他们是明后期文学流派公安派的首创者,该派因三袁是湖北公安人而得名。

快便消失了。到清代，即使在封建专制和民族压迫更为严厉的情况下，依然有像金圣叹（1610—1661）、袁枚（1716—1798）这样的真理探索者对功用理论提出批评。金圣叹直截了当认为诗即纯朴感情的产物。袁枚在《答友人论文第二书》中写道：

> 韩退之晚列朝参，朝廷有大著作多出其手，如《淮西碑》、《顺宗实录》等书，以为有绝大关系，故传之不衰。而何以柳州一老，穷兀困悴，仅形容一石之奇、一壑之幽，偶作《天说》诸篇，又多谲诡悖傲而不与经合，然其名卒与韩峙，而韩且推之畏之者，何哉？文之佳恶，实不系乎有用无用也……盖以理论则语录为精，以文论则庄、屈为妙……文之与道离也久矣。然文人学士必有所挟持以占地步，故一则明道，再则曰明道，直是文章家习气如此，而推究作者之心，都是道其所道，未必果文王、周公、孔子之道也。（《中国历代文论选》第 3 册，第 464 页）

生于乾隆时代的袁枚，能对功用理论所标榜的"文以明道"作如此深刻的批判，从而强有力地肯定了文学艺术本身的审美价值，我们不能不钦佩他的胆识。这恰恰同英国浪漫主义诗人济慈的"憎恶带有明显意图来写诗"的见解是不谋而合的，也算是表现理论在中国封建晚期的一个胜利吧。但是，"生于末世运偏消"，中国封建制度这座大山，不是靠袁枚等人的大声疾呼能够搬走的。事实是，在两千多年的封建社会里，表现理论始终未能战胜功用理论而取得平等合法的地位。

在不计功利，只求抒发真情来写诗的表现理论上，中英两国有相同之处，不过和功用理论在两国有不同的处境一样，表现理论在中英两国发生的作用也不一样：

第一，地位不相同。我们在比较功用理论时可以看出，功用理论在英国，和在西欧诸国一样，并未一直占有主导地位，但在我国却长期占有主导地位。相反，表现理论在英国由于 19 世纪浪漫主义运动的兴起，曾经取代了以功用理论为基础的古典主义，可是中国以表现理论为基础的理想派诗歌却因为儒家政教诗论的主导力量，一直受到排挤，即使在魏晋南北朝、唐宋和明代出现了几次高潮，也是好景不长，它既成不了大气候，更无力取功用理论的地位而代之，于是"宗经""原道""征圣"的思想始

终支配着文艺,使中国文学的发展受到或多或少的障碍。老舍的一段议论,可为我们的注脚:

> 在中国文学史上虽然也可以看出些文学的变迁,但是谈到文学思潮便没有欧洲那样明显。自从汉代尊经崇儒,思想上已然有了死化的趋势,直到明清,文人们还未把"经"与"道"由文学内分出去,所以,对于纯文学纵然能欣赏,可是不敢公然倡导;……对于文学批评多是谈自家的与指文艺作品的错误毛病,有条理的主张是不多见的。至于文学背后的思想,如文艺论、美的学说,便更少了,没有这些来帮助文学的了解,是不容易推倒"宗经"与"原道"的信仰的。有这些原因,所以文艺变迁多是些小的波动,没有像西洋的浪漫主义打倒古典主义那样热烈的革命……(《文学概论讲义》第105页)

第二,作用不相同。发生于18世纪末到19世纪30年代的英国浪漫主义诗歌的表现理论,由于它过分强调自我,一任感情外溢,凡所吟咏,无非在于表现自己的内心世界,这种看法,哲学上是唯心主义的。但恰恰是这种理论战胜了新古典主义,为什么?法国文艺批评家伯吕纳吉埃尔(*Ferdinand Brunetière*,1849—1906)说,其"破坏古典主义的效果之一,便是解放个人。使个人反于本来面目及自由,正如古代诡辩派之言:以个人做万物的尺度"。(《文学概论讲义》,第114页)说得明白些,它是伴随轰轰烈烈的法国资产阶级大革命而登上历史舞台的。可见,只要旗帜鲜明,代表新兴资产阶级说话,就合乎世界之潮流,应乎社会发展之需要,就会所向无敌,而不必拘泥于它的哲学观点是哪一家。反之,我国的表现理论同功用理论一样,哲学思想都难免掺进一些唯心主义的东西,但总的都离不开"人心之动,物使之然也"这个"物感说"。按说其哲学基础要比英国强得多,为什么这个表现理论就战胜不了功用理论呢?原因也不能仅仅在文学领域里去找,而要到政治、经济领域里去找。前已言之,中国以功用理论为基础的诗学历来受到统治阶级的青睐,有强大的靠山,你表现理论要"解放个人",离经叛道,究竟有多大的能耐,敢于鸡蛋碰石头!所以不战则已,战则必败。明代李贽的下场就是证明,他的书一再被焚,他本人也以"敢倡乱道,惑世诬民"的罪名遭到迫害,惨死于牢房,这不过是许许多多例子中的一个罢了。现在对照一下英国的情况,虽然类似的斗争也有，也颇尖锐，但英国封建势力毕竟比中国弱得多，所以在这场斗争中唯心主义色彩的表现理论终于能对功用理论战而胜之，而且相当彻底，相反，中国封建社会带有唯物主义成分的表现理论却战胜不了功用理论，这不能不使我们更加正视封建专制的危害和儒家政教诗学长期在中国的消极影响。

我们参照功用理论和表现理论把中英两国传统诗论作了上列的比较，这个比较还是较粗浅的。不过，从这个粗浅的比较中，也不难捉摸到这种可比性的理论依据，并且大体上有了一个可供比较的框架结构。接下来的工作是如何由双方诗论外部关系的比较进入到内部关系，诸如对文学各要素的相互关系，自身的审美特点、结构和运动等的比较。为了努力使这一比较进行得符合现代科学的规范，方法论的研究是必不可少的。

（选自《中英比较诗学》，上海外语教育出版社 1996 年版）

台港地区中西比较诗学

徐复观

徐复观（1903—1982），湖北浠水人。早年活跃于政界，后转向学术界研究儒学，推动了新儒学的发展。著作涉及哲学、文学、史学等多个领域，主要有《两汉思想史》《中国艺术精神》等。在《中国艺术精神》这部著作中，作者从道德、艺术和科学三个方面探讨了人类文化。认为中国的文化以德为主体，在此基础之上，深入分析了中国艺术精神的特质。还将儒家和道家艺术精神视为核心，将两者的艺术精神都指向"人生即艺术"，这也是中国艺术精神之所在。作者在该著作中具体展开论述时，引用了西方美学家如康德、海德格尔等人的观点，指出与中国"为人生而艺术"的艺术精神不同，西方是所谓"为艺术而艺术"。作者在挖掘中国精神特质的同时，将中西艺术理论进行了自觉的比较研究，对港台地区比较诗学的发展具有启迪意义。

"艺术精神的主体——心斋之心与现象学的纯粹意识"，是《中国艺术精神》第二章中第七节的内容。在这一节内容中，作者首先指出心斋即艺术精神的主体，并运用胡塞尔现象学的纯粹意识相互对照加以考察。胡塞尔在谈及美的观照时提出三方面的洞见。一是运用"直接的观"作为直观事象的方法，对某对象"所与"的观照，通过超越时空关系的原地"能与"意识把握事象的本质；二是将现象的还原与美的观照相联系，在观照中看到意识的存在；三是"意识领域"在美的观照中，对知觉、感性的意识的联结作用。这三方面均为超越的意识，美的观照意识即是在有经验的意识与超越的意识中得以成立。"纯粹意识"与"心斋之心"都强调主体客体的合一，但是在现象学中，美的意识是短暂的忘知，而庄子的"忘知"则是一往不返的忘知。

在这部分内容中，作者将胡塞尔现象学中的"纯粹意识"与庄子的心斋作了比较，探讨了二者的异与同。庄子的心斋之心是知识与道德乃至艺术的根源，也是艺术精神之所在。作者在文中围绕庄子的"心斋"对中国艺术精神的探讨，与西方美学家的观点相比较，既挖掘了中国艺术精神的特质，也为从传统文化根源上认识中西差异提供了视角。

艺术精神的主体——心斋之心与现象学的纯粹意识

仅由孤立化的知觉以说明庄子的心斋，还是不够的。同时，仅以直观的知觉活动以说明美的观照，也是不够的。因为它得以成立的根据并不明显。心斋之心的本身，才是艺术精神的主体，亦即美的观照得以成立的根据。为说明这一点，试取现象学的纯粹意识，略加对照、考查。

进一步阐明美的观照的根源的，近代则有胡塞尔（Edmund Husserl，1859—1938）的现象学。下面试把有关的部分，略述一个大概[①]。当然这里只能涉及他的思想的架构，而不能深入他的内容。

现象学希望把由自然的观点（Natürliche Einstellung）而来的有关自然世界的一切学问，加以排去。其排去的方法，或者将其归入括弧（Einklammerung），或者实行中止判断（Epoche）。由排去而尚有排去不掉的东西，称为现象学的剩余（Phanomenologiches Residuum）。这是意识自身的固有存在（Eigen Sein des Bewusstsein），是纯粹意识（Reines Bewusstsein，见 Husserl：Ideen Zn Einer Reinen Phänomeno Logic Und Phänomenologischen Philosophie，§33）。现象学承认自然的观点，及由此而来的各种学问。这是在意识之上，在眼前的现实世界中的学问。但他觉得难说这便是学问的一切，现象学是要探出更深的意识，是要获得一个新的存在领域（Ibid. §33），这即是由归入括弧与中止判断的现象学"还原"的方法，所探出的纯粹意识的固有存在。这不是经验的东西，而是超越的东西。现象学是要在这种根源之学（Wissenschaft der Ursprunge）的地方为由自然的

[①] 《宣和画谱》卷七文臣"李公麟"条下谓："公麟作《阳关图》，以离别惨很，为人之常情；而设钓者于水滨，忘形块坐，哀乐不关其意。"

观点而来的诸学找根据。美的观照，也应当在此有其根据（Idid. §65）。

求根据，是由于对表面事物之不满。想给事物以根据的要求，乃是来自想看出事物本质的希望。现象学的希望，在于探求事物之本质。现象学为了求根据，所以排去自然的观点，为了求本质，则又与自然事象有关系。现象学的还原，是以排去为手段，为了求本质，则以由现象学所加于自然"事象"的洞见为手段。对现象学而言，"事象"非常重要，但这是为了通过事象以达到其究竟乃至其本质。现象学所要求的是要穷究到事象的本身（Die Sache Selbst），作"即事象的考察"；但不立即以此为本质，而须发挥现象学的洞见的效验，以把握其本质。这是"即事象""即本质"的考察。

在追求美的观照的根据时，还是用现象学的洞见。他指出了有几条路可走。其一是：把现实"所与"的观照对象，当即使它中止其"所与"，超越其事象，而作为原地"能与"去加以直观（Ibid. §19）。胡塞尔觉得为了作为直观事象的方法，作确证的根据，以导出妥当性，需要"直接的观"。并且这是诉之于原地"能与"的直观。此种原地"能与"的意识（Das Original Gebende Bewusstsein），才是一切理性主张的究极权利的源泉。把被指向于某对象的"所与"之观照，超越时空关系，移向原地"能与"的意识去看，这种观点，是瞥见事象之本质。其二，是把现象学的还原，加到美的观照事象之上。把美的观照时一切的心的作用、心理的力之活动，皆归入于括弧之中，实行判断中止。由此从依然作为剩下来的超越的剩余中，可以看出意识的固有存在。这是在美的观照之意识中的固有存在，是存在领域。其三，在美的观照中各种心的作用，必须有活动的"场"；作用关联而为一领域，应当有"领域的机能"。知觉的意识或感性的意识等，要成为共同的活动意识，不能没有"意识领域"。前者是"作用的经验的意识"，而后者是"领域的超越的意识"。把各种心的作用关联在一起，赋予力量而使其活动的，是意识领域，是意识领域的机能。

上面所说的"原地能与的意识""意识的固有存在"及"意识领域"，都是超越的意识。把这加到美的观照的事项上，于是在美的观照中，有经验的意识层与超越的意识层的两层意识。美的观照意识，正由此两层意识而成立。前者是指向美的意识的契机，后者则是其根据。现象学所探求出的超越的意识的基本构造是 Noesis（意识自身的作用）与 Noema（被意识到的对象）的相关关系。所谓美的观照，是向某对象的心的作用；在究极上，乃是显示意识的基本构造之自身。观照因其是基于意识的基本构造，才是美的。并且，作用与对象的关系，和成立在"经验的意识"上的关系不同，这是成为在"纯粹意识中"的关系。即在纯粹意识乃至根源意识中，对象与作用，是同时的，对象与作用成为相关项。这不是有对象然后有作用的前后关系，乃至因果关系，而是成为根源性的关系。此一事实，使人可以察知在美的观照中的对象与知觉的本来关系。即对象与知觉成为相关关系，而且基于根源的关系，美的观照乃得以成立。美的意识，是包含对象与作用的紧密的、根源的关系的意识。对象性与意识性，在 Noesis 与 Noema 的相关关系中，两者是根源的"一"，这是成为美的意识的特质，同时也是美的意识的本质。这是美的观照得以成立的根据。

现象学的归入括弧，中止判断，实近于庄子的忘知。不过，在现象学是暂时的，在庄子则成为一往而不返的要求。因为现象学只是为知识求根据而暂时忘知；庄子则是为人生求安顿而一往忘知。现象学的剩余，是比经验的意识更深入一层的超越的意识，亦即是纯粹意识，实有近于庄子对知解之心而言的心斋之心。心斋之心，是由忘知而呈现，所以是虚，是静；现象学的纯粹意识，是由归入括弧、中止判断而呈现，所以也应当是虚，是静。现象学在纯粹意识中所出现的是 Noesis 与 Noema 的非前后、非因果的相关关系，因此，两者是根源的"一"；若广泛点地说，这即是主客体的合一，并且认为由此所把握到的是物的本质。而庄子在心斋的虚静中所呈现的也正是"心与物冥"的主客体合一，并且庄子也认为此时所把握的是物的本质。庄子忘知后是纯知觉的活动，在现象学的还原中，也是纯知觉的活动。但此知觉的活动，乃是以纯粹意识为其活动之场，而此场之本身，即是物我两忘，主客体合一的，这才可以解答知觉何以能洞察物之内部，而直观其本质，并使其向无限中飞越的问题。庄子更在心斋之心的地方指出虚（静）的性格，指出由虚而"明"的性格，更指出虚静是万物共同的根源的性格，恐怕这更能给现象学所要求的以更具体的解答。因为是虚，所以意识自身的作用（Noesis）和被意识到的对象（Noema），才能直往直来地同时呈现。因为是虚，所以才是明，所以才可以言洞见。假定在现象学的纯粹意识中，可以找出美的观照的根源，则庄子心斋的心，为什么不是美的观照的根据呢？我可以这样说，现象学之于美的意识，只是傥然遇之；而庄子则是彻底的全般的呈露。他说："虚室生白，吉祥止止"，虚室即是心斋，"白"即是明；"吉祥"乃是美的意识的另一表达形式。心斋即生洞见之明；洞见之明，即呈现美的意识。

　　这里我应补充陈述一点，美的意识，是由将所观照之对象，成为美的对象而见。观照所以能使对象成为美的对象，是来自观照时的主客体合一，在此主客体合一中，对象实际是拟人化了，人也拟物化了；尽管观照者的自身在观照的当下，常常并未意识到这一点。观照时的所以会主客体合一，是因为当观照时，被观照之物，一方面能与观照之人直接照面，中间没有半丝半毫间隔。同时，在观照的当下，只有被观照的赤裸裸的一物，更无其他事物、理论等的牵连。然则何以能如此？是因为凡是进入到美的观照时的精神状态，都是中止判断以后的虚、静的精神状态，也实际是以虚静之心为观照的主体。不过，这在一般人，只能是暂时性的，庄子为了解除世法的缠缚，而以忘知忘欲，得以呈现出虚静的心斋。以心斋接物，不期然而然的便是对物作美的观照，而使物成为美的对象。因此，心斋之心，即是艺术精神的主体。

　　　　　　　　（选自《中国艺术精神》，华东师范大学出版社 2001 年版）

李达三

　　李达三（1931—），美籍著名比较文学家。原名约翰·迪尼（John J. Deeney），出生于美国费城，但后来长期在中文环境中生活，精通包括中文在内的多国语言。李达三是台湾大学比较文学会创始人之一，也是台港地区比较文学研究界的重要人物之一，他对中西比较文学研究和中国比较文学建设具有开创性贡献。曾积极参与筹建比较文学中国学会，致力于将中西比较文学引入台港，以此也促进了台港地区比较文学的发展。主要著作有《比较文学研究之新方向》《中西比较文学：理论与策略》《文学批评术语汇编》《中西比较文学理论》等。其中由刘介民编译的《中西比较文学理论》（*Chinese-Western Comparative Literature Theory*）主要由六章构成，探讨了比较文学的基本理论、比较文学史论、比较文学方法论、理论与实践、比较文学中国学派和比较文学教学六个方面的内容。该著作以多元论原则为指导，运用多学科的研究方法，对中西文学的关系、比较文学的展望提出见解，对西方的法国、德国、意大利、英国、澳洲、美国以及东方的中国、日本、印度、韩国的比较文学史论进行了阐释，对中西文学如《忏悔录》和《浮生六记》的表达方式进行比较研究，在讨论比较文学中国学派时，分析了"中国学派"的阐发研究等。作者以世界的眼光，立足中国传统文化，深入了解中国文学的特质，打破西方中心主义，为世界文学做努力，也为中国比较文学的建设做出了贡献。

　　"《忏悔录》与《浮生六记》中巧言式和抒情式表达方式之比较"是《中西比较文学理论》中第四章的内容，作者首先指出《忏悔录》作为卢梭的自述，其基调是抒情式的。通过将卢梭生平与其在《忏悔录》中多处表现的假意诚实做比较，指出卢梭在《忏悔录》中为自己的生活行为作辩护的理性色彩。卢梭将经历以辩白式的方式表达出来,将一件事的始末分开叙述,联系事件时,首先制造悬念,以引起读者的兴趣,再表达自己的期待与失望之情,最后反省既已发生的事实。卢梭这种叙事风格是以塑造可信人物增加真实感来使读者信服。在《浮生六记》中,沈复对于自己的自传,不注重设置悬念与运用逻辑清晰、联贯的技巧,而是多用伏笔暗示(如文章中开始叙述于氏之夭暗示云娘的早逝等)。文中以含蓄的叙述方式感染读者,这也是吸引读者之处。此外,沈复多引用诗文来委婉地表达其情思,这与《浮生六记》抒情本质也有联系。最后概括指出《忏悔录》与《浮生六记》的区别。两部著作同为自传性文体,《浮生六记》多借诗文,以印象式的表述来表达沈复个人经历的综合,生活景象与内在情思结合巧妙,通过这种独特的方式来表达感情;《忏悔录》中卢梭引用诗文是以装饰行文为目的的,主要通过文字、以辩论的方法表达感情。

  这部分内容主要对《忏悔录》和《浮生六记》的表达方式进行了比较,是李达三对自己理论与方法的成功实践。《忏悔录》在抒情的基础上暗含被巧言式、理性辩论的表达方式所支配,《浮生六记》则运用诗文以抒情为主,更具有巧言式的说服力。作者围绕"诗"对两位作家进行比较,凸显了中国文学的特性,在中西文学的比较中呈现了中国文学自有的价值,为西方人正确看待、理解东方文化做出了贡献,也对中国学者更好地认识本民族文学传统,进而推动中国比较文学的发展具有重要意义。

《忏悔录》与《浮生六记》中巧言式和抒情式表达方式之比较

导　言

　　从比较文学研究的角度来看，《忏悔录》和《浮生六记》显然不能用传统的影响研究法来处理。虽然两书的作者生于差不多同一时代，不过用时代或文学运动的方法探讨，也是不恰当的。若是从"主题"或"文类风格"等方面考虑这两个作品，或许能作出一些较有意义的比较研究。在略述两书在主题上雷同之处后，本文即试图探讨两书之风格，而两书在表达方式上之迥异，即其在巧言（按，所谓修辞式，译自英文 rhetorical 一字，该字之正确意义详见本文第4页）或抒情式之选择及轻重安排，即为本文比较讨论之重点所在。

　　《忏悔录》和《浮生六记》尽管在许多方面是两部截然不同的文学作品，然而两者的基本主题都是源自一个相同的出发点，两者皆为秉性灵敏之主人公对自我沧海变化生命历程之观照与回顾，所谓"心路历程"即是二者之共同主题，两者皆为自传性之作品。但是严格说来，两者又不尽属于正统的自传文学；两者对其所属之传统自传文学之继承及影响是一值得深究之问题，比较两书表达方式之异同，亦即从其巧言性和抒情式之表达方式来分析两书或许有助于我们了解两者所属之自传文学传统之特色，此亦为撰写本文动机所在。

　　说话人谦称自己力有不逮，似乎是中国修辞传统上常见的现象。讲者用大量的谦辞，是以退为进的做法。是要使自己显得不重要，以表示对听众的崇敬。可是，听众往往因而觉得讲者更有分量。西方的修辞传统跟中国的情况截然不同。讲者必须让听者觉得他有信心，及有充分掌握场面的能力。讲者尽其循循善诱之说服能事，以建立听者对其之尊重及了解。我们发现这两个修辞传统的某些其他特点，在《忏悔录》和《浮生六记》里头都印证了。所以研究它们在两书里表现之程度和情形，对欣赏及了解这些技巧的运用不无裨益。

换言之，除了东西两种文化根本的差别及其对自传文类各有不同的了解和看法而使《忏悔录》与《浮生六记》这两部作品在许多方面截然不同外，我认为读者对两书不同的反应之另一原因则因为它们在巧言式和抒情式之表达方式上之差异。虽然两书都具备这两种表达方式，但初步研究显示《忏悔录》虽貌似抒情，实在受巧言式表达方式所支配，《浮生六记》却以抒写情感为主，但其结果是使作品深具巧言式的说服力。

上述的两种表达方式，在《忏悔录》及《浮生六记》中是以"和而不同"的形态出现。当然，我们在讨论作品以前，还是要尝试去界定这两种表达方式。所谓文学也者，即是一种以文字表达人生现实之艺术，其最大目的仍是让读者能身临其境分享书中描述之各种经验。要达到这目的，当然有很多不同的文字表现技巧，修辞式和抒情式的表达方式是其中用的两种而已。

"巧言"（译按：或译"修辞学""雄辩术"）这术语的历史复杂得很。本文所涉指者乃其广义的一面，即"说服的艺术"或"雄辩"的意思。"巧言"常涉及演说的技巧，因此它的对象是公众。相对而言，"抒情"是一个比"巧言"更难界定的名词。在这里也只能按其广义的说法，把它当作"一种表现个人主观情绪的艺术"，因而常凭借诗歌的技巧传达。把上述两个术语变成如此两条抽象的公式，显然不能涵括任何一作品中独特的艺术技巧，但却可助我们清晰地看出《浮生六记》和《忏悔录》两书的特色。我必须重申，并非说两书作者仅仅用其中一种表达方式，而是说他们各就其目的而作不同程度上的摘取而已。

《忏悔录》

尽管卢梭认为自己在《忏悔录》这本书里所要表达的是自己的感情，因而理所当然，《忏悔录》的基调应是抒情式的。然而事实上，卢梭却是以一种雄辩修辞式的口吻用理性说服读者，使他们相信他在本质上是个好人。他想尽方法要赢取读者的信任与好感，虽然有时他自怨自艾及为己辩护不休，着实使读者不耐烦。卢梭时常以诚实为理由来为自己的行为辩护，诚然在他坦白之际，他许多令人厌恶的脾性和偏见也随之暴露无遗。当然有时他也难免歪曲事实。但是我们却很难辨明这些与事实有出入的描绘究竟是因为他要故意隐瞒真相，抑或是因为记忆上的偏差而使他只记得过往光明的一面而在上面加以渲染了。

有一点倒是很明确可征的：《忏悔录》的作者是一位自我意识非常强的艺术家。读者多半会觉得卢梭对他碰到的每一个人或每一桩事都有话要说。有时候似乎是为了维护正义和真理，也有时候是剑拔弩张地作不平之鸣。他一开始就为自己建立了一个大胆坦率的形象，好使读者相信他。他这种手法，不仅见于行文极具花哨的第一章，也见于《忏悔录》一书的其他部分，下面是其中一例：

> 只要最后的号角一响，我就会拿着这本书，站在那至高无上的上帝面前大声宣称：这就是我的一生，若是有什么地方描述得略显浮华，那是由于我的记忆有些模糊，所以只得添加若干枝叶来聊以补缀。我或许会认为某某事是可能的，但绝不至于把假的说成真的。我把自己完全呈现出来——有粗鄙而卑下的一面，也有高贵而善良、大方的一面。你可以清清楚楚地看到我裸露的灵魂。上帝！因此，就让我的同胞众生都围聚在我身边，倾听我的告白罢。让他们为我的堕落而感叹，为我的邪行而脸红；也让他们每个人一样坦白无伪地在你的宝座之前揭露自己的内心，看是否有人敢说，"我比他更好。"①

在第七卷，他又抱怨自己那"善意且无用的脑袋"使他几乎不能工作：

> 如今我心力交瘁，记忆力大减，处境又甚为困苦，勉强动笔，则触目皆是伤心之事。虽然想强颜装欢亦不可得，尤其我还要提防身边

---

① 《忏悔录》引文，除注明为别的版本外，均引自余鸿荣译本，台北志文出版社1983年版。法语原文可参阅 Michel Launay 编 Jean Jacques Rousseau：Les Confessions，巴黎 Garnier-Flammarion 出版社1968年版，全二册。引文页码，俱夹附于引文末。

许多奸细的侦伺，无法率意而写。写了之后，又没有余暇重阅和订正。再说，有许多小人唯恐我将一些事实的真相公之于世，乃尽力加以阻挠，倍增我写作的困难，在这样情况之下，其内容自然就没有什么文采而言了。所以我在本书的开头便提醒读者诸君在翻阅之前先要了解到这是在叙述一个人一生的真实历程，而绝非向壁虚构的小说可比，所以若要读完本书必须得有相当的耐心。

在前半部的结尾，我说到自己怅然地前往巴黎，但一颗心却仍留在查美特村萦绕不去。我想着只要自己所创的新式乐谱能够受到重视，则我终有一天能衣锦还乡，让妈妈重享快乐、富裕的生活（第228—229页）。

可是，在进一步了解卢梭的生平以后，我们便发现他一贯的笔法是刻意替自己的生活行为作种种之辩护而不是坦言事实。他佯作"诚实"，诱使读者相信他对事对人的观点，因而避免了读者对自己不利的观点。我们虽不能因此而判定卢梭是个不诚实或不诚恳的人，但却可知他写作的最基本的动机和笔法是诉诸巧言辩述，以公开说服读者为目的的修辞式表达方式为主，而不是以诉诸感性，抒写个人情愫的抒情式为其传递模式的。要不然他怎么会那么不厌其烦地总是在向其读者解释他的所作所为和他的动机呢？让我们来看看第二卷最后一段（第1728—1731页），看他如何在犯了偷窃而又嫁祸于女仆，使其遭到开除后如何替自己的谎言造出光明正大的理由来：

现在我将这件事的经过详细叙述出来，并不是希望得到谁的宽宥，而是要表明一切的真相，以无负此书之所作。这是我平生所犯最大的过错，而我之所以会诬赖那个可怜的小姑娘，实在是出诸暗恋她的移情心理，说来很奇怪，但事实却是如此。因为在当我被诘究而不知所措时，脑子里只浮现出她的形影，所以我就把责任推到她的身上；其实我原本是想把那条偷来的丝带送给她的，结果我却把真相颠倒过来，害她受到无妄之灾。当我看到她被带到众人面前时，我的心都碎了，一时又不好改口，只得横心抵赖到底。我倒不是怕受罚，而是怕丢脸，那比死、比任何酷刑都难受。当时在众目睽睽之下，倘若有地洞的话，我会立刻钻下去，然而却没有，遂逼得我出此下策。我惟恐他们发现我是小偷、骗子与毁谤者而对我不齿，所以始终提不起勇气招认；再者，如果他们能给我时间多作考虑的话，我想情势必会有所改观，譬之若是洛克公爵能把我拉到一旁开导说："不要害那个可怜的女孩吧，倘使事情是你干的，就告诉我好了。"我确信自己一定会立即跪下认错，然而他们却不这么做，只是一味恐吓我，当然就无法善处了。

另外，我想此事和我的年纪也有关系，虽然当时我已是个半大不小的年轻人，但在本质上仍是个孩子，而小孩子犯了错是最怕受责的，况且我所犯的过错格外严重。因此，让我一直感到愧疚的并非这件罪行的本身，而是其所可能造成的恶果。经过这次的教训之后，我对自己的行为就变得更加小心，绝不轻易犯错，尤其对于说谎一事更是深恶痛绝。如果说罪恶果真可赎的话，那么我这40年来始终坚持着自己的操守，虽临艰难而不改，也可算对此事稍有补偿了。可怜的玛丽如果知道我已浪子回头，重新做人，并且坦然承担起这项罪行所赋予的报应，则必将有以告慰其所受的委屈。我要说的就是这些，希望下不为例（第100—101页）。

卢梭诉诸理性的修辞式思维模式，有一个有趣的表现方法就是老把读者的兴趣悬吊在半空中，从不一次说完一整件事。他的一贯笔法就是在叙述了某事件的若干细节后，即告诉读者说欲知此事始末，需待后文。读者往往要耐性等他绕了一个大弯才知晓前文的究竟；下面信手拈来的几个例子，足可证明这一点："我去了二、三次，他都推托没空未能见着，以后我就未再前往，谁知却惹出一件错事来"（第98页）〔这到底是怎么回事呢？读者马上就会知道了〕。

她确实将我当孩子般地照顾，而我也从未产生其他的杂念。有人认为后来我俩的关系有所变质，这点我不否认，且留待以后再作说明（第118页）。

固然她是个例外，不过还是留待以后再说吧。（第126页）

我寄给她的那点钱，又成了包围她的那些坏蛋的掠获品。她一点也享受不到。这就使我灰心了，我不能把我生活必需的一点钱分给那些无赖汉呀，特别是在当我试图把她从那些无赖汉的包围中解脱出来而终归无效之后。这，我在下面要讲的。①

对于总是要替自己行为想办法找到正大光明的理由来辩护的卢梭来讲，这种将一件事情的本末分开叙述，用逻辑方法将许多其他或有关系的事情串联起来，以期用最完尽的方法为自己的行为申辩，的确是一种相当可以理解且妥帖的笔法。

在下面引文中，我们就看到卢梭把很普遍的因果律说成是他个人独有的思考法则（卷三，第1732页）：

> 在另一方面，我尽量照实直叙每件事故的本末及当初行事的动机，而不多作任何解释与分析，为的是要让读者诸君能对我作个客观的评判，这也是我写此书的初衷。（第168页）

相形之下，这种辩论式的推演笔法，在《浮生六记》是很少用到的；《六记》的叙述方式是以发生的事件作为叙述的单元的，而事件与事件之间常常没多大联系。卢梭几乎是按年代顺序，把他的经历编排罗列，而使读者对其一生有一个详尽完整的印象：

> 我自己倒是对这件吃力不讨好的工作未有任何尤悔，我不怕被嫌啰唆，只怕不够翔实，如此而已。（第168页）

沈复用的是另外一种方法，他不按事情的先后叙述，而是自由出入于不同的时空，从不同的角度去描述同一事件，以便使读者得窥全豹，而不重视枝节。

卢梭独特的联系事件的手法，一般是按照三个步骤进行，目的是制造悬疑，教读者焦急地期待。第一步：他先表示对未来之热切期待；第二步：极言他失望之情；第三步：他反省并分析既往的事实。比方说：在他骄傲地摆脱与一对母女的关系后，他竟然想起他那可怜的妈妈（华伦夫人）（此处正是一波刚平，另一波又待兴起之际）：

---

① 此段译文引自范希衡译《忏悔录》，人民文学出版社1983年版，第419页。

纵使拉娜夫人仍愿接纳我,而将其女儿搁在一边,则只有更增加我的恶罪感,这样的话,我又何必去那里自寻烦恼呢?于是,我又想起可怜的妈妈为了我业已负债累累,备尝艰辛,而我还要背着她寻欢作乐,未免太薄情了。内心经过一番争斗之后,我的良知终于战胜了欲念,遂令车夫向查美特村进发。虽然不免有所依恋,但我仍是以坚定的口吻对自己说:"我得为自己着想,毕竟责任重于享乐呀!"这是我有生以来首次所作的明智抉择,心里也颇为自己感到骄傲呢!

高尚的行为可以振奋、提升人的心灵,心灵一提升,则百行都无亏,所以我们必须尽量抑制人性的弱点而光大善的一面,才能成就完美的人格。当我下定决心要回家去后,整个人也随即有如大梦初醒一般,将这些日子以来的颓唐作风完全一扫而空。(第216页)

经此之后,卢梭即再度踏上人生之征途,另一个三部曲旋即又接踵而来。下面引的一段,又是三部曲中的第一部:

满怀着觉悟的心情,全神贯注地赶路。希望尽快回去向妈妈忏悔,宣誓永远效忠于她,并请她宽恕前愆。噢,迷途知返的我仿佛又重获了新生!不过,当纯洁而真挚的爱再度充盈内心的同时,我也依稀泛起一种伤感,亦即命运又将我置于其可悲的桎梏中矣。(第216页)

第二部在下文突然展开,而中间竟然无任何转折:

我一面写信告诉妈妈说我将于何时抵家,一面则加快脚程。
除了在查普林镇休息半天之外,一路上都是马不停蹄。我希望这次回到家也能像以往一样地受到欢迎,所以又故意不欲提前到,好教她心急,如此便更能感受到久别重逢的快乐。(第217页)

这桩事情之后的几页里,读者即被他愁云惨雾的思绪笼罩着(以下引子出于三部曲中的第三部):

读者诸君应该可以想见我此刻的心境和感受,本以为回来能够重续旧梦的,谁想到事情会有这么大的变化。我所憧憬的幸福远景霎时都破灭无余,一切的美梦也都成了镜花水月;从未想到会与她分开的我,终于发觉到自己的孤单无依,整个天地陷入一片漆黑之中,真是可怕极了。虽说我还年轻,却再也提不起任何生趣和希望,事实上,我已和死人相差无几。只觉得自己不过是在苟且偷生而已,纵使偶尔仍有幸福的念头袭上心头,但我明白自己已不可能再真正拥有它了。(第219页)

这数页的愁思最后总算得到了结,而新的三部曲又马上开锣:

我思忖着,如今所爱的人既然已与我貌合神离,则两人在一起还有什么意思呢?〔第一部之终点,另一个三部曲之起点〕不如趁早分手吧。我向她透露,她立表赞同……她愿介绍我到里昂去当家庭教师,我毫不考虑就接受了,并且马上整理行囊,动身出发。若在以前临到此刻,我们总会难过一场,可是这次却什么感觉也没有。

我自信对于家教这份工作必能胜任愉快。

读者在看到了卢梭这许多遭遇后,不禁要佩服那使他能渡过生命历程中的重重难关,且生生不已的生命潜力,卢梭也用别的方法吸引读者。他常常制造悬疑,再加上反问,好让读者急于知道结果。卢梭在下面一段谈到他和格林、狄德罗分手之事,就是用了这种手法:

这种所谓友谊叫我在家里和在家外一样地倒霉。几年来他们和勒·瓦瑟太太那种频繁的晤谈使这个女人对我的态度显然变了,而这种改变,当然不会于我有利。他们在这些莫名其妙的密谈中究竟讨论些什么呢?为什么这样讳莫如深呢?这个老太婆的谈话难道就那么有趣,使得他们这样喜欢吗?或者是那么重要,值得这样严守秘密吗?三四年来,这种密谈一直继续着,我早先觉得是可笑的,这时我再想想,就开始感到诧异。如果那时我知道那女人在为我准备些什么的话,这种诧异是会发展到焦虑不安的程度的。①

---

① 范希衡(译),人民文学出版社1983年版,第582页。

《浮生六记》

要谈沈复的自传技巧，首先要说他并不擅于运用清楚转折或逻辑联贯的技巧；他也不大用戏剧式悬疑，而多用伏笔暗示。《浮生六记》一开始，沈复就纯熟地运用了这技巧，借含蓄的叙述金沙于氏之夭，暗示芸娘的早逝。

> 余幼聘金沙于氏。八龄而夭。娶陈氏。陈名芸。字淑珍。舅氏心余先生女也。生而颖慧。学语时。口授《琵琶行》即能成诵。四岁失怙。母金氏。弟克昌。家徒壁立。芸即长。娴女红。三口仰其十指供给。克昌从师修脯无缺。一日。于书簏中得《琵琶行》。挨字而认。始识字。刺绣之暇。渐通吟咏。有"秋侵人影瘦。霜染菊花肥"之句。①

文中之《琵琶行》原出唐白居易《琵琶行》，实一著名歌妓，遭弃后遇一遭贬谪官吏的故事。将诗歌穿插于叙事散文，是典型的中国文学技巧，旨在抒发极深厚的感情，而不致露骨地表白自己的情愫。敏感的读者看罢此段，马上会明白芸娘是注定要命苦且早逝。

本文前面所探讨的卢梭的笔法，正好与沈复的手法形成强烈的对比，（在此无意批评孰优孰劣）卢梭予读者的感觉是他要使人信服他心中的论点，他因而清楚塑造了一个非常合乎常情而又可信的人物——他个性方面的特点反而越发增加他的真实感——而使读者能同情他的想法。然而，沈复却是在他最不刻意描述时最感人。他给读者的感觉则是一个不拘小节、相当率真的性情中人。这绝不是说他不苦心经营他的作品，而是说他的文思似乎是得来那么不费力，行文是那么自然，虽然他所用的是典雅而严谨的文言文。《浮生六记》诚然是大家手笔，用字遣词都恰到好处。

换言之，《浮生六记》没有用露骨的笔法描述作者个人的生活，它完全没有像《忏悔录》借用诉诸权威、逻辑、理智及哲学反省的方法之剖作者卢梭自己的种种切切。虽然沈复同卢梭一样都经历过人世间的变幻莫

---

① 《浮生六记》引文，均见于香港地区上海印书馆 1976 年印本。此处页码为第一页，此后将夹附于引文末。

测，但对沈复来说，过往的沧桑仅是一种回忆或梦想而将不会归罪于社会的。这种将个人深切的感情经验用一种自然而又毫不露骨的表达方式，娓娓道来正是《浮生六记》之所以吸引人处，以下引自第一部及第三部开头的几段就足以证实此言属真（请注意作者引用前人诗作之表情方式）：

> 余生乾隆癸未冬十一月二十有二日。正值太平盛世。且在衣冠之家。居苏州沧浪亭畔。天之厚我。可谓至矣。东坡云。事如春梦了无痕。苟不记之笔墨。未免有辜彼苍之厚。因思关雎冠三百篇之首。故列夫妇于首卷。余以次递及焉。所愧少年失学。稍失之芜。不过记其实情实事而已。若必考订其文法。是责明于垢鉴矣。（第1页）
>
> 人生坎坷。何为乎来哉。往往皆自作孽耳。余则非也。多情重诺。爽直不羁。辄因之为累。况吾父稼夫公。慷慨豪侠。急人之难。成人之事。嫁人之女。抚人之儿。指不胜屈。挥金如土。多为他人。（第22页）

也许作者的保持美学距离的能力，正是吸引读者深入沈复的经历之原因。直接叙述的经历本身往往比将经历用辩白解释的方式表达出来更具吸引力。《浮生六记》所看重者仍是把感情的原来面目示于人，而不是将其刻意矫饰后再展现于读者前，而这种现实的再创造是必有其主观色彩的；它虽然是个人的，但确不是滥情的，通篇的语调，都显示对生命挫折的无怨的接受，其态度差不多是宿命的。

沈复在本书里用了很多不同的技巧，特别值得注意的是他在书中的引诗，这点前文已略有所提。他之所以引用，无非与《浮生六记》的抒情本质有极密切的关联。因为诗文是最感人的抒情方式，他生命中许多深切的感性经历非经由诗文不能委婉曲尽其情思。

沈复首先提醒我们诗词的诵读和创作，在他那时代是极其普遍的一种雅兴。他们夫妇每于炎炎暑天与文友们仿效科举考试以诗作比赛作为消暑的游戏。

> 主考由五七言各一句。刻香为限。行立构思。不准交头私语。对就后投入一匣。方许就座。各人交卷毕。誊录启匣。并录一册。转呈主考（第20页）。

沈复丧妻的哀恸，与他不久后的纳妾，实在是一个令人伤感的矛盾（其实这本是芸娘的意思，希望沈家能有子嗣传宗接代，这种以纳妾而得以传香火的办法在当时倒是一种相当普遍的习俗）。末尾所引用唐元稹的诗句是作者借诗人的语句来表达自己对芸娘的深情，这种转弯的笔法远较直述的方式来得含蓄动人多了：

君之不得亲心。流离颠沛。皆由妾故。妾死则亲心自可挽回。君亦可免牵挂堂上春秋高矣。妾死，君宜早归。如无力携妾骸骨归。不妨暂厝于此。待君将来可耳。愿君另续德容兼备者。以奉双亲。抚我遗子。妾亦瞑目矣。言至此。痛肠欲裂。不觉惨然大恸。余曰。卿果中道相捨。断无再续之理。况曾经沧海难为水。除却巫山不是云耳（第30页）。

几页以后，沈又靠诗以表达哀思，"芸殁后，忆和靖妻梅子鹤语，自号梅逸"（第32页）。

在第三卷的末段，沈感怀了他个人的丧痛，作了下面的结语，"芸仅一子，不得延其续耶。琢堂闻之，亦为之浩叹，赠余一妾，重入春梦，从此扰扰攘攘，又不知梦醒时耳"（第35页）。

"春梦"对他来说，是一个讽刺，因为本书的一开头就引用了东坡的名句："事如春梦了无痕。"就结构而言，"春梦"出现在第一卷首及第三卷末，暗示了一种神话式的矛盾：开始中可以找到结束，结束中可以找到开始。

如果我们对这两部书作一个概括性的比较，那么我们可以看出《浮生六记》的重点是在于个人经历的综合。这经历如果不借用印象式的描述，是很难表达的。整部书是用间接空灵的笔法而不是雄辩滔滔申述自己生活细节的来龙去脉。作者经常引用前人诗作借以烘托自己的感情。生活中的真实景象常能与内在的情思交相成趣，为读者勾勒出作者许多无法借诸其他笔法表达的感情。

这当然并不是说西方作者（如卢梭）不引用诗句。但是他受的教育不像中国文人要背诵古文和诗词。卢梭曾说自己的"记忆力颇差，读过的东西时常不是忘了出处，就是记不清原文的辞句如何"（第124页）。每次他引诗歌，目的都是为了装饰行文。诗句本身的价值对卢梭而言无甚意义，它只用来提醒他某件事或某个人的。在他记述一次苏珊阿姨给他唱儿歌的那一段最可证实一点：

> 如是，这个出色的妇人常为她近身的人带来愉快的气氛，她那美妙的歌声一直在我心中缭绕，虽然如今眼前已见不到她，而我也长大成人，但只要一想起那段往事，我就会情不自禁地像个小孩子般嘤嘤而泣，犹如在以颤音低哼着那些曾经听过的曲调似的。（第35页）

卢梭承认他爱音乐远甚于诗歌。他把诗当作工具，帮助他"思考文字语言及风格问题"的工具：

> 于是我便将书中的结构、布局，以及遣词、造意等逐一详作研究，并区别纯正法文和我老家方言的差异所在，以纠正我以往错误的用法。（第122页）

他虽然可引用著名拉丁诗人如贺拉斯等之诗作，他承认粗俗的诗句"使我不快，也不能记进脑袋去……我不懂音律学，更不会作诗，但我总希望能欣赏诗的语言所含的和谐……六韵步格诗的结构后，我曾经耐心地遍读维吉尔全集，又记下每一首诗的韵步及音节"（卷六）。

这篇文章的用意，不是要否定卢梭的多种才能，虽然有时候我对他的批评或许不完全公平。我只希望就用"诗"这一点来比较二位作家的笔法。概言之，《浮生六记》用了典型中国式的感性抒情模式。陈述多于解说，借用诗作表达蕴藉的感情，而不是用烦琐的文字，以理性雄辩的笔法陈述自己的所思所感。

结　论

本文仅是以抛砖引玉的方式提出几个值得以后深究比较的问题。虽然两书兼具修辞式和抒情式这两种不同的表达方式，但是《浮生六记》显然是偏重于以感情为主的抒情笔法，而《忏悔录》则长于以理性为主的所谓修辞式手法。相信以后，学者在进一步掌握书中的结构，文字、用典，形象语言及其他各种文学技巧运用后，能对目前我这两个梗概性的看法，提出较为详尽的论据，或许爱德华窥见了这两本书的重要差别，确能一语道破："当我们用修辞学批评富想象的文学时，我们只当文学是个能措得很艺术化的工具，用以沟通，而不是个用美学角度冥想的对象，修辞学比较留意文学作品做什么，而不是怎么做。"

也许一个最大的讽刺即是卢梭虽然竭尽其所能地要以最诚恳的口吻娓娓叙述他一生的隐私以期博取读者的信任，然而他却不及沈复动人感人。沈氏以平易、不夸张的笔触描述他自己的一些遭遇，既不想要博取读者的同情，亦不蓄意要争辩什么道理，却反而更能深获读者的共鸣。

虽然我是很明显地比较偏爱沈复的笔法，但是我们仍然认为卢梭的《忏悔录》在世界文学中是一动人且耐人寻味的作品。值得一究的是到底卢梭在文学作品中最大的特色是什么？这个问题当然不在本文讨论范畴之内而期诸未来了。

（选自《中西比较文学理论》，学苑出版社1990年版）

张汉良

张汉良（1945—），台湾大学教授，文学评论家，较早从事比较文学研究的学者。著有《现代诗论衡》《比较文学理论和实践》等。《比较文学理论和实践》主要由五部分内容构成，具体围绕比较文学的学科定位、比较文学的影响研究（如将《灰阑记》与《高加索灰阑记》的影响比较研究等）、文类研究（如对中西诗学文类的考察等）、文学与艺术的关系研究以及比较批评课题举隅（如马丁路德与文学诠释传统、结构主义者对话录等）展开探讨。作者以国际化的全球意识，立足实践，探讨比较诗学，将西方的原型批评、结构主义、符号学等运用于研究中，为台湾地区比较文学做出了贡献。我们主要通过该著作中的第四篇内容《文学与艺术的关系研究》来看作者如何在中西比较的视野之下诠释文学与艺术的关系。

"文学与艺术的关系研究"一文出自《比较文学理论和实践》第四章，原刊于1981年4月的《人与社会》第八卷第一期。首先以王维与西方所论及的诗与画的关系引出文学与艺术之关系，作者将文学与艺术视作文化系统的组成部分，它们之间的关系研究主要有形式主义研究、历史研究和人类学与心理学研究。关于形式主义研究，以杜甫的题画诗《奉先刘少府新画山水障歌》和荷马《伊利亚特》的阿喀琉斯之盾的相关论述阐明诗人通过语言可以让哑然的艺术品发声。通过维吉尔的《拉奥孔》、温克尔曼对《拉奥孔》等的分析，进一步凸显出文学的时间特性，与叶维廉及西方的法兰克、雅各布森等学者强调文学的空间特性形成对照。在历史研究、人类学与心理学研究中作者将主题学、弗洛伊德的心理分析也分别置于文学与艺术的关系范畴内加以考察。在本章内容中，又以"布雷克的诗中画与画中诗"（将布雷克视作"插画诗人"混合艺术家）"小说与电影之间的'墙'""魔术师、艺术家与观众""性趣的空虚与幻灭"和"《凝视水晶球》的语意与符号分析"等几个小节具体展开关于文学与艺术关系的探讨，指出对于文学与艺术关系的探讨，许多学者常犯的毛病是突出暗喻的重要性。诗通过暗喻指向画；文学作品《墙》改变成电影之后，电影的文学性便通过暗喻得到体现；对艺术家身份的探讨还涉及了转喻的概念，等等。作者在分析不同文学与艺术的关系时，内容丰富，运用了中西方的不同文论加以诠释，如探讨小说与电影艺术的关系时既提及了中国的"别材别趣"论，还涉及西方结构主义、俄国形式主义等；在对艺术家身份的探讨中，论及主题学的内容；在"性趣的空虚与幻灭"中，分析影片《空虚与幻灭》的男女主角的名字时，谈到了符号学的相关内容；在"《凝视水晶球》的语意与符号分析"一节中，又以现象学概念加以阐释。张汉良以诗与画的关系为切入点，以形式主义研究、历史研究和人类学与心理学研究将整体统筹起来，阐明了诗与画、文学作品及同名改编的影片等的关系等，运用中西方诗学文论加以诠释，在此基础上，深入挖掘中西比较诗学的内涵与价值，探索了中西方共同的诗学据点，这种研究范式具有很大启迪意义。

文学与艺术的关系研究

一

在讨论这个题目之前，笔者有两点需要说明。第一，笔者强调"研究"两个字，因为无意奢谈文学与其他艺术的关系；而是希望勾勒出历来研究的途径与方向，因此，下面的讨论可称之为后设批评(metacriticism)。第二，本文的做法是描述性的，而非预示性的，因此，无法证明笔者赞成艺术的科际整合或反对艺术的科际整合。

这个后设研究的动机与笔者对一句传统诗话的疑惑有关，那便是苏东坡所谓的"诗中有画，画中有诗"。这句话被人引用了几百年，到底它的意义为何？"诗中有画"是否指诗和画一样，是模拟的（mimetic）或具象的（representational）？如果答案是肯定的，那么它是否吻合罗马诗人批评家贺拉斯（Horace）所说的"ut pictura poesis"（诗如画）？贺拉斯的话开了西方艺术整合的先河，其要旨有二：批评家在描写诗的效果时，得以绘画为类比；诗人创作宜以画为楷模。绘画主义（pictorialist）的诗，往往以艺术作品为素材，如荷马写阿喀琉斯之盾（想象的艺术作品）或济慈（Keats）咏希腊古瓮（真实的艺术作品）。这种绘画主义诗在18世纪新古典主义时代蔚为大观，浪漫主义的济慈更上一层楼。至于"画中有诗"又是什么意义？也许我们再以"西来意"来印证"东土法"。西方艺术批评中，"如诗的"（poetical）是一个约定俗成的用语，指涉绘画作品的叙述性或概念性。然而，西方这个概念到底能与苏东坡的意思沟通吗？本文不准备讨论苏东坡的"诗画本一律"观念。问题是：在充分了解各种文艺媒介、体制或表达方式之前，我们是否可以谈"诗如画"或"诗画一律"以及其他艺术科际整合问题？我们随声附和苏东坡或贺拉斯时，是否深究过他们陈述的真相或其认知基础（无论是表现说或效应说）？文学与艺术的关系研究到底应该属于何种学科范畴？

传统学者把这个课题划归为美学范畴，但是目前它已被多数学者认可为合法的比较文学课题，本文也是从后者立场来讨论。早期的比较文学学者，尤其是所谓的法国学派，视比较文学为文学史的一支，特别注重文学家及其作品在国外的际遇；与这个主题无关的研究，他们不愿涉及，因此早期的比较文学著作，对文学与姊妹艺术的关系研究，或者视为异端邪说，或者存而不论。一直到1967年，新生代学者比舒瓦与卢梭的"比较文学"才花了数页的篇幅谈论这个题目。

法国比较文学学者以文学关系史为依归，很自然地排斥了文学史料之外的研究。令人诧异的是，对法国学者持反动态度的美国比较文学学者也泰半不认可这种艺术科际整合研究。他们反对的论点大致可分为两类。第一类与他们反对法国学者的比较文学历史性研究立场一致，即文学与艺术的关系研究是外缘研究（extrinsic study），无助于吾人对文学本身的了解，即内涵研究（intrinsic study）。由于文学与其他艺术的表达方式以及传统有本质上的差异，它们的沟通显然有困难；在我们充分了解文学作品的存在模式与其时代典式（norm）之前，我们无法贸然地把它与另外一种艺术的存在模式与时代典式合而为一。如巴洛克建筑与巴洛克音乐无法相提并论。

第二类反对论据则从比较文学的定义出发。既然比较文学划分文学畛域的依据是语言文字，一旦我们再让媒介、表达方式殊异的其他艺术形式介入其中，则比较文学的界限益发难以确定与厘清。例如莫扎特的歌剧和德国文学的关系研究，属于德文学者研究的范畴；但他与意大利文学的关系，便不再属于德文学者的内务，而涉及比较文学的领域了。到底我们应该如何划定界限呢？如何决定莫扎特研究的哪一部分属于德文学者，哪一部分属于比较文学学者，哪一部分属于音乐学者的研究范围呢？

话说回来，反对文学与艺术科际整合的美国比较文学家，如韦勒克等人，却反讽地掉入了自己所设的陷阱内。他们主张从文学的外缘研究移位到内涵研究（其实，在认知上比较文学根本无法作内涵研究），除了经验性地欣赏个别作品外，更希望进一步抽象地探讨文学的本质（如果文学真有本质的话），这本质便是俄国形式主义批评家所谓的文学性（literariness）或韦勒克所乐道的文学作品的存在模式（the mode of existence）。换言之，他们除了关注作品本身的细读与解析外，大体的研究取向是趋向于文学理论（poetics）的建立。然而，要建立文学理论，必须要对文学的媒介和表达方式有深广的了解，要对文学的媒介和表达方式有深广的了解，势必要对非文学或与文学相关的其他艺术的媒介、表达方式（即所谓"本质"）有深广的了解。这个粗浅的辩证逻辑是自明的。

严格说来，文学与其他艺术（乃至其他学科），都是文化系统中的支系统，彼此密切排列组合，而这个文化系统并非形而上的、抽象的、同时性的，必须是特定的、具体的、历史性的。反对法国比较文学研究的美国学者的口实是外缘研究，这个口实使他们也反对文学与相关艺术的研究，但是令人好笑的是，法国学者的排斥文学与艺术研究，其口实也无非是文学外缘的（extra-literary）。唯一不同的是，美国学者把法国人的文学内涵的（intra-literary）或文学之间的（inter-literary）也视为外缘的罢。总之，我们无法严格划分内涵的与外缘的，甚至文学的与非文学的。在这个前提之下，文学与其他艺术的并置研究便是合法的。但是我们要声明，这种并置研究不等于科际整合，因为后者意味着它们彼此相通，无论在创作动机上、"本质"上，或效果上。我们也不用俗成的姊妹艺术（sister arts）这个名词，因为它暗示"家族相似关系"（family resemblance）与"文化圈"（culture circle），两者皆基于似是而非的生物学的类比。

文学与其他艺术的关系研究，大致可以归纳为三类：（1）形式主义研究（formalistic approach），（2）历史研究（historical approach），（3）人类学与心理学研究（anthropological and psychological approach）。以下分别讨论。

二

首先，我们要讨论形式主义研究。有人把文学与艺术的关系研究分为形式与内容两种。这种二分法久已为人摒弃，因为无论作品的内容或作者欲传达的旨意为何，它都需要以媒介来表达，换言之，形式驾驭了内容。如果我们坚持以内容为定位，唯一的贡献便是主题学研究，而此处主题学可能还需要把母题排除在外，因为文学的母题与造型艺术、音乐等的母题不同，尤其后者，更是非模拟性的（non-mimetic, non-referential）。换言之，主题学研究仅限于题材（subject matter）或素材（raw material）的排比，如追溯赤壁为题材的诗文与造型或美术作品（但这又流入第二项历史研究范围了），或相同的主题（如玫瑰花），以不同的媒介表现（但这又非涉及形式讨论不可）。因此，笔者认为在形式主义研究中，主题是不存在的，它应归入第二、三两类。

虽然如此，让我们仍然以同一题材开始形式主义的讨论。首先要谈到Ecphrasis这种文学类型，即以文字写出（或说出）某件想象中的或真实的艺术作品，这个希腊字的原意是"说出"（speaking out），因为艺术作品是哑然的，诗人以语言使它发声。我们立刻会想到杜甫的题画诗，典型的例子便是《奉先刘少府新画山水障歌》中的句子："悄然坐我天姥下，耳边已是闻清猿；反思前夜风雨急，乃是蒲城鬼神入。元气淋漓障犹湿，真宰上诉天应泣。"（卷三）透过杜甫的语言——尤其是听觉意象语——这幅立轴等于发出了声音。

西方第一个发声的造型艺术作品，便是荷马在史诗《伊利亚特》十八书中的阿喀琉斯之盾。荷马在描绘此神器时，想象中有件艺术作品，然后将它"说出"来。至于后来20世纪英国诗人奥登（W. H. Auden）再写"The Shield of Achilles"，便是纯粹的文学影响，而非Ecphrasis了。研究荷马与奥登的作品的关系，应属主题学或影响研究范畴，但研究荷马的创作勉可算是本文课题。

荷马的Ecphrasis很难引起形式上的讨论，原因之一是他状写的对象是虚拟的造型。一个更适当的，在美学史上引起更大争论与影响的例子便是罗马诗人维吉尔（Virgil）的状写《拉奥孔》（*Laocoon*），虽然迄今没有凭据证明诗人确实看过这个作品（按"拉奥孔"大致成于西元前2世纪，维吉尔史诗写于西元前1世纪，前者1502年在罗马出土）。维吉尔史诗《伊尼亚德》（*The Aeneid*）第二书中，有一段生动的文字，描写拉奥孔和其子被巨蟒勒死的经过。即使我们不敢大胆假设维吉尔见过雕刻，然后"说出"来，使得这个Ecphrasis成为历史悬案；至少批评家有两件不同的艺术作品并列眼前，可以自如地讨论媒介与表现问题。

18世纪的德国艺术史家温克曼（Winckelmann）分析《拉奥孔》时，提出一个问题，为何拉奥孔临死哀号时，嘴是微张的，而不像维吉尔所写的"他的吼号震动了周遭的空气"？温克曼等人的解释是：美是希腊艺术的第一义,情感抑制则为道德理想,为了求美,雕刻家只得把丑掩盖,把强烈的情绪舒缓,因此拉奥孔的"呐喊"(screams)被减弱为"喟叹"(sighs)。莱辛(Lessing)批驳温氏的解释,他认为由于雕刻家无法像诗人一样作持续的描写,因此只能选择一个最具潜力(pregnant)的瞬间,来暗示前因后果。造型艺术家局限于空间性(spatiality),仅能表现物象(object);但诗的性质是时间性(temporality)的,我们读诗时,可见到持续的行动(action),因此,除了为了服膺希腊艺术的美与合宜原则外,"拉奥孔"的雕刻家选择的刹那是主人翁尚未张口大叫的一刻,以物象暗示出持续的行动。正如诗人以行动暗示物象一样。莱辛对"拉奥孔"的分析导致(或基于)他对媒介的新认识:造型艺术是空间艺术,诗(文学)是时间艺术。

由于文学具有时间性的特性,有人便把它和音乐扯上关系,认为文学是空间的造型艺术和美术与时间的音乐之间的介中媒人,兼具两者之长。例如我们欣赏音乐"时",聆听一连串音符的持续,而朗诵成聆听诗时,情况大致相同。观赏一件艺术作品,我们会得到瞬间的整体空间印象,正如"看"诗(尤其是图形诗)也会得到整个的空间印象。

《拉奥孔》所揭橥出来的问题,到今天仍然有人讨论。新批评家法兰克(Joseph Frank)提出反证,认为现代文学,尤其是叙述文学(小说),在表现方式上是空间性的,而非时间性的。乔埃斯、普鲁斯特(Proust)等利用心理时间,而非机械时间,以及并置、交错等技巧,打破叙述的时间连续性。庞德、艾略特的用典,也产生了同时感的效果。叶维廉倡言"出位之思"(Anders-streben),认为现代艺术跳脱自己的"位",而与其他的艺术相结合。他除了一再证明中国古典诗(与现代英美诗)强调空间性外,甚至响应法兰克的说法,指出中国现代小说的风貌,就是切断时间上的连续,而在空间中求发展。莱辛与法兰克等人皆由表现方法与媒介的认知——不论他们的认知是否正确——来界定文学及其他艺术之间的关系。莱辛的基本观念是举拟说的。法兰克对媒介与形式的探讨相当空泛,甚至流入抒情式、印象式的暗喻。暗喻,正是讨论文学、艺术关系的学者常犯的毛病,但除非不谈这个问题,否则暗喻似乎是"必然的邪恶"。

某些形式主义者希望能做些更系统性的综合性研究,雅可布逊是一个显例,他的理论基础(也正是他的漏洞基础)是语言学。雅氏认为所有的（？）语言都有两大原则：暗喻式（metaphorical）与换喻式（metonymical），前者是空间的置换过程，后者是时间接续过程。例如请人以 hut 这个字造句，可能的句子有两类：（A）The hut is a small house.（B）The hut was burnt down.（A）句是一种代换过程，属暗喻结构（small house = hut），在时间上是停滞的，而其语义空间则因并置而扩张；（B）句则是一个句构的联贯过程，属换喻结构。如果有所谓衍生诗学（generative poetics）的话，（B）句便具有小说的潜力，因为它强调水平轴上持续的行动。雅可布逊认为儿童的失语症不外乎这两种情形，而诗人或文学家的语言，也是根据这两个原则而运用的。当然这是极大胆的假设，雅氏的二分法也有问题，此地，笔者只是指出有人用这种方法来研究文学与姊妹艺术的关系。雅氏指出诗歌，尤其浪漫主义与象征主义的诗，其基本语言运作即属暗喻的替换原则，因此诗的时间性句构有限，而往空间性的语义层次发展。写实主义的小说则不然，虽然作家有时会离开叙述主线，去描绘情景或人物，而不得不把暗喻原则投射到换喻原则上，但大体上小说是遵循换喻原则的。

更令人惊讶的是，雅可布逊认为这两个语言原则，不仅现诸于文学作品，在其他艺术上亦然。立体主义绘画的多重透视与分割构图，正是换喻（部分代全体喻）的运用，每个切割的细部和全体是连续的关系。超现实主义绘画则很明显地采用暗喻的替代原则。有趣的是，如果我们把焦距凝聚在1910年代立体派绘画（尤其毕加索与布拉克）盛行的时候，看看艾略特当时写的诗，如《序曲》，会发现整首诗最突出的喻词竟然是部分代全能的换喻，我们仿佛从多重透视上看到割裂的现代人形象（手、腿、脚丫子）。

雅可布逊当初提出他的理论时，的确轰动。今天仍然有人用它来研究电影，电影上的景如独立的语义单元（暗喻），结合成类聚（paradigm），投射到水平的句构轴（syntagmata）上。师承雅可布逊成就较大的，有俄国的符号学者乌斯斑斯基（Boris Uspensky），他研究中世纪俄国肖像画（icons）用的也是以句构为类比的符号系统。但是说穿了，雅氏的语言学模式只不过是一个比喻，因为事实上，我们很难将"造形"艺术与美术的媒介或基本单位，简化或更换为语言单位。雅氏及其徒众的企图，无非是借用语言为暗喻，造成不同的艺术之间的类比关系。

与形式主义有关，但企图不同的另一种研究，是从事实用批评的学者，在诠释个别作品时，涉及两种以上的艺术形式。他们固然讨论到多种艺术，但其兴趣是经验性的、描述性的，而非演绎性或预示性的，甚至还是操之在人的，譬如他们研究的作者运用了一个结构上的典，他们便不得不援用其他艺术坐标作为诠释的工具。如海伦·迦登娜（Helen Gardener）以音乐的形式与术语为工具，诠释或分析艾略特的《四个四重奏》（*The Four Quartets*）。在这种情形之下，我们便不把这类学者列入讨论的范围。至于实际创作的作家，如艾略特，则更非我们后设批评的对象了。这是必须要说明的。

三

其次要谈到历史研究。我们在前面曾指出主题学，或更确切地说，题材学，应划归于历史研究的范畴。其脆弱的认知基础便是文学与其他艺术的模拟性，也唯有在这个薄弱的基础上才能谈主题学。质言之，某些艺术作品的指涉性（referentiality）与某件文学作品的指涉性有谱系关系（myth of filiation），如罗马诗人奥维德（Ovid）写伊卡拉斯（Icarus）之坠，布鲁格尔根据前人的描述绘 *Icarus*，奥登在布鲁塞尔美术馆见到这幅画，又写出一首近似 Ecphrasis 的诗。追溯这些渊源时，吾人必然要摒弃艺术作品本身而不顾，这是形式主义者绝对无法容忍的事。这种探澜索源的追猎工夫，是纯粹的历史研究，它除了理论基础薄弱外，极易流入主观与印象式。

另外一种历史研究，其兴趣不在追溯渊源与际遇，而系希望了解时代的风格（style），进而作为断代的依据或观察文艺史的演化现象。此类学者必须综合历史研究与形式主义研究始能为功，因为所谓风格，不是史实，而是体制、典式，而风格的形成或被确认又复取决于创作者与观者（读者、批评家、史家）的视境。就这层意义上而言，他们是形式主义者（相信构成风格的体制与典式）兼历史主义者（相信模拟〔mimesis〕，即风格能反映时代精神〔zeitgeist〕）。这派学者的开山祖之一是 21 世纪初的德国艺术史家吴尔夫林（Heinrich Wolfflin），他认为文艺复兴与巴洛克的风格反映出不同的观物心态。构成这两个时期风格的体制有五：（1）形象本身，（2）空间的安排，（3）作品部分与全体的关系，（4）结构，（5）整体印象。继他而起的有德国艺术史家瓦尔查尔（Oskar

Walzel）与美国学者赛佛（Wylie Sypher），发扬光大了此类研究。赛佛相信一个时代的风格是该时代意识的句构（形式），会呈现在任何一首诗、一幅绘画、一件雕塑或一座建筑上，因此对任何一件艺术作品的观察与体认，都有助于吾人对文学经验结构的了解。赛佛规模吴尔夫林的秩序，加以敷衍发挥，定出了十四项鉴定文艺复兴四阶段风格的二元对立标准。大体上说来，他的做法属于文学与艺术的类比研究（analogy 而非 parallel）。我们抽样举两项来看。第一个二元标准是"线条式的—绘画式的"（linear-painterly），前者轮廓清晰、局部突出，可称轮廓艺术，如波底且利（Botticelli）的画和史宾塞（Spenser）的十四行诗；后者界限模糊，轮廓与物象融合，产生似幻似真，不可即之感，可称为色彩艺术，如林布兰（Rembrandt）的画和弥尔顿（Milton）的"沉思的人"（*Il Penseroso*）。第二个二元标准是"平面式的—后退式的"（plane-recessional），与前一标准互相发明。线条式的形式其透视是水平的，物件或构图在一明确的平面上，呈现出二度空间，如早期文艺复兴宫殿的正面，以及上述波底且利与史宾塞；在后退的形式中，平面被打破，甚或完全消逝，所具之象有深度，造成距离的幻觉，如巴洛克时期教堂的正面，层次深浅对照分明，又如弥尔顿《失乐园》的塑形与空间效果强烈。

赛佛虽然有时失诸武断，但颇多有趣的发现，譬如他指出弥尔顿与鲁本斯（Reubens）代表着巴洛克的想象力，见证着文艺复兴人文主义的英雄传统；又如葛雷柯（El Greco）与顿约翰（John Donne）二人代表着文艺复兴瓦解期矫揉形式主义（mannerism）的风格等，虽非一针见血之论，却也颇能发人深省。值得注意的是，赛佛所举出的风格判断标准，实为形式主义者的典式，根据这些典式才能界定文学与其他艺术的关系，唯有重建典式，才能建立艺术的系统——虽然韦勒克等人会怀疑各种艺术是否可能有共同的典式，虽然他们会讥讽所谓时代精神或风格是"形而上的玩意儿"（metaphysical entities）。但话说回来，任何系统的建立必经融合同时性研究与历史性研究，否则便落入"普遍形式"或"普遍人性"的陷阱。后者正是心理学与人类学研究的大弊。

四

吴尔夫林与赛佛对风格的界说，大致基于模拟说，这也是所有艺术

"史"学者无法避免的"邪恶"。赛佛的模拟说还可进一步讨论。他认为艺术家的感性有如一张银幕，他所模拟（具象）的事物便反映在上面。艺术便是吾人现实经验的成形（Configuration, Gestalt）。赛佛接受格氏塔（Gestalt）的观念，使他接近心理学与人类学的研究。但是此地我们要指出，心理分析学者如荣格（Jung）所揭揭示的诸般潜意识原型，或者我们思想的格氏塔，本身不是艺术作品，虽然它们会透过不同的媒介或表达方式"成形"。如果我们以原型解释一切艺术现象，那便犯了创作简化主义的弊病。赫伯特瑞德（Herbert Read）在《现代艺术哲学》（*The Philosophy of Modern Art*, 1952）中，应用弗洛伊德心理分析解释并沟通超现实主义绘画与诗。充其极，他只能说明潜在内容的思想会转化为明显内容中的感觉意象，但忽略了潜意识中的思想具象成艺术时，体制扮演着重要的角色。

艺术批评家冈不列希（Gombrich）对这点发挥得很好。模拟并非真正复制外在物体或内心的思想，而系以艺术传统与体制中的形象，取代外物或内在思想。我们受惠的不是自然，而是其他无数的，我们曾经见过的图画。

走笔至此，我们不免会怀疑浪漫主义者的表现说。他们反对18世纪所乐道的模拟的"镜"，主张代之以造物者第一想象力的烛或诗人艺术家内心灵视的"灯"。仿佛艺术是自生的（表现说），是神启的（天才论），是不需要依赖典式或体制的。传统学者对艺术创作的看法，譬如"诗画本一律"等唯心论，正是如此。这种"形而上的玩意儿"（套用韦勒克的话），看似足以打击形式主义，实则是艺术自戕论。诚然不错，艺术是表现，但表现不等于"原道""诗心""强烈感情的自然流露"，表现是形式，是媒介的运作。这也是为什么当我们回顾文艺关系研究历史时，发现心理学和人类学的成就最小，即令有之，其结论也最令人怀疑。

文学与艺术的关系研究，是比较文学的新课题，但它几乎涉及比较文学所有的问题，包括历史研究（文学与艺术史）、断代问题、主题学、影响研究、文类研究以及类比研究，尤其是后者，因为这门学问的出发点与依归，无非都是基于一个形式或媒介的暗喻。

（选自《比较文学理论与实践》，东大图书公司2004年版）

黄维樑

　　黄维樑（1947—），香港著名比较文学学者，原籍广东澄海。毕业于香港中文大学，于1976年获得美国俄亥俄州立大学博士学位。后历任美国以及我国香港地区、台湾地区及内地多所大学客座教授或教授，现任台湾佛光大学文学系教授。曾多次参与比较文学领域的交流与活动，为香港地区的比较文学建设注入了活力。黄维樑中英文著作颇丰，主要有《中国诗学纵横论》《中国古典文论新探》《香港文学初探》《中西文论比较》等。《中国古典文论新探》主要从中西比较的视角对《文心雕龙》进行研究。作者对《文心雕龙·辨骚》、"六观"等作了深入探讨，从中发掘中国文论的宏大批评体系；还将《文心雕龙》与西方文论观点进行比较研究，指出《文心雕龙》的视野要比亚里士多德的《诗学》更广阔，其中囊括了诸多当代西方文论；同时还介绍了《文心雕龙》在美国的翻译与研究以及对王国维《人间词话》的重新认识。通过对《文心雕龙》的研究，可以发现黄维樑注重古为今用，发现《文心雕龙》的当代价值与意义的同时，还十分注重探寻中西方诗学的契合点。作者的研究视野异常广阔，大胆提出中国文论具有超越西方文论的观点，发人深省。该作也体现了黄维樑中西互释的比较诗学观，这对当时具有广泛影响的"阐发法"颇具启迪意义，由此引起了研究者对"阐发法"单向阐释不足弊病的思考。

　　"《文心雕龙》与西方文学理论"部分首先探讨了用西方观点如何看待《文心雕龙》的问题。Cibbs运用艾布拉姆斯在《镜与灯》提到的作者、世界、作品、读者间的相互关系，提出了模仿论、实用论、表现论和客体论四种理论，并用其分析《文心雕龙》。Cibbs充分肯定了《文心雕龙》内容的丰富性，指出其涉及了作家的背景、作品与自然、社会、时代等的关系，也涉及了读者、批评家对于作品的看法，这四种理论在《文心雕龙》中均有所体现。其次，作者将《诗学》与《文心雕龙》进行了比较，指出《文心雕龙》的视野要比《诗学》更加广阔。《诗学》由于未涉及作者的性情，因而也没有 Cibbs 提到的表现论，而且《诗学》中的模仿论较之《文心雕龙》显得简略；在文体上，《诗学》虽然也涉及了史诗、喜剧等，但笔墨较少，将重点放在了对悲剧的研究上，而《文心雕龙》涉及诗、赋、碑、铭、史传等多种文体；在风格上，《文心雕龙》较之《诗学》，显得更为多样；《文心雕龙》与《诗学》在文学史观上也有差异，《诗学》没有文学史观，而《文心雕龙》则对每一文体都作出了历史性的评价。此外，作者还将《文心雕龙》与韦勒克的《文学理论》进行了比较，《文学理论》中对文学的性质、功能、文学的研究方法的探讨，以及关于文学"内在的研究"，这些内容在《文心雕龙》中均有涉及，由此可见刘勰的视野之广阔。最后，作者将《文心雕龙》与西方其他当代文论作了比较，如西方的读者反应说、结构主义、原型理论等可以与《文心雕龙》提到的《楚辞》的接受问题、《辨骚》的解构主义精神、《物色》中的相关片段等相互印证。作者积极倡导对《文心雕龙》的研究，注重"古为今用"，尤其是在当代西方文论繁杂、混乱的情形之下，不应只重视输入文化，还要充分注重对中国古代文论的研究，发扬中国的优秀文化与文学理论。在"《文心雕龙》与西方文学理论"中，黄维樑将《文心雕龙》与西方文论作了比较，从中可以看出中西文论的相通之处，在比较中我们也意识到作者对《文心雕龙》的热爱与赞扬。一方面，作者挖掘了中国优秀的传统资源与独特的诗学精神，凸显了《文心雕龙》的当代价值与地位，另一方面也为促进中西方文论的平等对话提供了理论支撑。

《文心雕龙》与西方文学理论

1991年10月18日，我应邀在台北"中央研究院"文哲研究所筹备处作一演讲，题为《〈文心雕龙〉与西方文学理论》，由阮人杰先生据演讲录音整理成文，我校阅后分别在台北的《中国文哲研究通讯》和上海的《文艺理论研究》发表，时为1992年。现在我整理近年所撰论《文心雕龙》文章成书，发现讲稿的内容，与我一些文章的内容，有重复之处，于是删削讲稿，剩下一部分，就当作是《〈文心雕龙〉与西方文学理论》这个大题目的一些札记吧。

一　用西方观点看《文心雕龙》

以前已经有不少学者比较过《文心雕龙》与西方一些文学批评理论。《文心雕龙》的英译者施友忠先生，在他的英译本的序文中，提到两个重点：第一，刘勰的文学观属于古典主义（classicism）；第二，刘勰强调文学作品是一个有机统一体（organic unity）。例如《章句》中所写的："外文绮交，内义脉注，跗萼相衔，首尾一体。"施先生用了这两个名词：古典主义和有机统一体，来说明《文心雕龙》，但是他并没有把《文心雕龙》和西方文学理论作系统的比较。

有一些学者比较"神思"和"想象"（imagination）的异同，如陈慧桦、梅家玲、纪秋郎、蔡英俊、赖丽蓉、曹顺庆诸位，他们用的是比较文学的观点。

沈谦先生的《文心雕龙发微》这本书中，就将《文心雕龙》的各种批评手法和西方的各种批评理论作一比较。他一共列出十种方法，包括：

归纳、演绎、科学、判断、历史、考证、比较、印象、修辞、文体。当然，这十种方法并不完全只存在于文学研究之中，如归纳、演绎法在其他学问的研究中也是常常应用到的。不过，无论如何，沈先生的确发现西方的很多方法，在《文心雕龙》之中也有。另外，他指出，《通变》中所说："文律运周，日新其业，变则堪久，通则不乏。趋时必果，乘机无怯。望今制奇，参古定法。"意思是，创作者必须一方面向过去的经典之中汲取智慧，一方面又要有所创新。沈先生认为这个说法和 20 世纪一位重要的批评家艾略特（T. S. Eliot）的说法相同。艾氏有一篇文章《传统与个人才华》说道："我们要了解一位诗人，应该把他放在过去大诗人所形成的传统里面作一比较。如果不这样做的话，就不可能定出他的优劣好坏；另一方面，诗人写诗也一定要感受到传统的力量，他一定要吸收前人所遗留下来的东西，诗人一定要培养历史的眼光。"

在美国，有两篇博士论文以《文心雕龙》为题材，一篇是 Donald Gibbs 所写的《文心雕龙的文学理论》（*Literary Theory in the Wen-hsin tiao-lung*），一篇是 Paul Youg-shing Shao 所著的《刘勰：理论家、批评家、修辞学家》（*Liu Hsieh as Literary Theorist，Critic，and Rhetorician*）。Gibbs 在论文中，用了 M. H. Abrams 的《镜与灯》（*The Mirror and the Lamp*）书中的理论来阐释刘勰的观点。Abrams 用如下的图表说明作品与外在因素的关系：

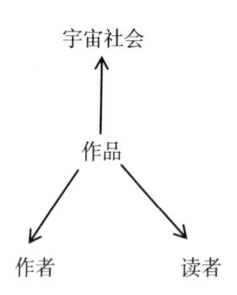

```
         宇宙社会
           ↑
          作品
         ↙   ↘
      作者    读者
```

Abrams 认为文学作品可以从四方面去看，即宇宙社会、读者、作者、作品本身。这四者之间的相互关系，发展出四种理论：

（一）模拟论：探讨作品涉及的宇宙社会。
（二）实用论：探讨作品对读者的影响。
（三）表现论：探讨作者如何在作品中表现自我。
（四）客体论：探讨作品本身，把它视为独立自主的艺术客体。

Gibbs 用 Abrams 的理论来看刘勰的《文心雕龙》，认为刘勰在每一方面都兼顾到。在此我要补充说明，在《原道》《物色》《时序》中，探讨的是作品与自然、社会、时代的关系；而在《知音》《辨骚》中，探讨的是读者如何去看待作品，这里说的读者包括批评家；而《情采》《体性》等篇探讨作者的背景、修养、性情如何，便会构成什么样的作品；在《比兴》《丽辞》《隐秀》《夸饰》《练字》《章句》等许多篇中，则以作品本身为分析讨论的对象。

二　《文心雕龙》与《诗学》的比较

通过比较，我们发现，《文心雕龙》的视野比亚里士多德的《诗学》（*Poetics*）广阔多了。

（一）Abrams 的四种理论，《文心龙雕》都具有，如上述；《诗学》有其三，无表现论。

《诗学》的实用论：悲剧可以净化人的情感。

《诗学》的客体论：悲剧是对动作的模拟（imitation of an action）。动作通过情节（plot）表现出来，而情节离不开人物、思想、语言，此外还有音乐和布景。

《诗学》没有讨论作者的性情如何影响作品，故无表现论。

（二）模拟论：《文心雕龙》非常详尽；《诗学》则较简略。

《文心雕龙·原道》："日月叠璧，以垂丽天之象；山川焕绮，以铺理地之形。""傍及万品，动植皆文。""惟人参之，性灵所锺，是谓三才。""道沿圣以垂文。"圣人不再，故从经典中追寻。《宗经》："文章奥府""群言之祖"，这些说明了文学作品的渊源。

关于自然四时的变化，《物色》："春秋代序，阴阳惨舒，物色之动，心亦摇焉。"

关于社会的变迁，《时序》："时运交移，质文代变，古今情理，如可言乎！"

《诗学》有关模拟论的文句出现于第六章："悲剧是对一个动作的模拟。"讲的非常简略。

（三）《文心雕龙》详论各种文体；《诗学》主要讨论悲剧。

《文心雕龙》中有一半的篇幅在谈论各种文体，诗、赋、奏启、碑、铭、史传等等，甚至于有人认为他所收范围太广，分类太多、太细。

《诗学》主要论悲剧，也涉及史诗、喜剧、酒神（Dionysus）的诗文，但都是点到为止，不及论悲剧来得深入。

（四）《文心雕龙》谈论多种风格；《诗学》没有论及风格。

《文心雕龙·体性》谈论的八种风格为：典雅、远奥、精约、显附、繁缛、壮丽、新奇、轻靡。

（五）《文心雕龙》具有文学史观；《诗学》没有。

《文心雕龙》在谈论每一种文体时，都"原始以表末"（《序志》），给予历史性的叙述和评价。

三 《文心雕龙》与《文学理论》的比较

Wellek & Warren 的《文学理论》自 40 年代面世以来，影响深远，是美国许多大学英文系的指定参考书。这本书至少有两种中译本，一是台湾版，一是大陆版。我作了一个表来比较其异同（见下表）：

《文心雕龙》	《文学理论》
《原道》《征圣》《宗经》	第一部 A. 文学与文学研究 B. 文学的性质 C. 文学的功能 D. 文学理论、批评、历史 E. 一般、比较与国家文学 第二部 整理与建立证据 第三部 A. 文学与生物学 B. 文学与心理学
《神思》《时序》	C. 文学与社会 D. 文学与观念 E. 文学与其他艺术 第四部 A. 文学作品的存在模式 B. 和谐音调、节奏、韵律
《声律》 《体性》 《夸饰》《隐秀》《比兴》 《情采》《丽辞》	C. 风格与风格学 D. 意象、比喻、象征、神话
文体论各篇 《知音》 文体论各篇及《通变》	E. 叙事性小说的本质和模式 F. 文体 G. 评价 H. 文学史

我们通过这个表，可以看到《文学理论》固然范围非常之广，也称得上是"体大虑周"；可是《文心雕龙》一点也不输给《文学理论》。有些东西《文学理论》探讨了，《文心雕龙》没有；而有些东西，《文心雕龙》探讨了，《文学理论》不见得有。在第一部内，"文学的性质"和"文学的功能"部分，如前所说的，《文心雕龙》的本体论中各篇都涉及。第二部是文学研究的步骤与方法，《文心雕龙》没有这些理论上的阐述，不过在《辨骚》内提供了一个很好的实际批评的典范，至少它是一个现代实际批评的雏形。第三部，刘勰没有想到那么广，接触那么多，可是他在《神思》中终究有些文艺心理学的成分在其中；《时序》，如前所说，探讨了文学如何反映社会，解释如何受社会变迁的影响。较值得注意的是第四部。《文学理论》的作者 Rene Wellek & Austin Warren，都属于"新批评学派"（The New Criticism）。《文学理论》中有一半的篇幅讨论文学本身的艺术性，他们称之为"内在的研究"。在这一部之中的许多成分，《文心雕龙》大多涉及，尤其在 D 项的意象、比喻、象征三项，《文心雕龙》简直丰富的不得了，深入得不得了。

所以，通过这样的比较，我们更知道刘勰的视野是多么广阔，架构是多么宏伟。

四 《文心雕龙》与其他西方当代文学理论

当代文学理论多得不得了，从马克思主义批评、心理分析、新批评、基型论以至结构主义、后结构主义、读者反应说、解构主义等等，多如繁星。

（一）读者反应说

读《文心雕龙》常常发现，有一片段、一个句子可以和当代一些理论互相印证。我们可以看看《辨骚》中那几句论《楚辞》的影响力的话。刘勰说有四种读者："才高者菀其鸿裁，中巧者猎其艳辞，吟讽者衔其山川，童蒙者拾其香草。"不同修养、不同气质的读者对《楚辞》的接受也不一样，这不就是当代西方的"读者反应说"吗？还有一个片段在《知音》，也属于这种读者反应说理论的："慷慨者逆声而击节，蕴借者见密而高蹈，浮慧者观绮而跃心，爱奇者闻诡而惊听。"什么样性情的读者就喜欢什么样的作品。

（二）解构主义

Hillis Miller 说过，解构主义是无法解释的，不能下定义的。不过基本上，我们知道，所谓解构主义是对前人的说法，加以批判，予以重新评价。解构主义者认为很多的解释都是误解，甚至所有的解释都是误解，他们有一句话："Any interpretation is mis-interpretation"，这句话实在很可怕，就是：任何人都无法好好地了解作品，谁的解释都是一种误解而已。

据我了解，解构主义最主要的精神便是用一种批判的态度，来对待前人的文学评论。为什么他们会如此认为呢？这和读者反应说有关，也和现象学相通。一篇作品的存在价值，不在于作品本身；得有人去看它，对它了解，赋予它意义。而不同读者可能有不同的诠释。

读者反应说也好，现象学也好，乃至解构主义也好，无非认为：我们不应该把作品钉死了，不要以为某一种权威的解释就是最好的、绝对的。《文心雕龙》里面有对前人意见的怀疑，甚至否定。《辨骚》就是好例子。班固可以说是解构了淮南王、扬雄的说法，而刘勰又解构了班固的说法。这便是解构主义的精神。

（三）基（原）型论

《物色》中的几句话，说明春夏秋冬不同的景物对作家的影响，"献岁发春，悦豫之情畅；滔滔孟夏，郁陶之心凝；天高气清，阴沉之志远；霰雪无垠，矜肃之虑深"。我写过一篇文章叫《春之悦豫与秋之阴沉》，来分析杜甫的两首诗：《客至》《登高》。两首诗的题材和主题都不同。刘勰没有佛莱（Northrop Frye）的基型论的完整架构，他仅有短短的几句话而已。可是我们用这几句话，可以印证基型论。当然，佛莱不懂得中文，不会受到刘勰的影响。我们只能说在冥冥之中，心同理同，彼此契合而已。不过这样也就够了，已足以证明我们这位古代批评家看的有多远！想的有多深！

我认为，《文心雕龙》与西方文学理论的比较，应该有更多的人来做。这两方面都牵涉的非常广，特别是西方文学理论。最好由中文系、外文系的学者携手合作研究。这样做，可以进一步说明《文心雕龙》的理论可以古为今用。此外，我觉得这还是一种文化的发扬、文化的输出。我们不应只是输入文化而已。

　　当代西方文学理论非常多，以至混乱，有危机。有一朋友曾对我说："面对西方当代那么多的文学理论，我觉得好像对着一部很大的机器，这机器很复杂，你必须看一本厚厚的说明书，花了几个星期、几个月的时间来学会操作这部机器。然后你很兴奋地开动这部机器。可是你所能做的，只是开个汽水瓶而已。"这是个夸张的比喻，不过我觉得在西方文学理论中有些术语的确徒乱耳目而已。《文心雕龙·定势》有几句话批评当时文风："自近代辞人，率好诡巧，原其为体，讹势所变，厌黩旧式，故穿凿取新；察其讹意似难，而实无他术也，反正而已。"意思为，现在写文章的人都喜欢奇巧，没有特别原因，只是对旧的东西不喜欢而已，一定要求新，表面上看来很难懂，可是事实上没有什么了不起的内容，只把正统的东西反过来，打倒它。我觉得这几句话也可以借来批评某些当代的西方文学理论。

　　我需要再强调一点，《文心雕龙》并非没有缺点，如某些语意的模棱，是它最令人头疼的地方。还有文体论的部分，好像太杂、太琐碎了些。我也没有说，我们不必去认识和吸收西方的理论。事实上，西方的文学理论，有很多可取之处，我个人就获益良多。西方文明仍有其辉煌的时代。我只是说，我们既有《文心雕龙》这块宝玉，可以称是国宝，为何不更好地利用它，为何不把它发扬光大呢？

（选自《中国古典文论新探》，北京大学出版社1996年版）

海外汉学界的中西比较诗学

厄尔·迈纳

厄尔·迈纳（Earl Miner，1927—2004），中文名孟而康。美国普林斯顿大学欧洲文学与日本文学资深教授，曾任国际比较文学学会会长，在中国比较文学界乃至国际学术界享有很高的威望。著有《比较诗学》《德莱顿的诗歌》《日本宫廷诗导论》等。《比较诗学》（*Comparative Poetics*）是厄尔·迈纳在比较文学领域的代表作，1990年英文版问世，1998年第一次被翻译成中文出版。全书由五章构成，以"文类"为视角切入，通过大量跨文化例证研究文学的性质、戏剧、抒情诗、叙事文学以及相对主义等问题。作者在书中对原创性诗学作了细致分析，指出西方诗学是以戏剧为主的模仿诗学；东方诗学是以抒情诗为基础的"情感—表现"诗学。在此背景之下，以多元的思维对文类和文学史中的相对主义展开探讨，否定了"西方中心论"，以驯化法、悬置法和抉择法驳斥相对主义原则，为异质文学提供了发展的空间。虽然厄尔·迈纳的比较诗学研究存在一定的局限性，比如他对文类的分析一定程度上忽视了中西方均有一定影响的小说、散文等文类，但是作者在研究中所确立的可比性为前提的比较式的、跨文化的诗学研究范式，探索异质文化在跨文化语境中的途径，与比较诗学与世界文学是契合的，这就为后来的诗学研究提供了新的视角，因而其价值是不可否定的。

"戏剧"是《比较诗学》第二章的内容，也是本著的核心内容之一。主要围绕"安菲特律和唐璜""疏离""化装""内引"等部分对戏剧做探讨。作者首先简要分析了东西方戏剧脆弱的原因，接着以不同人对安菲特律翁剧和唐璜剧的处理方式为例，对戏剧文本做了深刻的分析，对于剧本的道德问题，强调了戏剧真实的重要性。在论述戏剧"疏离""内引"

"化装"等特征时，作者以日本戏剧、中国戏剧与西方戏剧相对照，以亚里士多德、莎士比亚、纪贯之等的观点为例，阐明"疏离""内引""化装"等在戏剧中的重要作用。正如俄国形式主义者和布莱希特所言，能产生一种陌生化的效果，即使在戏剧的虚假中也能使观众生发真实之感，虚构就有助于解释戏剧中的"疏离"现象。内引性质的"模仿说"（文中援引亚里士多德《诗学》根植戏剧等相关论述加以印证）也进一步说明文学虽讲模仿、虚构，但却能再现现实。作者在这部分内容中对戏剧的分析，以一种文本细读的方式，将东方和西方文学置于平等的地位，展开对戏剧这一文类的比较研究，这种跨文化层面的诗学研究，促进了诗学研究的多样化，也为东方和西方诗学的汇通提供了新的视野与思路。

戏 剧

即使在明显的相似性中也会存在着种种相异之点。

——近松①

(戏剧是)……畏惧、奇异或恐怖，它汇同演员的威力而征服观众。

——迈克尔·歌尔德曼（Michael Goldman）

戏剧作为有关诗学基础文类的三章中的第一章是很自然的。亚里士多德正是以此文类创立了传统的西方的模仿诗学。最伟大的英国作家之所以伟大在于其剧本，而不在于那些对他的某些同时代人具有很大吸引力的规范的叙事文。事实上，像我们将要看到的，戏剧的显著特点是在今日西方被我们通常用来与文学相联系的那些东西。由于这个原因，用戏剧开头就等于通过一扇熟悉的西方之门对比较诗学进行考察。"戏剧"和"戏剧的"似乎是要再现生活中激动人心的场景，如对白（台词）、角色扮演、反面角色的运用、起承转合、高潮，甚至我们在世界这个舞台上死去时被抬走的最后一幕。这一切绝非偶然。

然而，不管这些理由中可能存在着什么样的真理，创造性的戏剧——一种重要的舞台文学的现实创作和表演——却是历史上这三个基础文类中最罕见的一种。有些主要文化如希伯来文化和几种伊斯兰文化是没有戏剧的。戏剧曾在雅典兴盛一时，之后便在希腊销声匿迹，直到现代才又再次复兴。戏剧也曾在古罗马经历了另一个短暂的繁荣期，自那之后，西方一

---

① 近松，全名为近松门左卫门（1653—1724），日本江户时代作家。——译者注

直没有戏剧,这种情形一直延续到中世纪晚期。当中世纪批评家论述到戏剧时,他们的心中想到的实际上是西塞罗式的对话。悲剧还属于乔叟笔下的僧人讲述记录(de casibus)性质的叙事类型。正如但丁杰作的标题所示,所谓喜剧即指具有大团圆结局的东西。①

尽管有许多种表演形式都被笼统地称作"中国戏剧",但也只是在相当晚近的时期,它们才得到尊重:它们不能与广义的抒情"诗"或与抒情诗一起构建文学的早期写作即"文"相提并论。在日本,某些种类的戏剧,如"能"和"狂言"逐渐崛起并获得声誉。但其他形式没有得到赞誉,而且能剧和狂言剧的创造时期并不长。即使在英国,尽管如德莱顿充满怀旧之情地说,在洪水之前就存在着巨人种族,但无论是专政复辟时期的戏剧,从萧伯纳到贝克特的戏剧,还是中世纪戏剧,都无法与莎士比亚媲美。

要明确戏剧为何竟然如此脆弱的原因并不困难。活生生的剧场——不朽的、享有盛誉的新剧作的创造者和生产者——需要似是而非、令人难以平静和易于激动的因素。通常,当某种神圣的东西受挫于另一种渎神的东西时,戏剧便产生了。通过庇护体现的社会认同与对舞台的亵渎和演员们的放荡生活产生的愤怒一并存在着。结果是好便一切都好,但直到获得迟来的有时甚至是敷衍塞责的保证之前,我们必须对权威进行挑战,冒犯那些所谓思想健全者们的种种设想。大多数伟大的戏剧都是问题剧。庞培(Pompey)下面的这个提问表示了对权威的藐视:"您老爷的意思,是打算把城里的青年全部阉割了?"② 但是伊阿古、哈姆雷特和李尔王及其他一些人物的道德幻想却深入了邪恶的阴沟,而且没有什么水能够洗净他们的思想。像我们经常所说的那样,在王政复辟时期,剧院门票的价格即是妓院门票的价格。

安菲特律翁和唐璜

如果说那美丽的闪光本身带有虚饰和汗淋淋的性质,那么在西方故事

---

① 伊里纳·贝伦对此有精彩的论述,参看贝伦《诗歌艺术导论》1940年德文版。其著作概要参看阿列克斯·普列名格等(Alex Preminger et al.)编《普林斯顿诗歌与诗学百科全书》(The Princeton Encyclopedia of Poetry and Poetics)1974年普林斯顿大学英文增订版"文类"条。

② 莎士比亚:《恶有恶报》第二幕第一场。

中两个最经常被作为戏剧素材的故事是安菲特律翁（Amphitryon）和唐璜（Don Juan），是相当适宜的。二者都叙述了离经叛道的行为。普劳图斯（Plautus）的安菲特律翁是这个故事幸存的最早的样本，尽管也曾有过更早的故事形式。应当简单地介绍一下这个故事，因为它不像唐璜的传说那样为人所熟知，也因为下面我们将用有关某些安菲特律翁剧的结论来分析其典型人物。

故事情节是这样的：朱比特装扮成阿尔克麦娜（Alcmena）的丈夫安菲特律翁，以便和阿尔克麦娜在床上共度一个圣洁而绵长的夜晚。墨丘利（Mercury）装扮成安菲特律翁的仆人索西亚（Sosia）。妙不可言的喜剧场面（正如他的主人所面临的场面一样）主要围绕着人的身份和神的残酷性这些问题。此剧的开场白（第一幕第59行）不同程度地成为"悲喜剧"的经典段落。之所以使用这样一个普劳图斯式的术语，一个重要原因是，同一个剧本中既描写神也描写人，这种神人混杂的情形将为基督教剧作家们提出难题，也为他们创造了机会。

莫里哀的改写本非常吸引人，至少具有原型故事韵文的高度美感。以那些对我们来说最重要的事物为背景，作者用一种逐渐冷涩的清晰笔触，展示了苦难和损失——因为我们的本质是人——的必然性。我们人类必须屈从于帝王君临万物的威权和无情的奇思怪想。在德莱顿的剧作中，诸神的言谈极其粗鄙，贪欲无度。他增加了莫里哀的人物以便强调自己的观点。正如安菲特律翁、阿尔克麦娜和索西亚试图使他们的生活经历变得有意义，在不负责任的诸神所践踏了的生活中寻求体面的东西一样，德莱顿甚至不容我们假设，我们人类尽管是软弱的，却是符合理想的。索西亚本人绝非圣徒。而关于附加上去的人物之一菲得拉（Phaedra，"吉卜赛女王"）的最恰当的说法是，只有当一个人物是一个骗子，足以操纵神灵欲望的时候，他才可能在平等的条件下发挥作用。如果实际情况不是那么有趣，那就将是一个悲剧。

笑和哭究竟哪一个更好，这是克莱思特（Kleist）探讨过的问题。克莱思特具有描述女性心理的非凡天赋，他进一步发展了他的阿尔克麦娜性格。该剧结束的时候，阿尔克麦娜灵魂深处发生了裂变。她曾一直拥有一种神性的性经验，之后，她回到了和她同类的也是由她自己选择的丈夫身边。一个女人要说的是什么呢？克莱思特的阿尔克麦娜在朱比特和她的丈夫之间进行的难以忍受的对话中只呼喊了两个独词句："安菲特律翁"和

"啊!"究竟她想说什么,她心里在往哪个方向思考,她本人是否知道或了解她自己,关于这些问题曾有过无休无止的争论。

唐璜故事更为人所熟知。这个故事所探索的是有关性爱的种种清规戒律间的破绽。对于这些清规戒律,我们只想用以律人,却不愿用以律己,所以这样的故事怎么能不成功呢?虽然这个故事可以说是起源自人类(或至少男性)欲望的黑暗处,但它却在莫里纳(Tirso de Molina)的《塞尔维亚的嘲弄者》(*El Burlador de Sevilla*, 1635)中获得一种相当的伟大性。30年后又出现了莫里哀的同一题材的剧本《唐璜或皮埃尔宴会》(*Don Juan ou le festin de Pierre*)。二者都有英文本:说它们都是译本可能有些过火。西班牙剧本则出现在约翰·奥塞尔(John Ozell)英文版的《放荡者》(*The Libertine*, 1665)中。莫里哀的剧本相当低劣,未能引起关注。

人们常常不加解释地说,盎格鲁-撒克逊人不能处理好唐璜故事,即使有拜伦或萧伯纳的同题材剧本。情况很可能是:这个故事内在地具有一种难以处理好的特点,正如一旦写好它后,其魅力亦难以抵抗一样——很少有某一个民族的作家能处理好这个故事题材。[①] 这是一个可供剧院用来打破常规的绝妙的载体。然而,戏剧方面必要的审美犯禁本身也可以被违反和破坏。至少我们可以把对某人来说似乎最糟糕的本子与最好的本子联系起来加以考虑。

托马斯·沙得威尔(Thomas Shadwell)的唐璜是以莫里哀的本子为基础的,而更典型的坏本子已很难找到了。沙得威尔似乎希望我们明白,唐璜是一个坏人。主角及其浪子伙伴放火烧毁了一所女修道院以便强奸逃难的修女。这与乱伦强奸是不可相提并论的。但是在一连串恶行中最坏的行为,即戏剧的高潮,当然是唐璜弑父一事。这些评价让我们明白,这样的罪恶应该受到惩罚,于是剧本以道德说教结束。如前所述,结尾则一切皆好。

人们感到,没有什么东西比《唐·乔万尼》(*Don Giovanni*)中的壮美离沙得威尔的道德屁话更远。谁不会想到唐·渥太维(Don Ottavi)唱给唐纳·安娜(Donna Anna)的咏叹调"Dalla Sua Pace"和"Ilmio tesoro

---

[①] 也许引用得最多的是奥多·兰克(Otto Rank)的《唐璜传奇》(*The Don Juan Legend*)1975年普林斯顿大学英文重印版,但其论述弗洛伊德色彩太强。特别有用的是让达尔姆·德·贝洛特(Georges Gendarme de Bérotte)的《唐璜传奇》(*La Legende de Don Juan*)1911年巴黎哈切特出版社法文版,比如,其第二卷列举了这一故事的100多种说法。

intanto"的甜美？但是它们能比唐·乔万尼唱给泽尔琳娜（Zerlina）的调情曲"Là ci darem Lamano"更甜美吗？这里有一些沙得威尔绝不可能体会到的复杂特点。我们承认唐·乔万尼在利用他人时的罪恶，但正如剧中的女人一样，我们不由自主地感到他的吸引力——难道这是他发出的指令吗？勒波列罗（Leporello）将其主人在全欧洲所征服女人的名单仔细开列给唐纳·埃尔维拉（Donna Elvira），"至于西班牙人则有1003位"。我们都意识到这份名单所显示的活力。而死亡法令，亦即无情刻板的道德雕像，却与这种伤风败俗的力量势不两立。

剧本的道德问题并不是问题，问题是我们应该如何来接受它。它要说的是，我们如何实实在在地感受到了这些问题。在剧本结尾处，一个六重唱唱出了"最古老的曲调"的三行，讲的是犯罪者如何受到惩罚。这些唱词同前面已演唱过的其他三行唱词比起来显得相当古板陈旧：

> Vivan la fammine,
> Viva il buon vino!
> Sostegno e gloria d'umanità!
> （万岁，女人，
> 万岁，美酒！
> 人类的支柱与荣光！）

正是这种凯旋式的音乐使得上面的三行唱词而不是剧本最后的三行唱词获得成功。音乐的一种极为复杂的方式告诉我们，洛伦扎·达·庞特（Lorenza Da Ponte）的歌剧脚本的副标题表明了《唐·乔万尼》是一个"诙谐剧"。

疏 离

无论是悲喜剧还是滑稽"戏剧"，这些搬上舞台的作品都形象地再现了违法、越规的行为，而戏剧的力量助长了这类行为的发展。但也有必要的限制，部分地是为了接受检验，部分地是为了抑制情绪。这里我们就举例加以扼要地说明。在安菲特律翁和唐璜的剧作里都存在一个不言而喻的限制，这便是我们在还笑得出声来的时候却能体会出难受和已经感到难受时却还能笑出来的东西。

日本戏剧史提供了另一种限制。与"能"相伴而行的喜剧性幕间剧被恰如其分地称作"狂言"。那是戏剧之精华。这种幕间剧有三种主要流派，几百年来一直和"能"一起受到武士家族的庇护。约 1900 年，"崎派"（Sagi School）的领袖向一个歌舞伎演员传授了"狂言"剧的原则。这一下激怒了先前庇护该流派的武士家族，激怒的武士家族即刻中止了对这个流派的支持，这个流派于是也就销声匿迹了。限制往往可能比突破具有更好的效果，尽管没有突破就不可能有戏剧的存在，这一点是演艺界人所尽知的。

怎样去看待戏剧批评和戏剧理论的状况实非易事，常常叫人莫衷一是。我们的确拥有亚里士多德而且还将对他进行一番评说。在中国，戏剧作为一门值得人们进行批判性思考的艺术过去几乎无人问津。在日本有世阿弥（约 1364—1443）、金春禅竹（1405—?）以及近松门左卫门（1653—1724）等人了不起的戏剧批评，只是他们的批评关注的是一种建立在抒情诗基础上的诗学。我们的确拥有高乃依，正是他的批判研究才引发了欧洲的分析性批评；我们的确拥有德莱顿和约翰逊（Samuel Johnson），而且我们还的确拥有莎士比亚研究这一学术行业。但戏剧理论的发展一直步履维艰，因为浪漫主义者坚持认为莎士比亚的剧本太伟大了，根本就无法搬上舞台。

因为这三种基本文类意味着文学的不同观念，加之批评实践基于文类的不同而面目纷呈，所以考察所有三种文类的含义就和利用不同文化的例证材料一样必要了。由于一直还没有达到理想的水准，因而这里也不可能达到此目标。但有关的原则却可以建立起来，而且也可能列举出大量的例子。至少这一点是有希望的：对某一单个文类的重视可以说明别的文学何以会被忽略或者说得不到足够的重视。

戏剧的精髓在于演员在舞台上或通过台词或通过动作（直观呈现）的表演。[①] 神秘剧有许多变种，即兴喜剧、木偶剧（如在日本高度发达的"兽类戏"或文乐），还有歌剧、舞剧及其他一些舞台艺术形式。它们的共同点是演员在一定的空间活动范围内的表演。一些极杰出的戏剧脚本成了非常吸引人的读物，因为舞台上的言语对话手法和戏剧手段都运用

---

① 指"戏剧上演的整个情形"——迈克·哥尔德曼的《演员的自由：走向一种戏剧理论》(*The Actor's Freedom: Toward a Theory of Drama*) 1975 年纽约维金出版社英文版。

得极其成功。许多读起来很不舒服的东西演起来却效果非常好。说得更中肯一点，许多怪怪的令人不舒服的东西正是突破常规不落俗套这一戏剧特征所必不可少的。在某种程度上对所有文学都适用的"疏离"（estrangement）对戏剧则最为适用而且必不可少。

　　演一场戏总要先找到一个或者多个能够表演的演员（比如"能"中的主要人物或角色）。通过表演，我们看懂和听明白了整个演出的"语言"。如果没有舞台服装和演员的"形体语言"直观显示，思想和感情的变化是无法确切理解的。他们可以戴上面具也可以不戴，可以化装也可以不化装。他们可以穿戴上在时间和空间上都离我们很遥远的华丽的服装和首饰。现在的演员可以衣衫褴褛抑或部分裸露只遮两三个地方。我们知道自己交了钱或者至少是腾出了时间以观看人们扮演别人。就戏剧模仿（用埃里克·奥尔巴赫〔Erich Auerbach〕的话说）是"西方文学对现实的再现"这个意义而言，我们必须摆脱认为戏剧只不过是给人一种假想的错误的看法，而应把它们视为真人真事。（他的德语原话实际上更为确切："dargestellte Wirklichkeit"，即再现的事实。）由于我们被置身于作为真实而再现的东西和我们所想象的真实之间，我们便被分成了两半，即被"疏离"了。面对展现在我们面前的违背常规却说成是合乎常情的陌生世界，迫切需要我们把对人类特性的种种假定搁置到一边去，而对此我们会深感震惊和不安。

　　这种震惊和不安以及产生这种震惊和不安所需要的那种人正是能达到道德主义者们希望戏剧所能达到的东西。在道德主义者看来，"疏离"这个术语确实是用错了。不真实但被掩饰了的东西正是一伙好色和毫无人性之徒所坚持的。

　　这一言过其实的错误反应证明了我们所认识到的那种震惊和不安的真实性。这种震惊和不安所揭示的绝不只是一件事情。它首先揭示了过去把文学说成是谎言的理由和隐情。当然无论是扮演莎士比亚剧本中的克利奥帕特拉（Cleopatra）的小生，还是扮演德莱顿剧本中同一个角色的女人，都不是埃及女王，而且他们在两性之间的品行方面也完全不是他们应该装出来的那样。但是谎言说出来是希望骗人的，而且一旦被揭穿，撒谎者就会被认为在认识上违背了真实，在道德上违背了信义而遭到蔑视，为人不齿。演员们知道我们明白到剧院来是期望看到他们扮演他们并不是的角色，因而就不涉及谎言的问题了。但当演者演得真实，观者当作真事加以接受时，明知道不是真实的东西便是一种强有力的疏离。它是一种有认识力的、可以令人愉快的用虚构的东西来冒充真实东西的对真实的违背。

美学上的夸张迫使我们认识到自己要面对的是纯属虚构的东西。众所周知，"fictio"（虚构）最初是罗马法律中的术语。佛教《莲花经》中所讲述的寓言故事是仁慈和智慧的佛经用来启蒙一切有知觉的生物的办法或手段（梵文为：upāya）之一。长期以来，"fictio"和"upāya"更多地是用来说明非戏剧而不是戏剧的文学特点的。

这是一件怪事。因为如我们在第一章中所见，戏剧是三种文类中唯一非虚构不可的一种文类。中国戏剧的虚构性正是它在一种更重文学真实而不是虚构的文化中得不到尊重的原因。在讲英语国家的书店里贴着"虚构作品"的书架上摆放的是小说，其中除了极少数例外都是名副其实极度虚构而又符合我们前一章所述的条件的。但我们书店里的标签是贴得不正确的。散文叙事文学不必是虚构的，虚构类作品所带来的无法避免的震惊存在于且只能存在于三种文类中的戏剧这一类。

戏剧性的背离揭示了戏剧惯例的核心问题。当然所有的文学同非文学作品、语言本身以及我们的社会行为一样，都必须依循各种惯例。确实存在着一大套我们借以高效率，实际上是勉强还可以做事的编码程序。戏剧的惯例本质上不过是这种编码形式，不过是我们所使用的这种符号体系。由于习以为常，我们便不再觉得它们是什么任意性的东西，好像它们天生就意味着我们应该利用它们做什么似的。

化　装

不过，有两种戏剧惯例特征把它们与其他符号编码区别开来。一个是它们的喧闹与炫耀。独白、舞台私语和旁白随时都有可能发出假调的危险。我们坐得离前台越近，就越能看清演员脸上的油彩、假发和唾沫。这种喧闹炫耀是其化装手段之一，可谓之戏剧化装。当然，我们可以学会这些编码，油彩可能只是闪光处的一部分或一种特殊符号：在一种戏剧传统中，红脸标示着英雄人物，而在另一种戏剧传统中，却标志着淫荡之徒。任何人只要回想一下他初次观看一个完全不同传统的剧种，例如"中国戏剧"时的经历，那么，他就会明显地感到这种戏剧化装的喧闹炫耀特点。不论是在脸上，还是在初次听来似乎是挤尖喉咙发出来的声音里，在戏装上以及在演员的独唱里（歌词则不断闪现在舞台旁边的墙上），都存在着大量的化装情形。

能剧更知名一些。但一个西方人即使第一次观看能剧很久之后还会对其开场时的砰然声响和嚎叫声感到困惑。我们所听到的声音与我们所看到的豪华场面以及"能"剧一词的优雅缩写似乎反差太大了。最终，但也仅仅是在最终，这些"砰"然声响和嚎叫声对于能剧气氛来说，也将终于变得似乎是必不可少了。例子可能是多重的，但是首要三点是编码相对的极端性、符号明显的随意性和化装的不可缺少性。

第二个特征是其基本特征，这一点由于不同的原因已经提出过了。这是戏剧本身的基本惯例，是必要的陌生化虚构，这些台上人物演出时活像他们真的在相爱、争吵、通奸或叛国似的。可怕之处在于，基础惯例中化装掩盖不住的力量可以只需用一个动作语言、一个演员和一个独词句舞台提示来显示，这个字就是："死"。只有一位演员才能够充分估计到在虽死亦生且准备次日照常演出的情况下闹剧与戏剧的双重危险。对于我们来说，我们赞成这种虚构的死亡（如果舞台上一切都进展顺利的话），为的是我们可以在这一陌生化场景中思考人类最后时刻所包含的某种含义。

基本惯例和文化惯例交相作用，以产生出恰如其分的戏剧性再现，不多也不少。但如果不过分的话，则戏剧性虚构化装就在真实和虚假的双重含义上成了娱乐的基础。剧作家和演员可以随心所欲地再现出这样的剧情：我们和某些欺骗者都知道，大多数被扮演的人物都处于一种认识错误之中。在这种情形中化装的力量可以是巨大的，如在《俄狄浦斯王》这一稍微不同的例证中是如此。许多相关或不相同的事件可以被再现出来，使我们在虚构化装的范围之内产生一种虚假感或不真实感。

剧中剧和其他形式的"变形剧"通常需要较高形式的化装——一种不同的韵文形式，或是一种特殊的舞台区域——但它们也具有通过比校而给予剧本的虚构某种可信性、某种合法性的奇特效果。变形剧的更极端的虚构通常证明了基本的戏剧性虚构的相对可靠性。因为，尽管太集中太频繁地运用较高级的虚构手段可能会使我们不能自如地运用基本虚构，我们仍可以在一定的限度内从变形剧状态回到我们视为"真正的"虚构规范中去。

一种有条件的真实感还不是我们可能发现的一切。非真者或超真者可以伴随或取代真者。它们各自既是手段又是目的。它们各自的基础都是戏剧的基础惯例和文化惯例。对于我们来说，它们都是陌生的。在某种意义上，使虚构的东西看起来真实可能被看作是一切艺术中最伟大、最高级的艺术。

关于舞台虚构具有双重含义的例证有很多。除了哑剧和剧中剧之外，还有另一种小花招，即让一位演员从观众席上冒出来，抛弃我们的观众身份而成为舞台上的一位虚构角色。更罕见且很精巧的做法是：一位演员抛弃了剧中虚构人物的角色，成为她真实的自身（如下例）。在德莱顿《暴君之爱》（*Tyrannick Love*）中，喜剧演员厄勒娜·圭因（Eleanor Gwynn，亦称娜尔、娜丽，Nell，Nelly；查理二世的情妇）扮演了杀害圣·恺撒琳（St. Catherine）的暴君马克西闵（Tyrant Maximin）的女儿瓦莱莉亚（Valeria）。瓦莱莉亚由于爱情而精神错乱，自杀身死。剧终时舞台上有两双手将她的"尸体"扛走了。下面就是我们读到过的也是当时的观众听到和看到过的原文：

厄伦太太［Mrs. Ellen］被当作死者抬走时所说的话。
对抬尸者：
住手；你们疯了吗？你们这些狗杂种！
我还要站起来念收场白呢。
对观众：
善良的先生们，我来告诉你们一条奇怪的消息：我是可怜的刚去世的娜丽的鬼魂。可爱的太太，不要害怕，我会通情达理，我是原来的那个我，一个毫不害人的小鬼……

她已不再是瓦莱莉亚，她又恢复了她作为厄勒娜太太的非虚构身份。然而，既然她仍着戏装且仍在戏台上，她重申其真实身份就在处理真实和虚构方面造成别有滋味的混淆。由于她是作为瓦莱莉亚死的，所以她反倒成了虚构的死者娜尔·圭因（Nell Gwynn）。我们还可以从她嘲弄剧作者的用语里看到这一点——当然，她说的话都是剧作者事先就为她写好的：

啊，诗人，十足的蹩脚诗人，你竟发昏到如此地步！让娜丽死于爱情；
噢，更坏的是……

噢，更坏的是，将我杀死在复活节的晨祷之中，
那时正在上着果馅饼和干烙饼！
我会对此花花公子委曲求全，
因为我对他那老掉牙的戏剧无话可说，
如果你有耐心看完两遍，
人们将争相传颂你的虔敬。
但永别了，先生们，赶快让我去死吧；
我敢肯定我们不久便会在地下相逢。
至于死后的墓死铭，
除我自己外，我不相信任何诗人。
这里躺着娜丽，她尽管过着荡妇般的生活，
却像圣迦萨纳的公主一样为人。

虚构情节减少到令人愉快的最低限度，我们对虚构的感知（例如，"我不相信任何诗人"——实出德莱顿之口）强化到虚构本身降低的程度。

其他受控的戏剧虚构还很多。有个人物描写非常细致，其名字"莱·蒙特"（Le Menteur）本身就促使我们对其刮目相看。另一个例子是奥塞罗，他越演越与我们所了解的事物的本来面目不相符合。正如许多例证所示，刻画一种伪造的现实需要另一种伪造手段。同样地，刻画非真实或超真实的东西需要一种虚构的现实以便使我们能判断它们是非真实还是超真实的。如果我们可以使用语言学家的标记性概念（concept of markedness）来推论的话，那么，戏剧是指在剧院之外的"正常"生活世界的"标记"性（尽管绝非必然是模仿的）样式："死亡"。

非真实和超真实的东西是戏剧基本惯例的表现形式，它们比舞台上的虚构现实走得更远。在某些情况下，远如阿里斯托芬，近如贝克特，非真实和超真实的东西可能被用来探讨现实的存在性问题。这一点也发生在叙事领域之中。但在戏剧中，情形更微妙。因为一方面，此处所谓的舞台现实可以首先仅仅是一种虚构。另一方面，必须有一种可供取代的虚构现实以便建立起那种一直代替非真实和超真实东西的虚构现实。于是，无怪乎在诸如尤金·尤内斯库这样老练的戏剧家的最荒诞的剧作中，舞台可以在一个资产阶级的客厅中开幕，丈夫正在读报，妻子正在补袜子。单调与平

凡为接受荒诞的东西提供了一个虚构基础。

因此,就其根本特性而言,戏剧向我们提供了"畏惧、奇异或恐怖,它会同演员的威力而征服观众"。① 可是只谈到疏离或恐怖还不能解释清楚戏剧的(或更广泛意义上的文学的)魅力。显然,必须有别的某种或多种特质规定界限,修正或重新引导我们的疏离感。有人将会把艺术和戏剧联系起来解释这种双重的排斥与吸引:所谓"homo ludens"(游戏者,狩猎者)即指寻欢作乐正在游戏着的人类。② "Ludius"即指哑剧演员。按古罗马诗人尤维纳利斯(Juvenal)的说法,他是真正的环形剧场中的斗士,面临一种血腥的运动,这种运动使"死亡"给一群观众带来不同寻常的快乐。对那些曾出现在那一环形剧场内并说"我们,行将死亡者,向你们致敬"的人而言,这种戏剧的虚构性惯例已不存在了。

另一个解释可能是,这里所谓的疏离将我们从某一特定事物可能会具有的许多含义(如果不是展示出来的而是实际存在的含义)中解脱出来,而解脱出来的自由会允许我们思考其他含义的意义。这一解释对于戏剧及一切艺术似乎确实是有力的。但据我看来,这还没有击中要害,还没有解释下述事实:我们的兴趣存在于被疏离的事物之中。亚里士多德触及了这个问题:"人对于模仿的作品总是具有快感。经验证明了这一点:事物本身看上去尽管引起痛感,但惟妙惟肖的图象看上去却能引起我们的快感,如尸首或最可鄙的动物形象。"③ 亚里士多德想到的似乎是古希腊的所谓花瓶饰画,他认定我们喜欢艺术临摹,即那种我们如果看到其原形就会感到痛苦或厌恶的"最现实的再现物"。(请注意,所谓古希腊人的"现实的再现物"也包括其雕像画。)亚里士多德的话有些道理,但并没有解释清楚我们接触艺术时的疏离感。我认为另一种途径更适合文学尤其是戏剧的本质。

审美对象的一个可能的真实状态可称之为"虚拟物"(the virtual),即

---

① 迈克·哥尔德曼:《演员的自由:走向一种戏剧理论》,第 7 页。

② 更一般的讨论,参见约翰·赫伊津赫(Johan Huizinga)《游戏的人:文化中的游戏因素研究》(*Homo Ludens: A Study of the Play-Element in Culture*)1949 年伦敦卢特勒奇与凯根·保罗出版社英文版。与我的兴趣更接近的讨论,参见伽达默尔《真理与方法》1982 年德文版,第 91—119 页,关于"作品本体及其诠释学意义",尤其是关于"作为本体解释之线索的戏剧"的论述。

③ 理查德·迈克基昂(Richard Mckeon)编《亚里士多德》(*Introduction to Aristotel*),1947 年纽约兰登书屋英文版,第 627 页。

非真，非假，非非真，非非假的东西。支持这个观点的一个经典段落引自一个剧作家的声明，我们不妨对之加以强调。这段话出自日本作家近松，引起来相当长（俳句过分渲染了日本人喜爱简洁的特点）。但这段话对戏剧的性质以及作为各种审美客体之和的艺术的本质作了极为深刻的阐述：

> 艺术介于真实与虚假之间。它有虚假的成分但又不完全是虚假的；它有真实的成分，但完全的真实又与它无缘。我们在亦真亦幻之时，便获得了艺术享受。让我们假想这样一个情景：宫中的某位公主深爱着一位王子，公主的闺房重门深锁，王子难以接近。她只能时时从窗缝中向王子偷窥几眼。公主春心难禁，便请人雕了一具他的木像，同一般的雕像相比，这具木像的面貌和其他特征在重现王子的风神气质方面都是最好的。表情神态真是难以形容的精确，每根头发都在恰当的位置，耳朵、鼻子和牙齿都按实际数量原原本本地道出来了。这是一个杰作。如果你把人和像并排放在一起，唯一的区别是看谁有一个大脑。但是当她仔细端详塑像的时候，这样一个完全再现的活生生的人的形象却使姑娘的热情大大降低，以致于立即产生了反感。尽管她曾尝试着去适应，但她发现她的爱已经逝去，而且身边放着这样一具模型是如此令人扫兴，她不久就把它给处理掉了。正如这个故事所说明的，如果我们完全按照生活事物的原形去再现，就会有某种东西会激起反感。即使是杨贵妃也不例外。出于这个原因，在任何艺术再现中，不管这个形象是画出来的还是用木头刻出来的，伴随着形状的完全相似应该有一定的反常，这毕竟是人们为什么喜欢它的原因。对戏剧的设计也如此——在可辨认的相似之内必有一些异常的地方……这是艺术的最终本质，也正是人们从中获取乐趣的地方。[1]

再现的事物必须是可辨认的（根据可认知的惯例），否则我们就不会有疏离感而只有不可知。至于其他的，我们期待并享受着"反常"，这种风格正如疏远一样有吸引力。近松对戏剧及其他艺术的本质似乎比亚里士多德看得更远。他还提供了一个在每一主要方面都与偏重男性的、模仿的皮格马利翁（Pygmalion）故事相反的故事。

---

[1] 近松的观点被穗积以贯（1692—1769）录于《难波土产》(*Naniwa Miyage*) 的第一部分。

近松清楚地讲述了视觉艺术和绘画中的"虚拟"概念（concept of the virtual）。他恰如其分地把一种从雕塑类推而来的东西包括进去了。说它恰如其分，是因为它回顾了亚里士多德所关心的，也一再强调过的问题，另外也因为它在对皮格马利翁的故事提出异议的同时，揭示了模仿概念——再现现实——是多么狭隘地囿于西方思想。最后，同时也是最重要的，就是这个观点让我们看到了"事实"比起"虚构"来说，是一个更广泛的范畴。

这个问题的重要性足以使我们在思考一系列涉及同一事物的实例中获益匪浅。让我们设想在散步的时候在路上看见了某人左脚的一只鞋子。我们也许要问这只鞋的失主是谁，他为何对此毫无觉察，或是什么缘故使他扔下了鞋子。我们可能会把鞋放在树桩上或挂在篱笆上，以便失主回头寻找时能看到它。这是一只实实在在的鞋。我们也可能看到一个乞丐，他把左脚鞋子脱下，和帽子并排放在身前。鞋子里插着一些铅笔，在翻放着的帽子里赫然是几个存折，表明有人慷慨地以一大笔钱换走了一支铅笔。鞋子依然是真实的鞋子。我们还可以设想，在参观画廊时发现一个人左脚的鞋子被钉在墙上。不同的是，这次鞋的周围镶着一个画框，画框下面钉的铜条上写着这样几个字："一个男人左脚的鞋子。"这的确是一只左脚鞋子，丝毫没有虚构。但现在它不只是一个真实的物体，而是一个应该以美学的观点来看待的事物，而不是穿在脚上、遗失了的或用来乞讨的工具。这里我们再次强调：它是一个真实的物体，是美学的而非虚构的。

在画廊里，在舞台上，我们运用各种惯例把事物的真实性（鞋子即鞋子，演员即有血有肉的个人）表现为某种其他的东西（经过美学透视的鞋子，剧中人物）。换言之，虚拟概念解释了各种形式的艺术中都存在的疏离现象。这种现象在戏剧中表现得最为强烈。戏剧不同于抒情、叙事等其他文类形式。戏剧的真实必须表现为虚构。一幅绘画或一个花瓶并不存在正确与错误之分，但称之为虚构显然也是毫无意义的。非语言的东西不可能是虚构的。抒情和叙事的艺术可能是虚构的，但同样可以是虚拟的。如果叙事是虚拟的和美学的，那么它就是真实的而非虚构的。虚构可以与抒情与叙事并存，但它们也可与虚拟事实并存。在事实性的抒情中存在疏离现象。我们知道，一切艺术都不排斥事实。但是，由于戏剧存在着化装，唯有戏剧必然是虚构的，所以戏剧是最容易被疏离的。

通过对比考察本书已经提到过或将要涉及的艺术大师们的观点，我们可以勾勒出戏剧疏离现象的美学图景：

亚里士多德：

我们的愉悦源于再现与被再现者之间的比较。(第四章)

中国的历史观：

这些奇迹是真实的，而且揭示出：一旦忽视了基本准则，便会天下大乱。

纪贯之：

当奇怪的事物发生时，它好像是借某人之手而得以表现出来。(《古今集》序)

紫式部：

虽然看上去很怪，但它却是使我懂得人们究竟如何真实行动的手段。(《源氏物语》第二十五回《萤》)

威廉·莎士比亚：

啊，我真是个无赖和蠢才！
瞧刚才的这个演员，
只不过用虚构和梦幻般的激情，
竟能驱使其灵魂与想象打成一片，
凭着这点玄机，他整个儿面容惨白，
盈盈热泪，神色凄然，
声音索索发抖，全身的姿态与他所想象的形象璧合天成，
难道这还不令人惊叹？而这一切并不为着什么！
只不过为了赫卡柏！
然而赫卡柏与他何干？他又与赫卡柏何缘？
为何他竟为她热泪涟涟？（《哈姆雷特》第 2 幕第 2 场，幸正

坤译)

一部元剧：

一切全为了它（艺术）。

近松：

艺术介于真与假之间……

塞缪尔·贝克特：

我不明白为什么我不明白。(《等待戈多》)

以上列出的一系列观点都在暗示我们，广播、电影、电视都可以看成是戏剧。许多人也许会认为当代的戏剧已经抛弃了舞台形式而与"电"结下了不解之缘，如电影院和方方正正盒子般的电视。其实我们最爱看的"节目"和电影都具有戏剧最本质的规定性。一部电影可以是林肯之死的历史再现，而且我们也承认是布斯（Booth）刺杀了林肯（也是在剧院里）。两个角色的扮演者也是真实的、历史的人。但由于演员并非就是他们所扮演的角色，整个情形就必然是虚构的，这一点和真正的戏剧并没有什么两样。当然，新闻节目和纪录片中的人们扮演着自身的角色，是真实的自我。这里没有虚构，也没有戏剧，因为不存在扮演者，也没有基本的常规和惯例。然而把许许多多的广播、电视节目排斥在戏剧之外是不公正的，有许多影片甚至更有资格被看成是戏剧作品。

正如许多人所承认的那样，这一论断并不全面。改编成电影的《麦克白》和舞台剧的效果是不一样的。因为电影将剧院中的立体再现平面化了。电影能够较为接近地（也仅仅是接近地）表现作品的叙事性而无法较好地展示其戏剧性。①

---

① 我们也许会记起西姆尔·查特曼（Seymour Chatman）《故事与话语：小说与电影的叙事结构》（*Story and Discourse: Narrative Structure in Fiction and Film*，1983 年康奈尔大学出版社英文版）一书的副标题，尽管在此书中电影只占了很少的几页：第 96—101 页，第 158—161 页。

更重要的一点是,通过广播、电视和电影我们无法与演员直接交流,无法忘却自身,融于戏中,从而得到更为深刻的感动。戏剧演出的全部意义就在于演员之间以及演员与观众之间通过特定的戏剧情景建立起默契的关系。所以说戏剧演出是高风险的职业,因为它不允许"重拍"或是"再来一次",演出过程中总是伴随着创新、成功与失败。有趣的是,电视转播中体育竞赛的参与者也被称为"表演者"(players)。然而体育电视节目的观赏者较现场观众更容易具有观众感。非剧场演出是戏剧不可缺少的形式,但并不是戏剧的全部含义。

戏剧的真谛在于艺术表现,而非大众生产。也许源于普通大众的种种舞台剧形式也应划归舞台艺术,但为方便起见,在此仅将讨论范围限定于更为纯粹的戏剧艺术。

职业化的舞台艺术较之电影、诗歌或叙事文学能以更为纯粹的方式展示"疏离"效果,但正如其他艺术种类一样,戏剧仅靠"疏离"效果是永远不够的,我们以在当代西方提出的两种与"疏离"相类似的观念来结束这一有关戏剧的讨论(这两种观念比哥尔德曼的所谓"恐怖的力量"说更进了一步)。

第一种观念是俄国的形式主义者提出的。他们强调戏剧的文学性与戏剧语言的新颖性是密不可分的,维克多·什克洛夫斯基(Viktor Shklovsky)和其他人把创造新颖的戏剧语言的过程称为戏剧语言的"陌生化"(ostranenie),[①] 这一观点将文学语言的特性当作了戏剧语言的特性,这些形式主义者们的观点乍听有理,细想却又含糊不清。事实上,从语言学的角度看,所有的文学作品都源于自然语言,都是一个"陌生化"的过程。西塞罗的演说中有,律师的辩词中有,甚至早报上的天气预报或体育报道中也有。形式主义者的观点和我的观点都无法很好地解释戏剧的文学性。

另一个来自西方的例子无疑是布莱希特的"疏离效果"(Verfremdungseffekt)说,他以一种为其他艺术家所难以达到的戏剧敏感,意识到传统的戏剧疏离效果也许能将观众与其所闻所见分隔开来,但他对现有的戏剧手段所取得的效果仍不满意。他作出了一系列的努力,用庞德的话讲,使戏剧"面目一新"。他的手法奠定了运用"舞台叙述"表现史诗剧的基

---

① 参看泰伦斯·霍克斯(Terence Hawkes):《构主义与符号学》(Structuralism & Semiotics),1977年加州大学出版社英文版,第59—73页。

础，这一表现手法先前曾为埃斯库罗斯成功地运用过，后来又曾为高乃依和拉辛所效仿，虽然其具体的方式并不相同。此外还被用于复辟时期的英雄剧，这里姑且撇开其运用的成功与否。当然布莱希特并不只是匆匆地瞅了瞅"能"剧，他关注的是社会行为而非古希腊的宿命玄学，他以其卓越的革新精神及由此产生的更强有力的疏离使观众摆脱了传统的被动接受的模式，通过新奇的疏离手段增强了观众的意识，使得观众能够通过崭新的视角以他认为更适当的方式去看问题。

他能够吸引住观众。

布莱希特能够调动观众的情绪使他们融入戏中，他的疏离效果与我们的疏离概念很相近，其区别在于这一观点是产生于艺术观还是政治观。我们将会看到，在《古今集》（约910年）序言中，纪贯之认为被感动的人类精神是诗歌产生的源泉，人被感动时，所倾吐的言辞构成了诗歌的表现因素。这一解释并不大适用于戏剧，在这一点上亚里士多德的模仿说最能说明问题。纪贯之还是提出了一个新名词"Sama"（方），其通常意思与"式样、方式"差不多，这意味着他也认为文体风格不仅不能仅仅理解为产生陌生化效果的语言，还应该理解为在特定的传统模式中产生疏离效果的东西。

要恰当地判别一部作品的文学性与非文学性，上述附加概念似乎至为关键。疏离这一惯例告诉我们，剧院里发生的事情是以某种诱使我们上当的方式进行着的——其目的是要让我们明白，我们认为是虚构的东西可以使我们舒舒服服地坐在剧院里去欣赏。近在咫尺却又可望而不可即的是另一种向我们点头召唤的东西。

内　引

像疏离一样，"内引"（engagement）对所有文学都至关重要，尤其是戏剧。在戏剧中，疏离通过建立起一套惯例①（convention）获得极为强烈、极富特色的表现。要获得文学性，内引就必须将某些人世情境或思想连同某一文化中形成的文学性惯例进行符码化（codifying）。内引紧随着

---

① 迈克尔·柯恩（Michael Cohen）在《英国艺术的内引》（*Engaging English Arts*，1987年阿拉巴马大学出版社英文版）里将内引视为约1680—1880年间诗人与画家的精心创造。我把它作为所有文学艺术的本质特征提出，不过这只有当它成为疏离的前提时才可行。

疏离，攻其要害。当我们震惊于戏剧虚构而跳将起来的时候，内引却让我们泰然落座。它确实涉及技巧，而技巧这东西必然玩得有优有拙。作为一位有幸观看像斯各菲尔德·布鲁克（Scofield Brook）的《李尔王》那样的现代传奇表演的人，我知道我会沉迷于剧中而忘却己之所在，直到幕间休息的片刻平静，我才注意到坐在我右边的英国女人正吃着一盒巧克力。

戏剧魔术并非总能奏效。一段模拟德莱顿《论戏剧体诗》的文字认为，有些错误手法可能会使一场戏显得可笑而不是愉悦：

Quodcumque ostendis mihi sic, incredulus odi。
〔无论你们表演什么都令我讨厌，这真使人难以置信。〕因为人的精神只满足于真实，至少也是逼真的东西。正如一位古希腊诗人所云，一首诗如不是真情实感（to hetuma），也应该像真情实感（hetumoioin omoia）才成。①

德莱顿加大了游戏的筹码。在他下注前，考虑内引（像前面的疏离一样）时忽略了戏剧所借以吸引我们的东西。"真实"问题，或至少是"逼真"问题，可以保留，这里谈此一点足矣。在惯例符码化（别无选择）的基础之上，内引从根本上来说是不可能与所编码的事物分离开的。有时——如闹剧、歌舞剧或其他通俗艺术——吸引我们的严肃性存在于这些符码的处理或操作之中。然而，即使在最伟大的戏剧中，就内引而言，"真实或逼真"并不比表现它的艺术手法更要紧。

可以通过回答为什么戏剧化装必须吸引我们这个问题来缩短我们和德莱顿之间的距离。答案各有千秋。由于有创意的西方诗学始于作为样板的戏剧，我们不妨先探讨关于内引性质的模仿说。模仿为我们提供了一个世界的仿制品，或者更具体而言，提供了人类经验的持久的特征，即有时被称为人类经验的普遍性。②从规范性角度而言，依据可能性或必要性的准则，这一点是正确的。③从描述性角度而言，通过将其与其所模仿的世界或经验的特点相比较，我们理解模仿并从中获得快感。

---

① 厄尔·迈纳编：《约翰·德莱顿诗文选》（Selected Poetry and Prose of John Dryden），1985年纽约兰登书屋英文版，第63页。
② 理查德·迈克基昂编：《亚里士多德》，英文版，第636页。
③ 理查德·迈克基昂编：《亚里士多德》，英文版，第635、661页。

描述性的做法历史悠久，历经变迁，一度似乎为精明的西方批评家所屏弃，被视为一无是处或是天真幼稚——直至付出重大代价。在我的经验中，每当模仿说不是受到反模仿说的对抗，而是面临情感——表现诗学的全面挑战时，亚里士多德就会被抬出来；人们论述他的观点，强调他所坚持的虚构性或艺术/现实之间的再现关系。① 前不久，罗伯特·肖尔士（Robert Scholes）和罗伯特·克洛各（Robert Kellogg）大胆地探求了一个人人都讳莫如深的问题：我们怎样才能从叙事中获得意义？答案是：从世界以及对世界的描绘的比较中得来。②

亚里士多德自然将情节（mythos）视为悲剧之第一要素，其后依次是角色、思想、措辞、场面和音响。遗憾的是，对于情节是什么人们没有共识。"plot"（"mythos"之英译）被认为是不合适的，但"行动"（action）就更好吗？主要人物，即悲剧英雄（肯定不等同于"角色"）也重要，像俄狄浦斯，要获得我们的怜悯，应该是一个能干、精明、各方面都好的人。然而，因为在亚氏看来受难乃是最值得赞赏的悲剧经验，俄狄浦斯必须也有一些缺点，犯些错误，或是受到亵渎（解释悲剧性格缺陷［hamartia］的方法）。这样，我们就不致认为他的受难是不公正的或平白无故的了（《诗学》第639—640页，第13章）。在这种评论中，可看出关于疏离和内引的希腊式的道德观念。的确，作这种推断也就是推测思想和它的表现形式——措辞。

尤其引人注意的是，亚里士多德的《诗学》并非建立在语言的概念之上。这一推论是有根据的。详细的讨论容待讨论抒情诗的时候再展开。

没人知晓要多久我们才能对埃斯库罗斯或索福克勒斯的舞台惯例感到习以为常，更不用说欧里庇得斯了。我们确实知之甚少，无从判断。亚里士多德本人似乎对惯例不加考虑，这表现在他对言辞、场面和音响（或音

---

① 举一位著名的反模仿论批评家的例子既已足够："批评家面临着一些痛苦，比如说，文本与文本所反映的现实之间的区别消失的痛苦。"参见希利斯·米勒（J. Hillis Miller）《阿里阿德涅的线团：重复与叙事线索》（*Ariadne's Thread*：*Repetition and the Narrative Line*），《批评探索》（*Critical Inquiry*，1976年第3期，第57—77页）。这里，反模仿论者的模仿论观点没有受到人们的质疑，可见模仿论在人们的心中是多么根深蒂固。

② 罗伯特·肖尔斯与罗伯特·克洛格：《叙事似的性质》（*The Nature of Narrative*），1966年纽约牛津大学出版社，英文版，第83页。我们必须追寻"作者的虚构世界和他的真实世界之间的关系的性质"。他们将此视为一个非常"复杂的问题"。不过对虚构与现实之间的区分却显然是西方式的。

乐）的贬低中。① 他写到，剧院——我们知道这可能源于其他传统——仿佛不存在，无非是一个进行模仿的场所而已。② 他从高度的哲学现实主义的角度讨论这一过程。无疑，学院哲学家必须持这样一种有关模仿的前提论断，才能倾心考虑其戏剧理论。这就产生了一种充满现实主义精神，同时又几乎完全忽视作为整个戏剧化装惯例的模仿论。脱离了惯例，模仿说就比历史能更令人信服地表现人类经验的普遍性。在历史中，普遍性往往失落于细枝末节之中。③

虽然锡德尼在这点上和亚氏亦步亦趋，但他走得更远，将诗歌的地位抬高于哲学之上（而亚氏没有这样做），因为他认为诗是一个黄金世界，介于缺乏普遍真理的历史细节和缺乏人情世故的哲学归纳之间。④ 锡德尼似乎把模仿看成了完美无瑕的中介，光洁镀金的镜子。由此他引入并强调诗人的作用。诗人在"自在地驰骋于自己才智的天空中"的同时"为自己的创新气魄所鼓舞，实际上创造了另一自然"。⑤ 正如他的老师亚里士多德所论述的一样（而且我们将在下一章看到他的另一位老师贺拉斯的论述），锡德尼的论述对几个世纪以来他的追随者而言，非常铿锵有力。正如其他有影响的论调一样，它的力量不仅在于论断自身，也在于它所未曾论及的东西。

（选自《比较诗学》，中央编译出版社1998年版）

---

① 亚里士多德未提及观众，而且我清楚地记得他唯一一次明确提及演员是在第九章。（参见迈克基昂编《亚里士多德》，英文版，第637页），在此他说诗人们之所以写低劣的（插曲式的）剧本，原因该归咎于演员。

② 希腊戏剧的情况不怎么为人所知。伯里克利时代的剧院大约能容纳14000观众。除非雅典学院的理论家们预定的是前排的座位，否则，更能打动观众确实是行动而非言辞。而且，剧本本身为上演提供了"最危险的证据"。这是因为"虽然在希腊剧本力为，表演而写……但也为广大读者及观众而写"。参见韦伯斯特（T. B. L. Webster）《希腊戏剧创作》（Greek Theatre Production），1956年伦敦英文版，第4页与前言中第6页。欧里庇得斯于公元前508年离开雅典。亚里士多德生活在公元前384—322年，几乎比他晚了两个世纪。他也许见到过埃斯库罗斯、索福克勒斯和欧里庇得斯的戏剧复兴，他肯定读过他们的剧本。他竟然根据戏剧来界定文学，这一点确实不同凡响。

③ 理查德·迈克基昂编：《亚里士多德》，英文版，第636页。对此段落的精彩讨论，参见杰拉尔德·埃尔斯（Gerald F. Else）《亚里士多德诗学论争》（Aristotle's Petics: The Argument），1967年坎布里奇哈佛大学出版社，英文版，第301—314页。

④ G. G. 史密斯（G. G. Smith）编：《伊莉莎白时代批评文选》（Elizabethan Citial Eas），1904年牛津克勒伦顿出版社，英文版第1卷，第164页。

⑤ G. G. 史密斯（G. G. Smith）编：《伊莉莎白时代批评文选》（Elizabethan Citial Eas），1904年牛津克勒伦顿出版社，英文版第1卷，第152—156页。

弗朗索瓦·于连

弗朗索瓦·于连（Francois Jullien，1951—），亦名朱利安。法国著名哲学家、汉学家。长期致力于通过中西文化互为中介的比较研究，重新思考中国及西方文化传统。著有《鲁迅，写作与革命》《过程或创造》《迂回与进入》《圣人无意》《经由中国——从外部反思欧洲》《大象无形》等十余部著作。曾在中国求学，精通中文，深谙中国传统文化与思想。对于中西思想的多元体验，使弗朗索瓦·于连在对中国思想及比较文学的研究中能以一种广阔的视野，将中西哲学相互对照，深入探讨中西诗学的相通处与异质性。《迂回与进入》是弗朗索瓦·于连在比较文学领域突破学界局限于逻辑分类而展开诗学研究的一部杰作。在该作中，他将中国视为与西方不同的异质、异根文明，以中国作为参照，从外部来认识西方思想与文明，为挖掘中西诗学共有的诗心与规律提供了理论契机。作者并没有直接从中西文化与思想的比较进行研究，而是以"迂回"的方式，打破"欧洲中心论"，从意义发展方向着手，展开对中西诗学的探讨，这对我们从不同视角认识中西文学与文化的差异具有重要意义。我们主要通过《迂回与进入》中的第七章《情与景之间：世界并不是表象的表象》一文认识弗朗索瓦·于连对中西诗学的阐释。

"情与景之间：世界并不是表象的表象"是《迂回与进入》的中心内容，也是该书的契合点。作者首先由对诗的形象的作用分析，展开对诗的迂回表达的探讨。根据中国人理解诗的方法，诗人受到外部"刺激"，借"景"抒发内心感受，同时也反作用于读者，而诗就产生于这种"非表象"的活动中。文中以《诗经》为例，指出"兴"在诗节中的意义关系，在设想诗的原始动机时，将"兴"的意义与"比"的意义间接表达区分开来。"兴"随着诗的动机出现，构成了诗的主题，具有模糊性、不确定性，起到了不确切的情感感染作用。"比"具有隐喻性、寓意性，将人们要表达的东西归于外部现实的过程。《诗经》潜在的道德教育价值使评论家未将类比设想成诗的原始动机。对"兴"的重视源于创造角度的最直接和意义角度的最间接的结合。作者以中外理论家将"兴"译作"inspiration"为例，表明"兴"能够超越词语之外表达诗意，体现出诗歌话语的优越形态。与中国人用"兴"对诗的现象进行思考不同，希腊人是从表象出发设想诗的"创造"。希腊以哲学为基底，诗人将"模仿"作为考察诗的总体角度，重在表现诗人受到神灵启迪发挥激情，产生"幻觉"，实现将景"摆在眼前"的目的。昆提连将"幻觉"视作诗人的"显形"能力，这与刘勰的"神与物游"是相近的。希腊诗强调生动，"使人看见"（如荷马的"不放过任何细节"的描写），通过叙述，让人深感身临其境，加强现实化；中国则是通过隐喻，增强距离感，以间接、迂回的方式产生微妙性，加强叙述的能力。从根本来看，中国诗是抒情的，而希腊诗是叙事的。

作者通过对诗文评论的探讨，分析了中国诗人对"兴"的重视，阐明"兴"超越语言的表意性与隐喻性，迂回也由此借助景得以运用；希腊诗重视"使人看见"，意在描述而非抒情；通过中国思想与希腊思想、观念背后的背景、意义的比较，让我们从深层次的理论化意义，理解中国与希腊传统可以碰撞的原因。作者以独特的视角通过比较深入分析了中西之差异，对于平等对待异质文学、尊重各自文化发展脉络具有重要的影响。

情与景之间：世界并不是表象的对象

诗的形象究竟有何用？人们能否相信它造成的位移归因于要掩饰本来的意图？如果从一开始诗的形象就从间接的角度设定了诗的功能，中国传统也同样没能够把它混同于与过于危险公开肯定的政治意义的交流。按照中国评论家的说法，对于诗的迂回表达存在一种深层的解释，向政权拐弯抹角提出的批评对这种解释只不过代表一种特殊的便利（尽管它经常被利用）。逻辑由此变得更加普遍，它并不局限于检查制度强加的必然结果，而是来源于"理"。这并不仅仅因为诗人"不敢"或要"避免"说，从原则上讲，他不能不这样做。

这种看法概括了最通常的观点（沈德潜，1673—1769年）：

> 事难显陈，理难声罄，每托物连类以形之。郁情欲舒，天机随触，每借物引怀以抒之。比兴互陈，反复唱叹，而中藏之欢愉惨戚，隐跃欲传，其言浅，其情深也。[①]

我们现在又面对着诗的话语的各种形态：赋，比，兴。三者之中，是最后一个从一开始并在中国诗的整个发展过程中引起最多的关注。人们从一个世纪到另一个世纪不断地重新定义它，直至要在它之中概括诗的本质。于是，我们在与激励的直接现象的关联中，而不是从意向的中间角度随后理解中国人是如何设想诗的迂回，而且能理解他们认为这种迂回到达何种深度。

我应该说明，在深入这一分析的过程中，我的兴趣已超出了诗歌：通

[①] 沈德潜：《说诗晬语》§2。

过诗歌，我要追溯那能够从文化角度制约我们托付给现实的方法的因素。因为，"诗"最容易说明，并在语言层面上使之突然出现的东西，就是意识与世界结成的关系；诗在我们的"经验"的源头上重建我们。按照在中国理解诗的现象的方法，诗人是"借"景以抒发内心感受；他受到外部世界的"刺激"，又反过来引起读者的感动。在中国，诗就这样从激励的关系而非表象的活动中产生，世界并不对意识构成"对象"，而是在相互作用过程中充当意识的对话者。从诗言语的优越地位出发，一种区分开始在我们将不断探寻的接近现实的方法中露头。

这就是为什么我请求读者要耐心一些的原因：因为在此要求人们从历史角度理解的（特别是从汉到宋）中国的种种诗论一时变得更加密集。但是，我必须通过中国人用以对待言语刺激权力的各种方法以使本章末尾对希腊传统的回归能够有意义（也就是说，中国的观念的确能够与希腊传统碰撞）；也为了使在下一章中与西方象征主义的对立中获取基础。

1. 然而，开始时的态度是共同的。中国最古老的诗集《诗经》的最初评论以"兴"的名义指出一些在有关人的主题展开之前由对自然事实开始的诗歌的原始动机。这样，在不同的范围内平行展开两种陈述，二者互相并不相连：第一种可以从诗的一节到下节重复出现，这样的副歌（通常会有一些微小的变化）在诗的程式中显得过分独立难以当作第二种陈述的简单的状语补语；与此同时，正是这第二种陈述构成了诗的主要主题，针对它另一种陈述只起一种引言的作用。典型的例证从《诗经》的第一个诗节开始就有表现：

> 关关雎鸠，在河之洲。
> 窈窕淑女，君子好逑。

让-皮埃尔·迪耶尼告诉我们，人们已经注意到在"整个"欧亚大陆上的许多地区的民间文学中的这种间接的起端类型；这特别使人想到古日耳曼诗歌的"自然进入"（Natureingang）。但是，如何思考它与"兴"对应的关系呢？在最早的（公元纪年前后的汉代）评论中，中国文人已经开始偏重两个诗节中的意义关系。这样，河洲雎鸠雌雄和鸣要说明的是"后妃之德"（这首诗歌咏其婚嫁）："生有定偶而不相乱，偶常并游而不相狎。"她于是德仪天下。按照儒家规范,夫妇之间的端正关系引出类似的"父子""君臣"的关系,继而最终导致安定的政治秩序。从这个角度看,最初的迂回不再只简单的是随之而来的发展的位移。而"兴"的价值同时消失了:这种动机失去自己的字面上原有功能以及有利于道德解释的节奏的激发作用;这里偶然提及的自然景象只是为了更好地颂扬男女之"别"。

一旦追寻迂回意在叙述能力的另外一种财富,我们不就又被毫不留情地带回到政治这唯一的前景之中了吗?运用《诗经》(至少在第一部分)的"民间"表达方法,文学评论从一开始就表现为一种意识形态的事业(意在让人们把这些诗当作范例使用,同样把诗集提高到经典著作之列);因为在解释这"兴"与诗发展的关系时,最早的诗评会在每一次都强调能够在引入动机内部从逻辑上能够保证自然世界和人类世界之间过渡的主要特征。一首歌颂母亲对孩子们的献身精神的诗(《诗经》32)是这样开始的:

凯风自南,吹彼棘心。
棘心夭夭,母氏劬劳。

对于这首诗,评论家开始是把南风解释为有利于夏季植物生长的顺风:诗开始展现的景象于是被置于后来描述的境况的前景中,那就是一位母亲为哺育儿女的慷慨无私的奉献。①

从此,导致从类比的角度系统地解释诗的最初动机与诗的其他部分之

---

① 甚至有时候,当两首诗的所兴之物几乎一样时,这就清楚地说明了诗兴韵律功能的"滥用"特点,为此提供的解释因而是多变的:通过惯例的表达细致进行的语义选择趋于使表达与每个特殊的境况相适应。关于风的主题在继续:
  习习谷风,
  以阴以雨。
  ……
这首诗抒发的是一位被丈夫抛弃的女子的怨情,诗最初的"谷风"的主题看来像是叙述阴、阳二气的和谐。故注释者说:"阴阳和而谷风起,夫妇和而家成,家成而子孙生。"但在另一首诗中,我们又看到"谷风"这一起兴:
  习习谷风,
  维风及雨。
这一次,诗是伤友道绝,而起兴被看作表达一种互相依附的关系:"维风及雨,维予与女……"

间保持的关系的一步就很容易迈出（这也是在 2 世纪时期郑玄所做的）。这最早的诗评很有逻辑地把我们引向我们已经了解的对诗的政治阅读——颂扬的，特别是指责的意义。于是，从理论观点对在启句（无疑是从音乐模式出发）建立的间接表达的两种类型"比"与"兴"，进行的最初区分相对来讲始终是模糊不清的（参见郑司农所云："比者，比方于物也；兴者，托事于物"），这就是说，间接表达意义的诗总是应该最终作为单纯的形象表达而被分析的：自然世界看来总是被用于充当社会生活的镜子。这样，上面提到的诗中，凯风意喻"贤母"的形象，棘薪则意喻其"七子"。诗评明显偏重于教育意义，甚至有可能在进行类比方面钻牛角尖。《诗经》的第二首诗是这样开头的：

> 葛之覃兮，施于中谷，维叶萋萋。
> 黄鸟于飞，集于灌木，其鸣喈喈。
> 葛之覃兮，施于中谷，维叶莫莫。
> 是刈是濩，为絺为绤，服之无斁

葛是可用来织成不同布料的植物，这首诗下面部分都在讲述女人用葛织布的劳作。人们可注意到（人们在读过之后已经注意到了）这种关系足于证明这样一种讲述植物的主题用于诗的起始部分。但是汉朝的诗评却细心地把这首诗当作对年轻女子的隐喻来阅读（她被看作为万世妇德立之范）：葛之蔓生延于山谷，描绘的是一天一天在父母身边长大的年轻女子的形象，而维叶萋萋则比喻的是女子姣好的面容。同样，黄鸟飞集于灌木则隐喻年轻女子即将离开父母出嫁的命运。就是黄鸟的和声也不能脱离这比喻的原则：这和声隐喻的是年轻女子远近皆知的风范美名。

人们还能够更加准确地深入比较的细节中，毫无保留地搜寻这些动机的类比手段——直至那些最微小的方面。第一诗节中的"萋萋维叶"说的是淑女青春初始，而第二诗节中的"维叶莫莫"则指明少女已成熟，应该被"采摘"了。植物的生成过程同样也可进一步考察：因为一天天蔓生的葛"犹如"少女发育的身体，叶的光泽则用于类比她的面容；另外，此处生长又蔓生于彼处的"葛"犹如少女只能离开娘家步入夫门的命运。最后，黄鸟在集于灌木之时，其鸣喈喈，那是因为少女恪守的妇德风范在父母家时与在结婚之后都没有改变。

经过注释者们的仔细梳理，诗的最初动机无一没有根据。但是，如此小心建立起来形象关系，会导致失去"兴"的全部意义。这最初的动机混同于比较。一旦走上这条路，就只会在事后调和比与兴这两种意义要求，但这种努力始终显得笨拙，最终只能把二者并列起来（唐朝，公元6—7世纪，孔颖达）①。因为在中国，这种情况经常发生，所以，有关定义总是连续的不协调的舆论或因素的环结，而又没有任何共同的关节真正连接它们。至多，这位译注者能够把最初动机固有的"兴"的意义与作为类比的间接表达的更加共同的方式区别开来，同时重提后者更加"清楚"，而前者则更加"模糊"（或"隐蔽"；所以后者值得评论家注意）。但是这种"模糊"是从何而来呢？这是否就是说，这两种间接表达方式的运作迥然相异，而且迂回的逻辑从一个到另一个的应用会发生改变呢？

2. 为摆脱困境，并开始分析"兴"的意义，只剩下从另外角度考察问题这一种可能了：那就是不再从相类似的角度，而是从其"导引"作用（这是在11—12世纪的宋朝就被肯定的，特别是朱熹，他的评论在这方面标志着一个重要转折）。由此，诗动机的"兴"的价值系于诗的情与言的煽动能力：说明这种能力特征的联想是在结构的范围而非语义的范围内得到分析的（即便后者可能超过前者）；有关的迂回应被理解为（情感的）反应现象，而不是（观念的）位移。形象的定义于是变为："先言他物以引起所咏之词。"② 在这个新观点中，最优先的不再是形象的关系，而是前项对后项的关系。

至少在形式范围内，事情变得清楚了。诗的间接表达的两种方式相互区别开来：在一种情况下，"兴"构成诗的主题，是随着最初动机之后提出来的；而在另一种情况下，"比"的方式却不一样：在这种情况下，"所指之事常在言外"；③ 这第二种情况又回到隐喻上面，当隐喻继续时，这种情况就相应于我们对寓意的理论定义：在说一件事时，使人了解另一

---

① 郑众："兴者，托事于物也。"由此，诗的这种体在于起兴：选择一个形象并促进其类比，可兴起、发挥情感。诗人为使人看到他要说的，每次都会提到自然景物、动物和植物，都涉及这样一种"兴"。

② 朱熹：《诗经集传》，第一首诗的注释。有关在《诗经》注释中这个观点的总的变化，参见 Steven van Zoeren: *Poetry and Personality: Reading Exegesis, and Hermeneutic in Traditional China*, Stanford. University Press. California, 1991。

③ 《朱子语类》第八十章。

件事。(昆提连:"说是一回事,理解是另外一回事。"*①) 而当人们要解释诗的多样性时,情况就不那么清楚。在《诗经》中,形象的第二种情况即完全寓意性的发展情况的确是异常罕见,这就使得对立的天平失衡(下面我还要谈这个问题)。另一方面,归于诗歌,首先归于诗的基本文本——《诗经》的道德教育价值在中国意识形态中始终是那么重要,以至评论家不再企图以类比的方式设想最初的动机。这就使我们不顾对原则的阐明而回到旧传统中,而且"兴"的功能又一次倾向于在语义中得到奠定。然而有些评论家(12世纪的郑樵,17世纪姚际恒)为这种与这类引起争议的关系相连的原始动机辩护。他们在纯粹结构的范围内分析诗歌话语的这种煽动作用(并因此把《诗经》从教育意义中解放出来),从而代替了这个世纪的民间派和形式派(据法国的格拉奈和中国的顾颉刚所说)。

然而,有一点被最正统的传统(以朱熹为代表)所接受,甚至以一种悖论的形式出现:

>"比"是以一物比一物,而所指之事常在言外;"兴"是借彼一物以引起比事,而其事常在下句。但"比"意虽切而却浅,"兴"意虽阔而味长。②

人们很清楚悖论所在:隐喻,或隐喻通过类比的发展尽管具有暗含的

---

* 此处原文为拉丁文。
① 《诗经》的两个例子将很容易让我们理解这个差异。以下第一首(11)提供了兴体变化的例证,因为起兴物(或至少被看作起兴的麟)作为每一诗节的开头,并且有规律地接有构成诗歌主题的有关人的续句:
>麟之趾,
>振振公子。
>于嗟麟兮!

另一首(5)诗的主题则从未直接提出过,我们看到的是一个纯粹的"比"的运作:
>螽斯羽,诜诜兮。
>宜尔子孙,振振兮。

每节诗从头至尾只涉及螽,而没有提到有关人的方面(至少根据朱熹的评注如此);同时,这首螽的赞歌从来不是为螽本身的,而被看作对王后的颂扬,因为她不妒而子孙众多(诗似乎为宫中女子所作)。这两个形象由于它们的活动方式而区别开来:前者进入间接,后者则转移了意义;前者中有并置,后者中有的是替换。
② 《朱子语类》,第八十章。

特点（不在场：隐喻应以这比较的名义突出出来）而仍然是贫乏的。它的价值标准无可救药地是平庸的：合乎情理。在使用"兴"的方式时则相反，尽管诗的主题是明确的，最初的动机对于它还是重要的，它与随后的发挥所保持的关系并没有事先规定（兴意虽阔而味长）：它没有事先被意义的矛头所穿越，这主题是后来的。这样，它在透明中失去的东西，又在"味"中获得了。多亏了在两种形象（根据前后项的关系）进行的形式区分，兴的相对"模糊"开始突出。这样，即便中国文人通常并不准备拒绝任何语义价值，他们还是越来越意识到这种由于兴的不确定性产生的丰富宝库。

因此，最有意义的是《诗经》注释者所谓"兴之不兼比"的情况，以葛为主题的诗就这样开始了：

　　葛之覃兮，
　　施于中谷
　　……

而宋朝的注释者就不再把葛读作年轻淑妃和她的命运，而是从少女的角度把它看作对女工劳作的"激励"（兴）（"施于中谷的葛"用于制衣：看到植物生长，她欣喜地想到等待她去做的工作）。下面这首描写一位女子在丈夫归去之后的叹息的诗（《诗经》19）是这样开始的：

　　殷其雷，在南山之阳。
　　何斯违斯？莫敢或遑。
　　振振君子，归哉归哉！

　　殷其雷，在南山之侧。
　　何斯违斯……

汉朝的注释者用类似的读法从雷鸣中看到了王公发号施令的形象，以及对受命远离君王的丈夫的挽留：雷声如何从远处可听到，王命声震全国；雷声就如何震撼大自然，随之带来春雨的湿润，王命则威震人类并激发起人类的热情（参见《易经》中的"震"字）。在古代注释者看来，自然从来不是自然的，它永远只是反映王意；由于诗的动机对政治的依附如此紧密，以至无论什么样的诗都总要受到粗暴压制直至能够表现道德指令的地步。而宋朝的注释者认为，这首诗的最初动机在不脱离诗中诉说忧伤的女子经历的体验的情况下能非常清楚地理解道：突然听到的雷鸣使她想到不在身边的丈夫。这种雷鸣看来不再是一种形象，而是拥有一种具体的意义，它被描绘为它被发现的样子：它具有突然闯入存在的事件的实质性内容；由于拥有事物的无穷的现象性，它使意识趋向协调。所以，这种最初的动机由于没有任何确切的意义，起的是不确定的情感煽动的作用——诗的其他部分则要挖掘这种作用。

这就导致我们承认：在此类诗据以起始的自然主题和随后发展了的人的境况之间涉入的这种联想类型，它所从属的意识范围完全不同于类比使之系统化的意义据以形成的意识范围：它来自我与世界之间的直接接触并且因此置身于语义不适的更高等级上。因为"我"与"世界"仍然囿于共同的摇摆之中，"知觉"同时也是"情"，没有任何完全"客观化"的东西：意义传递过来，但这是不能编成信码——永远保持模糊与扩散状态——的意义。当现代诗评家把"一般外部机体觉"确定为一种在"情感的主体性应答水平"上发挥的"外部类比"（最基本的情况就是联觉感应；参见科恩〔Jean Chen〕的著作[1]）时，他们特别接近于"兴"这种方式的中国观念。中国文人，他们（特别从宋朝以来）习惯于用"景"与"情"之间的感应设定诗歌的"兴"。以"极"的术语理解现实的内在哲学当然把他们引至于此：一切都从既对立又相关的阴、阳二者的活动出发在世界之中变化。在内心情感与外部景致之间的情况也同样：景触发情，而情反过来生景；内在性借助外部世界以表达内心最深处的情感，同时使之融入自己的情之中。"兴在有意无意之间"，一位学者（王夫之，公元17世纪[2]）这样说，所以，两极间各自所属的互相区分始终是"有名无实"。有许多"借喻"与迂回为内在性得以表达，但它们是自发活动的，其深刻性源于交流的不确定性。换句话说，在此不再有主体，也没有对象；也不再有表象：外部世界充当的是内心世界的对话者，二者在同一过程中协作。

---

[1] J. 科恩：《诗歌语言的结构》Flammarion。可参见 Michel Le Guern：《隐喻和换喻的语义》，Larousse，1973，第50页。

[2] 王夫之特别重视这个观念，参见《姜斋诗话》，第33页。还可参见我以前的文章：《隐喻的价值》，法国远东学院，1985；以及《过程或创造》，Seuil，1989。

人们可能用这样一些说法来概括中国诗评家们对之情有独钟的"兴"的生命力：从创造的角度看，它是最直接的；从意义的角度看，它又是最间接的。正是在间接与直接——这是由此拥有更多间接价值的直接[①]——的结合使得在开始时只是《诗经》的特别形象的东西应该能够在中国——在人们意识到的限度内——代表诗的本质。因为，这种可能显得矛盾的关系看来最清楚地说明了著名的嬗变，激情通过这种嬗变改造成意义，而我们面对世界的紧张在场则变成对诗的无尽的追索：仅仅通过"兴"这个概念，两种——语言的基础与上层——的领域结合在一起——诗的过程在这二者之间形成了。

的确，中国诗评家很早就注意到"兴"的情感特性：与"比"不同，"兴"被定义为"有感之辞也"（挚虞，3世纪）。所以，"兴"比"比"要直接："比"只满足于"喻类"人们要说的东西——在把它们归于外部现实的过程中，而"兴"则构成对作用于"刺激"世界的内在性的真正"震撼"。对于多少世纪中要确定诗的主题的不同等级的所有尝试，下面的说法一直被作为最严格的公式之一（李仲蒙，宋朝）：

叙物以言情，谓之"赋"，情物尽也。
索物以托情，谓之"比"，情附物者也。
触物以起情，谓之"兴"，物动情者也。

这三种话语形态排列如此有序，本身就指明了一种演进：诗的经验的三个阶段或三种水平的演进。在外物与内情这两极之间，相互感应从一种方式到另一种方式会变得越来越紧密，相互的关系也会越来越活跃。在这个范围内，人们从有意退向自发，从有意识的行动过渡到繁衍的过程。世界固有的初始越来越具有决定意义，而同时，意识方面的字面上的言情则越来越不明显（参见"寓意"而后"起情"）。换言之，理论逐渐让位于诗意，我们与世界的关系越少承受中介的影响（通过语言的自主发挥），我们获取的诗意就越深刻。

至于"兴"的间接特性，它已向我们显示为与"比"的主要对立点。我们已经看到，"比"为"显"，而"兴"为"隐"：前者为"直"，后者

[①] 参见徐复观《中国文学论集》，台北：学生书局，第91页。但我认为他的分析中，起兴与语义功效的区别不够明确。

为"曲",前者为"明",后者为"暗"。中国最重要的诗评家(刘勰,公元5—6世纪)企图阐明二者之间的差异①:如若二者均为言情,那"比"为"附理者切类以指事","兴"则为"起情者依微以拟议"。这样,"比"则蓄愤以斥言,"兴"则环譬以托讽。宋朝的一位诗评家(罗大经)在重复了昔时一系列的提法之后甚至这样总结道:

> 诗无高于兴体……盖兴者,因物感触,言在此而意寄于彼,玩味乃可识,非若赋比之直陈其事也。

中国传统于是通常把"比"与"兴"这两种间接表达与直接的方法相对立——而我们记得,这也就是评论诗文而产生的最初划分——"比"最终被列于直接陈述一边,而"兴"则作为唯一的真正"间接"的方式独树一帜。因为正是在"兴"之中,由于情的驱动,言与情分离得最远:言在于此而意寄于彼,多亏诗的强烈的意向,从词语中可发挥出无尽的彼意,所以,兴也是"喻意"的。

因此,在诗的话语的种种形态之中与"兴"紧密相关的重要性,只有当人们把它与中国人从诗中形成的最普遍的表象联系起来,才能得到全面的理解。因为,很容易看到,这种被如此排列于其他之中的诗话语的特殊形态,它同时不是其中的一种;它摆脱了话语形态的范围,并回归于诗现象的起源上去。它从根本上说明了意识与现实之间的联系。正是因为概念的双重性,因为它使我们在理论领域和我们存在的领域之间摇摆不定,在我们要准确把握它时就自然会产生困难;但当然它的重要性也正是由此而来。在中国人致力于考证诗话语的各种不同方式以前的几个世纪,孔子已经用"兴"来分析诗歌。"兴于诗,立于礼,成于乐。"(《论语》8、9②)"兴"在此回归于诗对读者施加的影响。孔子赋予诗歌一种首要价值,因为诗有能力激励意识并使之趋向善。后来,同样的动词"兴"被诗评家们用于在诗的源头说明物用以起情和诗的多义产生的方式(参见刘勰[5—6世纪]有关最具描述性的中国诗体"赋"的论述)。"盖睹物兴情"。而

> 情以物兴,故义必明雅;

---

① 《文心雕龙》,第三十六章:《比兴》。
② 此句在《论语·泰伯第八》的第八段,此处的说明不够准确。

物以情观，故词必巧丽。①

这样，同样的"兴"的概念足以把从"触物"中产生的诗的存在（情感）根源与其表达的成功联系起来。但是，"兴"只是对我们情感的单纯震撼，同一位诗评家说明了应有何种条件可以"入兴"：

是以四序纷回，而入兴贵闲；物色虽繁，而析辞尚简；使味飘飘而轻举，情晔晔而更新。②

情只是在忧虑的气氛中才擅长制造效果；物色只有通过随意自然和内心感触才能显示出创造力。意识多亏了这二者得以求助于使之激动的物，为的是反过来把这二者用于可能激动任何易感意识（并为之提供无限的"体味"的乐趣）的"兴"。在"兴"这同一概念的考验中就这样提到了触物生情的意识的自发反应以及在其内心感情中体味到的繁多物色的记录。"兴"在语言表达中是选择的（并在感染意识的场面的"纷乱"内部选择），尽管它引起了无限的变化，它同样注重"简洁"和"朴素"，上述说法都是合乎逻辑的。这就通过字面描述的简明加强了"兴"超越词语之外的表达能力。

在我看来，不能想象有比上述同一章节的结尾诗句更能全面表现诗的起源了：

山沓水匝，树杂云合。
日既往还，心亦吐纳。
春日迟迟，秋风飒飒。
情往似赠，兴来如答。

这部论著的唯一西方译本中把最后一句中的"兴"译作"inspiration"（最后四个字译为：And the coming of inspiration as a respense）③。的确，人们能够在其中找到与"inspiration"这个西方概念相对等的关系（在两个

---

① 《文心雕龙》：第八章《诠赋》。
② 《文心雕龙》：第四十六章《物色》。
③ *The Literary Mind and The Carving of Dragons*，台北，第 353 页。

概念都起到向我们说出诗从何而来的作用的意义上），但我认为人们同时可明确估量到这两个平行的概念的重要区别。"nspiration"，依照从德谟克利特到柏拉图这个词向我们描绘的意义，它包含一种彻底的内在性，并且使诗从充满诱惑与魅力的，使我们与神明相连的彼处突然出现。而"兴"则相反，诗的过程在完美的内在性中发挥，可以说，这就是造就诗的彻底内在性。因为，诗的过程不仅仅限于意识与世界的关系之上，并且来自它们的相互作用，情起于景，景激起情。但还有——或毋宁说：更根本的问题是——万物已经在类同的关系中被发现并且自然而然地编织起诱人的网络：联结意识与景的同样紧密的联系遍及水流云合。

正是由于这种使物震动并且激动内心的流而不是由于启示、某种神性的普纽玛，把我们带往我们的极限，并且在中国人看来，使诗的语言产生。人们在"兴"中发现的、在超越词语之外发挥诗意的正是这种流。与"比"不同，西方评论尚未明确指出"兴"。为理解个中原因，应该回顾一下希腊人是根据何种角度看待诗的效果的。

4. 希腊诗人受诸神启迪，拥有"激情"，他们得以成为"通灵者"。我想，在表明差别时，可以说，当中国人用"兴"来思考诗的"现象"时，希腊人则从表象的观点出发设想诗的"创造"。"模仿"（mimèsis）的观点来自哲学，先是用于区分各种存在水平，后成为对诗进行考察的总体角度，也是由此，"模仿"与在希腊曾作为诗的演变逻辑的东西结合起来，它从史诗到戏剧最后都归于一种神话的更加直接的代表。希腊诗人的目的是把（所写的）情景"摆在眼前"。

"摆在眼前"，这是诗人首先应在自身中所做的，以使之成为描写他要表现的情景最协调一致，也是最具强烈感染力的方法（亚里士多德：《诗学》，XVII，55，a22）。因为"看"的人就"恍如身历其境"，不论是通过自然馈赠或因为激情驱使如醉如痴，他都是最多地赋予他之所述生命力的人；与此同时，这种"注视"使他雄辩口才发挥得淋漓尽致。在这些"幻觉"中，由于热情与激情的作用，你似乎看到你所说的东西，并把这些摆在听者的眼前，这样的一些"幻觉"为达至崇高做出杰出的贡献（《论崇高》XV）。在诗歌中，这是由"惊奇"创造的"显形"的能力；在说者那里，这种能力意在"清楚明白"地说明。这样，当尤里披蒂讲述厄里倪厄斯时，他亲眼"看见"了她们，并且他几乎强迫观众静观他通过想象设想的东西。沿袭拉丁传统的昆提连对此作如此回应：多亏了希腊人所称的幻觉（拉丁文为 visiones），"我们能表现不在场的物，以致我们感到亲眼看到这些物，并且就在我们面前"。人们于是称"有能力最真实地表现事物、言语、行动"的人为"想象天才"。昆提连为这种"幻觉"而颂扬《伊尼德》：①

> 他手下流出的是纺锤
> 和那沉甸甸的羊毛线……

神思漫游回想联翩："热一下子离开了她的身躯"，而人们就看到了听到儿子死讯后悲恸欲绝的伊尔亚之母。

昆提连告诉我们，造就诗人的"显形"能力的确类似于幻觉：我们具有的这种梦想的功能始终有待唤起并且表现了一种"精神迷乱"，诗人的艺术就是在把这种能力改造为陈述能力的过程中利用它。在中国的传统中也是如此，诗评家们推崇精神拥有的这种向任何直接和明确的在场关闭的能力，以促神思漫游。但是，他们更愿意把这种能力看作在时空中飞跃猛进的可能性，并得以超越肉体的局限，与物之无限沟通，更明确地说是"神与物游"②（4世纪的陆机；后刘勰，5—6世纪）：

> 精骛八极，
> 心游万仞。③

中国绘画并不表现一种特殊的景——想象的或感知的自然的"角落"——而每每意于以线条准确地使景现时化，获取现实的无尽活力（甚至在画一块普通石头或竹枝）。同样，中国文学评论向我们介绍的诗人并不企图从视觉角度表现这样的场面或这样的经验，而毋宁说是超越它们的个性以向广阔无限的世界展开。精神摆脱我们在其中坚持感情的困境，与视觉角度的片面分离；精神最大限度地漫游，到达神思的高度，与此同时进入全面而明澈的静思，得以深入万物深处，参与万物的飞跃高潮，拥抱整个宇宙。这样，在幻觉极处，谁能把看见的感觉推进直至幻

---

① 拉丁语诗人维吉尔（公元前70—公元前19年）的著名史诗。
② 《文心雕龙》第二十六章《神思》。
③ 陆机：《文赋》。

想，谁就使我们当场并立即（hic et nunc）亲临场景与对象。在中国人看来，我与世界的伟大合作，即内情与外景（物的秩序）之间的相互感应又一次推动着联想。在这些条件下，精神形象（在幻觉的意义上说）概念在古典文学理论中始终停留在萌芽状态，是可以理解的。[①] 尽管今天中国的评论家们为以"西方模式"重建这些古代文献的逻辑尽了最大努力，他们还是没能证明有过中国的想象理论[②]，至少在"想象"是表现"形象"的意义上是这样。

这种代表希腊诗人特点的"摆在眼前"的能力有其自己的标准：L'enargeia（十分生动地），即使我们最"清楚"，也就是说最直接、最敏感看见本文所述的能力（西塞罗或昆提连的"显明"或"清晰"）。L'enargeia 不是本文的一种属性，而是它设定的视觉形象，它也不仅仅是诗人们所要求的：演讲家和历史学家们也同样被誉为能把他们所述对象"摆在我们眼前"的人。作者并不满足于讲述，而是要"指明"，读—听者同时变为"观者"，他相信亲历人们向他描述的东西。从这个意义上讲，L'enargeia（生动）倾向于与 L'energeia（活动）相混，L'energeia 标志着主体用以被描绘的方式以及对生命和由生命而来的运动的印象的特点。然而，这些荷马注释者们不断强调的特点并不是中国诗所要求的：之所以能产生这样一种生动的印象，是因为荷马[③]的描写，特别是他的著名的比较无比详尽并且"不放过任何细节"；他的描写还注重最极端、最可怕的场面。不仅仅当荷马"描绘"暴风雨时，事情是真实的，沙孚描绘爱情的征兆也同样是真实的。[④]

[①] 唯有《神思》中"窥意象而运斤"一句可顺此意，而人们不知它与什么相应（因为它首先因于平行论的需求而后无下文）。在最后的总结中，象无论如何又获得了现象的意义："神用相通。"

[②] 参见我的《想象的诞生》。

[③] 关于这点请参见 Roos Meijering：*Literary and Rhetoriein Greek Scholia*，Egbert Forsten，1987。关于古代想象观念，参见 G. Watson：*Phantasia in classical Thought*，Galway University Press，1988。

[④] ……我的声音消失，
　　张口结舌；
　　一股奇妙之火立刻在体内升腾，
　　我看不见了……

关于《阿那克多利亚颂歌》中的这几行如此有名的诗句，拉辛则使之更加婉转："我看见了，我脸红，看见他我脸色发白……"《论崇高》解释说："你难道能不赞叹沙孚如何要一下寻求灵魂、身体、听觉、舌头、眼睛、脸色，而这一切如同那样多的对她陌生，并且与她分离的事物……"在"朝向我们的意义"的符号的选择中，确实存在一种作为我们"审美"传统的选择。

我们记得，在中国诗中，在讲述现在时有与现时拉开距离，把现时与过去相比（这样，唐代提到的事会影射前面汉代的事）的传统（也是非常谨慎的）。但希腊诗由于注重"使人看见"并使诗"生动"，它所要求的则处处与中国诗相反：希腊诗是在与现在相比的过程中叙述过去，犹如我们直接亲临其境，犹如我们经历了过去情境的紧张与急迫（荷马的历史人物变成了载体）[1]。时间过渡在相反的意义上起作用，而这似乎揭示了美学选择：一方（中国）是通过隐喻距离（注意避免紧扣事件，因此让位于间接、迂回；由此产生微妙性）加强叙述的能力；另一方（希腊）则通过使叙述更加现时化，因此更加直接而与物面对面，从而增强叙述的紧张性：叙述越有压力，就越使我们印象深刻，就越使我们信服它的真实。

这种对立可以扩展直至形容修饰的艺术。由于回归于具体视觉的细节，希腊诗的形容词"指明看得见的物"并有利于想象的活动（特别是诸多颜色形容词使画面更加扣人心弦，并且参与了形态制造）。而在中国古典诗中（至少是在诗体中，诗体比赋体更能明确说明诗的理论），形容词不是描述性的，更不是描绘风景的。我们在后面会看到"白云"或"绿树"并非要向读者描绘物的颜色，而是一种内涵，是制造意境的。因为它们的意义约定俗成，而且与广阔的联想网络融合为一体（联系颜色、空间、季节……），它们的作用就是以其运作原则打开它们显征的东西并且展开其宇宙维度。

分析中国传统内部由诗歌而来的兴的概念，看它如何以诗话语的优越形态（"兴"体）出现，用这种分析来启迪希腊诗人叙事的"显形"原则是如何不能忘记在表达与形象的水平上出现的认识。人们就这样从作为精神表象的形象过渡到作为对类比的语言表达的形象［或从《诗学》中使场面视觉化的诗人的"亲临其境"到把修辞过程"摆在"听者或读者的"眼前"（《修辞学》Ⅲ，141 lb）］。意在"摆在眼前"和"制造画面"并由此凭借类比与隐喻化一的形象构成亚里士多德所说的使陈述紧凑而又亮丽的一切手段中最优越的手段：这意味着行动中的物的一切就像在个性化的情况下一样实现这种效果。荷马在描绘战斗激烈场面时又一次成为大师："飞驶的标枪穿透胸膛"，或"仍带着对肉体的渴望"被插入泥土之中。

涉及形象应用领域，还有一个基本的区别："兴"体（甚至"比"

---

[1] 确实，希腊散文家和中国散文家一样，他们对过去伟人的赞扬可用作改革计划的"工具"——这出于"保留"的需求。参见 J. D. Romilly《历史与理性》，第 90 页。

体）在中国被认为只与诗的表达有关系，隐喻和形象化描写在希腊首先是在讲话艺术范围内被规定的。即使有那些平时被作为经典引述的大家（荷马、维吉尔）的诗，即使比方说亚里士多德认为"比较"在散文中应该更加稀少，因为比较是修饰诗的，还是不能不说希腊的诗的观念始终是修辞性的。[①] 总之，这是合乎逻辑的，因为希腊的诗的观念并不寻求用过程或诗现象的术语——就像在中国从兴的概念出发——分析诗，而是从一种说服读者的观点出发：诗据之旨在使我们相信诗之所述，使我们确信其"真实性"的生动的表象。

一方面，是触物而起的、在意识中传情、玩味的诗的"兴"；另一方面，则是诗人由之为打动我们让我们看见，向我们抒发情感并"控制"听众的受启的幻觉。当然，这两种观念的差异在开始应归于各自文化中诗歌实践类型的差异：在希腊，诗从根本上讲是叙事的、描述的，而在中国则是抒情的[②]。不能不说，已经由这些类型出发形成的理论观念深刻地说明了以往的各种传统，尽管由此各种文明中的任何一种都发生了深刻的变化：在中国，诗始终被看作"景"与"情"之间的相互感应；而西方诗人则永远是"通灵者"，"热情的骗子"。

不过，在这方面重要的，并不是由于我们看到有关诗的性质的定义的一种差异；而不如说两种观念的这种差异触及诗的效果并影响到我们读诗的方法。特别是，中国诗始终被认为是一种"兴"的现象，并不倾向完全在表象的范围内确定，精神和幻觉的形象只能改变诗动机的效果。诗动机置于活动中的东西（中文：动；希腊文：κινεῖν）并不属于同一范围内：一方面是一种作为精神状态的扩散而侵入的情感；另一方面则是心理与幻觉。所以，在下一章，我们会看到中国诗作为意境更多的是在意义的先兆中而不是在象征的方式中发挥扩展。至此我们已经考察了中国诗的"兴"体，现在应看一下它的隐喻意义。或还可以说，我们上面考察了迂回向景的"借用"相应于什么逻辑，而现在让我考察一下这迂回何以提供进入？

（选自《迂回与进入》，生活·读书·新知三联书店 1998 年版）

---

① 参见 M. H. Macall, *Ancient Rhetorical Theories of Simile and Comparison*, Harvard University Press, 1969。

② 或可用"诗言志"解。

宇文所安

宇文所安（Stephen Owen，1946—），美国哈佛大学教授，著名汉学家。主要研究中国古典诗歌（尤其是唐诗，被誉为"为唐诗而生的美国人"）、比较诗学等。著有《初唐诗》《盛唐诗》《迷楼：诗与欲望的迷宫》《中国文论：英译与评论》等。《中国文论：英译与评论》（*Chinese Literary Theory：English Translation with Criticism*）原名为《中国文论读本》（*Readings in Chinese Literary Thought*），1992年出版英文本，2003年被翻译成中文出版，是一部中西文论双向阐发的典范之作。在这部著作中，宇文所安对《尚书》《论语》《孟子》《诗大序》《典论·论文》《文赋》《文心雕龙》《二十四品》《沧浪诗话》《原诗》等中国经典文论做了详尽的文本细读，同时，自觉地将中西方相关的文论范畴进行了比较研究，如对于《论语》《孟子》的研究，作者结合西方模仿、再现等文论观进行比较与探讨。宇文所安既认识到了中西文论有着相似的发展路径，还以独特的视角站在西方文论的背景之上对中国文论加以观照，并提出一些新的观点，在中西诗学的双向阐发上做出了贡献。

在《诗大序》这章内容中，作者首先以《诗经》的首篇《关雎》为例，阐明西方话语传统中有价值之处需要从文体去探寻，而中国话语传统则是从具体的诗入手，再论及由具体的诗引发的大问题，其权威模式是诱导式的。文中通过《诗经》《诗大序》《尚书》《乐记》等对"诗"与"志"以及"情"的关系的探讨，从心理学角度对诗歌进行了分析，指出诗歌是自然的，诗歌的表达是非自觉的。这种从心理学视角对诗歌的定义进行解读，为阐释《诗经》的政治、道德说教功能奠定了基础。但这也引起对诗歌和《诗大序》判断上的矛盾（如对于诗人、诗歌创作活动本质的不明确等），但由此展开的对诗歌的探讨，促进了文学理论的生成。再以西方诗歌的神圣权威和哲学权威为对照，阐明中国诗歌不强调神圣权威，而是注重自然性。进一步对诗歌显现过程的中介做分析，作者指出情感扰动受外在因素与内在中介（内心状态）的影响达到一定的强度时，就产生了诗歌。文中以《诗经》的"六义"、《荀子·乐论》《礼记·乐记》等为例，阐明诗歌是非自觉的、自然的同时，也具有道德规范等的教化功能。在《诗大序》中，宇文所安从心理学的角度围绕《诗经》展开对诗歌自然性与话语体系的探讨，从解释学的目的对诗歌活动做了分析，以中西对照文本为中心，将诗歌的特性以及抒情、教化功能等的阐释上升到了文论层面，这既为西方读者理解中国文论提供了便利，也为我们重新认识传统文本提供了另一种视角。

《诗大序》

在传统中国关于诗歌性质和功能的表述中，为《诗经》所作的"大序"是最权威的。其原因不仅在于，迄东汉至宋，学《诗》者皆以《诗大序》始；而且在于，其关注点和术语成了诗歌论和诗歌学必不可少的部分。这篇讨论诗歌本性的《诗大序》从汉末以来无人不知；即便《诗大序》在历史上受到过严厉攻击，但其若干立场几乎始终得到后世的普遍认同。

本来《诗经》每首诗的前面皆有一短序即"小序"，介绍其起源和最初用意；而我们现在看到的"大序"接在第一首诗之后，取代了"小序"。① 关于《诗大序》于何时成为目前的样子，还不能确知，但我们有理由确信，其年代不晚于公元1世纪。自古以来，不少人认为"大序"为孔子的嫡传弟子子夏所作，继而视其为传授《诗经》学的一个未断的传统，其传统甚至可上溯至孔子本人。另一更学术化的、更具怀疑精神的传统则认为，"大序"乃公元1世纪的学者卫宏所作。把"赋"的概念（除非指它的最本原的意义"铺陈"）用在"大序"上，大概会犯时代性错误；不如说《诗大序》是关于《诗经》的若干共享"真理"的一个松散组合，这些真理是战国和西汉时期的传统派（我们今天称之为"儒家"）的共识。这些真理在口口相传的过程中不断得到重新表述；后来落定为文字，成为现在的"大序"，也许可以说，那个落定为文字的时刻正处在其传递阶段从表述转化为注疏之际。

---

① 关于"诗大序"和"小序"的复杂关系，参见 Steven Van Zoeren《诗歌与个性：〈诗经〉的一种解释学研究》(*Poetry and Personality: A Study of the Hermeneutics of the Classic of Odes*《*Shijing*》, Ph. D., Harvard, 1986）。

《诗大序》的实际起源问题不如其影响那么重要。《诗大序》的解释史以及在宋代对其权威性发起挑战的解释史，是一个相当复杂的论题，它超出了本研究的范围。① 在解说中，我试着将《诗大序》放入上文已讨论过的早期文本的语境中。我们将在最初的语境中展开对《诗大序》的讨论，也就是把它作为《诗经》开篇之作的"小序"的一部分。按照传统理解，《诗经》首篇《关雎》是赞美周文王的王妃之美德的。

　　理论论文（希腊的 technologia）引用具体文本只是为了举例说明它正在论证的观点，而在中国传统中，这个关于诗歌本性的最有影响力的陈述则采用了一种完全不同的形式——为具体的文本做注疏，它回答的是阅读《关雎》和《诗经》中其他诗歌所引发的一般性问题。要想获得西方文学话语传统中最有价值的东西，你得到论文文体中去寻找，它们声称要告诉你什么是诗歌的"本质"、诗歌的各部分名称，以及每一部分所固有的"力度"；而中国文学话语传统的权威模式则是诱导式的，它从具体的诗作入手，然后才转入阅读那些诗作所引发的更大问题。中国文学话语传统中固然也有论文，但其权威性和魅力直到近年仍然比不上以具体文本的感发为基础的评点式批评。

> 关雎，后妃之德也，风之始也，所以风天下而正夫妇也。固用之乡人焉，用之邦国焉。风，风也，教也；风以动之，教以化之。
>
> Guan Ju is the virtue （德*） of the Queen Consort and the beginning of the *Feng**. It is the means by which the world is influenced （风*） and by which the relations between husband and wife are made correct （正*）. Thus it is used in smaller communities, and it is used in larger states. "Airs" are "Influence";② it is "to teach." By influence it stirs them; by teaching it transforms them.

　　"风"的基本意义是自然之风。该词（刚好可以在英语中找到一个恰当的对应词"air"）也用以指《诗经》四部分的第一部分《国风》。借

---

① 关于该传统的讨论，参见 Van Zoeren 和 Pauline Yu《中国传统的意象阅读》（*The Reading of Imagery in the Chinese Tradition*, pp. 44-83）。

② 在汉语中，wind 和 influence 是一个词，即"风"。

助草木在风的吹拂下干枯、复生、再干枯这样一个隐喻,"风"也指"影响"。① "风"还适用于当地习惯或社会习俗(也许是作为"影响"或"气流"的一个延伸,"风"也指某一社群发挥社会影响力的方式,或社会影响被权威阶层施之于社群的方式)。最后,"风"还与"讽"有关,二词有时可相互替代,"讽"即"批评",也属于一种"影响"。对于《关雎》在这一段的开场,"风"的这些丰富的语义内容是不可或缺的。"关雎……风之始也"这个说法具有若干层面。首先,它点明《关雎》是《诗经》十五国风的第一首诗。② 第二,它告诉我们《关雎》是"风"的影响过程之始,在这个意义上,"风"是暗含在《诗经》结构中的一个道德教育计划,《诗经》的结构是其(传说中的)删定者孔子所赋予的。最后一个层面是它的历史指涉:该诗体现了文王之"风"以及周王朝的历史所显现的道德教化过程之始。

显现理论以及内外完全相符的理论可引发两个方向相反的活动,这两者在该序中皆有发展。内在的东西形成外在的显现,外在的显现也可以用来构筑内在的东西。前一活动是文本的生产,它是内在心理状态在外在文本的显现,也是以外知内的能力。这个活动是我们在上一章所讨论过的,在《诗大序》的下一部分,它又得到了更详细的阐释。

这一段所发展的是第二个方向的活动即调教和规范。人们阅读和吟诵《关雎》,他们不仅体会到文王后妃的价值("质"),以及文王在形成理想婚姻中所发挥的作用,而且他们自己的反应也被该诗所表现的价值所塑造。《诗经》中的诗歌有意为人的情感提供合乎规范的表达;那些学"诗"和诵"诗"之人自然而然地吸收了那些正确的价值规范。于是,借助该诗的传播,夫妇之关系得以"正"。正如内在心理状态显现为外在文本,所以,外在的诗也可以塑造人的内心。

通过强调"风"所包含的"影响"以及随之而来的"教导"的语义内容,"诗"在道德教化过程中的作用就得到了维护。孔子把教化作用加之于诗,从而转换了"诗"在早期演讲、辩论中的一个最古老的用法,这种转换不能说是前所未有的,应该说它是一种伦理性的转换。在早期演说、辩论活动和诞生于该传统的散文中,"诗"大体以这样三种方式被使

---

① "君子之德风,小人之德草;草上之风必偃。"(《论语·颜渊》)
② 应该注意的是,在"四始"理论中,这种"风"之首的说法变得尤为重要。所谓"四始"即《诗经》的一个理想次序,它涉及《诗经》四大部分所体现的四个不同层面的递进过程。

用：第一，把某诗歌作为权威来引用，以证明某一观点；第二，表达说话人的"志"；第三，通过兴发（"兴"）听者的感情，以说服他赞同说话人的观点。

在第三种情况即"兴"中，存在这样一个假定：外在的诗歌可以作用于听者的内在意向。可是，《诗大序》这位演说者还进一步假定，"诗"的劝说力量没有什么固有的道德指向，演说者想达到什么目的，它就可以指向什么目的。这就是《诗经》的情感效应以及道德中立的假定，以此为背景，儒家提出了一个反论，该反论就表达在《大序》里：《诗经》的每一首诗都具有特定的道德力量。具体诗歌中的道德力量可以这样两种方式被确认和证实：或者表明它是该诗的"本来用意"，继而追溯其历史源头；或者表明它是"删定者的用意"，因而试图确定孔子出于什么原因把该诗放入《诗经》中。儒家传统坚持认为《诗经》中的每首诗的伦理力量皆必须固定下来，这样的观点最终导致这样一种解释：诗歌不是什么自发的显现，而是为达到道德说教目的而自觉创作（或删定）的。我们可以把它称作"说教意图"，只要我们能认识到，其目的并不是让人们明白善，而是为了人们自然而然地把善内化于心，使善成为人们的一种"自然"状态。这个意思其实就暗含在这段文字中，它把诗歌称为"风天下"的手段。正如在西方，关于诗歌之产生是自觉的还是非自觉的种种假定，存在着理不清的矛盾和冲突。

> 诗者，志之所之也，在心为志，发言为诗。
>
> The poem is that to which what is intently on the mind（志*）goes. In the mind（心*）it is "being intent"（志*）; coming out in language（言），it is a poem.

"诗"在此处的直接所指当然是《诗经》中的诗，但这段话后来成为一切后世诗歌的经典定义。它假定，什么"是"诗以及未来的诗"应该是"什么都内在于《诗经》中。

我们首先应该考虑一下，这个说法与《尚书》中的"诗言志"的定义有何不同。《诗大序》重述了那个定义，而没有任何一种重述是中立的：尽管重述和释义行为固然要求在概念上与它们之前的文本保持一致，可实际上它们总是隐藏了某种实质性的偏离。"诗言志"是根据过程或活动下的定义：诗就是其活动或过程。而"诗者，志之所之也"则是一个等式定义：该定义所说的不是一种活动，它再次陈述了诗的本质，这个本质得之于诗的本原。在《诗大序》中，诗被解释为一种"运动"，也就是诗的进程的空间化，它与那个得到充分确立的内外范式相符。这成了诗的心理学理论的根基，并把诗的生产活动与诗的广泛交流层面（"行远"）联系起来。

体现在"之"中的这个诗的生产的空间化，创造了一个跨越内外的运动模式。于是，我们在下一句中看到一个值得注意的补充："在心为志，发言为诗。"现在，我们有了一个"事物"，一个"X"，它也许是"志"，也许是"诗"，是"志"还是"诗"，取决于它在什么地方。这确实迥异于《尚书》的那个说法：诗不仅仅是"志"之"言"，它就是"志"。这个在空间运动中的变形模式还有另一个意味：当这个X从其"志"的状态进入其"诗"的状态时，必然暗示着"志"被转移了，"志"所包含的张力被消耗了。在谈及诗歌必然具有治疗作用时，这个暗示将被后世作家大加发挥。

这基本上是从心理学角度来描述诗歌，它虽不是"艺术心理学"，但艺术被置入更广泛意义上的心理学之中。这个心理学定义很容易为《诗经》的伦理和政治解释提供便利；但是，即使没有伦理或政治情境，人心也能受到扰动，由于这一点，这个心理学定义不难被扩展。同理，它也就容易得到《文心雕龙》和其他后世理论著述的那个宇宙诗学的应和，按照那种宇宙诗学，所有的事物皆有从潜至显的普遍趋势，那种试图"之"入诗中的"志"的张力失衡不过是这一普遍趋势的一个个案。

> 情动于中而形于言，言之不足，故嗟叹之；嗟叹之不足，故永歌之；永歌之不足，不知手之舞之，足之蹈之也。
>
> The affection (情*) are stirred with in and take on form (形) in words (言). If words alone are inadequate, we speak them out in sighs. If sighing is inadequate, we sing them. If singing them is inadequate, unconsciously our hands dance them and our feet tap them.

这段文字的心理学基础在《乐记》和战国时期的各种哲学家的著述

中皆有发展。人生而平衡、安静。"情"是外物扰动的结果，但这些扰动是无形的、尚未表达的，是语言给这些注定要外化的无形之"情"以形貌。

这段文字通过假定内心张力的等级以及与之相称的外在显现的等级，把诗歌放到情感和语言的关系之中。它的言外之意尤其值得注意：普通的语言和诗歌不存在什么质的差异；二者的差异仅在于内在情感的复杂程度和张力的强度。借助"气"（"呼吸"或"能量"）的生理学理论可以再清楚不过地看出这个等级。随着情感强度的加深，呼吸就加重，使说话带上嗟叹的调子。在不断加重的呼吸中，歌唱（以及随后的诗歌的吟诵）属于第二级。最后，嘴再也满足不了气流的需要了，于是，气就流向血脉，使身体运动，以至手舞足蹈起来。

这段话告诉我们诗歌"是"什么，同时也告诉我们诗歌"应该是"什么。按照它的说法，诗歌以生理过程为基础，所以，就物质层面看，诗歌是"自然的"：诗歌属一般意义上的人所有；诗人与非诗人没有什么质的差异（虽然诗人可能比非诗人更容易被感动）。按照传统解释，本段在描述诗的生产，可我们其实无法确知它描述的是创作自己的诗还是吟诵他人的诗；也就是说诗歌的本质在于吟诵，以及吟诵过程中的吟诵者的情感的内在性；它不涉及被吟诵的诗归谁"所有"的问题。最后那个分句中的"不知"使此前没有明说的东西明朗化了：诗的表达是非自觉的。非自觉性保障了它的可信性，并使它完全可以接纳孟子的"知言"意义上的解释学和孔子"观其所由"的教导。

不幸的是，这样一来，冒出来三个棘手的问题：第一，并非每个人都是诗人。第二，那些能写诗的人只要打算写诗就可以写出诗来，而不必有什么内心冲动或必需的心理条件。第三，诗歌的创作把自己的某个不可信的形象投射给他人，所以它是一种为自己服务的活动。针对诗歌的这些实际情况和《诗大序》的一些判断上的矛盾，若干微妙的斗争在整个中国文学思想史中一直没有断绝。

感到需要为诗歌辩护，所以才产生了文学理论。一种文学思想传统越是浩瀚、复杂，该传统中的文学在价值方面所受到的挑战（经常是未声明的）就越多。先知诗和伊斯兰的赞美诗以及早期的希腊诗的作者声称他们的灵感是神授的，于是，这些诗歌就自然具有了权威性。然而，自亚里士多德以来，随着对神圣权威的信仰渐渐衰落，西方诗歌受到了理性主义和功利主义的冲击,人们开始尝试赋予诗歌一种哲学权威。同样,一种强烈的功利主义思潮在汉以前和汉代思想中盛行,注疏经典成了传统人士证明文本价值的手段,它们的价值本来是不成问题的。在中国传统中,神圣权威从来就不是诗歌的当然权威(这也是它与西方诗歌的走向如此不同的一个原因)。如果能说明某一权威在心理和肉体上是"自然的",它才可以成为诗歌的当然权威。《诗大序》提出这套心理学就是为了证明诗歌的自然性("嗟叹"的心理倾向显然是非自觉的,它是作为说话和咏歌之间的过度阶段被提出来,以便支持这个"证据")。这样一来,诗歌其实就寓于人性之中,而且按照后面段落的说法,它也寓于人类社会的那个更大的语境之中。

> 情发于声,声成文谓之音。治世之音安以乐,其政和;乱世之音怨以怒,其政乖;亡国之音哀以思,其民困。
>
> The affections (情*) emerge in sounds; when those sounds have patterning (文*), they are called "tones." The tones of a well-managed age are at rest and happy; its government is balanced. The tones of an age of turmoil are bitter and full of anger; its government is perverse. The tones of a ruined state are filled with lament and brooding; its people are in difficulty.

我们现在转到了显现过程的中介。情感活动产生"声"即情感外化的语言模式。情感扰动达到一定的强度就产生了诗与歌,它的外在模式是"音"。"音"与"声"的区别在于"文"。我们或许没有忘记,按照孔子在《左传》中的说法,"文"是一种特质,它使有"文"者可以"行远"。

我们应当注意《诗大序》怎样展开其论点。它首先摆出《尚书》的那个经典的诗歌定义,然后进一步深入诗歌的前因(在本段)和后果(在随后的一段)。

情感受到扰动;当扰动达到一定强度、持续不停、并指向某一定点或目标的时候,就出现了"志"的紧张状态,"志"外显即成为诗。由于越到后来,"志"与政治雄心的联系越为紧密,所以后世感到在"志"和"情"之间存在严重对立;不过,在"大序"的形成阶段即战国后期和西汉时期，这两个词被一个共同的心理紧密地联结在一起，也就是说，"情"是内心自身的扰动，"志"是内心与这种扰动所引发的某个目标的关系。若想建立诗歌的这个生产范式，下一步需提出这样的问题：是什么扰动了情感。这个时期的经典注疏家所关心的基本上是代表社会秩序之典范的周朝历史。于是，时代政治和社会状况作为扰动情感的第一外在条件被提出来，然而，除此之外的其他各种外在环境显然也能够扰动情感。在后世的诗歌理论中，各式各样的因素皆被提出来，作为诗歌活动的主要或部分起源，诸如人际关系（尤其的离别）中的某些时刻，季节的轮回、古代的遗迹、从天文地理中看出的一些原则。

此刻，我们应当还记得，关于诗歌活动的这一前因后果的描述是出于解释学的目的而被摆在这里的；也就是说，这些段落在告诉我们怎样理解《关雎》和《诗经》里的其他诗歌。在前面的段落里，我们已经明白，通过读诗可以知其时代（比较孟子所说的"尚友"）。我们在诗歌里通过被提高了的反应（heightened responses）得知那个时代的情况，那些反应携带着足够的能量，足以使语言成为"文"，正如孔子所说，有了"文"，诗歌才能"行远"，并传给我们。

尽管我们可以透过《诗经》的诗篇了解古代世界，但《诗经》并不是描述性历史。即便按照关于诗歌性质的最历史性的解释，我们在诗歌里所遇到的以往世界也是非常间接的，因为它是经由某人的内心转达出来的。我们不是直接把握那个世界，而是经由它对诗人的影响来把握它。正如《诗大序》在后文谈到"风"时所说："系一人之本。"

这个内在中介，也就是某个人的内心状态，对诗歌的发展产生了深远影响。产生那首诗的那个环境，我们是怎么知道的呢——不是通过那些环境的具体再现（无论是字面的还是比喻的），而是通过一种情绪："安""怨""哀"。与音乐效果紧密相关的情绪成了中国文学和美学思想的一个重要部分。情绪固然不容易一下子辨别清楚，但它们也不那么模糊。后世中国文学思想发展出一套繁复的情绪词汇，它们虽然互有交叉，但区别是明显的。透过这里的诗歌理论，对于情绪何以成为一个核心美学范畴，我们就应当一目了然了：情绪是心理运作的整体，它不仅是某人说的话，而是蕴含在某人与他的陈述之间的关系中的那个整体。这是一种把"所以""所由"和"所安"统一起来的方式。

> 故正得失，动天地，感鬼神，莫近于诗。先王以是经夫妇，成孝敬，厚人伦，美教化，移风俗。
>
> Thus to correct (正*) [the presentation of] achievements (得*) and failures, to move Heaven and Earth, to stir the gods and spirits, there is nothing more apposite than poetry. By it the former kings managed the relations between husbands and wives, perfected the respect due to parents and superiors, gave depth to human relations, beautifully taught and transformed the people, and changed local customs.

这一段从"知"的问题又回到诗歌的调教功能。诗歌来自被"动"起来的情感，而且诗歌也能"动"其他事物，比如在这里，它能动天地。诗歌不只发自某种感动，诗歌也能"感"动他物。这里用上了牛顿物理学——等力传送。考虑到这一力量，《诗大序》从作为内心状态的自发显现的诗歌转到了作为教化工具的诗歌，无论是对于其任务还是于其使用之便利，后者都是恰当的也即"近"的。

在人际关系的广泛领域，如夫妇、长幼、上下尊卑等，我们皆看到诗歌的调教力量。最后我们还看到其最一般的功能，也就是它作为教化工具的功能，以及对整个风俗的影响。

在儒家的文化设计中，诗歌固然占有一个非常重要的位置，但诗歌的教导并不必然是强制性的。相反，按照孔颖达的看法，《诗经》的诗篇，加之音乐的配合，应当于不知不觉中引人向善：听者如果领会继而分享内心的善，他们自己的情感动机就会被该体验所塑造。然而，这种天上乐园一般的力量只是在诗乐尚未分家的时代才是可能的；后来音乐失传，只留下孤零零的文本，所以才需要注疏，以阐明那些原本就在一切诗篇之中的"德"。

> 故诗有六义焉：一曰风，二曰赋，三曰比，四曰兴，五曰雅，六曰颂。
>
> Thus there are six principles (义*) in the poems: 1) Airs (风*); 2) exposition (赋*); 3) comparison (比*); 4) affective image (兴*); 5) Odes (雅*); 6) Hymns (颂*).

关于"六义"在这里为什么以现在这个顺序出场,已费了不少笔墨。① 问题出在两个截然不同的次序被混到一起了。"风""雅""颂"是《诗经》的三大部分;"赋""比""兴"是三种表现形式,根据它们,被入选的所有诗篇皆可被划分为三类(虽然毛诗仅标明了那些"兴"诗)。"赋"是一切非比喻性的铺陈。如果在"赋"中,说话人描述了一条急流,那么读者就认为确实存在一条急流,也许它是诗里的说话人必须穿过的一条急流。对说话人的内心状态所做的描述、叙述和解释也属于"赋"。② "比"则意味着诗的核心形象是明喻或隐喻;读者一见到"比"就知道其中包含比喻。

在"六义"里,传统理论家和现代学者最关注"兴"。"兴"是形象,其主要功能不是指意,而是某种情感或情绪的扰动:"兴"不是"指"那种情绪,而是发动它。所以,"兴"这个词的真正意义不是一种修辞性比喻。而且,"兴"的优势地位可以部分解释,传统中国之所以没有发展出见之于西方修辞中的那种复杂的分类系统,相反,它发展出一套情绪分类系统以及与每一种情绪相关的情境和环境范畴,正因为有作为整体心理状态之显现的语言概念,所以就有情绪语汇,正如有作为符号(sign)和指涉(referent)的语言概念,所以就有西方的图式(schemes)和比喻(tropes)修辞法。③

> 上以风化下,下以风刺上,主文而谲谏,言之者无罪,闻之者足以戒,故曰风。
>
> By *feng** those above transform those below; also by *feng** those below criticize those above. When an admonition is given that is governed by pat-

---

① 关于"六义"的一个完整的英文文献目录见 John Timothy Wixted《古今集序:另一个视角》["The Kokinshu Prefaces: Another Perspective", *Harvard Journal of Asiatic Studies* 43.1: 228-229 (1983), footnote 30]。

② 关于"赋"的讨论参见 Dore J. Levy,《铺陈:再谈赋的原则》("Constructing Sequences: Another Look at the Principle of Fu 赋 Enumeration", in *Harvard Journal of Asiatic Studies* 46.2: 471-494 [1986])。

③ 就像战国时代的辞令家引用《诗经》一样,西方古典修辞家也颇为留意情感修辞,即唤起某种情绪以达到说服对方的目的。当然,印度诗论家的情绪修辞又与前两者迥然有别。在《诗经》之解释的道德教育工程中,也存在同样的情况,即有意识地"利用"语言以触发某种反应。不过,在后来的中国诗歌理论中,这种为制造效果而有意识地使用语言的情况基本上消失了(除了乐府理论),发展到后来,中国诗歌理论主要关心的是诗人如何不自觉地显现在诗歌之中。

terning（文*）, the one who speaks it has no culpability, yet it remains adequate to warn those who hear it. In this we have feng*.

"风"在这里的意思既是影响之"风"（社会上层对社会下层），也是批评之"风"（社会下层对社会上层）。无论前者还是后者，"风"可以"行远"的能力都是以跨越不同社会阶层的运动而被界定的。

我们知道，批评权威通常要承担罪责。正如在西方传统中虚构（fictionality）和 poiesis（制作）被赋予违逆社会禁忌的特权，"文"也可以保护其使用者不致引火烧身。"文"不隐藏信息（听者或读者能明白其意思，以警告自己小心行事），但它可以保护危险话语。个中原因我们不很清楚，唯一的解释是，这类诗歌的生产是非自觉的，因而说话人自然没有考虑到，如何尊重对方，应当注意礼貌。对于后来的社会批评家，"言之者无罪"的说法变得非常重要（尽管各种权威并非总是尊重文学作为避难所的权力）。

至于王道衰，礼义废，政教失，国异政，家殊俗，而变风变雅作矣。国史明乎得失之迹，伤人伦之废，哀刑政之苛，吟咏性情，以风其上，达于事变而怀其旧俗者也。故变风发乎情，止乎礼义。发乎情，民之性也；止乎礼义，先王之泽也。

When the royal Way declined rites and moral principles（义*）were abandoned; the power of government to teach failed; the government of the states changed; the customs of the family were altered. And at this point the mutated（变*）feng* and the mutated ya* were written. The historians of the states understood clearly the marks of success and failure; they were pained by the abandonment of proper human relations and lamented the severity of punishments and governance. They sang their feelings（性*—情*）to criticize（风*）those above, understanding the changes（变*）that had taken place and thinking about former customs. Thus the mutated feng*（变*—风*）emerge from the affections（情*）, but they go no further than rites and moral principles. That they should emerge from the affections is human nature（性*）; that they go no further than rites and moral principles is the beneficent influence of the former kings.

人们经常使用与"正""变"之间的摆动有关的词来形容中国文学的历史进程。这些词充满价值判断,在这个语境里,它们与道德历史内容联系紧密。"正"形容一个运转正常的政府和社会的稳定状态,这种稳定状态体现在时代的诗歌之"音"中。该语境中的"变"指正常状态的流失即"流",其中,社会渐趋失调的状况在诗歌中体现出来。这些词始终没有彻底摆脱那些根植于道德历史的价值判断;不过,后来也出现过试图从一种纯字面的意义上来使用它们的倾向。在这里,"正"可能代表某种文体规范,"变"大概是对其规范的流失;获得规范和后来失去规范的过程有可能独立于朝代的道德历史。

《诗大序》对诗歌所作的描述自然引发了一个棘手的问题,这也是上一段文字试图面对和解决的问题。如果"变风"来自一个道德败落的阶段,那么道德败落就自然显现其中;这样一来,这些诗歌的伦理规范价值就变得可疑了。为解决这个问题,《诗大序》断定"国史"是"变风"的作者。这样一来,我们就可以把"变风"视为有德之人对道德败落问题作出的反应,而不仅仅是道德败落的显现。假如我们读到《诗经》中的一首情诗,而诗中的情爱双方显然没有遵循恰当的婚恋礼俗,那么,我们可以站在有德者的视点上,依"旧俗"看待其表现,继而看出该诗有反对和批评之"音"。有了这种注疏的机巧,《诗经》的解释就符合孔子所谓"诗三百,一言以蔽之,曰:思无邪"(《论语·为政》)。应当补充的是,伟大的经学家朱熹(1130—1200)对《诗经》所作的权威的再阐释,废弃了国史的中介说,他认为"变雅"的作者不是国史,相反,他认为那些诗歌直接表现了它所处的时代(这样,揭露礼崩乐坏的诗歌应当直接来自那些被时代的衰落所腐蚀的人)。这个合理的修正使朱熹不得不对孔子关于"无邪"的说法作出新的解释,于是他提出,诗歌的恰当解释主要取决于读者的道德能力(这样一来,他的解释就更接近孟子的"知言"了)。

国史中介说也为《诗大序》的作者提出了另一难题。必须再次肯定诗歌是人性的自然产物;可又不能否认,情感一旦被扰动,往往走向失衡和过度。生活在腐败时代的国史的自然反应,大概不同于他的同代人。国史的反应既是道德的也是自然的,因为他们已经把来自"先王之泽"的"礼义"内化于心了。这些内化于心的价值规范给情感的动机以适当的限制。这里存在一个基本事实,儒家传统并没有把情感判断和道德判断对立起来；自然反应受到高度重视，道德判断必须是非自觉的才有效力。以"礼义"形式出现的道德性是加给情感概念的一个适度限制，情感本来是静的，如果不限制就会导致过度；道德限制受制于情感并给情感以合乎规范的表达。于是，我们可以这样认为，《诗经》里所有的诗甚至包括"变风"，都是非自觉的和完全自然的，同时仍符合道德规范。

《诗大序》的最后一段区分了《诗经》的三大组成部分——"风""雅""颂"，"雅"又分"大雅""小雅"。这四部分又产生"四始"。周代的道德历史在这四个层面上展开，每一层面或部分都有一个从"正"到"变"的过程。

> 是以一国之事，系一人之本，谓之风；言天下之事，形四方之风，谓之雅。雅者，正也，言王政之所由废兴也。政有大小，故有小雅焉，有大雅焉。颂者，美盛德之形容，以其成功告于神明者也。是谓四始，诗之至也。

> Thus the affairs of a single state, rooted in [the experience of] a single person are called *Feng**. To speak of the affairs of the whole world and todescribe customes（风*）common to all places is called *Ya**. *Ya** means "proper"（正*）. These show the source of either flourishing or ruin in the royal government. Government has its greater and lesser aspects; thus we have a "Greater *Ya**" and a "Lesser *Ya.**" The "Hynms"（颂）give the outward shapes of praising full virtue, and they inform the spirits about the accomplishment of great deeds. These are called the "Four Beginnings" and are the ultimate perfection of the poems.

《荀子·乐论》选段

> 夫乐者，乐也，人情之所必，不免也。故人不能无乐，乐则必发于声音，形于动静；而人之道，声音动静，性术之变尽是矣。故人不能不乐，乐则不能无形，形而不为道，则不能无乱。先王恶其乱也，故制雅颂之声以道之，使其声足以乐而不流，使其文足以辨而不諰，使其曲直繁省、廉肉节奏足以感动人之善心，使夫邪汙之气无由得接焉；是先王立乐之方也。

故听其颂雅之声，而志意得广焉。执其干戚，习其俯仰屈伸，而容貌得庄焉。行其缀兆，要其节奏，而行列得正焉，进退得齐焉。……故乐者天下之大齐也，中和之纪也，人情之所必不免也。

夫声乐之入人也深，其化人也速，故先王谨为之文。乐中平则民和而不流，乐肃庄则民齐而不乱。

Music is delight,① which is inevitable in the human affections (情*). A person cannot help but have delight; and such delight always emerges in sounds and takes on form movement.② In the Way of man, sounds and movements and the mutations(变*)in his nature are all to be found here [in music]. As a person cannot but feel delight, that delight cannot but take on form. Nevertheless, if that form is not guided,③ then it will necessarily be disorderly. The kings of old hated such disorder and thus organized the sounds [or notes] of the Odes (雅*) and Hymns [of the *Book of Songs*] to provide guidance. They made the sounds [i.e., the music of the Odes and Hymns] adequate for showing delight without letting it run into dissolution;④ they made the texts (文*)⑤ [of the Odes and Hymns] adequate to make proper distinctions without leading people into corruption. They made the various aspects of performance — tremolo and sustained notes, symphony and solo, lushness and austerity, and the rhythms — adequate to stir the good in people's hearts. They made this so that there was no way that a corrupt *qi** would be able to reach people. This was the way in which the kings of old established music.

When a person listens to the sounds of the Odes and Hymns, his intentions (志*—意*) are broadened. When a person takes up shield and ax [for the

---

① "乐"有两个读音：lè 是高兴的意思，yuè 是音乐。荀子利用了"乐"字的多音和多义的特点。

② 在汉语中，被译为"movement"的"动"即"动静"：运动和静止。

③ 这里的"道"（引导）与"道"（道路，方式）写作同一字，在这个语境中，其语义价值与更宽泛的意义"遵循某种道路或方式"紧密相连。

④ 这里的"dissolution"是"流"，字面意义即"flow"。儒家渴望维护正当的名分，所以，流到一块的东西（及其联想意义："听任"男女混杂）这个观念令儒家颇感困扰，"流"是儒家表达危险的一个隐喻。

⑤ 不清楚这里的"文"指"雅"和"颂"的口头文本，还是指为使声音成为音乐而赋予声音的"文"。

war dance] and practices its moves, his appearance and bearing will achieve gravity from it. When he moves in the proper order and to the proper places in the dance, and when his movements keep to the rhythm, a sense of correct rank and order will come from it, and a knowledge of when to advance and when to withdraw will be in balance... Thus music is the supreme balancer of the world,① the guideline of a medial harmony, and something that cannot be dispensed with for the human affections. ②

Musical sounds penetrate deeply into a person, and they transform a person swiftly. Thus the kings of old used great caution in giving them pattern [or texts, 文*]. If the music is even, then the people will be in harmony and not slip into dissolution. If the music is grave and stern, then the people will be balanced and avoid disorder...

《礼记·乐记》选段

《礼记》成于西汉时期，是战国和汉代以来儒家文本的一个杂录。其中《乐记》一篇论音乐之起源、功能以及乐与礼的关系。该文中的大量资料稍有改动又见于司马迁（前145—前86?）《史记》中的《乐书》。在这两书中，我们皆发现若干后来被组织到《诗大序》中的材料，对于《诗大序》所依据的心理学内容，它们有更详细的论述。

《乐记》和《诗大序》皆关注情感的非自觉表现和情感的道德规范之间的调解问题。由"国史"创作的"变风"是非自觉的产物，但又没有超出得体的规范；同理，"礼"是找到了规范和制约形式的人的情感的自然表达。于是，"乐"和"礼"在仪式中的作用就被巧妙地区分开了："礼"区分人与人的关系中的角色，而"乐"可以克服这些区分，使参与者合为一体。

凡音之起，由人心生也。人心之动，物使之然也。感于物而动，故形于声；声相应，故生变；变成文，谓之音；比音而乐之，及干戚

---

① 被译作"balancer"的"纪"，其字面意思是平衡器，它使事物的关系保持平衡。它促成一种本能的意识，例如何时进、何时退，使人际关系和社会关系保持平稳。

② 这里，荀子以一种新的方式回到了本章开头的陈述。起初"乐"是乐（lè，高兴），它是人的一种"不免"的感情。这里，它是乐（yuè，音乐），也是"必不免"者（在汉语中，inevitable 和 cannot be dispensed with 没有区别）。

羽旄，谓之乐。乐者，音之所由生也，其本在人心之感于物也。是故其哀心感者，其声噍以杀；其乐心感者，其声啴以缓；其喜心感者，其声发以散；其怒心感者，其声粗以厉；其敬心感者，其声直以廉；其爱心感者，其声和以柔。六者非性也，感于物而后动，是故先王慎所以感之者。故礼以道其志，乐以和其声，政以一其行，刑以防其奸。礼乐刑政，其极一也。所以同民心而出治道也。

All tones (音) that arise are generated from the human mind (心*). When the human mind is moved (动), some external thing (物*) has caused it. Stirred (感*) by external things into movement, it takes on form (形) in sound. When these sounds respond (应*) to one another, mutations (变*, i.e., changes from one sound to another) arise; and when these mutations constitute a pattern (文*)① they are called "tones." When such tones are set side by side and played on musical instruments, with shield and battle-ax for military dances or with feathered pennons for civil dances, it is called "music."

Music originates from tones. Its root (本) lies in the human mind's being stirred (感*) by external things. Thus, when a mind that is miserable is stirred, its sound is vexed and anxious. When a mind that is happy is stirred, its sound is relaxed and leisurely. When a mind that is delighted is stirred, its sound pours out and scatters. When a wrathful mind is stirred, its sound is crude and harsh. When a respectful mind is stirred, its sound is upright and pure. When a doting mind is stirred, its sound is agreeable and yielding. These six conditions are not in innate nature (性*): they are set in motion only after being stirred by external things. Thus the former kings exercised caution in what might cause stirring. For this reasons we have rites to guide what is intently on the mind (志*); we have music to bring those sounds into harmony (和); we have government to unify action; and we have punishment to prevent transgression. Rites, music, government, and punishment are ultimately one and the same — a means to unify the people's mind and correctly execute the Way.

---

① 这里的"文"做了校改。

从这六种心理状态的措辞中引发了一个问题：我们可能以为，内心反应将追随动心之物的性质，如"其心感于乐者……"等等。这是对该段文字的另一可能解释，但这里的用词说明，其心理事先就已倾向于那些状态，经扰动被引发出来。当然，无论哪种情况，这六种状态都不是先天的。

> 凡音者，生人心者也。情动于中，故形于声，声成文，谓之音。是故治世之音安以乐，其政和；乱世之音怨以怒，其政乖；亡国之音哀以思，其民困。声音之道与政通矣。
>
> All tones are generated from the human mind. The affections（情*）are moved within and take on form in sound. When these sounds have patterning（文*）, they are called "tones." The tones of a well-managed age are at rest and happy: its government is balanced（合）. The tones of an age of turmoil are bitter and full of anger: its government is perverse. The tones of a ruined state are filled with lament and brooding: its people are in difficulty. The way of sounds and tones（声—音）communicates（通*）with [the quality of] governance.

[这里省略了若干段落，它们为五个音符和政府职能以及潜藏在各音符的某种音乐失调中的社会问题建立了精致联系。]

请注意这段文字与《诗大序》的说法非常相近之处：情感于内，形于言；情发为声，声成文，谓之"音"。此外，二者还有一些相同的段落，如论述音乐的性质和产生音乐的那个时代的社会状况的关系。看来，它们是被普遍接受的常识，为解释新的术语和情况，它们经常以常新的变形被重述和扩展，并愈益深入其前因后果。这种围绕一个中心不断重复的运动是"赋"的常见形式。

> 凡音者，生于人心者也；乐者，通伦理者也。是故知声而不知音者，禽兽是也；知音而不知乐者，众庶是也。惟君子为能知乐。是故审声以知音，审音以知乐，审乐以知政，而治道备矣。是故不知声者，不可与言音；不知音者，不可与言乐。知乐，则几于礼矣。礼乐皆得，谓之有德。德者得也。

All tones are generated from the human mind. Music is that which communicates (通*, "carries through") human relations and natural principles (理*). The birds and beasts understand sounds but do not understand tones. The common people understand tones but do not understand music. Only the superior person (君—子) is capable of understanding music. Thus one examines sounds to understand tone; one examines tone to understand music; one examines music to understand government, and then the proper execution of the Way is complete. Thus one who does not understand sounds can share no discourse on tones; one who does not understand tones can share no discourse on music. When someone understands music, that person is almost at the point of understanding rites. And when rites and music are both attained (得), it is called De* ["virtue" or "attainment"], for De* is an "attaining" (得).

大概"审乐以知政"是从前面的一个段落来的,那一段说,通过听乐,人可以得知其社会状况。读到这里,读者或许已经可以看出,在这类传统论说中,发展中的各阶段与等级秩序密切相关。

是故,乐之隆非极音也。食飨之礼,非致味也。清庙之瑟,朱弦而疏越,一唱而三叹,有遗音者矣。大飨之礼,尚玄酒而俎腥鱼,大羹不和,有遗味者矣。是故先王之制礼乐也,非以极口腹耳目之欲也,将以教民平好恶。而反人道之正也。

The true glory of music is not the extreme of tone; the rites of the Great Banquet are not the ultimate in flavor (味*). The zither used in performing "Pure Temple" [one of the Hymns in the Book of Songs] has red strings and few sounding holes. One sings, and three join in harmony; there are tones which are omitted. In the rite of the Great Banquet, one values water [literally "the mysterious liquor"] and platters of raw meat and fish; the great broth is not seasoned [和, "harmonized"]; there are flavors which are omitted. We can see from this that when the former kings set the prescriptions for music and rites, they did not take the desires of mouth, belly, ears, and eyes to their extremes, in order thereby to teach people to weigh likes and dislikes in the balance and lead the people back to what is proper（正*）.

这是后世中国文学思想中的十分重要的省略美学的一个最早阐释，它是在一个伦理语境中做出的阐释。最完美的音乐适可而止，从不过度；它知道有省略才能引发他人的反应，才有吸引力。"一唱三叹"的说法后来相当普遍，用以表示这种引发他人参与的抑制美学。不过，在其最初的语境即《乐记》里，抑制是一种伦理力量而非美学力量。省略体现了那个加于感官满足的适当限制原则。

> 人生而静，天之性也；感于物而动，性之欲也。物至知知，然后好恶形焉。好恶无节于内，知诱于外，不能反躬，天理灭矣。夫物之感人无穷，而人之好恶无节，则是物至而人化物也。人化物也者，灭天理而穷人欲者也。于是有悖逆诈伪之心，有淫泆作乱之事。是故强者胁弱，众者暴寡，知者诈愚，勇者苦怯，疾病不养，老幼孤独不得其所，此大乱之道也。

A human being is born calm: this is his innate nature（性*）endowed by Heaven. To be stirred by external things and set in motion is desire occurring within that innate nature. Only after things encounter conscious knowledge do likes and dislikes take shape（形）. When likes and dislikes have no proper measure within, and when knowing is enticed from without, the person becomes incapable of self-reflection, and the Heaven-granted principle（天—理*）of one's being perishes. When external things stir a person endlessly and when that person's likes and dislikes are without proper measure, then when external things come before a person, the person is transformed（化*）by those things. When a person is transformed by things, it destroys the Heaven-granted principle of that person's being and lets him follow all human desires to their limit. Out of this comes the refractory and deceitful mind; out of this come occurrences（事*）of allowing excess and turmoil. Then the powerful coerce the weak; the many oppress the few; the smart deceive the stupid; the brave make the timid suffer; the sick are not cared for; old and young and orphans have no place—this is the Way of supreme turbulence.

这显然是霍布斯式的人类社会观,① 它的中国源头是荀子一派的儒学思想。按照这里的说法,传统道德之所以存在是为了对人类的分裂力量施加限制。这里把"知知"译为"conscious knowledge"(有意识的知识)。

> 是故先王之制礼乐,人为之节;衰麻哭泣,所以节丧纪也;钟鼓干戚,所以和安乐也;昏姻冠笄。所以别男女也;射乡食飨,所以正交接也。礼节民心,乐和民声,政以行之,刑以防之,礼乐刑政,四达而不悖,则王道备矣。
> 乐者为同,礼者为异。同则相亲,异则相敬。乐胜则流,礼胜则离。合情饰貌者,礼乐之事也。礼义立,则贵贱等矣;乐文同,则上下和矣;好恶著,则贤不肖别矣;刑禁暴,爵举贤,则政均矣。仁以爱之,义以正之,如此,则民治行矣。

For this reason the former kings set the prescriptions of rites and music and established proper measures for the people. By weeping in mourning clothes of hemp, they gave proper measures to funerals. By bell and drum, shield and battle-ax [for military dances] they gave harmony (和) to expressions of happiness. By the cap and hairpin of the marriage ceremony, they distinguished male and female. By festive games and banquets they formed the correct associations between men. Rites gave the proper measure to the people's minds; music made harmony in human sounds; government carried things out; punishments prevented [transgression]. When these four were fully achieved and not refractory, the royal way was complete.

Music unifies; rites set things apart. In unifying there is a mutual drawing close; in setting things apart there is mutual respect. If music overwhelms, there is a dissolving;② it rites overwhelm, there is division. To bring the affections into accord and to adorn their outward appearance is the function (事*) of music and rites. When rites and ceremonies are estab-

---

① 霍布斯(Thomas Hobbes, 1588—1679),英国政治哲学家,机械唯物主义者,主要著作有《利维坦》《论物体》等。
② 这个液化的隐喻暗示混杂,以及"流"的曲折所指。

lished, then noble and commoner find their own levels; when music unifies them, then those above and those below are joined in harmony. When likes and dislikes have this manifest form, then the good person and the unworthy person can be distinguished. By punishments one prevents oppression; by rewards one raises up the god; if these prevail, then government is balanced. By fellow-feeling one shows love; by moral principles（义*）one corrects them, and in this way the management of the people proceeds.

如果说荀子一派的儒家思想试图控制危险的力量，那么，汉代儒家则试图让两种对立的力量保持平衡。"礼"确定社会关系中的各个功能，因而它是一种区分系统。不过，作为区分系统，"礼"容易使人们四分五裂，彼此对立。"乐"能为礼仪的所有参与者所共享，所以有了"乐"，"礼"的危险性就被削弱了，"乐"使人们感到像是一个统一体。可是，统一的冲动又威胁到区分，所以，又需要"礼"来制衡。

乐由中出，礼自外作。乐由中出故情，礼自外作故文。

Music comes from within; rites are formed without. Since music comes from within, it belongs to genuine affections（情*）; since rites are formed without, they have patterning（文*）.①

这里，我们可以清楚地看到礼乐之间的平衡与诗歌理论的对应，诗歌也是发自内心的"情"，而后在"文"中找到限制性的外在表达。

大乐必易，大礼必简。乐至则无怨，礼至则不争。揖让而治天下者，礼乐之谓也。暴民不作，诸侯宾服，兵革不试，五刑不用，百姓无患，天子不怒，如此，则乐达矣。四海之内，合父子之亲，明长幼之序，以敬天子，如此，则礼行矣。

大乐与天地同和，大礼与天地同节。和故百物不失，节故祀天祭地。明则有礼乐，幽则有鬼神。如此，则四海之内，合敬同爱矣。礼者殊事合敬者也，乐者异文合爱者也。礼乐之情同，故明王以相沿

---

① 这里的"情"做了校改。原文是"静"。

也；故事与时并，名与功偕。

　　The supreme music must be easy; the supreme rites must be simple. When music is perfect, there is norancor; when rites are perfect, there is no contention. To bow and yield, yet govern the world, is the true meaning of rites and music. There is no oppression of the people; the feudal lords submit; armor is not worn; the five punishments are not used; no calamity befalls the masses; the Son of Heaven feels no wrath—when things are thus, music has been perfected. Within the four seas fathers and sons are joined in affection, the precedence between elder and younger is kept clear, and respect is shown to the Son of Heaven — when things are like this, rites are in practice.

　　The supreme music shares the harmony of Heaven and Earth. The supreme rites share the proper measure of Heaven and Earth. In the harmony of the former, none of the hundred things fail; in the proper measure of the latter, the sacrifices are offered to Heaven and Earth. In their manifest aspect, they are rites and music; in their unseen aspect, they are spiritual beings. When things are like this, then all within four seas are brought together in respect and love. Though acts differ in the performance of a rite, these acts share the quality of respect. Though music has different patterns, these are brought together in the quality of love. Since the affections involved in music and rites remain the same, wise kings have followed them. Thus when act and occasion are matched, fame and accomplishment are joined.

　　这个欢天喜地的儒家的社会观——借助礼乐，整个社会与人的天性和宇宙的天性保持和谐——与文学没有直接关系；不过，它为真情实感和形式的一致这个文学兴趣提供了必要的基础，这个兴趣点始终贯穿在中国文学思想史中。

（选自《中国文论：英译与评论》，上海社会科学院出版社 2003年版）

刘若愚

刘若愚（James J. Y. Liu，1926—1986），美籍华裔汉学家、学者，斯坦福大学中国文学与比较文学教授。毕业于北京辅仁大学西语系，一生致力于中国古典诗歌、诗论和文论，以及中西比较文学、比较诗学等的研究。著有《中国文学理论》《中国诗艺》《李商隐的诗》《北宋主要词人》《中国文学艺术基础》等。《中国文学理论》（*Chinese Theories of Literature*，1975）是一部系统地向西方介绍中国文学理论的专著。书中用西方文艺理论的观点与方法通过中西比较，对我国的众多文学理论进行了比较全面的分析与研究，并对其价值与地位给予了相应的历史评价。在这部著作中，刘若愚受到艾布拉姆斯批评理论的影响，主要讨论了六种中国文论（形上理论、决定理论、表现理论、技巧理论、审美理论和实用理论），并将其与西方文论巧妙地结合起来进行比较研究。这不仅能让我们看到西方对中国文论的研究情况，同时也能让我们了解西方学者分析问题、解决问题的角度与方法。作为一部中西比较诗学的典范之作，《中国文学理论》不仅在中西文学思想交流树立了一座丰碑，而且对推动中西比较诗学的发展具有不可估量的价值与意义。

"形上理论与模仿理论和表现理论的比较"是《中国文学理论》第二章"形上理论"中一个部分，作者首先指出形上理论与模仿论两者在导向"宇宙"上有相似处，但两者在"宇宙"所指作家与作品间的关系等方面则表现出不同。并援引柏拉图、亚里士多德、新古典主义者、莎士比亚等的观点，阐明模仿论的"宇宙"指向的是人类社会，是超自然的概念；以又庄子、刘勰的相关论述为例，表明模仿论中的"超自然"和"理念"指向的是艺术家的心理，形上理论则并不强调诗人观照心理，而是注重观照自然。在模仿论中,作家与宇宙、作品间的关系被视作诗人有意识地模仿人类社会;而中国的形上理论将作家与宇宙的关系看作一种动力关系,作家在有意观照自然的过程中,转化到与"道"的直觉合一。文中对形上理论与表现理论之间的联系与区别也做了分析。二者均关注主观与客观的合一,但也不乏差异的存在,其主要体现在于表现理论导向的是作家(形上理论导向的是宇宙),作者援引柯勒律治和罗斯金的观点,以及将济慈的"消极能力"说与形上理论作比较,阐明形上理论强调的是诗人与"道"(一切存在的整体)的合一(与济慈理论注重诗人与个别事物的合一不同)。最后,通过中西方"镜子"的隐喻,探讨了形上理论、模仿理论和表现理论的异同。在模仿理论中,"镜子"代表艺术家的心灵和艺术作品(均是对外在现实世界的反映);在表现理论中,"镜子"只代表艺术作品;援引严羽、王士禛的"镜中之象""镜中之花"、庄子的得意忘言、谢榛与歌德的相关论述,阐明在中国形上理论中,"镜子"指向心智的宁静,而非对现实世界的反映。在这部分内容中,刘若愚通过与西方模仿理论、表现理论的比较,对形上理论做出自己独到的见解。他以宽广的视野,融贯中西,在超越历史与跨文化的指向下,为中西诗学的相互阐发与中西异质文论的对话做出有益的实践,给后代学者以极大的启迪。

形上理论与模仿理论和表现理论的比较

我们现在可以来研究中国形上理论与西方模仿理论以及表现理论相同或不同的地方。

形上理论与模仿理论相似的地方，在于这两种理论主要都导向"宇宙"；而彼此不同的地方，在于"宇宙"之所指，以及"宇宙"与作家和文学作品之间的相互关系；在模仿理论里，"宇宙"可以指物质世界，或人类社会，或超自然的概念（柏拉图［Plato, 427? B.C.—347 B.C.］的理念或上帝）。例如，柏拉图认为艺术家和诗人是模仿自然的事物；根据他的理论，自然事物本身是完美而永恒的理念之不完美的模拟，因此他将艺术和诗置于他的事物体系中较低的位置。① 新古典主义者也认为艺术是自然的模仿，虽然他们并不和柏拉图一样对艺术持有低度的看法。亚里士多德认为诗的主要仿真对象是人的行为②，因此我们可以说，在亚里士多德派的诗论中，"宇宙"意指人类社会。同样地，约翰逊（Samuel Johnson, 1709—1784）称赞莎士比亚（William Shakespeare, 1564—1616）的戏剧为"人生的镜子"③ 的这句名言，也暗示着人类社会亦即艺术的"宇宙"。最后，赞同模仿的"超自然理想"（Transcendental Ideal）（借用艾伯拉姆斯的句子）这种观念的人，如新柏拉图主义者以及某些浪漫主义者像雪莱（Percy Bysshe Shelley, 1792—1882）等相信艺术直接模拟理念

---

① 柏拉图：《理想国》第十卷，596—597 行，乔威特（Jowett）英译，卷二，第 469—470 页；韦姆萨特与布鲁克斯（Wimsatt and Brooks），第 11—12 页所引。
② 亚里士多德：《诗学》，第一卷和第二卷；韦姆萨特与布鲁克斯，第 27 页；艾伯拉姆斯，第 9 页；马克恩（McKeon），参见克瑞恩（Crane），第 162 页。
③ 艾伯拉姆斯，第 30 页。

(Ideas)，而布莱克（William Blake，1757—1827）也主张艺术的憧憬或想象是永远存在之现实的表现。①

在认明"宇宙"的这三种方式中，当然是最后一种最接近形上理论，不过，在这里我们仍能辨认出一些微妙的差别。在追随"超自然理想"的模仿理论中，"理念"被认为存在于某种超出世界以及艺术家心灵的地方，可是在形上理论中，"道"普遍在于自然万物中。正如庄子故作诙谐而基本上严肃的一句话所表示的，"道"甚至存在于"屎溺"。②"道"也不是存在于个人心灵中的一种清晰概念或意象；毋宁说，它吸收了个人的心灵。因此，新柏拉图派美学导向对艺术的一种内省的态度，而形上理论家并未劝告诗人将眼睛向内观照自己的心灵，而是观照自然。

"道"也不是具有人形性的神，这点该是很明显的。在哲学假定上的这种基本差异，可从分别表现形上观点和模仿观点的章节中看出，否则这些章节将极为相似。我们记得刘勰曾写道：

> （人）为五行之秀，实天地之心。心生而言立，言立而文明。自然之道也。③

> (Man) is the finest essence of the Five Agents, and truly the mind of heaven and earth. When mind was born, then language was established; when language was established, then literature shone forth. This is a natural principle.

我们可以将锡德尼爵士（Sir Philip Sydney，1544—1586）在《诗的辩护》（*Apologie for Poetrie*）中所说的与此做一比较：

> 假如言语（Oratio）次于理性（Ratio），是人类最大的天赋，那么，亟力精练此种恩赐（亦即言语）者不能不获得赞美。④

> For if Oratio next to Ratio, Speech next to Reason, be the greatest gift bestowed upon mortalitie, that can not be praiselesse which do the most

---

① 艾伯拉姆斯，第42—45页。
② 《庄子引得》，59/22/45；钱穆，I，第177页。参照华兹生第18、241页。
③ 范文澜，第1页；王利器，第1页。参照施友忠，第8—9页；吉布斯，第42—44页。
④ 锡德尼，参见格雷戈里·史密斯（Gregory Smith），卷I，第182页。

polish that blessing of speech.

虽然由上下文看，锡德尼是在为修辞和诗律，而不是为文学本身辩护，可是他的论旨却与刘勰相似：两者都认为文学或者语言的艺术，应该受到重新尊重，因为语言是人类独特的才能，用以表现一样独特的人类的心灵。透过这点，立即显出儒家对人的概念①与基督教人文主义者之间的差异：对刘勰而言，语言是人类心灵的自然显示，这本身也是宇宙之道的自然显示；对锡德尼而言，语言和理性都是上帝赐予人类的天赋。进而，锡德尼的见解背后，具有悠久长远的修辞传统，可以追溯到希腊时代的诡辩家②；相反地，中国的修辞术，虽然与希腊的修辞术兴盛于同时，但它在公元前3世纪——中国第一次统一和建立中央集权的帝国之后就已没落。

至于宇宙、作家和文学作品间的互相关系，在西方的模仿理论中，诗人或被认为有意识地模仿自然或人类社会，如亚里士多德派和新古典派的理论，或被认为是神灵附体，而不自觉地吐出神谕，一如柏拉图在《伊安篇》(*Ion*) 中所描述的。③ 可是，在中国的形上理论中，诗人被认为既非有意识地模仿自然，亦非以纯粹无意识的方式反映"道"——好像他是被他所不知而又无力控制的某种超自然的力量所驱使的一个被动的、巫师般的工具——而是在他所达到的主客观的区别已不存在的"化境"中，自然地显示出"道"。在形上观点看来，作家与宇宙的关系是一种动力 (dynamic) 的关系，含有的一个转变的过程是：从有意识地致力于观照自然，转到与"道"的直觉合一。

由于上述形上理论与模仿理论间的差异，进而由于"mimetic"（模仿）这个字的字面意义（尽管我知道希腊文 mimesis 或英文的同义词"imitation"并不一定意指"copying"的字面意思）④，我决定不采用"mimetic"这个字指本章所讨论的文学理论，而代之为"metaphysical"（形

---

① 虽然刘勰早年习佛，晚年为僧，他在《文心雕龙》中所表现的对人及世界的概念却是儒家的。从他的作品中看得出来的佛教影响，似乎只有关于方法学方面。参照范文澜，第728页；王利器，第XV—XVII页。关于不同的见解，参见饶宗颐，第17—19页。
② 参见韦姆萨特与布鲁克斯，第71页。
③ 柏拉图，《伊安篇》（见乔威特，卷 I，第226页）；贝斯，第4页所引；参见韦姆萨特与布鲁克斯，第9页。
④ 参见马克恩，克瑞恩第149—159页所收；艾伯拉姆斯第8页。

上)。然而,我并不是在暗示模仿的概念在中国文学批评中完全不存在,而只是说它并没有构成任何重要文学理论的基础。就文学分论的层次而言,次要意义的模仿观念,亦即模仿古代作家,在中国的拟古主义中,正像在欧洲的新古典主义中一样地显著;不过,前面已经指出,拟古主义并不属于文学本论,而是属于如何写作的文学分论,相信模仿古代作家的批评家未曾主张这种理论构成文学的整个性质和作用。

谈到表现理论,我们发现它与形上理论的主要差异在于表现理论基本上导向作家,尽管就作家与宇宙之关系而言,这两种理论彼此相似,两者都对主观与客观的合一有兴趣。可是,论及达到这种合一的过程时,表现理论批评家,像柯勒律治和罗斯金(John Ruskin, 1819—1900),显示出与形上理论不同的概念。在表现理论中,这个过程,不管称为想象(imagination)或"感情的错觉"(Pathetic Fallacy)或感情移入(empathy),都被认为是一种投射(projection)或交感(reciprocity):诗人将他本身的感情投射到外界事物上,或与之相互作用;[1] 在形上理论中,这个过程被认为是容受过程(reception):诗人"虚""静"其心灵,以便容受"道"。在此,马上令人想起济慈(John Keats, 1795—1821)著名的"消极能力"(Negative Capability)的概念,类似形上概念,但仍有细微的差别:在济慈的理论里,一如艾伯拉姆斯所指出的[2],诗人与个别事物合一,而在形上理论里,诗人通常被劝与"道"合一,这"道"是一切存在的整体,而不是个别的事物(有一些例外,如前面所引苏轼关于画竹的诗)。进而,表现理论家通常强调高度的感官感受,可是,一如前述,形上理论家主张感官感受的中止(suspension of sense-perception)。

模仿、表现和形上这三种理论之间的异同,在镜子这个隐喻的各种不同用法中反映出来(假如允许我使用我即将讨论的这个相同的隐喻)。在西方的模仿理论中,镜子可以代表艺术作品(艺术作品被认为是外在现实或上帝的反映),也可以代表艺术家的心灵(它也同样被认为反映外在现实或上帝);然而,在表现理论中,镜子通常代表艺术作品,而艺术作品被认为是艺术家的心灵或灵魂的反映,而不是外在世界的反映。[3] 在中国的形上理论中,镜子的隐喻不像在西方理论中那样经常出现,因此在中国

---

[1] 艾伯拉姆斯,第52—53页、58—59页、235—244页。
[2] 艾伯拉姆斯,第347页。
[3] 艾伯拉姆斯,第30、32—35、42、50、57、59、127、130页。

批评思想中,它似乎并不扮演着同样重要的角色。

让我们更仔细地考察我们在前面所看到的这个隐喻的两种用法。严羽所使用,而一些后世批评家包括王世祯所重述的"镜中之象"或"镜中之花",以及其他源于佛教而没有模仿色彩的象喻("空中之音"和"相中之色"),一如我所提示,可能用以描述诗难以捉摸的性质并无任何更深的意义。然而,假如我们要在这个隐喻中找出更深的意义,我们首先应该了解,对这些批评家而言,诗并非反映现实的镜子,而是镜中的映像;假如我们再以此类推下去,我们不得不有这样的结论:根据佛教教义,"现实"只是幻象,因此诗是幻象的幻象——此一结论甚至比柏拉图所说的诗脱离现实两层更有谴责的意思。事实上,禅宗大师对一般语言的确达到这种结论,因此不立文字,甚至警告弟子不要记住他们的话。对我们而言幸运的是,抱持形上诗观的中国诗人兼批评家并没有达到这个地步;反之,他们追随老子和庄子,接受语言的矛盾性,认为语言是传达那不可传达者之不充分但却必要的工具。老子说:"信言不美,美言不信。"(True words are not beautiful, beautiful words are not true.)① 然而,正如刘勰所指出的:"老子疾伪,故称'美言不信';而《五千》精妙,则非弃美矣。"② 同样地,庄子劝我们得意忘言,然而他显然仍认为文字乃是得"意"之鱼所必要的"筌"。③ 企图传达那不可传达者、表现那不可表现者的这种矛盾,存在于所有艺术创作的努力过程中,自然也为西方诗人所察觉。如马洛(Christopher Marlowe,1564—1593)在写下面这一段时,表现出所有诗人的这种共同经验:

即使所有神奇完美的精华,
他们取自那不朽的诗的花朵,
从中,如从镜里,我们看见
人类智能所达到的最高境界——
即使这些构成一首诗的一句,
而一切都融合在美的价值中,

---

① 《老子》LXXXXI(高亨,第152页)。参见陈荣捷,I,第240页;刘殿爵,I,第143页。
② 范文澜,第537页;王利器,第88页。参见施友忠,第175页。
③ 我从前对刘勰的意见(刘若愚,I,第71页)需要修正。要点将于第七章中加以讨论。

可是在他们不息的脑中，仍然盘旋着
至少一种思想，一种天赐优美，一种奇迹，
这些是任何能力都不能化为文字的。①

If all the heavenly quintessence they still
From their immortal flowers of poesy,
Wherein as in a mirror we perceive
The highest reaches of a human wit—
If these had made one poem's period,
And all combin'd in beauty's worthiness,
Yet should there hover in their restless heads
One thought, one grace, one wonder, at the least,
Which into words no virtue can digest.

这段引证（并非我有意识的安排）又使我们回到镜子的隐喻，而马洛用以表现诗乃诗人心灵的反映，因而显示出一种表现理论的诗观。更是由于无意识的联想，我想引用的下一位西方诗人是歌德（Johann Wolfgang von Goethe，1749—1832）；他与马洛都对浮士德传奇感兴趣，虽然前面的一段并不是引自《浮士德博士》（*Doctor Faustus*），而是引自《帖木耳大帝》（*Tamburlaine*），而下面一段并不是引自《浮士德》（*Faustus*），而是引自《少年维特之烦恼》（*The Sufferings of Young Werther*）：

……假如你能将如此活生生，如此温暖地存在你心中的东西抒发在纸上，因此它可能变成你灵魂的镜子，正如你的灵魂是无限之上帝的镜子一样！②

…if you could breathe on to the paper what lives so fully, so warmly within you, so that it might become the mirror of your soul, as your soul is the mirror of the infinite God!

我们可将前面引过的谢榛的句子与这段做一比较；为了方便，我将与之最有关的句子重引一次：

---

① 马洛，《帖木耳大帝》（*Tamburlaine*）1，5.2.102 l 0.
② 歌德，史坦豪尔（Steinhauer）英译，第3页。参见艾伯拉姆斯，第44页。

夫万景七情，合于登眺，若面前列群镜，无应不真。忧善无两色，偏正惟一心……镜犹心，光犹神也。

The ten thousand scenes and the seven emotions fuse with one another as one climbs high and looks afar, as if a row of mirrors were arranged before one and there were nothing that were not truthfully reflected. Sorrow or joy (on the face) would not present a different appearance (in the mirror); whether it were a side-view or full-faced view, there would be only one mind (behind the face)... The mirror is like the mind, and the light is like the spirit.

在引自歌德的句子中，隐喻的主旨（所表现的意思）最初是反映艺术家灵魂的艺术，然后变成反映上帝的灵魂的艺术。换句话说，歌德似乎是在融合艺术的表现观与超自然的模仿观念（the transcendental-mimetic）。在谢榛的文句中，意象更复杂，且包含一连串的比照。第一，镜子隐喻的主旨是诗人的心灵，它反映自然（并暗示：透过自然反映"道"）。这点类似歌德的第二个比照，因为歌德对上帝的概念，并不是基督教认为上帝是超自然之存在的概念，而是斯宾诺莎式的（Spinozistic）"自生的自然"（Natura naturans）那种上帝的概念。第二，谢榛认为脸乃是心灵的表现，此一观念亦见于西塞罗（Marcus Tullius Cicero, 106 B.C.—43 B.C.）的话："Imago animi vultus (est)."（"心灵的镜子[是]脸"）。① 这个观念与诗无关，可是它所根据的这种模拟的思考方式，可能而且的确产生了模仿和形上的诗论。谢榛将"神"比喻为光，将"心"比喻为镜——这种意象的结合，令人想起黑兹利特对相同意象的使用：

诗的光不仅是直射的，而且也是反射的；当它照示我们一样物体时，它在物体四周投射出灿亮的光辉。②

The light of poetry is not only a direct but also a reflected light, that while it shows us the object, throws a sparkling radiance on all around it.

不过，这两段经仔细比较，显示出在观点、注意焦点以及含义上的差

---

① 西塞罗, De Oratore 3.59.221.
② 黑兹利特，卷五，第3页；艾伯拉姆斯，第52页所引。

异：黑兹利特，从读者的观点提笔，将注意力集中在诗与读者之间的关系，使用镜子和光的意象以表现诗的两种功用——反映和照明可感知的世界。谢榛，从诗人的观点提笔，将注意力集中在诗人与宇宙之间的关系，使用同样的意象以表现理性和直觉的两种心智能力，这两者，他依照庄子，分别称之为"心"和"神"；后者较优越，能使前者感知在可感世界底下的现实。最后，谢榛使用的镜子的意象来自《庄子》，其中它出现三次，以描述"至人"的心灵，以其宁静和无私对待万物①；它也可能来自《老子》，其中，一如前面所指出，我译为"mystic visionr"的"玄览"一词，也可以解释为"mysterious mirror"以及心灵的隐喻。② 在讨论诗的文章里，作为隐喻的镜子，在中国批评理论中表示心智的"空虚"（祛除个人感情与理性知识）和宁静，而不是物质世界的反映。

总之，形上理论介乎模仿理论与表现理论之间；虽然这些不同种类的理论并没有明显的区别，而是像光谱上的颜色一样逐渐变成另一种颜色，可是只要彼此不重叠的部分足够大而且可以辨认，我们就可以给予它一个名字，否则就像坚称"绿"是"黄"或"蓝"一样。

最后，在区分形上理论与别种理论时，我并未声称它们具有绝对独特的概念或思考方式。举一个例子，作为中国形上文学理论之基础的模拟思考方式，很容易与西方哲学和文学思想相提并论：它出现于柏拉图主义乃至新柏拉图主义中；它是许多中世纪与文艺复兴思想的基础，这可以从《圣经》和但丁（Dante Alighieri, 1265—1321）《神曲》（Commedia）的神秘解释（anagogical interpretations）③（以与寓言式［allegorical］和比喻式［tropological］的解释区别对比），以及对宇宙万物互应（cosmic correspondences）的信仰中获得证明；④ 它是斯维登堡式（Swedenborgian）和浪漫派的神秘主义的一个要素，而且它也可以从种种不同的现代学术思潮，像象征主义，原型批评理论（archetypal criticism）以及结构主义（structuralism）中察觉出来。然而，除了象征主义可能是例外以外，这些

---

① 《庄子引得》，21/7/32, 33/13/14, 93/33/57；钱穆，I，第66页、103页、276页。参照华兹生，97页、142页、372页；陈荣捷，II，第207页、208页。关于道家与佛家经文与一些西方著作中镜子隐喻的进一步讨论，参见德美维尔（Demiéville）。
② 韦理，I；华兹生，第3页。
③ 参见韦姆萨特与布鲁克斯，第148页。
④ 典型的例子是拉·普里摩底（La Primaudaye）。关于现代的研究，参见哈丁·克雷格（Hardin Craig）以及提理亚德（E. W. M. Tillyuard）。

思想体系并没有产生形上的文学理论。柏拉图或新柏拉图的模仿理论以及中国形上理论之间的差异已提示如上。中世纪的神秘解释构成了对某类特殊文学的实际批评方法;文艺复兴时期对万物互应的信仰,并没有导致一种新的文学理论的形成,虽然它可能加强了模仿理论(例如锡德尼的《辩护》中);当代原型批评理论和结构主义所关心的是文学的方法论而不是文学本论,而当原型派或结构派批评家将文学理论化时,他们的理论倾向于模仿理论或技巧理论。只有象征主义受到神秘主义的影响,提供了与中国形上理论之间(一些)有趣的对照和类似点。

(选自《中国文学理论》,江苏教育出版社 2006 年版)

叶维廉

叶维廉（Wai-lim Yip，1937—），美籍华裔学者、翻译家和诗人。毕业于台湾大学外文系，获得普林斯顿大学比较文学博士学位。被誉为"美国现代主义与中国诗艺传统的汇通者"。叶维廉的研究领域十分广泛，在美学、翻译理论、诗歌创作等方面成就突出，尤其在比较文学和比较诗学方面成果丰硕。主要著有《三十年诗》《叶维廉诗选》《比较诗学》等。《比较诗学》是叶维廉在比较诗学领域的一部重要著作。作者"根源性地质疑于结合西方新旧文学理论应用到中国文学研究上的可行性及危机，肯定中国古典美学特质，并通过'中西文学模子'的'互照互省'，试图寻求更合理的文学共同规律来建立多方面的理论架构"。该书以五篇独立的论文作为框架，集中探讨了"文化模子"理论、批评理论的架构、中国古典诗歌与英美诗的汇通、中西美感基础的生成等，以开放的视野，充分肯定中国古典美学，抨击了西方中心主义，通过"文化模子"理论实现中西文论互为参照，为探寻中西异质文化中的共同的诗学规律提供了路径。

《东西比较文学模子的应用》一文，开篇以一则寓言引出对"模子"及"模子"作用的探讨。作者以诗人、批评家对"文类"的使用为例，分析了"模子"应用方式的问题，指出应跳出自身"模子"的局限，从对方的"模子"中去思考。通过英文字母和象形文字的比较，认识到二者属于不同的思维系统，对中国"模子"的忽视以及将西方"模子"的刻意使用造成的歪曲，使我们必须对"模子"的寻根有深刻的认识。作者援引 Jean Dubuffet 的"反文化立场"、Charles Olson，Robert Duncan，Lèvi Strauss 等的观点，以及结构主义者运用西方"模子"为探求"共相"

所建立的"深层结构"为例，指出古希腊哲人的思维方式也存在局限性；Benjamin Lee Whorf 的关于无适合的语言文字能阐明 Hopi 的形上宇宙观的论述，让我们认识到须要在两个"模子"、在双方文化立场的相互对照下，才能对双方的原貌有清晰的认识。又以两个交叉的圆、中西方诗歌中对隐喻的不同态度、夏志清关于不应该用西方小说的准则来研究中国古典小说的论述，对李白、屈原从浪漫主义范畴进行研究等为例，进一步印证上述观点。作者肯定了"文化模子"理论的价值与意义（如它很好地阐释了比较文学法国派和美国派的差异等），倡导"模子"在东西方比较文学的自觉实践，两种文化的互照下，探寻中西诗学的汇通。在《东西比较文学模子的运用》中，叶维廉从中西方各自的文化立场出发，通过两个"模子"的互相比较，深刻地挖掘了异质文化的根源。此外，叶维廉的比较诗学理论对于促进多元文化下的平等交流与对话大有裨益，对反思中国文化与文论的主体性也具有启示意义。

东西比较文学中模子的应用

让我们从寓言或事件中学习：

  话说，从前在水底里住着一只青蛙和一条鱼，他们常常一起泳耍，成为好友。有一天，青蛙无意中跳出水面，在陆地上游了一整天，看到了许多新鲜的事物，如人啦，鸟啦，车啦，不一而足。他看得开心死了，便决意返回水里，向他的好友鱼报告一切。他看见了鱼便说，陆地的世界精彩极了，有人，身穿衣服，头戴帽子，手握拐杖，足履鞋子；此时，在鱼的脑中便出现了一条鱼，身穿衣服，头戴帽子，翅挟手杖，鞋子则吊在下身的尾翅上。青蛙又说，有鸟，可展翼在空中飞翔；此时，在鱼的脑中便出现了一条腾空展翼而飞的鱼。青蛙又说，有车，带着四个轮子滚动前进；此时，在鱼的脑中便出现了一条带着四个圆轮子的鱼……

  这个寓言告诉了我们什么？它告诉了我们好几个有关"模子"及"模子"的作用的问题。首先，我们可以说，所有的心智活动，不论其在创作上或是在学理的推演上以及其最终的决定和判断，都有意无意地必以某一种"模子"为起点。鱼，没有见过人，必须依赖他本身的"模子"，他所最熟识的样式去构思人。可见，"模子"是结构行为的一种力量，使用者可以把新的素材来拼配一个形式，这种行为在文学中最显著的，莫过于"文类"（Genre）在诗人及批评家所发挥的作用。诗人在面临存在经验中的素材时，必须要找出一种形式将之呈现，譬如"商籁"体或"律诗"的形式的应用，以既有的一组美学上的技术、策略、组合方式，而试图去芜存菁，从虚中得实，从多变中得到一个明澈的形体，把事物的多面性作一个有秩序的包容，而当该"模子"无法表达其所面临的经验的素材时，诗人或将"模子"变体，增改衍化而成一个新的"模子"；而批评家在面临一作品时，亦必须进入这一个结构行为衍生的过程，必须对诗人所采取的"模子"有所认识，对其拼配的方式及其结构时增改衍化的过程有所了解，始可进入该作品之实况。是故归岸氏（Claudio Guillén）在其《文类的应用》（On the Uses of Literary Genre）说：

> 文类引发构形……文类同时向前及向后看。向后，是对过去一系列既有的作品的认识……向前，文类不仅会激发一个崭新作品的产生，而且会逼使后来的批评者对新的作品找出更完全的形式的含义……文类是一个引发结构的"模子"。[①]

但"模子"的选择及选择以后应用的方式及其所持的态度，在一个批评家的手中，也可以引发出相当狭隘的错误的结果。我们都知道鱼所得到的人的印象是歪曲的，我们都知道错误在哪里，那便是因为鱼只局限于鱼的"模子"，他不知道鱼的"模子"以外人的"模子"是不同的，所以无法从人的观点去想象、结构及了解人。跳出自己"模子"的局限而从对方本身的"模子"去构思，显然是最基本最急迫的事。

证诸文学，大家第一个反应很可能是：文学是人写的，不是别的动物写的，我们眼前的成品乃根据人的"模子"而来，是人，其有机体的需要，其表达上的需要，必有其基本的相同性相似性，因而（我们听到许多的批评家立论者说），只要我们抓住这一个基本不变的"模子"及其结构行为的要素，便可放诸四海而皆准。这一个系统便可应用到别的文化中的文学作品去。这一点假定，不只见于中西的文学理论家，亦见于其他学科的研究方法上。但事实上呢？事实上并不那么干净利落。首先，我们不知道所谓"基本不变的模子"怎样建立才合理？其次，我们深知人们经常地使用着许许多多各有历史来由、各不相同，甚至互相抵触的"模子"去进行结构、组合、判断。我们或许可以如此相信：在史前时的初民，如未受文化枷锁的孩童一样，有一段时间是浸在最质朴原始的和谐里，没有

---

① Claudio Guillén. Literature as System (Princeton. 1971), pp. 109, 119.

受到任何由文化活动成长出来的"模子"的羁绊,是故能够如孩童一样直接地感应事物的新与真,能在结构行为中自由发挥,不受既定思维形式的左右,不会将事象歪曲。但文化一词,其含义中便有人为结构行为的意思,去将事物选组成为某种可以控制的形态,这种人为的结构行为的雏形(文化模子的雏形)因人而异,因地而异,却是一个历史的事实。至于哪一个文化的模子较接近元始和谐时的结构行为和形式,我们暂且不论;但文化模子的歧义以及由之而起的文学模子的歧义,我们必须先予正视,始可达成适当的了解。我们固然不愿相信有人会像鱼那样歪曲人的本相,但事实上呢,且先看下列两段话:

> 中国人在其长久的期间把图书通过象形文字简缩为一个简单的符号,由于他们缺乏发明的才能,又嫌恶通商,至今居然也未曾为这些符号再进一步简缩为字母。
> *The Work of the Rev. William Warbuton*, ed., R., Hurd. 7 Vols. (London, 1778) 111, 404

> 鲍斯维问塞缪尔·约翰逊(Samuel Johnson):
> 阁下对于他们的文字(指中文)有何意见?
> 约翰生说:先生,他们还没有字母,他们还无法铸造成别的国家已铸造的!
> *Boswell's Life of Johnson*, ed. G. B. Hill & L. F., Powell, 111, 389.

好像是说英文字母(印欧语系字母)那种抽象的率意独断的符号才是最基本的语言符号似的!而不问为什么有象形文字,其结构行为又是何种美感作用、何种思维态度使然,这不只是井底之见,而是在他们的心中,只以一个(他们认为是绝对优越的)"模子"为最终的依归!我们并不说象形文字是绝对优越的,因为如此说,也便是犯了墨守成规的错误了。但我们应该了解到象形文字代表了另一种异于抽象字母的思维系统:以形象构思,顾及事物的具体的显现,捕捉事物并发的空间多重关系的玩味,用复合意象提供全面环境的方式来呈示抽象意念,如"诗"字同时含有"言",一种律动的传达(言,🜨,口含笛子)及"止",一种舞蹈的律动(止的雏形是㞢,足踏地面,既是行之止——今之"止"字亦是止之将行——今之"之"字)。有了以上的认识,更可同时了解到字母系统下思维性之趋于抽象意念的缕述,趋于直线追寻的细分、演绎的逻辑发展。二者各具所长,各异其趣。缺乏了对"模子"的寻根的认识,便会产生多种不幸的歪曲。或说,以上二人,像鱼一样,因未熟识另一个"模子",所以无辜。但对于近百年来汉诗的英译者呢?(译者可以说是集读者、批评家、诗人的运思结构行为于一身的人)他们在接触中国诗之初,心里作了何种假定,而这种假定又如何地阻碍了他们对中国诗中固有美学模子的认识,我曾多次在文章中提出这个问题来,在此不另复述①,现只就与"模子"有关部分的讨论再行申述,我说:

> 凡近百年,中国诗的英译者一直和原文相背,在他们的译文中都反映着一种假定:一首中国诗要通过诠释的方式去捕捉其义,然后再以西方传统的语言结构重新铸造……他们都忽略了其中特有美学形态,特有语法所构成的异于西方的呈现方式。②
>
> 所有的译者都以为文言之缺少语法的细分,词性的细分,是一种电报式的用法——长话短说,即英文之所谓 longhand 之对 shorthand (速记)——所以不问三七二十一的,就把 shorthand (速配的符号)译为 longhand (原来的意思),把诗译成散文,一路附加解说以助澄清之功。非也!所谓缺乏细分语法及词性的中国字并非电报中简记的符号,它们指向一种更细致的暗示的美感经验,是不容演绎、分析性的"长说"和"剥解"(西方语言结构的特长)所破坏的……中国诗的意象,在一种互立并存的空间关系之下,形成一种气氛,一种环境,一种只唤起某种感受但不将之说明的境界,任读者移入境中,并参与完成这一强烈感受的一瞬之美感经验,中国诗的意象往往就是具体物象(即所谓"实境")捕捉这一瞬的原形。③

这种美感经验的形式显然是和中国文字的雏形的观物传达的方式息息

---

① "The Chinese Poem: A Different Mode of Representation" *Delos* 3, pp. 62—79; *Ezra Pound's Cathay* (Princeton, 1969) ch. I.《从比较的方法论中国诗的视境》,参见中华文化复兴月刊四卷五期(1971年3月)"Classical Chinese Poetry and Anglo-American Poetry Convergence of Languages and Poetry", *Comparative Literature Studies*. Vol. XI, No. 1 (March 1974) pp. 21—47.
② "The Chinese Poem: A Different Mode of Representation" *Delos* 1, P. 62.
③ "The Chinese Poem: A Different Mode of Depresentation" *Delos* 4. P. 26.

相关的。对中国这个"模子"的忽视，以及硬加西方"模子"所产生的歪曲，必须由东西的比较文学学者作重新寻根的探讨始可得其真貌（有关究竟中国诗如何才可以译得近乎原形而不受过度的歪曲，我在 Classical Chinese Poetry and Modern Anglo-American Poetry: Corvergence of Languages and Poetics, CLS, Vol X1, No 1, March 1974.另有提供，在此不论。略有增减的中文版见本书《语法与表现》一文）。

类似上述的歪曲现象同时发生在别的学术领域中，许多学者们口里虽不承认，但他们心中经常有一个未被说明的假定，他所用的格物的"模子"必亦可以通用于别的经验领域。譬如初期的考古人类学者和社会学者，在探究原始民族的文化模式时，往往就依赖一个西方的科学统计学加上西方历史中归纳出来的文化观念与价值，来判定非洲某族某族是野蛮、落后、没有文化，而不知道他们所追求的所谓文化价值只是有限度的一面（如工业进步、物质进步、逻辑思维系统等），他们不知道这些民族有另外的一套宇宙观，另外一种精神价值，而它们正是西方社会所缺乏的，甚至是最需要的。近年来的考古人类学家和社会学家才逐渐地知道他们所持的"模子"的限制而开始加以修正。我们再看美国研究所谓少数民族文学所引起的问题，为什么许多黑人领袖如此激烈地要求其美国黑人（Afro-American）文化和文学的研究必须由黑人——最好是非洲来的黑人来主持呢，就是因为他们发现数百年来，黑人文化的形象完全是透过白人的有色眼镜而看的，他们文化本相始终未逃出白人观念的左右；他们甚至发现到许多黑人本身，由于浸淫在白人的意识形态太久，乃至不能脱颖而出。我提出这个现象，不外指出"模子"误用所产生的破坏性。

"模子"的寻根的认识既然如此重要，我们应该如何去进行呢？况且，"模子"所采取的方式繁多，有观念的"模子"，如宇宙观、自然观，有美感经验形态与语言模式略如上面所述，有创作过程中的文类、体制、主题、母题、修辞规律、人物典范。各个"模子"有其可能性及限制性，我们如何将其轮廓勾出、应用？寓言告诉了我们，甲"模子"不一定适用于乙"模子"。这个事实连带提出了另一个问题来，那便是批评家所极力追求的所谓"共相"，柏拉图之所谓 ideal forms，亚里士多德所谓 Universal logical structures，这个"共相"能否建立？在两个或三个或四个不同的文化系统中，我们能否找出一组共同的构思方式？要找这一个"共相"时，我们应该从亚里士多德以还的逻辑思维系统出发吗？我们现在都

深知古希腊哲人的思维方式虽伟大,却有其限制性,不可完全依赖。我们请看两个近人的批评:

Jean Dubuffet 的"反文化立场"对西方文化有如下的批评(注意,其所谓反文化立场正代表文化立场的换位,即"弃西方的模子而肯定其他文化的'模子'之意"):

> 西方文化相信人大别于万物……但一些原始民族不相信人是万物之主,他只不过是万物之一而已。……西方人认为世界上的事物和他思维想象中的完全一样,以为世界的形状和他理性下规划下来的形状完全一样……西方文化极喜分析……故把整体分割为部分,逐一地研究……但部分的总和并不等于整体。①

我们再看 Charles Olson 在"人的宇宙"一文中的话:

> 希腊人跟着宣称所有的思维经验都可以包含在(他们发明的)"理体推理的宇宙"中……但理体推理……只是一个任意决定的宇宙……它大大地阻止了我们经验的参与和发现……随着亚里士多德而来,出现了两种方法,逻辑与分类……把我们的思维习惯紧紧缚住。②

Robert Duncan 甚至说:"柏拉图不只把诗人逐出其理想国,他把母亲和父亲一并逐出去,在其理性主义的极端的发展下,已经不是一个永恒的孩童的育院,而只是一个成年人,一个极其理性的成年人的育院。"③ 这些反理性主义的批评容或过于激烈,但柏氏与亚氏极力从全面经验(包括直觉感性经验及理知经验)中只划出一部分而将之视为典范,这一个"模子"所发挥下去的可靠性便很可疑。所以当结构主义者之一 Lévi-Strauss 追求各种制度各种习俗各种文化下意识中共分的结构时,我们对其提供的方法便不得不存疑,且先听他的自白:

---

① Jean Dubuffet, Anticultural Positions (1951) 参见 Wylie Sypher, *Loss of the Self in Modern Literature and Art*, 附录 pp. 172-173.
② Charles Olson, *Selected Writings*, "Human Universe" (New York 1950), pp. 54-55.
③ Robert Duncan, "Rites of Participation: pt. I & II" in *A Caterpillar Anthology* ed. Clayton Eshleman (New York, 1971), p. 29.

考古人类学和语言学一样，不是用比较的方式来支持归纳的法则，而是反过来做。假如……心的无意识的活动是在于把形式加诸内容上，如果这些形式在所有的心中——不论古今，不论原始人或文化人——基本上都是一样的……我们必须把握住隐藏在各制度各习俗下面的无意识的结构方式，再找出一个可通用于各制度各习俗的诠释的原理。①

很好，"无意识的结构方式"便是说超越"意识活动""逻辑活动"的结构方式，但 Lévi-Strauss 提供了什么方法呢？他用了电脑中的二元系统（Binary system），用了其中的线性规划（linear programming）以及资讯理论（information theory）中逻辑发展的假定，认为一切思维程序都是一组组正正负负的二元活动，如动物性对人性，自然对文化，生食与熟食等等。但一如 Dr. Leach 所批评的，这个系统只能解释某些现象而已②。而且其所用的方法，仍是西方哲学发展下来的理性主义及科学精神，与无意识的结构活动是相克相冲突的。虽然 Lévi-Strauss 对于原始民族的思维"模子"不无新的发现，但这种发现正是用了"模子"的比较和对比。Lévi-Strauss 所面临的困难，我们可以用海德格尔（Martin Heidegger）有关语言及思维之间的相克相生的困扰来说明，海德格尔假想他和一个日本人对话：

海：我们的对话的危机隐藏在语言本身，并不在我们讨论的内容，亦非我们讨论的方式。

日人：但 Kuki 伯爵不是德、法、英语都说得挺不错的吗？

海：当然不错。什么问题他都可以用欧洲的语言讨论，但我们讨论的是"意气"（气、精神世界），而我在这方面对日文的精神却毫无所知。

日人：对话的语言把一切改变为欧洲的面貌。

海：然而，我们整个对话是在讨论东亚的艺术与诗的精髓呀！

日人：现在我开始了解危机在哪里；对话的语言不断地把说明内

---

① Lévi-Strauss, *Structural Anthropology* (Anchor Edition) p. 21.
② 参见 Annales 上一文。更有系统地批判和了解，参见 George Steiner, *Language and Silence*, (New York, 1974) pp. 239-250.

容的可能性破坏。

　　海：不久以前，我愚笨地曾称语言为"存在之屋"，假如人借语言住在"存在"的名下，则我们就仿佛住在与东亚人完全不同的屋内。

　　日人：设若两方的语言不只是不同而是压根的歧异呢？

　　海：则由屋到屋之对话几乎是不可能。[1]

　　语言的"模子"和思维的系统是息息相关，不可分离的。Lévi-Strauss 用科学方法从神话中分出来的一间一间的"屋"，也就未必能在其中交通。更重要的是，电脑所能分析的，往往还是知性理性活动的成品，不易于处理感性的直觉的经验幅度，譬如诗的创作（我们当然也见过电脑诗、电脑音乐、电脑绘画，但其异于人的创作中的活动性、变通性及出人意料的突发性却是显而易见的）。结构主义者最成功的文学探讨，泰半在以意义层次结构为中心而带较多知性活动的叙事文学（叙事诗、神话、寓言、戏剧），而对超脱知性的诗还没有令人满意的表现，其原因之一，便是诗中确有所谓"神来之笔"的机遇元素（英文可以称之为 Chance elements）。这些"机遇元素"在电脑中固然亦有所谓或然率一项，但电脑中的或然率的规划最初是人为的，其能预测的幅度仍受个人对某一文化类型的了解所限制，其如何能达到超越一切文化类型的神算的能力，令人怀疑。我指的当然仍是诗中的机遇元素而言，对于它在物理律法中所能发挥的力量，因非我的知识范围，我不敢虚妄言之。由此我们便可知 Lévi-Strauss 所应用的"模子"中所隐藏的危机。

　　我对这个问题的思索，亦使我有机会向我的几位结构语言学家的友人提出了一些问题。他们，和其他的结构主义者一样，亦执着地要求取"共相"的元素来建立所谓"深层结构"（Deep Structure），他们往往仍从西方的"模子"出发，先建立一棵文法树，再应用到别的语言上去，而当问及中文之超脱时态变化，Hopi 印第安语中不同的时间意念，Wintu 及 Tikopia 语中没有单数复数之别……这些因素在他们所追寻的"深层结构"中应扮演何种角色时，这些问题往往被视为"例外""异端"而被搁在一边。但中文之超脱时态是包含着另一种异于西方的观物构思方式的，这点

―――――――

[1] Martin Heidegger, *On the Way to Language*, tr. Peter D. Hertz (1971), "A Dialogue on Language Between a Japanese and an Inquirer," pp. 4–5.

我在其他的文章已说明，在此不多言。至于 Hopi 语，我们且听一个顾及"文化模子"的语言学家的意见，Benjamin Lee Whorf 在"美国印第安人的一个宇宙的模子"一文中有很精彩的说明：

> 如果认为一个只会说 Hopi 语、只具有 Hopi 社会中的文化意念的印第安人，其对空间和时间的观念（感受）是和我们（西方人）的一样（我们所认为的共通的观念），这一个想法将是没有好处的。Hopi 印第安人，他并不把时间看作一个顺序流动连续的范畴——一切事物以同样的速度由将来涌现穿过现在进入过去或（反过来说）人不断地被持续之流由一个过去带入一个将来，这个看法在 Hopi 印第安人看来是完全陌生的。……在 Hopi 的语言中，没有字或文法形式、结构、用语直接指示我们（西方）所称的"时间"，我们（西方人所归划的）过去、现在、将来，所谓持续、恒久……亦没有（字）指示"空间"（我们西方人视作异于"时间"的范畴）。

Whorf 氏认为西方的语言中甚至无法找到适当的字眼可以明确地托出 Hopi 的形上宇宙观。他说，西方语言思维中隐藏的形上观念中互相对峙的时间空间，三分的现在、过去、将来无法与 Hopi 的形上观念相提并论。他说西方人只能暂用一些语汇传达其一二罢了，譬如说，Hopi 宇宙中或可以用"已显"（Manifested）"显出中"（Manifesting）或未显（Unmanifested）两个层次，又或者可以用"客观"（Objective）及"主观"（Subjective）两个界说来讨论，但这些字所指向的与 Hopi 的层次所概括的还是不尽相同，譬如，"已显"的层次中包括了五官所感的一切，物理的世界，但不分现在和过去，却不包括西方观念的将来的事物。"显出中"的层次包括将来的一切，但除此以外，尚有一切在 mind 中出现存在的事物（我不译 mind，是因为西方之 mind 是知性的活动，而 Hopi 所指的却近乎中国的"心"，既 mind 亦 heart 也），或应称 Heart，如 Hopi 人之所指，不只是人的 heart（由此或可直译为"心"），而且是动植物的心……及带有神异的敬畏的宇宙的心。所谓"主观"的领域，并非西方人所想象中的虚幻和不实在，这个领域中的事物对 Hopi 来说都是真实的，充满着生命和力量。这个充满着动力的内在领域并不是一种向一个方向推动的运行，而是基存于我们中间的一种发生——事件显现的态势，是英文的"will come"、"will come to"所不能指示的,这些态势或可用"eventuates to here"(Pew'i)或"eventuates from it"(anggö)说明(以上均见 *Language, Thought and Reality*, pp. 57-60)。

由 Whorf 氏的说明可以了解到,一个思维"模子"或语言"模子"的决定力,要寻求"共相",我们必须放弃死守一个"模子"的固执。我们必须要从两个"模子"同时进行,而且必须寻根探固,必须从其本身的文化立场去看,然后加以比较加以对比,始可得到两者的面貌。

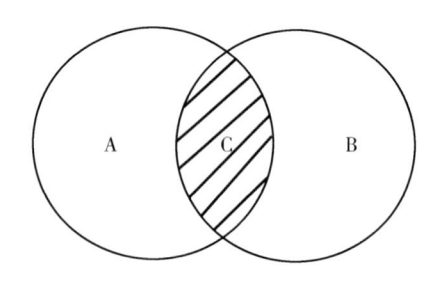

设若我们用两个圆来说明,A 圆代表一模子,B 圆代表另一模子,两个模子中只有一部分相似,这二者交叠的地方 C,或许才是我们建立基本模子的地方,我们不可以将 A 圆中全部的结构行为用诸 B 圆上。而往往,不交叠的地方——歧异之处的探讨和对比更能使我们透视二者的固有面貌,必须先明了二者操作上的基本差异性,我们才可以进入"基本相似性"的建立。我毫不怀疑 Jakobson 所说的有关语言行为的话:选择与组合。但不同的文化决定了不同的选择方式和不同的组合方式。譬如说,西方诗歌中非常核心的隐喻的结构(metaphoric structure),在中国诗歌中只占有非常次要的作用,有许多中国诗,譬如山水诗(尤其是后期的山水诗如王维、孟浩然、韦应物、柳宗元及宋朝的山水诗)往往没有隐喻的结构,喻依(vehicle)即喻旨(tenor),其间自有其独特的文化使然,此点我在"中国古典诗和英美诗中山水美感意识的演变"一文中有专论,在此不赘。但中国"以物观物"而"不以人观物"的"目击道存"之美感运思行为自然对于选择及组合有着不同的重点、不同的结构。

在对"模子"作寻根探固的了解后,我们不应以为,一个"模子"一旦建立以后便是一成不变的。"模子"不断地变化,不断地生长。"模子"建立后会激发诗人或批评家去追寻新的形态。在他们创作或研究时,他们增改衍化（见前有关文类的讨论），有时甚至会用一个"相反的模子"，也就是说，他们以一个"模子"开始而以一个"相反的模子"结束。因而，在为一个"模子"下定义时，我们也必须同时顾及该"模子"形成的历史，所谓文学的外在的因素及文学史的领域都必须重新引进来构成一个明澈的轮廓，我们可以找出适当的重点加以比较和研究。

"模子"的问题，在早期以欧美文学为核心的比较文学里是不甚注意的，原因之一，或者可以说，虽然欧美各国文学民族性虽有异，其思维模子、语言结构、修辞程序却是同出一源的。譬如宇宙二分法，譬如时空观念，譬如逻辑推理，譬如演绎性的语法，譬如中世纪的修辞法则［如 E. R. Curtius 的《欧洲文学与拉丁中世纪》（*European Literature and the Latin Middle Ages*）一书］，便曾探讨古代及中古的修辞法则、自然观念、题旨，由希腊罗马直透法德英文学的联贯性，同理，一本类同的书也可以由中日韩文学中画出。（请参看 Curtius，四、五、八、十章）我无意说，英、法、德、西、意等文学中没有歧异，他们之间确有强烈的民族与地方色彩的歧义，但在运思及结构行为的"基层模子"上，却有着强烈的相同处，所以，"模子"的认识及自觉虽然仍是很重要的学理上的手段，但由于"模子"之间有着一个共同的准据标（frame of reference），一般来说，"模子"的运用上问题不太严重。

"模子"问题的尖锐化，是近百年间，由于两个三个不同文化的正面冲击而引起的，如寓言上所显示，必须有待青蛙跳出了水面，西方人跳出其自己的"模子"，接触一个有相当程度相异的"模子"以后，才变成一个严重的问题，我们才会怀疑一个既定的"模子"的可靠性，才不敢乱说放之四海而皆准。换言之，特别是两种文化根源不同的文献的比较时所发生的问题，我们一方面积极进行此两种文学的比较——因为其中的发现正可引发我们达到我们梦寐中的真正可靠的"共相"，因为这种努力的结果可以扩展两方的视境；但另一方面我们亦相信 Ulrich Weisstein、夏志清及 Charles Witke 有意无意间所提出的警告中所含的部分真理。Urich Weisstein 说：

> 我不否认……Etiemble 氏所呼吁的比较诗律、比较征象……比较风格的研究有其意义，但对于不同文化中的类比，则颇值商榷。因为照我看来，只有在同一个文化系统中才能找到那些大家有意无意间共

同支持着的一些共同的元素……它们甚至可以超脱时空，形成一种令人惊讶的统一性……所以，里尔克和 Machado，里尔克和史提芬斯的比较，从比较文学的立场来说，比在西方诗与中东或远东诗之间找寻相似性的研究来得合理多了。①

这段话听来是颇为令人泄气的，好像我们不应越过文化的界限去追求更大的视野似的，语气中含有某种程度的关闭性。但是，使他说这段话的因素，虽然他始终未说出，显然是被"模子"的问题困惑着。

夏志清在其《中国古典小说》一书中警告，我们不应该以西方小说中（尤其是 Henry James 及 Flaubert 以来）的准则（观点统一性，小说家主宰全局的协调性，不容开叉笔等等）来研讨中国的古典小说，② 其背后的困惑亦是"模子"的问题。Charles Witke 在一篇题为"比较文学和东西文学经典"一文中亦有类同的警告：

> 一组人只能按照其了解度吸收另一组人的意念。除非吸收者走向被吸收者的方向，新的观念便无法融合；否则被吸收者的概念及语言将会被简化或改为吸收者的形象。③

文化的交流正是要开拓更大的视野，互相调整，互相包容，文化交流不是以一个既定的形态去征服另一个文化的形态，而是在互相尊重的态度下，对双方本身的形态作寻根的了解；我们无法同意 Weisstein 的闭关自守的态度，我们亦极不相信他所说的，东西方文学类比的研究的结果最后是减缩为老生常谈。回到我们的图示，A 圆和 B 圆相交叠的部分仍然是东西比较文学中最重要的焦点，换言之，我们相信有所谓超脱文化异质限制的"基本形式及结构行为"，我们相信语言学家所鼓吹的"深层结构"的可能，只是，我们前面一再要强调的、一再要反对的，只是他们"模子"应用的假定，及其中隐伏的危机而已。当庞德在 1910 年的 Spirit of

---

① Ulrich Weisstein, *Comparative and Literary Theory* (Indiana, 1973), pp. 7–8.
② C. T. Hsia, *The Classical Chineses Novel*, p. 6.
③ Charles Witke, "Comparative Literature and Classics: East and West", *Proceedings from International Comparative Literature Confernece* (Taipei, 1971), *Tamkang Review*, Vol. Ⅱ, 2 – Ⅲ, 1 (Oct. 1971–Apr. 1972), p. 15.

Romance 序中说："所有的年代都并存于现在……我们需要一种文学研评的态度可以把希腊的 Theocritus 及叶慈（Yeats）放在同一个天秤上。"① 又当毕加索在穴居的初民的壁画中惊觉其越脱时空的活生生的律动，这都表示文学艺术中具有此种超过文化异质、超过语言限制的美感力量，好比其自成一个可以共认的核心。这种经验显然是存在的，所以新批评家一面承着康德、克罗齐及辜罗律己及"为艺术而艺术"的理论，一面承着意象派以还追求具体超义的美学，肯定了艺术自身具足的一个世界。新批评对于比较文学者所提供的，便是肯定艺术品永久不变的"美学结构"的一面。新批评在强调"自身具足的美学结构"时，却把其间结构行为的历史因素摒诸门外，而引起了后来其他批评家的鞭挞；但我们又不能否认，新批评在传统历史批评的欣赏领域中，把美学问题作了极端有效的提升，是故后来的历史批评（包括社会文化批评、心理批评等等）都扩大其领域而兼及美学结构的考虑。

在这里，我们不妨顺便提及比较文学历史中所谓"法国派"及"美国派"的争辩。简而言之，法国派中的 Van Tieghem，Carré，Guyard 等人认为研究文学必须每事每物有历史的根据，故注重资料的全面搜索，力求"安全"（securité），因此其研究范围往往逃不了"影响"的研究，而所提供的影响的研究又泰半是在事实的证明，极少美学结构的考虑。美国的 Wellek（亦是新批评家的健将）认为法人的比较文学完全不是文学本质的研究，隐藏在他这个批评后面的便是文学作品超脱历史时间而能自身具足的美学结构，所以他们（如 Rémak 及法人 Etiemble）都有"不同文化根源的文学的比较"的鼓吹。二者的危机在上文中已述明，不必赘述。我们要指出的是："模子"的寻根探固的比较和对比，正可解决了法国派和美国派之争，因为"模子"的讨论正好兼及了历史的衍生态和美学结构行为两个方面。譬如我们举立体派画和中国山水画中的透视及时间观念来说（为讨论上方便，我们在此只就其明显大要者申述，此处不宜作全面探讨，我有另文处理），我们不难发现二者共有"多种透视"（multiple perspective）或旋回透视（revolving perspective），二者都是把不同时间的经验面再作重新的组合，是所谓同时并发性（synchronous），目的是全面性（totality），但二者竟是如此的不同。立体派的画是碎片的组合，中国山水

---

① 庞德这句话及佩特（Walter Pater）的"仿佛过去将来都容纳在现在的强烈的意识中"，是艾略特的有名的"历史感"的先声。

画是一石一山（许多山在不同时间经验的、既仰望、复俯瞰、又横看……）一树的组合。但是回环穿插既入且出的一个未被变形的引发观者遨游的环境；于此，我们应该问：为什么立体派是碎片化？碎片化是反映机械主义的痕迹？为什么中国山水画不是碎片化？一石一山均栩栩如生，是传统的"气韵生动"的美学的一种痕迹。当我们问这些问题时，我们便是已经兼及了历史和美学两面衍生的行为，我们便是除了指出两圆交叠的 C 的共通性之外，还要回到不交叠的 A 圆及 B 圆上的寻根的认识，如此便可以避开所谓"老生常谈"的乱作类比了。（在早期的东西比较文学中确实有许多如此抽出相似性胡乱比较一番的。）

　　"模子"的自觉在东西比较文学的实践上是非常迫切的需要，尤其是在两方的文化未曾扩展至融合对方的结构之前。我们经常看见如下的尝试：《浪漫主义者李白》《从西方浪漫的传统看屈原》。我们古典文学中没有相同于西方浪漫主义的运动，这个运动中所强调的想象（运思行为）是我们首要了解的，我们在此无意全面讨论，但必须申述其要：浪漫诗人在反对科学的经验主义里（empiricism）认为万物依据某些物理律法操作（脑亦不例外）之时，肯定了诗人智心为一积极的有机组织体，可以认知及表出（认知及表出是二而为一的行为）宇宙的真素（所谓形而上的本体世界的真素），这真素只有诗人可以感知，一面是诗人的运思行为近似神秘经验的认识论的追索，但不同于神秘主义者，他的方式是通过语言的表达，而只有在表达里想像认知行为才能实现，真即美，美即真。诗人必须由现象世界突入本体世界，其过程是一种挣扎的焦虑。浪漫主义者除了给予诗人（其灵魂、智心、感情）特有的重要性以外，还把自然神化了，一面是反抗科学的消极律法的世界观，一面是弥补被科学精神所砸碎的基督的神观念下的完整的世界。这个运动中尚有个人与社会的无法相容、革命精神、感情主义……一连串继起的特点。

　　当我们用浪漫主义的范畴来讨论李白或屈原时，我们不能只说因为屈原是个"悲剧人物，一个被放逐者，无法在俗世上完成他的欲望，所以在梦中、幻景中、独游中找寻安慰"，他便是一个道道地地的浪漫主义者[1]，这种做法就是只知其一不知其二，把表面的相似性（而且只是部分的相似性）看作另一个系统的全部。设若论者对浪漫主义的"模子"有了寻根

---

[1]　Lily C. Winters, "Chü yüan, 4th Century Poet Viewed from the Western Romantic Tradition", *PICLC*. p. 222.

的认识，他或许会问更加相关的问题，屈原中的"追索"的形象及西方浪漫主义认识论的追索，在哪一个层次可以相提并论——虽然屈原的作品中并无相当于西方的现象与本体之间飞跃的思索？在这种情形下，"模子"的自觉便可使论者找到更重要更合理的出发点。

同理，"颓废派诗人李贺""唯美派诗人李商隐"或"李商隐诗中的象征主义技巧"……诸如此类的研究，亦必须兼及两方传统文化中历史的衍生态（包括某种重点或形态的缺乏）及美学结构（因某种概念之缺乏或另一种新的概念的影响而引起的貌合神异或貌异神同的样式）。

既然这个问题是起自两个文化未接触未融合前的文学作品（中国古典文学与西方文学作品），我们能不能说，新文学，如五四以来的文学，其既然接受了西方的"模子"，我们便不会受到"模子"的困扰呢？这句话只有某一个程度的真实性，首先文化及其产生的美感感受并不因外来的"模子"而消失，许多时候，作者们在表面上是接受了外来的形式、题材、思想，但下意识中传统的美感范畴仍然左右着他对于外来"模子"的取舍。一个最有趣的现象便是，五四期间的浪漫主义者，只因袭了以情感主义为基础的浪漫主义（其最蓬勃时是滥情主义），却完全没有一点由认识论出发作深度思索的浪漫主义的痕迹（除了鲁迅或者闻一多以外，他们二人另有起因，与西方的认识论仍然相异），这是什么一个文化的因素使然？很简略的，或许可以说和传统美学习惯上求具象，求即物即真的目击道存的宇宙观有关。是故，当吾友李欧梵在其 *The Romantic Generation of Modern Chinese Writers*（Cambridge, 1973）(《现代中国作家浪漫主义的一代》）一书中用了维特典范及普罗米修斯典范（Wertherian, Promethean 维特代表"消极的、伤感主义的"，普罗米修斯代表"动力的、英雄式的"），确把五四文人的气质及形象勾画得非常清楚，给了我们相当完全的写照。但如能同时探讨传统文化美感领域如何在下意识中左右了他们所建立的形象及运思习惯，则更可深入当时文化衍生的幅度。（此点据李氏说，正在其新著《鲁迅研究》中发挥。）

我说，新文学的研究或不会受"模子"的困扰，这个假定是有某一个程度的真实性的，我们可以举刘绍铭先生的《曹禺所受的西方文学的影响》一书为例，曹氏确一心一意袭用西方戏剧的范式，所以在结构行为上的讨论，包括人物的塑造，戏剧境况的安排，都没有碰到很大的困难。但从另一个意义来说，这种讨论的启悟性便不大，它不能引我们进入更深一层的文化交融的领域。

"模子"的自觉还可以有效地应用在另一种文学情境上。譬如,当一个新的文学运动,就说欧美的现代主义吧,当其打破传统的思维模子,反对亚里士多德的推理方式时,他们是预期着或慢慢地衍化着一种新的模子——一种,对还在传统模子影响下的读者而言,尚无法认可的新的模子,我们此时把另一个文化下的"模子"介入,譬如相异于西方的初民的诗,或非洲民族、或东方的诗,这个介入的对比及比较便可以使他们更清楚他们传统"模子"的强处和弱点,而同时了解到正在成形中还未能命名的新的美感范式,及此新的范氏所提供的领域如何可以补传统"模子"之不足。

一九七四年春

(选自《比较诗学》,东大图书公司 1983 年版)

张隆溪

张隆溪（Zhang Longxi，1947—），华裔著名学者，欧洲科学院院士。被誉为"中西方文化的摆渡者"。在中国文学与文化、中西比较文学与文论、比较诗学、世界文学等领域成就突出。曾担任国际比较文学协会主席。著有《二十世纪西方文论述评》《同工异曲：跨文化阅读的启示》《道与逻各斯》等。《道与逻各斯》（*The Dao and the Logos*：*Literary Hermeneutics*，*East and West*）是张隆溪在哈佛大学用英文写成的博士学位论文，1992年由杜克大学出版社出版，1998年由冯川教授译成中文出版。作者主要用文学阐释学研究语言的性质，及其在文学创作、文学阅读中的复杂内涵。与刘若愚注重运用西方理论解释中国理论，以及弗朗索瓦·于连通过汉学反观希腊哲学皆不同的是，张隆溪受钱锺书"求同"之中西诗学观的影响，更强调在二者的相似性中阐发东西方文论。张隆溪反对将东西方文化看作二元对立的，通过援引中西方文论观（如老子、庄子、柏拉图、亚里士多德、德里达等），表明中国也存在着"逻各斯中心主义""语言反讽模式"理论；作者以"无言诗学"的观点阐释了文学作品中的"无言之用"；通过对《易传》《西厢记》的分析以及联系伽达默尔的阐释学，诠释了中国诗学的阐释传统，主张阐释的多元化。张隆溪在这部著作中，将中西文论置于平等地位进行交流、对话，在探寻中西诗学乃至人类文明的共性中，提出了独特的见解。虽然张隆溪的"文化求同"也存在以西方文化来理解中国文化的局限，但其视野的开阔，在研究思路与方法上给予了后代学者以极大启迪。

"道与逻各斯"是本著第一章中的一节内容，作者针对黑格尔将非拼音文字的汉语视作种类上不同于西方语言的语言，以此为切入点展开对东西方可比性的探讨。文中首先援引了德里达的相关论述来阐明自己的观点。德里达认为西方拼音文字的优越性带来的逻各斯中心主义的偏见（这种偏见存在于整个西方哲学史中）是与西方思想有关的、纯粹的西方现象，从中国表意文字对庞德诗学的影响中，德里达看到了汉语的魅力。西方其他哲学家如莱布尼茨等人同样看到了中国文字的力量，作者由此展开对逻各斯中心主义是否在东西方均存在的研究。作者以庞德对中国文字"习"的理解（"习"为"羽毛"的意象）为例，援引《论语》中"习"的真正含义（"习"有学习，实行之义），并以艾略特认为庞德作品并非中国诗的论述为例，阐明庞德对中国文字的误解。而黑格尔、费诺洛萨曾将汉语视作哑语的观点也是不正确的，因为阅读汉语是理解符号的语言学行为，可以是静默的，也可以是有声的。进而对"道"与"逻各斯"进行了比较。"道"具有言说与思想的二重性。老子的"道"超越语言而不能与万物共命名。但与柏拉图的理念相似，"道"也是恒常不变的，而思想与言说可以用内在现实与外在表达来说明。就德里达的形上等级制（意义对言说的统辖以及言说对文字的统辖）而言，作者指出从柏拉图、亚里士多德就有这样的传统，亚里士多德的等级制既可用于拼音文字，也可用于非拼音文字；在我国的《说文解字》对"字"（词）的定义、《易·系辞》《庄子》中的相关论述中也可以看到这样的等级制。因此，作者阐明东西方均存在思想、言说、文字的形上等级制。又通过"延宕"一词的概念，指出言说、拼音文字之于文字、非拼音文字的优越性是不合理的。最后，阐明了中国文字著作的互文与解构主义批评的互文之间的差异，前者有起源的踪迹（会引导人们回到传统的源头），而后者无起源的踪迹。这也使得中国的"道"早于西方（直到德里达的解构策略）对拼音文字的拆除。在这部分内容中，作者以平等的意识，分析了中西方文论中的"道"与"逻各斯"在言说与思想关系上的异同，从阐释学的角度寻求中西方在传达内在意义方面的共通处，挖掘中西方文化共有的"逻各斯中心主义"，对于跨越文化隔阂认识中西方文学与文论具有重要意义。

道与逻各斯

当我们注意到不仅传统的、黑格尔式的观点把非拼音式的汉语视为种类上不同于西方语言的语言,而且当代对黑格尔偏见的批判也把这种引入歧途的观点用作自己的前提时,我们就感到有更大的必要去回答黑格尔的挑战和处理所谓东西方之间没有可比性的说法。当代批判的错误前提清楚地表现在德里达对西方哲学传统及其在语言问题上的种族优越和语音中心观点的解构主义批判中。德里达把这种语言观视为西方文化中根深蒂固的偏见并名之曰"逻各斯中心主义(logocentrism):拼音文字的形而上学"[1]。按照德里达的说法,西方拼音文字作为对生动声音的完整复制,镌刻着一种逻各斯中心的偏见,这种偏见赋予言说以高于文字的特权,把逻各斯的真理视为"声音和意义在语音中的清澈统一。说到这种统一,文字始终是衍生的、偶然的、特异的、外在的,是对能指(语音)的复制。如亚里士多德、卢梭、黑格尔所说,是'符号的符号'"[2]。德里达举出西方传统中出现在不同时期的三位重要的哲学家,是希望以此强调逻各斯中心的偏见有力和彻底地弥漫于整个西方哲学史。这里,"西方"一词是意味深长的,因为德里达深信:形而上学中的逻各斯中心主义,在西方的书面表达中就表现为语音中心主义(phonocentrism);它因此是纯粹的西方现象,仅仅只与西方思想相关联。正如斯皮瓦克(Gayatri Chakravorty Spivak)在《文字学》(*Of Grammatology*)译者前言中指出的那样,"几乎

---

[1] Jacques Derrida, of Grammatology, trans. Gayatri Chakravorty Spivak (Baltimore: Johns Hopkins University Press, 1976), p. 3.

[2] Jacques Derrida, of Grammatology, trans. Gayatri Chakravorty Spivak (Baltimore: Johns Hopkins University Press, 1976), p. 29.

以一种相反的种族优越论,德里达坚持认为逻各斯中心主义乃是西方的财产……尽管西方的中国偏见在第一部分中得到了讨论,德里达的文本却从未认真研究和解构东方"①。事实上,不仅东方从未得到认真的研究和解构,而且德里达还从非拼音的中国文字中发现了"在一切逻各斯中心倾向之外发展的强大文明运动的证明"②。当德里达在西方传统之内翘望着一种突围时,他能够发现的只有埃兹拉·庞德(Ezra Pound)和他的导师厄内斯特·费诺洛萨(Ernest Fenollosa)的诗学——这一形象生动的诗学无疑建立在对中国表意文字的奇特读解上:"这就是费诺洛萨作品的意义,他对庞德及其诗学的影响是众所周知的:这一形象生动的诗学与马拉美(Mallarme)一样,是防范得最为严密的西方传统中的第一次突围。中国表意文字对庞德产生的魅力因而可以获得其所有的历史意义。"③

由于汉语是一种有生命的语言,并且拥有一整套功能明显不同于任何西方语言的非拼音文字,它自然会对那些生在西方,厌倦了西方传统,试图在世界的另一面(东方)找到某种替换模式的人具有极大的魅力。所谓中国偏见,就正是这样出现在 17 世纪末和 18 世纪的。那时,一些西方哲学家,特别是莱布尼茨(Gottfried Wilhelm Leibniz),"在新近发现的中国文字中看到了一种脱离于历史之外的哲学语言的模式",并且相信:"那把中国语言从声音中解放出来的力量,同样也武断地和凭借发明的技巧——把它从历史中释放出来,并把它给了哲学"④。这也就是说,莱布尼茨(以及其他人)从汉语中看到的,乃是他们希望看到的和投射出去的东西,正如德里达所说,它是"欧洲人的幻觉"。"这种幻觉更多地被认为是误解而不是无知。它并未受到中国文字知识的干扰,这种知识当时虽然有限,但却确实已经存在。"⑤

现在,人们可以向当代解构主义提出的问题是:是否这种解构的努力

---

① Jacques Derrida, of Grammatology, trans. Gayatri Chakravorty Spivak (Baltimore: Johns Hopkins University Press, 1976), p. xxxii
② Jacques Derrida, of Grammatology, trans. Gayatri Chakravorty Spivak (Baltimore: Johns Hopkins University Press, 1976), p. 90.
③ Jacques Derrida, of Grammatology, trans. Gayatri Chakravorty Spivak (Baltimore: Johns Hopkins University Press, 1976), p. 92.
④ Jacques Derrida, of Grammatology, trans. Gayatri Chakravorty Spivak (Baltimore: Johns Hopkins University Press, 1976), p. 76.
⑤ Jacques Derrida, of Grammatology, trans. Gayatri Chakravorty Spivak (Baltimore: Johns Hopkins University Press, 1976), p. 80.

就已经安全地防范了同样的偏见和幻觉——要知道正是这种偏见和幻觉使莱布尼茨的计划化为乌有并使它重蹈逻各斯中心主义的覆辙。一个更为基本但必然随之而来的问题是：是否逻各斯中心主义仅仅是西方形而上学的外在朕兆？西方思想的形而上学是否确实不同于东方思想的形而上学？它会不会是一切思想赖以构建和工作的方式？正像斯皮瓦克暗示的那样，如果"这种语音中心论和种族优越论关联于'中心论'本身，关联于人类渴望设定一个中心的愿望"，那么，无论解构主义者做出什么样的努力，他们又怎么可能成功地压抑或窒息这样一种愿望呢？① 换句话说，如果逻各斯中心主义既见于西方也见于东方，既见于拼音文字也见于非拼音文字，我们又怎么可能突出它的包围呢？

既然德里达对庞德和费诺洛萨十分信任，认为他们完成了"防范得最为严密的西方传统中的第一次突围"，仔细考察这次突围，就应该有助于我们找到回答上述问题的答案。的确，费诺洛萨对庞德及其诗学的影响是众所周知的，然而在那些懂汉语并因而能够对问题作出判断的人们中，这一影响在汉学问题上的误导也是众所周知的。在这一影响下，庞德对中国文字的理解是奇怪的和不可靠的。德里达文本中的一个注释把我们引向这样一段话："费诺洛萨回忆起中国诗基本上是字符（script）。"② 这意思是说：中国诗是用表意文字写的（费诺洛萨相信表意文字"是对自然过程的速写"），它最大限度地探索了这种文字的图画价值。③ 中国诗的每一行都成为一串意象，这些意象把符号独立的视觉侧面变得明显。追随这一思想，庞德把汉字分解成它的画面性元素并神往于他由此发现的意象。例如，中国字"習"（习）是由两个要素构成的——上面一个"羽"，下面一个"白"，然而它的意思却并不是"白羽"而是"实行"。这个字出现在《论语》第一句话中，它可以翻译成："孔子说：学了并随时予以实习，不也是一种快乐吗？"然而，在对中国字的热烈而兴致勃勃地解剖中，庞德抓住羽毛的意象不放，遂把这句话翻译成："学习中季节飘飘飞

---

① Jacques Derrida, of Grammatology, trans. Gayatri Chakravorty Spivak (Baltimore: Johns Hopkins University Press, 1976), p. xviii.

② Jacques Derrida, of Grammatology, trans. Gayatri Chakravorty Spivak (Baltimore: Johns Hopkins University Press, 1976), p. 334, n. 44.

③ Ernest Fenollosa, The Chinese Written Character As a Medium for Poetry, ed. Ezra Pound (San Francisco: City Lights Books, 1969), p. 8.

去，不也是一件高兴的事吗？"① 在汉语中，"习"字前面往往有"学"字，正像汉学家乔治·肯尼迪（George Kennedy）讥诮评论的那样，"这样重复的意思是说：除非付诸力行，否则学习就是徒劳。庞德牺牲了这样一个极为重要的思想，只是为了使之成为随季节飘飞而去的田园牧歌。无疑，这是很好的诗。但是无疑，这是很坏的翻译。庞德实行了，但却没有学习。他将受到尊重，但却不是作为翻译家而是作为诗人"②。

出于完全不同的背景和意图，T.S. 艾略特也否认庞德是一位翻译家。他预言庞德的《中国》"将被（公正地）称为'20 世纪诗歌而非翻译的伟大标本'"③。艾略特把传统视为一套经典，这些经典既由新的艺术作品形成，又形成着新的艺术作品。基于这一见解，艾略特试图把庞德放在欧洲文学的传统中，并把罗伯特·布朗宁、威廉·巴特勒·叶芝和其他许多人视为对庞德作品有很大影响的前辈。至于中国诗，艾略特坚持认为，出现在庞德作品中的并不是中国诗本身，它更多的是庞德心目中的一种变体或一个幻觉。艾略特那句著名的警句——"庞德为我们的时代发明了汉诗"——包含着甚至艾略特本人也没有意识到的许多洞察。④ 问题之关键在于：无论是庞德还是费诺洛萨，都并没有跳出德里达在莱布尼茨身上发现的欧洲偏见，因为他们也像两百多年前的莱布尼茨一样相信，"那把中国语言从声音中解放出来的力量，同样也武断地和凭借发明的技巧——把它从历史中释放出来，并把它给了（诗歌）"。奇怪的是，正像黑格尔声称"象形文字的阅读是一种聋读和哑写"，费诺洛萨也相信"在阅读汉语时，我们似乎并不是在玩弄智力上的对手（mental counter），而是在观看事物演出它们自己的命运"。⑤ 这里，赞成者和反对者都想错了，因为阅读汉语也像阅读任何语言一样，乃是一种语言学行为即领悟一连串符号的意思（它既可以凭默默的理解，也可以发出声音）而并不是一种考古学

---

① Ezra Pound, trans., Confucian Analects, (London: Peter Owen, 1956), p. 9.

② George A. Kennedy, "Fenollosa, Pound and the Chinese Character", in Selected Works of George A. Kennedy, ed. Tien-yi Li (New Haven: Yale University Press, 1964), p. 462.

③ T.S. Eliot, intro, to Ezra Pound, Selected Poems (London: Faber & Gwyer, 1928), p. XVii.

④ T.S. Eliot, intro, to Ezra Pound, Selected Poems (London: Faber & Gwyer, 1928), p. XVi.

⑤ Georg Wilhelm Friedrich Hegel, Enzyklopädie der philosophischen Wissenschaften in Grundrisse ([Hamburg: Meiner, 1969], sec. 459, p. 373), quoted in Derrida, of Grammatology, p. 25; Fenollosa, The Chinese Written Character, p. 9.

行为即从厚厚的土层下挖掘出一些暧昧隐晦的语源学根据。德里达用雷南（Ernest Renan）的话提醒我们，"在最古的语言中，用来称呼外邦人的词有两个来源：这些词或者表示'结结巴巴地说'，或者表示'默默无声'"①。但这似乎并不只是古代的做法，因为黑格尔在19世纪、费诺洛萨在20世纪，不是都把汉语视为哑语吗？在黑格尔那里，讽刺在于，他很可能根本不知道：他最喜欢的德国母语（Muttersprache），在俄罗斯人那里却被说成是所谓的 Hemeiikuй язык——其字面上的意思就是"哑巴的语言"。至于费诺洛萨，几乎已没有必要指出：中国诗基本上并不是有待解释的字符而是用来吟诵的歌谣，其效果依赖于高度复杂的平仄韵律。在讨论费诺洛萨和庞德并特别涉及德里达在《文字学》中的论述时，约瑟夫·里德尔（Joseph Riddel）指责费诺洛萨的"盲视和缺乏一贯性使他忘了……他本人对表意文字的阅读完全是一种西方式的理想化"②。这就不能不使人们对德里达的说法提出疑问，并把西方传统中的"第一次突围"还给这一传统。于是，人们开始想要知道：涉及思维、言说与文字的逻各斯中心主义或形上等级制，真的也同样存在于东方传统中吗？非拼音式的汉字真的标志着逻各斯中心倾向的外围吗？在汉语中有没有一个字也像"逻各斯"一样，代表了一种与西方形上等级制相同或相似的东西呢？

靠一种最奇怪的巧合，汉语中确实有一个词恰恰抓住了思想与言说的二重性。叔本华曾引用西塞罗（Cicero：De Officiis, I. 16）的话说："逻各斯"这个希腊词既有理性（ratio）的意思，又有言说（oratio）的意思。③ 斯蒂芬·乌尔曼也评论说："逻各斯"作为一个众所周知的歧义词，对哲学思想产生了重大影响，因为它"具有两个主要的意思，一个相当于拉丁文 oratio，即词或内在思想借以获得表达的东西；另一个相当于拉丁文 ratio，即内在的思想本身"④。换句话说，"逻各斯"既意味着思想

---

① Ernest Renan, *Oeuvres complètes* (10 Vols., ed. Henriette Psichari [Paris: Calmann Lévy, 1947-1961]), De l'origine du langage, 8: 90, quoted in Derrida, of Grammatology, p. 123.

② Joseph Riddel, "'Neo-Nietzschean Clatter' Speculation and/on Pound's Poetic Image", in Ian F. A. Bell, ed., *Ezra Pound: Tactics for Reading* (London: Vision, 1982), p. 211.

③ Arthur Schopenhauer, *On the Fourfold Root of the Principle of Sufficient Reason*, trans. E. f. J. Payne (La Salle, Ⅲ.: Open Court, 1974), pp. 163-164.

④ Stephen Ullmann, *Semantics: An Introduction to the Science of Meaning* (New York: Barnes & Noble, 1964), p. 173.

(Denken) 又意味着言说（Sprechen）。① 伽达默尔也提醒我们："逻各斯"这个词虽然经常翻译成"理性"或"思想"，其最初和主要的意思却是"语言"，因而，人作为"理性的动物"，实际上也就是"有语言的动物"。② 在这个了不起的词中，思想与言说从字面上融成了一体。意味深长的是，"道"这个汉字也同样再现了最重要的哲学思想，它也同样在一个词里包含了思想与言说的二重性。在英语中，"道"通常翻译成 way。③ 虽然并不是误译，way 却仅仅是这个颇多歧义的汉字的一个意思，而且还不是它的关键性意思，即那个直接涉及思想与语言之间复杂的相互关系的意思。有一点值得注意，而且也与我们这里讨论的问题有关，那就是：在《老子》这本哲学著作里，"道"有两个不同的意思，"思"与"言"。在对《老子》开头几行的一个颇有洞见的解释中，钱锺书已经指出："道"与"逻各斯"在很大程度上是可以比较的。④

"道"这个字在《老子》第一行中重复了三遍，这种重复无疑通过利用"道"的两重含义——思想和言说——达到了目的：

>The tao that can be tao-ed （"spoken of"）
>Is not the constant tao;
>The name that can be named
>Is not the constant name.
>（道可道，非常道；名可名，非常名。）⑤

这样的双关语确实不可翻译，其神髓在英语译文中大都荡然无存。英语译文通常是 the way that can be spoken of is not the constant way，然而

---

① Joachim Ritter and Karlfried Cründer, eds., *Historisches Wörterbuch der Philosophie*, vol. 5 (Basel: Schwabe, 1980), s.v. "Logos".

② Gadamer, "Mensch und Sprache", *in Gesammelte Werke* (Tübingen: J. C. B. Mohr [Paul Siebeck], 1986), 2: 146; also see Philosophical Hermeneutics, ed. and trans. David E. Linge (Berkeley: University of California Press, 1977), pp. 59, 60.

③ There are well over forty English translations of the Laozi or Dao de jing, and the key term tao (dao) is translated as "way" in many of them. See, e.g., the otherwise excellent translations by Wing-tsit Chan (*The Way of Lao Tzu* [Indianapolis: Bobbs Merrill, 1963]) and D. C. Lau (*Tao Te Ching* [Harmondsworth: Penguin, 1963]).

④ 《管锥编》，403—410 页。

⑤ 王弼：《老子注》，《诸子集成》本，第 1 页。

问题在于:"way"和"to speak"在英语中并没有任何相通之处,而在汉语原著中,这两个字却是同一个词。因此,在上面的译文中,我试图使"tao"这个词显得像动词,以便抓住这个双关词在原来文本中的特色。按照老子的看法,"道"是既内在又超越的;它是万物之母,因而不能随万物一起命名。换句话说,"道"是不可说的,是超越了语言力量的"玄之又玄"。甚至"道"这个名称也并不是它的名称:"吾不知其名,字之以道","道常无名"。老子使人清楚地意识到:道只有在懂得沉默的时候才保持其完整,因而才有这一著名的悖论:"知者不言;言者不知。"①

人们也许会反驳:尽管《老子》极为简明,却毕竟是一部五千言的书,因而老子不仅说了话,而且把他相信不可说的东西写成了书。然而,仿佛是有所预见,这一悖谬也许可以部分地从司马迁(前145?—前90?)的一段记载中得到调和。在司马迁为老子写的传记中,记录了《老子》传奇性的成书经过:

> 老子修道德,其学以自隐无名为务。居周久之,见周之衰,乃遂去。至关,关令尹喜曰:"子将隐矣,强为我著书。"于是老子乃著书上下篇,言道德之意五千余言而去,莫知其所终。②

从这个故事中我们知道:《老子》是应关令之请而写的,显然,这位关令并不是一位哲学家,对神秘的道也缺乏直觉的知。为了使他和世人有所悟,老子面临着言说不可言说和描述不可描述的困难任务。正如注释者魏源(1794—1856)解释的那样:

> 道固未可以言语显而名迹求者也。及迫关尹之请,不得已著书,故郑重于发言之首,曰道至难言也。使可拟议而指名,则有一定之义,而非无往不在之真常矣。③

这一注释简要地阐明了《老子》第一句的关键,显示了在汉语中也

---

① 王弼:《老子注》,《诸子集成》本,第1、14、18、34页。
② 王弼:《老子注》,《诸子集成》本,第5页。
③ 魏源:《老子本义》,《诸子集成》本,第1页。

有一个词试图揭示思想与言说之间的悖谬关系——就像我们在逻各斯和西方关于内在理性与外在言说的整个问题中发现的那样。同时，它也证明：这一悖谬关系在中国古代最重要的一部哲学文本中就已经被清楚地规划出来。老子在其著作的开篇便强调文字是无力的甚至是徒劳的，他这样做是利用了"道"的两层含义："道"作为思否弃了"道"作为言，然而两者又锁连在同一个词中。按照老子的意思，内在把握到的思一旦外现为文字的表达，便立刻失去了它的丰富内涵，用老子的话说就是失去了它的恒常性（"常"）。像柏拉图的理念一样，道也是恒常不变的，因此，在第二句中，老子声称没有任何具体可变的名可以正确地指称这一恒常。我们不妨回想一下老子关于道没有名称的说法。同样，在第七哲学书函中，柏拉图也认为"没有任何聪明人会鲁莽得把他的理性沉思付诸语言，特别是付诸那种不能改变的形式。……我认为名称在任何情况下都是不稳固的"①。在引用了这段文字之后，钱锺书说它"几可以译注《老子》也"②。确实，如果在柏拉图和老子及其所代表的传统中，思与言之间的关系是如此的正相反对，以致人们竟可以用诸如内与外、直觉与表达、所指与能指一类概念相反的术语来说明它，那就没有理由不把对逻各斯或道进行沉思的柏拉图与老子视为处于和谐相通的境地。何况，在两位哲人及其所代表的传统中，书面文字都比口头语言更值得怀疑和更不足以传达作为内在言说的思想。

按照德里达的说法，形而上的概念化总是依靠等级制进行的；"在古典哲学那里，我们涉及的并不是面对面的和平共处，而毋宁说是一种粗暴的等级制。两个术语中，一个统辖着另一个（价值上统辖，逻辑上统辖），一个对另一个占据上风"。③ 因而在语言中，形上等级制建立在意统辖言说、言说统辖文字的时候。德里达发现：这种等级制早在柏拉图和亚里士多德时代就已经在西方传统中开始了。它尤其表现在拼音文字是最初的原始能指这一看法中。"如果，在亚里士多德那里，'口说的话象征着内心体验而书面文字象征着口说的话'，那是因为声音作为原初符号的生产者，

---

① Plato, *Epistle vii*, 343, in Collected Dialogues, p. 1590.
② 《管锥编》，第 410 页。
③ Jacques Derrida, *Positions*, trans. Alan Bass（Chicago：University of Chicago Press, 1981），p. 41.

与心灵有一种基本的、当下的接近。"① 然而，这种亚里士多德的等级制却不仅适用于拼音文字，而且也同样适用于非拼音文字。翻开中国最早的字典《说文解字》（公元 2 世纪），我们发现同样的等级制也见于"字"（词）的定义中——在这本书中，"词"被定义为"意内而言外"。在《易·系辞》中，我们发现了这种等级制更早、更清楚的表述："书不尽言，言不尽意。"② 这里，对文字（"书"）的贬低建立在与西方同样的考虑上——书面文字是第二性的能指；它们比言说更加远离心灵中内在发生的事情；它们构造出一个空洞、僵死的外壳，那里面却没有活生生的声音。"逻各斯的时代就这样贬低文字，把它视为媒介的媒介，视为向意义的外在性的堕落。"③ 确实如此！这也就是为什么《庄子》中轮扁会对桓公说"然则君之所读者，古人之糟魄已夫"的缘故。④ 在庄子那里也像在亚里士多德那里一样，文字是外在的、可有可无的符号；一旦它们的意义、内涵、所指被提取出来，它们就应该被抛弃。于是我们从《庄子》中看到了这样一段很美的话——这段话在中国古典哲学和诗歌中产生了许多反响：

  筌者所以在鱼，得鱼而忘筌；蹄者所以在兔，得兔而忘蹄；言之所以在意，得意而忘言。吾安得夫忘言之人而与之言哉？⑤

  庄子呼唤的这个人，确实应该是哲学信息的合乎理想的接受者，是保持其内在意义而非外在形式的"道"或逻各斯的容纳者。这个人忘掉了作为外在表达的言辞，却记住了内在把握到的东西。我们不妨拿它与赫拉克利特的残篇做一比较——"不要聆听我，要聆听逻各斯。"也不妨拿它与维特根斯坦《逻辑哲学论》末尾的隐喻作一比较——读者在领悟了他的主张之后，应该像"登楼入室后抛弃梯子"一样抛弃这些主张。⑥ 显

---

① Derrida, *of Grammatology*, p. 11.
② 《周易正义》，《十三经注疏》本，上册 82 页。
③ Derrida, *of Grammatology*, pp. 12–13.
④ 《庄子·天道》，参见郭庆藩《庄子集释》，《诸子集成》本，217 页。
⑤ 《外物》，参见郭庆藩《庄子集释》，《诸子集成》本，407 页。
⑥ Heraclitus, *The Art and Thought of Heraclitus: An Edition of the Fragments with Translation and Commentary*, ed. and trans. Charles H. Kahn (Cambridge: Cambridge University Press, 1979), p. 45; Ludwig Wittgenstein, *Tractatus Logico Philosophicus*, trans. C. K. Ogden (London: Routledge & Kegan Paul, 1983), 6: 54, p. 189.

然，不仅意指与言辞、内容与形式、志意与表达的二分性深深植根于中国和西方的传统，而且这两两相对的术语还总是处在等级制关系之中。可见，思想、言说和文字的形上等级制不仅存在于西方，同样也存在于东方；逻各斯中心主义也并非仅仅主宰着西方的思维方式，而是构成了思维方式本身。

如果情形就是这样，思想还能以别的方式在逻各斯中心主义的包围圈之外运作吗？对这种可能性，德里达本人似乎是怀疑的。他曾说，由于思想的运作不可能把旧的结构要素孤立出来，"解构工作便总是以某种方式成为自己的猎物"①。种种要素中的每一分子既然是整个思维结构的组成部分，解构主义者也就不可能把思维的某一成分分离出来，并对逻各斯中心倾向的其余部分予以净化。德里达煞费苦心地铸造了一些新词，人们期盼着这些新词——例如"痕迹"（trace）、"原初书写"（archiécriture）以及最值得注意的"差异"（différance）——能够既负载意义，又不被形上思维的旧结构污染。于是，德里达急匆匆地声明："差异"也和他使用的其他语汇一样，"严格地说既不是一个词，也不是一个概念"；与此同时，他的词库却继续不停地铸造新词。② 然而，这种煞费苦心的努力却似乎并没有什么用处，而解构主义的语汇也在合适的时候成了另一套术语——既是词也是概念的术语。唯一能够走出这一循环的，似乎只能是完全放弃这种命名的工作，让所有那些非概念的语汇没有名称。但甚至这样做也很难使问题得到解决，因为它又会走向逻各斯中心主义的另一极，走向未曾命名和不可命名的道与逻各斯本身——而这的确是逻各斯中心主义最古老的形式。

另一方面，当开始作为词和概念发挥其功能时，解构主义的用语却变得有趣和有用起来。例如，"差异"一词在对语言中形上等级制实行解构的策略中，就发挥了极大的作用。通过把费尔迪南·德·索绪尔"语言中只有差别"③ 的主张向前推进，德里达证明了意义和所指从来就不是超验、自在的在场（presence），从来就不是在能指的形式中变得可见的实

---

① Derrida, *of Grammatology*, p. 24.
② Jacques Derrida, "Différance", in *Margins of Philosophy*, trans. Alan Bass (Chicago: University of Chicago Press, 1982), p. 3.
③ Ferdinand de Saussure, *Course in General Linguistics*, trans. Wade Baskin (New York: Philosophical Library, 1959), p. 120.

体,而是与能指一样,始终已经是一个踪迹,一个在场者并不在场的标志,正因为如此,"迹印"便始终是"有待抹去的"。语言作为符号系统,不过是由彼此不同并相互定义的术语所组成,这不仅适用于文字,同样也适用于言说。因此,言说优越于文字,拼音文字优越于非拼音文字是根本不能成立的。黑格尔式的偏见暴露出了它哲学上的漏洞,人们看出它建立在对文字性质的误解上——因为逻各斯作为内在言说已经受到"差异"的纠缠和阻挠。同样,柏拉图对文字的担心也暴露出它的站不住脚。尽管伽达默尔承认柏拉图的对话体具有阐释学意义,他的讨论最终却试图纠正柏拉图那种误入歧途的观点,这种观点把文字仅仅看作暧昧双关话语的外在阶段,它最终将被真正的辩证所抛弃。对话体意在仿效对纯粹思想的默默把握,因为它是"灵魂与自身的对话"。内在的对话在口语中是立刻被阐明的——"逻各斯是从这一思想中流出的水流,它从口中迸发而出。"然而,伽达默尔接着说:"可以被听觉感受到,并不能保证所说的是真实的。柏拉图无疑没有考虑到这样一个事实:思想的过程,如果被视为灵魂的对话,本身便牵涉着语言。"因而,在《克拉泰洛斯》和第七书简中,柏拉图实际上并没有抓住"语词和事物之间的真实关系",而他对文字的贬低则"掩盖和遮蔽了语言的真正性质"[1]。

于是我们发现,不仅在西方的逻各斯中,而且在中国的"道"中,都有一个词在力图为那不可命名者命名,并试图勾勒出思想和语言之间那颇成问题的关系,即一个单独的词,以其明显的双重意义,指示着内在现实和外在表达之间的等级关系。"道"与逻各斯这种明显的相似,显然激励着人们的进一步探索。中国和西方都同样存在的这种在极大程度上是同一种类的形上等级制,以及这种同样担心内在现实会丧失在外在表达中的关注,为我们提供了比较研究的丰饶土壤。它有助于开阔我们的视野,并最终走出语音中心的囿限,获得对语言性质的理解。不过,中国文字作为非拼音文字,的确以一种饶有意味的方式不同于西方的拼音文字,这种文字可以更容易也更有效地颠覆形上等级制,而在这种文字中,也确实有某种东西在诉诸德里达式的文字学研究。在关于中国文字起源的传说中,这种文字从未被视为口语的记录,而是被视为独立地发生于言说之外。文字模仿着鸟兽和一般自然现象在大地上留下的

---

[1] Gadamer, *Truth and Method*, pp. 407, 408.

痕迹模式。一种广泛流传的说法是：当中国字的创造者仓颉通过观察这些模式而发明出文字的时候，出现了"天雨粟，鬼夜哭"的情形。一位诠释者解释说：文字的发明标志着失去天真和启用机诈，标志着"上天预知人们注定要饥馑而降下谷粟，而鬼神则因为害怕受到文字的判决而在夜里啼哭"①。这里，诠释者一方面把文字的出现视为失去天真并引致灾难，另一方面也认识到：人从文字中获得了甚至鬼神也对之感到害怕的力量。有一点很有趣，那就是 K. C. 张从现代考古学和人类学的角度，对同一段文字作了再一次的诠释，他把"天雨粟，鬼夜哭"视为中国古代神话中"极为罕见的喜庆事件"，并把中国文字视为"通向权威的路径"。②

中国文字的权力，无疑从大量镌刻在陶器、青铜器、甲骨、竹简和石碑上的铭文得到了证实。进一步的证据则是中国人把书法视为传统艺术这一重要而人所共知的事实，以及古代文字作为权威性经典所具有的统治性影响。任何人只要去过中国的宫殿、庙宇或园林，都不可能不注意到镌刻在大门、廊柱和墙壁上的各式各样的铭文。任何人只要看见过中国画，都知道题款和铭印是一幅完成了的绘画的有机组成部分。的确，由于其创造是建立在对种种"踪迹"的观察上，中国字倾向于比任何拼音文字都更好地投射出自然的迹印，并因而揭示出语言是一个由不同符号组成的系统。中国古代以作者之名为一本书命名的习惯，古代作家在引用更早的著作时的常规做法，都不太强调该著作起源于其作者，而宁可使作者首先在其著作中得以确认，并把老子、庄子这样的哲学家的著作变成伟大的源头性著作，视为权威之起源和中国文字著作的互文性中最终的参照性文本。的确，几乎每一部中国古代文本都是一部互文（intertext），然而这互文却颇有意味地不同于解构主义批评的理解。解构主义的互文是一个没有起源的"踪迹"，中国的互文作为踪迹却总是引导人们回到起源，回到传统的源头，回到道与儒的伟大思想家们。在这一意义上，中国文字的力量把作者变成了权威性文本，当从古代著作中引用一句话时，并不存在老子其人

---

① 刘安：《淮南子》，高诱注，《诸子集成》本，第 116—117 页。——原注 见《淮南子·本经训》"昔者仓颉作书而天雨粟鬼夜哭"下高诱注："仓颉始视鸟迹之文造书契，则诈伪萌生；诈伪萌生，则去本趋末，弃耕作之业而务锥刀之利。天知其将饿，故为雨粟；鬼恐为书文所劾，故夜哭也……"——译注

② Kwang-chih Chang, *Art, Myth and Ritual: The Path to Political Authority in Ancient China* (Cambridge, Mass.: Harvard University Press, 1983), p. 81.

或《老子》其书的分别。可见，在中国传统中，文字的权力就这样在受到贬低的同时也为自己行使了报复，而形上等级制也在刚刚建立之时便从基底遭到破坏。这也许正是"道"不同于逻各斯之处："道"几乎无须等待直到20世纪才开始的对拼音文字的拆除，无须等待德里达式的解构技巧和解构策略。

(选自《道与逻各斯》，四川人民出版社1998年版)